MEMNOCH LE DÉMON

ANNE RICE

MEMNOCH LE DÉMON

Roman

Traduit de l'anglais (États-Unis)
par Isabelle Glasberg

PLON

Laurédit.inc.

TITRE ORIGINAL

Memnoch the Devil

Ouvrage publié sous la direction de
Patrice Duvic

Les poèmes de Stan Rice sont publiés avec son aimable autorisation.

Pour

Stan Rice, Christopher Rice

et

Michele Rice

Pour

John Preston

Pour

Howard et Katherine Allen O'Brien

Pour

John Allen, le frère de Katherine
Oncle Mickey

Et pour

Jack Allen, le fils d'Oncle Mickey
et tous les descendants de Jack

Et pour

Oncle Marian Leslie,
Qui était au Corona's Bar cette nuit-là

*Pour vous,
et tous nos parents et amis,
je dédie ce livre
avec toute mon affection.*

CE QUE DIEU N'AVAIT PAS PRÉVU

Dors bien
Pleure bien
Va au puits profond
Aussi souvent que tu le pourras.
Rapporte l'eau
Bruissante et miroitante.
Dieu, dans sa perspicacité, n'avait pas prévu
Qu'elle coulerait à flots. Alors
Dis-lui que notre
Seau est plein
Et qu'Il peut
Aller au Diable.

Stan Rice
24 juin 93

L'OFFRANDE

A ce quelque chose
Qui préserve du néant
Tel le sanglier d'Homère
De planter de-ci de-là
Ses défenses blanches
Au travers des corps humains
Comme des fétus de paille
Et pour rien moins
J'offre la souffrance de mon père

Stan Rice
16 octobre 93

DUO SUR IBERVILLE STREET

L'homme vêtu de cuir noir
Qui achète un rat pour nourrir son python
Ne s'arrête pas à ces détails.
N'importe quel rat ferait l'affaire.
En revenant de l'animalerie
J'aperçois un homme dans le garage d'un hôtel
Qui sculpte un cygne dans un bloc de glace
Avec une tronçonneuse.

Stan Rice
30 janvier 94

Prologue

C'est Lestat. Vous savez qui je suis ? Alors sautez les quelques paragraphes qui suivent. Et pour ceux que je ne connais pas encore, je veux que cela soit le coup de foudre.

Voyez : votre héros pour toujours, réplique parfaite de l'Anglo-Saxon d'un mètre quatre-vingts, blond aux yeux bleus. Un vampire, et l'un des plus puissants auquel vous aurez jamais affaire. Mes crocs sont trop petits pour qu'on les remarque, à moins que je ne veuille les montrer ; mais ils sont très acérés, et je ne peux guère rester plus de quelques heures sans avoir envie de sang humain.

Évidemment, je n'en ai pas aussi souvent besoin. Quant à savoir à quelle fréquence il m'en faut réellement, je l'ignore, car je n'en ai jamais fait l'expérience.

Je suis d'une force prodigieuse. Je peux voler. Je peux entendre les gens parler à l'autre bout de la ville, et même du globe. Je peux lire dans les pensées ; et envoûter autrui.

Je suis immortel. De fait, je suis éternel depuis 1789.

Suis-je unique ? En aucun cas. Je connais une vingtaine d'autres vampires de par le monde. La moitié d'entre eux sont mes intimes ; et j'en aime une moitié parmi ceux-ci.

Ajoutez à cette vingtaine plus de deux cents vagabonds et inconnus dont je ne sais rien, mais dont j'entends vaguement parler de temps à autre ; et, pour faire une bonne mesure, encore un millier de discrets immortels, qui vont et viennent sous des apparences humaines.

Hommes, femmes, enfants... Tout individu peut devenir un vampire. Il suffit pour cela qu'un vampire consente à ce que vous soyez l'un des leurs, qu'il suce la quasi-totalité de votre sang et vous permette ensuite de le reprendre, mélangé au sien. Ce n'est pas aussi simple qu'il y paraît, mais si vous y survivez, c'est pour l'éternité. Tant que vous serez jeune, vous aurez intolérablement soif, et

9

devrez vraisemblablement tuer chaque nuit. Lorsque vous aurez mille ans, vous aurez acquis la sagesse, même si vous étiez un gosse lors de vos débuts, et vous boirez et tuerez parce que vous ne pouvez y résister, que vous en ayez encore besoin ou non.

Si vous vivez au-delà – comme certains, qui sait ? – vous deviendrez plus dur, plus blême, plus monstrueux encore. Vous en connaîtrez tellement sur la souffrance que vous traverserez de brefs cycles de cruauté et de bonté, de perspicacité et d'aveuglement maniaque. Il est probable que vous aurez des accès de démence. Puis vous retrouverez la raison. Avant peut-être d'oublier qui vous êtes.

Quant à moi, j'allie le meilleur de la jeunesse vampirique et le grand âge. A deux cents ans seulement, on m'a accordé, pour diverses raisons, la force des anciens. J'ai une sensibilité moderne, mais le goût totalement irréprochable des aristocrates. Je sais très exactement qui je suis. Je suis riche. Je suis beau. Je peux voir mon reflet dans les miroirs. Et dans les vitrines des magasins. J'adore chanter et danser.

Ce que je fais ? Tout ce qui me plaît.

Réfléchissez. Est-ce suffisant pour vous donner envie de lire mon histoire ? Peut-être connaissez-vous déjà mes récits de vampires ?

Seulement voilà : en l'occurrence, il importe peu que je sois un vampire. Cela ne constitue pas le cœur de l'intrigue. C'est juste une donnée, comme mon sourire doux et innocent, le timbre de ma voix teintée d'accent français et mes gracieuses déambulations dans les rues. Cela fait partie d'un tout. Mais ce qui s'est effectivement passé ici aurait pu arriver à un être humain ; d'ailleurs, c'est sûrement déjà arrivé aux humains, et cela se reproduira encore.

Nous avons une âme, vous et moi. Nous sommes désireux de comprendre les choses ; nous avons en commun le même sol, fertile, verdoyant et semé de dangers. Aucun de nous ne sait ce que signifie la mort, nonobstant ceux qui prétendent le contraire. C'est une évidence car sinon, je n'écrirais pas ce livre et vous ne le liriez pas.

Ce qui est absolument essentiel, au moment où ensemble nous allons entrer dans cette histoire, c'est que je me suis assigné la tâche d'être un héros en ce monde. J'affirme que je suis moralement complexe, spirituellement opiniâtre et esthétiquement pertinent – un être doté d'une perspicacité et d'un impact éclatants, un type qui a des choses à vous dire.

Donc si vous me lisez, faites-le pour cette raison : que Lestat parle à nouveau, qu'il a très peur, qu'il quête désespérément le pourquoi des choses et leur justification, qu'il désire comprendre sa propre histoire et souhaite que vous la compreniez, et que ce qu'il est à présent autorisé à vous raconter est vraiment passionnant.

Si cela ne vous suffit pas, prenez un autre livre.

Sinon, alors lisez. Sans répit, à mon ami et mon scribe, je dicte ces mots. Venez avec moi. Écoutez-moi, simplement. Ne me laissez pas seul.

1

Je l'aperçus lorsqu'il franchit les portes d'entrée. Grand, bien bâti, yeux et cheveux brun foncé, le teint encore relativement mat dans la mesure où sa peau était sombre lorsque je l'ai fait vampire. Marchant un peu trop vite, mais passant globalement pour un être humain. Mon bien-aimé David.

J'étais dans l'escalier. Le grand escalier, pourrait-on dire. C'était l'un de ces vieux hôtels de luxe, divinement surchargé, plein de pourpre et d'ors, et plutôt agréable. Ma Victime l'avait choisi. Pas moi. Ma Victime dînait avec sa fille. Et c'est dans les pensées de ma Victime que j'avais découvert que c'était toujours ici qu'il rencontrait sa fille à New York, pour la simple raison que la cathédrale Saint-Patrick était de l'autre côté de la rue.

David me vit immédiatement – jeune homme blond aux cheveux longs, à l'allure traînante, le visage et les mains cuivrés, le regard dissimulé par les habituelles lunettes de soleil violettes, raisonnablement bien peigné pour une fois, et attifé d'un costume croisé bleu nuit de chez Brooks Brothers.

Je remarquai son sourire avant même qu'il n'ait eu le temps de le réprimer. Il connaissait ma vanité, et savait probablement qu'en ce début des années quatre-vingt-dix du XXe siècle, la mode italienne avait inondé le marché de tant de frusques grossières et informes que l'un des vêtements les plus sexy et flatteurs qu'un homme puisse choisir était le costume bleu marine parfaitement coupé de chez Brooks Brothers.

En outre, une abondante et longue chevelure, et le travail d'artiste du tailleur ont toujours constitué un mariage convaincant. Qui, mieux que moi, savait cela ?

Loin de moi l'idée de toujours parler chiffons ! Au diable les fringues. Mais j'étais extrêmement fier d'être très chic et empli de splendides contradictions – longues boucles et mise impeccable,

11

avec cette manière royale de m'affaler contre la rampe et de bloquer le passage.

Il vint tout de suite à ma rencontre. Il avait sur lui l'odeur du plein hiver au-dehors, là où les gens glissaient dans les rues gelées et où la neige se muait en boue dans les caniveaux. Sa figure arborait le rayonnement subtil et mystérieux que j'étais le seul à percevoir, aimer et apprécier à sa juste valeur et même à embrasser.

Ensemble nous nous avançâmes sur le tapis de la mezzanine.

Soudain, je me mis à le détester de mesurer cinq centimètres de plus que moi. Mais j'étais si heureux de le voir, si heureux d'être près de lui. Et cet endroit était chaleureux, obscur et vaste, un de ceux où les gens ne se dévisagent pas.

– Vous êtes venu, dis-je. Je n'y croyais guère.

– Mais si, me réprimanda-t-il avec ce plaisant accent britannique qui émanait de ce visage jeune et basané, me donnant l'habituel coup au cœur. C'était un vieillard dans un corps de jeune homme, vampire depuis peu, et par mes soins, l'un des plus puissants de notre espèce.

– Vous ne vous y attendiez pas ? demanda-t-il. Armand m'a dit que vous m'aviez appelé. Et Maharet aussi.

– Ah ! voilà qui répond à ma première question.

J'eus envie de l'étreindre, aussi tendis-je les bras vers lui, non sans une certaine hésitation polie, de sorte qu'il pouvait s'en écarter s'il le voulait ; et lorsqu'il se laissa faire et me rendit mon affection, j'en ressentis un bonheur oublié depuis longtemps.

Peut-être n'avais-je pas éprouvé ce bonheur-là depuis que je l'avais quitté, avec Louis. Tous trois étions alors dans une jungle innommable lorsque nous avions décidé de nous séparer, il y avait maintenant un an de cela.

– Votre première question ? demanda-t-il, me scrutant, me jaugeant peut-être, faisant toute chose qu'un vampire peut faire pour évaluer l'humeur et l'état d'esprit de celui qui l'a créé, puisqu'un vampire ne peut lire dans les pensées de son créateur, pas plus que ce dernier ne peut pénétrer celles du novice.

Et nous nous tenions là, désunis, encombrés de nos capacités surnaturelles, disponibles l'un envers l'autre et plutôt émus, mais incapables de communiquer sinon de la meilleure et de la plus simple des manières, probablement avec des mots.

– Ma première question, commençai-je, allait juste être : Où étiez-vous, avez-vous retrouvé les autres et ont-ils tenté de vous nuire ? Toutes ces foutaises, vous savez bien... la façon dont j'ai enfreint les règles en vous créant, etc.

– Toutes ces foutaises, railla-t-il, imitant l'accent français que je n'avais pas perdu et à présent teinté d'intonations typiquement américaines. Quelles foutaises ?

– Venez. Allons bavarder au bar. Manifestement, personne ne s'en est pris à vous. D'ailleurs, je ne pensais pas qu'ils voudraient ou pourraient le faire, ni même qu'ils oseraient. Je ne vous aurais pas laissé filer dans le monde si je vous avais su en danger.

Il sourit, et une lueur dorée jaillit soudain dans ses yeux bruns.

– Ne m'avez-vous pas déjà dit ça au moins vingt-cinq fois, avant que l'on ne se sépare ?

Nous trouvâmes une petite table contre le mur. L'endroit était à demi-plein, ce qui était idéal. A quoi ressemblions-nous ? A deux jeunes gens à la recherche de conquêtes masculines ou féminines ? Cela m'était égal.

– Personne ne m'a fait de mal, expliqua-t-il, ni n'a même paru s'intéresser à moi.

Quelqu'un jouait du piano, avec beaucoup de délicatesse pour un bar d'hôtel, pensai-je. Et c'était un morceau d'Erik Satie. Quelle chance.

– Le foulard, dit-il, penché vers moi, dents blanches étincelantes et crocs complètement dissimulés, évidemment. Ça, cette grosse masse de soie autour de votre cou ! Ça ne vient pas de chez Brooks Brothers ! (Il émit un petit rire taquin.) Regardez-vous, et vos santiags ! Eh bien, dites donc ! Que se passe-t-il dans votre tête ? Et tout ça, à quoi ça rime ?

La silhouette du barman projeta son ombre imposante sur notre petite table et murmura la formule consacrée qui se perdit dans le bruit et mon excitation.

– Quelque chose de chaud, répondit David. (Je n'en fus pas surpris.) Un punch ou un grog, pourvu que ce soit chaud.

J'adressai au serveur indifférent un signe de tête accompagné d'un petit geste pour dire que je prendrai la même chose.

Les vampires commandent toujours des boissons chaudes. Ce n'est pas pour les boire ; mais ils peuvent en sentir la chaleur et l'odeur, ce qui est très agréable.

David me regarda à nouveau. Ou plutôt, ce corps familier avec David à l'intérieur me regarda. Parce que pour moi, David serait toujours cet humain d'âge mûr que j'avais connu et estimé, autant que cette magnifique enveloppe brunie de chair dérobée, qui se façonnait lentement au gré de ses expressions, de ses manières et de ses états d'âme.

Cher lecteur, il avait changé de corps avant que je n'en fasse un vampire, soyez sans crainte. Mais ça n'a rien à voir avec cette histoire.

– Vous êtes de nouveau suivi ? demanda-t-il. C'est ce que m'a dit Armand. Et Jesse aussi.

– Quand les avez-vous vus ?

– Armand ? Par un pur hasard. A Paris. Il marchait dans la rue. C'est lui que j'ai vu en premier.

– Il n'a pas cherché à vous faire du mal ?

– Et pourquoi donc ? Pourquoi m'avez-vous appelé ? Qui vous file ? A quoi tout cela rime-t-il ?

– Et vous êtes allé avec Maharet.

Il se renfonça dans son siège. Puis hocha la tête.

– Lestat, je me suis absorbé dans la lecture de manuscrits qu'aucun humain n'a eus entre les mains depuis des siècles ; j'ai pu toucher des tablettes qui...

– David l'érudit. Éduqué par le Talamasca pour être le vampire parfait, sans se douter une seconde que c'est ce que vous êtes effectivement devenu.

– Mais vous devez comprendre. Maharet m'a emmené dans ces fameux endroits où elle conserve ses trésors. Il faut que vous sachiez ce que cela signifie d'avoir devant soi une tablette couverte de symboles antérieurs à l'écriture cunéiforme. Quant à Maharet, combien de siècles aurais-je pu vivre sans même l'apercevoir...

En fait, Maharet était vraiment la seule qu'il ait jamais eu à redouter. Je suppose que nous le savions tous les deux. De Maharet, mes souvenirs ne gardaient aucune menace, seul le mystère d'une survivante millénaire, un être si vieux que chacun de ses mouvements semblait fait de marbre liquéfié, et dont la voix douce était devenue la distillation de toute éloquence humaine.

– Si elle vous a donné sa bénédiction, c'est tout ce qui importe, dis-je avec un petit soupir. Je me demandais si moi-même j'allais à nouveau un jour poser les yeux sur elle. Ce que je n'avais ni espéré, ni souhaité.

– J'ai aussi vu ma Jesse bien-aimée, continua David.

– Ah ! évidemment, j'aurais dû y penser.

– Je suis parti en quête de ma Jesse bien-aimée. Je l'ai appelée de place en place, de la même manière que vous m'avez fait parvenir votre cri sans paroles.

Jesse. Pâle, chétive, rousse. Née au xxe siècle. Extrêmement cultivée et d'une rare force psychique pour un individu. Jesse que David avait connue mortelle et à présent vampire. Jesse avait été son élève humaine au sein de l'ordre du Talamasca. Il était maintenant son égal en beauté et en pouvoir vampirique, ou presque. Je ne savais pas exactement.

Jesse avait été convertie par Maharet du Premier Sang, née humaine avant que les humains n'aient commencé à écrire leur propre histoire, ni même soupçonné qu'ils en avaient une. Maharet était l'Ancêtre, celle d'entre tous, la Reine des Damnés, avec sa sœur muette, Mekare, dont personne ne parlait plus jamais.

Je n'avais jamais rencontré de novice formé par quelqu'un d'aussi vieux que Maharet. La dernière fois que je l'avais vue, Jesse avait paru tel un vaisseau transparent d'une force incroyable. A présent, elle devait avoir ses propres histoires, chroniques et aventures à raconter.

J'avais transmis à David l'excellence de mon propre sang auquel se mêlait une lignée plus ancienne encore que celle de Maharet. Oui, le sang d'Akasha, celui du vieux Marius et bien sûr la puissance que contenait le mien ; car ma puissance, comme chacun sait, était vraiment exceptionnelle.

Jesse et lui avaient dû être de grands compagnons ; qu'avait-elle pensé en voyant son vieux mentor paré de l'enveloppe charnelle d'un jeune mâle ?

Je fus aussitôt envieux, puis soudain empli de désespoir. J'avais entraîné David loin de ces créatures sveltes et blanches qui l'avaient attiré dans leur sanctuaire quelque part de l'autre côté de l'Océan, au fin fond d'un pays où leurs trésors pourraient rester à l'abri des crises et des guerres durant des générations. Des noms exotiques me venaient à l'esprit, mais je ne pouvais pour l'instant réfléchir à l'endroit où étaient parties ces deux femmes à la chevelure rousse, la jeune et la très âgée. Et c'est en leur sein qu'elles avaient accueilli David.

Un petit bruit me fit sursauter et je me retournai. Puis je me calai de nouveau dans mon siège, gêné d'avoir semblé si inquiet, et me concentrai sans un mot sur ma Victime.

Ma Victime était toujours au restaurant de l'hôtel, tout près de nous, assise en compagnie de sa ravissante fille. Cette nuit, je n'avais pas l'intention de la perdre de vue. Cela ne faisait aucun doute.

Je soupirai. J'en avais marre de lui. Cela faisait des mois que je le suivais. Il était intéressant, mais n'avait rien à voir dans tout ça. A moins que ? Peut-être allais-je le tuer ce soir, mais je n'en étais pas certain. Ayant espionné la fille, et sachant parfaitement à quel point la Victime l'aimait, j'avais décidé d'attendre qu'elle retourne chez elle. Car enfin, pourquoi être si mesquin à l'égard d'une jeune fille comme elle ? Et il lui portait un tel attachement ! En ce moment, il était précisément en train de la supplier d'accepter un cadeau, un objet qu'il venait tout juste de dénicher et qui, à ses yeux, était une pure merveille. Toutefois, je ne parvenais pas à en distinguer la représentation dans l'une ou l'autre de leur pensée.

C'était une victime agréable à suivre : tapageur, avide, gentil parfois, et toujours amusant.

Revenons à David. Et à la façon dont ce vigoureux immortel assis en face de moi devait avoir aimé le vampire Jesse, et était devenu le disciple de Maharet. Pourquoi n'éprouvais-je plus aucun respect pour les anciens ? Et que cherchais-je au juste, pour l'amour du ciel ? Non, là n'était pas la question. Mais plutôt... Quelqu'un ou quelque chose me voulait-il en ce moment même ? Étais-je en train de lui échapper ?

Il attendait poliment que mon regard se pose à nouveau sur lui. Ce que je fis. Sans rompre le silence. Pas le premier. Aussi fit-il ce que font généralement les gens bien élevés, il se mit à parler lentement, feignant d'ignorer que je le dévisageais à travers mes lunettes violettes, comme quelqu'un porteur d'un secret lourd de menaces.

– Personne n'a tenté de s'en prendre à moi, répéta-t-il calmement de sa belle voix toute britannique, personne ne s'est douté que c'est vous qui m'aviez créé, tous m'ont traité avec égards et gentillesse, encore que chacun voulût avoir la primeur de tous les détails quant à la façon dont vous avez survécu au Voleur de corps. Et vous êtes loin de soupçonner à quel point ils se sont inquiétés pour vous et combien ils vous aiment.

Ce qui était une allusion sympathique à la dernière aventure qui nous avait réunis, et m'avait conduit à faire de lui l'un des nôtres. A l'époque cependant, il n'avait guère chanté mes louanges.

– Alors, ils m'adorent ? fis-je à propos des autres, ceux de notre espèce, les revenants encore vivants de par le monde. Pourtant, ils n'ont pas essayé de me venir en aide, que je sache. (Je pensais au Voleur de corps vaincu.)

Sans le secours de David, je n'aurais probablement jamais gagné cette bataille. Il m'était pénible d'évoquer un événement aussi terrible. Mais je n'avais absolument pas envie de penser à ma cohorte de vampires, si doués et si brillants, qui avaient regardé tout cela de loin sans lever le petit doigt.

Le Voleur de corps était en Enfer. Et le corps en question était en face de moi, avec David à l'intérieur.

– Très bien, je suis content d'apprendre qu'ils se sont fait un peu de souci pour moi, continuai-je. Mais le problème, c'est que je suis de nouveau suivi, et, cette fois, il ne s'agit pas d'un mortel fricoteur qui connaît le truc de la projection astrale et sait comment prendre possession du corps d'autrui. Je suis *filé*.

Il m'observa, non pas avec incrédulité, mais en s'efforçant plutôt de saisir les implications de mes propos.

– Filé, répéta-t-il pensivement.

– Absolument. (J'acquiesçai.) David, j'ai peur. Vraiment peur. Si je vous disais ce que je suspecte cette chose d'être, cette chose qui me suit, vous vous mettriez à rire.

– Vous croyez ?

Le serveur avait apporté les boissons, et la vapeur qui s'en échappait procurait un réel plaisir. Le piano jouait Satie plus doucement que jamais. La vie valait presque la peine d'être vécue, même pour un salaud de monstre comme moi. Une idée me traversa.

Dans ce bar, ici même, deux jours plus tôt, j'avais entendu ma Victime dire à sa fille : « Tu sais que j'ai vendu mon âme pour des endroits comme celui-ci. » Je me tenais à plusieurs mètres, bien au-delà des possibilités de l'ouïe humaine, entendant pourtant chaque mot qui sortait de sa bouche, et j'avais été ensorcelé par sa fille. Dora, c'était son nom. C'était elle que cette Victime, étrange et ô combien attirante, aimait sincèrement, son enfant unique, sa fille.

Je m'aperçus que David me dévisageait.

– Je pensais simplement à la Victime qui m'a conduit ici, dis-je. Et à sa fille. Ce soir, ils ne sortent pas. La neige est trop dense et le vent trop violent. Il va la ramener dans leur suite, et elle contemplera les tours de Saint-Patrick. Je ne veux pas perdre ma Victime des yeux, vous savez.

– Grands dieux, vous êtes tombé amoureux d'un couple de mortels ?

– Non. Absolument pas. C'est une nouvelle manière de chasser, c'est tout. Le type est extraordinaire, une personnalité flamboyante. Je l'adore. J'avais l'intention de boire son sang la première fois que je l'ai vu, mais il ne cesse de me surprendre. Je le suis depuis six mois.

Mon regard revint sur eux. Effectivement, ils montaient dans leurs chambres, comme je l'avais prévu. Ils venaient juste de quitter le restaurant. Même pour Dora, la nuit était trop glaciale, elle aurait sûrement préféré aller à l'église prier pour son père, et lui demander de rester et de prier aussi. Un souvenir passait de l'un à l'autre, dans leurs pensées et les bribes de leur conversation. Dora était encore une petite fille lorsque ma Victime l'avait pour la première fois emmenée dans cette cathédrale.

Il ne croyait en rien. Elle était une sorte de guide religieux. Theodora. Elle faisait des prêches à la télévision sur l'importance des valeurs et les nourritures spirituelles. Et son père ? Eh bien ! j'allais le tuer avant d'en savoir trop, car sinon je finirais par laisser échapper ce magnifique trophée uniquement pour les beaux yeux de Dora.

Je me tournai de nouveau vers David, qui me regardait intensément, l'épaule appuyée contre le mur tapissé de satin sombre. Sous cet éclairage, nul n'aurait pu se douter qu'il n'était pas humain. Même l'un d'entre nous aurait pu s'y tromper. Quant à moi, je devais probablement ressembler à une rock-star déjantée qui cherchait à déchaîner les gros titres de la presse.

– La Victime n'a rien à voir là-dedans, dis-je. Je vous raconterai tout cela une autre fois. Nous ne sommes dans cet hôtel que parce que je l'ai suivi jusqu'ici. Vous connaissez mon gibier et mes terrains de chasse. Je n'ai guère besoin de plus de sang que Maharet, mais je ne supporte pas l'idée de m'en passer !

– Et quel est donc ce nouveau type de gibier ? s'enquit-il dans un anglais courtois.

– Ce ne sont pas tant les simples méchants ou les assassins qui m'intéressent, qu'un nouveau genre de criminel plus complexe, un individu doté de la mentalité d'un Iago. Celui-ci est un trafiquant de drogue. Très extravagant. Brillant. Collectionneur d'art. Il adore que les gens se cament, et il se fait en une semaine des milliards en cocaïne, et des milliards en héroïne celle d'après. Et puis, il est fou de sa fille. Et elle, elle dirige une Église télévangéliste.

17

– Vous êtes vraiment sous le charme de ces mortels.

– Maintenant, regardez derrière moi. Vous voyez les deux personnes dans le hall qui se dirigent vers les ascenseurs ?

– Oui.

Il les observa attentivement. Sans doute s'étaient-ils arrêtés juste au bon endroit. Je les percevais, les entendais et les sentais tous les deux, sans toutefois savoir exactement où ils se tenaient, à moins de me retourner. Mais ils étaient là, l'homme brun et souriant accompagné de sa petite fille au teint pâle, innocente et passionnée, femme enfant de vingt-cinq ans si mes calculs étaient exacts.

– Je connais le visage de cet homme, dit David. C'est un gros bonnet. International. Ils ne cessent de chercher à le mettre en accusation. Il a commis un assassinat incroyable, où était-ce ?

– Aux Bahamas.

– Mon Dieu, comment êtes-vous tombé sur lui ? L'avez-vous rencontré en personne quelque part, comme un coquillage qu'on trouve sur la plage, ou bien vous l'avez vu dans les journaux et les magazines ?

– Vous reconnaissez la fille ? Personne ne sait qu'ils sont parents.

– Non, je ne la reconnais pas ; pourquoi, je devrais ? Elle est vraiment très jolie et très gracieuse. Vous n'avez pas l'intention d'en faire votre proie, n'est-ce pas ?

Son indignation de gentleman devant une telle suggestion me fit rire. David demandait-il la permission avant de sucer le sang de ses victimes, ou du moins mettait-il un point d'honneur à ce que les deux parties soient présentées en bonne et due forme ? Je n'avais pas la moindre idée de ce qu'étaient ses habitudes en matière de crime, ni à quelle fréquence ils avaient lieu. Je l'avais créé extrêmement vigoureux. Ce qui signifiait qu'il n'avait pas à tuer chaque nuit. Ce qui était une bénédiction.

– La fille chante pour Jésus sur une chaîne de télévision, expliquai-je. Un jour ou l'autre, le siège de son Église sera installé dans les bâtiments d'un très vieux couvent à La Nouvelle-Orléans. Pour l'instant, elle y habite seule et enregistre ses programmes dans un studio du Quartier français. Je crois que son émission est diffusée sur une chaîne câblée œcuménique en Alabama.

– Vous êtes amoureux d'elle.

– Pas du tout, juste très impatient de tuer son père. Son appel télévisé est très particulier. Elle parle théologie avec un bon sens captivant, et c'est le genre de télévangéliste qui pourrait faire en sorte que le monde tourne rond. Est-ce que nous ne redoutons pas tous la venue d'une personne comme elle ? Elle danse comme une nymphe, ou comme une vestale, devrais-je dire, chante comme un Séraphin et invite tout le public du studio à se joindre à elle. La fusion parfaite de l'extase et de la théologie. Et toutes les bonnes œuvres requises sont recommandées.

– Je vois. Ce qui rend d'autant plus excitant le fait de vous régaler du père? A ce propos, on ne peut guère dire que ce soit un homme discret. Ni même qu'il se dissimule. Vous êtes sûr que personne n'est au courant de leur lien de parenté?

La porte de l'ascenseur s'était ouverte. Palier après palier, ma Victime et sa fille s'élevaient vers le ciel.

– Il va et vient à sa guise. Il a une foule de gardes du corps. Elle le voit en tête à tête. Je pense qu'ils se fixent rendez-vous par téléphone cellulaire. Lui est un géant de la cocaïne sur informatique, et elle est l'une de ses opérations secrètes les mieux protégées. Ses hommes couvrent tout le lobby. Si quelqu'un était venu fouiner par ici, elle aurait quitté le restaurant seule, et en premier. Dans ce domaine-là, c'est un sorcier. Il aura beau être sous le coup d'un mandat d'amener dans cinq États, ça ne l'empêchera pas de se montrer tout près du ring lors d'un match entre poids lourds à Atlantic City, juste devant les caméras. Ils ne l'attraperont jamais. Mais moi, si, le vampire qui attend de le tuer. Est-ce qu'il n'est pas beau?

– Bon, alors si je comprends bien, fit David, vous êtes suivi par quelque chose, mais qui est sans rapport avec cette victime, ce, euh! trafiquant de drogue, ni avec cette télévangéliste. Mais on vous file, on vous terrorise, pas suffisamment toutefois pour vous faire renoncer à traquer l'homme au teint basané qui vient d'entrer dans l'ascenseur?

J'acquiesçai, avant d'être pris par un léger doute. Non, il ne pouvait pas y avoir de lien.

De plus, cette chose qui m'avait tant pétrifié avait commencé avant que je ne rencontre la Victime. Il s'était « manifesté » pour la première fois à Rio, le Fileur, peu après que j'ai quitté Louis et David pour retourner chasser à Rio.

C'est parce qu'il avait croisé mon chemin dans ma propre ville de La Nouvelle-Orléans que je l'avais choisi pour victime. Il était descendu jusque là-bas sur un coup de tête, pour voir Dora une vingtaine de minutes; ils s'étaient donné rendez-vous dans un petit bar du Quartier français, j'étais passé devant lui, je l'avais vu, lui, pareil à une gerbe d'étincelles, elle, avec son visage pâle et ses grands yeux emplis de compassion, et vlan! Le désir fatal.

– Non, ça n'a rien à voir avec lui, répondis-je. Celui qui me file avait commencé plusieurs mois plus tôt. Lui ne sait pas que je le file. Quant à moi, je n'ai pas réalisé tout de suite que j'étais suivi par cette chose, ce...

– Ce quoi?

– L'observer avec sa fille, c'est mieux qu'un feuilleton télévisé, vous savez. Lui, c'est un vrai labyrinthe du vice.

– Oui, en effet; mais qu'est-ce qui vous file? Est-ce une chose, une personne ou...?

– J'y viendrai. Cette Victime a tué tant de gens! La drogue. Ce

19

genre de type se vautre dans les chiffres. Kilos, meurtres, comptes codés. Et la fille n'est pas une stupide petite faiseuse de miracles qui raconte aux diabétiques qu'elle peut les guérir par imposition des mains.

– Lestat, vous divaguez. Que vous arrive-t-il ? Pourquoi avez-vous peur ? Et pourquoi ne le tuez-vous pas pour en finir avec cette histoire ?

– Vous voulez retourner auprès de Jesse et Maharet, n'est-ce pas ? demandai-je brusquement, envahi par un sentiment de désespoir. Vous avez envie de passer les cent prochaines années à étudier, parmi toutes ces tablettes et ces rouleaux de parchemin, de plonger votre regard dans les douloureux yeux bleus de Maharet et d'entendre sa voix, je le sais. Choisit-elle toujours des yeux bleus ?

Maharet était aveugle – on lui avait arraché les yeux lorsqu'elle avait été faite reine des vampires. Elle prenait les yeux de ses victimes et les portait jusqu'à ce qu'ils ne vissent plus, quelle que fût la façon dont le sang vampirique aurait pu tenter de les préserver. C'était chez elle une particularité abominable – la reine marmoréenne aux yeux injectés de sang. Pourquoi n'avait-elle jamais rompu le cou d'un novice pour lui voler ses yeux ? Je n'y avais encore jamais pensé. Par loyauté envers notre propre espèce ? Peut-être cela ne marcherait-il pas. Et elle avait ses scrupules, aussi stricts qu'elle l'était elle-même. Une femme aussi âgée se souvient des temps antérieurs à Moïse et au code d'Hammourabi. De l'époque où seul le pharaon avait entrepris de traverser à pied la Vallée de la Mort...

– Lestat. Écoutez-moi. Vous devez me dire de quoi il s'agit. Je ne vous ai jamais entendu admettre aussi facilement que vous aviez peur. Car vous avez bien dit que vous aviez peur. Ne vous préoccupez pas de moi pour l'instant. Et oubliez cette victime et la fille. Que se passe-t-il, mon ami ? Qui vous poursuit ?

– Je veux d'abord vous poser encore d'autres questions.

– Non. Dites-moi simplement ce qui s'est passé. Vous êtes en danger, n'est-ce pas ? Ou vous croyez l'être. Vous m'avez lancé un appel pour que je vienne vous retrouver ici. C'était un recours net et précis.

– Ce sont les mots qu'Armand a utilisés, « recours net et précis » ? Je déteste Armand.

David se contenta de sourire et fit un petit geste d'impatience des deux mains.

– Vous ne détestez pas Armand et vous le savez fort bien.

– Vous voulez parier ?

Il me décocha un regard sévère et plein de réprimande. De ceux qu'on réserve aux collégiens anglais, probablement.

– Très bien, repris-je. Je vais vous expliquer. Mais d'abord, je dois vous rappeler quelque chose. Une conversation que nous avons eue. Lorsque vous étiez encore vivant, la dernière fois que nous avons bavardé tous les deux dans votre maison des Cotswolds, vous vous souvenez, vous n'étiez alors qu'un charmant vieillard, crevant de désespoir...

– Je m'en souviens, dit-il patiemment. C'était avant que vous ne partiez dans le désert.

– Non, juste après, quand nous avons compris que je ne pouvais pas mourir aussi aisément que je le pensais, lorsque je suis revenu brûlé. Vous vous êtes occupé de moi. Puis vous avez commencé à parler de vous, de votre vie. Vous avez raconté quelque chose à propos d'une expérience que vous avez vécue avant la guerre, disiez-vous, dans un café parisien. Vous vous en souvenez ? Vous savez à quoi je fais allusion ?

– Oui, bien sûr. Je vous ai raconté que lorsque j'étais jeune homme, j'ai cru avoir une vision.

– Oui, une histoire à propos de la texture de la vie qui se déchire l'espace de quelques instants, vous faisant ainsi entr'apercevoir des choses que vous n'auriez pas dû voir.

Il sourit.

– C'est vous qui aviez suggéré cette idée, que, d'une certaine façon, la texture s'était déchirée, et que j'avais accidentellement vu par la fente. J'ai pensé à l'époque, et je le pense encore aujourd'hui, que c'était une vision qui m'était destinée. Mais cinquante années se sont écoulées depuis. Et ma mémoire, enfin mon souvenir de toute cette affaire est étonnamment vague.

– Cela n'a rien d'étonnant. En tant que vampire, vous garderez dorénavant un souvenir très vif de tout ce qui vous arrivera, mais les détails de la vie mortelle vous échapperont relativement rapidement, surtout ceux qui concernent les sens, et vous vous efforcerez donc de les retrouver... Quel goût a le vin ?

Il me fit signe de me taire. Je le rendais malheureux. Ce n'était pas mon intention.

Je pris mon verre et en savourai le parfum. C'était une sorte de punch de Noël bien chaud. Je crois qu'en Angleterre ils appelaient cela *wassail* (bière épicée avec des pommes). Mes mains et mon visage étaient encore brunis par cette excursion dans le désert, cette petite tentative pour m'envoler vers la face du soleil. Ce qui contribuait à me faire passer pour un humain. Quelle ironie ! Et rendait ma main un peu plus sensible à la chaleur.

Une onde de plaisir me parcourut. La chaleur ! Parfois, je me disais que l'argent pouvait tout apporter ! Il n'y a pas moyen de tromper un sensuel comme moi, qui peux rire des heures durant du motif d'un tapis dans le hall d'un hôtel.

Je me rendis compte de nouveau qu'il m'observait.

Il semblait s'être quelque peu repris ou bien m'avoir pardonné pour la millième fois d'avoir mis son âme dans le corps d'un vam-

21

pire sans sa permission, et même contre sa volonté. Il me regarda, presque avec tendresse tout à coup, comme si j'avais besoin qu'il me rassure sur ce point.

Ce qui était le cas. En effet.

— A Paris, dans ce café, vous avez entendu une conversation entre deux êtres, dis-je, revenant à cette vision qui remontait à des années. Vous étiez un jeune homme. Tout s'est passé progressivement. Mais vous avez réalisé qu'ils n'étaient pas « vraiment » présents, ces deux-là, au sens matériel du terme, et que la langue qu'ils parlaient vous était compréhensible même si vous ignoriez ce que c'était.

Il acquiesça.

— C'est exact. Et on aurait cru précisément qu'il s'agissait de Dieu et du Diable en train de converser.

Je hochai la tête.

— Et lorsque, l'an dernier, je vous ai laissé dans la jungle, vous m'avez dit de ne pas m'inquiéter, que vous ne partiez pas pour une quête religieuse afin de retrouver Dieu et le Diable dans un café de Paris. Vous avez ajouté que vous aviez passé votre vie mortelle à chercher ce genre de choses au Talamasca. Et qu'à présent vous alliez prendre un nouveau virage.

— Effectivement, c'est ce que j'ai dit, admit-il d'un ton affable. Cette vision est plus vague à présent que lorsque je vous l'ai décrite. Mais je m'en souviens. Je m'en souviens aujourd'hui encore, et je continue de penser que j'ai vu et entendu quelque chose, et je suis toujours aussi résigné à l'idée que je ne saurai jamais ce que c'était.

— Vous laissez donc Dieu et le Diable au Talamasca, comme vous l'avez promis.

— Je laisse le Diable au Talamasca. Je ne crois pas que le Talamasca, en tant qu'ordre médiumnique, ait jamais été tellement intéressé par Dieu.

Tout cela relevait de nos conversations habituelles. Je l'avoue. Nous gardions tous deux un œil sur le Talamasca, pour ainsi dire. Mais un seul membre de cet ordre fervent d'érudits avait jamais connu le véritable destin de David Talbot, l'ancien supérieur général, et à présent cet être humain était mort. Il s'appelait Aaron Lightner. David avait été extrêmement chagriné de la perte du seul humain qui savait ce qu'il était devenu, de cet humain qui avait été son ami mortel, tout comme David avait été le mien.

Il désirait reprendre le fil.

— Vous avez eu une vision ? demanda-t-il. C'est cela qui vous effraie ?

Je hochai négativement la tête.

— Rien d'aussi évident que ça. Mais la Chose me file, me laissant de temps à autre entrevoir un détail dans un clignement de paupière. Mais surtout, je l'entends. Je l'entends parfois s'adresser normalement à une autre voix, ou bien j'entends ses pas derrière moi

22

dans la rue, et je fais volte-face. C'est vrai. Elle me terrifie. Et, quand elle se montre, j'en suis alors tellement désorienté que je me retrouve étalé dans le caniveau, comme n'importe quel ivrogne. Puis une semaine s'écoule. Rien. Et ensuite, je saisis de nouveau cette bribe de dialogue...

– Et quels en sont les mots?

– Je ne peux pas les reconstituer dans l'ordre. Il m'est arrivé de les entendre avant même de réaliser ce que c'était. A un certain niveau, je me rendais compte que j'entendais une voix provenant d'un autre endroit, et qu'il ne s'agissait pas d'un simple mortel dans la pièce à côté. Mais, autant que je sache, cela aurait pu s'expliquer naturellement, par l'électronique.

– Je comprends.

– Mais les bribes font penser à deux personnes qui bavardent, et l'une dit – *la Chose* dit, plus exactement – : « Oh, non, il est parfait, cela n'a rien à voir avec la vengeance, comment pouvez-vous croire que je cherchais simplement à me venger? » (Je m'interrompis, haussant les épaules.) En fait, c'est comme le milieu d'une conversation.

– Oui, fit-il, et vous avez l'impression que cette Chose s'arrange pour que vous en entendiez un petit peu... tout comme j'ai pensé que la vision du café m'était destinée.

– C'est tout à fait ça. Cela me tourmente. Une autre fois, voici seulement deux jours, j'étais à La Nouvelle-Orléans; j'étais en train d'espionner la fille de la Victime, Dora. Elle vit là, dans le couvent dont je vous ai parlé. C'est une vieille bâtisse de 1880, désaffectée depuis des années et dont il ne reste que les murs, une sorte de château en brique, et cette fille moineau, cet adorable petit bout de femme habite là en toute quiétude, complètement seule. Elle se promène dans la maison comme si elle était invincible.

« Enfin, toujours est-il que j'étais là, dans la cour de l'édifice, dont l'architecture est d'ailleurs très commune, un bâtiment principal, deux grandes ailes, une cour intérieure.

– Le type de constructions en brique de la fin du XIXᵉ siècle.

– Absolument. J'observais donc par les fenêtres cette petite fille qui s'avançait toute seule à travers le corridor plongé dans l'obscurité totale. Elle tenait une lampe de poche. Et elle chantait l'un de ses hymnes. A la fois médiéval et moderne.

– Je crois que c'est ce qu'on appelle « New Age », suggéra David.

– Oui, un truc dans ce genre, mais cette fille a une émission sur un réseau religieux œcuménique. Je vous l'ai dit. Son programme est tout ce qu'il y a de classique. Croyez en Jésus, œuvrez pour votre salut. Elle chante et elle danse pour emmener les gens jusqu'au Paradis, particulièrement les femmes, apparemment, ou tout du moins ce sont elles qui montrent la voie.

– Continuez votre histoire, vous l'observiez...

23

– Oui, tout en me disant à quel point elle était courageuse. Elle est finalement arrivée à ses propres appartements ; elle habite dans l'une des quatre tours de l'édifice ; et je l'ai écoutée tandis qu'elle ouvrait tous les verrous. J'ai pensé que peu de mortels aimeraient à rôder dans cette sombre bâtisse, et que l'endroit n'était pas complètement net sur le plan spirituel.

– Que voulez-vous dire ?

– De petits esprits, des élémentaux, je ne sais, comment les appeliez-vous au Talamasca ?

– Des esprits élémentaux, répondit-il.

– Eh bien ! certains sont réunis dans les parages, mais ils ne constituent pas une menace pour cette fille. Elle est beaucoup trop forte et trop courageuse.

« Mais pas le vampire Lestat, occupé à l'épier. Il était dehors, dans la cour, et il a entendu la voix tout près de son oreille, comme si deux hommes parlaient juste à droite de son épaule et l'autre, pas celui qui me suit, dit alors tout à fait distinctement : « Non, je ne le vois pas à la même lumière. » Je me tourne dans tous les sens pour essayer d'apercevoir cette Chose, de la cerner mentalement et spirituellement, de lui faire face, de l'appâter, et alors je me rends compte que je tremble de la tête aux pieds. Et vous savez David, ces élémentaux, ces maudits petits esprits... ceux que je sentais rôder autour du couvent... Je ne crois même pas qu'ils ont réalisé que cet individu, ou qui qu'il fût, m'avait parlé à l'oreille.

– Lestat, on dirait vraiment que vous avez perdu votre raison d'immortel. Non, non, ne vous fâchez pas. Je vous crois. Mais revenons à notre histoire. Pourquoi suiviez-vous cette jeune fille ?

– Je voulais simplement la voir. Ma Victime se tourmente beaucoup... A propos de ce qu'il est, ce qu'il a fait, ce que sait la police à son sujet. Il craint de souiller la réputation de sa fille quand viendront finalement son inculpation et tous les articles des journaux. Mais il ne sera jamais condamné. Parce que je vais le tuer avant.

– Bien. Ce qui pourrait effectivement sauver son Église, c'est ça ? Le fait de le tuer sans tarder, pour ainsi dire. Ou est-ce que je me trompe ?

– Pour rien au monde je ne ferais de mal à Dora. Rien ne pourrait me convaincre de le faire.

Puis je me tus.

– Êtes-vous sûr de ne pas être amoureux ? On croirait qu'elle vous a envoûté.

Je me souvenais. Peu de temps auparavant, je m'étais épris d'une mortelle, une religieuse. Elle s'appelait Gretchen. Et je l'avais rendue folle. David connaissait l'histoire. Je l'avais écrite ; j'avais également tout écrit à propos de David, et lui et Gretchen étaient ainsi devenus des personnages de roman. Il le savait.

– Jamais je ne me révélerai à Dora comme je l'ai fait à Gretchen.

Non. Je ne lui ferai aucun mal. J'ai appris ma leçon. Mon seul souci est de tuer son père de telle façon qu'elle en souffre le moins possible et qu'elle en tire le maximum d'avantages. Elle sait ce qu'est son père, mais je ne suis pas certain qu'elle soit préparée à tous les ennuis qu'elle pourrait avoir à cause de lui.

– Sapristi, quelle loyauté !

– En fait, il faut que je trouve un moyen de m'empêcher de penser à cette Chose qui me suit ou je vais devenir dingue !

– Pfff... Que vous arrive-t-il ? Mon Dieu, mais vous êtes complètement bouleversé.

– Oui, c'est vrai, murmurai-je.

– Dites-m'en davantage à propos de la Chose. Donnez-moi d'autres bribes.

– Cela ne vaut pas la peine de les répéter. C'est une discussion. A mon sujet, je vous le dis. David, c'était comme si Dieu et le Diable se disputaient à *mon* sujet.

Je retins mon souffle. Mon cœur me faisait mal, il battait trop vite, ce qui était vraiment un exploit pour un cœur vampirique. Je m'adossai contre le mur et promenai mon regard sur les clients du bar, principalement des mortels d'âge mûr, des femmes en manteau de fourrure démodé et des hommes au crâne dégarni, juste assez ivres pour être bruyants, désinvoltes et presque jeunes.

Le pianiste jouait à présent un air à la mode, extrait d'une comédie musicale de Broadway, me sembla-t-il. C'était triste et doux, et l'une des vieilles femmes du bar se balançait lentement au rythme de la musique, articulant silencieusement les paroles de ses lèvres fardées tout en tirant des bouffées de sa cigarette. Elle appartenait à cette génération qui avait tant fumé qu'arrêter maintenant était hors de question. Sa peau ressemblait à celle d'un lézard. Mais c'était une créature inoffensive et belle. Tous étaient inoffensifs et beaux.

Ma Victime ? Je l'entendais là-haut. Il était toujours en train de parler à sa fille. Ne voulait-elle pas accepter encore un autre de ses cadeaux, un seul ? C'était un tableau, un dessin peut-être.

Il aurait pu déplacer les montagnes pour sa fille, mais elle ne voulait pas de son cadeau, et elle ne sauverait pas son âme.

J'étais moi-même en train de me demander jusqu'à quelle heure Saint-Patrick restait ouverte. Elle avait tellement envie d'y aller. Comme toujours, elle refusait son argent. C'est « impur », lui disait-elle. « Roger, je veux ton âme. Je ne peux pas prendre cet argent pour l'Église ! Il provient de crimes. C'est immonde. »

La neige tombait au-dehors. Les notes du piano se faisaient plus rapides, plus pressantes. Le meilleur d'Andrew Lloyd Webber. Un air de *Phantom of the Opera*.

Il y eut de nouveau ce bruit dans le hall. Je me retournai brusquement et regardai derrière mon épaule, puis je revins sur David. Je

25

prêtai l'oreille. Je crus l'entendre encore, semblable à un pas, un pas qui résonnait, un pas délibérément terrifiant. Je l'entendais pour de bon. Je sais que je tremblais. Puis il disparut, c'était fini. Et aucune voix ne me parlait à l'oreille.

Je regardai David.

– Lestat, vous êtes pétrifié, n'est-ce pas ? demanda-t-il, plein de compassion.

– David, je crois que le Diable est venu me chercher. Je crois que je vais aller en Enfer.

Il resta sans voix. Après tout, qu'aurait-il pu dire ? Qu'est-ce qu'un vampire répond à un autre vampire sur de pareils sujets ? Qu'aurais-je répondu si Armand, de trois cents ans mon aîné, et beaucoup plus malfaisant que moi, m'avait expliqué que le Diable était venu le chercher ? Je me serais moqué de lui. J'aurais fait quelque plaisanterie cruelle quant au fait qu'il le méritait amplement et qu'il allait y rencontrer un grand nombre de nos semblables, soumis à un type de supplices spécialement destinés aux vampires, bien pire que ceux j'ai infligés aux simples mortels damnés. Je frissonnai.

– Seigneur, dis-je à mi-voix.

– Vous dites que vous l'avez vu ?

– Pas vraiment. J'étais... quelque part, ça n'a pas d'importance. Je pense être de retour à New York, oui, ici, avec lui...

– La victime.

– Oui. Il a effectué une transaction dans une galerie d'art. A Midtown (quartier de Manhattan). C'est un sacré bandit. Tout cela fait partie de son étrange personnalité, cet amour qu'il a pour les belles antiquités, de celles que vous adorez, David. Et le jour où je me déciderai enfin à me sustenter sur lui, il se pourrait que je vous rapporte l'un de ses trésors.

David ne répondit pas, mais je voyais bien qu'il détestait l'idée de dérober un objet précieux à quelqu'un que je n'avais pas encore tué, mais que je tuerais sûrement.

– Des livres du Moyen Age, des croix, des bijoux, des reliques, c'est le genre d'objets dont il fait commerce. C'est d'ailleurs ce qui l'a amené à vendre de la drogue, pour pouvoir racheter à prix d'or des œuvres d'art religieux qui avaient été perdues durant la Seconde Guerre mondiale en Europe, des statues inestimables d'anges et de saints qui avaient été pillées. Il a planqué ses trésors les plus précieux dans un appartement de l'Upper East Side. C'est son grand secret. Je crois que l'argent de la came a été tout d'abord un moyen d'arriver au but. Quelqu'un possédait quelque chose qu'il convoitait. Je ne sais pas. Je lis dans ses pensées et puis je m'en lasse. C'est une ordure en tout cas, et toutes ces reliques n'ont rien de magique, et moi je vais aller en Enfer.

– Pas si vite. Le Fileur. Vous avez dit avoir vu quelque chose. Qu'est-ce que c'était ?

26

Je me tus. J'avais redouté ce moment. Ces expériences-là, je n'avais pas même essayé de me les décrire à moi. Mais je devais continuer. J'avais appelé David à l'aide. Il fallait que je lui explique.

– Nous étions dans la rue, là-bas, sur la 5e Avenue ; lui – la Victime – était en voiture, uptown, et je sais qu'il se dirigeait vers l'appartement secret où il conserve ses trésors.

« Je marchais, simplement, comme un humain. Je me suis arrêté à un hôtel. Et je suis entré à l'intérieur pour voir les fleurs. Vous savez, on peut toujours trouver des fleurs dans ce genre d'hôtels. Quand vous avez l'impression que l'hiver vous rend dingue, vous pouvez y entrer pour trouver de somptueuses gerbes des lis les plus magnifiques.

– Oui, répondit-il avec un petit soupir teinté de lassitude, je sais.

– J'étais dans le hall. Je contemplai cet énorme bouquet. Je voulais... euh !... laisser une sorte d'offrande, comme si c'était une église... à ceux qui avaient composé ce bouquet, quelque chose comme ça, et je me disais, « Peut-être que je devrais tuer la Victime, et ensuite... » David, je jure que c'est bien ainsi que...

« ... Le sol avait disparu. L'hôtel avait disparu. Je n'étais plus nulle part ni ancré à quoi que ce fût, et pourtant j'étais entouré de gens, de gens qui hurlaient, qui jacassaient, criaient et pleuraient, et riaient aussi, oui, ils riaient vraiment, et tout cela en même temps, et la lumière, David, la lumière était aveuglante. Ce n'étaient pas les ténèbres, ce n'étaient pas les traditionnelles flammes de l'Enfer, et j'ai tendu les mains. Mais sans mes bras. Je ne parvenais pas à trouver mes bras. J'essayais de toucher tout ce que je pouvais, avec chaque membre, chaque fibre, juste pour tenter d'atteindre quelque chose, pour retrouver mon équilibre, et alors je me suis rendu compte que j'étais sur la terre ferme, et cet être me faisait face, son ombre me dominait. Écoutez, je n'ai pas de mots pour qualifier cela. C'était horrible. Certainement la pire chose que j'aie jamais vue ! La lumière brillait derrière lui, et il se tenait entre moi et cette lumière, et il avait un visage, et ce visage était sombre, extrêmement sombre, et, comme je le regardais, j'ai perdu tout contrôle de moi-même. J'ai dû hurler. Pourtant, j'ignore complètement si j'ai réellement émis le moindre son.

« Lorsque j'ai repris mes esprits, j'étais toujours là, dans le hall de l'hôtel. Tout paraissait normal, et pourtant c'était comme si j'avais passé des années et des années dans cet autre endroit, et toutes sortes de bribes de souvenirs m'échappaient, s'enfuyaient de ma mémoire, si vite que je ne parvenais plus à capter la moindre pensée, proposition ou suggestion.

« Tout ce dont je peux me souvenir avec une once de certitude se limite à ce que je viens de vous raconter. J'étais là, debout. Je contemplais les fleurs. Personne ne m'avait remarqué dans le hall. J'ai fait comme si de rien n'était. Mais je n'ai pas cessé de chercher à me souvenir, de reconstituer ces fragments, obsédé par des bribes de conversation, par des menaces ou des images, et je ne cesse de voir avec une grande netteté devant moi cet être sombre absolument affreux, exactement le genre de démon que l'on créerait pour rendre quelqu'un complètement fou. Son visage m'obsède et...

– Oui ?

– Et je l'ai revu deux fois.

Je m'aperçus que j'étais en train de m'éponger le front avec la petite serviette que le serveur m'avait donnée. Il était revenu. David avait passé la commande. Il se pencha alors vers moi.

– Vous pensez que vous avez vu le Diable.

– Il n'y a pas grand-chose d'autre qui pourrait m'épouvanter, David, repris-je. Nous le savons l'un et l'autre. Il n'existe pas un seul vampire qui pourrait véritablement me faire peur. Ni les plus anciens, ni les plus sages, ni les plus cruels d'entre tous. Pas même Maharet. Et que sais-je de ceux qui sont différents de nous, les surnaturels ? Les élémentaux, les esprits frappeurs, les petits écervelés, nous les connaissons tous... ce que vous avez évoqué par la sorcellerie candomblé.

– Oui.

– David, c'était *Lui, en personne.*

Il sourit, mais ce n'était en aucune manière par méchanceté ou indifférence.

– Pour vous, Lestat, me taquina-t-il d'un ton tendre et plein de séduction, pour vous, c'était sûrement le Diable lui-même.

Nous nous mîmes tous deux à rire. Je crois toutefois que c'était ce que les écrivains appellent un rire sans joie. Je poursuivis.

– La deuxième fois, c'était à La Nouvelle-Orléans. J'étais près de chez moi, notre appartement de la rue Royale. Je marchais, simplement. Et j'ai commencé à entendre ces pas derrière moi, comme si on me filait, en s'arrangeant pour me le faire savoir. Merde ! j'ai fait ça moi-même à des mortels, et c'est vraiment pervers. Seigneur ! Pourquoi ai-je jamais été créé ! Et puis la troisième fois, la Chose était encore plus près. Même scénario. Immense, me dominant de toute sa hauteur. Des ailes, David. Soit il a des ailes, soit, dans ma terreur, je l'en ai doté. C'est une créature ailée, et elle est hideuse, et, cette fois-ci, j'ai pu retenir l'image suffisamment longtemps pour lui échapper, pour fuir, David, comme un lâche. Ensuite, je me suis réveillé, comme toujours, dans un lieu familier, en fait celui où je me m'étais trouvé, et tout était comme avant. Rien n'avait bougé d'un pouce.

– Et lorsqu'il apparaît comme ça, il ne vous parle pas ?

– Non, absolument pas. Il essaie de me rendre fou. Il essaie de... de me faire faire quelque chose, peut-être. Rappelez-vous ce que vous avez dit, David, que vous ignoriez pourquoi Dieu et le Diable vous avaient permis de les entrevoir.

– Ne vous est-il pas venu à l'idée que c'est bel et bien lié à la victime que vous pourchassez ? Que quelque chose ou quelqu'un ne veut sans doute pas que vous tuiez cet homme ?

– C'est absurde, David. Pensez à la souffrance du monde, ce soir. Pensez à ces mourants en Europe de l'Est, pensez aux guerres en Terre sainte, à ce qui arrive dans cette même ville. Croyez-vous que Dieu ou le Diable se soucie d'un seul homme ? Et notre race, notre race qui depuis des siècles s'attaque aux faibles, et aux malchanceux. Quand le Diable s'est-il jamais mêlé de ce que faisaient Louis, Armand, Marius, ou n'importe lequel d'entre nous ? Oh ! si seulement il était facile de pouvoir convoquer ici son auguste présence pour savoir une bonne fois pour toutes.

– Désirez-vous savoir ? demanda-t-il avec sérieux.

J'attendis, le temps de réfléchir. Puis je hochai la tête.

– Cela pourrait être un phénomène explicable. Je déteste en avoir peur ! Peut-être est-ce de la folie. Peut-être est-ce cela l'Enfer. On devient dingue. Et tous nos démons surgissent pour nous attraper en moins de temps que l'on met à les imaginer.

– Lestat, c'est le mal, c'est bien ce que vous dites ?

Je fis mine de répondre, puis m'interrompis. Le mal.

– Vous avez expliqué que c'était hideux ; vous avez décrit un bruit intolérable, et une lumière. Était-ce le mal ? Perceviez-vous le mal ?

– En fait, non. J'ai ressenti la même chose que lorsque j'entends ces bribes de conversation, une sorte de sincérité, je suppose que c'est le mot juste, quelque chose de sincère et d'intentionnel, et je vais vous dire, David, cet être, cet être qui me suit... Il a un mental sans cesse en éveil dans son cœur et une insatiable personnalité.

– Quoi ?

– Un mental sans cesse en éveil dans son cœur, insistai-je, et une insatiable personnalité, soufflai-je. Pourtant, je savais que c'était une citation. Mais d'où elle provenait, je n'en avais pas idée, un vers d'un poème peut-être ?

– Que voulez-vous dire ? demanda-t-il d'un ton patient.

– Je ne sais pas. Je ne sais même pas pourquoi je viens de dire cela. Ni même pourquoi ces mots me sont venus à l'esprit. Mais c'est la vérité. Il a vraiment un mental sans cesse en éveil dans son cœur et il a une insatiable personnalité. Ce n'est pas un mortel. Ce n'est pas un humain !

– Un mental sans cesse en éveil dans son cœur, cita David. Une insatiable personnalité.

– Oui. C'est l'Homme, l'Être, la Chose mâle. Non, attendez, j'ignore s'il est masculin ; enfin... Bon, je ne sais pas de quel genre c'est... Pas formellement féminin, disons ça comme ça, et, n'étant pas formellement femme, il semble par conséquent... être mâle.

– Je comprends.

– Vous croyez que je suis cinglé, n'est-ce pas ? C'est ce que vous espérez, non ?

– Bien sûr que non.

– Alors vous devriez. Parce que si cet être n'existe pas dans mon cerveau, mais en dehors, c'est donc qu'il peut vous attraper aussi.

Cela le rendit manifestement très pensif et lointain ; puis il prononça des paroles étranges auxquelles je ne m'attendais pas.

– Mais il ne s'intéresse pas à moi, n'est-ce pas ? Pas plus qu'il ne s'intéresse aux autres. C'est vous qu'il veut.

J'étais abattu. Je suis orgueilleux, je suis égocentrique ; j'adore qu'on se préoccupe de moi ; je veux la gloire ; je veux que Dieu et le Diable me veuillent. Je veux, je veux, je veux, je veux.

– Je ne vous fais aucun reproche, poursuivit-il. Je suggère simplement que cette chose n'a pas menacé les autres. Que, durant ces centaines d'années, aucun d'eux... aucun de ceux que nous connaissons n'a jamais mentionné un tel fait. Du reste, dans vos écrits, dans vos livres, vous avez été absolument explicite quant au fait qu'aucun vampire n'avait jamais vu le Diable, vous êtes d'accord ?

Je l'admis avec un haussement d'épaules. Louis, mon bien-aimé élève et novice, avait une fois traversé la terre entière pour trouver les « aînés » des vampires, et Armand s'était avancé, bras ouverts, pour lui dire qu'il n'y avait ni Dieu ni Diable. Et moi, un demi-siècle avant lui, j'avais accompli mon propre voyage vers ces aînés et cela avait été Marius, créé à l'époque de la Rome antique, qui m'avait affirmé exactement la même chose. Ni Dieu. Ni Diable.

Je restais assis, immobile, incommodé par de stupides petites choses, parce que cet endroit manquait d'air, que le parfum n'était pas vraiment du parfum, qu'il n'y avait pas de lis dans ces salles, qu'il allait faire très froid dehors, et que je ne pouvais pas envisager de me reposer tant que l'aube ne m'y obligerait pas, que la nuit était longue, que je semblais incohérent aux yeux de David, et que je risquais de le perdre... et que cette Chose pouvait venir, que cette chose pouvait revenir.

– Resterez-vous auprès de moi ? Je haïssais mes propres paroles.

– Je serai à vos côtés, et je m'efforcerai de vous retenir s'il essaie de vous prendre.

– C'est vrai ?

– Oui.

– Pourquoi ?

– Ne soyez pas idiot. Écoutez, j'ignore ce que j'ai vu dans le café. De ma vie, je n'ai revu ou entendu pareille chose. Vous le savez, je vous ai raconté mon histoire. Je suis allé au Brésil, j'ai appris les secrets du candomblé. La nuit où... vous m'avez pris, j'ai essayé d'évoquer les esprits.

– Ils sont venus. Ils étaient trop faibles pour vous aider.

– C'est exact. Mais... quel est le problème ? Le problème, c'est simplement que je vous aime, que nous sommes unis par un lien particulier, différent de ceux des autres. Louis vous vénère. Vous êtes pour lui une sorte de dieu ténébreux, bien qu'il prétende vous haïr de l'avoir créé. Armand vous jalouse et vous épie bien plus que vous ne pourriez le croire.

— J'entends Armand, je le vois et je l'ignore, répondis-je.

— Marius, lui, ne vous a pas pardonné de ne pas être devenu son élève, je suppose que vous le savez, de ne pas être devenu son acolyte, et de ne pas croire à l'histoire en tant que cohérence rédemptrice.

— Bien vu. C'est effectivement ce qu'il pense. Mais il est en colère contre moi pour des raisons bien plus graves encore, vous n'étiez pas l'un des nôtres lorsque j'ai réveillé la Mère et le Père. Vous n'étiez pas là. Mais c'est une autre histoire.

— Mais je sais tout cela. Vous oubliez vos livres. Je lis vos œuvres sitôt que vous les écrivez, sitôt que vous les lâchez dans le monde mortel.

J'eus un rire amer.

— Peut-être que le Diable a aussi lu mes livres, répliquai-je. Une fois de plus, il me répugnait d'avoir peur. Cela me rendait furieux.

— Quoi qu'il arrive, je serai auprès de vous.

Il baissa les yeux vers la table, soudain lointain et absorbé, ainsi qu'il le faisait si souvent lorsqu'il était mortel, du temps où je pouvais lire ses pensées, encore qu'il sût me mettre en échec et m'en interdire l'accès en les verrouillant. A présent, c'était une simple barrière. Jamais plus je ne saurai à quoi elles ressemblent.

— J'ai soif, murmurai-je.

— Allez chasser.

Je hochai négativement la tête.

— Lorsque je serai prêt, je prendrai la Victime. Dès que Dora aura quitté New York. Dès qu'elle aura regagné son vieux couvent. Elle sait que ce salopard est condamné. C'est ce qu'elle pensera une fois que je l'aurai fait, que l'un de ses nombreux ennemis aura eu sa peau, que ses mauvaises actions se seront retournées contre lui, ce qui est fort biblique, alors qu'en réalité cela n'aura été qu'une espèce de tueur rôdant dans le jardin sauvage de la Terre, un vampire en quête d'un succulent mortel, parce que son père avait attiré mon attention, et c'est comme ça que cela va se terminer, voilà.

— Avez-vous l'intention de torturer cet homme ?

— David, vous me choquez. Quelle question impolie.

— Le ferez-vous ? demanda-t-il d'un ton plus timide, plus implorant.

— Je ne pense pas. Je voudrais juste...

Je souris. A présent, il ne savait que trop. Personne n'avait plus besoin de lui décrire le sang qu'on buvait, l'âme, la mémoire, l'esprit, le cœur. Je ne connaîtrai ce misérable mortel que lorsque je le prendrai, lorsque je le tiendrai contre ma poitrine et ouvrirai la seule veine honnête de son corps, pour ainsi dire. Ah! trop de pensées, trop de souvenirs, trop de colère.

— Je vais rester avec vous, dit-il. Avez-vous un appartement ici?

— Rien de convenable. Trouvez-nous quelque chose, près de... près de la cathédrale.

— Pourquoi?

— Eh bien, David vous devriez savoir pourquoi. Si le Diable se met à me poursuivre dans la 5e Avenue, je n'aurai qu'à courir jusqu'à Saint-Patrick, monter au maître-autel, tomber à genoux devant le saint sacrement et demander à Dieu de me pardonner, et de ne pas me plonger jusqu'aux yeux dans une rivière de flammes.

— Vous êtes vraiment sur le point de perdre la tête.

— Non, absolument pas. Regardez-moi. Je peux encore nouer mes lacets. Vous voyez? Et ma cravate aussi. Ce n'est pas évident, vous savez, de la faire passer tout autour du cou, puis dans la chemise, et de ne pas avoir l'air d'un dingue avec un grand foulard. Je tourne rond, comme le disent carrément les mortels. Pouvez-vous nous trouver un logement?

Il acquiesça.

— Là-bas, à côté de la cathédrale, il y a une tour de verre. Un immeuble monstrueux.

— C'est l'Olympic Tower.

— Pouvez-vous nous y prendre un appartement? En réalité, j'ai des agents mortels pour effectuer ce genre de tâche, et je ne vois pas pourquoi je suis là à gémir comme un imbécile et à vous demander de vous charger de détails dégradants...

— Je vais m'en occuper. C'est probablement trop tard pour ce soir, mais je pourrai arranger ça pour demain soir. Ce sera sous le nom de David Talbot.

— Mes vêtements. J'en ai un paquet ici, sous le nom d'Isaac Rummel. Juste une ou deux valises, et quelques pardessus. C'est vraiment l'hiver, non?

Je lui donnai la clé de la chambre. Mais c'était humiliant. Un peu comme si je faisais de lui un domestique. Peut-être allait-il changer d'avis et mettre notre nouvel appartement au nom de Renfield.

— Je me charge de tout cela. D'ici à demain, nous aurons une base d'opérations digne d'un palais. Je veillerai à ce qu'on vous laisse les clés à la réception. Mais qu'envisagez-vous de faire?

J'attendis, car j'écoutais la Victime. Qui discutait toujours avec Dora. Elle repartait le lendemain matin.

Je pointais mon doigt vers le plafond.

— Je vais tuer ce salopard. Demain, je crois, juste après le coucher du soleil, si j'arrive à le localiser suffisamment vite. Dora sera partie. Oh! j'ai tellement soif. J'aurais préféré qu'elle s'en aille dès ce soir par un avion de nuit. Dora, Dora.

32

– Vous aimez vraiment cette petite fille, n'est-ce pas ?

– Oui. Regardez-la de temps en temps à la télévision, vous comprendrez. Elle a un talent impressionnant, et sa doctrine produit un effet dangereusement émotionnel.

– Est-elle vraiment douée ?

– En toute chose. Peau très blanche, cheveux noirs coupés court à la Jeanne d'Arc, jambes longues, fines et belles ; elle danse avec un tel abandon, les bras étendus, qu'elle ferait penser à un derviche tourneur ou aux soufis dans ce qu'ils ont de parfait, et, lorsqu'elle parle, ce n'est pas précisément avec humilité, mais c'est plein d'émerveillement et de douceur.

– Cela me paraît normal.

– Non, la religion, ce n'est pas toujours comme ça. Je veux dire qu'elle ne déclame pas sur l'Apocalypse prochaine ou sur le Diable qui va venir vous chercher si vous ne lui envoyez pas un chèque.

Il réfléchit quelques instants puis répondit, sur un ton qui en disait long :

– Je vois.

– Non, vous ne voyez pas. Je l'aime, oui, mais je l'aurai bientôt complètement oubliée. C'est simplement que... il y a là une interprétation convaincante de certaines choses, une sensibilité, et elle est tout à fait sincère ; elle pense que Jésus a marché sur cette Terre. Elle y croit vraiment.

– Et cette chose qui vous suit, ça n'a vraiment aucun rapport avec le choix de la victime, son père ?

– Eh bien, il existe un moyen de le savoir.

– Lequel ?

– Tuer ce salaud ce soir. Peut-être après qu'il l'aura quittée. Ma Victime ne va pas rester avec elle. Il a bien trop peur de la mettre en danger. Il ne descend jamais dans le même hôtel qu'elle. Ici, il possède trois appartements différents. D'ailleurs, je suis étonné qu'il y ait séjourné aussi longtemps.

– Je reste avec vous.

– Non, allez-vous-en, je dois en finir. J'ai besoin de vous, réellement. J'avais besoin de vous le dire, et de vous avoir auprès de moi. Je sais que vous êtes assoiffé. Il ne m'est pas nécessaire de lire dans vos pensées pour m'en rendre compte. Vous étiez déjà assoiffé en arrivant ici, mais vous n'avez pas voulu me décevoir. Allez rôder dans la ville. (Je souris.) Vous n'avez encore jamais chassé dans New York, n'est-ce pas ?

Il hocha négativement la tête. Ses yeux changeaient. C'était la soif. Elle lui donnait l'air morne d'un chien flairant une chienne en chaleur. Nous avons tous cet air-là, bestial ; d'ailleurs, nous sommes des bêtes, non ? Tous autant que nous sommes.

Je me levai.

– Les chambres, dans l'Olympic Tower, repris-je. Prenez-les avec

la vue sur Saint-Patrick. Pas trop élevées, et même aux étages inférieurs, si c'est possible, de façon à être tout près des clochers.

– Vous perdez votre brillant esprit surnaturel.

– Non. Mais à présent je vais aller dehors, dans la neige. Je
l'entends là-haut. Il est sur le point de la quitter, il l'embrasse, lui
fait de chastes et tendres baisers. Sa voiture circule aux alentours et
va arriver. Il va se diriger vers Uptown, pour gagner le lieu secret où
il conserve ses reliques. Il pense que ses ennemis, ceux de la pègre
et du gouvernement, n'en connaissent pas l'existence, ou qu'ils
s'imaginent que c'est un simple magasin appartenant à un ami brocanteur. Mais moi, je connais cet endroit. Et je sais ce que tous ces
trésors signifient pour lui. S'il va là-bas, je le suis... Je n'ai plus le
temps, David.

– Je n'ai jamais été à ce point troublé, répondit-il. J'avais envie
de vous dire, « que Dieu soit avec vous ! »

Je me mis à rire. Je me penchai pour lui donner un petit baiser
sur le front, si rapide que les autres l'auraient à peine remarqué s'ils
l'avaient vu, puis, ravalant ma peur, cette peur instantanée, je le
quittai.

Dans la chambre tout là-haut, Dora pleurait. Assise à la fenêtre,
elle regardait les flocons tomber et pleurait. Elle regrettait d'avoir
refusé le dernier cadeau de son père. Si seulement... Elle appuya
son front contre la vitre glacée et pria pour lui.

Je traversai la rue. La neige me parut plutôt agréable, mais moi,
je suis un monstre.

Je me tenais derrière Saint-Patrick, observant ma belle Victime
dehors sous la neige, marchant d'un pas vif, épaules rentrées,
s'engouffrer sur le siège arrière de sa luxueuse voiture noire. Je
l'entendis donner une adresse à proximité du local de brocanteur où
il conservait ses merveilles. Parfait, il y serait seul pendant un
moment. Pourquoi ne pas le faire, Lestat ?

Pourquoi ne pas laisser le Diable te prendre ? Vas-y ! Refuse
d'aller en Enfer dans la terreur. Vas-y pour de bon.

2

J'arrivai à sa maison de l'Upper East Side avant lui. Je l'avais suivi de nombreuses fois jusqu'ici. Je connaissais le chemin. Des gens à sa solde habitaient les étages inférieur et supérieur, encore que, selon moi, ils ignoraient probablement qui il était. Ce qui ressemblait fort aux habituelles dispositions d'un vampire. Et entre ces deux appartements, se trouvait cette longue enfilade de pièces, au deuxième étage de cet immeuble dont les fenêtres étaient pourvues de grilles comme une prison, et auquel il accédait par une entrée arrière.

Aucune voiture ne le déposait jamais devant. Il descendait sur Madison et coupait directement par le bloc jusqu'à la porte de derrière. Parfois aussi, il descendait sur la 5e. Il avait deux itinéraires, et quelques-uns des immeubles alentour lui appartenaient. Mais personne – aucun de ses poursuivants – ne connaissait cet endroit.

Je n'étais même pas sûr que Dora, sa fille, sût exactement où se trouvait cet appartement. Depuis tous ces mois où je l'observais, me délectant et me pourléchant à l'idée de lui prendre la vie, il ne l'avait jamais emmenée ici. Et je n'avais jamais capté dans les pensées de Dora la moindre image s'y rapportant.

Toutefois, Dora connaissait sa collection. Naguère, elle avait accepté ses reliques. Elle en avait disséminé quelques-unes dans les pièces vides du château-couvent de La Nouvelle-Orléans. J'avais perçu le reflet d'un ou deux de ces objets d'art la nuit où je l'avais prise en filature jusque là-bas. Et, pour l'heure, ma Victime continuait à se lamenter parce qu'elle avait refusé son dernier cadeau en date. Un objet vraiment sacré, du moins c'est ce qu'il pensait.

Je pénétrai dans l'appartement de la manière la plus simple.

Du reste, on ne pouvait guère appeler cela un appartement, bien qu'il comportât effectivement un petit cabinet de toilette, crasseux comme le deviennent les lieux inoccupés et désaffectés; les pièces, l'une après l'autre, étaient encombrées de malles, de statues, de personnages en bronze, de tas de ce qui semblait être des trucs de pacotille et qui sans nul doute recelaient d'inestimables trouvailles.

Cela me faisait vraiment tout drôle d'être à l'intérieur, caché dans la petite chambre du fond, dans la mesure où je m'étais jusqu'ici contenté de regarder par les fenêtres. Il y faisait froid. Lorsqu'il arriverait, il apporterait suffisamment de chaleur et de lumière.

Je perçus qu'il n'était qu'à mi-chemin sur Madison, pris dans un embouteillage. Je commençai mon exploration.

L'immense statue de marbre d'un ange me fit immédiatement sursauter. Je venais de franchir le seuil de la porte et je faillis me cogner violemment contre lui. C'était l'un de ces anges généralement placés à l'intérieur du portail des églises, qui offrait de l'eau bénite dans une semi-coquille. J'en avais vu en Europe et à La Nouvelle-Orléans.

C'était un ange gigantesque, et son profil cruel scrutait la pénombre. Tout au fond du vestibule, un rai de lumière provenait de la petite rue animée qui débouchait sur la 5ᵉ. L'habituel bourdonnement de la circulation filtrait à travers les murs.

Cet ange était posé là comme s'il venait juste d'atterrir des cieux pour présenter sa vasque sacrée. Je tapotai doucement son genou fléchi et le contournai. Il ne me plaisait pas. Je sentais l'odeur du parchemin, du papyrus et de diverses sortes de métaux. La pièce face à moi semblait remplie d'icônes russes. Les murs en étaient entièrement couverts et la lumière dansait sur les halos des vierges au regard triste et des christs éclatants.

Je poursuivis dans la pièce voisine. Des crucifix. Je reconnus le style espagnol et ce qui me parut être du baroque italien, et j'aperçus une œuvre très ancienne, sûrement d'une grande rareté – un Christ grotesque, de dimension minime, mais souffrant avec l'horreur qui convenait sur sa croix vermoulue.

C'est seulement alors que je réalisai l'évidence. Il s'agissait *uniquement* d'art religieux. Il n'y avait pas un objet qui ne soit d'inspiration chrétienne. Cependant, en y réfléchissant, on peut affirmer sans trop se tromper qu'il en est ainsi de tout l'art des siècles passés. Je veux dire par là que la grande majorité des œuvres d'art est religieuse.

Les lieux étaient totalement dénués de vie.

En fait, cela empestait l'insecticide. Il avait évidemment dû en imprégner l'atmosphère pour préserver ses statues de bois anciennes, forcément. Je n'entendais ni ne sentais les rats, et ne décelais aucun être vivant. L'appartement du dessous était vide de ses occupants, bien qu'une petite radio déversât un bulletin d'informations dans une salle de bains.

Il m'était facile de faire abstraction de ce petit bruit. Aux étages supérieurs, il y avait des mortels, mais des gens âgés, et je captai l'image d'un homme sédentaire, casque sur les oreilles, qui se balançait au rythme d'une musique ésotérique germanique, du Wagner, où des amants funestes déploraient la venue de « l'aube tant haïe », ou quelque folie pesante, répétitive et indéniablement païenne. Au diable ce leitmotiv. Il y avait là-haut une autre personne, trop faible pour poser un problème ; je n'avais d'elle qu'une unique vision, et elle semblait coudre ou tricoter.

Tout cela ne m'importait pas suffisamment pour que je m'y attarde. J'étais en sécurité dans l'appartement, Il allait bientôt arriver, emplissant toutes ces pièces de l'arôme de son sang, et j'allais faire tout mon possible pour ne pas lui rompre le cou avant d'en avoir bu la dernière goutte. Oui, cette nuit était la bonne.

De toute façon, Dora ne le découvrirait que demain, une fois rentrée chez elle. Qui irait penser que j'avais laissé son cadavre ici ?

Je passai ensuite dans le salon. La pièce était relativement propre ; c'était là qu'il se délassait, lisait, étudiait et caressait ses bibelots. J'y trouvai des divans massifs et confortables, pourvus de piles de coussins, et des lampes halogènes en métal noir si délicates, légères, modernes et d'un maniement si aisé que l'on aurait dit des insectes posés en équilibre sur les tables, sur le sol, et parfois en haut des caisses en carton.

Le cendrier en cristal débordait de mégots, ce qui confirmait le fait qu'il préférait la prudence à la propreté, et je vis des verres éparpillés dans lesquels l'alcool, depuis longtemps desséché, s'était transformé en un glacis pailleté semblable à de la laque.

Des rideaux fins et douteux étaient accrochés aux fenêtres, diffusant une lumière crasseuse et tentante.

Cette pièce-là aussi était encombrée de statues de saints, dont un saint Antoine, blafard et émouvant, tenant dans le creux de son bras un Enfant Jésus potelé ; une vierge imposante et lointaine, provenant manifestement d'Amérique latine. Et une sorte d'ange monstrueux de granit noir, que, même avec mes yeux, je ne parvenais pas à détailler dans l'obscurité, et qui faisait davantage penser à un démon mésopotamien qu'à un être céleste.

L'espace d'une fraction de seconde, ce monstre de granit me donna le frisson. Il ressemblait à... Non, je dirais que ses ailes me rappelaient la créature que j'avais entr'aperçue, cette Chose qui semblait me suivre.

Mais ici, je n'entendais aucun bruit de pas. Il n'y avait pas de déchirure dans le tissu de l'existence. C'était une statue granitique, rien de plus, hideux ornement ayant sans doute appartenu à quelque église affreuse emplie de représentations de l'Enfer et du Paradis.

Des piles de livres étaient posées sur les tables. Car il adorait lire. Il y avait des ouvrages précieux, imprimés sur vélin, très anciens et tout ça, mais aussi des ouvrages d'actualité, qui traitaient de philosophie, de religion, des affaires courantes, des Mémoires de correspondants de guerre célèbres, et même quelques recueils de poésie.

Mircea Eliade, *Histoire des croyances et des idées religieuses* en plusieurs volumes, était peut-être un cadeau de Dora, et là, une *Histoire de Dieu,* un bouquin tout neuf, écrit par une femme du nom de Karen Armstrong. Un autre livre sur le sens de la vie, *Comprendre le présent,* par Bryan Appleyard. Des gros pavés. Mais rigolos, en tout cas. Et ils avaient été manipulés. Oui, c'était bien son odeur que je sentais sur ces livres, sans aucun doute, et non celle de Dora.

Il avait passé ici beaucoup plus de temps que je n'aurais jamais cru.

Je scrutais les ombres, les objets, je laissais l'air emplir mes narines. Oui, en effet, il était souvent venu ici, avec quelqu'un d'autre, et cette personne... cette personne était morte ici ! Je ne m'en étais évidemment pas rendu compte jusqu'alors, mais c'était un préparatif supplémentaire pour le repas. Ainsi donc ce criminel, trafiquant de drogue, avait jadis aimé un jeune homme en ces lieux, et tout n'avait pas été que confusion. J'en avais des visions fugitives de la pire espèce qui soit, des émotions plutôt que des images, et j'en fus moi-même sous le choc. Ce décès était somme toute assez récent.

Si j'avais croisé cette victime à l'époque, lorsque son ami agonisait, je ne me serais jamais intéressé à lui, je l'aurais laissé repartir. Mais il était tellement m'as-tu-vu en ce temps-là !

Pour le moment, il montait les marches de l'escalier dérobé, à pas prudents, la main sur la crosse de son revolver à l'intérieur de son pardessus, à la façon des héros de films noirs, bien qu'il ne fût guère un personnage prévisible. Mais il est vrai que les trafiquants de cocaïne sont des gens extravagants.

Arrivé à la porte de derrière, il constata que je l'avais ouverte. Fureur. Je me glissai dans le coin opposé à cette arrogante statue de granit et je me tins en retrait, entre deux saints poussiéreux. Il faisait trop sombre pour qu'il s'aperçoive immédiatement de ma présence. Il lui aurait fallu pour cela allumer l'une des petites lampes halogènes, et c'étaient des spots.

Pour l'instant, il écoutait, il sondait : il lui était odieux que quelqu'un ait forcé sa porte ; c'était un assassin, et il n'envisageait pas de ne pas mener son enquête ; la cause fut débattue dans le petit tribunal de son cerveau. Non, il était impossible que quelqu'un connaisse cet endroit, trancha le juge. Merde ! ça devait être un piètre petit voleur, se dit-il dans un accès de rage.

Il sortit son arme et commença à passer d'une pièce à l'autre, même celles que je m'étais abstenu de visiter. Je l'entendis actionner l'interrupteur, et vis la lumière jaillir dans le vestibule. Il poursuivit son investigation dans l'appartement.

Comment diable pouvait-il penser qu'il était vide ? Car n'importe qui aurait pu se cacher là. Moi, je savais qu'il était vide. Mais lui, comment en était-il si sûr ? Peut-être était-ce pour cela qu'il était resté en vie depuis tout ce temps, à cause de ce mélange parfaitement dosé de créativité et d'imprudence.

Enfin arriva le moment absolument délicieux. L'assurance qu'il était seul.

Il franchit le seuil du salon, tournant le dos au grand vestibule, inspecta longuement la pièce sans me voir, naturellement, puis il rangea son gros revolver 9 mm dans son étui et ôta très lentement ses gants.

Le peu de lumière me permit de détailler tout ce que j'adorais chez lui.

Des cheveux noirs et doux, un visage de type asiatique, dont on ne pouvait dire avec certitude s'il était indien, japonais ou gitan ; ou même grec ou italien ; des yeux noirs et sournois, et une ossature absolument symétrique et parfaite, traits dont avait hérité sa fille Dora. Elle avait la peau claire, Dora. Sa mère avait dû avoir une carnation d'une blancheur laiteuse. Lui avait le teint que je préférais, cuivré.

Soudain, il parut extrêmement mal à l'aise. Il se détourna de moi, le regard manifestement rivé à un objet qui l'avait alarmé. Aucun rapport avec ma présence. Je n'avais touché à rien. Mais son inquiétude avait jeté un mur entre mon esprit et le sien. Il était sur le qui-vive.

Il était grand, le dos très droit, vêtu d'un pardessus long et de chaussures Savile Row cousues main que les bottiers anglais mettaient une éternité à fabriquer. Il s'écarta de moi, et je réalisai aussitôt que c'était la statue de granit noir qui l'avait effrayé.

C'était tout à fait évident. Il ignorait ce que c'était et comment elle était arrivée là. Il s'en approcha avec circonspection, comme si quelqu'un pouvait s'être tapi à proximité de la chose, puis il pivota, scruta la pièce et ressortit lentement son revolver.

Diverses hypothèses le traversèrent, non sans une certaine méthode. Il connaissait un marchand d'art suffisamment stupide pour lui avoir livré le truc et être reparti en laissant la porte ouverte, mais celui-ci lui aurait de toute façon téléphoné avant de passer.

Et cette chose ? Mésopotamienne ? Assyrienne ? Soudain, sous le coup d'une impulsion, oubliant tous les problèmes du moment, il tendit la main pour toucher le granit. Seigneur, il l'adorait. Au point d'agir comme un idiot.

Car l'un de ses ennemis était peut-être là. Mais alors, pourquoi un gangster ou un enquêteur fédéral lui apporterait-il un cadeau pareil ?

Il paraissait envoûté par cette œuvre. Mais moi, je ne parvenais toujours pas à la distinguer nettement. J'aurais volontiers ôté mes lunettes violettes, ce qui m'aurait considérablement aidé, mais je n'osais bouger. Je voulais voir ça, l'adoration qu'il vouait à cet objet tout nouveau. Je sentais son désir absolu pour cette statue, l'envie de la posséder, de l'avoir ici... C'était ce type même de désir qui l'avait d'emblée rendu si attirant à mes yeux.

Il ne pensait qu'à elle, à la finesse de sa sculpture, se disant qu'elle était récente, pas ancienne, pour d'évidentes raisons de style, du XVIIᵉ siècle sans doute, avec ce rendu charnel d'un ange déchu.

Un ange déchu. Il ne cessait de marcher sur la pointe des pieds et de l'embrasser. Il leva la main gauche et la passa sur la figure et les cheveux de granit. Merde! je ne voyais rien. Comment pouvait-il s'accommoder de ces ténèbres? Mais lui, il était collé contre, alors que moi je me tenais à une distance de six mètres, coincé entre deux saints et gêné par une perspective médiocre.

Il finit par s'en détourner pour allumer l'une des lampes halogènes. L'objet en question ressemblait à une mante religieuse. Il déplaça le bras de métal fin et noir pour en diriger le faisceau sur le visage de la statue. A présent, je voyais merveilleusement bien les deux profils!

Il émettait des petits gloussements de plaisir. C'était extra-ordinaire! Le marchand n'avait plus la moindre importance, la porte de derrière était oubliée, le supposé danger envolé. Il replaça son arme dans l'étui, presque machinalement sembla-t-il, et continua de se déplacer sur la pointe des pieds, essayant de se hisser à la hauteur de cette effroyable image taillée. Des ailes garnies de plumes. Je venais seulement de le remarquer. Pas reptiliennes, mais emplumées. Le visage, lui, était classique, robuste, le nez long, le menton... Pourtant, il y avait une sorte de férocité dans le profil. Et pourquoi la statue était-elle noire? Peut-être était-ce seulement saint Michel, qui, dans sa juste colère, repoussait les démons en Enfer. Non, les cheveux étaient trop drus et trop emmêlés pour ça. Armure, plastron, et là, je vis les détails les plus frappants. Il avait les jambes et les sabots d'un bouc. Le Diable.

A nouveau, je tressaillis. *Semblable à la chose que j'avais vue.* C'était ridicule! Et je ne percevais aucunement la présence du Fileur à mes côtés. Je n'étais pas désorienté. Je n'avais même pas vraiment peur. Juste un frisson, rien de plus.

Je demeurais totalement immobile. Maintenant, prends ton temps, me dis-je. Réfléchis. Tu as ta Victime et cette statue n'est rien d'autre qu'une coïncidence qui enrichit le scénario. Il dirigea alors vers elle le faisceau d'un autre halogène. La façon dont il l'étudiait était presque érotique. Je souris. Car la manière dont j'observais moi-même cet homme de quarante-sept ans, doté de la santé d'un adolescent et de l'assurance d'un criminel, l'était tout autant. Sans la moindre hésitation, il recula, ayant oublié toute menace, et contempla sa nouvelle acquisition. D'où venait-elle? De qui? Il se moquait éperdument de son prix. Si seulement Dora... Non, Dora n'aimerait pas cet objet. Dora. Dora, qui lui avait brisé le cœur ce soir en refusant son cadeau.

Bientôt, son attitude changea ; il ne voulait plus penser à Dora, et à tout ce qu'elle lui avait dit – qu'il devait renoncer à ses activités, qu'elle n'accepterait plus un centime pour l'Église, qu'elle ne pouvait s'empêcher de l'aimer et de souffrir s'il allait en justice, et qu'elle ne voulait pas du voile.

Quel voile ? Un faux, avait-il expliqué, mais le plus beau qu'il eût jamais trouvé. Le voile ? Je fis subitement le lien entre son cuisant petit souvenir et ce qui était accroché au mur tout là-bas, un morceau d'étoffe dans un cadre, un visage du Christ peint. Un voile. Le voile de Véronique.

Une heure plus tôt, il venait de dire à Dora : « XIIIe siècle, et tellement beau, Dora, pour l'amour du ciel. Prends-le, Dora, si je ne peux pas te laisser ces choses-là... »

Ainsi, son précieux cadeau était cette sainte face ?

– Je n'accepterai plus rien, Papa, je te l'ai dit. Plus rien.

Il avait tenté de la convaincre en lui faisant miroiter que ce nouveau présent pourrait faire l'objet d'une exposition. De même que toutes ces reliques. Elles pourraient rapporter de l'argent pour l'Église.

Elle s'était mise à pleurer, et le tout avait duré jusqu'à leur retour à l'hôtel, tandis que David et moi étions au bar, à quelques mètres d'eux.

– Dire que ces salauds se sont arrangés pour me coincer avec leur mandat d'amener, pour un truc que je n'ai pas couvert, et toi, tu m'annonces que tu ne veux pas de ces objets ? Tu laisserais des étrangers s'en emparer ?

– Volés, Papa, avait-elle dit en pleurant. Ils ne sont pas propres. Ils sont souillés.

Vraiment, il ne comprenait pas sa fille. Il avait l'impression d'avoir été un voleur depuis son enfance. La Nouvelle-Orléans. La pension de famille, le curieux mélange de pauvreté et d'élégance, et sa mère, ivre la plupart du temps. Le vieux capitaine qui tenait le magasin d'antiquités. Tout ça défilait dans sa tête. Old Captain occupait les pièces en façade de la maison et lui, ma Victime, lui apportait chaque matin son petit déjeuner sur un plateau, avant d'aller à l'école. La pension de famille, le service, les vieillards bien habillés, St Charles Avenue. L'époque où les hommes passaient leurs soirées assis sous la véranda, tout comme les vieilles dames coiffées de leur chapeau. En ces temps de lumière du jour que je ne connaîtrais plus jamais.

Quelle rêverie. Non, ça ne plairait pas à Dora. D'ailleurs, lui-même n'était plus très sûr de l'apprécier, tout à coup. Il avait souvent du mal à expliquer aux gens ses propres critères. Il entama une sorte de justification, comme s'il s'adressait au marchand qui lui avait apporté cet objet. « Oui, c'est beau, mais c'est trop baroque ! Il y manque cet élément de torsion auquel je tiens tant. »

Je souris. J'adorais la façon de penser de ce type. Et l'odeur de son sang, aussi. J'en respirai un effluve, attendant qu'il me transforme en parfait prédateur. Doucement, Lestat. Tu as attendu pendant des mois. Ne te précipite pas. D'ailleurs, il est un vrai monstre. Il a tué des gens d'une balle dans la tête, et en a poignardé d'autres. Un jour, dans une petite épicerie, il a tiré à la fois sur son ennemi et sur l'épouse du propriétaire dans l'indifférence la plus totale. La femme lui avait barré le chemin. Et il est ressorti, froidement. C'était il y a longtemps, à l'époque de New York. Avant Miami, avant l'Amérique du Sud. Mais il se souvenait spécialement de ce crime, si bien que j'étais au courant.

Il pensait beaucoup à ces morts-là. C'est pourquoi j'y pensais aussi.

Il était en train d'examiner les pieds pourvus de sabots de cette chose, ange, diable ou démon. Je m'aperçus que les ailes touchaient le plafond. Je dus me maîtriser pour ne pas me remettre à frissonner. Mais j'étais sur la terre ferme, et il n'y avait nulle créature d'un autre monde en ces lieux.

Il avait enlevé son pardessus et il était maintenant en bras de chemise. C'était trop. Comme il déboutonnait son col, je vis la chair de son cou. Et aussi ce petit endroit particulièrement beau, juste en dessous de l'oreille, ces quelques centimètres entre la nuque d'un humain et le lobe de son oreille, tellement représentatifs de la beauté masculine.

Merde ! ce n'est pas moi qui avais inventé la symbolique des nuques. Chacun savait ce que signifiaient ces proportions. Il me plaisait des pieds à la tête, et sa personnalité plus encore, vraiment. Au diable sa séduction asiatique et tout le reste, et même sa vanité flamboyante dont le halo s'étendait à cinq mètres à la ronde. C'était son esprit, sa pensée entièrement absorbée par la statue, et qui, l'espace d'un moment de miséricorde, avait laissé échapper l'image de Dora.

Il attrapa un autre spot halogène, posa la main sur le métal brûlant et braqua l'ampoule sur l'aile du démon, celle que je distinguais le mieux ; à mon tour, je vis cette perfection qu'il évoquait, l'amour baroque du détail. Non. Il ne collectionnait pas ce genre d'objet. Ses préférences allaient au grotesque, et celui-ci ne l'était que par accident. Seigneur, c'était hideux. Une féroce crinière de cheveux, une figure à l'expression menaçante qu'aurait pu concevoir William Blake, et d'immenses yeux ronds fixés sur lui et, semblait-il, emplis de haine.

– Blake, c'est ça, s'écria-t-il. Il se retourna. Blake. Cette satanée statue ressemble à un dessin de Blake.

Je réalisai qu'il me regardait, ébahi. C'est moi qui avais projeté cette idée, étourdiment, certes, mais manifestement à dessein. J'éprouvai le choc de la rencontre. Il m'avait vu. Il avait aperçu mes lunettes, sans doute, et la lumière, ou bien mes cheveux.

Je m'avançai très lentement, bras le long du corps. Je voulais lui éviter de sortir son arme, ce qui aurait été d'une grande vulgarité. Mais il s'en abstint. Il se contenta de me dévisager, sans doute ébloui par l'éclat des petites ampoules trop proches de lui. A la lumière de l'halogène, l'ombre de l'aile de l'ange se découpait contre le plafond. Je me rapprochai.

Il demeura totalement muet. Il avait peur. Ou plus exactement, dirais-je, il était alarmé. Et même plus que ça. Il pressentait que cela risquait fort d'être son ultime affrontement. Quelqu'un avait réussi à le piéger sur toute la ligne ! Et il était trop tard pour dégainer son revolver, ou pour faire quoi que ce soit d'aussi prosaïque, et, d'ailleurs, il n'avait pas véritablement peur de moi.

Je voulais bien être pendu s'il n'avait pas compris que je n'étais pas humain.

Je fondis sur lui et pris son visage entre mes mains. Il se mit bien sûr à transpirer et à trembler, mais il m'arracha quand même mes lunettes, qui tombèrent par terre.

– Oh ! c'est merveilleux, enfin, chuchotai-je, d'être si près de vous !

Il ne pouvait articuler un mot. Nul mortel ainsi prisonnier de mon étreinte ne pouvait, selon toute vraisemblance, formuler autre chose que des prières, et lui n'en connaissait pas ! Il me regarda droit dans les yeux, puis il me jaugea, très lentement, sans oser bouger, le visage toujours enserré par mes mains froides, si froides, et il sut. Pas humain.

C'était la plus étrange des réactions ! Il était déjà arrivé que l'on m'identifie, ici et là de par le monde ; mais la prière, la folie, quelque réaction désespérée et atavique accompagnaient toujours cette découverte. Même dans la vieille Europe où l'on croyait à Nosferatu, les victimes hurlaient une supplique avant que je ne plante mes dents.

Mais ça, à quoi cela rimait-il, cette façon de me dévisager, ce courage risible d'un criminel !

– Prêt à mourir comme vous avez vécu ? murmurai-je.

Une seule pensée le galvanisait. *Dora*. Il commença à se débattre violemment, agrippant mes mains et réalisant qu'elles étaient dures comme de la pierre, puis, le corps convulsé comme il essayait de se libérer, il se retrouva cruellement suspendu par le visage. Il me siffla à la figure.

Une inexplicable pitié me submergea. Ne le torture pas comme ça. Il en sait trop. Il comprend trop vite. Seigneur, tu as eu des mois pour l'observer, il est inutile de prolonger ça. D'un autre côté, me disais-je, quand pareille mise à mort se représenterait-elle ?

Ma soif triompha du discernement. Je pressai tout d'abord mon front contre son cou, déplaçant ma main vers sa nuque tandis que mes cheveux l'effleuraient, puis je l'entendis retenir son souffle, et enfin je bus.

Il m'appartenait. J'avais le jaillissement, lui et Old Captain dans la pièce du devant, le tramway qui passait dehors dans un fracas épouvantable, et il disait à Old Captain : « Si vous me la montrez encore ou si vous me demandez de la toucher, je ne reviendrai plus jamais vous voir. » Et Old Captain qui jurait qu'il ne recommencerait plus. Old Captain qui l'emmenait au cinéma, dîner au restaurant à Monteleone, et en avion à Atlanta, qui avait fait serment de ne plus jamais faire ça, « Laisse-moi simplement être auprès de toi, fiston, laisse-moi rester avec toi, je le ferai plus, je le jure ». Sa mère dans l'embrasure de la porte, ivre, en train de se brosser les cheveux. « J'ai compris votre petit jeu, toi et ce vieux bonhomme, je sais très bien ce que vous faites. C'est lui qui t'a acheté ces vêtements ? Tu te figures que je m'en suis pas aperçue ? » Et puis Terry, une balle de revolver au beau milieu de son visage, une fille blonde qui se tourne sur le côté et s'effrondre sur le sol, le cinquième meurtre, et il a fallu que ce soit toi, Terry. Lui et Dora étaient dans le camion. Et Dora savait. Dora n'avait que six ans et elle avait compris. Compris qu'il avait tué sa mère. *Et ils n'en avaient jamais, jamais, reparlé.* Le cadavre de Terry dans un sac plastique. Seigneur, du plastique. Et lui, disant : « Maman est partie. » Dora n'avait même pas posé de questions. A six ans, elle savait. Terry, qui hurlait : « Tu t'imagines que tu peux m'enlever ma fille, espèce de salopard, tu t'imagines que tu peux prendre mon enfant, mais je pars ce soir avec Jake, et je l'emmène avec moi. » Bang ! T'es morte, chérie. De toute façon, je pouvais plus te supporter. Affaissée par terre, cette fille, mignonne mais tellement commune, avec ses vêtements tapageurs, ses ongles ovales rose pâle, son rouge à lèvres toujours impeccable et ses cheveux décolorés. Short rose, petites cuisses.

Lui et Dora roulant dans la nuit, et ils n'en avaient jamais reparlé.

Qu'est-ce que t'es en train de me faire ! Tu es en train de me tuer ! Mais tu prends mon sang, pas mon âme, espèce de voleur, tu... Grand Dieu, qu'est-ce que tu fais ?

– Vous me parlez ?

Je m'écartai, le sang dégoulinant de mes lèvres. Doux Seigneur, il me parlait ! J'enfonçai de nouveau mes crocs, et, cette fois, je lui brisai le cou, mais il ne se taisait toujours pas.

Oui, toi, tu es quoi ? Pourquoi, pourquoi ça, le sang ? Va brûler en enfer ! Va au diable !

Je lui avais écrasé les os du bras, déboîté l'épaule, et j'avais bu jusqu'à la dernière goutte de son sang, encore sur ma langue que je collais alors à la blessure. Donne-moi, donne-moi, donne-moi...

Mais quel est ton nom, qui donc es-tu ?

Il était mort. Je le laissai tomber puis reculai. Me parler ! Me parler pendant la mise à mort ? Me demander à *moi* qui *j*'étais ? Troubler l'extase ?

— Oh ! vous êtes décidément plein de surprises, murmurai-je.

J'essayai de mettre de l'ordre dans mes pensées. J'avais chaud et j'étais repu. Je gardais dans la bouche le goût de son sang. J'avais envie de le relever, de lui déchirer le poignet pour boire tout ce qu'il restait, mais c'était trop laid et, à la vérité, je n'avais nulle intention de le toucher encore. Je déglutis et me passai la langue sur les dents, pour en goûter l'ultime saveur, lui et Dora dans le camion, elle, six ans, Maman morte, une balle dans la tête, pour toujours avec Papa à présent.

« C'était le cinquième meurtre », m'avait-il dit à haute voix, je l'avais entendu. « Qui es-tu ? »

— Tu oses me parler, espèce de salopard !

Je baissai les yeux sur lui, et sentis enfin le sang irriguer le bout de mes doigts et couler le long de mes jambes ; je fermai les yeux et je me dis : « Vis pour ça, rien que pour ça, pour ce goût, cette sensation », et ses paroles me revinrent, celles qu'il avait adressées à Dora dans un bar : « J'ai vendu mon âme pour des endroits comme celui-là. »

— Oh ! pour l'amour du ciel, meurs, bordel ! m'écriai-je.

Je voulais sentir encore la brûlure du sang, mais j'en avais marre de lui, merde ! six mois, ça suffisait pour une histoire d'amour entre un vampire et un humain. Je levai les yeux.

La chose noire n'était absolument pas une statue. Elle était animée. Et elle m'observait. Elle était vivante, elle respirait et me regardait d'un air menaçant par-dessous ses sourcils luisants et noirs.

— Non, c'est pas vrai, dis-je à haute voix.

J'essayai de m'immerger dans cet état de profonde sérénité que le danger suscitait parfois en moi. *Ce n'est pas vrai.*

Je poussai son corps inerte tombé à terre, simplement pour m'assurer que j'étais toujours là et que je ne devenais pas fou de terreur et d'égarement, mais il ne se passa rien et je me mis à hurler.

Je hurlai comme un gosse.

Et je m'enfuis.

Je sortis en toute hâte, traversai le vestibule, passai par-derrière et me retrouvai dans les ténèbres de la nuit.

Je grimpai sur les toits, puis, à bout de forces, je me laissai glisser dans un petit passage et m'appuyai contre les briques. Non, c'était impossible. C'était l'ultime image que ma Victime avait projetée vers moi ; c'est déjà mort qu'il m'avait envoyé cette vision, sa douce vengeance. En rendant cette statue vivante, cette grande chose noire et ailée, avec ses jambes de bouc...

— Ouais, dis-je.

Je m'essuyai les lèvres. J'étais allongé sur la neige sale. Il y avait d'autres mortels dans cette ruelle. Laissez-nous tranquilles. Je ferai de même. Je m'essuyai une nouvelle fois les lèvres. « Par vengeance, oui ; tout son amour, murmurai-je à haute voix, pour tous les objets de ces lieux, et il m'a envoyé ça. Il savait. Il savait qui j'étais. Il savait comment... »

D'ailleurs, la Chose qui me filait n'avait jamais été aussi calme, aussi immobile, aussi réfléchie. Elle qui avait toujours enflé et grandi comme autant de fumée épaisse et puante, et ces voix... Non, c'était une simple statue qui s'était tenue là.

Je me relevai, furieux contre moi-même, absolument furieux de m'être enfui et de ne pas pas avoir su apprécier le dernier vilain tour de toute cette histoire. J'étais suffisamment en colère pour y retourner et flanquer des coups de pied à son cadavre et à cette statue, qui, sans nul doute, était retournée au granit à l'instant même où toute conscience avait définitivement quitté le cerveau moribond de son propriétaire.

Bras et épaules cassés. Comme si, de la masse ensanglantée à laquelle je l'avais réduit, il avait évoqué cette chose.

Et Dora sera mise au courant. Bras et épaules cassés. Nuque brisée.

Je débouchai sur la 5e Avenue. Je marchais dans le vent.

Je fourrai les mains dans les poches de mon blazer de laine, qui était bien trop léger pour ce blizzard, et je marchai, inlassablement. « Et merde ! D'accord, tu as compris qui j'étais et, l'espace d'un instant, tu as donné vie à ce machin. »

Je m'arrêtai net, contemplant par-delà les voitures les bois sombres et enneigés de Central Park.

– Si toute cette affaire a *réellement* un rapport, alors viens me chercher.

Ce n'était pas à lui que je venais de m'adresser, ni à la statue, c'était au Fileur. Je refusais purement et simplement d'avoir peur. Et je n'avais plus du tout ma tête.

Et où était David ? En train de chasser quelque part ? Chasser... comme il avait tant aimé à le faire dans la jungle amazonienne du temps où il était mortel, alors que j'avais fait de lui à jamais le chasseur de ses frères.

Je pris une décision.

Retourner immédiatement à l'appartement pour regarder cette foutue statue, et constater par moi-même qu'elle était absolument inanimée ; puis je ferais ce que je me devais de faire pour Dora – c'est-à-dire me débarrasser du cadavre de son père.

Il ne me fallut que très peu de temps pour revenir, monter une seconde fois l'étroit escalier de derrière plongé dans l'obscurité et entrer dans l'appartement. J'avais fini par dépasser ma peur et j'étais simplement furieux, humilié et ébranlé, et en même temps singulièrement excité – comme je le suis toujours par l'inconnu.

46

Puanteur de son corps inerte depuis peu. Puanteur du sang gâché.

Je n'entendais ni ne percevais rien d'autre. J'allai dans une pièce qui avait jadis été une cuisine et contenait encore les produits d'entretien utilisés du temps du défunt mortel que la Victime avait aimé. Je trouvai effectivement ce que je cherchais dans le placard sous l'évier, là où les gens la fourrent toujours, une boîte de sacs poubelle en plastique vert, idéale pour ses restes.

Je réalisai subitement que c'était dans un sac identique qu'il s'était débarrassé du cadavre de sa femme, Terry; je l'avais vu, je l'avais senti tandis que je me régalais de lui. Oh! et puis, merde. C'est donc lui qui m'en avait donné l'idée.

Je vis quelques articles de coutellerie, mais rien cependant qui permît de faire un travail chirurgical ou artistique. Je pris le plus grand des couteaux, avec une lame en acier au carbone, puis, sans la moindre hésitation, je revins dans le salon, me retournai et regardai cette statue gigantesque.

Les halogènes étaient toujours allumés, faisceaux brillants dans l'obscur capharnaüm.

Statue; ange aux jambes de bouc.

Lestat, tu es un idiot.

Je me hissai à sa hauteur, face à elle, et, froidement, me mis à l'étudier en détail. Probablement *pas* du XVIIe siècle. Plutôt contemporain, exécuté à la main, certes, mais avec l'absolue perfection d'un objet actuel; le visage arborait effectivement l'expression sublime des œuvres de William Blake – créature aux pattes de bouc, malfaisante, menaçante, avec les yeux des saints et des pêcheurs de Blake, emplis tout à la fois d'innocence et de courroux.

Je la voulus tout à coup, j'eus envie de l'emporter d'une manière ou d'une autre jusqu'à mon appartement de La Nouvelle-Orléans et de la garder comme souvenir, pour être tombé pratiquement raide de frayeur à ses pieds. Froide et solennelle, elle était devant moi. Et je réalisai alors que toutes ces reliques risquaient d'être perdues si je n'en faisais pas quelque chose. Sitôt que la nouvelle de son décès allait être connue, ces œuvres seraient confisquées, ce qui constituait le fond du problème avec Dora, puisque ces richesses allaient passer dans des mains indifférentes.

Et Dora lui avait tourné son frêle petit dos et s'était mise à pleurer, petite fille abandonnée accablée de chagrin, d'horreur et de la pire des frustrations, dans l'incapacité de consoler celui qu'elle aimait le plus au monde.

Je baissai les yeux sur son cadavre mutilé. Il paraissait encore animé, ce corps brisé, massacré par un boucher. Les cheveux noirs, très doux et ébouriffés, les yeux mi-clos. Les manches de sa chemise blanche étaient tachées d'une méchante couleur rosâtre, dues aux gouttelettes de sang qui suintaient des blessures que je lui avais accidentellement infligées en le broyant. Son torse formait un angle hideux par rapport à ses jambes. Je lui avais rompu la nuque et la colonne vertébrale.

Il fallait que je le sorte d'ici. J'allais me débarrasser de lui, ainsi, personne n'en saurait rien avant longtemps. Nul ne saurait qu'il était mort ; et les enquêteurs n'iraient pas tourmenter Dora ni la rendre malheureuse. Ensuite, j'allais m'occuper des reliques, probablement en les faisant purement et simplement disparaître de la vie de Dora.

Dans ses poches, je pris ses papiers. Que des faux, pas un seul où ne figurât son identité réelle.

Son vrai nom était Roger.

Je le savais depuis le début, mais seule Dora l'appelait Roger. Pour toutes les affaires qu'il traitait avec les autres, il utilisait des noms d'emprunt exotiques, aux consonances bizarres et médiévales. Ce passeport-ci était au nom de Frederick Wynken. Cela m'amusa beaucoup. Frederick Wynken.

Je pris tous ses papiers officiels, que je fourrai dans mes poches pour les détruire ensuite intégralement.

Je m'attelai à la tâche avec le couteau. Je lui coupai les deux mains, et je fus relativement surpris de leur délicatesse et de constater comme ses ongles étaient soigneusement manucurés. Il s'était tellement aimé, et à juste titre. Quant à sa tête, je la lui tranchai, davantage avec une force brutale, pour parvenir à enfoncer la lame à travers les tendons et les os, qu'avec une réelle dextérité. Je ne pris pas la peine de lui fermer les yeux. Le regard fixe des défunts n'a qu'un attrait vraiment très limité. Il n'imite rien de vivant. Maintenant qu'il était mort, sa bouche était molle, dénuée d'émotion, et ses joues très lisses. Comme toujours. Celles-là – la tête et les mains, je les mis séparément dans deux sacs verts, puis je pliai le corps en deux, pour ainsi dire, et le fourrai à l'intérieur du troisième sac.

Du sang maculait le tapis, et je m'aperçus que ce n'était que l'un des dizaines d'autres, de ceux que l'on chine chez les brocanteurs, qui recouvraient le plancher, et que c'était bien embêtant. De toute façon, le corps était proche de la sortie. Sa décomposition ne risquait pas d'attirer les mortels du dessus ou du dessous. Et, sans cadavre, personne ne saurait jamais ce qu'il était advenu de lui... Ce qui était préférable pour Dora, assurément, plutôt que de voir s'étaler sur papier brillant les grandes photos du carnage que j'avais fait ici.

Je jetai un dernier regard à la figure menaçante de l'ange, du démon, ou de ce qu'il était, avec sa crinière féroce, ses lèvres charnues et ses immenses yeux polis. Puis, soulevant les trois sacs telle la hotte du Père Noël, je sortis pour me délester de Roger morceau par morceau.

Ce qui ne posa guère de problème.

J'y réfléchis une petite heure, le temps de parcourir Uptown d'un pas traînant, à travers le désert des rues sombres et enneigées, en quête de chantiers de construction mornes et chaotiques, de tas d'ordures et autres lieux où la pourriture et les immondices s'étaient accumulés et où il était peu probable qu'on vienne fouiller dedans, et encore moins les dégager.

Je laissai ses mains enfouies sous une énorme pile de détritus, juste en dessous d'une bretelle d'autoroute. Les quelques mortels qui rôdaient dans les parages, avec des couvertures et un feu brûlant dans une boîte de métal, ne prêtèrent aucune attention à ce que je faisais. J'enfonçai si profondément les mains enveloppées de plastique dans les décombres que personne n'aurait jamais l'idée d'aller les en extraire. Je me dirigeai ensuite vers les mortels, qui ne daignèrent même pas lever les yeux sur moi, et je laissai tomber quelques billets de banque près du feu. Le vent faillit les emporter. Puis une main, une main vivante, naturellement, celle de l'un des clochards, jaillit à la lueur des flammes, attrapa les billets et les ramena dans l'obscurité palpitante.

– Merci, mon frère.

Je répondis : « Amen ».

La tête, je la déposai de la même manière, mais beaucoup plus loin. Une porte arrière servant de décharge. Détritus humides d'un restaurant. Puanteur. Je m'abstins de jeter un ultime coup d'œil à la tête. Elle m'embarrassait. Ce n'était pas un trophée. Jamais je ne conserverais la tête d'un homme comme trophée. L'idée m'en semblait déplorable. Je n'en aimais pas le contact dur à travers le plastique. Si des miséreux la trouvaient, ils se garderaient bien de le signaler. De plus, ils étaient déjà passés par là pour avoir leur ration de tomates, de laitue, de spaghettis et de croûtons de baguette. Le restaurant avait fermé plusieurs heures plus tôt. Les immondices étaient gelées ; lorsque je fourrai la tête tout au fond de ces ordures, cela produisit un bruit sec de raclement.

Je retournai à Downtown, toujours à pied et portant toujours sur mon épaule le dernier sac contenant sa malheureuse poitrine, ses bras et ses jambes. Je descendis la 5e, dépassai l'hôtel de Dora endormie, puis Saint-Patrick et les boutiques de mode. Des mortels se ruaient sous les portes pourvues d'auvent ; des taxis klaxonnaient furieusement contre les grosses limousines qui roulaient trop lentement.

Je marchais encore et toujours. J'envoyais des coups de pied dans la neige fondue et je me détestais. Je sentais son odeur, et cela aussi me mettait en rage. Mais, d'une certaine manière, le festin avait été tellement divin qu'il était normal d'en assumer les conséquences, et par là-même ce nettoyage.

Les autres – Armand, Marius, toute ma cohorte d'immortels, amants, amis, ennemis – m'avaient toujours maudit de ne pas « jeter les restes ». Très bien, cette fois, Lestat se comportait en bon vampire. Il nettoyait après son passage.

J'étais presque arrivé au Village quand je découvris un autre endroit parfait, un immense entrepôt, apparemment abandonné, et dont les étages supérieurs étaient jonchés des éclats de verre des vitres cassées. Avec, à l'intérieur, des déchets de toutes sortes en un gigantesque amoncellement. Je sentais l'odeur de la chair en putréfaction. Quelqu'un était mort ici quelques semaines auparavant. Seul le froid empêchait la puanteur d'atteindre des narines humaines. Ou peut-être que personne ne s'en souciait.

Je poursuivis plus avant dans le local caverneux – effluves d'essence, métal et brique rouge. Une montagne de détritus se dressait là, au beau milieu, semblable à une pyramide funéraire. J'aperçus un camion, imprudemment garé à proximité, le moteur encore chaud. Mais il n'y avait là aucun être vivant.

Une abondance de chairs en décomposition se trouvait dans le plus élevé des tas. Je dénombrai à l'odeur au moins trois cadavres, disséminés parmi les décombres. Peut-être y en avait-il davantage. Les relents en étaient absolument repoussants, aussi ne m'éternisai-je pas à disséquer la situation.

– OK, mon pote, je t'abandonne dans un cimetière, dis-je.

J'ensevelis profondément le sac, parmi les bouteilles brisées, les boîtes de conserve écrasées, les fruits pourris, les piles et les tas de carton, de bois et d'ordures. Je faillis provoquer une avalanche. Il y eut d'ailleurs un ou deux petits tremblements de déchets, puis la pyramide bancale ne tarda pas à se reformer d'elle-même. Le seul bruit était celui des rats. Une unique bouteille de bière roula à terre, à quelques mètres du monument, luisante, silencieuse, solitaire.

Je restai un long moment à examiner le camion; cabossé, anonyme, moteur encore chaud, j'y perçus l'odeur de ses récents occupants humains. En quoi étais-je concerné par ce qu'ils faisaient ici? Car il leur arrivait bien de venir et de franchir l'immense portail métallique, ignorant ou approvisionnant occasionnellement ce charnier. L'ignorant, selon toute vraisemblance. Qui irait s'installer à proximité des victimes de ses propres crimes?

Dans toutes ces grandes villes modernes et denses, je parle des métropoles les plus importantes, les capitales de la délinquance – New York, Tokyo, Hong Kong – vous pouvez trouver les plus étranges configurations de l'activité humaine. Les nombreuses facettes de la criminalité ont commencé à me fasciner. C'était d'ailleurs ce qui m'avait attiré vers lui.

Roger. Au revoir, Roger.

Je ressortis. Il ne neigeait plus. Les lieux étaient lugubres et désolés. Un matelas, recouvert de neige, était posé à l'angle de la rue. Les réverbères étaient cassés. Je ne savais plus trop où j'étais.

Je marchai en direction de l'eau, vers l'extrémité de l'île, et j'aperçus bientôt l'une de ces églises très anciennes, de celles qui remontaient à l'époque hollandaise de Manhattan, avec son petit cimetière attenant, entouré d'une clôture, dont les pierres tombales annonçaient des dates impressionnantes, 1704, voire 1692.

C'était un bijou d'architecture gothique, sorte de réduction de celui à la gloire de saint Patrick, mais sans doute plus complexe et mystérieux encore, dont les détails, l'organisation et la conviction parmi la douceur et les déchets de la grande ville, me réjouissaient le regard.

Je m'assis sur les marches de l'église, admirant les parties sculptées des voûtes qui subsistaient et prenant plaisir à m'adosser dans les ténèbres contre la pierre sanctifiée.

Je réalisai, non sans une grande circonspection, que le Fileur n'était nulle part dans les parages, que mes actes de la nuit ne m'avaient valu aucune visite d'un autre monde ni de bruits de pas terrifiants, que l'immense statue de granit était bel et bien inanimée, que j'avais toujours les papiers de Roger dans ma poche, ce qui laisserait des semaines, peut-être même des mois à Dora, avant que sa tranquillité d'esprit ne soit troublée par la disparition de son père, et qu'elle n'en connaîtrait de toute façon jamais les détails.

C'était une affaire réglée. Fin de l'aventure. Je me sentais mieux, beaucoup mieux que lorsque j'avais parlé à David. Retourner sur les lieux, regarder cette monstrueuse créature de granit, cela avait été la meilleure chose à faire.

Le seul problème était que la puanteur de Roger avait imprégné mes vêtements. Roger. Jusqu'à quand avait-il été « la Victime » ? A présent, je l'appelais par son prénom. Était-ce emblématique de l'amour ? Dora l'appelait Roger, Papa ou Roge. « Chérie, c'est Roge », lui avait-il dit en l'appelant d'Istanbul. « Peux-tu venir me voir en Floride, juste quelques jours. J'ai à te parler... »

Je sortis les papiers bidon. Il soufflait un vent glacé mais il ne neigeait plus, et le sol avait durci. Aucun mortel ne serait resté comme ça, assis ici dans le renfoncement voûté du portail d'une église, mais moi je m'y trouvais bien.

J'examinai son faux passeport. En fait, il s'agissait d'un jeu complet de faux papiers, dont je ne comprenais pas toute la signification. Il y avait un visa pour l'Égypte. Il devait sûrement trafiquer là-bas. Et le nom de Wynken me fit à nouveau sourire, parce que c'était le genre de patronyme qui fait rire même les enfants dès qu'ils l'entendent. *Wynken, Blinken and Nod* (cligner, ciller et acquiescer). N'était-ce pas cela le poème ?

Il me fut facile de déchirer le tout en mille morceaux qui s'envolèrent dans la nuit, par-delà les minuscules pierres tombales du petit cimetière. Quelle bourrasque ! Ils s'éparpillèrent telles des cendres, comme si son identité avait été incinérée et que l'ultime tribut avait été payé.

Je me sentis las, gorgé de sang, satisfait, et à présent ridicule d'avoir eu si peur lorsque j'avais parlé à David. Qui m'avait très certainement pris pour un idiot. Mais en réalité, de quoi étais-je vraiment sûr ? Uniquement que la Chose qui me suivait ne cherchait pas particulièrement à protéger Roger, la Victime, ou alors qu'elle n'avait rien à voir avec lui. Mais ne l'avais-je pas déjà compris ? Cela ne signifiait pas pour autant que le Fileur était parti.

Mais plutôt qu'il choisissait simplement ses propres moments, qui peut-être étaient sans rapport aucun avec ce que je pouvais faire.

J'admirais la petite église. Tellement inestimable, chamarrée et déplacée parmi les autres édifices du bas Manhattan, sauf que rien dans cette étrange cité n'était plus véritablement incongru, puisque le mélange de gothique, d'ancien et de moderne y était d'une rare densité. La pancarte de la rue voisine indiquait Wall Street.

Étais-je arrivé tout en bas de Wall Street ? Je m'adossai contre les tombes et fermai les yeux. Demain soir, David et moi allions discuter. Et Dora ? Dora dormait-elle comme un ange dans son lit, à l'hôtel en face de la cathédrale ? Me pardonnerais-je si j'allais jeter un ultime regard, secret, inoffensif et désespéré à Dora endormie, avant de tirer un trait sur toute cette aventure ?

Mieux valait me sortir cette petite fille de l'esprit ; oublier la silhouette, lampe de poche à la main, qui parcourait les immenses couloirs obscurs de ce couvent abandonné de La Nouvelle-Orléans, courageuse Dora. Ne pas faire comme avec la dernière mortelle que j'avais aimée. Non, oublie tout ça. Oublie tout ça, Lestat, tu m'entends ?

Le monde était plein de victimes potentielles, dès lors que l'on commençait à penser en termes de vie entière, d'ambiance pour l'existence, de personnalité aboutie, pour ainsi dire. Peut-être retournerai-je à Miami si je parviens à convaincre David de m'y accompagner. Demain soir, David et moi pourrons en discuter.

Bien sûr, il risquait d'être extrêmement contrarié que je l'aie envoyé chercher refuge à l'Olympic Tower et sans doute s'apprêtait-il à descendre vers le Sud. Peut-être aussi que nous n'irions pas.

Je fus alors parfaitement conscient que si j'entendais maintenant ces bruits de pas, si je sentais la présence du Fileur, je risquais fort de me retrouver tout tremblant demain soir dans les bras de David. Le Fileur se moquait de là où j'allais. Et le Fileur était réel.

Des ailes noires, la sensation d'une masse sombre, une épaisse fumée, et la lumière. Ne t'appesantis pas sur ce sujet. Tu as eu assez de pensées macabres pour une nuit, tu ne trouves pas ?

Quand allais-je repérer un autre mortel comme Roger ? Quand rencontrerais-je une personnalité aussi étincelante ? Et ce salopard qui me parlait tout du long, même pendant l'extase ! Me parler, à moi ! Et qui s'est arrangé pour donner vie à cette statue grâce à une faible impulsion télépathique. Qu'il aille se faire voir ! Je hochai négativement la tête. Était-ce moi qui avais provoqué ce phénomène ? Avais-je fait quelque chose de nouveau ?

En pourchassant Roger pendant des mois, en étais-je arrivé à l'aimer tellement que je lui avais parlé tout en le tuant, par le truchement d'un sonnet sans paroles et plein de dévotion? Non. Je m'étais contenté de boire et de l'aimer, et de l'aspirer en moi-même. Roger en moi.

Une voiture, qui roulait lentement dans l'obscurité, s'arrêta à ma hauteur. Des mortels qui voulaient savoir si j'avais besoin d'un abri. Je refusai d'un signe de tête, me retournai et traversai le petit cimetière, posant le pied sur chacune des tombes tandis que je circulais entre les pierres; je me retrouvai bientôt en direction du Village, me déplaçant à une telle vitesse qu'ils ne m'avaient probablement même pas vu partir.

Imaginez la scène. Ils aperçoivent ce jeune homme blond vêtu d'un blazer croisé bleu marine, un foulard flamboyant autour du cou, assis dans le froid sur les marches d'une petite église baroque. Et puis la silhouette disparaît. Je me mis à rire tout fort, et j'en appréciai l'écho tandis qu'il s'envolait le long des murs de brique. A présent, je me trouvais tout près de la musique, des gens qui marchaient bras dessus bras dessous, des voix humaines, des odeurs de cuisine. Il y avait des jeunes partout, suffisamment vigoureux pour penser que la rigueur de l'hiver pouvait être source de plaisirs.

Le froid avait commencé à me gêner. A être presque humainement pénible. J'avais envie d'être au chaud.

3

Je ne fis que quelques mètres, aperçus des portes tournantes que je poussai pour pénétrer dans une grande salle de restaurant, je crois, et me retrouvai installé au bar. Exactement ce que je voulais, à moitié vide, très sombre, surchauffée, avec des bouteilles qui étincelaient au centre du comptoir circulaire. Au-delà de portes ouvertes me parvenait le brouhaha réconfortant des dîneurs.

Je mis les coudes sur le bar, les talons accrochés à la barre de cuivre. J'étais là, assis sur mon tabouret, à trembler, à écouter parler les mortels, ou à ne pas les écouter, forcé d'entendre les inévitables conversations indolentes et stupides de ces endroits, tête baissée, sans lunettes – merde, j'avais perdu mes lunettes violettes ! – oui, c'était agréable ici, et obscur, très obscur, comme si une sorte de langueur nocturne planait sur toute chose ; était-ce un club ? Je n'en savais rien, et ça m'était égal.

– Qu'est-ce qu'on vous sert ? Visage mou, arrogant.

Je citai une eau minérale. Sitôt qu'il eut posé le verre, j'y trempai mes doigts pour les nettoyer. Il avait déjà disparu. J'aurais pu me mettre à baptiser des bébés avec cette flotte, il ne s'en serait même pas soucié. D'autres clients étaient assis çà et là à quelques tables plongées dans la pénombre... Dans un coin éloigné, une femme pleurait tandis qu'un homme lui disait avec dureté qu'elle attirait l'attention. Ce qui n'était pas le cas. Tout le monde s'en foutait.

Je m'essuyai la bouche avec la serviette imbibée d'eau.

– La même chose, demandai-je. J'écartai le verre souillé.

Le barman enregistra paresseusement ma commande, sang juvénile, manque de personnalité, vie sans ambition, puis s'éloigna d'un pas traînant.

J'entendis un petit rire tout proche... C'était l'homme à ma droite, à deux sièges de moi, environ, déjà là lorsque j'étais entré, assez jeune, sans odeur. Absolument sans odeur, ce qui était des plus étranges.

Contrarié, je me tournai vers lui.

– Vous allez encore vous enfuir ? chuchota-t-il. C'était la Victime.

C'était Roger, assis là, sur un tabouret.

Il n'était ni mutilé, ni blessé, ni mort. Il était entier, avec sa tête et ses mains. Il n'était pas là. Ce n'était qu'une apparence, parfaitement solide et tranquille, et il me souriait, ravi de ma terreur.

– Que se passe-t-il, Lestat ? demanda-t-il de cette voix que j'aimais tant, après l'avoir écoutée pendant six mois. Personne durant tous ces siècles n'est jamais revenu vous hanter ?

Je ne répondis pas. Pas ici. Non, pas ici. Matériel, mais pas la même matière que tout le reste. Le mot employé par David. Une texture différente. Je me raidis. Ce qui est un pathétique euphémisme. Car j'étais figé de rage et d'incrédulité.

Il se leva et vint s'installer sur le tabouret voisin du mien. De seconde en seconde, ses traits se faisaient plus nets et plus détaillés. A présent, je pouvais capter une sorte de son qui émanait de lui, le bruit de quelque chose de vivant, ou d'organisé, mais qui n'avait rien d'une respiration humaine.

– Et d'ici à quelques minutes, je serai peut-être suffisamment robuste pour réclamer une cigarette ou un verre de vin, dit-il.

Il fouilla dans son pardessus, son préféré, pas celui qu'il portait quand je l'avais tué, mais un autre, fait sur mesure à Paris, et qu'il adorait, pour en sortir son clinquant petit briquet en or dont il fit jaillir la flamme au butane, bleue et dangereuse.

Il me regarda. Il avait peigné ses cheveux noirs et bouclés, et ses yeux étaient très clairs. Magnifique Roger. L'intonation de sa voix était exactement la même que de son vivant : internationale, sans origine précise, celle d'un natif de La Nouvelle-Orléans ayant parcouru le monde. Dénuée de la préciosité des Britanniques ou de la nonchalance des gens du Sud. Sa voix rapide et précise.

– Je ne plaisante pas, poursuivit-il. Ainsi donc, durant toutes ces années, pas une seule de vos victimes n'est revenue pour vous hanter ?

– Non, répondis-je.

– Vous êtes surprenant. Vous refusez obstinément d'avoir peur, ne serait-ce qu'un instant, n'est-ce pas ?

– En effet.

A présent, il paraissait tout à fait vigoureux. Je ne savais pas si d'autres que moi pouvaient le voir. Je l'ignorais, mais je soupçonnais que c'était le cas. Il avait l'air vraiment comme tout le monde. J'apercevais ses boutons de manchette sur ses poignets blancs et, sur sa nuque, la petite tache claire de son col de chemise, à l'endroit où tombaient ses cheveux. Je voyais aussi ses cils, qui avaient toujours été extraordinairement longs.

Le barman revint et posa le verre d'eau devant moi, sans le regarder. Je n'étais toujours pas sûr. Le gosse était trop mal élevé pour que cela prouve quoi que ce soit, excepté que je me trouvais bien à New York.

– Comment faites-vous ça ?

– De la même façon que n'importe quel fantôme, répondit-il. Je suis mort. Je suis mort depuis un peu plus d'une heure et demie, et j'ai à vous parler ! J'ignore combien de temps je peux rester ici, et quand je commencerai à... Dieu sait quoi, mais il faut que vous m'écoutiez.

– Pourquoi ?

– Ne soyez pas si méchant, chuchota-t-il, visiblement très blessé. Vous m'avez assassiné.

– Et vous ? Les gens que vous avez tués, la mère de Dora ? Est-elle revenue pour vous demander une audience ?

– Oh ! je le savais. Je le savais ! (Il paraissait bouleversé.) Vous êtes au courant pour Dora ! Dieu du ciel, envoyez mon âme en Enfer, mais ne le laissez pas faire de mal à Dora.

– Ne soyez pas ridicule. Je ne toucherai jamais à Dora. C'est vous qui m'intéressiez. Je vous ai suivi dans le monde entier. Et si ce n'avait été mon immense respect pour Dora, je vous aurais tué il y a déjà longtemps.

Le barman avait réapparu. Ce qui amena le plus extatique des sourires sur les lèvres de mon compagnon. Il regarda le gamin droit dans les yeux.

– Oui, mon garçon, laissez-moi réfléchir, ce sera le tout dernier verre, à moins que je ne me trompe lourdement, disons un bourbon. J'ai grandi dans le Sud. Qu'est-ce que vous avez ? Non, non, fiston, alors ce sera un Southern Comfort. (Son rire était discret, doux et joyeux.)

Le barman s'en alla, et Roger me jeta un regard courroucé.

– Il faut que vous m'écoutiez, qui que vous soyez, vampire, démon, diable, je m'en moque, mais vous ne pouvez pas faire de mal à ma fille.

– Je n'en ai absolument pas l'intention. Jamais je ne lui ferai le moindre mal. Allez au diable, vous vous sentirez mieux. Bonne nuit.

– Espèce de salopard plein de suffisance. Combien d'années croyez-vous que j'avais encore devant moi ?

Des goutelettes de sueur commençaient à perler sur son visage. Le courant d'air qui traversait la salle faisait légèrement onduler ses cheveux.

– C'est bien le cadet de mes soucis ! répondis-je. Vous étiez un repas qui méritait d'être différé.

– Vous êtes un sacré crâneur, n'est-ce pas ? fit-il, acerbe. Mais vous êtes loin d'être aussi superficiel que vous le paraissez.

– Sans blague ? Testez-moi. Vous risquez fort de me trouver

aussi creux qu'une grosse caisse et aussi léger qu'un tintement de cymbales.

Cela le fit hésiter.

Et me fit réfléchir également. D'où venaient ces mots ? Pourquoi les avais-je débités comme ça ? Je n'étais pourtant pas homme à utiliser ce genre d'images !

Lui, de son côté, assimilait tout cela, ma préoccupation, les doutes que j'affichais. Comment se manifestaient-ils, me demandai-je. Est-ce que je me voûtais, est-ce que je pâlissais légèrement, comme le faisaient certains mortels, ou avais-je simplement l'air troublé ?

Le barman lui apporta son verre. De manière très hésitante, il tentait à présent de le saisir et de le soulever. Il y parvint, le porta à ses lèvres et but une petite gorgée. Il en fut étonné, et reconnaissant, puis subitement tellement apeuré qu'il faillit se désintégrer. L'illusion s'était presque totalement dissipée.

Mais il tenait bon. De toute évidence, c'était tellement la personne que je venais de tuer, de tailler en pièces et d'ensevelir un peu partout dans Manhattan, que j'éprouvais physiquement un réel malaise à le dévisager. Je me rendis compte qu'une seule et unique chose me sauvait de la panique. Il me parlait. Qu'avait dit David un jour, lorsqu'il était vivant, sur le fait de discuter avec moi ? Qu'il ne tuerait jamais un vampire parce que celui-ci pouvait lui parler ? Et c'était ce que ce foutu fantôme était en train de faire.

— Je dois vous parler de Dora, reprit-il.

— Je vous ai dit que je ne lui ferai jamais de mal, ni à quiconque qui lui ressemblerait. Écoutez, qu'est-ce que vous faites ici avec moi ? Lorsque vous êtes apparu, vous ne saviez même pas que je connaissais Dora ! Et vous voulez me parler d'elle ?

— De la profondeur, j'ai été assassiné par un être plein de profondeur, quelle chance j'ai, voici quelqu'un qui a su grandement apprécier ma mort, non ? (Il but une nouvelle gorgée de son Southern Comfort à l'odeur si suave.) C'était ce que buvait Janis Joplin, vous savez, dit-il, faisant allusion à la défunte chanteuse que j'avais adorée moi aussi. Bon, alors écoutez-moi, ne serait-ce que par curiosité, je m'en fiche. Mais écoutez-moi. Laissez-moi vous parler de Dora et moi. Je veux que vous sachiez. Je veux que vous sachiez vraiment qui j'étais, et non ce que vous pourriez croire. Je veux que vous veilliez sur Dora. Et puis il y a dans l'appartement quelque chose à récupérer, quelque chose que je voudrais vous...

— Le cadre avec le voile de Véronique ?

— Non ! Ça c'est de la camelote. Oui, bien sûr, c'est vieux de quatre siècles, mais c'est une copie assez courante du voile de Véronique, si vous avez assez d'argent pour ça. Vous êtes allé faire un tour chez moi, n'est-ce pas ?

— Pourquoi vouliez-vous offrir ce voile à Dora ?

La question le dégrisa.

– Vous nous avez entendus discuter ?

– D'innombrables fois.

Il se perdait en conjectures, pesant les arguments. Il semblait avoir toute sa raison, et son visage d'Asiatique au teint sombre n'exprimait que sincérité et grande prudence.

– Vous avez bien dit « veiller sur Dora » ? repris-je. C'est cela que vous me demandez ? De veiller sur elle ? Vraiment, vous ne doutez de rien, et pourquoi diable tenez-vous à me raconter votre vie ! Vous n'avez pas choisi la bonne personne pour votre jugement personnel *post mortem* ! Je me fiche de savoir comment vous êtes devenu ce que vous étiez. Et tout ce qu'il y a dans l'appartement, pourquoi un spectre se soucierait-il de ces objets ?

Ce n'était pas très honnête de ma part. Je me montrais beaucoup trop désinvolte, et nous le savions tous deux. Bien sûr qu'il se préoccupait de ses trésors. Mais c'était Dora qui l'avait fait ressusciter d'entre les morts.

Ses cheveux étaient maintenant d'un noir plus soutenu, et son pardessus avait pris davantage de texture. Je voyais les fils de cachemire et de soie qui en composaient le tissage. J'observais également ses ongles, qu'il confiait à une manucure, si bien soignés et polis. Ces mêmes mains que j'avais jetées dans les immondices ! Il ne me semblait pas que tous ces détails étaient visibles quelques instants auparavant.

– Seigneur Jésus, murmurai-je.

Il se mit à rire.

– Vous êtes plus effrayé que moi.

– Où êtes-vous ?

– Que dites-vous là ? Je suis assis à côté de vous. Nous sommes dans un bar du Village. Comment ça, où je suis ? Pour ce qui est de mon corps, vous savez aussi bien que moi où vous en avez jeté les morceaux.

– C'est pourquoi vous me hantez.

– Absolument pas. Je me fous royalement de ce corps. Et ce, depuis le moment où je l'ai quitté. D'ailleurs vous le savez bien !

– Non, non, je veux dire, dans quel royaume vous trouvez-vous, qu'est-ce que c'est, où êtes-vous, qu'est-ce que vous avez vu quand vous... Qu'est-ce que...

Il hocha la tête avec un sourire d'une infinie tristesse.

– Vous connaissez la réponse à toutes ces questions. J'ignore où je suis. Toutefois, quelque chose m'attend. J'en suis tout à fait certain. Quelque chose attend. Peut-être est-ce la dissolution pure et simple. Les ténèbres. Mais c'est mon sentiment personnel. On ne m'attendra pas éternellement. Pourtant, j'ignore comment je le sais.

« Et je ne sais pas non plus pourquoi j'ai été autorisé à parvenir jusqu'à vous, si c'est uniquement par la volonté, ma volonté, dont je suis loin de manquer, permettez-moi de vous dire, ou si ce sont des

moments que l'on m'a accordés, en quelque sorte. Mais je suis parti
à votre recherche. Je vous ai suivi quand vous avez quitté l'appartement et que vous y êtes revenu, quand vous êtes ressorti avec le
corps, et ensuite je suis venu ici : je dois vous parler. Je ne m'en irai
pas sans résistance, et pas tant que nous n'aurons pas discuté.

— Quelque chose vous attend, murmurai-je. (C'était cela la
crainte divine. Pure et simple.) Et ensuite, une fois que nous aurons
eu notre petite conversation, si jamais vous ne vous dissolvez pas,
où irez-vous exactement ?

Il hocha la tête et lança un regard furieux à la bouteille baignée
de lumière, de couleurs et d'étiquettes, posée sur l'étagère du
milieu.

— Exaspérant, dit-il d'un ton maussade. Fermez-la.

J'étais piqué au vif. La fermer. Me dire à moi de la fermer !

— Il m'est impossible de veiller sur votre fille, répliquai-je.

— Que voulez-vous dire ?

Il me fusilla du regard, but une nouvelle gorgée de son whisky,
puis fit signe au barman de lui en servir un autre.

— Vous avez l'intention de vous enivrer ? demandai-je.

— Je ne crois pas que je puisse. Vous *devez* veiller sur elle. Toute
cette affaire va s'ébruiter, ne comprenez-vous pas ? J'ai des ennemis
qui vont la tuer, pour la seule raison qu'elle était mon enfant. Vous
ne vous imaginez pas à quel point j'ai été prudent, et combien elle
est téméraire, et combien elle croit en la Divine Providence. Et puis
il y a le gouvernement, toutes ces canailles, et mes objets, mes
reliques, mes livres !

J'étais fasciné. L'espace de trois secondes, j'avais complètement
oublié que c'était un fantôme. Car mes yeux ne m'en donnaient
aucune preuve. Aucune. Pourtant, il était dénué d'odeur, et le faible
bruit de vie qui émanait encore de lui n'avait qu'un lointain rapport
avec de vrais poumons et un vrai cœur.

— Eh bien ! permettez-moi d'être franc, poursuivit-il. J'ai peur
pour elle. Elle va devoir assumer une certaine notoriété ; suffisamment de temps doit s'écouler pour que mes ennemis l'oublient. La
plupart d'entre eux ignorent son existence. Mais on ne sait jamais.
Quelqu'un doit sûrement la connaître, puisque vous, vous la
connaissiez.

— Pas nécessairement. Je ne suis pas un être humain.

— Vous devez la protéger.

— Je ne peux pas faire une chose pareille. Je refuse.

— Lestat, allez-vous m'écouter ?

— Je ne veux pas écouter. Je veux que vous partiez.

— Je le sais.

— Alors voilà, je n'ai jamais eu l'intention de vous tuer, je
regrette, c'est une erreur, j'aurais dû choisir quelqu'un...

Mes mains tremblaient. Oh ! il était certain que toute l'affaire me semblerait passionnante dans quelque temps, mais pour l'instant, j'implorais Dieu : « Je vous en supplie, faites que cela s'arrête, que tout cela s'arrête. »

– Vous savez où je suis né, n'est-ce pas ? demanda-t-il. Vous connaissez ce bloc à St Charles, près de Jackson ?

J'acquiesçai.

– Oui, la pension de famille. Ne me racontez pas l'histoire de votre vie. C'est inutile. D'ailleurs, elle est finie. Vous avez eu la possibilité de l'écrire quand vous étiez vivant, comme tout un chacun. Qu'espérez-vous que j'en fasse ?

– Je veux vous parler de choses importantes. Regardez-moi ! Regardez-moi, s'il vous plaît, essayez de me comprendre, de m'aimer, et d'aimer Dora à ma place. Je vous en conjure !

Je n'avais pas besoin de voir son expression pour appréhender cette souffrance poignante, ce cri de protection. Y a-t-il une douleur plus cruelle en ce bas monde que de voir son enfant souffrir ? Ceux que l'on aime ? Les êtres qui nous sont les plus chers ? Dora, minuscule Dora marchant dans le couvent désert. Dora sur un écran de télévision, bras étendus, en train de chanter.

J'avais dû sursauter. Je ne sais pas. Ou frissonner. J'avais soudain du mal à m'éclaircir les idées, mais ça n'avait rien de surnaturel. Ce n'était que de la détresse, la prise de conscience qu'il était là, palpable, visible, attendant quelque chose de moi, qu'il était revenu de très loin et avait survécu suffisamment longtemps sous cette forme éphémère pour exiger de moi une promesse.

– Vous m'aimez vraiment, souffla-t-il.

Il paraissait serein et intrigué. Loin de toute flatterie. Loin de moi.

– La passion, murmurai-je. C'était votre passion.

– Oui, je sais. Je suis flatté. Je n'ai pas été renversé par un camion dans la rue, ni abattu par un tueur à gages. C'est vous qui m'avez assassiné ! Vous, qui devez être l'un des meilleurs.

– Des meilleurs quoi ?

– Du nom dont vous vous qualifiez. Vous n'êtes pas humain. Et pourtant vous l'êtes. Vous avez vidé mon corps de son sang, pour l'aspirer dans le vôtre. A présent, c'est à vous qu'il profite. Vous n'êtes sûrement pas le seul. (Il détourna les yeux.) Des vampires. Lorsque j'étais gosse, dans notre maison de La Nouvelle-Orléans, j'ai vu des fantômes.

– A La Nouvelle-Orléans, tout le monde voit des fantômes.

Il eut malgré lui un petit rire, bref et discret.

– Je le sais, répliqua-t-il, pourtant c'est la stricte vérité, et j'en ai vu dans d'autres lieux, aussi. Mais je n'ai jamais cru en Dieu, au Diable, aux anges, aux vampires et autres loups-garous, ni à tous ces trucs-là, à rien de ce qui pourrait influer sur le destin ou changer le cours du rythme apparemment chaotique qui régit l'univers.

– Vous croyez en Dieu à présent ?

– Non. J'ai tendance à penser que je vais tenir bon aussi long-temps que je le pourrai sous cette forme – comme tous les spectres que j'ai croisés – puis je commencerai à m'estomper. Je m'éteindrai. Un peu comme une lumière. Voilà ce qui m'attend. L'oubli. Et ce n'est pas personnel. C'est l'impression que j'ai parce que mon esprit, du moins ce qu'il en reste, ce qui se cramponne à cette terre, ne peut rien concevoir d'autre. Qu'en pensez-vous ?

– Cela me terrifie, d'une manière ou d'une autre.

Je n'allais tout de même pas lui parler du Fileur. Ni lui poser la question à propos de la statue. J'avais maintenant compris qu'il n'était pour rien dans le fait que la statue avait paru s'animer. A ce moment-là, il était alors déjà mort, dans l'au-delà.

– Vous terrifie ? demanda-t-il respectueusement. De toute façon, ce n'est pas à vous que ça arrive. Vous faites en sorte que cela soit réservé aux autres. Laissez-moi vous expliquer au sujet de Dora.

– Elle est belle. Je... J'essaierai de veiller sur elle.

– Non, il faut davantage de votre part. Il faut un miracle.

– Un miracle ?

– Écoutez, vous êtes vivant, qui que vous soyez, et vous n'êtes pas humain. Vous pouvez accomplir un miracle, non ? Vous pour-riez faire ça pour Dora, ce n'est vraiment pas un problème pour une créature dotée de vos capacités !

– Une sorte de faux miracle religieux, c'est ça que vous voulez ?

– Quoi d'autre ? Jamais elle ne sauvera l'humanité sans l'aide d'un miracle, et elle le sait. Vous, vous pourriez l'accomplir !

– C'est pour me faire une proposition aussi sordide que vous avez refusé de quitter le monde des vivants et que vous êtes venu me hanter ici ! Vous êtes irrécupérable. Vous êtes mort. Mais vous êtes resté un racketteur et un criminel. Écoutez-vous. Vous voulez que je monte un spectacle truqué pour Dora ? Vous croyez vrai-ment que c'est ce qu'elle voudrait ?

Il était complètement abasourdi. Beaucoup trop pour qu'on l'insulte.

Il reposa son verre et demeura là, sur son siège, calme et immo-bile, semblant examiner le bar. Avec son air très digne, il paraissait dix ans de moins que lorsque je l'avais tué. Je suppose que personne n'a envie de revenir sous forme de spectre, si ce n'est sous une apparence flatteuse. C'est normal. Et ma fascination, fatale et iné-luctable, pour cette Victime, en fut plus profonde encore. *Monsieur, votre sang est en moi !*

Il se tourna.

– Vous avez raison, murmura-t-il sur un ton déchirant. Parfaite-ment raison. Je ne peux pas conclure ce marché avec vous et vous demander de truquer des miracles. C'est monstrueux. Cela lui serait odieux.

– Voilà que vous parlez comme les Grateful Dead.

Il émit un nouveau petit rire méprisant. Puis, avec une émotion contenue, il demanda :

– Lestat, vous devez vous occuper d'elle... pendant quelque temps.

Comme je ne répondais pas, il insista d'une voix douce.

– Juste pour quelque temps, jusqu'à ce que les journalistes s'en désintéressent, et que l'horreur de toute l'affaire soit retombée ; jusqu'à ce qu'elle ait retrouvé la foi et qu'elle soit redevenue elle-même, pour reprendre le cours de son existence. Elle a sa vie, déjà. Elle ne doit pas souffrir à cause de moi, Lestat, pas à cause de moi, ce n'est pas juste.

– Juste ?

– Appelez-moi par mon prénom, dit-il. Regardez-moi.

Je m'exécutai. C'était délicieusement douloureux. Il était malheureux. Je n'aurais su dire si les humains pouvaient exprimer leur chagrin avec autant d'intensité. Vraiment je n'aurais su le dire.

– Je m'appelle Roger, reprit-il.

Il semblait avoir encore rajeuni, comme s'il remontait dans le temps et en lui-même ; ou peut-être devenait-il simplement innocent, comme si les défunts, lorsqu'ils s'attardaient ici-bas, étaient en droit de retrouver leur innocence.

– Je connais votre nom, répondis-je. Je connais tout de vous, Roger. Roger, le fantôme. Et vous n'avez jamais laissé Old Captain vous toucher ; vous lui avez sûrement permis de vous adorer, de vous éduquer, de vous emmener ici et là, et de vous acheter de jolies choses, sans même avoir jamais eu la bienséance de coucher avec lui.

J'avais certes dit toutes ces choses, relatives aux images que j'avais bues avec son sang, mais sans méchanceté. Ces propos découlaient simplement de mon étonnement de constater combien nous étions mauvais, tous autant que nous sommes, et combien de mensonges nous racontions.

Il garda le silence.

J'étais atterré. Accablé de chagrin et d'amertume, plongé dans l'horreur absolue de ce que je lui avais fait, de ce que j'avais fait aux autres, et d'avoir pu nuire à toute créature vivante. L'horreur véritable.

Quel était le message de Dora ? Comment allions-nous trouver notre salut ? Était-ce toujours le même cantique d'adoration ?

Il m'observait. Il était jeune, sincère, magnifique dans son apparence de vie. Roger.

– D'accord, dit-il avec une patiente douceur, je n'ai pas couché avec Old Captain, vous avez raison, mais en réalité, ce n'est pas du tout ce qu'il attendait de moi, vous comprenez, il n'était pas comme ça, il était bien trop vieux. Vous ne savez pas ce qui nous liait en vérité. Peut-être comprenez-vous la culpatibilité que j'éprouve. Mais vous ignorez à quel point j'ai ensuite regretté de ne pas l'avoir fait. De ne pas avoir connu ça avec Old Captain. Et ce n'est pas à cause de ça que j'ai mal tourné. Pas pour ça. Ce n'était pas une déception telle que vous l'imaginez. J'adorais les choses qu'il me montrait. Il m'aimait. Il a vécu deux, trois années de plus, probablement grâce à moi. Wynken de Wilde, nous aimions Wynken de Wilde ensemble. Cela aurait dû se passer différemment. J'étais avec Old Captain lorsqu'il est mort, vous savez. A aucun moment je n'ai quitté la pièce. Je suis toujours fidèle lorsque ceux que j'aime ont besoin de moi.

– Ouais, vous étiez aussi avec votre femme, Terry, n'est-ce pas ? (C'était cruel de ma part de lui dire cela, mais j'avais parlé sans réfléchir, parce que je revoyais son visage tandis qu'il lui tirait dessus.) Rayez ça, si vous le voulez bien, dis-je. Je suis désolé. Au nom du ciel, qui est Wynken de Wilde ?

Je me sentais tellement malheureux.

– Seigneur, vous êtes là, à me hanter. Et, au fond de moi, je suis un lâche. Un lâche. Pourquoi avez-vous prononcé ce nom étrange ? Je ne veux pas le savoir. Non, ne me le dites pas... C'est assez pour moi. Je pars. Vous pouvez hanter ces lieux jusqu'au jour du Jugement dernier si cela vous chante. Tâchez de trouver un individu intègre pour qu'il vous fasse la causette.

– Écoutez-moi. Vous m'aimez. Vous m'avez choisi. Alors tout ce qui m'importe, c'est d'éclaircir les détails.

– Je prendrai soin de Dora, d'une manière ou d'une autre, je trouverai un moyen de l'aider, je ferai quelque chose. Et je m'occuperai des reliques, je les sortirai de là-bas pour les mettre en lieu sûr, et je les garderai précieusement pour elle, pour le jour où elle sentira qu'elle peut les accepter.

– Oui !

– D'accord, laissez-moi partir.

– Je ne vous retiens pas.

Oui, je l'aimais. J'avais tellement envie de le regarder, tellement envie qu'il me raconte tout, jusqu'aux détails les plus infimes. J'avançai le bras pour lui toucher la main. Elle n'était pas vivante. Ce n'était pas de la chair humaine. Mais j'y perçus une certaine vitalité, pourtant. C'était brûlant et excitant.

Il se contenta de sourire.

Il tendit à son tour sa main droite, ses doigts m'enserrèrent le poignet droit puis il m'attira vers lui. Je sentais ses cheveux qui effleuraient mon front, cette mèche rebelle qui me chatouillait. Et ses grands yeux noirs qui me regardaient.

– Écoutez-moi, répéta-t-il.

Haleine absolument inodore.

– Oui...

Il se mit à me parler d'une voix basse, au débit accéléré. Il commença à me raconter l'histoire.

4

– En fait, Old Captain était un contrebandier et un collection-neur. J'ai passé des années avec lui. Ma mère m'avait envoyé à Andover, puis m'avait ramené à la maison, elle ne pouvait pas vivre sans moi ; je suis allé chez les jésuites, je n'appartenais à rien ni per-sonne, et peut-être qu'Old Captain était le type qu'il me fallait. Tout a commencé avec Wynken de Wilde, et avec Old Captain qui vendait des antiquités dans le Quartier français, généralement de petits objets facilement transportables.

« Mais je vous préviens, Wynken de Wilde n'est rien, vraiment rien, si ce n'est un rêve que j'ai fait un jour, un dessein très pervers. Je veux dire que la passion de toute ma vie – excepté Dora – a été Wynken de Wilde, mais si, après cette conversation, il ne vous inté-resse pas, c'est qu'il n'intéressera jamais personne. Dora s'en moque.

– De quoi s'occupait ce Wynken de Wilde ?

– D'art, évidemment. De beauté. Mais quand j'avais dix-sept ans, j'ai amalgamé tout ça dans ma tête avec l'idée que j'allais fonder une autre religion, un culte – l'amour libre, la charité aux pauvres, ne jamais lever la main sur autrui, enfin ce genre de communauté Amish fornicatrice. C'était bien sûr en 1964, en pleine époque des Flower Children (hippies prêchant la non-violence), de la mari-juana, de Bob Dylan qui chantait à longueur de journée l'éthique et la charité, et moi, j'aspirais à créer une nouvelle communauté, comme celle des Brethren of the Common Life, en accord avec les valeurs de la sexualité moderne. Vous savez qui étaient les Bre-thren ?

– Oui, le mysticisme populaire, les derniers siècles du Moyen Age, chacun peut connaître Dieu...

– Oui ! Vous connaissez donc ce genre de théories...

– Vous n'aviez pas à être un prêtre ni un moine.

– Exactement. Si bien que les moines étaient jaloux, mais la conception que j'avais de tout ça étant enfant était totalement liée à Wynken, que je savais avoir été influencé par le mysticisme allemand et tous ces mouvements en vogue, Maître Eckhart, etc., bien qu'il travaillât aux écritures dans un monastère et calligraphiât encore à la main, à l'ancienne, de vieux livres de prières sur parchemin. Les ouvrages de Wynken étaient complètement différents de ceux des autres. Je me disais que si je parvenais à retrouver tous ses livres, ce serait merveilleux.

– Pourquoi Wynken, en quoi était-il différent ?

– Laissez-moi vous l'expliquer à ma façon. Voilà, c'est comme ça que c'est arrivé, la pension de famille était d'un luxe miteux, comme l'est souvent ce genre d'établissement, ma mère ne se salissait pas les mains, elle avait trois femmes de chambre et un vieux domestique de couleur qui faisaient tout ; les personnes âgées, les pensionnaires, tous vivaient de leurs gros revenus personnels, avec limousines remisées du côté du Garden District, trois repas par jour et tapis rouge. Vous connaissez la demeure. C'est Henry Howard qui en avait été l'architecte. A la fin de la période victorienne. Ma mère l'avait héritée de sa mère.

– Oui. Je vous ai vu vous arrêter devant. A qui appartient-elle aujourd'hui ?

– Je l'ignore. Je m'en suis désintéressé. J'ai gâché tant de choses. Mais imaginez-vous cette scène : un lourd après-midi d'été, j'ai quinze ans, je suis seul, et Old Captain m'invite à entrer chez lui ; et là, sur la table du second salon – il loue les deux salons en façade – il vit dans une sorte de pays des merveilles de coupons encaissables, de pognon et de...

– Je vois.

– ... et il y a ces livres sur la table, des ouvrages médiévaux ! De minuscules livres de prières du Moyen Age. Évidemment, je sais reconnaître un livre de prières lorsque j'en vois un ; mais un manuscrit ancien, non ; lorsque j'étais tout gosse, j'étais enfant de chœur, pendant des années je suis allé chaque jour à la messe avec ma mère et je connaissais le latin liturgique. Toujours est-il que je me rends compte que ces livres sont des recueils de piété d'une grande rareté, qu'Old Captain va inévitablement devoir vendre.

« "Tu peux les toucher, Roger, si tu fais attention", me dit-il. Pendant deux ans, il m'a permis de venir le voir et d'écouter ses disques classiques, et nous allions nous promener ensemble. Je m'éveillais à la sexualité à travers lui, sans toutefois le réaliser, ce qui n'a rien à voir pour l'instant avec la suite de l'histoire.

« Il était au téléphone, en train de parler à quelqu'un d'un navire amarré au port.

« Quelques minutes plus tard, nous étions en route vers ce bateau. Nous allions tout le temps voir ces navires. Je n'ai jamais compris ce que nous faisions. Sûrement de la contrebande. Tout ce dont je me souviens, c'est d'Old Captain assis à une immense table ronde avec tout l'équipage, des Hollandais, je crois, et d'un bel officier avec un fort accent qui me faisait visiter la salle des machines, la salle des cartes et la salle radio. Je ne m'en lassais jamais. J'adorais les bateaux. A l'époque, les quais de La Nouvelle-Orléans grouillaient d'activité, de rats et de cordages de chanvre.

– Je sais.

– Vous souvenez-vous de ces longues cordes qui partaient des navires jusqu'au débarcadère, et des boucliers arrondis qu'ils arboraient contre les rats – ces disques d'acier sur lesquels les rats ne pouvaient grimper ?

– Je m'en souviens.

– Cette nuit-là, nous sommes rentrés à la maison, et au lieu d'aller au lit comme d'habitude, je lui demande de me laisser entrer et de me montrer ces livres-là. Il faut que je les regarde avant qu'il ne les vende. Ma mère n'étant pas dans le vestibule, j'en avais déduit qu'elle était allée se coucher.

« Permettez-moi de vous donner une image de ma mère et de cette pension de famille. Je vous ai dit qu'elle était assez luxueuse, n'est-ce pas ? Vous pouvez imaginer l'ameublement, de style néo-Renaissance, fabriqué en série, le genre qui s'est entassé dans les demeures à partir des années 1880.

– Oui.

– La maison avait un escalier magnifique, en colimaçon, construit contre un vitrail, avec, au pied des marches, dans leur courbure, ce chef-d'œuvre dont Henry Howard devait être extrêmement fier – au creux de la cage d'escalier, donc – l'énorme coiffeuse de ma mère ; c'est là qu'elle s'asseyait, dans le grand vestibule, à sa coiffeuse, pour se brosser les cheveux ! Rien que d'y penser, j'en ai mal à la tête. Du moins était-ce le cas lorsque j'étais vivant. C'était une vision pathétique, j'en étais conscient, même si j'ai grandi en l'ayant chaque jour devant les yeux ; qu'une coiffeuse en marbre, ornée de miroirs, de candélabres et de filigranes, avec une vieille femme aux cheveux noirs, n'avaient pas leur place dans un vestibule traditionnel...

– Et les pensionnaires y assistaient ?

– Oui, dans la mesure où la maison était bourrée à craquer, avec le vieux Mr Bridey qui vivait dans ce qui avait été autrefois la véranda réservée aux domestiques, et Miss Stanton, une aveugle qui occupait le petit boudoir du haut ! Avec aussi quatre logements aménagés dans les appartements des domestiques à l'arrière. Je suis extrêmement sensible au désordre ; vous trouverez dans ce qui m'entoure soit un rangement méticuleux soit la pagaille.

– Je m'en aperçois.

– Mais si je devais à nouveau habiter cet endroit... Bon, ça n'a pas d'importance. Ce que j'essaie d'expliquer, c'est que je crois aux vertus de l'ordre, et, lorsque j'étais jeune, il m'arrivait souvent d'en rêver. Je voulais être un saint, enfin, une sorte de saint séculier. Mais revenons-en aux livres.

– Poursuivez.

– J'ai pris ceux posés sur la table. J'en ai sorti un de son petit étui. J'étais fasciné par les minuscules illustrations. Cette nuit-là, j'examinai chacun de ces recueils, dans l'intention d'y revenir plus tard en prenant mon temps. Naturellement, le latin, sous cette forme, était pour moi illisible.

– Trop dense. Trop de traits de plume.

– Ça par exemple, vous en savez des choses !

– Peut-être que nous nous surprenons réciproquement. Continuez.

– J'ai passé la semaine à les étudier minutieusement. Je séchais tout le temps l'école. C'était tellement barbant. Je travaillais beaucoup mieux que les autres, et j'avais envie de faire quelque chose d'excitant, vous comprenez, comme commettre un délit majeur.

– Un saint ou un criminel.

– Oui, je suppose que cela paraît effectivement contradictoire. Pourtant, c'est exactement ça.

– C'est ce que j'ai pensé aussi.

– Old Captain m'a donné des explications à propos de ces livres. Celui dans l'étui était un livre d'enluminures. Jadis, les hommes portaient sur eux de semblables ouvrages. Celui-là était un livre de prières ; un autre de ces recueils enluminés, le plus grand et le plus épais, était un livre d'heures, et il y avait bien sûr une bible en latin. Il semblait très détaché par rapport à tout ça.

« J'étais incroyablement attiré par ces livres, je ne saurais vous dire pourquoi. J'ai toujours été avide de tout ce qui brille et semble précieux, et j'avais devant moi la version apparemment unique et la plus concentrée possible de tout ce qu'il m'avait été donné de voir.

J'eus un sourire.

– Oui, je comprends parfaitement.

– Des pages couvertes de dorures, de rouge et de miniatures magnifiques. J'ai sorti une loupe et j'ai commencé à examiner attentivement les images. Je me suis rendu à la vieille bibliothèque de Lee Circle – vous vous en souvenez ? – et j'ai étudié toute la question. Dans les livres médiévaux. Comment les bénédictins les avaient faits. Savez-vous que Dora possède un couvent ? Il n'est pas basé sur le plan de Saint-Gall, mais c'est à peu près son équivalent du XIXe siècle.

– Oui, je le connais, j'y ai vu Dora. Elle est courageuse et elle ne redoute ni l'obscurité ni la solitude.

– Elle croit tellement à la Divine Providence que cela confine à la stupidité ; elle pourra faire quelque chose de sa vie à condition qu'il ne lui arrive pas malheur. Je voudrais un autre verre. Je sais que je parle vite. Il le faut.

Je fis signe qu'on lui serve à boire.

— Continuez. Qu'est-ce qui s'est passé, qui est Wynken de Wilde ?

— Wynken de Wilde était l'auteur de deux de ces précieux livres qu'Old Captain détenait. J'ai mis des mois à m'en apercevoir. C'est en passant en revue les petites images que j'ai constaté peu à peu que deux d'entre eux étaient de la main du même artiste ; en dépit du fait qu'Old Captain affirmait qu'ils n'étaient pas signés, j'ai fini par trouver son nom, en divers endroits de l'ouvrage. Or, vous savez que Captain faisait commerce de ce genre d'objets. Je vous l'ai dit. Il les vendait à un magasin de Royal Street.

J'acquiesçai.

— Eh bien, je vivais dans l'angoisse du jour il lui faudrait vendre ces deux-là ! Car ils n'étaient pas comme les autres. Tout d'abord, les illustrations étaient excessivement détaillées. Une seule page pouvait comporter le motif d'une vigne en fleur, avec des bourgeons où venaient s'abreuver les oiseaux, et, dans ces mêmes bourgeons, on voyait des silhouettes humaines entrelacées, comme sous une charmille. Il y avait aussi des livres de psaumes. Au début, lorsque vous les observiez, vous pensiez que c'étaient des psaumes de la Vulgate, vous savez, la Bible que l'on considère comme officielle.

— Oui...

— Mais ce n'était pas le cas. Ces psaumes-là n'apparaissaient dans aucune Bible. Je m'en suis rendu compte en les comparant simplement aux autres éditions en latin datant de la même époque que j'ai trouvées à la bibliothèque. C'était une œuvre originale, d'une certaine manière. En outre, les illustrations ne contenaient pas seulement des animaux, des arbres et des fruits minuscules, mais aussi des personnages nus, lesquels faisaient toutes sortes de choses !

— Bosch.

— Exactement, comme *Le Jardin des délices*, de Jérôme Bosch, ce genre de paradis voluptueux et sensuel ! Bien sûr, je n'avais pas encore vu le tableau de Bosch au Prado. Mais il était là, en miniature, dans ces ouvrages. De petites figurines folâtrant sous les arbres foisonnants. Old Captain avait décrété que c'étaient des " Images d'Épinal du Jardin d'Éden ", et que c'était très commun. Mais deux livres qui en étaient entièrement couverts ? Non. C'était différent. Il fallait que j'en perce le mystère et que j'obtienne la traduction très précise de chaque mot.

« Alors Old Captain a eu pour moi le plus généreux des gestes, celui qui aurait pu faire de moi un grand chef religieux, et qui le fera sûrement pour ma fille Dora, encore que sa foi à elle soit tout à fait autre.

— Il vous a donné les livres.

– Oui ! Il me les a donnés. Et laissez-moi vous dire plus. Cet été-là, il m'a emmené partout dans le pays pour me faire voir les manuscrits médiévaux ! Nous sommes allés à la bibliothèque Huntington, à Pasadena, et à la bibliothèque Newbury, à Chicago. Nous sommes allés à New York. Il m'aurait même emmené en Angleterre, mais ma mère a refusé.

« J'ai vu toutes sortes de manuscrits du Moyen Age ! Et j'en suis venu à comprendre que ceux de Wynken étaient différents des autres. Car ils étaient impies et blasphématoires. Et dans toutes ces bibliothèques, personne, absolument personne n'avait de livre de Wynken de Wilde, bien que son nom fût connu !

« Captain a quand même accepté de me laisser les ouvrages ! Et je me suis immédiatement attelé à leur traduction. Old Captain est mort dans la pièce du devant, la première semaine de mon année de terminale. Je n'ai repris le collège qu'après son enterrement. Je ne voulais pas le quitter. Je restais là, assis auprès de lui. Il était tombé dans le coma. Au troisième jour de coma, il était devenu méconnaissable tellement son visage avait changé. Il ne fermait plus les yeux, ne se rendant même pas compte qu'ils étaient ouverts, sa bouche n'était plus qu'un ovale tout flasque et sa respiration une suite de halètements réguliers. Et moi, je restais là. Je vous l'ai dit.

– Je vous crois.

– J'avais donc dix-sept ans, ma mère était très malade, il n'y avait pas d'argent pour payer mes cours, ce dont parlaient tous les autres élèves de ma classe au collège jésuite, et je rêvais aux Flower Children du Haight Ashbury of California (nom d'une rue à San Francisco devenue le centre du mouvement hippie) en écoutant chanter Joan Baez et en me disant que je voulais aller à San Francisco porter le message de Wynken de Wilde et fonder une nouvelle religion.

« C'était ce que j'avais appris au travers des traductions. A cet égard, j'ai bénéficié pendant un bon moment de l'aide d'un vieux père jésuite ; c'était un latiniste véritablement brillant, qui devait passer la moitié de la journée à apprendre aux garçons comment se tenir. C'est très volontiers qu'il avait accepté de me faire cette traduction, assortie bien sûr de la promesse d'une intimité entre nous, puisque nous étions en tête à tête et tout près l'un près de l'autre pendant de longues heures.

– Ainsi vous vous vendiez une nouvelle fois, avant même qu'Old Captain ne soit mort ?

– Non. Pas vraiment. Pas de la manière que vous pensez. Enfin, si quand même. Seulement, ce prêtre était un authentique célibataire, un Irlandais ; aujourd'hui, on ne pourrait pas concevoir que ce genre de prêtres puissent exister. Ils ne faisaient jamais rien à personne. Je ne crois même pas qu'ils se masturbaient. Ils se contentaient de se tenir tout près des garçons, ce qui, éventuellement, pouvait leur donner le souffle court, rien de plus. De nos jours, la vie religieuse n'attire plus ce genre d'individus, robustes et complètement refoulés. Un homme comme celui-là n'aurait pas davantage pu rudoyer un enfant que monter à l'autel durant la messe et se mettre à hurler.

– Il ne réalisait pas que vous lui plaisiez et qu'il vous faisait une faveur particulière.

– Précisément, et il passait ainsi des heures à me traduire Wynken. Il m'a empêché de devenir fou. Il s'arrêtait toujours pour rendre visite à Old Captain. Et si Old Captain avait été catholique, le père Kevin lui aurait donné l'extrême-onction. Tâchez de comprendre ça, voulez-vous? Vous ne pouvez pas juger des gens comme Old Captain ou le père Kevin.

– Non, ni les garçons comme vous.

– De plus, depuis un an, ma mère avait un nouveau petit ami, une calamité, un type faussement distingué et mielleux, de ceux qui s'expriment étonnamment bien, aux yeux bien trop brillants, manifestement pourri à l'intérieur et issu d'un milieu fort peu convaincant. Son visage de jeunot avait beaucoup trop de rides; on aurait dit des crevasses. Il fumait des cigarettes Du Maurier. Je suppose qu'il avait l'intention d'épouser ma mère pour avoir la maison. Vous me suivez?

– Oui. Et donc après la mort d'Old Captain, vous n'aviez plus que le père jésuite.

– Exact. Vous commencez à piger. Le père Kevin et moi travaillions souvent à la pension de famille, il aimait ça. Il arrivait en voiture, se garait sur Philip Street, entrait, et nous montions dans ma chambre. Au deuxième étage, en façade. J'avais une vue imprenable sur les défilés de Mardi gras. J'ai grandi dans l'idée qu'il était normal qu'une ville entière devienne folle deux semaines par an. Toujours est-il que nous étions là-haut durant l'une de ces parades nocturnes, dont je me désintéressais, d'ailleurs, comme les natifs peuvent le faire, vous savez, parce qu'une fois que vous avez vu suffisamment de chars en papier mâché, de colifichets et de flambeaux...

– Ces horribles flambeaux rougeoyants.

– Oui, vous l'avez dit.

Il marqua une pause. Son verre était servi, et il le contemplait.

– Que se passe-t-il? lui demandai-je. (J'étais alarmé parce que lui l'était.) Regardez-moi, Roger. Ne commencez pas à vous estomper, continuez à parler. Qu'est-ce qu'a révélé la traduction de ces livres? Étaient-ils impies? Roger, parlez-moi!

Il rompit son silence glacial et recueilli, saisit son verre et en vida la moitié d'un seul trait.

– C'est dégueulasse et j'adore ça. Le Southern Comfort, ça a été ma première boisson alcoolisée quand j'étais gosse.

Il me regarda, droit dans les yeux.

– Je ne m'estompe pas, m'assura-t-il. Simplement, je revoyais la maison, je sentais de nouveau son odeur. Vous comprenez ? L'odeur des chambres des personnes âgées, celles dans lesquelles les gens meurent. Pourtant, c'était si agréable. Qu'est-ce que je disais ? Ah ! oui, c'est durant Protée, l'une des processions de nuit, que le père Kevin fit l'incroyable découverte que ces deux livres avaient été dédiés à Blanche de Wilde, sa protectrice, qui, manifestement, était aussi la femme de son frère, Damien ; tout cela était enchevêtré dans les dessins des toutes premières pages. Ce qui jetait un éclairage totalement différent sur les psaumes. Car ceux-ci étaient emplis d'invitations lascives, de suggestions, voire d'une espèce de code secret concernant des rencontres clandestines. Tout au long des pages apparaissaient des peintures du même petit jardin – comprenez bien que je parle ici de miniatures...

– J'en ai vu de nombreux exemples.

– Et dans ces minuscules représentations du jardin, il y avait toujours un homme nu et cinq femmes qui dansaient autour d'une fontaine située dans l'enceinte d'un château médiéval, du moins à ce qu'il semblait. En y regardant à la loupe, c'était exactement ça. Et alors, le père Kevin a commencé à se tordre de rire.

" Pas étonnant qu'il n'y ait là-dedans pas un seul saint et pas la moindre scène biblique, avait expliqué le père Kevin, hilare. Votre Wynken de Wilde était un hérétique fou ! Un sorcier ou un adepte du démon. Et il était amoureux de cette femme, Blanche. " Il n'était pas tant choqué qu'amusé.

" Vous savez, Roger, m'avait-il dit, si vous vous mettiez en rapport avec une salle des ventes, ces livres pourraient vous mener à Loyola, ou à Tulane. Mais abstenez-vous de leur vendre. Pour ça, allez plutôt à New York ; chez Butterfield and Butterfield, ou chez Sotheby's. "

« Au cours de ces deux dernières années, il avait retranscrit pour moi, en anglais et à la main, environ trente-cinq poèmes différents, dans une traduction parfaite du latin et directement en prose ; ensuite, nous avons réexaminé le tout et, en recherchant les images en double et le langage figuré, une histoire a commencé à émerger.

« Tout d'abord, nous nous sommes rendu compte qu'à l'origine, il y avait eu plusieurs livres, et que nous possédions le premier et le troisième. Arrivés au troisième, les psaumes ne célébraient plus uniquement son adoration pour Blanche, qui était encore et toujours comparée à la Vierge Marie dans sa pureté et son éclat, mais ils répondaient également à une sorte de correspondance portant sur les souffrances de la dame livrée aux mains de son époux.

« C'était judicieux. Il faut que vous les lisiez. Vous devez retourner à l'appartement où vous m'avez tué et prendre ces livres.

– Ce qui signifie que vous ne les avez pas vendus pour aller à Loyola ou à Tulane ?

71

– Bien sûr que non. Wynken se livrant à des orgies avec Blanche et ses quatre copines ! J'en étais fasciné. Wynken était mon saint de par son talent, et la sexualité ma religion parce qu'elle avait été celle de Wynken, et que dans chaque mot philosophique qu'il écrivait, il mettait un sens caché relatif à l'amour de la chair ! Vous devez comprendre que je n'avais en réalité aucune foi orthodoxe, je n'en ai d'ailleurs jamais eue. Je considérais que l'Église catholique se mourait. Et que le protestantisme était une plaisanterie. Il m'a fallu des années pour réaliser que l'approche protestante était fondamentalement mystique et qu'elle tendait vers l'unicité avec Dieu que Maître Eckhart aurait glorifiée ou à propos de laquelle Wynken s'est exprimé.

– Vous êtes bien magnanime envers l'approche protestante. Et Wynken a vraiment écrit au sujet de l'unicité avec Dieu ?

– Oui, par l'intermédiaire de l'union avec les femmes ! C'était circonspect, mais clair ; " Dans tes bras j'ai connu la Trinité avec plus d'authenticité que les hommes ne pourraient l'enseigner ", par exemple. C'était la voie nouvelle, à n'en pas douter. Mais à l'époque, je ne connaissais du protestantisme que le matérialisme, la stérilité et les touristes baptistes qui venaient s'enivrer dans Bourbon Street parce qu'ils n'osaient pas le faire chez eux, dans leur propre ville.

– Quand avez-vous changé d'avis ?

– Disons que je ne voyais aucun espoir pour les religions existant actuellement dans notre monde occidental. Dora pense à peu près la même chose, mais j'y reviendrai.

– Avez-vous achevé la traduction ?

– Oui, juste avant que le père Kevin ne soit muté. Je ne l'ai jamais revu. Il m'a écrit par la suite, mais, entre-temps, je m'étais enfui de la maison.

« J'étais à San Francisco. J'étais parti sans la bénédiction de ma mère, et j'avais pris les Trailways Bus parce qu'ils coûtaient quelques cents de moins que les Greyhound. Je n'avais pas soixante-quinze dollars en poche. J'avais dilapidé tout ce que Captain m'avait donné. Et, à sa mort, les parents qu'il avait, là-bas, à Jackson, Mississippi, ont soigneusement vidé son appartement.

« Ils ont tout pris. Car vous savez, j'ai toujours pensé que Captain m'avait laissé quelque chose. Mais je m'en foutais. Les livres avaient été son plus beau cadeau, tout comme ces nombreux déjeuners au Monteleone Hotel, lorsque nous mangions tous deux un *gumbo* (potage créole épais que l'on mange en Louisiane) et qu'il me laissait émietter mes crackers salés dans mon plat jusqu'à ce qu'il devienne du porridge. J'adorais ça.

« Qu'est-ce que je disais ? J'ai donc pris un billet pour la Californie, et gardé un peu d'argent pour m'acheter une tarte et un café à chacun des arrêts. Une drôle de chose s'est produite. Nous sommes arrivés à un point de non-retour. C'est-à-dire qu'au moment où l'on traversait une ville du Texas, j'ai réalisé que je n'avais plus assez d'argent pour retourner à la maison, quand bien même je l'aurais voulu. C'était en plein milieu de la nuit, à El Paso, je crois ! Enfin, peu importe, j'ai alors compris que je ne pouvais plus revenir en arrière.

« J'étais en route pour San Francisco et Haight Ashbury, j'allais fonder une religion basée sur l'enseignement de Wynken à la gloire de l'amour et de l'union, qui affirmait que l'union sexuelle était d'ordre divin et j'allais montrer ses livres à mes disciples. C'était mon rêve, mais, pour vous dire la vérité, je n'éprouvais, personnellement, strictement rien envers Dieu.

« Au bout de trois mois, j'avais découvert que mon credo était loin d'être unique. La ville entière était pleine de hippies qui croyaient à l'amour libre et à la mendicité, et, même si je donnais régulièrement des conférences sur Wynken à des cercles plus ou moins larges d'amis, en brandissant les livres et en récitant les psaumes – ceux-là étaient parfaitement anodins, bien sûr...

– J'imagine, en effet.

– ... mon principal job consistait à être le manager et le patron de trois musiciens de rock qui voulaient devenir célèbres mais qui étaient trop défoncés pour se souvenir de leurs engagements ou récolter leur cachet à la sortie. L'un d'eux, Blue, c'est ainsi qu'on l'appelait, chantait vraiment bien. Il avait une voix de ténor et un sacré registre. L'orchestre avait un son. Du moins c'est ce que nous croyions.

« La lettre du père Kevin me trouva à l'époque où je vivais dans le grenier de la Spreckles Mansion sur Buena Vista Park, vous connaissez cette maison ?

– Oui. C'est un hôtel.

– Effectivement, mais en ce temps-là, c'était une demeure particulière, avec, au dernier étage, une salle de danse avec une salle de bains et une kitchenette. Ça, c'était bien avant les travaux de rénovation. Personne n'avait encore inventé la formule du *bed and breakfast*, et je louais simplement la salle de danse. C'était là que les musiciens jouaient et nous utilisions tous la salle de bains et la cuisine crasseuses ; dans la journée, pendant qu'ils dormaient à même le plancher, je rêvais de Wynken, je méditais sur Wynken et je me demandais par quel moyen je pourrais en découvrir davantage sur cet homme et quels étaient ces poèmes d'amour. J'avais toutes sortes de fantasmes à son sujet.

« Ce grenier, il m'étonne aujourd'hui. Il y avait des fenêtres aux trois points cardinaux, avec des rebords très profonds dotés de vieux coussins en velours qui tombaient en lambeaux. De là, on avait une vue sur tout San Francisco, sauf à l'est, autant que je me souvienne, mais mon sens de l'orientation est plutôt médiocre. On adorait s'asseoir dans le renfoncement de ces fenêtres et on discutait à n'en plus finir. Mes copains ne se lassaient pas de m'entendre parler de Wynken. On avait l'intention d'écrire des chansons inspirées de ses poèmes. Eh bien! ça ne s'est jamais fait.

– Une obsession.

– Complètement. Lestat, vous devez retourner chercher ces livres, quoi que vous pensiez de moi quand nous en aurons fini. Ils sont tous dans l'appartement. Chacun de ceux que Wynken a faits. J'ai passé toute ma vie à les rassembler. C'est pour ces ouvrages que j'ai vendu de la came. Même du temps du Haight.

« Je vous parlais du père Kevin. Il m'avait envoyé une lettre, expliquant qu'il avait cherché Wynken de Wilde dans certains manuscrits et trouvé qu'il avait été le chef d'un culte hérétique, et qu'il avait été exécuté. Les disciples de la religion de Wynken de Wilde étaient exclusivement des femmes, et ses travaux avaient été officiellement condamnés par l'Église. Le père Kevin disait que tout ça, c'était de l'" histoire ", et qu'il fallait que je vende les livres. Il m'en écrirait davantage par la suite. Il ne l'a jamais fait. Deux mois plus tard, je commettais plusieurs meurtres sur une impulsion, ce qui a changé le cours des événements.

– La came que vous vendiez?

– En quelque sorte, seulement ce n'est pas moi qui ai fait la bourde. Blue trafiquait plus que moi. Blue se baladait avec de l'herbe dans des valises. Moi, je dealais un peu, juste pour le groupe, histoire de leur rendre ce qu'ils me donnaient. Mais Blue achetait au kilo, et, un jour, il a paumé deux kilos. Personne ne savait ce qu'ils étaient devenus. En fait, on a pensé qu'il les avait oubliés dans un taxi, mais on n'a jamais vraiment su.

« A l'époque, il y avait beaucoup de petits crétins qui passaient leur temps à traîner. Ils commençaient à traficoter, sans réaliser une seconde que l'approvisionnemment se faisait par un individu dépravé, qui se fichait pas mal de tuer quelqu'un d'une balle dans la tête. Blue a cru qu'il pourrait se tirer d'affaire en le baratinant, en lui expliquant qu'il s'était fait avoir par des amis, enfin ce genre de trucs. Ses contacts lui faisaient confiance, disait-il, ils lui avaient même donné une arme.

« Le revolver en question était dans le tiroir de la cuisine; ils lui avaient raconté qu'ils risquaient d'avoir un jour ou l'autre besoin de s'en servir, mais Blue n'aurait évidemment jamais fait une chose pareille. Je suppose que quand vous êtes défoncé à ce point-là, vous pensez que tous les autres le sont aussi. Ces mecs-là, disait-il, étaient juste des camés, comme nous, il n'y avait pas à se faire de bile, tout ça c'était rien que des mots. Bientôt, on allait tous être aussi célèbres que Big Brother, la Holding Company et Janis Joplin.

« Ils sont venus le chercher pendant la journée. Lui et moi étions seuls à la maison.

« Il était dans la grande pièce, la salle de danse, à la porte d'entrée, en train de les mener en bateau. Moi j'étais dans la cuisine, et donc invisible, et je les écoutais à peine. Peut-être étais-je en train d'étudier Wynken, je n'en sais trop rien. Toujours est-il que j'ai réalisé peu à peu de quoi ils parlaient dans la pièce à côté.

« Ces deux hommes s'apprêtaient à tuer Blue. Ils ne cessaient de lui dire de leurs voix ternes que tout allait bien, lui demandant de venir avec eux, allez, il faut partir, et non, il faut qu'il vienne maintenant, et non, il faut qu'il se magne. Et alors, l'un d'eux a dit très bas, sur un ton vicieux, " Allez viens, mec ". Et, pour la première fois, Blue a arrêté de débiter ses platitudes de hippie, du style tout va s'arranger, mon pote, j'ai rien fait de mal, mon vieux. Puis il y a eu ce silence, et là j'ai compris qu'ils allaient emmener Blue, le descendre et se débarrasser de lui. C'était déjà arrivé à d'autres gosses ! Je l'avais lu dans les journaux. J'ai senti mes cheveux se dresser sur ma tête. Je savais que Blue n'avait aucune chance.

« Je n'ai pas réfléchi à ce que je faisais. J'avais complètement oublié le revolver du tiroir de la cuisine. J'ai été surpris par ce flot d'énergie. J'ai fait irruption dans la grande salle. Ces deux types étaient plus âgés que nous, ils avaient l'air d'être des durs, pas des hippies, il n'y avait en eux rien de cool. Ce n'était même pas des Hell's Angels. Juste des tueurs. Et, visiblement, quelque peu déballonnés de constater qu'il y avait un obstacle pour traîner mon ami hors de la pièce.

« Vous me connaissez, vous savez que je suis probablement aussi vaniteux que vous, et puis j'étais sincèrement convaincu de la particularité de ma nature et de ma destinée ; je suis arrivé tout incandescent et flamboyant vers ces deux hommes, jetant des étincelles et m'avançant à pas précipités et désordonnés. Si j'avais une seule idée en tête, c'était celle-là : si Blue pouvait mourir, cela signifiait que moi aussi je pouvais mourir. Et il était hors de question qu'une chose pareille me soit démontrée, vous comprenez ?

– Oui, bien sûr.

– J'ai commencé à parler très vite à ces individus, pérorant d'un ton grandiloquent, comme un philosophe psychédélique, leur balançant des mots à quatre syllabes sans cesser de marcher droit sur eux, les sermonnant sur la violence et sous-entendant qu'ils m'avaient dérangé, moi et " tous les autres " dans la cuisine. Car nous y faisions un cours.

« Soudain, l'un d'eux a mis la main dans son pardessus pour en sortir un revolver. Je suppose qu'il a dû penser que cela me ferait l'effet d'une douche froide. Je me souviens parfaitement de la scène. Il a dégainé son arme et l'a braquée sur moi. Et le temps qu'il me mette en joue, je l'avais attrapée des deux mains et je la lui avais arrachée, puis je lui ai envoyé un coup de pied de toutes mes forces, j'ai tiré et je les ai tués tous les deux.

Roger marqua une pause.

Je ne dis rien. J'avais envie de sourire. Tout cela me plaisait beaucoup. Je me contentai de hocher la tête. Bien sûr que tout avait commencé comme ça pour lui, pourquoi ne m'en étais-je pas rendu compte ? Ce n'était pas un tueur-né ; d'ailleurs, il n'aurait jamais été aussi intéressant si tel avait été le cas.

– En deux temps trois mouvements, j'étais devenu un assassin, dit-il. Comme ça. Et avec un succès fracassant, imaginez donc.

Il but une autre gorgée et détourna le regard, plongé dans ce souvenir. Il semblait à présent solidement ancré dans son corps de fantôme, comme un moteur qui s'emballe.

– Et ensuite, qu'avez-vous fait ?

– Eh bien ! c'est à ce moment-là que le cours de ma vie a changé. D'abord, j'ai failli aller à la police, je voulais faire venir un prêtre, aller au diable, téléphoner à ma mère, ma vie était finie, appeler le père Kevin, jeter toute l'herbe dans les toilettes et tirer la chasse, vie foutue, gueuler pour alerter les voisins, tout ça quoi.

« Puis j'ai refermé la porte, Blue et moi nous nous sommes assis et nous avons discuté pendant une heure. Blue ne disait rien. C'est moi qui parlais. Tout en priant pour que personne n'ait attendu dehors dans une voiture que ces deux-là sortent, mais si jamais on frappait, j'étais prêt parce que maintenant, j'avais leur revolver, et que le chargeur était plein, et que j'étais assis juste face à la porte.

« Et tandis que je parlais, que je guettais et que je laissais les deux corps étendus là, alors que Blue regardait fixement dans le vide comme si cela avait été un mauvais trip de LSD, je me disais qu'il fallait que je quitte ce putain d'endroit. Pourquoi irais-je en prison pour le restant de mes jours à cause de ces deux-là ? Il m'a fallu près d'une heure pour énoncer cette logique.

– Je comprends.

– On s'est tout de suite mis à nettoyer la piaule, on a pris tout ce qui nous appartenait et prévenu les deux autres musiciens en leur demandant de récupérer leurs affaires à la gare routière. On leur a raconté que la brigade des stupéfiants allait faire une descente. Ils n'ont jamais su ce qui s'était passé. Et les lieux étaient tellement truffés des empreintes qu'on avait laissées durant toutes nos petites fêtes, nos orgies et nos jam-sessions nocturnes, qu'on ne risquait pas de nous retrouver. Aucun de nous n'avait jamais été fiché. Et, de plus, j'ai gardé le revolver.

« Et puis j'ai piqué aussi l'argent des deux types. Blue n'en voulait pas du tout, mais moi j'avais besoin de fric pour filer de là.

« On s'est séparé. Je n'ai jamais revu Blue. Ni les deux autres, Ollie et Ted. Je crois qu'ils sont allés à L.A. pour devenir célèbres. Et que Blue a fini complètement toxicomane. Mais je n'en suis pas certain. Moi, j'ai continué. Dès l'instant où c'est arrivé, j'ai été totalement différent. Je n'ai plus jamais été le même.

– Qu'est-ce qui vous a rendu différent ? demandai-je. Quelle a été la cause de ce changement, ou plutôt, quoi en particulier ? Le plaisir que vous y avez trouvé ?

– Non, pas du tout. Cela n'avait rien de drôle. C'était un succès. Mais ce n'était pas marrant. Je n'ai jamais trouvé ça marrant. C'est un travail de tuer les gens, c'est sale. C'est une besogne pénible. C'est drôle *pour vous* de tuer, mais vous, vous n'êtes pas un être humain. Non, ce n'était pas ça. Mais le fait que ça avait été possible, en marchant simplement vers ce salopard et en faisant le geste le plus inattendu, lui arracher son revolver des mains, parce que c'était vraiment la dernière chose à laquelle il s'attendait, et puis les descendre l'un et l'autre sans la moindre hésitation. Ils ont dû mourir de surprise.

– Ils se figuraient que vous étiez des gosses.

– Non, ils pensaient qu'on était des rêveurs ! Du reste, j'étais un rêveur, c'est vrai, et, tout au long du chemin vers New York, je ne cessais de me dire qu'une grande destinée m'attendait, que j'allais être génial, et que ce pouvoir, ce pouvoir d'abattre deux personnes, comme ça, avait été l'épiphanie de ma force !

– Elle venait de Dieu, cette épiphanie.

– Non, du sort, du destin. Je vous ai dit que je n'ai jamais réellement éprouvé quoi que ce soit envers Dieu. L'Église catholique dit que si vous n'éprouvez pas de dévotion envers la Sainte Vierge, eh bien ! il faut craindre pour votre âme. Je n'ai jamais ressenti la moindre dévotion pour elle. Ni pour aucune divinité réelle ni aucun saint. Jamais. C'est pourquoi l'évolution de Dora dans ce domaine m'a tellement surpris, elle est si sincère ! Mais nous y viendrons. Le temps que j'arrive à New York, j'avais compris que ma religion allait être celle du concret, vous voyez, avec une foule d'adeptes, le pouvoir, un confort princier et la débauche de ce bas monde.

– Oui, je vois.

– C'était ça la vision de Wynken. C'est ce qu'il avait transmis à ses disciples féminines, qu'il était inutile d'attendre d'être dans l'au-delà. Il fallait tout faire maintenant, tous les péchés possibles... C'étaient des conceptions courantes chez les hérétiques, non ?

– Oui, chez certains. Du moins c'est ce que prétendaient leurs ennemis.

– Le crime suivant, je l'ai commis uniquement pour l'argent. C'était un contrat. J'étais le garçon le plus ambitieux de toute la ville. J'étais de nouveau le manager d'un groupe, un ramassis de minables, on n'y arrivait pas, alors que d'autres rock-stars réussissaient du jour au lendemain. Je m'étais remis dans la came, mais j'étais devenu sacrément plus malin et je commençais à avoir une aversion personnelle pour ce truc-là. C'était vraiment le tout début, l'époque où les gens transportaient de l'herbe dans des petits avions qui passaient la frontière, et ça faisait penser aux aventures des cowboys.

77

« Et la nouvelle s'est répandue que le type en question figurait sur la liste noire d'un gros trafiquant local, qui était prêt à payer trente mille dollars celui qui le tuerait. Le mec était particulièrement vicieux. Tout le monde avait peur de lui. Il savait qu'on voulait le descendre. Il se promenait en plein jour et personne n'osait faire un geste.

« Je suppose que chacun s'imaginait qu'un autre allait le faire à sa place. En quoi et pourquoi ces gens-là étaient-ils en rapport, je n'en avais pas idée. Je savais simplement que le type avait du cran. Je m'en étais assuré.

« J'ai mis au point une façon de procéder. A l'époque, j'avais dix-neuf ans. Je me suis habillé comme un étudiant, avec un pull ras-du-cou, un blazer, un pantalon de flanelle, je me suis fait couper les cheveux dans le style Princeton, et j'ai emporté quelques livres sous mon bras. J'ai découvert où l'homme vivait, à Long Island, et, un soir qu'il sortait de sa voiture garée dans l'allée derrière sa maison, j'ai marché droit sur lui et je l'ai tué à bout portant, à deux mètres de l'endroit où sa femme et ses enfants dînaient à l'intérieur.

Il marqua de nouveau un temps, puis ajouta avec un grand sérieux :

— Il faut être un individu un peu spécial pour accomplir un acte aussi pervers. Et sans en éprouver le moindre remords.

— Vous ne l'avez pas torturé comme moi je vous ai torturé, dis-je doucement. Vous savez parfaitement ce que vous faites, non ? Vous évaluez toute la portée de vos actes ! Je n'avais pas tout saisi lorsque je vous suivais. Je m'étais imaginé que vous étiez plus corrompu au fond de vous-même, enveloppé dans votre propre romance. Le roi de l'auto-tromperie.

— Était-ce une torture, ce que vous m'avez fait ? demanda-t-il. Je ne me souviens pas que cela ait impliqué de la douleur, rien d'autre que la fureur de sentir que j'allais mourir. J'ai donc tué cet homme à Long Island pour le fric. Cela ne signifiait rien pour moi. Je n'en ai même pas éprouvé de soulagement après coup, seulement un sentiment de force, et d'accomplissement, que j'avais envie de tester une nouvelle fois, ce que j'ai d'ailleurs fait.

— Et vous étiez sur la voie.

— Absolument. Et à ma manière, aussi. Le bruit s'était propagé. Si la tâche paraît impossible, appelez Roger. Je pouvais m'introduire dans un hôpital vêtu en jeune médecin, avec un badge à mon nom sur mon pardessus et un bloc à la main, et tuer net dans son lit, à l'insu de tout le monde, l'individu qu'on m'avait désigné. Du reste, c'est ce que j'ai fait.

« Mais comprenez bien, je ne me suis pas enrichi comme tueur à gages. D'abord, cela a été l'héroïne, puis la cocaïne, et avec la cocaïne, on revenait à certains de ces mêmes cow-boys que j'avais connus au début, qui la passaient à la frontière de la même façon, par les mêmes itinéraires, et dans les mêmes avions. Vous en connaissez l'histoire. De nos jours, tout le monde la connaît. Les premiers trafiquants de drogue avaient des méthodes grossières. Ils jouaient aux gendarmes et aux voleurs avec les mecs du gouvernement. Leurs avions distançaient ceux de l'État, et, lorsqu'ils atterrissaient, ils étaient parfois tellement bourrés de cocaïne que le pilote ne parvenait pas à s'extraire du cockpit ; à ce moment-là, nous, on filait avec la came en le laissant tomber, on s'en gardait plein pour nous et on se tirait de là vite fait.

– C'est ce qu'on m'a dit.

– Aujourd'hui, il y a des génies dans les affaires, des gens qui savent utiliser les téléphones cellulaires, les ordinateurs et les techniques pour blanchir l'argent, de sorte que personne ne peut jamais savoir d'où il vient. Mais à l'époque ? J'étais le génie des toxicos ! Parfois, toute la chose était aussi encombrante qu'un déménagement de meubles, laissez-moi vous le dire. Et donc je me suis mis làdedans, organisant, choisissant mes confidents et mes passeurs pour traverser les frontières, et avant même que la cocaïne n'ait inondé la rue, pour ainsi dire, je me débrouillais formidablement bien à New York et à Los Angeles grâce aux riches, vous savez, ce genre de clients que vous livrez personnellement. Ils n'ont même pas besoin de quitter leurs grandioses villas. Vous recevez l'appel. Vous vous pointez. Votre came est pure. Vous leur plaisez. Mais il fallait que je me sorte de ce business. Il n'était pas question que j'en dépende.

« J'étais vraiment très malin. J'ai fait quelques transactions immobilières qui ont été d'authentiques coups de maître, me retrouvant ainsi avec de l'argent en caisse, alors que c'était l'époque de l'inflation galopante. J'ai vraiment ramassé un gros paquet.

– Mais comment Terry s'est-elle trouvée mêlée à ça, et Dora ?

– Un coup de bol. Ou le destin. Qui sait ? Je suis rentré chez moi à La Nouvelle-Orléans pour voir ma mère, je me suis collé avec Terry et je l'ai mise enceinte. Quel crétin !

« J'avais vingt-deux ans, et, cette fois, ma mère se mourait vraiment. Elle avait dit, " Roger, je t'en prie, reviens à la maison ". Son imbécile de petit copain au visage crevassé était mort. Elle était toute seule. Depuis le début, je n'avais pas cessé de lui envoyer plein d'argent.

« La pension de famille était à présent son domicile personnel, elle avait deux femmes de chambre et un chauffeur pour l'emmener se promener en ville en Cadillac sitôt qu'elle en manifestait le désir. Elle y trouvait un plaisir immense, mais ne me posait jamais la moindre question à propos du fric, et, bien sûr, j'avais continué ma collection de Wynken. Entre-temps, j'avais acquis deux autres manuscrits de lui et je possédais déjà à New York mon entrepôt à trésors. Mais nous pourrons en reparler plus tard. Gardez juste Wynken dans un coin de votre tête.

« A vrai dire, ma mère ne m'avait jamais rien demandé. Elle occupait désormais la grande chambre du haut. Elle m'avait raconté qu'elle parlait à tous ceux qui étaient déjà partis, à feu son pauvre frère chéri Mickey, à sa défunte sœur, Alice, et à sa mère, la femme de chambre irlandaise – la fondatrice de notre famille, en quelque sorte – à qui la maison avait été léguée par la femme un peu folle qui avait vécu ici. Ma mère parlait aussi beaucoup à Petit Richard. C'était un frère, mort à l'âge de quatre ans. Du tétanos. Petit Richard. Elle m'expliquait qu'il déambulait à ses côtés, lui disant que le moment était venu de le rejoindre.

« Mais elle désirait que je revienne à la maison. Elle me voulait auprès d'elle dans cette même pièce. Je savais tout ça. Je le comprenais. Elle avait veillé des pensionnaires qui agonisaient. J'étais moi aussi resté au chevet d'autres personnes qu'Old Captain. Je rentrais donc chez moi.

« Nul ne savait où j'allais, ni quel était mon vrai nom, ni d'où je venais. Il me fut donc facile de quitter discrètement New York. Je suis arrivé à la maison de St Charles Avenue et me suis installé dans la chambre de malade, tenant la petite cuvette à vomi devant son menton, essuyant ses crachats et m'efforçant de la mettre sur le bassin quand l'agence n'avait pas d'infirmière disponible. Nous avions de l'aide, oui, mais elle la refusait, vous savez. Elle ne voulait pas de la fille de couleur, comme elle l'appelait. Ni de cette horrible infirmière. Et j'ai fait l'étonnante découverte que ces choses-là ne me dégoûtaient pas tant que ça. J'ai lavé tant de draps. Il y avait bien sûr une machine pour ça, mais, pour elle, je les changeais inlassablement. Cela m'était égal. Peut-être que je n'ai jamais été normal. Quels que soient les événements, j'ai toujours fait ce qu'il fallait, purement et simplement. Ce bassin, je l'ai rincé mille fois, je l'ai essuyé, je l'ai saupoudré de talc avant de le replacer près du lit. Car aucune odeur, si infecte soit-elle, ne dure éternellement.

– Du moins pas sur cette terre, murmurai-je. (Mais, Dieu merci, il ne m'entendit pas.)

– Cela se prolongea durant des semaines. Elle refusait d'aller au Mercy Hospital. J'ai engagé des infirmières vingt-quatre heures sur vingt-quatre, juste pour me seconder, pour qu'elles s'occupent d'elle lorsque je prenais peur. Je lui ai joué de la musique. Toutes les choses sont prévisibles, disait-elle en disant son rosaire à haute voix. Traditionnelle scène de lit de mort. L'après-midi, de deux heures à quatre heures, elle tolérait les visiteurs. De vieux cousins venaient. "Où est Roger?" Je restais en retrait.

– Vous n'aviez pas le cœur brisé de la voir tant souffrir.

– Cela ne me rendait pas fou, c'est vrai. Elle avait un cancer généralisé, et tout l'or du monde n'aurait pas suffi à la sauver. Je voulais que ça aille vite, et je ne pouvais pas supporter de la voir dans cet état, bien sûr, mais j'ai toujours eu en moi un côté profondément impitoyable qui me dit : fais ce que tu as à faire. Et je suis resté dans cette pièce des jours et des nuits entières sans dormir, jusqu'à sa mort.

« Elle parlait beaucoup aux fantômes, mais moi je ne les voyais pas et ne les entendais pas. Mais je n'arrêtais pas de dire, " Petit Richard, viens la chercher. Oncle Mickey, si elle ne reprend pas conscience, viens la chercher ".

« C'est alors qu'avant la fin arriva Terry, une garde-malade intérimaire, comme on les appelle, qui venait en bouche-trou quand nous ne pouvions obtenir d'infirmière diplômée parce qu'elles étaient très demandées. Terry, un mètre soixante-huit, blonde, le petit châssis le plus sexy et le plus ordinaire que j'aie jamais rencontré. Comprenez bien. Car dans cette histoire, tout s'est imbriqué avec une précision incroyable. La fille était un brillant spécimen de la parfaite petite garce.

Je souris. « Ongles roses et rouge à lèvres rose humide. » Je l'avais vue jaillir dans sa pensée.

– Chez cette gosse, aucun détail ne manquait à l'appel, le chewing-gum, la chaîne en or autour de la cheville, les ongles des orteils vernis, la façon dont elle ôtait ses chaussures au beau milieu de la chambre justement pour me les montrer, la profondeur de son décolleté sous sa blouse de nylon blanc. Et son stupide regard aux paupières lourdes et artistiquement fardées de mascara et d'eyeliner de Prisunic. Elle se faisait les ongles là, sous mon nez ! Mais je vais vous dire, je n'ai jamais rien vu d'aussi complètement achevé, d'aussi caricatural, ah ! que puis-je dire d'autre... C'était un chef-d'œuvre !

Je me mis à rire, et lui aussi d'ailleurs, mais il poursuivit.

– Je la trouvais irrésistible. C'était un petit animal sans poils. J'ai commencé à la sauter dès que l'occasion s'en est présentée. Pendant que Mère dormait, on faisait l'amour debout dans la salle de bains. Une ou deux fois, on était descendu dans l'une des chambres inoccupées ; on ne mettait jamais plus de vingt minutes. Je nous avais chronométrés ! Elle faisait ça avec son slip rose autour de ses chevilles ! Et, comme parfum, elle portait Ingénue Libertine.

J'eus un petit rire.

– Que je sache un jour de quoi vous parlez, fis-je d'un ton rêveur. Et pourtant vous étiez réaliste, vous vous êtes amouraché d'elle alors que vous saviez tout ça.

– Enfin bon, j'étais à trois mille kilomètres de mes maîtresses de New York, et de mes garçons aussi, et de tout ce pouvoir de merde qui va de pair avec le business, la stupidité des gardes du corps qui se précipitent pour vous ouvrir les portes ou les nanas sur le siège arrière de la limousine qui vous disent qu'elles vous aiment uniquement parce qu'elles vous ont entendu tirer sur quelqu'un la nuit d'avant. Et tellement de sexe que parfois, en plein milieu de la plus belle pipe qu'on vous ait jamais faite, vous n'arrivez même plus à vous concentrer.

— Nous sommes beaucoup plus semblables que je n'aurais pu le rêver. Moi aussi je me suis parfois leurré sur les dons que l'on m'a faits.

— Que voulez-vous dire ?

— Nous n'avons pas le temps. Vous n'avez pas besoin de me connaître. Et Terry ? Comment Dora est-elle arrivée ?

— J'ai mis Terry enceinte. Elle était censée prendre la pilule. Elle me croyait riche ! Peu importait que je l'aime ou qu'elle m'aime. Car Terry, c'était l'un des êtres humains les plus bêtes et les plus naïfs qu'il m'ait été donné de rencontrer. Je me demande si vous vous donneriez la peine de boire le sang de gens aussi ignares et aussi obtus.

— Dora était le bébé.

— Ouais. Terry voulait s'en débarrasser si je ne l'épousais pas. J'ai fait un marché. Cent mille dollars au moment où on se mariait (j'ai pris un nom d'emprunt, notre union n'a jamais été légale, sauf sur le papier, ce qui est une bénédiction ; sur le plan juridique, Dora et moi ne sommes aucunement parents) et cent mille dollars à la naissance du bébé. Après quoi, j'avais l'intention de divorcer et tout ce que je voulais, c'était ma fille.

« " Notre fille ", disait-elle.

« " Bien sûr, notre fille ", je répondais. Quel crétin j'étais. Ce que je n'avais pas prévu, la chose la plus évidente et la plus simple, ce que je n'avais pas prévu, c'était ce que cette femme, cette petite infirmière manucurée, mâchonnante et trop maquillée, avec ses chaussures à semelles de caoutchouc et son alliance en diamant, allait naturellement éprouver pour son propre enfant. Tout idiote qu'elle était, c'était un mammifère, et elle n'avait absolument pas l'intention de se laisser prendre sa progéniture. Bah voyons ! Ça s'est terminé par un droit de visite.

« Pendant six ans, à chaque fois que j'en avais la possibilité, j'ai fait la navette en avion New York-La Nouvelle-Orléans, juste pour tenir Dora dans mes bras, pour lui parler, l'emmener promener dans la soirée. Et, que ce soit clair, cette enfant était la mienne ! Depuis toujours, elle était la chair de ma chair. Dès qu'elle m'apercevait tout au bout de la rue, elle se mettait à courir vers moi. Elle se jetait dans mes bras.

« On prenait un taxi jusqu'au Quartier français et on allait à la cathédrale ; là, nous traversions la salle du chapitre ; elle adorait ça. Puis nous allions chercher des *muffaletas* à l'Épicerie Centrale. Vous savez, ou peut-être pas, ce sont ces gros sandwiches pleins d'olives...

— Je connais.

— Elle me racontait tout ce qui s'était passé dans la semaine

82

depuis ma dernière visite. Je dansais avec elle dans la rue. Je chantais pour elle. Depuis qu'elle était toute petite, elle avait une très jolie voix. Moi, je n'ai pas une belle voix. Mais ma mère, oui. Et Terry aussi. Et cette enfant avait une voix. Et elle était intelligente. Nous prenions le ferry pour faire la traversée du fleuve aller et retour et nous chantions, accoudés au bastingage. Je l'emmenais faire des courses chez D.H. Holmes et je lui achetais de jolis vêtements. Sa mère s'était toujours moquée des beaux vêtements, et j'avais bien sûr suffisamment de goût pour pouvoir choisir quelque chose pour Terry, un soutien-gorge dégoulinant de dentelles, un nécessaire à maquillage de Paris ou un parfum à cent dollars l'once. Tout sauf Ingénue Libertine ! Dora et moi, on s'amusait si bien ensemble. Parfois je me disais que je pouvais tout supporter, pourvu que je voie Dora régulièrement et souvent.

– Elle était éloquente et pleine d'imagination, tout comme vous.

– Exactement, emplie de rêves et de visions. Dora n'a rien d'une naïve, sachez-le. Dora est une théologienne. C'est bien ça qui est surprenant. Le désir du spectaculaire ? Ça, c'est moi qui l'ait fait naître en elle ; mais la foi en Dieu, la croyance en la théologie ? J'ignore d'où c'est venu.

La théologie. Le terme me laissa perplexe.

– Pendant ce temps, Terry et moi avons commencé à nous haïr. Et quand l'âge de l'école est arrivé, vint l'époque des bagarres. On se battait comme des chiffonniers. Pour Dora, je voulais la Sacred Heart Academy, je voulais des cours de danse, de musique, et deux semaines avec moi en Europe. Terry me détestait. Je n'allais pas faire de sa petite fille une morveuse. Terry avait déjà quitté la maison de St Charles Avenue, qu'elle trouvait vieille et moche, pour s'installer dans une bicoque de style ranch pour prospectus immobilier dans une rue sinistre d'une banlieue humide ! Ainsi donc ma gosse avait déjà été arrachée du Garden District et de toutes ces couleurs pour se retrouver dans un endroit où la curiosité architecturale la plus proche était le snack-bar du coin.

« Le désespoir m'envahissait au fur et à mesure que Dora grandissait, maintenant qu'elle était sans doute devenue en âge d'être réellement soustraite à sa mère, qu'elle aimait tendrement et de façon très protectrice. Il y avait une sorte de relation muette entre ces deux-là, voyez-vous, dans laquelle la parole n'avait pas sa place. Et Terry était fière de Dora.

– Et alors ce petit ami a fait son apparition.

– C'est exact. Si j'étais arrivé en ville un jour plus tard, j'aurais trouvé ma fille et ma femme parties. Elle décampait ! Et merde pour mes chèques princiers. Elle partait en Floride avec son électricien fauché de jules !

« Dora, qui n'était au courant de rien, jouait dehors. Ils avaient fait tous leurs bagages ! J'ai tué Terry et le petit copain, au beau milieu de cette saleté de maison pour prospectus publicitaire à Metairie, là où Terry avait choisi d'élever ma fille plutôt que sur St Charles Avenue. Je les ai descendus tous les deux. Il y avait du sang partout, sur sa moquette en polyester et sur le dessus de la table-bar en Formica de sa cuisine.

— J'imagine la scène.

— Je les ai balancés dans les marécages. Cela faisait longtemps que je ne m'étais pas chargé personnellement de ce genre de besogne, mais finalement, cela a été relativement facile. Je les ai fourrés dans des sacs et, comme le camion de l'électricien était dans le garage, je les ai mis à l'arrière. Je les ai emmenés quelque part loin de là-bas, sur Jefferson Highway, et je ne sais même pas où exactement je m'en suis débarrassé. Non, c'était peut-être du côté de Chef Menteur. Ouais, c'était Chef Menteur. A proximité de l'un des vieux forts sur la rivière Rigules. Ils ont disparu dans la fange.

— Je vois. J'ai moi-même été balancé dans les marécages.

Il était trop excité pour entendre mes marmonnements. Il poursuivit.

— Puis je suis retourné chercher Dora, qui, entre-temps, s'était assise sur les marches, coudes sur les genoux, et se demandait pourquoi il n'y avait personne à la maison ; et, comme la porte était fermée à clé, elle n'avait pas pu entrer. Elle s'est mise à hurler, " Papa ! Je savais que tu viendrais. Je le savais ! ", à la minute où elle m'a vu. Je ne me suis pas risqué à aller à l'intérieur pour prendre ses affaires. Je ne voulais pas qu'elle voie le sang. Je l'ai installée à côté de moi et nous avons quitté La Nouvelle-Orléans dans le camion pick-up du petit copain, que nous avons gardé jusqu'à Seattle, Washington. Ce fut mon odyssée à travers le pays en compagnie de Dora.

« Tous ces kilomètres, quel délire, juste elle et moi qui parlions, parlions. Je crois que j'ai essayé de transmettre à Dora toute mon expérience. Rien de néfaste ni d'autodestructeur, rien qui puisse assombrir son horizon, seulement les bonnes choses, ce que j'avais moi-même appris sur la vertu, l'honnêteté, sur ce qui corrompt autrui, et sur ce qui en vaut la peine.

« " Tu ne peux pas rester sans rien faire dans cette vie, Dora, lui répétai-je inlassablement, tu ne peux pas te contenter de laisser ce monde tel que tu l'as trouvé. " Je lui ai même raconté que quand j'étais jeune, je voulais devenir un chef religieux, et que mon job actuel consistait à collectionner des beaux objets d'art religieux provenant de toute l'Europe et d'Orient. J'en faisais le commerce, pour pouvoir garder les rares pièces que je désirais posséder. Bien sûr, je l'ai amenée à croire que c'était cela qui m'avait rendu riche, ce qui à l'époque, curieusement, était en partie vrai.

— Et elle savait que vous aviez tué Terry.

— Non. Vous vous faites une fausse idée là-dessus. Toutes ces images tournaient dans ma tête. Je m'en suis rendu compte pendant que vous buviez mon sang. Mais ce n'est pas ça. Elle savait que je m'étais débarrassé de Terry, ou que je l'avais libérée de Terry, et, qu'à présent, elle pouvait rester avec Papa pour toujours, partir en voyage avec Papa quand il partait en voyage. C'est une tout autre chose que de savoir que Papa a assassiné Terry. Cela, elle l'ignore. Un jour, quand elle avait douze ans, elle m'a appelé en sanglotant et m'a dit, " Papa, s'il te plaît, dis-moi où est Maman, où elle et ce type sont allés quand ils sont partis en Floride. " Alors je lui ai raconté que je n'avais pas voulu lui dire que Terry était morte. Béni soit le téléphone. Je me débrouille très bien au téléphone. J'aime bien ça. C'est comme passer à la radio.

« Mais revenons à Dora à six ans. Papa a emmené Dora à New York et pris une suite au Plaza. Après, Dora a eu tout ce que Papa pouvait lui acheter.

– Même là elle continuait à réclamer sa mère ?

– Oui. Et elle était très probablement la seule à le faire. Avant notre mariage, la mère de Terry m'avait dit que sa fille était une traînée. Elles se détestaient. Le père de Terry était policier. C'était un mec sympa. Mais lui non plus n'aimait pas sa fille. Terry n'était pas quelqu'un de bien. Elle était mesquine par nature ; Terry ne méritait même pas d'être croisée par hasard dans une rue, et encore moins qu'on la connaisse, qu'on aie besoin d'elle ou qu'on la retienne.

« Là-bas, sa famille a cru qu'elle s'était enfuie en Floride en m'abandonnant Dora. Ils n'en ont jamais su davantage, et cela, jusqu'à la mort des parents de Terry. Il reste quelques cousins. Ils continuent eux aussi de croire à cette version. Mais ils ignorent qui je suis en réalité, c'est plutôt difficile à expliquer. Évidemment, il est possible que maintenant ils aient lu les journaux et les magazines. Je n'en sais rien, ça n'a pas d'importance. Dora pleurait en réclamant sa mère, effectivement. Mais après ce gros mensonge que je lui ai raconté quand elle avait douze ans, elle n'a plus jamais posé de questions.

« Toutefois, l'adoration que vouait Terry à Dora était aussi irréprochable que celle de n'importe quelle femelle mammifère ! Instinctive ; nourricière ; antiseptique. Elle apportait un soin particulier à son alimentation. Elle l'habillait avec de jolis vêtements, l'emmenait à ses cours de danse auxquels elle assistait en papotant avec les autres mères. Elle était fière de Dora. Mais elle lui adressait rarement la parole. Je crois que plusieurs jours pouvaient s'écouler sans que leurs regards ne se croisent. C'était *mammalien*. Et, pour Terry, il est probable que tout était ainsi.

– C'est bizarre que vous ayez vécu avec quelqu'un comme ça.

– Non, ce n'est pas bizarre. C'est le destin. Nous avons fait Dora. Elle lui a donné une voix, et la beauté. Et Dora a hérité de Terry ce qui pourrait passer pour de la dureté, si ce n'était un mot bien trop méchant. Dora est un mélange de nous deux, vraiment, un mélange idéal.

– Mais vous lui avez donné votre propre beauté, aussi.

– Oui, mais lorsque les gènes ont fusionné, il s'est produit un phénomène autrement plus intéressant et précieux. Vous avez vu ma fille. Elle est photogénique, et, sous l'éclat et la fougue que moi je lui ai transmis, il y a la fermeté de Terry. Elle convertit les gens par-delà les ondes. " Et quel est le vrai message de Jésus-Christ ?, déclare-t-elle, le regard braqué sur la caméra. Que Jésus-Christ est en chaque étranger que vous rencontrez, les pauvres, les miséreux, les malades, les voisins d'à-côté ! " Et le public adore.

– J'ai regardé. Je l'ai vue. Elle est capable d'atteindre des sommets.

Il soupira.

– J'ai envoyé Dora à l'école. A ce moment-là, je gagnais énormément d'argent. Et il fallait que je mette des milliers de kilomètres entre moi et ma fille. En tout, je l'ai fait changer trois fois de collège le temps qu'elle obtienne son bac ; cela a été dur pour elle, mais elle ne m'a jamais questionné à propos de ces manœuvres ni de la discrétion qui entourait nos rencontres. Je l'ai incitée à croire que j'étais toujours sur le point de m'envoler pour Florence afin de sauver une fresque des mains d'imbéciles qui voulaient la détruire, ou pour Rome afin d'explorer des catacombes tout juste découvertes.

« Lorsque Dora a commencé à s'intéresser sérieusement à la religion, je me suis dit que, sur le plan intellectuel, c'était très chic. J'ai pensé que c'était ma collection de statues et de livres, qui ne cessait de s'accroître, qui l'inspirait. Et quand, à dix-huit ans, elle m'a annoncé qu'elle était admise à Harvard et qu'elle avait l'intention d'étudier les religions comparées, cela m'a amusé. J'ai utilisé l'habituelle formule sexiste : apprends ce qui te plaît et épouse un homme riche. Et laisse-moi te montrer ma dernière icône ou ma dernière statue.

« Mais la ferveur de Dora et son goût pour la théologie se développaient au-delà de ce que j'avais jamais constaté. A dix-neuf ans, Dora est partie en Terre sainte. Elle y est retournée deux fois avant d'avoir son diplôme. Elle a ensuite passé les deux années suivantes à étudier les religions de par le monde. C'est alors qu'elle a proposé le projet de son programme de télévision : elle voulait parler aux gens. Le câble avait rendu possible l'existence de toutes ces chaînes religieuses. Vous pouviez vous brancher sur ce pasteur-là ou sur ce prêtre catholique-ci.

« " Tu es sérieusement décidée à faire ça ? " lui ai-je demandé. Je ne m'étais pas rendu compte qu'elle y tenait à ce point. Mais elle était restée fidèle à ces idéaux que moi, je n'avais jamais compris tout à fait, alors même que, d'une manière ou d'une autre, je les lui avais transmis.

« " Papa, trouve-moi une heure d'antenne à la télévision trois fois par semaine, plus l'argent nécessaire que j'utiliserai comme je veux, et tu verras ce qui va arriver ", m'avait-elle dit. Elle a démarré en parlant de toutes sortes de questions éthiques, et de la façon dont on pouvait sauver les âmes dans le monde contemporain. Elle donnait de courtes conférences ou des sermons, ponctués de chants extatiques et de danses. Sur le problème de l'avortement, elle tient un discours passionné mais logique quant au fait que les deux partis ont raison ! Elle explique que si chaque vie est sacro-sainte, les femmes doivent néanmoins pouvoir maîtriser leur propre corps.

– J'ai vu cette émission.

– Vous vous rendez compte que soixante-quinze réseaux câblés ont diffusé ce programme ! Vous réalisez les conséquences que pourrait avoir la nouvelle de ma mort sur l'Église de ma fille ?

Il se tut, réfléchit, puis reprit avec ce même débit accéléré.

– En fait, je ne pense pas avoir jamais eu d'aspirations religieuses, de but spirituel, pour ainsi dire, qui n'ait été imprégné de considérations matérialistes et prestigieuses, vous me comprenez ?

– Bien sûr.

– Mais avec Dora, c'est différent. Dora se moque éperdument des choses matérielles. Les reliques, les icônes, qu'est-ce que cela signifie pour elle ? Au mépris des impossibilités psychologique et intellectuelle, Dora persiste à croire à l'existence de Dieu. (Il s'interrompit de nouveau, secouant la tête en signe de regret.) Vous aviez raison par rapport à ce que vous me disiez tout à l'heure. Je suis un racketteur. Même pour mon bien-aimé Wynken, j'avais une façon de procéder, ce qu'on appelle aujourd'hui un ordre du jour. Dora ne rackette rien ni personne.

Je me rappelai sa remarque dans le bar, « Je crois que j'ai vendu mon âme pour des endroits comme celui-là ». Je savais à quoi il faisait allusion. Et je le comprenais encore mieux maintenant.

– Mais revenons à mon histoire. Des années plus tôt, comme je vous l'ai dit, j'avais renoncé à cette idée de religion séculière. Jusqu'à ce que Dora ne se lance là-dedans pour de bon, je n'avais plus repensé à ces ambitions depuis des lustres. J'avais Dora. Et j'avais Wynken pour obsession. Je recherchais de plus en plus les livres de Wynken, et, par l'intermédiaire de mes diverses relations, j'avais réussi à acquérir cinq lettres datant de la période où Wynken de Wilde, Blanche de Wilde et son mari, Damien, étaient clairement mentionnés. J'avais des enquêteurs qui ratissaient pour moi l'Europe et l'Amérique. Le mysticisme en Rhénanie, allez-y, creusez-moi ça.

« Mes investigateurs ont découvert une version de l'histoire de Wynken dans deux textes allemands. Qui parlaient de femmes pratiquant les rites de Diane, de la sorcellerie en fait. Wynken avait été traîné hors de son monastère et publiquement accusé. Toutefois, le compte rendu du procès n'a jamais été retrouvé.

« Il n'avait pas survécu à la Deuxième Guerre mondiale. Mais il existait d'autres documents dans d'autres endroits, des cachettes contenant les lettres. Une fois que vous aviez le nom de code Wynken – et que vous saviez que chercher – vous étiez sur la bonne voie.

« Dès que j'avais une heure de libre, je m'asseyais pour observer les petits personnages nus de Wynken, et j'apprenais par cœur ses poèmes d'amour. Je les connaissais si bien que j'aurais pu les chanter. Lorsque je voyais Dora le week-end – nous nous rencontrions à chaque fois que c'était possible – je les lui récitais et il m'arrivait même de lui montrer mes dernières trouvailles.

« Elle tolérait ma " conception hippie éculée de l'amour libre et du mysticisme ", comme elle disait. " Je t'aime, Roge. Mais tu es trop romantique de penser que ce vilain prêtre était une sorte de saint. Il n'a rien fait de mieux que de coucher avec ces femmes, n'est-ce pas ? Et ces livres étaient le moyen de communiquer entre eux... Pour se donner des rendez-vous. "

« " Mais Dora, lui répondais-je, il n'y a pas un seul mot vicieux ou laid dans l'œuvre de Wynken de Wilde. Tu peux le constater par toi-même. " A l'époque, je possédai six de ses livres. Tous parlaient d'amour. Le traducteur que j'avais alors, un professeur de l'université de Columbia, s'était émerveillé du mysticisme de la poésie et du mélange d'amour pour Dieu et pour la chair. Dora ne partageait pas ce point de vue. Mais elle était d'ores et déjà obnubilée par ses propres interrogations religieuses. Elle lisait Paul Tillich, William James et Érasme, ainsi que des tas d'ouvrages sur l'état du monde actuel. C'était son idée fixe, l'état du monde actuel.

– Et Dora se moquera de ces fameux livres de Wynken si je les lui donne.

– Elle ne touchera pas à *un seul* de ma collection, pas pour l'instant, répondit-il.

– Pourtant, vous voulez que moi, je préserve tous ces objets.

– Il y a deux ans, dit-il dans un soupir, deux nouveaux articles ont paru ! Pas sur elle, mais ils la concernaient directement, puisque ma couverture était définitivement foutue. Elle s'en doutait. Il était inévitable, a-t-elle dit, qu'elle découvre que mon argent n'était pas propre.

Il hocha la tête.

– Pas propre, répéta-t-il. La dernière chose qu'elle m'ait permis de faire, c'était de lui acheter le couvent. Un million pour le bâtiment. Et un autre million pour le nettoyer de toutes les profanations de la modernité et le remettre dans l'état où il se trouvait lorsque les nonnes l'occupaient en 1880, avec chapelle, réfectoire, dortoirs et vastes corridors...

« Mais même le couvent, elle l'a accepté à contrecœur. Et pour ce qui est des œuvres d'art, laissez tomber. Elle est parfaitement capable de refuser le fric que je lui donne et dont elle a besoin pour instruire ses fidèles, son ordre ou peu importe le putain de nom que lui donne un télévangéliste. La chaîne de télévision câblée n'est rien comparée à ce que j'aurais pu en faire, en prenant ce couvent comme base. Et la collection – les statues, les icônes – rendez-vous compte ! "Je peux faire de toi quelqu'un d'aussi important que Billy Graham ou Jerry Falwell, chérie, lui ai-je dit. Tu ne peux pas te détourner de mon argent, pour l'amour du ciel ! "

Il hocha la tête avec désespoir.

– A présent, elle me voit par pitié, ce dont ma ravissante fille possède des réserves inépuisables. Parfois, elle accepte un cadeau. Ce soir, elle n'en a pas voulu. Un jour que son émission était au bord de la faillite, elle a consenti à prendre juste de quoi sortir du rouge. Mais mes saints et mes anges, elle n'y touchera jamais. Mes livres, mes trésors, elle ne leur accordera même pas un regard.

« Naturellement, nous étions conscients l'un et l'autre de la menace qui pesait sur sa réputation. En m'éliminant, vous avez contribué à la préserver. Mais la nouvelle de ma disparition va se répandre, forcément. *Une télévangéliste financée par le roi de la cocaïne.* Combien de temps peut durer son secret ? Il doit survivre à ma mort, et elle doit y survivre aussi. Coûte que coûte ! Lestat, vous entendez ce que je dis.

– Je vous écoute, Roger, j'écoute chaque parole que vous prononcez. Ils ne s'en sont pas encore pris à elle, je peux vous l'assurer.

– Mes ennemis sont impitoyables. Et le gouvernement... qui sait ce que ce putain de gouvernement est ou ce qu'il peut bien faire.

– Elle redoute ce scandale ?

– Non. Le cœur brisé, oui, effrayée par le scandale, jamais. Elle fera avec. Ce qu'elle voulait, c'était que je laisse tout tomber ! C'était devenu son cheval de bataille. Elle se fichait que le monde entier découvre que nous étions père et fille. Elle voulait que je renonce à tout. Elle avait peur pour moi, comme une fille de gangster, ou comme une femme de gangster.

« "Laisse-moi simplement te construire l'église, ne cessais-je de la supplier. Prends l'argent. " Son émission de télévision a démontré son ardeur. Mais rien de plus... Tout est en ruine autour d'elle. Elle ne représente qu'une petite heure de programme trois fois par semaine. C'est à elle de gravir les marches de la gloire. Moi, je suis hors du coup. Elle compte sur son public pour lui apporter les millions dont elle a besoin.

« Et les mystiques féminines qu'elle cite, vous l'avez entendue lire des extraits de leurs écrits, Hildegarde de Bingen, Julienne de Norwich, Thérèse d'Avila. Vous avez déjà lu l'une d'elles ?

– Oui, toutes, répondis-je.

– Des femmes intelligentes qui désirent que d'autres femmes intelligentes les écoutent. Mais elle commence à séduire tout le monde. De nos jours, vous ne pouvez pas réussir en ne vous adressant qu'à un seul sexe. Ce n'est pas possible. Même moi, je sais cela, le trafiquant que je suis sait cela, moi le génie de Wall Street, ce que je suis également, n'en doutez pas. Elle plaît à tout le monde. Oh ! si seulement j'avais eu ces dernières années pour tout liquider, si seulement j'avais pu fonder l'Église avant qu'elle ne découvre...

– Vous avez une vision faussée des événements. N'ayez pas de regrets. Si vous aviez donné plus d'importance à l'Église, vous auriez précipité votre mise à découvert et le scandale.

– Non. A partir du moment où l'Église aurait pris de l'ampleur, le scandale n'aurait plus compté. C'est ça le hic. Elle est restée petite, et lorsque vous êtes petit, le scandale peut vous bousiller ! (Il hocha la tête avec colère. Il devenait trop agité, mais son image n'en était que plus nette.) Je n'ai pas le droit de détruire Dora... Sa voix se fit à nouveau plus lointaine. Il frissonna, puis, me regardant, demanda :

– Quelles sont vos conclusions, Lestat ?

– Dora doit échapper à tout cela. Il faudra qu'elle se raccroche à sa foi quand votre mort sera découverte.

– Oui. Je suis son plus grand ennemi, mort ou vif. Et pour l'Église, vous savez, elle s'est engagée sur une voie étroite ; ma fille n'est pas puritaine. Elle pense que Wynken est un hérétique, mais elle ne se rend pas compte à quel point, dans sa modernité, sa propre compassion pour la chair est exactement ce dont parlait Wynken.

– Je comprends. Mais en ce qui concerne Wynken, suis-je censé le sauver aussi ? Qu'est-ce que je fais avec Wynken ?

– En fait, c'est un génie, à sa manière, poursuivit-il, ignorant ma question. C'est ce que je voulais dire en la qualifiant de théologienne. Elle a réussi, chose quasi impossible, à maîtriser le grec, le latin et l'hébreu, bien qu'elle n'ait pas été bilingue étant enfant. Vous savez à quel point c'est difficile.

– Oui, en effet, il n'en va pas de même pour nous, mais...

Je m'interrompis. Une horrible pensée venait de me traverser l'esprit à toute force.

Cette idée me paralysa.

Il était trop tard pour rendre Roger éternel. Il était mort !

Je n'avais même pas réalisé que durant tout ce temps, toutes ces minutes où nous discutions et où il s'épanchait, j'avais présumé que je pouvais, si je le désirais, le ramener effectivement à moi, le garder ici, et stopper ainsi le processus. Mais soudain, je me rappelais, avec un choc effroyable, que Roger était un fantôme ! Je parlais à un homme qui était déjà mort.

La situation était si affreusement douloureuse, frustrante et totalement anormale que j'en fus atterré. J'aurais pu me mettre à gémir, si je n'avais pas dû me reprendre afin qu'il puisse continuer.

– Que se passe-t-il ? demanda-t-il.

– Rien. Parlez-moi encore de Dora. Et de ce qu'elle raconte.

– Elle parle de la stérilité de notre époque, et du besoin d'ineffable qu'éprouvent les gens. Elle désigne la délinquance effrénée et la jeunesse sans aspirations. Elle veut fonder une religion où personne ne fera de mal à son prochain. C'est le rêve américain. Elle connaît l'histoire sainte de A à Z, elle a parcouru tous les apocryphes, les pseudo-épigraphes, les œuvres d'Augustin, de Marcion, de Maïmonide ; elle est convaincue que ce sont les interdits sexuels qui ont annihilé le christianisme, ce qui lui ressemble bien et ne doit pas manquer de séduire les femmes qui l'écoutent...

– Oui, bien sûr, mais elle a bien dû éprouver quelque sympathie pour Wynken.

– A l'inverse de moi, les œuvres de Wynken n'ont pas été pour elle une succession de visions.

– Je comprends.

– D'ailleurs, à ce propos, les livres de Wynken ne sont pas seulement parfaits, ils sont également uniques à bien des égards. Wynken a effectué ses travaux au cours des vingt-cinq années qui ont précédé Gutenberg et la presse à imprimer. Pourtant Wynken faisait tout. Il était scribe, *rubicator*, c'est-à-dire qu'il ornait lui-même les lettres, et il était également le miniaturiste qui ajoutait les petits personnages nus folâtrant dans le jardin d'Éden, tout comme le lierre et la vigne qui envahissent toutes les pages. Il lui fallait passer lui-même par chacune des étapes, à une époque où l'écriture utilisait toutes ces fonctions séparément.

« Laissez-moi en finir avec Wynken. Car pour l'instant, vous ne pensez qu'à Dora. J'en reviens donc à Wynken. Ouais, il faut que vous récupériez ces livres.

– Génial, dis-je d'un ton lugubre.

– Laissez-moi vous le dire tout de suite. Vous allez les adorer, même s'ils déplaisent à Dora. Je les possède tous les douze, comme je crois vous l'avoir dit. C'était un catholique rhénan, contraint d'entrer chez les bénédictins lorsqu'il était jeune homme, et il était amoureux de Blanche de Wilde, la femme de son frère. Elle avait commandé l'écriture de livres à des religieux, et c'est ainsi qu'a commencé sa relation secrète avec son amant moine. Je détiens des lettres que Blanche échangeait avec son amie Éléonore. J'ai quelques épisodes retranscrits à partir des poèmes eux-mêmes.

« Le plus triste, ce sont les lettres que Blanche écrivit à Éléonore après que Wynken fut mis à mort. Elle les faisait porter subrepticement à Éléonore, puis cette dernière les envoyait à Diane, et il y avait aussi une autre femme encore, mais il ne subsiste que très peu de fragments écrits de sa main.

« Voilà comment cela se passait. Ils se rencontraient généralement dans le jardin du château des Wilde pour célébrer leurs rites. Et non pas dans le jardin du monastère, comme je l'ai autrefois supposé. Comment Wynken s'y rendait, je n'en ai pas idée, mais certaines mentions dans plusieurs lettres indiquent qu'il s'éclipsait simplement du monastère et empruntait un passage secret menant à la maison de son frère.

« Ce qui semble tout à fait plausible. Ils attendaient que Damien de Wilde s'en aille vaquer aux occupations propres à ce genre de comte ou de duc, puis ils se retrouvaient, dansaient autour de la fontaine, et faisaient l'amour. Wynken couchait avec les deux femmes chacune leur tour ; parfois, ils variaient le schéma. Toujours est-il qu'ils se sont fait prendre.

« Damien a châtré puis poignardé Wynken sous les yeux des femmes avant de les chasser. Et il a gardé le cadavre ! Puis, après des jours et des jours d'interrogatoires, les femmes apeurées ont été brutalisées pour leur faire avouer leur amour pour Wynken et la façon dont il correspondait avec elles grâce à ses livres. Alors le frère les a tous pris, les douze volumes de Wynken de Wilde, tout ce que l'artiste avait créé...

– Son immortalité, dis-je dans un murmure.

– Exactement, sa postérité ! Ses livres ! Que Damien a fait ensevelir avec le corps de Wynken dans le jardin du château, près de la fontaine qui apparaît sur toutes les images du livre ! Et chaque jour, depuis sa fenêtre, Blanche pouvait voir l'endroit exact où Wynken avait été enterré. Ni procès, ni hérésie, ni exécution, rien. Il s'est contenté d'assassiner son frère, c'est aussi simple que ça. Il a probablement versé au monastère d'énormes sommes d'argent. D'ailleurs, était-ce réellement nécessaire ? Wynken y était-il aimé ? Le monastère est aujourd'hui une ruine que les touristes viennent prendre en photo. Quant au château, il a été complètement détruit durant les bombardements de la Première Guerre mondiale.

– Ah bon ! Mais qu'est-ce qui s'est passé après ça, comment les livres se sont-ils retrouvés hors du cercueil ? Avez-vous des copies ? Est-ce que vous parlez de...

– Non, j'ai les originaux de chacun d'eux. J'ai eu l'occasion d'en voir des copies, des copies grossières, faites sur ordre d'Éléonore, la cousine et confidente de Blanche, mais, autant que je sache, ils ont cessé cette pratique. Il n'y avait que douze ouvrages. Et j'ignore comment ils ont réapparu. Je ne peux que faire des suppositions.

– Et quelles sont-elles ?

– Je pense que Blanche a dû sortir une nuit avec les autres femmes, déterrer le cadavre et sortir les livres du cercueil, ou de l'endroit où les restes de ce pauvre Wynken avaient été placés, et remettre ensuite tout en l'état.

– Vous croyez qu'elles auraient fait ça ?

– Oui. Je les vois le faire, dans le jardin, à la lueur des chandelles, je les vois creuser, toutes les cinq. Pas vous ?

– Si.

– Je pense qu'elles l'ont fait parce qu'elles éprouvaient le même sentiment que moi ! Elles aimaient la beauté et la perfection de ces œuvres. Lestat, elles savaient que c'étaient des trésors, et tels sont la force de l'obsession et le pouvoir de l'amour. Et, qui sait, peut-être voulaient-elles les ossements de Wynken. C'est concevable. L'une d'elles a pu prendre un fémur et l'autre les os de ses doigts... Enfin bon, je ne suis sûr de rien.

Il parut soudain effroyablement blême, et j'eus immédiatement à l'esprit l'image des mains de Roger, que j'avais sectionnées avec un couteau de cuisine et jetées ensuite, enveloppées dans un sac en plastique. Je regardai fixement ces mains devant moi qui s'agitaient, tripotaient le rebord du verre et tambourinaient nerveusement contre le bar.

– Jusqu'à quand pouvez-vous retracer le parcours de ces livres ? demandai-je.

– Pas loin du tout. Mais c'est souvent le cas dans mon métier, enfin, dans les antiquités. Il en est arrivé un, peut-être deux à la fois. Certains provenaient de collections privées, et deux de musées qui avaient été bombardés durant les guerres. A une ou deux reprises, je les ai eus pour une bouchée de pain. J'ai su ce que c'était à l'instant même où mes yeux se sont posés dessus, à la différence des autres gens. Et partout où j'allais, je me mettais en quête des manuscrits médiévaux. Je suis un expert dans ce domaine. Je connais le langage de l'artiste du Moyen Age ! Il faut que vous sauvegardiez mes trésors, Lestat. Vous ne pouvez pas abandonner Wynken une seconde fois. C'est le legs que je vous fais.

– C'est ce qu'on dirait, en effet. Mais que puis-je faire de tout ça, et des autres reliques, si Dora les refuse ?

– Dora est jeune. Elle va changer. Vous comprenez, j'ai toujours cette vision que peut-être quelque part dans ma collection – oubliez Wynken –, que peut-être parmi toutes les statues et les reliques, il se trouve une pièce centrale qui pourra aider Dora et sa nouvelle Église. Pouvez-vous estimer la valeur de ce que vous avez vu dans cet appartement ? Vous devez amener Dora à toucher une nouvelle fois ces objets, à les examiner, à en percevoir l'odeur ! Vous devez l'inciter à mesurer le potentiel des statues et des tableaux, car ils sont l'expression de la quête humaine de la vérité, celle-là même qui l'obsède. Pour l'instant, elle ignore tout de ça.

– Mais vous disiez que Dora ne s'était jamais intéressée aux tableaux et aux moulages.

– Faites en sorte qu'elle s'y intéresse.

– Moi ? Comment ? Je peux bien toutes les conserver, mais comment vais-je réussir à lui faire aimer une œuvre d'art ? D'ailleurs, comment pouvez-vous suggérer une chose pareille, que moi j'aie des contacts avec votre précieuse fille ?

– Vous allez adorer ma fille, dit-il d'une voix très basse.

– Pardon ?

– Trouvez-lui dans ma collection une pièce miraculeuse.

– Le saint suaire de Turin ?

– Je vous aime bien. Vraiment. Oui, dénichez-lui un objet significatif, qui pourra la transformer, un objet que moi, son père, j'ai acquis et chéri, et qui l'aidera.

– Vous êtes aussi fou mort que vivant, savez-vous ? Êtes-vous encore en train de faire vos petites magouilles et d'essayer d'acheter votre salut avec un bloc de marbre ou une pile de parchemins ? Ou croyez-vous réellement au caractère sacré de tout ce que vous avez collectionné ?

– Bien sûr que j'y crois. C'est *tout* ce en quoi je crois ! C'est bien ça la question, ne comprenez-vous pas ? D'ailleurs, c'est pareil pour vous... Vous ne croyez qu'à ce qui brille et à ce qui est or.

– Vraiment, vous me sidérez.

– C'est la raison pour laquelle vous m'avez assassiné là-bas, parmi mes trésors. Écoutez, il faut que l'on se dépêche. Nous ne savons pas combien de temps il nous reste. Revenons-en à notre petite tricherie. Car, avec ma fille, votre atout, c'est son ambition.

« Elle voulait le couvent pour ses missionnaires féminines, pour son ordre à elle, dont le but était bien sûr d'enseigner l'amour, avec cette même ardeur dont avaient fait preuve d'autres missionnaires avant elles ; elle désirait envoyer ses femmes dans les quartiers pauvres, dans les zones ouvrières et les ghettos, et là, elles auraient disserté sur la nécessité de fonder un mouvement d'amour issu du peuple même, et dont les répercussions auraient atteint tous les gouvernements, mettant ainsi fin aux injustices.

– En quoi ces femmes se distingueraient-elles des ordres similaires ou des autres missionnaires, des franciscains ou des divers prédicateurs ?

– Eh bien ! premièrement, ce seraient des femmes, et des prédicatrices. Les religieuses ont été infirmières, institutrices, domestiques, ou cloîtrées dans les monastères pour bêler vers Dieu comme autant de stupides moutons. Ses femmes à elle seraient docteurs de l'Église, vous comprenez ! Des prêcheuses. Elles feraient monter l'enthousiasme des foules par leur ferveur, elles s'adresseraient aux femmes, aux plus pauvres et aux plus démunies, et les aideraient à refaire le monde.

« Une optique féministe, mais associée à la religion.

« Son idée pouvait marcher. Elle avait autant de chances de marcher que n'importe quel mouvement de ce type. Qui sait pourquoi, en l'an 1300, tel moine est devenu fou et tel autre un saint ? Dora a une façon bien à elle de montrer aux gens comment il faut penser. Je ne sais pas ! Vous devez comprendre ça, il le faut !

– Tout en sauvegardant vos antiquités religieuses, rétorquai-je.

– Oui, jusqu'à ce qu'elle les accepte ou qu'elle leur trouve une utilisation charitable. C'est de cette façon que vous l'aurez. Parlez-lui du bien.

– C'est de cette manière que chacun se fait prendre, dis-je tristement. C'est comme ça que vous êtes en train de m'avoir.

– Eh bien! vous allez le faire, n'est-ce pas? Dora pense que je me suis égaré. Elle m'a dit : " Ne va pas croire que tu peux sauver ton âme après tout ce que tu as fait, simplement en me transmettant ces objets sacrés ".

– Elle vous aime, lui affirmai-je. Je m'en suis rendu compte à chaque fois que je l'ai vue en votre compagnie.

– Je le sais. Je n'ai pas besoin d'être rassuré à ce sujet. A présent, nous n'avons plus le temps d'entrer dans ce genre de débat. Mais la vision de Dora est immense, ne l'oubliez pas. Pour l'instant, sa renommée est insignifiante, mais elle veut transformer le monde entier. Car elle ne veut pas se contenter de fonder une religion comme moi j'ai voulu le faire, d'être un gourou dans une retraite peuplée de disciples dociles. Elle aspire réellement à changer le monde. Elle croit que quelqu'un doit le faire.

– N'est-ce pas le propre de toutes les personnes pieuses?

– Non. Elles ne rêvent pas d'être Mahomet ou Zoroastre.

– Mais Dora, si.

– Dora est consciente que c'est là l'exigence.

Il hocha la tête, but une nouvelle gorgée de son bourbon, et balaya du regard la salle à demi vide. Puis il fronça les sourcils, comme s'il n'avait pas cessé de méditer sur la question.

– Elle m'a dit : " Papa, les reliques et les textes ne sont pas la source de la religion. Ils en ont l'expression. " Puis elle a continué à s'expliquer pendant des heures. Après avoir longuement étudié les Écritures, elle considérait que c'était le miracle intérieur qui comptait. Je me suis endormi en l'écoutant. Et épargnez-moi la cruauté de vos railleries!

– Pour rien au monde je ne me moquerais.

– Que va-t-il arriver à ma fille? chuchota-t-il avec désespoir. Mais il ne me regardait pas. Réfléchissez à son héritage. Voyez-le dans son père. Je suis ardent, extrémiste, gothique et fou. Je ne saurais vous dire dans combien d'églises j'ai emmené Dora, ni combien d'inestimables crucifix je lui ai montrés avant de décider finalement d'en tirer profit. Toutes ces heures que Dora et moi avons pu passer tous les deux, à contempler les plafonds des églises baroques en Allemagne! Je lui ai offert de somptueuses reliques de la croix serties d'argent et de rubis. J'ai acheté de nombreux voiles de Véronique, des ouvrages d'une beauté à vous couper le souffle. Mon Dieu!

– Y a-t-il jamais eu, chez Dora j'entends, une notion d'expiation dans tout cela, de culpabilité?

– Pour avoir laissé Terry disparaître sans explications, pour n'avoir jamais posé de questions, jusqu'à bien des années plus tard, c'est à cela que vous faites allusion ? J'y ai déjà pensé. Mais si cela a été le cas au début, Dora a dépassé ce stade depuis longtemps. Elle pense que le monde a besoin d'une révélation nouvelle. D'un nouveau prophète. Mais on ne devient pas prophète comme ça ! Elle dit que sa transformation doit s'opérer par le regard et par les sensations ; mais ce n'est pas une expérience de revivalisme qui tend à raviver la foi.

— Les mystiques ne pensent jamais qu'il s'agit d'une expérience de ce type.

— Bien sûr que non.

— Dora est-elle une mystique ? Diriez-vous ça d'elle ?

— Vous ne le savez donc pas ? Vous l'avez suivie, vous l'avez observée. Non, Dora n'a pas vu le visage de Dieu ni entendu Sa voix, et il ne lui viendrait pas à l'idée de mentir là-dessus, si c'est ce que vous insinuez. Mais c'est ce dont elle est en quête. Elle attend ce moment, ce miracle, cette révélation !

— La venue de l'ange.

— Exactement.

Nous nous tûmes tous les deux. Il réfléchissait probablement à sa proposition initiale ; moi aussi, puisqu'il m'avait demandé d'accomplir un faux miracle, moi, l'ange du mal qui avais un jour rendu folle une religieuse catholique, au point que ses mains et ses pieds avaient saigné et montré les stigmates.

Il décida alors de poursuivre, et j'en fus soulagé.

— J'ai fait en sorte que ma vie soit suffisamment riche pour ne plus avoir à me soucier de changer le monde, si toutefois je l'ai jamais réellement envisagé ; vous le savez, vous l'avez compris, j'ai fait de ma vie un monde en soi. Mais, de manière sophistiquée, Dora a véritablement ouvert son âme à... à quelque chose. Mon âme est morte.

— Apparemment pas, répondis-je.

La pensée qu'il allait disparaître, qu'il le devait, tôt ou tard, me devenait intolérable et autrement plus effrayante que ne l'avait été sa présence au début.

— Revenons aux choses essentielles. Je commence à m'inquiéter.

— Pourquoi ?

— Ne posez pas de questions saugrenues, écoutez-moi plutôt. Il y a de l'argent mis de côté pour Dora, et qui n'a aucun lien avec moi. L'État ne peut pas y toucher ; d'ailleurs, ils n'ont jamais eu de chefs d'inculpation contre moi, et encore moins de condamnation, vous vous en êtes assuré. Tous les renseignements là-dessus sont dans l'appartement. Dans des dossiers de cuir noir. Dans le fichier. Mélangés à des bordereaux de vente de toutes sortes de tableaux et de statues. Vous devez mettre tous ces papiers quelque part à l'abri pour Dora. C'est le travail de toute ma vie, mon héritage. C'est pour elle, et entre vos mains. Vous allez le faire, n'est-ce pas ? Écoutez, rien ne presse, vous m'avez supprimé de manière plutôt astucieuse.

– Je sais. Et maintenant, vous me demandez de faire office d'ange gardien et de veiller à ce que Dora reçoive cet héritage sans tache...

– Oui, mon ami, c'est précisément ce que je vous supplie de faire. Et vous le pouvez ! Et n'oubliez pas mes Wynken ! Si elle refuse ces livres, ce sera à vous de les conserver !

De ses doigts, il me toucha la poitrine. Je sentis nettement sa main qui frappait à la porte de mon cœur.

Il poursuivit :

– Le jour où mon nom paraîtra dans les journaux qui raconteront que les services du FBI avaient tout découvert, vous donnerez l'argent à Dora. Le fric peut encore lui permettre de fonder son Église. Dora possède un magnétisme. Si elle dispose de moyens financiers, elle peut parfaitement réussir par elle-même ! Vous me suivez ? Elle peut y parvenir, de la même façon que François, Paul ou Jésus y sont parvenus. Si ce n'avait été sa théologie, elle serait devenue une célébrité charismatique depuis déjà fort longtemps. Elle a tous les atouts. Elle pense trop. Et c'est cette théologie qui fait d'elle une personnalité à part.

Il prit une inspiration. Il parlait très vite, et je commençais à frissonner. Je pouvais percevoir sa peur, semblable à une sourde émanation de lui-même. *Peur de quoi ?*

– Voilà, reprit-il. Laissez-moi vous faire une citation. C'est elle qui m'en a parlé hier soir. Nous avons lu un livre de Bryan Appleyard, un éditorialiste de la presse anglaise, vous le connaissez ? Il a écrit un gros pavé intitulé *Comprendre le présent*. J'ai l'exemplaire qu'elle m'a donné. Il y dit des choses auxquelles Dora croit, par exemple que nous sommes " spirituellement appauvris ".

– Je suis d'accord.

– Il y évoque également notre dilemme, le fait qu'on ne peut inventer des théologies, et que pour qu'elles fonctionnent, ces théologies doivent provenir du plus profond de notre être... Elle a appelé ça... les mots d'Appleyard étaient... " une somme de l'expérience humaine ".

Il s'interrompit. Il semblait affolé.

Je désespérais de pouvoir le rassurer quant au fait que je comprenais tout ce qu'il m'expliquait.

– Oui, voilà ce qu'elle recherche, ce à quoi elle aspire, c'est à cela qu'elle s'ouvre.

Je réalisai alors que je m'accrochais à lui aussi fermement que lui à moi.

Il avait le regard fixe.

Une telle tristesse me submergeait que je ne pouvais plus parler.

97

J'avais tué cet homme ! Pourquoi ? Certes, j'avais toujours su qu'il était intéressant et malfaisant, mais Seigneur, comment avais-je pu... Et s'il restait auprès de moi dans cet état-là ? Se pourrait-il qu'il devienne mon ami, comme il l'était en ce moment ?

C'était trop puéril, égoïste et mesquin ! Nous parlions donc de Dora et de théologie. Bien sûr que je concevais le point de vue d'Appleyard. *Comprendre le présent*. Je me représentai l'ouvrage. J'allais retourner le chercher. Et le lire immédiatement. J'allais l'archiver dans ma mémoire surnaturelle.

Il était demeuré immobile et silencieux.

– De quoi avez-vous peur ? demandai-je. Ne disparaissez pas !

Je me cramponnai à lui, complètement désemparé, tout petit, pleurant presque, me disant que je l'avais tué, que je lui avais pris la vie, et que maintenant, je ne désirais plus qu'une chose, me raccrocher à son esprit.

Il ne répondit rien. Il paraissait effrayé.

Je n'étais pas le monstre ossifié que je croyais être. Je ne risquais pas de m'endurcir à la souffrance humaine. Je n'étais qu'un empathique récalcitrant !

– Roger ? Regardez-moi. Continuez à parler.

Il se contenta de murmurer quelque chose sur le fait que Dora trouverait peut-être ce que lui n'avait jamais trouvé.

– Quoi ? demandai-je.

– La théophanie, chuchota-t-il.

Ah ! quel joli mot. Celui de David. Je venais moi-même de l'entendre seulement quelques heures plus tôt. Et, à présent, voici qu'il sortait de ses lèvres.

– Écoutez, je crois qu'ils viennent me chercher, dit-il tout à coup.

Ses yeux s'agrandirent. Il me paraissait maintenant plus hébété qu'apeuré. Il écoutait quelque chose, que j'entendis aussi.

– Souvenez-vous de ma mort, dit-il soudain, comme si, brusquement, il y pensait avec davantage de netteté. Expliquez-lui comment c'est arrivé. Tâchez de la convaincre qu'elle a purifé mon argent ! Vous comprenez. C'est ça l'argument ! J'ai payé de mon trépas. L'argent n'est plus souillé. Les livres de Wynken, tout ça, rien n'est plus malpropre. Présentez-lui les choses ainsi. J'ai tout expié avec mon sang. Lestat, vous qui êtes un beau parleur, dites-lui !

Ce bruit de pas.

Le rythme distinct de Quelque chose qui marche, qui s'avance lentement... et le faible murmure des voix, des chansons, des conversations, la tête qui me tournait. J'allais tomber. Je me retins à lui et au bar.

– Roger ! m'écriai-je. Dans le bar, tout le monde avait dû m'entendre. Lui me regardait le plus paisiblement du monde ; je ne savais même pas si son visage était encore animé. Il semblait déconcerté, voire stupéfait...

Je vis les ailes s'élever au-dessus de moi, au-dessus de lui. Je vis, immenses et dévorantes, les ténèbres qui jaillissaient, semblables à l'éruption d'un volcan au cœur même de la terre, et la lumière qui montait derrière. Une lumière aveuglante et belle.

Je sus que j'avais hurlé « Roger! ».

Le bruit était assourdissant, les voix, les chansons, et cette forme qui ne cessait de grandir.

– Ne le prenez pas. C'est ma faute!

De fureur, je me dressai contre elle; j'allais la mettre en pièces pour qu'elle le laisse partir! Mais je ne parvenais pas à la distinguer avec netteté. J'ignorais où je me trouvais. Et la Chose arriva en volute, à nouveau pareille à une fumée, épaisse, puissante et absolument imparable, et, au milieu de tout ça, surgissant au-dessus de Roger tandis qu'il s'évanouissait, s'approchant de moi, le visage, le visage de la statue de granit apparut l'espace d'une seconde, je ne voyais plus que lui, et ses yeux...

– Lâchez-le!

Il n'y eut plus ni bar, ni village, ni ville, ni monde entier. Seulement eux tous!

Et sans doute les chansons n'étaient-elles plus que le bruit d'un verre brisé.

Puis vint l'obscurité. Le calme.

Le silence.

Du moins, c'est l'impression que j'eus, celle d'être resté quelque temps inconscient dans un endroit tranquille.

Je me réveillai dehors, dans la rue.

Le barman se tenait là, grelottant, et me demanda, de la voix la plus ennuyée et nasale qui soit, « Tout va bien, mon vieux? » Il y avait de la neige sur ses épaules et sur son gilet noir, et aussi sur ses manchettes blanches.

J'acquiesçai et me redressai, uniquement pour qu'il s'en aille. Ma cravate était toujours en place. Mon pardessus était boutonné. Et mes mains propres. J'étais couvert de neige.

De tout petits flocons tombaient autour de moi. C'était magnifique.

Je poussai de nouveau les portes tournantes pour me retrouver dans le hall carrelé, et je demeurai à l'entrée du bar. J'apercevais l'endroit où nous avions discuté, et constatai que son verre était encore là. Sinon, l'atmosphère était la même. Le barman s'adressait à quelqu'un d'un ton las. Il n'avait rien remarqué, sauf probablement ma sortie précipitée et trébuchante sur le trottoir.

Chaque fibre de mon être me disait « Sauve-toi ». Mais où? M'envoler dans les airs? Aucune chance, la créature t'attrapera en une seconde. Garde tes pieds collés au sol gelé.

Vous avez emmené Roger. Est-ce pour cette raison que vous me suiviez? Qui êtes-vous donc!

Le barman leva les yeux dans le vide lointain et poussiéreux. J'avais dû dire ou faire quelque chose. Non, je chialais, c'est tout. Un homme pleurant dans l'encadrement d'une porte, comme un idiot. Mais lorsqu'il s'agit de cet homme-là, si l'on peut dire, ce sont alors des larmes de sang. Va-t'en vite.

Je me détournai et ressortis dans la neige. Le jour allait bientôt se lever, non ? Il était inutile que je marche dans ce froid glacial jusqu'à ce que le ciel s'éclaircisse, n'est-ce pas ? Pourquoi ne pas trouver un tombeau dès maintenant, et m'endormir ?

– Roger !

Je pleurais, essuyant mes larmes sur ma manche.

– Merde, qu'êtes-vous donc !

J'étais là, debout, en train de hurler, et ma voix se répercutait le long des immeubles. « Merde ! » Soudain, cela me revint en un éclair. J'entendis le brouhaha de toutes ces conversations, et je me débattis. Le visage. La créature avait un visage ! *Un mental sans cesse en éveil dans son cœur et une insatiable personnalité.* Ne te laisse pas aller au vertige, ne cherche pas à te souvenir. C'est alors qu'une fenêtre s'ouvrit et quelqu'un me cria d'aller ailleurs.

– Vous allez la fermer !

N'essaie pas de reconstituer la scène. Sinon, tu vas perdre connaissance.

J'eus soudain la vision de Dora, et je me dis que je risquais de m'effondrer ici-même, frissonnant, impuissant et débitant des absurdités à quiconque s'approcherait de moi pour me venir en aide.

C'était terrible, le pire de tout, c'était infiniment effroyable !

Et, au nom du ciel, que signifiait l'expression de Roger durant ces ultimes instants ? Était-ce même une expression ? Était-ce l'apaisement, la quiétude ou la compréhension, ou rien d'autre qu'un fantôme qui perdait sa vitalité, un spectre quittant sa condition de spectre !

Oh ! Je venais de crier. Je m'en rendais compte. De nombreux mortels autour de moi, là-haut dans la nuit, me demandaient de me taire.

Je marchai et marchai.

J'étais seul. Je pleurais doucement. Dans les rues désertes, nul ne pouvait m'entendre.

J'avançais à pas lents, presque courbé en deux, en sanglotant. Apparemment, à présent, plus personne ne me remarquait, ne m'entendait, ne s'arrêtait ou ne me prêtait attention. J'avais envie de reconstituer la scène, mais j'étais terrifié à l'idée que la créature me terrasse si je le faisais. Et Roger, Roger... Oh ! Seigneur, dans mon égoïsme monstrueux, j'avais envie d'aller voir Dora et de me mettre à ses genoux. J'ai fait ça, j'ai tué, je...

Midtown. Supposai-je. Des manteaux de vison en vitrine. La

neige effleurait mes paupières avec une immense tendresse. J'ôtai mon foulard et m'en servis pour effacer de mes joues toutes les traces laissées par mes larmes de sang.

Puis j'entrai à l'aveuglette dans un petit hôtel brillamment éclairé.

Je payai la chambre en espèces, avec un généreux pourboire, ne me dérangez pas pendant vingt-quatre heures, montai, verrouillai la porte, tirai les rideaux, éteignis ce chauffage agaçant et nauséabond, puis je me glissai sous le lit et m'endormis.

La dernière pensée étrange qui me traversa avant de m'assoupir comme un mortel – il restait plusieurs heures avant le lever du jour, et beaucoup de temps pour rêver – était que David allait sûrement être furieux de toute cette histoire, mais que Dora, elle, pourrait peut-être me croire et comprendre...

J'avais dû dormir au moins quelques heures. J'entendais les bruits nocturnes au-dehors.

Lorsque je m'éveillai, le ciel blanchissait. La nuit s'achevait. Maintenant viendrait l'oubli. Je m'en réjouissais. Trop tard pour réfléchir. Retourner dans le profond sommeil des vampires. Mort avec tous les autres Non-Morts, où qu'ils fussent, se préservant de la lumière qui s'approchait.

Une voix me fit sursauter. Elle me dit très distinctement :
– Cela ne va pas être aussi simple.

Je me relevai d'un bond, renversant le lit, debout, écarquillant les yeux vers l'endroit d'où provenait cette voix. La petite chambre d'hôtel était comme un piège doré.

Un homme se tenait dans l'angle, un simple individu. Pas particulièrement grand, ni petit, ni beau comme l'était Roger, ni tapageur comme moi, ni même très jeune, ou très vieux, juste un homme. Plutôt séduisant, bras croisés, un pied posé sur l'autre.

Le soleil venait juste d'apparaître au-dessus des immeubles. Ses rayons frappèrent les vitres. J'étais aveuglé. Je ne voyais plus rien.

Je me baissai vers le sol, très légèrement brûlé, tandis que le lit retombait sur moi pour me protéger.

J'étais dépourvu de tout pouvoir sitôt que le soleil montait dans le ciel, en dépit de la blancheur et de l'épaisseur du voile des matins d'hiver. Ce fut tout.

5

– Bon, dit David. Asseyez-vous. Cessez de faire les cent pas. Et je tiens à ce que vous passiez chaque détail en revue. Si vous avez besoin de boire avant, on va sortir et...

– Je vous l'ai dit ! J'ai dépassé cela. Je n'ai pas besoin de boire. Je n'ai pas besoin de sang. J'en crève d'envie. J'aime ça plus que tout. Mais pour l'instant je n'en veux pas ! La nuit dernière, je me suis abreuvé de Roger comme un démon vorace. Arrêtez de parler de sang.

– Consentez-vous à vous installer à cette table ?

En face de lui, voulait-il dire.

Je me tenais devant la baie vitrée, à contempler le toit de Saint-Patrick.

Il nous avait trouvé un appartement superbe dans l'Olympic Tower, donnant juste au-dessus des aiguilles du clocher. C'était immense, bien plus luxueux que ce qu'il nous aurait fallu, mais néanmoins parfait comme domicile. La proximité de la cathédrale me paraissait essentielle. Je voyais le toit cruciforme, les hautes tours pointues. On aurait dit qu'elles allaient vous empaler, tant elles paraissaient dressées vers le ciel. Et le ciel justement, comme la nuit passée, était un amoncellement de neige, feutré et silencieux.

Je soupirai.

– Alors voilà, je suis désolé. Mais je n'ai pas envie de revenir sur toute cette histoire. Je ne peux pas. Soit vous la prenez telle que je vous l'ai racontée, soit je... je... deviens dingue.

Il resta tranquillement assis. L'appartement était loué meublé. Dans le style solide et riche qui faisait fureur dans le monde des affaires – une débauche d'acajou, de cuir et de teintes beige, havane et fauve, qui ne risquait de choquer personne. Et des fleurs. Il s'était occupé des fleurs. Nous avions leur parfum.

La table et les chaises offraient une harmonie orientale, de par

102

leur facture chinoise très en vogue. Il y avait également une ou deux urnes peintes.

Au-dessous, nous avions la 51e Rue qui longeait Saint-Patrick, avec, en bas, les passants de la 5e Avenue allant et venant sur les marches enneigées. Apaisante vision de la neige.

– Nous n'en avons pas le temps, repris-je. Il faut que nous allions Uptown, car je dois fermer à clé cet endroit ou sinon déménager tous les précieux objets qu'il contient. Je ne permettrai pas qu'il arrive le moindre accident à l'héritage de Dora.

– On va y aller, mais avant, faites ça pour moi. Essayez de me décrire à nouveau l'homme... Pas le fantôme de Roger, la statue animée ou celle avec des ailes, mais l'individu que vous avez aperçu dans un coin de la chambre d'hôtel, lorsque le soleil est apparu.

– Ordinaire, je vous l'ai dit, très ordinaire. Anglo-Saxon ? Oui, probablement. Plutôt irlandais ou nordique ? Non, un homme, c'est tout. Pas un Français, je ne crois pas. Non, un arôme habituel d'Américain. Raisonnablement grand, ma taille, mais pas un géant comme vous. Je ne l'ai guère vu plus de cinq secondes. C'était le lever du soleil. Il m'avait piégé dans cette pièce. Impossible de fuir. J'étais stupéfait. Je me suis mis sous le matelas, et lorsque je me suis réveillé, plus personne. Envolé, comme s'il avait été le fruit de mon imagination. Mais ce n'était pas mon imagination !

– Merci. Les cheveux ?

– Blond cendré, presque gris. Vous savez bien comme le blond cendré peut paraître sans éclat quand c'est en réalité un brun gris, sans couleur, presque, disons un espèce de gris foncé.

Il fit un petit geste d'assentiment.

Je m'appuyai prudemment contre la vitre. Avec ma force, il aurait été très facile de la fracasser accidentellement. Une maladresse n'aurait vraiment pas arrangé la situation.

Il désirait manifestement que je lui en dise davantage, ce à quoi je m'employais. J'avais gardé de l'homme un souvenir assez précis.

– Un visage agréable, très agréable. Le genre d'individu qui n'impressionne pas tant par sa taille ou son physique que par une sorte de vivacité, d'équilibre et d'intelligence, c'est probablement ce que vous en diriez. Il avait l'air de quelqu'un d'intéressant.

– Les vêtements ?

– Rien de particulier. Noirs, je crois, peut-être même un peu poussiéreux. J'aurais probablement remarqué s'ils avaient été noirs de jais, ou d'un beau noir, ou d'un noir fantaisie.

– Les yeux, quelque chose de spécial ?

– Des yeux intelligents, ni grands, ni d'une couleur marquante. Il avait l'air normal, distingué. Avec des sourcils sombres, mais pas broussailleux ni rien de tout ça. Un front banal, des cheveux fournis, de beaux cheveux, bien peignés, mais pas coiffés avec recherche, comme les miens. Ou les vôtres.

– Et vous croyez qu'il a prononcé ces paroles.

– J'en suis sûr. Je l'ai entendu. Je me suis relevé d'un bond. J'étais réveillé, vous comprenez, parfaitement réveillé. J'ai vu le soleil. Regardez ma main.

Je n'étais plus aussi pâle que je l'avais été avant mon séjour dans le désert de Gobi, lorsque, dans un passé récent, j'avais tenté de mourir par le soleil. Mais nous pouvions tous deux voir la brûlure à l'endroit de ma main où le soleil avait dardé ses rayons. Et je sentais également une brûlure sur ma joue droite, bien qu'elle fût invisible, ayant sûrement dû tourner la tête.

– Et quand vous vous êtes réveillé, vous étiez sous le lit, lequel était de biais, il avait été renversé puis il était retombé.

– Sans aucun doute. Une lampe était par terre. Je n'ai pas rêvé cette scène, pas plus que je n'ai rêvé de Roger ou de quoi que ce soit d'autre. Écoutez, je veux que vous m'accompagniez Uptown. Je veux vous montrer cet endroit. Les objets de Roger.

– Volontiers, dit-il. (Il se leva.) Je ne manquerais ça pour rien au monde. Je voulais simplement que vous vous reposiez encore un peu, pour essayez de...

– Essayer quoi ? De me calmer ? Après avoir parlé au fantôme d'une de mes victimes ? Après avoir vu cet homme dans ma chambre ! Et vu cette chose prendre Roger, cette chose qui m'a suivi dans le monde entier, ce héraut de la folie, ce...

– Mais vous ne l'avez pas réellement vu emmener Roger, n'est-ce pas ?

J'y réfléchis quelques instants.

– Je n'en suis pas certain. Je ne suis pas sûr que l'image de Roger ait été encore animée. Il paraissait parfaitement calme. Il s'est évanoui. Alors le visage de la créature, de l'être, ou de ce que c'était, est devenu visible l'espace d'un instant. A ce moment-là, j'étais complètement perdu, je n'avais plus aucune notion d'équilibre ni d'orientation, rien. J'ignore si Roger était simplement en train de se dissiper tandis qu'elle l'emmenait, ou bien s'il était consentant et s'en allait.

– Lestat, vous ignorez ce qui s'est vraiment passé. Ce qui est sûr, le spectre de Roger s'est volatilisé et cette chose est apparue. C'est tout ce que vous savez.

– C'est sans doute vrai.

– Considérez les faits sous cet angle. Votre Fileur a choisi de se manifester. Et il a fait disparaître votre fantomatique compagnon.

– Non. Ils avaient un lien. Roger l'a entendu venir ! Roger a su qu'il arrivait avant même que j'entende les pas. Je remercie le ciel pour une chose.

– Laquelle ?

– Que je ne puisse pas vous communiquer ma peur. Ni vous faire ressentir à quel point c'est terrible. Vous me croyez, ce qui est plus que suffisant dans l'immédiat, mais si vous saviez réellement, vous ne seriez pas serein et maître de vous, vous ne seriez pas ce parfait gentleman anglais.

– Ce n'est pas sûr. Allons-y. Je veux découvrir ce trésor. Je pense que vous avez tout à fait raison de ne pas permettre que cette fille soit dépossédée de tous ces objets.

– Cette femme, jeune femme.

– Et il faut que nous sachions dès maintenant où elle est allée.

– Je m'en suis occupé en venant ici.

– Dans l'état dans lequel vous étiez ?

– Je m'étais suffisamment secoué pour pouvoir entrer dans l'hôtel et m'assurer qu'elle était partie. Il fallait que je le fasse. Une limousine l'a conduite à La Guardia à neuf heures ce matin. Elle a atterri cet après-midi à La Nouvelle-Orléans. Pour ce qui est du couvent, je n'ai aucune idée comment la joindre là-bas. Je ne sais même pas si le téléphone y est installé. Pour l'instant, elle est autant en sécurité que du vivant de Roger.

– Bien. Allons à Uptown.

Parfois, la peur est un avertissement. Comme lorsqu'on vous pose la main sur l'épaule en vous disant « halte-là ! ».

En entrant dans l'appartement, c'est ce que je ressentis fugitivement. La panique. Halte-là !

Mais j'étais trop fier pour le montrer et David trop curieux, tandis qu'il me précédait dans le vestibule et notait, sans aucun doute, ainsi que je l'avais fait, que les lieux étaient dépourvus de vie. La mort de fraîche date ? Il devait la sentir, tout comme moi. Je me demandais si c'était moins pernicieux pour lui dans la mesure où cela n'avait pas été son propre crime.

Roger ! La fusion dans ma mémoire du cadavre mutilé et de Roger le fantôme me fit soudain l'effet d'un coup de poing dans la poitrine.

David se rendit directement dans le salon tandis que je m'attardais, observant l'immense ange de marbre blanc avec sa vasque d'eau bénite, et la comparant à la statue de granit. Blake. William Blake avait compris. Il avait vu les anges et les démons et su restituer leurs proportions. Roger et moi aurions pu parler de Blake...

Mais c'était fini. Et moi j'étais là, dans le vestibule.

L'idée de devoir avancer, mettre un pied devant l'autre pour aller jusqu'au salon et regarder cette statue de granit me parut soudain quelque peu au-dessus de mes forces.

– Elle n'y est pas, dit David. Il n'avait pas lu dans mes pensées. Il constatait simplement l'évidence. Il se tenait dans le salon, à un mètre cinquante de moi, et me regardait, baignant dans la faible lueur que diffusaient les halogènes, puis il répéta : " Il n'y a pas de statue granitique noire dans cette pièce ".

Je poussai un soupir. « Que j'aille au diable ! », murmurai-je.

Je voyais David très distinctement, ce qu'aucun mortel n'aurait pu faire. Sa silhouette était trop vague. Il paraissait grand et très vigoureux, dos aux fenêtres d'où filtrait une lumière douteuse, les halogènes faisant étinceler ses boutons de cuivre.

– Le sang ?

– Oui, du sang, et vos lunettes. Les violettes. Quelle jolie preuve !

– Preuve de quoi ?

C'était vraiment trop bête de ma part de rester planté là, à la porte du fond, à lui parler de loin. Je traversai le vestibule comme on va allègrement à l'échafaud, et je pénétrai dans la pièce.

Il ne subsistait qu'un espace vide à la place de la statue, et je n'étais même pas sûr qu'il fût assez grand. Un capharnaüm. Des saints en plâtre. Des icônes, certaines si anciennes et si fragiles qu'elles étaient sous verre. Je n'en avais pas remarqué autant la nuit derrière, scintillant partout sur les murs dans les éclaboussures de lumière qui s'échappaient des lampes directes.

– Incroyable ! murmura David.

– Je savais que vous seriez enthousiasmé, dis-je d'un ton lugubre. (Moi aussi, je l'aurais été si je n'avais pas été totalement ébranlé.)

Il examinait les objets, ses yeux allant et venant des saints aux icônes.

– Ce sont des pièces absolument magnifiques. C'est... c'est une collection extraordinaire. Vous les connaissez toutes ?

– Eh bien ! plus ou moins, répondis-je. Je ne suis pas complètement ignare en matière d'art.

– La série de tableaux sur le mur, dit-il. (Il désigna une longue rangée d'icônes, les plus fragiles.)

– Ceux-là ? Non, pas vraiment.

– Le voile de Véronique. Ce sont les premières copies du voile, qui a censément disparu de l'Histoire il y a des siècles. Peut-être au cours de la IVᵉ croisade. Celui-ci est russe, et sans aucune imperfection. Celui-là ? Italien. Et regardez là, par terre, dans les piles, ce sont des stations de chemin de croix.

– Trouver des reliques pour Dora était pour lui une obsession. Du reste, il adorait ça. Celui-ci, le voile de Véronique d'origine russe, il venait juste de le lui apporter, ici, à New York. La nuit dernière, ils se sont disputés à ce sujet, mais elle a catégoriquement refusé de le prendre.

C'est très subtilement qu'il s'était efforcé de le lui décrire. Seigneur, j'avais l'impression de le connaître depuis mon jeune temps et d'avoir évoqué avec lui tous ces objets ; il me semblait que tous portaient l'empreinte de son appréciation et de la complexité de sa pensée.

Les stations du chemin de croix. J'avais évidemment appris cette dévotion, comme tous les petits catholiques. Il fallait suivre les quatorze stations de la Passion du Christ et son cheminement jusqu'au Calvaire à travers l'église obscure, et s'arrêter devant chacune d'elles pour dire, à genoux, les prières appropriées. Ou bien, c'était au curé et aux enfants de chœur d'aller en procession, tandis que l'assemblée des fidèles récitait avec eux, à chaque arrêt, la méditation sur les souffrances du Christ. Véronique n'avait-elle pas surgi à la sixième station pour essuyer de son voile le visage de Jésus ?

David allait d'un objet à l'autre.

— Tenez, ce crucifix, qui est véritablement très ancien, il pourrait vraiment faire sensation.

— Ne pourrait-on pas dire ça de tous les autres ?

— Si, mais je ne parle pas de Dora et de sa religion, ou de tout ce que cela concerne, je constate simplement que ce sont des œuvres d'art fabuleuses. Effectivement, vous avez raison, nous ne pouvons pas les abandonner au destin, c'est impossible. Et là, cette petite statue doit bien dater du IXe siècle ; elle est celte, et absolument inestimable. Et celle-ci provient vraisemblablement du Kremlin.

Il s'interrompit, absorbé par la contemplation de l'icône d'une Vierge à l'Enfant. Elle était extrêmement stylisée, comme elles le sont toutes, mais celle-ci était d'un style familier, le Christ, accroché à sa mère, y perdait l'une de ses sandales ; l'on voyait aussi des anges qui Le tourmentaient avec des petits symboles de sa Passion à venir, tandis que la tête de la Madone était tendrement inclinée vers son fils, leurs deux auréoles étant ainsi superposées. L'Enfant Jésus fuyant le futur, blotti dans les bras protecteurs de sa mère.

— Vous connaissez le principe fondamental de l'icône, n'est-ce pas ? demanda David.

— Elle est inspirée par Dieu.

— Elle n'est pas créée par la main de l'homme. Mais soi-disant imprimé directement sur le matériau par Dieu Lui-même.

— Vous voulez dire de la même façon que le visage de Jésus a laissé son empreinte sur le voile de Véronique ?

— Exactement. A la base, toutes les icônes sont l'œuvre de Dieu. Une révélation sous une forme matérielle. Il est parfois arrivé qu'une nouvelle icône soit créée à partir d'une autre, simplement en pressant un second linge sur l'original, d'où va résulter un décalque par un phénomène de magie.

— Je vois. Personne n'est censé l'avoir peint.

— Précisément. Regardez, voici une relique de la Croix, au cadre serti de joyaux, et là, ce livre... mon Dieu, ça ne peut pas être... Non, c'est un célèbre livre d'heures, perdu à Berlin durant la Seconde Guerre mondiale.

— David, on pourra faire notre inventaire amoureux plus tard. D'accord ? Le problème, c'est que faisons-nous maintenant ? (A présent, je n'avais plus autant peur, quoique je ne quittasse pas des yeux l'emplacement vide du démon de granit.)

Car c'était bien le Démon, je le savais. J'allais me mettre à trembler si nous ne passions pas à l'action.

– Comment va-t-on mettre tout ça à l'abri, et où? demanda David. Les fichiers, les carnets, mettons de l'ordre dans tout ça, tâchons de trouver les livres de Wynken de Wilde, prenons une décision et faisons un plan.

– N'allez pas mêler vos vieux alliés mortels à cette histoire, dis-je soudain sur un ton soupçonneux, et plutôt méchamment, je dois l'admettre.

– Vous parlez du Talamasca?

Il me regarda. Il tenait à la main le précieux livre d'heures, dont la couverture était aussi fragile que la croûte d'une tourte.

– Tout appartient à Dora, dis-je. Nous devons tout garder pour elle. Et les Wynken seront pour moi si vraiment elle n'en veut pas.

– Mais oui, je comprends, répondit-il. Grands dieux, Lestat, vous croyez que je suis resté en relations avec le Talamasca? A cet égard, on pourrait leur faire confiance, mais je ne veux plus aucun contact avec mes alliés mortels, comme vous les appelez. Plus jamais. Je ne tiens pas à ce que mon dossier figure dans leurs archives, contrairement à vous, rappelez-vous. " Le vampire Lestat. " Et je ne tiens pas non plus à ce qu'ils se souviennent de moi, sinon comme leur supérieur général, mort de vieillesse. Maintenant, venez.

Sa voix était teintée d'une nuance de dégoût, et de chagrin aussi. Je me souvenais que le décès d'Aaron Lightner, son vieil ami, avait été la goutte d'eau qui avait fait déborder le vase entre lui et son Talamasca. Une sorte de controverse avait entouré la mort de Lightner, mais je n'avais jamais su pourquoi.

Le secrétaire se trouvait dans une pièce voisine du salon, ainsi que différents classeurs. Je découvris immédiatement les papiers financiers, que je parcourus tandis que David examinait le reste.

Possédant moi-même un considérable portefeuille d'actions, je ne suis pas étranger aux documents juridiques et aux finesses des banques internationales. Effectivement, je constatai que Dora bénéficiait d'un legs irrécusable, qui demeurait hors d'atteinte de toute tentative de vengeance relative aux crimes de Roger. Tout était enregistré à son nom, Theodora Flynn, qui devait être son nom officiel, celui qu'avait emprunté Roger à l'occasion de son mariage.

Les divers documents étaient beaucoup trop nombreux pour que je puisse déterminer leur valeur totale, mais une chose était sûre, les sommes s'étaient accumulées au fil du temps. Si elle l'avait voulu, Dora aurait pu entamer une nouvelle croisade pour reprendre Istanbul des mains des Turcs. Je trouvai aussi quelques lettres... Je parvins à repérer la date exacte, deux ans plus tôt, où Dora avait refusé toute aide supplémentaire émanant des deux sociétés dont elle connaissait l'existence. Quant au reste, je me demandai si elle avait la moindre idée de ce que cela représentait.

La représentation des choses est primordiale dès qu'il s'agit d'argent. Imagination et représentation. Vous manquez de l'une de ces deux qualités, et vous êtes dans l'incapacité de prendre une décision morale, du moins est-ce ce que j'ai toujours pensé. Cela peut paraître méprisable, mais réfléchissez-y. Cela n'a rien de méprisable. L'argent, c'est le pouvoir de nourrir les miséreux. De vêtir les pauvres. Il faut le savoir. Dora possédait d'innombrables sociétés, et autant d'autres pour payer les impôts sur ces mêmes sociétés.

Soudain, je repensai avec tristesse à la façon dont j'avais envisagé d'aider ma bien-aimée Gretchen – sœur Marguerite – et comment, simplement en me montrant, j'avais tout gâché; j'étais alors sorti de sa vie, et mon or était resté intact dans les coffres. Est-ce que cela ne se terminait pas toujours ainsi? Je n'étais pas un saint. Je ne nourrissais pas les miséreux.

Mais Dora! Tout à coup, il me vint à l'esprit qu'elle était devenue ma fille! Elle était à présent ma sainte, comme elle avait été celle de Roger. Aujourd'hui, elle avait un autre père très riche. Elle m'avait, moi!

– Qu'y a-t-il? demanda David sur un ton alarmé. (Il était en train de trier les papiers d'un carton.) Vous avez encore vu le fantôme?

Sur le moment, je faillis être repris de tremblements, mais je parvins à me ressaisir. Je ne répondis rien, mais la situation m'apparut encore plus clairement.

Veiller sur Dora! Bien sûr que j'allais veiller sur elle, et la convaincre, d'une manière ou d'une autre, de tout accepter. Peut-être Roger n'avait-il pas invoqué les arguments qu'il fallait. Et aujourd'hui, Roger était un martyr, malgré tous ses trésors. Oui, son ultime point de vue était le bon. Il avait expié ses reliques. Peut-être qu'en expliquant cela correctement à Dora...

J'étais bouleversé. Ils étaient là, les douze livres. Chacun recouvert d'une mince pellicule de plastique, alignés sur la dernière étagère d'un petit bureau, juste à côté du meuble à tiroirs. J'avais su tout de suite ce que c'était. Tout de suite. Et Roger y avait collé des petites étiquettes blanches, sur lesquelles il avait griffonné « W. de W ».

– Regardez, dit David, se relevant et époussetant son pantalon. Voici tous les papiers officiels des acquisitions; tous sont apparemment en règle, ou bien ils ont été blanchis. Il y a des douzaines de reçus et de certificats d'authentification. Je suggère que l'on emporte tout ça d'ici.

– Oui, mais comment, et pour les mettre où?

– D'après vous, quel est l'endroit le plus sûr? Certainement pas votre appartement de La Nouvelle-Orléans. Et on ne peut pas les laisser dans un entrepôt d'une ville comme New York.

– C'est certain. J'ai pris une chambre dans un petit hôtel de l'autre côté du parc, mais...

– Oui, je m'en souviens, c'est là où le Voleur de corps vous avait suivi. Alors, vous n'avez toujours pas changé d'adresse ?

– C'est sans importance. De toute façon, ce serait trop petit.

– Vous réalisez que notre grand appartement de l'Olympic Tower suffirait à tout contenir ?

– Vous êtes sérieux ?

– Mais oui, évidemment. Où les objets seraient-ils plus à l'abri ? Maintenant, on va se mettre à la tâche. On ne peut pas se permettre de mêler des mortels à cette histoire. Nous allons nous-mêmes nous atteler à ce labeur.

– Ah ! (J'émis un soupir de profond dégoût.) Vous voulez dire que nous allons emballer tout ça et le déménager ?

Il se mit à rire.

– Eh oui ! Hercule a bien dû faire ce genre de travaux, tout comme les anges. Selon vous, qu'a ressenti Michaël en Égypte, lorsqu'il a dû aller de maison en maison pour massacrer le premier-né de chaque famille ? Allez. Vous ne vous rendez pas compte comme il est facile de protéger toutes ces pièces avec les plastiques qu'on fabrique aujourd'hui. J'ai dit qu'on les transportait nous-mêmes. On va voir ce que ça donne. Pourquoi est-ce qu'on ne passerait pas par les toits ?

– Ah, il n'y a rien de plus agaçant que l'énergie d'un vampire novice, fis-je d'un ton las. Mais je savais qu'il avait raison. Et notre force était incroyablement plus grande que celle de n'importe quel assistant mortel. Peut-être pourrions-nous tout débarrasser avant l'aube.

Quelle nuit !

Je dirais, rétrospectivement, que le travail est un antidote à l'angoisse et à la détresse en général, et à la peur que le Diable vienne à tout moment vous attraper à la gorge pour vous précipiter dans les flammes de l'enfer !

Nous amassâmes une énorme quantité d'un matériau isolant, constitué de petites bulles d'air enfermées dans des alvéoles de plastique, qui pouvait effectivement envelopper les reliques les plus fragiles sans aucun risque. Je pris aussi les documents financiers et les livres de Wynken, les examinant minutieusement un par un pour m'assurer que je ne m'étais pas trompé, puis nous nous mîmes à la besogne.

Sac par sac, nous transportâmes toutes les petites pièces, en passant par les toits, comme David l'avait proposé, à l'abri du regard des mortels, deux silhouettes noires et furtives qui volaient, semblables à des sorcières en route pour le sabbat.

Il fallut s'occuper plus tendrement des gros objets, que nous portions un par un dans nos bras. J'évitai délibérément l'immense ange de marbre blanc. Mais David en tomba amoureux, lui parlant tout au long du chemin jusqu'à destination. Tous furent introduits silencieusement en lieu sûr, dans l'appartement de l'Olympic Tower, par l'escalier réservé au transport des marchandises, et à l'allure obligée des mortels.

Nous retrouvâmes le monde des humains dans lequel nous entrâmes promptement, tels deux hommes très comme il faut meublant leur nouveau logement d'antiquités convenablement et soigneusement emballées.

L'appartement propre et moquetté qui donnait sur Saint-Patrick abrita bientôt une forêt de fantomatiques paquets plastifiés, dont certains ressemblaient vraiment à des momies, ou à des cadavres hâtivement embaumés. L'ange de marbre blanc, avec sa vasque d'eau bénie, était probablement le plus volumineux. Les livres de Wynken, emballés et ficelés, étaient posés sur la grande table chinoise. Je n'avais pas encore vraiment eu l'occasion de les regarder, et le moment n'était guère opportun pour le faire.

Je me calai dans un fauteuil de la pièce du devant, contrarié et furieux d'avoir dû me livrer à des tâches bassement domestiques. David exultait.

– Ici, la sécurité est totale, dit-il avec enthousiasme.

Son corps de jeune mâle semblait brûler de la flamme intérieure de son esprit. Lorsque je le regardais, je voyais parfois les deux se confondre – David, l'homme âgé, et le vigoureux gaillard anglo-indien. Mais, la plupart du temps, il était absolument parfait. Et sûrement le novice le plus puissant que j'aie jamais engendré.

Ce n'était pas seulement dû à la force de mon sang ni à mes propres tribulations avant que je ne le gagne à ma cause. En le créant, je lui avais donné plus de sang que je ne l'avais fait pour les autres. J'y avais risqué ma propre survie. Mais peu importait...

Je restais là en adoration devant lui, en admiration devant mon œuvre. J'étais plein de poussière.

Je me rendis compte que nous n'avions rien laissé au hasard. Nous avions même fini par emporter les tapis, après les avoir roulés. L'un d'eux était imbibé du sang de Roger. Une relique de Roger le martyr. Enfin bon, j'épargnerai ce détail à Dora.

– Il faut que j'aille chasser, dit David dans un murmure, me tirant soudain de mes calculs.

Je ne répondis pas.

– Vous venez?

– Vous voulez? lui demandai-je.

Il était là, à m'observer de l'expression la plus étrange, son visage juvénile et sombre n'exprimant ni condamnation ni même un quelconque dégoût.

– Pourquoi refusez-vous? N'aimez-vous pas regarder, à défaut de participer?

J'acquiesçai. J'étais à mille lieues de penser qu'il m'y autoriserait. Louis détestait quand je le regardais. L'an dernier, lorsque nous étions tous les trois ensemble, David s'était montré bien trop réservé et méfiant pour suggérer une telle chose.

Nous sortîmes dans les ténèbres neigeuses de Central Park. Partout on entendait les occupants nocturnes des lieux, ronflant, grommelant, échangeant des bribes de conversation et fumant. Tous étaient des individus forts, de ceux qui savent comment vivre dans la jungle d'une ville réputée fatale pour ses infortunés.

David trouva rapidement ce qu'il cherchait – un jeune homme coiffé d'une calotte, dont les orteils nus dépassaient de ses chaussures usées, seul, drogué et insensible au froid, qui déambulait dans la nuit et s'adressait à haute voix aux gens du temps jadis.

Je me tenais en retrait sous les arbres, indifférent à la neige qui me mouillait. David attrapa le jeune homme par l'épaule, l'attira doucement vers lui et l'étreignit. Classique. Comme il se penchait pour boire, ce dernier se mit à rire et à parler en même temps. Puis il se tut, pétrifié, jusqu'à ce qu'enfin son corps soit délicatement déposé au pied d'un arbre défeuillé.

Les gratte-ciel de New York rougeoyaient au sud, et les lumières, plus petites et plus chaleureuses, de l'East et du West Side nous entouraient. David demeurait complètement immobile; je me demandais à quoi il pouvait bien penser.

On aurait dit qu'il avait perdu la capacité de bouger. J'allai vers lui. Il n'avait plus rien de l'archiviste calme et appliqué. Il paraissait souffrir.

– Qu'y a-t-il? demandai-je.

– Vous le savez bien, répondit-il dans un murmure. Je ne survivrai pas longtemps à ça.

– Vous plaisantez? Avec les dons que je vous ai faits...

– Chchhh! Nous avons trop pris l'habitude de nous dire des choses que nous savons inacceptables pour l'un et l'autre. Nous devrions arrêter.

– Et ne dire que la vérité? Très bien. Voilà la vérité. Vous avez l'impression que vous ne pourrez pas survivre. Pour l'instant. Parce que son sang est chaud et qu'il tourbillonne en vous. Évidemment. Mais vous ne ressentirez pas cela éternellement. Voilà tout. Je n'ai plus envie de parler de survie. J'ai fait une sérieuse tentative pour mettre un terme à mon existence; elle n'a pas marché et, d'ailleurs, j'ai autre chose à penser – en l'occurrence à la créature qui me suit, et à la façon dont je peux aider Dora avant qu'elle ne me cerne de trop près.

Cela lui cloua le bec.

Nous nous mîmes en route, à la manière des mortels, et traversâmes le parc obscur, la neige crissant bruyamment sous mes pieds. Nous errions parmi les bosquets dénudés, écartant les branches noires et mouillées, sans jamais perdre complètement de vue les silhouettes lointaines des buildings de Midtown.

Je guettais le bruit de pas. J'étais à cran, et une idée lugubre m'était venue, que l'être monstrueux qui s'était révélé – qu'il fût le Diable en personne ou quelqu'un d'autre, était uniquement aux trousses de Roger...

Mais alors, qu'en était-il de l'homme, l'individu anonyme et parfaitement ordinaire ? Car c'est ce qu'il était devenu dans mon souvenir, celui que j'avais entr'aperçu avant l'aube.

Nous nous rapprochâmes des lumières de Central Park Sud, tandis que les buildings s'élevaient toujours plus haut, avec une arrogance que la tour de Babel n'aurait pu reprocher à la face du ciel. Mais il y avait les bruits réconfortants des riches et des nantis qui allaient et venaient, et la perpétuelle bousculade des taxis qui s'ajoutait au vacarme.

David, éprouvé, broyait du noir.

Je finis par lui dire :

– Si vous aviez vu ce que j'ai vu, vous ne seriez pas si pressé de passer à l'étape suivante.

Je soupirai. Je n'avais pas l'intention de décrire une fois encore la créature ailée à l'un d'entre nous.

– C'est une idée qui m'inspire beaucoup, confessa-t-il. Vous ne vous imaginez pas à quel point.

– Aller en Enfer ? Avec un démon pareil ?

– Avez-vous ressenti quoi que ce soit de diabolique ? Avez-vous perçu le mal ? Je vous ai déjà posé cette question. Lorsque la chose a pris Roger, avez-vous éprouvé quelque chose de maléfique ? Roger a-t-il paru souffrir ?

A mes yeux, ces interrogations tenaient quelque peu de l'argutie.

– Ne soyez pas exagérément optimiste à propos de la mort, dis-je. Je vous mets en garde. Mon point de vue est en train de changer. L'athéisme et le nihilisme de mes jeunes années me semblent aujourd'hui frivoles, voire légèrement effrontés.

Il sourit, de l'air de celui qui veut clore le sujet, ainsi qu'il le faisait lorsqu'il était mortel et portait visiblement les lauriers du grand âge.

– Avez-vous déjà lu des romans de Hawthorne ? me demanda-t-il à voix basse. Nous avions atteint la rue que nous devions traverser, et longions lentement la fontaine devant le Plaza.

– Oui, à un moment ou un autre.

– Et vous vous souvenez d'Ethan Brand, et de sa quête du péché irrémissible ?

– Oui, je crois. Il est parti à sa recherche, laissant son compagnon derrière lui.

– Rappelez-vous ce paragraphe, dit-il avec douceur.

Nous cheminions le long de la 5e, une avenue qui n'était jamais déserte ou obscure. Il me cita ces lignes :

« Il avait lâché prise dans la chaîne magnétique de l'humanité. Il

113

n'était plus le frère des autres hommes, qui voyait devant lui s'ouvrir les appartements et les geôles de notre nature dont une sainte compréhension lui donnait la clé, et le droit de partager tous ses secrets ; il était devenu un observateur insensible et froid, qui voyait dans l'humanité le sujet de son expérience, et qui avait fini par faire de l'homme et de la femme des marionnettes, qu'il poussait en maniant leurs fils, aux degrés de crimes requis par ses études [1]. »

Je gardai le silence. Je voulais protester, mais cela n'aurait pas été honnête de ma part. J'avais envie de dire que jamais, jamais je ne traiterais les humains comme des marionnettes. Je n'avais rien fait d'autre que d'observer Roger, merde avec toute cette histoire, et Gretchen dans la jungle. Je n'avais tiré aucun fil. C'est la loyauté qui nous avait détruits, elle et moi. Toutefois, ce n'était pas de moi qu'il parlait avec ces mots-là. Mais de lui-même, de cette distance qu'il éprouvait maintenant envers les humains. Il commençait seulement à être Ethan Brand.

– Laissez-moi continuer encore un peu, demanda-t-il respectueusement, avant de citer un nouveau passage :

« C'est ainsi qu'Ethan Brand [1] était devenu un démon. Il avait commencé à l'être dès l'instant où sa nature morale avait cessé de s'élever au même rythme que son intellect... »

Il s'interrompit.

Je demeurai muet.

– C'est là notre damnation, murmura-t-il. L'amélioration de notre nature morale a touché à sa fin, et notre intellect progresse par bonds.

Je me taisais toujours. Qu'aurais-je pu dire ? Le désespoir m'était si familier ; il pouvait être chassé par la vue d'un beau mannequin dans une vitrine. Il pouvait se dissiper grâce au spectacle des lumières entourant une tour. Ou s'apaiser en regardant émerger l'immense silhouette spectrale de Saint-Patrick. Mais le désespoir revenait toujours.

Vide de sens, faillis-je dire à haute voix, mais ce qui sortit de ma bouche était tout autre.

– Je dois penser à Dora.

Dora.

– Oui, et grâce à vous, moi aussi, j'ai Dora à présent, n'est-ce pas ?

1. *Ethan Brand*, traduction de Muriel Zagha, Imprimerie Nationale Éditions.

6

Quand, comment et que dire à Dora ? Là était la question. C'est tôt dans la nuit du lendemain que nous fîmes le voyage pour La Nouvelle-Orléans.

Il n'y avait nulle trace de Louis dans l'hôtel particulier de la rue Royale, ce qui n'avait rien d'exceptionnel. Louis s'en allait de plus en plus souvent vagabonder, et David l'avait aperçu une fois à Paris en compagnie d'Armand. La maison était d'une propreté irréprochable, un rêve hors du temps, avec les meubles Louis XV que je préférais, son papier peint chargé et ses tapis les plus raffinés.

Bien sûr, David connaissait les lieux, bien qu'il n'y fût pas revenu depuis un an. L'une des nombreuses chambres à coucher, digne d'être représentée en peinture, envahie de soieries safran et de tables et de paravents turcs outrageusement voyants, contenait toujours le cercueil dans lequel il avait dormi durant son premier et bref séjour ici en tant que Non-Mort.

Bien entendu, ce cercueil était soigneusement camouflé. Il avait insisté pour qu'il s'agisse d'un vrai – comme les novices le font presque invariablement, à moins qu'ils ne soient nomades par nature – mais il était dissimulé de façon relativement astucieuse à l'intérieur d'une commode en bronze, que Louis avait choisie après coup, massif objet rectangulaire aussi décourageant qu'un piano droit, sans ouverture visible, bien que, naturellement, et à condition de connaître l'endroit exact où appuyer, le couvercle se soulevât immédiatement.

Comme je me l'étais promis, je m'étais aménagé mon lieu de repos à l'époque où j'avais restauré cette maison dans laquelle Claudia, Louis et moi avions jadis vécu. Pas dans mon ancienne chambre, qui n'abritait plus à présent que les traditionnels lit à colonnes et coiffeuse, mais dans le grenier, sous l'avant-toit, où j'avais fait une alcôve de métal et de marbre.

En somme, nous avions dès maintenant un point de chute confortable, et j'étais franchement soulagé que Louis ne soit pas là pour me faire part de son incrédulité lorsque je lui décrirais ce que j'avais vu. Son appartement était en ordre ; de nouveaux livres étaient venus s'ajouter. Un tableau de Matisse aux couleurs vives attira mon œil. Sinon, rien n'avait changé.

Sitôt que nous fûmes installés, après avoir vérifié toutes les sécurités comme les immortels le font toujours, d'un regard désinvolte mais néanmoins scrutateur et avec une grande réticence à devoir accomplir ce que faisaient aussi les mortels, nous décidâmes que je devais aller à Uptown pour essayer d'apercevoir Dora.

Je n'avais aperçu ni entendu le Fileur ; toutefois, peu de temps s'était écoulé, et je n'avais pas non plus revu l'Homme Ordinaire.

David et moi étions d'accord sur le fait que l'un ou l'autre risquait de surgir à tout moment.

Néanmoins, je partis sans David, le laissant explorer la ville à son gré.

Avant de quitter le Quartier français pour me rendre à Uptown, j'allai voir mon chien, Mojo. Si vous ne connaissez pas Mojo du *Voleur de corps*, je vais juste vous expliquer ce que vous avez besoin de savoir : c'est un énorme berger allemand, gardé par une charmante mortelle dans un immeuble qui m'appartient ; Mojo m'adore, ce que je trouve irrésistible. C'est un chien, tout simplement, sauf qu'il est immense, avec une fourrure extrêmement épaisse, et que je ne peux rester longtemps loin de lui.

Je passai une heure ou deux en sa compagnie, à lutter et à me rouler avec lui sur la terre du jardinet de derrière, à lui raconter tout ce qui s'était passé, puis à délibérer si je l'emmenais ou non avec moi. Sa gueule, longue et noire, pareille à celle d'un loup et apparemment effrayante, reflétait sa douceur et son indulgence coutumières. Seigneur, pourquoi ne pas nous avoir tous créés chiens ?

En fait, Mojo suscitait en moi un sentiment de quiétude. Si le Diable arrivait pendant que j'étais avec Mojo... Voilà bien l'idée la plus absurde qui soit ! J'allais parer à l'Enfer grâce à un chien de chair et de sang. Eh bien ! les humains avaient des croyances fort saugrenues, supposais-je.

Juste avant de quitter David, je lui avais demandé :

– Que pensez-vous de ces événements, je veux dire le Fileur et l'Homme Ordinaire ?

Et il m'avait répondu, sans la moindre hésitation :

– Ils sont tous les deux le fruit de votre imagination, vous vous punissez impitoyablement ; c'est le seul moyen dont vous disposez pour continuer à vous amuser.

J'aurais dû en être offensé. Il n'en fut rien.

Dora était réelle.

Je décidai finalement de prendre congé de Mojo. J'allais épier

Dora. Et devais être libre de mes mouvements. J'embrassai Mojo et le laissai. Plus tard, nous irions nous promener dans nos terrains vagues favoris, sous le pont du fleuve, parmi les herbes et les détritus, et nous serions ensemble. Ces moments-là, j'en profiterais aussi longtemps que la nature me le permettrait. Pour l'instant, cela pouvait attendre.

Revenons à Dora.

Bien sûr, Dora ignorait que Roger était mort. Il était impossible qu'elle fût au courant, à moins – peut-être – que Roger ne lui soit apparu.

Mais à en juger par le comportement de Roger, je ne crois même pas qu'une telle chose ait été réalisable. Son intervention auprès de moi avait apparemment épuisé toute son énergie. En outre, il s'était montré beaucoup trop protecteur envers Dora pour venir la hanter, délibérément ou dans un but pratique.

Mais que savais-je des fantômes ? Excepté quelques apparitions, purement mécaniques et indifférentes, je n'avais jamais parlé à aucun d'eux jusqu'à ma rencontre avec Roger.

Désormais, je garderais en moi l'empreinte indélébile de son amour pour Dora, et son curieux mélange de lucidité et de suprême assurance. Rétrospectivement, sa visite même me semblait la preuve d'un aplomb incroyable. Qu'il ait eu la capacité de hanter autrui n'avait rien d'improbable, dans la mesure où le monde était plein d'histoires de revenants, impressionnantes et crédibles. Mais qu'il soit parvenu à me retenir au fil de sa conversation – et à faire de moi son confident – impliquait véritablement un orgueil énorme et presque aveuglant.

Je me dirigeai vers Uptown à la manière d'un mortel, humant l'air du fleuve, et heureux d'être de retour auprès de mes chênes à l'écorce noire et des maisons faiblement éclairées qui s'étendaient un peu partout dans La Nouvelle-Orléans, là où poussaient l'herbe, la vigne et les fleurs. J'étais chez moi.

J'atteignis trop vite le vieux couvent en brique de Napoleon Avenue où logeait Dora. Napoleon Avenue est une assez belle artère, même pour cette ville, dotée d'un terre-plein central excessivement large où passaient jadis les tramways. Aujourd'hui, elle est plantée de grands arbres qui prodiguent une ombre généreuse, identiques à ceux entourant le couvent juste en face.

C'étaient les profondeurs feuillues de la partie victorienne de Uptown.

Je m'approchai lentement du bâtiment, impatient de graver ses détails dans ma mémoire. Comme j'avais changé depuis la dernière fois où j'avais espionné Dora !

Le couvent était de style Second Empire, avec des combles mansardés qui recouvraient la partie médiane de l'édifice et ses deux longues ailes. De vieilles tuiles étaient tombées ici et là du toit pentu, ce qui, étant concave en son milieu, lui donnait un aspect très inhabituel. Le briquetage, les arches des fenêtres, les quatre tourelles aux angles, le porche de la maison de planteur de deux étages – avec ses colonnes blanches et ses balustrades en fer forgé – situé sur la façade du bâtiment principal, tout cela, harmonieusement proportionné, apportait de plus une touche italianisante à l'architecture locale. De très anciennes gouttières de cuivre pendaient de la base des toits. Il n'y avait pas de volets, mais il y en avait sûrement eu autrefois.

Les fenêtres étaient nombreuses, hautes, dotées d'une voûte arrondie aux deuxième et troisième étages, et bordées d'une peinture blanche défraîchie.

Un grand jardin clairsemé, donnant sur l'avenue, s'étendait sur le devant, et je connaissais déjà l'immense cour intérieure. Le bloc entier était dominé par ce petit univers dans lequel nonnes et orphelines, jeunes filles de tous âges, avaient jadis résidé. Des chênes imposants s'alignaient sur les trottoirs. Une rangée de très vieux myrtes bordait la contre-allée en direction du sud.

Tout en contournant le bâtiment, je promenai mon regard sur les grands vitraux des deux étages de la chapelle et remarquai une lueur vacillante à l'intérieur, comme si le saint sacrement était présent – ce dont je doutais – puis, arrivé à l'arrière, je sautai pardessus le mur.

Quelques rares portes étaient verrouillées. Le silence régnait dans ces lieux, et, dans la douceur de l'hiver pourtant réel de La Nouvelle-Orléans, le froid y était bien plus vif qu'au-dehors.

Je me glissai prudemment dans le corridor, et je me mis immédiatement à aimer les proportions de la demeure, la hauteur et la largeur de ses couloirs, l'odeur forte de ses murs de brique récemment dénudés, et l'agréable senteur boisée du parquet en pin jauni. Ici, tout était à l'état brut, avec ce genre de dépouillement très en vogue parmi les artistes des grandes villes qui vivent dans de vieux entrepôts qu'ils appellent lofts.

Mais cet endroit n'était pas un entrepôt. Cela avait été jadis une habitation, et même une habitation sanctifiée. D'emblée, je m'en étais rendu compte. Je parcourus à pas lents le long corridor menant aux escaliers de l'aile nord-est. Un peu plus loin sur ma droite vivait Dora, dans la tourelle nord-est de l'édifice, ses appartements ne commençant qu'au troisième étage.

Je ne percevais aucune présence en ces lieux. Ni odeur ni bruit de Dora. J'entendais les rats, les insectes, un animal un peu plus gros qu'un rat, probablement un raton laveur en train de se nourrir là-haut dans le grenier, et je sentais aussi les élémentaux, comme disait David – ces phénomènes que je préférais quant à moi appeler esprits.

Je demeurai immobile, les yeux clos. J'écoutais. Il me semblait que le silence renvoyait de lointaines émanations d'individus, bien trop faibles et enchevêtrées toutefois pour que mon cœur en soit touché ou pour qu'elles fassent jaillir une pensée en moi. Oui, il y avait des fantômes ici et là... Mais aucun tumulte spirituel, pas de tragédie mystérieuse ni d'injustice féroce. Au contraire, tout ici n'était que calme et constance.

L'édifice avait gardé toute son âme.

Je crois que ces lieux s'étaient plu à retrouver leur dépouillement du XIXᵉ siècle ; même les poutres des plafonds, aujourd'hui apparentes, qui n'avaient pourtant jamais été conçues pour être exposées, étaient belles sans leur couche de plâtre, avec leur bois sombre, massif et uni, parce qu'en ces temps-là, tous les travaux de charpente étaient minutieusement exécutés.

L'escalier était d'origine. J'en avais monté plus de mille construits de la sorte à La Nouvelle-Orléans. Cet édifice en comptait au moins cinq. Je connaissais la légère cambrure de chaque marche, usée par les pieds des enfants, et le contact soyeux de la rampe que l'on avait inlassablement cirée au cours du siècle écoulé. Je connaissais le palier qui donnait directement sur une fenêtre extérieure, ignorant la forme et l'existence même de cette fenêtre, et qui divisait en deux la lumière provenant de la rue.

Parvenu au deuxième étage, je réalisai que je me trouvais à l'entrée de la chapelle. Elle ne m'avait pas semblé si vaste, vue du dehors.

Elle était en fait aussi grande que nombre d'églises que j'avais visitées étant jeune. Une vingtaine de bancs étaient disposés en rangées de part et d'autre de son aile principale. Le plafond en plâtre était voûté et orné de diverses moulures. De vieux médaillons restaient encore solidement accrochés au plâtre où, très certainement, des lustres à gaz avaient été jadis suspendus. Les vitraux, bien que dépourvus de personnages, étaient néanmoins délicatement réalisés, comme je pus aisément le découvrir à la lueur du réverbère. Et les noms des saints patrons étaient joliment gravés au bas des carreaux de chacune des fenêres. Le sanctuaire n'était éclairé que par des cierges alignés devant une Vierge Reine, qui portait une couronne.

L'endroit devait être tel que les sœurs l'avait laissé lorsque le bâtiment avait été vendu. Même le bénitier subsistait, bien qu'aucun ange gigantesque ne fût là pour le tenir. C'était une simple vasque de marbre posée sur une colonne.

En entrant, j'étais passé sous la galerie du chœur, quelque peu surpris par la pureté et la symétrie de la construction. Quel effet cela faisait-il d'habiter dans une maison dotée de sa propre chapelle ? Deux cents ans auparavant, je m'étais agenouillé plus d'une fois dans celle de mon père. Mais ce n'était dans notre château qu'une minuscule pièce aux murs de pierre ; et cette salle si vaste, avec ses vieux ventilateurs oscillatoires électriques qui brassaient l'air en été, ne semblait pas moins authentique que ne l'avait été la petite chapelle familiale.

Celle-là était davantage une chapelle de rois, et le couvent tout entier me parut soudain un palais, plutôt qu'une institution charitable. Je m'imaginais vivant ici, non pas comme Dora l'aurait approuvé, mais dans la splendeur, avec des kilomètres de parquets cirés qui se dérouleraient sous mes pas tandis que je traverserais chaque nuit cet immense sanctuaire pour dire mes prières.

J'aimais cet endroit. Il m'enflammait l'esprit. Achetez un couvent, faites-en un palais, vivez dans sa grandeur et sa quiétude, dans un quartier oublié d'une métropole moderne ! J'étais plein de convoitise, ou, plus exactement, mon respect pour Dora s'en trouvait approfondi.

D'innombrables Européens résidaient encore dans ce genre d'édifices à plusieurs étages, dont les ailes se faisaient face au-dessus de splendides cours intérieures. Paris recelait sûrement quantité de ces demeures. Mais en Amérique, la perspective d'habiter ici dans un tel luxe était comme un beau rêve.

Or, ce n'était pas ce à quoi aspirait Dora. Elle désirait y faire l'éducation de ses femmes, de ses prédicatrices, qui iraient porter la parole de Dieu avec la fougue de saint François ou de Bonaventure.

Toutefois, si sa foi se trouvait soudain balayée par le décès de son père, elle pourrait vivre ici dans la magnificence.

Mais moi, quel pouvoir avais-je de toucher au rêve de Dora ? Ses souhaits seraient-ils exaucés si je faisais en sorte qu'elle accepte son immense fortune et qu'elle devienne une princesse en ce royaume ? Un seul être humain heureux, sauvé de la misère que la religion peut si aisément engendrer ?

Ce n'était pas une idée totalement indigne. Mais elle était typique de moi. Penser en termes de Paradis sur Terre, fraîchement repeint de couleurs pastel, au sol recouvert d'un joli carrelage et pourvu du chauffage central.

C'est abominable, Lestat.

Qui étais-je pour concevoir de telles choses ? Voyons, nous pourrions vivre ici comme la Belle et la Bête, Dora et moi. Je me mis à rire tout fort. Un frisson me parcourut la colonne vertébrale, sans que j'aie entendu le moindre bruit de pas.

Je me sentis soudain très seul. Je tendis l'oreille, sur le qui-vive.

– Ne vous avisez pas d'approcher maintenant, chuchotai-je au Fileur, qui n'était pas là, pour autant que je sache. Je suis dans une chapelle. En sécurité ! Comme dans une cathédrale.

Je me demandai alors si le Fileur se moquait de moi. *Lestat, toute cette histoire est le fruit de ton imagination.*

Tant pis. Remonte l'allée centrale de marbre en direction du balustre de chœur. Effectivement, celui-ci subsistait encore. Regarde ce qu'il y a devant toi, et cesse de penser.

La voix pressante de Roger était à l'orée de ma mémoire. Mais j'aimais déjà Dora, n'est-ce pas ? J'étais là. J'allais agir. Simplement, je prenais mon temps.

Le bruit de mes pas résonnait dans la chapelle. C'était sans importance. Les petits bas-reliefs en plâtre représentant les stations du chemin de croix étaient restés accrochés entre les vitraux, selon le traditionnel parcours à l'intérieur des églises, et l'autel avait disparu de sa profonde niche voûtée ; à sa place, je vis un gigantesque Christ en croix.

Les crucifix m'ont toujours fasciné. Leurs nombreux détails peuvent être rendus de mille et une manières, et les œuvres traitant de la crucifixion de Jésus remplissent à elles seules la plupart des musées du monde, tout comme ces cathédrales et ces basiliques transformées en musées. Celui-ci pourtant, même pour moi, était très impressionnant. Il était gigantesque, ancien, très réaliste dans le style fin XIXe siècle ; le pagne du Christ s'enroulait dans le vent, et son visage hâve exprimait une souffrance infinie.

C'était sûrement l'une des trouvailles de Roger. Tout d'abord, il était trop grand pour la niche de l'autel, et la qualité de son exécution était impressionnante, tandis qu'ici et là, les saints de plâtre encore sur leur piédestal – l'inévitable et jolie sainte Thérèse de Lisieux dans sa robe de carmélite, avec sa croix et son bouquet de roses ; saint Joseph et son lis ; et même la Vierge Reine, avec sa couronne et son autel – étaient toutes des pièces plus ou moins banales. Elles étaient grandeur nature, et minutieusement peintes ; mais ce n'étaient pas des chefs-d'œuvre.

Le Christ sur sa croix donnait envie d'adopter une sorte de détermination. Par exemple, « j'exècre le christianisme et son côté sanglant », ou inspirait quelque sentiment plus douloureux, remontant peut-être à nos jeunes années, lorsqu'on passait son temps à imaginer ses propres mains transpercées par ces clous-là. Le carême. La méditation. L'église. La voix du curé entonnant le *Notre Père*.

Je ressentais à la fois l'aversion et la douleur. Tandis que j'errais dans la pénombre, regardant au-dehors les lumières vaciller à travers les vitraux, des souvenirs d'enfance, que je ne cherchais toutefois pas à chasser, me revenaient en mémoire. Je me mis alors à penser à l'amour que vouait Roger à sa fille, et les souvenirs ne furent plus rien, seul comptait cet amour. Je montai les marches qui conduisaient jadis à l'autel et au tabernacle. Là, je tendis la main vers le pied de l'homme sur la croix. Du bois ancien. Le lointain murmure des cantiques. Levant les yeux vers lui, je vis un visage non pas en proie au supplice, mais reflétant la sagesse et le calme, peut-être dans les dernières secondes qui précèdent la mort.

Un grand bruit retentit quelque part dans le bâtiment. Je reculai presque trop précipitamment, perdis bêtement l'équilibre et me retrouvai face à l'église. Quelqu'un bougeait dans le bâtiment, marchant à une allure modérée à l'étage inférieur et s'apprêtant à monter l'escalier que j'avais moi-même emprunté pour arriver à la porte de la chapelle.

Je me dirigeai en toute hâte vers le vestibule. Je ne perçus aucune voix et ne détectai aucune odeur! Rien. Mon cœur se serra. « Je n'en accepterai pas davantage », dis-je alors dans un chuchotement. Je tremblais déjà. Mais certaines odeurs humaines ne nous parviennent pas si facilement. Il faut tenir compte de la brise, ou plutôt des courants d'air, très nombreux en ces lieux.

La personne montait les marches.

Je m'adossai à la porte de la chapelle de façon à la voir tourner à l'angle du palier. Et, si c'était Dora, j'irais immédiatement me cacher.

Mais ce n'était pas Dora, et l'individu montait si vite à ma rencontre, de son pas rapide et léger, que je réalisai de qui il s'agissait au moment même où il s'arrêtait devant moi.

L'Homme Ordinaire.

Je restai pétrifié à le dévisager. Pas tout à fait ma taille; ni ma carrure; normal en tous points de vue, comme dans mon souvenir. Inodore? Non, mais l'odeur était faussée. Elle était mêlée à celle du sang, de la sueur et du sel, et j'entendais un léger battement de cœur...

— Ne vous inquiétez pas, dit-il, sur un ton plein de courtoisie et de diplomatie. Je délibère. Dois-je vous faire ma proposition maintenant, ou avant que vous ne mêliez Dora à tout ça? Je ne sais pas ce qui est le mieux.

A présent, il était à un mètre de moi.

Je m'appuyai négligemment contre le chambranle de la porte et croisai les bras avec arrogance. La chapelle et ses lueurs vacillantes était derrière moi. Avais-je l'air effrayé? Étais-je effrayé? Étais-je sur le point de mourir de peur?

— Allez-vous me dire qui vous êtes et ce que vous voulez, ou suis-je censé poser les questions et vous arracher les réponses?

— Vous savez qui je suis, fit-il sur ce même ton empreint de réserve et de simplicité.

Je fus frappé des proportions de sa silhouette et de son visage. C'est cela qui était marquant, leur régularité même. C'était un homme générique.

Il sourit.

— Exactement. C'est la forme que je préfère, de tout temps et en tout lieu, parce qu'elle n'attire guère l'attention. (Sa voix avait retrouvé toute sa cordialité.) Dès que je circule avec mes ailes noires et mes pieds fourchus, les humains en sont instantanément terrassés.

— Je veux que vous fichiez le camp d'ici avant que Dora n'arrive! (Je postillonnais comme un fou.)

Il se retourna, se tapa sur la cuisse et éclata de rire.

– Vous êtes un gamin, Lestat, déclara-t-il de sa voix parfaitement neutre. Vos cohortes ont raison. Vous ne pouvez pas me donner des ordres.

– J'aimerais bien savoir pourquoi. Et si je vous jetais dehors ?

– Vous voulez essayer ? Dois-je prendre mon autre forme ? Et laisser mes ailes...

J'entendis le brouhaha des voix et ma vision commença à se brouiller.

– Non ! hurlai-je.

– Très bien.

La métamorphose s'interrompit. La poussière retomba. Mon cœur cognait dans ma poitrine comme s'il voulait s'en échapper.

– Je vais vous expliquer ce que je vais faire, reprit-il. Je vais vous laisser traiter vos affaires avec Dora, puisque, apparemment, c'est une obsession. Et je n'aurai pas la possibilité de vous en détourner. Quand vous en aurez terminé avec toute cette histoire, la fille, ses rêves et tout ça, alors nous pourrons discuter, vous et moi.

– A propos de quoi ?

– De votre âme, quoi d'autre ?

– Je suis prêt à aller en Enfer, fis-je mensongèrement entre mes dents. Mais je ne pense pas que vous soyez ce que vous prétendez. Vous êtes quelque chose, un être comme moi, pour lequel il n'existe aucune explication scientifique, mais derrière tout cela, il se trouve un petit ensemble de faits qui finiront bien par tout mettre à nu, jusqu'à la texture de chacune des plumes noires de vos ailes.

Il fronça légèrement les sourcils, mais il n'était pas en colère.

– Nous n'allons pas continuer comme ça, dit-il. Je vous le garantis. Toutefois, pour l'instant, je vous laisse penser à Dora. Elle arrive. Elle est en train de garer sa voiture dans la cour. Je m'en vais, à pas mesurés, comme je suis venu. Et je vous donne un conseil, dans notre intérêt à tous les deux.

– Et quel est-il ?

Il me tourna le dos et commença à descendre, avec autant de vivacité qu'il était monté. Ce n'est qu'après avoir atteint le palier qu'il leva les yeux vers moi. J'avais déjà capté l'odeur de Dora.

– Quel conseil ? répétai-je.

– Laissez Dora tranquille. Confiez ses affaires aux notaires de ce bas monde. Quittez cet endroit. Nous avons des questions plus importantes à régler. Tout cela sème par trop la perturbation.

Puis il s'en fut, dévalant bruyamment les étages inférieurs, et sortit vraisemblablement par une porte latérale, que j'entendis s'ouvrir et se refermer.

Puis, quasiment sur ses talons, Dora franchit le seuil de l'entrée de derrière, au centre du bâtiment, comme je l'avais moi-même fait, et lui aussi. Elle s'avança dans le corridor.

Elle chantait à haute voix, ou plutôt elle fredonnait. Il émanait d'elle l'arôme suave du sang de ses entrailles. Ses règles. Il amplifiait, à me rendre fou, le succulent parfum que dégageait le corps de cette enfant qui venait vers moi.

Je me glissai à nouveau dans les ombres du vestibule. Ainsi, elle ne risquait pas de me voir ou de sentir ma présence en passant près de moi pour monter à sa chambre du troisième étage.

Elle grimpa en sautillant les dernières marches du second. Elle avait une sorte de baluchon jeté par-dessus son épaule et portait une jolie robe en coton à fleurs, ample et démodée, avec des manches longues bordées de dentelle.

Au moment de pivoter pour poursuivre son ascension, elle s'arrêta net. Elle se tourna dans ma direction. Je me raidis. Il était impossible qu'elle m'ait vu dans cette pénombre.

Puis elle se dirigea vers moi. Elle tendit le bras. Ses doigts blancs effleurèrent un endroit du mur ; c'était un interrupteur. Un simple petit bouton en plastique, qui fit soudain jaillir un flot de lumière de l'ampoule au-dessus.

Imaginez la scène : l'intrus blond, les yeux dissimulés derrière des lunettes de soleil violettes, à présent frais et pimpant, débarrassé des taches de sang du père, vêtu d'un pardessus en laine et d'un pantalon noirs.

Je levai les mains comme pour dire « Je ne vous ferai pas de mal ! ». J'étais sans voix.

Je disparus.

Plus exactement, je passai devant elle à une rapidité telle qu'elle ne se rendit compte de rien. Je la frôlai, pareil à un courant d'air. C'est tout. Je franchis deux volées de marches menant à un grenier, puis je passai une porte ouverte et me retrouvai dans un lieu obscur au-dessus de la chapelle où seules quelques fenêtres de la mansarde laissaient filtrer le faible rai de lumière provenant de la rue. L'une des vitres était cassée. Une voie rapide pour s'enfuir. Mais je m'arrêtai. Je m'assis dans un coin, complètement immobile. Je m'y recroquevillai. Je ramenai mes genoux sous mon menton, baissai mes lunettes sur mon nez et parcourus du regard l'étendue du grenier jusqu'à la porte par laquelle j'étais entré.

Je n'entendais pas de cris. Du reste, je n'entendais rien du tout. Elle n'était pas devenue hystérique ; elle ne courait pas comme une folle dans tout le bâtiment. Elle n'avait pas déclenché d'alarme. Intrépide, sereine, elle avait vu un intrus. Car enfin, en dehors d'un vampire, qu'y a-t-il de plus dangereux au monde pour une femme seule qu'un jeune mâle ?

Je m'aperçus que je claquais des dents. Je serrai le poing droit et l'enfouis dans la paume de ma main gauche. Démon, homme, qui êtes-vous donc, à m'attendre, à m'interdire de lui parler, à quoi ça rime, ne lui parlez pas, de toute façon, je n'avais pas l'intention de lui parler, Roger, merde, qu'est-ce que je vais faire maintenant? Je ne voulais pas qu'elle me voie comme ça!

Je n'aurais jamais, jamais dû venir sans David. J'avais besoin d'un témoin objectif. Et l'Homme Ordinaire, aurait-il osé se montrer si David avait été là? Je l'exécrais! J'étais dans un tourbillon. Je n'y survivrais pas.

Ce qui signifiait quoi? Qu'est-ce qui allait me tuer?

Je réalisai tout à coup qu'elle montait l'escalier. Cette fois, elle marchait lentement, et très silencieusement. Un mortel n'aurait pu l'entendre. Elle avait sa torche à la main. Je ne l'avais pas remarquée jusqu'ici. Toujours est-il qu'elle l'avait, et son faisceau traversa le seuil de la porte du grenier pour courir le long des planches sombres du toit incliné.

Elle s'avança dans la pièce et éteignit la torche. Elle regarda très prudemment autour d'elle, ses yeux s'emplissant de la lumière blanche qui filtrait par les fenêtres arrondies. C'était précisément grâce à ces fenêtres et à la proximité des réverbères que l'on pouvait distinguer très nettement les choses.

C'est alors qu'elle me vit. Elle braqua son regard sur le petit coin où j'étais.

— Pourquoi avez-vous peur? demanda-t-elle. Sa voix était apaisante.

Je me rendis compte que j'étais coincé dans ma petite niche, genoux au menton, mes bras enserrant mes jambes croisées, les yeux levés vers elle.

— Je... je suis désolé..., répondis-je. Je craignais... de vous avoir effrayée. J'ai eu honte de vous avoir mise dans l'angoisse. J'ai l'impression d'avoir été d'une maladresse impardonnable.

Elle s'approcha de moi, sans aucune hésitation. Son odeur se répandait lentement dans le grenier, pareille à la fumée de l'encens que l'on brûle.

Elle paraissait grande et souple dans sa robe à fleurs aux poignets en dentelle. Ses cheveux noirs et courts formaient une sorte de petit bonnet, et ses boucles tombaient le long de ses joues. Ses yeux, grands et sombres, me firent penser à Roger.

Son regard n'était rien moins qu'impressionnant; il aurait suffi à décontenancer un prédateur. La lumière frappait ses pommettes et sa bouche semblait sereine et dénuée de toute émotion.

— Je peux partir dès maintenant si vous le souhaitez, dis-je d'une voix mal assurée. Je n'ai qu'à me relever très lentement et m'en aller sans vous faire de mal. Je le jure. Soyez sans crainte.

— Pourquoi vous? demanda-t-elle.

— Je ne comprends pas votre question, répondis-je. (Étais-je en train de pleurer? M'étais-je simplement mis à frissonner et à trembler?) Que voulez-vous dire, pourquoi moi?

Elle s'avança plus près encore et baissa les yeux sur moi. Je la distinguais parfaitement.

Peut-être avait-elle vu ma crinière blonde, le reflet de la lumière dans mes lunettes et mon apparence de jeune homme.

Je remarquai ses cils noirs et recourbés, son menton, petit mais ferme, et la courbe tombante de ses épaules sous les fleurs et les dentelles de sa robe, au point qu'elle semblait presque ne pas avoir d'épaules – jeune fille à la longue silhouette adolescente, femme de rêve d'une blancheur de lis. Lorsqu'on la prenait dans ses bras, sa taille, minuscule sous le tissu ample de sa robe sans ceinture, devait paraître d'une incroyable finesse.

Elle me donnait presque la chair de poule. Il n'émanait d'elle ni froideur ni méchanceté, mais elle n'en était pas moins effrayante. Était-ce cela la sainteté ? Je me demandai si j'avais jamais été en présence d'un authentique saint. Car j'avais bel et bien ma propre définition de ce mot-là.

– Pourquoi est-ce *vous* qui êtes venu me le dire ? demanda-t-elle tendrement.

– Vous dire quoi, chère petite ?

– Au sujet de Roger. Qu'il est mort. (Elle haussa légèrement les sourcils.) C'est pour cette raison que vous êtes venu, n'est-ce pas ? Je l'ai compris sitôt que je vous ai vu. J'ai su que Roger était mort. Mais pourquoi est-ce *vous* ?

Elle s'agenouilla en face de moi.

J'émis un long gémissement. Ainsi, elle l'avait lu dans ma pensée ! Mon grand secret. Ma grande décision. Lui parler ? La raisonner ? L'espionner ? La mystifier ? Lui donner des recommandations ? Et mon esprit lui avait jeté la bonne nouvelle à la figure : Salut, chérie, Roger est mort !

Elle s'approcha tout près de moi. Beaucoup trop près. Elle ne devait pas. Dans un instant, elle allait hurler. Elle leva sa torche éteinte.

– Ne l'allumez pas, dis-je.

– Pourquoi m'en empêchez-vous ? Je ne la braquerai pas sur votre visage, c'est promis. Je veux juste vous voir.

– Non.

– Écoutez, vous ne me faites pas peur, si c'est ce que vous croyez, dit-elle simplement, sans emphase, tandis que ses pensées affolées tourbillonnaient sous ses paroles et qu'elle s'imprégnait de chaque détail.

– Et pourquoi ?

– Parce que Dieu ne permettrait pas que quelque chose comme vous me fasse du mal. Je le sais. Vous êtes un démon ou un esprit malin. Vous êtes un esprit du bien. Je ne sais pas. Je ne peux pas savoir. Si je fais le signe de croix, il se peut que vous disparaissiez. Mais ça m'étonnerait. Ce que je veux, c'est que vous m'expliquiez pourquoi je vous effraie autant ? Ce n'est sûrement pas la vertu, si ?

– Attendez une seconde, revenons en arrière. Vous voulez dire que vous savez que je ne suis pas humain ?

126

– Oui. Je le vois. Je le sens ! J'ai déjà rencontré des êtres comme vous. Je les ai vus en bandes dans les grandes villes, comme ça, fugitivement. J'ai vu beaucoup de choses. Je ne vais pas dire que je vous plains, ce serait complètement stupide, mais je n'ai pas peur de vous. Vous ne pouvez quitter le monde des vivants, n'est-ce pas ?

– Absolument. Et j'espère bien y rester indéfiniment. Écoutez, je ne voulais pas vous choquer avec cette nouvelle. J'adorais votre père.

– Vraiment ?

– Oui. Et... il vous aimait énormément. Il m'a chargé de vous dire certains choses. Mais surtout, il voulait que je veille sur vous.

– Vous n'en semblez guère capable. Vous avez l'air d'un elfe apeuré. Regardez-vous.

– Ce n'est pas vous qui m'épouvantez, Dora ! dis-je avec une soudaine impatience. Je ne comprends pas ce qui se passe ! Je ne peux pas quitter le monde des vivants, oui, c'est la vérité. Et je... Et j'ai tué votre père. Je lui ai pris la vie. C'est moi qui lui ai fait ça. Et il m'a parlé après coup. Il a dit, « Occupez-vous de Dora ». Il est venu me voir et m'a demandé de veiller sur vous. Voilà. Mais ce n'est pas vous qui me terrifiez. C'est plutôt la situation, je ne me suis jamais trouvé dans pareilles circonstances, je n'ai jamais été confronté à de telles questions !

– Je vois !

Elle était abasourdie. Son visage si blanc luisait, comme inondé de sueur. Son cœur battait à tout rompre. Elle baissa la tête. Ses pensées étaient indéchiffrables. Il m'était totalement impossible de les lire. Mais elle était accablée de chagrin, cela, chacun aurait pu le constater, et les larmes coulaient le long de ses joues. C'était intolérable.

– Oh ! Seigneur, je préférerais être en enfer, marmonnai-je. Je n'aurais pas dû le tuer. Je... je l'ai fait pour une raison si simple. Il a juste... il a croisé mon chemin. C'est une erreur effroyable. Mais ensuite, il est venu me voir. Dora, nous avons passé des heures à discuter, son fantôme et moi. Il m'a tout raconté à votre sujet, et au sujet des reliques et de Wynken.

– Wynken ? (Elle me regarda.)

– Oui, Wynken de Wilde, vous savez, les douze livres. Dora, écoutez, si je vous touchais la main, juste pour essayer de vous réconforter, peut-être que cela marcherait. Mais je ne veux pas que vous vous mettiez à crier.

– Pourquoi avez-vous tué mon père ? demanda-t-elle.

Pourtant, sa question était lourde de signification. En réalité, elle m'avait demandé : « Pourquoi quelqu'un qui s'exprime comme vous a-t-il commis un tel acte ? »

– Je voulais son sang. Je bois le sang d'autrui. C'est comme cela que je reste jeune et vivant. Vous croyez aux anges ? Alors croyez

127

aux vampires. Croyez en moi. Il existe des choses bien pires sur terre.

Elle était stupéfaite, à juste titre.

– Nosferatu, dis-je doucement. Verdilak. Vampire. Lamie. Immortel. (Je haussai les épaules, puis hochai la tête. Je me sentais totalement impuissant.) Il existe d'autres espèces. Mais Roger, Roger est revenu, avec son âme et en tant que fantôme, pour me parler de vous.

Elle se mit à trembler et à pleurer. Ce n'était pas de la démence. Ses yeux étaient rétrécis par les larmes et son visage fripé par le chagrin.

– Dora, pour rien au monde je ne vous ferai de mal, je le jure. Je ne vous ferai aucun mal...

– Mon père est vraiment mort, n'est-ce pas ? (Soudain, elle s'effondra complètement, la tête dans ses mains, ses frêles épaules agitées de sanglots.) Mon Dieu, aidez-moi ! murmura-t-elle. Roger, cria-t-elle. Roger !

Elle fit effectivement le signe de croix, et elle resta assise là, sanglotant et étrangère à la peur.

J'attendis. Ses larmes et sa peine se nourrissaient l'une l'autre. Elle était de plus en plus malheureuse. Elle se pencha en avant et s'écroula contre les planches. Là encore, elle n'avait pas peur de moi. C'était comme si je n'étais pas là.

Très lentement, je me glissai hors de mon petit coin. Il était possible de se tenir facilement debout dans ce grenier, une fois sorti de cette niche. Je la contournai, puis, tout doucement, je tendis le bras pour la prendre par les épaules.

Elle se laissa faire ; elle pleurait à chaudes larmes, et sa tête roulait d'un côté à l'autre, comme si elle était ivre de tristesse. Ses mains s'agitaient, mais uniquement pour attraper des choses invisibles.

– Seigneur, Seigneur, Seigneur, cria-t-elle. Seigneur... Roger !

Je la relevai. Elle était aussi légère que je me l'étais imaginé, quoique, de toute manière, ces considérations-là n'aient plus d'importance pour un être doté de ma force. Je l'emmenai hors du grenier. Elle tomba contre ma poitrine.

– Je le savais, je le savais lorsqu'il m'a embrassée, dit-elle à travers ses sanglots. Je savais que plus jamais je ne poserais mes yeux sur lui. Je le savais...

C'était à peine intelligible. Elle paraissait si fragile, si délicate, je devais faire extrêmement attention, et, lorsque sa tête se renversa en arrière, son visage était si blême et si désemparé que le diable lui-même en aurait été ému.

Je descendis jusqu'à la porte de sa chambre. Elle était contre moi, telle une poupée de chiffon lovée dans mes bras, et ne m'opposait toujours pas la moindre résistance. De la chaleur se dégageait de sa chambre. J'entrai.

Autrefois vraisemblablement salle de classe, ou même dortoir, la pièce, située à l'angle du bâtiment, était très vaste, avec de très hautes fenêtres de part et d'autre d'où jaillissait la lumière de la rue.

Les voitures qui passaient l'illuminaient.

J'aperçus son lit contre le mur du fond, un vieux lit en fer, très simple, jadis un lit de couvent, sans doute, très étroit, dont subsistait le grand châssis rectangulaire destiné à la moustiquaire, bien qu'aucune n'y fût plus accrochée. La peinture blanche des minces barreaux s'écaillait. Partout des bibliothèques avec des piles de livres, ouverts avec des signets, appuyés contre des lutrins de fortune, et ses propres reliques, par centaines peut-être, des tableaux, des statues et probablement des objets offerts par Roger avant qu'elle n'apprenne la vérité. Des mots étaient inscrits à l'encre noire en écriture cursive sur les dormants de fenêtres et de portes.

Je la portai jusqu'au lit sur lequel je l'allongeai. Elle s'enfonça avec reconnaissance, sembla-t-il, dans le matelas et l'oreiller. Ici, tout était propre et frais dans le style contemporain, et si souvent nettoyé de fond en comble que tout paraissait presque neuf.

Je lui tendis mon mouchoir de soie. Elle le prit, puis le regarda et dit : « Mais il est trop joli. »

– Non, utilisez-le, je vous en prie. Ce n'est rien. J'en ai des centaines.

Elle m'observa sans rien dire, puis commença à s'essuyer le visage. Son cœur battait plus lentement, mais ses émotions avaient rendu plus forte l'odeur qui émanait d'elle.

Ses règles. Elles étaient soigneusement recueillies par une compresse d'ouate blanche placée entre ses jambes. Je m'autorisai cette pensée, parce que ses menstrues étaient abondantes et leur senteur excessivement délicieuse. L'idée de lécher ce sang commença à me torturer. Il ne s'agissait pas de sang à l'état pur, comprenez-vous, mais il en était le véhicule, et j'éprouvais l'habituelle tentation des vampires dans ces cas-là, le lécher d'entre ses lèvres, une façon de boire sans lui faire de mal.

Excepté qu'à ce moment, c'était une idée totalement indigne et irréalisable.

Un long silence se fit.

J'étais sur une simple chaise de bois. Je savais qu'elle était à côté de moi, assise en tailleur, qu'elle avait trouvé une boîte de mouchoirs en papier, source d'un immense réconfort, et qu'elle se mouchait le nez et se tamponnait les yeux. Le mien, en soie, était toujours au creux de sa main.

Extrêmement excitée par ma présence mais toujours dépourvue de toute crainte, elle était trop accablée de chagrin pour savourer la confirmation de ces mille croyances, alors qu'elle se trouvait en présence d'un non-humain dont le cœur battait et dont l'apparence et le discours étaient ceux d'un humain. Pour l'instant, elle ne pouvait en mesurer la portée. Elle n'en revenait pas. Son absence de frayeur tenait de la bravoure. Ce n'était pas de la bêtise. Mais elle était à un tel point au-dessus de toute peur que jamais les couards n'auraient pu le concevoir.

Les imbéciles la jugeaient sans doute fataliste. Pourtant, elle ne l'était pas. Elle possédait une aptitude à aller au-delà des faits, et par là même à bannir toute panique. Certains humains doivent connaître ce sentiment juste avant de mourir, lorsque la partie est terminée, et que tout le monde s'est dit adieu. C'était dans cette optique fatale, tragique et infaillible qu'elle considérait toute chose.

Je gardais les yeux rivés au sol. Non, ne tombe pas amoureux d'elle.

Les lattes jaunies du parquet en pin avaient été poncées, vernies et cirées. La couleur de l'ambre. C'était très beau. Un jour peut-être, le palais entier ressemblerait à cela. La Belle et la Bête. Et, à dire vrai, dans le rôle de la Bête, je suis vraiment épatant.

Je me détestais de prendre autant de plaisir dans un moment aussi triste, moi qui avais envie de danser avec elle à travers les corridors. Je pensai à Roger, ce qui eut tôt fait de me ramener à la réalité, et à l'Homme Ordinaire, ce monstre qui m'attendait !

Je me tournai alors vers son bureau, sur lequel étaient posés deux téléphones, un ordinateur, d'autres piles de livres, et, dans un coin, un poste de télévision, qui, apparemment, servait uniquement à son travail, l'écran ne devant guère mesurer plus de douze à treize centimètres de large, bien qu'il fût relié à un long rouleau de câble noir, lequel devait être connecté au monde extérieur.

Il y avait encore quantité d'appareils électroniques qui clignotaient çà et là. La pièce n'avait rien d'une cellule de religieuse. Les mots, griffonnés sur les dormants peints en blanc des portes et des fenêtres, formaient en fait des phrases, par exemple, « Le mystère va à l'encontre de la théologie », ou « Étrange agitation », et, surtout, « Dans l'obscurité, j'écoute ».

Oui, en effet, le mystère allait à l'encontre de la théologie ; c'est ce que Roger avait essayé d'expliquer, et ce qu'elle n'avait malgré tout pas réussi à comprendre, parce que le mystique et le théologique se confondaient dans sa pensée, et que cela ne fonctionnait pas avec l'énergie ou la magie nécessaires. Il n'avait cessé de dire qu'elle était une théologienne. Et, naturellement, il considérait que ses reliques étaient mystérieuses. Ce qu'elles étaient.

Un lointain souvenir d'enfance surgit à nouveau dans ma mémoire, lorsque, devant le crucifix de l'église de notre village d'Auvergne, j'avais été frappé de terreur à la vue des traces de sang peintes qui dégoulinaient des ongles. A l'époque, je devais être très petit. A l'âge de quinze ans, derrière cette même église, je couchais avec les filles du coin – ce qui, en ce temps-là, tenait du prodige ; il faut dire que le fils du châtelain était censé être le parfait coq du village. C'est ce que chacun attendait. Quant à mes frères, ce ramassis de conservateurs, ils avaient plus ou moins failli à la mythologie locale en se comportant toujours en jeunes gens comme il faut. C'est un miracle que les moissons n'aient pas souffert de leur misérable vertu. Je souris. Avec moi, cela avait fait un juste milieu. Mais la fois où j'avais observé ce crucifix, je devais avoir tout au plus six ou sept ans. Et j'avais dit : « Quelle horrible façon de mourir ! » Cela m'avait échappé, et ma mère avait alors éclaté de rire. Mon père, lui, en avait éprouvé une humiliation terrible.

Le passage des voitures sur Napoleon Avenue produisait un bruit diffus, prévisible et réconfortant.

Enfin, réconfortant pour moi.

J'entendis Dora soupirer. Je sentis bientôt sa main sur mon bras, délicate et ferme l'espace d'une seconde, tandis que ses doigts s'enfonçaient dans l'épaisseur de mes vêtements pour tenter de palper la texture de ma peau en dessous.

Ses doigts effleurèrent mon visage.

Pour une raison ou pour une autre, lorsque les mortels veulent s'assurer que nous sommes réels, ils replient leurs phalanges vers l'intérieur de leur main et promènent leurs articulations sur notre visage. Est-ce là une manière de toucher autrui en se protégeant soi-même de tout contact ? Je suppose que la paume de la main et la pulpe des doigts sont des parties trop intimes.

Je ne bougeai pas. Je la laissai faire, comme si elle était aveugle et qu'il s'agissait de simple politesse. Puis ses doigts remontèrent jusqu'à mes cheveux. Je savais qu'il y avait bien assez de lumière pour qu'ils paraissent flamboyants et beaux, comme je comptais bien qu'ils fussent, moi le dandy vaniteux et impudent, moi l'être égoïste, confus et momentanément désorienté que j'étais.

Elle refit le signe de croix. Pourtant, à aucun moment, elle n'avait eu peur. Elle cherchait simplement confirmation de quelque chose, supposai-je. Encore que ce fût bien là toute la question, en y réfléchissant. Elle se mit à prier silencieusement.

— Moi aussi, je peux le faire, dis-je. (Je m'exécutai.) Au nom du Père, et du Fils, et du Saint-Esprit. Amen.

Je réitérai mon exploit, en latin cette fois.

Elle me regarda, bouche bée, puis elle lâcha un tout petit rire.

Je souris. Ce lit et cette chaise, où nous étions assis si près l'un de l'autre, se trouvaient dans un angle de la pièce. Il y avait une fenêtre au-dessus de son épaule, et une autre derrière moi. Des fenêtres, encore des fenêtres, c'était un palais de fenêtres. Le bois sombre du plafond devait être à environ quatre mètres cinquante au-dessus de nos têtes. J'en adorais les proportions. C'était typiquement européen, on ne pouvait mieux dire, et paraissait d'époque. Il n'avait pas été sacrifié aux normes contemporaines.

— Vous savez, dis-je, la première fois que je suis entré dans

Notre-Dame, après avoir été fait ce que je suis, un vampire, d'ailleurs, à ce propos, ce n'est pas moi qui l'ai choisi, j'étais tout à fait humain et plus jeune que vous ne l'êtes aujourd'hui, toute la chose s'est accomplie contre ma volonté, d'un bout à l'autre, je ne me souviens pas particulièrement d'avoir prié lorsque c'est arrivé, mais j'ai lutté, ça je m'en souviens parfaitement et, du reste, je l'ai consigné par écrit. Mais... comme je le disais, la première fois que je suis entré dans Notre-Dame, je me suis dit, voilà, pourquoi Dieu ne me foudroie-t-il pas?

– Vous devez sûrement avoir votre place dans l'ordre des choses.

– Vous croyez? Vous le pensez vraiment?

– Oui. Je n'ai jamais envisagé de me trouver face à face avec quelqu'un comme vous, mais c'est une éventualité qui ne m'a jamais semblé impossible ni même improbable. Durant toutes ces années, j'ai attendu un signe, une confirmation. J'aurais pu vivre toute ma vie sans cela, mais j'ai toujours eu le sentiment qu'il allait arriver, ce signe.

Elle avait une petite voix, typiquement féminine; disons que son timbre était indubitablement féminin, mais elle s'exprimait à présent avec une assurance incroyable, si bien que ses paroles étaient pleines d'autorité, presque comme celles d'un homme.

– Et vous voilà, vous venez m'annoncer que vous avez tué mon père. Et vous dites qu'il vous a parlé. Non, je ne suis pas du genre à écarter ces choses-là d'un geste de la main. Il y a une séduction dans tout ce que vous racontez, une qualité de style. Vous savez, quand j'étais petite, la toute première raison pour laquelle je croyais à la sainte Bible, c'était que justement elle avait cette qualité-là! J'ai déjà capté d'autres phénomènes. Je vais vous dire un secret. Une fois, j'ai souhaité la mort de ma mère, et savez-vous que ce jour-là, dans l'heure qui a suivi, elle a disparu définitivement de ma vie? Je pourrais vous raconter d'autres choses encore. Ce que vous devez comprendre, c'est que j'ai le désir d'apprendre de vous. Ainsi, vous êtes entré dans la cathédrale Notre-Dame et Dieu ne vous a pas foudroyé.

– Je vais vous faire part d'une chose que je trouve amusante. C'était il y a deux cents ans. A Paris, avant la Révolution. A l'époque, des vampires vivaient dans la capitale, aux Innocents, le grand cimetière; il a disparu depuis longtemps, mais eux étaient là, dans les catacombes, sous les tombes, et ils redoutaient de pénétrer dans Notre-Dame. Lorsqu'ils m'ont vu le faire, eux aussi ont cru que Dieu allait me foudroyer.

Elle me regardait, relativement placide.

– Je me suis chargé d'anéantir leur foi, repris-je. Leur croyance en Dieu et au Diable. Et c'étaient des vampires. Des créatures qui, comme moi, ne pouvaient quitter le monde des vivants, mi-hommes, mi-démons, stupides, maladroits, persuadés que Dieu allait les terrasser.

– Et avant vous, ils avaient réellement eu un dogme?

– Oui, une vraie religion, absolument. Ils se prenaient pour les serviteurs du Diable. Ils pensaient que c'était une distinction. Ils vivaient comme des vampires, mais leur existence était misérable et volontairement pénitentielle. J'étais, pourriez-vous dire, un prince. Je me pavanais dans tout Paris vêtu d'une cape rouge bordée de loup. Mais cette cape, je l'avais déjà quand j'étais mortel. Cela vous impressionne, que les vampires puissent être croyants? J'ai tout bouleversé dans leur vie. Je ne pense pas qu'ils m'aient jamais pardonné, du moins, les rares qui ont survécu. D'ailleurs, nous ne sommes guère nombreux.

– Arrêtez-vous une seconde, dit-elle. Je veux bien vous écouter, mais d'abord, je dois vous poser une question.

– Oui?

– Mon père, comment est-ce arrivé, est-ce que cela a été rapide et...

– Absolument indolore, je vous l'assure, répondis-je en la regardant. Il me l'a dit lui-même. Sans douleur.

Elle ressemblait un peu à une chouette avec son visage si blanc et ses grands yeux sombres et, curieusement, c'est elle qui paraissait redoutable. Car, de par son expression et la force qui émanaient d'elle, elle aurait presque pu faire peur à un humain.

– C'est au cours d'un évanouissement que votre père est mort, dis-je. Dans un état extatique, probablement, et empli d'images diverses, puis il a perdu conscience. Son esprit avait quitté son corps avant que son cœur n'ait cessé de battre. Mais je ne lui ai pas infligé la moindre souffrance physique; une fois que tout le sang est bu, une fois que... Non, il n'a pas souffert.

Je me tournai et la regardai plus directement. Elle avait replié ses jambes sous elle, dévoilant ses genoux pâles sous l'ourlet de sa robe.

– Ensuite, j'ai discuté deux heures avec Roger. Deux heures. Il est revenu pour une seule raison, s'assurer que j'allais veiller sur vous. Et que ses ennemis n'iraient pas s'en prendre à vous, ni l'État, ni tous ces gens avec lesquels il est, ou était, en relation. Et aussi que... que son décès ne... ne vous affligerait pas plus qu'il ne le devrait.

– Pourquoi Dieu ferait-il une chose pareille?

– Que vient faire Dieu dans cette histoire? Écoutez, chère petite, je ne connais pas grand-chose à Dieu. Je vous l'ai expliqué. Je suis entré dans Notre-Dame et il ne s'est rien passé, et rien ne s'est jamais...

Voyons, c'était un mensonge, n'est-ce pas? Et *Lui*? Lui qui était venu ici sous l'apparence de l'Homme Ordinaire, laissant cette porte claquer, lui, ce salopard arrogant, comment osait-il?

– Comment pareille chose peut-elle être le dessein de Dieu? s'interrogea-t-elle.

– Vous êtes tout à fait sérieuse, non ? Écoutez, je pourrais vous raconter des tas d'histoires. Celle des vampires parisiens qui croyaient au Diable n'est qu'un commencement ! Vous voyez, il y a... il y a... (Je m'interrompis.)

– Que se passe-t-il ?

Ce bruit. Ces pas lents, mesurés ! Je n'avais pas sitôt pensé à lui, en l'injuriant dans un accès de colère, que les pas avaient repris.

– Je... J'étais sur le point de dire... (Je luttais pour l'ignorer.)

Je les entendais qui se rapprochaient. Ils étaient vagues, mais c'était, à n'en pas douter, ceux de la créature ailée qui se rappelait à moi. Un pas pesant après l'autre, ils semblaient résonner dans une pièce immense dans laquelle j'avais une vie propre, indépendante de ma présence dans cette chambre.

– Dora, il faut que je m'en aille.

– Mais qu'y a-t-il ?

Les pas se faisaient de plus en plus proches. « Vous osez venir pendant que je suis avec elle ! » m'écriai-je. Je m'étais relevé.

– Mais que se passe-t-il ? cria-t-elle.

Elle était à genoux sur le lit. Je traversai la pièce à reculons. J'atteignis la porte. Alors les pas s'éloignèrent.

– Allez vous faire foutre ! dis-je dans un murmure.

– Expliquez-moi ce qu'il y a, demanda-t-elle. Est-ce que vous reviendrez ? Vous ne me quittez pas pour toujours ?

– Non, absolument pas. Je suis là pour vous aider. Écoutez, Dora, si vous avez besoin de moi, appelez-moi. (Je posai mon doigt sur ma tempe.) Appelez, appelez, appelez. Comme pour une prière, comprenez-vous. Cela ne sera pas de l'idôlatrie, Dora, je ne suis pas un dieu maléfique. Faites-le. Je dois partir.

– Comment vous appelez-vous ?

Les pas revinrent, distants mais parfaitement audibles, sans que je puisse en situer la provenance dans l'immense bâtiment, sachant seulement qu'ils me poursuivaient.

– Lestat. Je lui détachai chaque syllabe – LES-TAT – insistant sur l'accent tonique de la deuxième. Écoutez. Personne n'est au courant au sujet de votre père. Ils ne le sauront pas tout de suite. J'ai fait tout ce qu'il m'avait demandé. C'est moi qui ai ses reliques.

– Les livres de Wynken ?

– Oui, et tout ce qu'il considérait comme sacré... Une fortune pour vous, tout ce qu'il possédait et désirait vous transmettre. Il faut que j'y aille.

Les bruits de pas ne s'étaient-ils pas atténués ? Je n'en étais pas sûr. Mais je ne pouvais pas prendre le risque de rester.

– Je reviendrai dès que possible. Vous croyez en Dieu ? Cramponnez-vous à lui, Dora, parce qu'il se pourrait bien que vous ayez raison à son sujet, parfaitement raison !

Je sortis à la vitesse de l'éclair, montai l'escalier, passai par la fenêtre cassée du grenier et me retrouvai par-dessus les toits, me déplaçant suffisamment vite pour ne plus entendre de pas, tandis que la ville en dessous était devenue un tourbillon de lumières enjôleuses.

7

Je me tenais depuis un moment dans ma propre cour intérieure du Quartier français, derrière l'hôtel particulier de la rue Royale, les yeux levés vers les fenêtres éclairées, celles-là mêmes qui avaient été si longtemps les miennes, espérant et priant pour que David soit là, et redoutant qu'il ne le fût pas.

Je détestais avoir à fuir cette Chose ! Mieux valait rester ici le temps que ma fureur coutumière se calme. Pourquoi m'étais-je sauvé ? Pour ne pas être humilié devant Dora, qui aurait risqué de me voir terrifié par la Chose, et projeté au sol ?

Peut-être que Dora aurait pu la voir !

Mon instinct ne cessait de me dire que j'avais fait ce qu'il fallait, ficher le camp et tenir cette créature à distance de Dora. Elle me poursuivait. Il fallait que je protège Dora. J'avais donc une excellente raison de la combattre, pour la sauvegarde de quelqu'un d'autre, et non la mienne.

C'était seulement maintenant que toute l'ampleur de la bonté de Dora prenait une forme définie dans mon esprit, maintenant que, libéré de l'odeur de son sang entre ses jambes et de son petit visage de chouette qui me scrutait, je percevais la dimension de sa personnalité. Du berceau au tombeau, les mortels passent leur vie de chutes en culbutes. Une fois par siècle, voire tous les deux siècles, on croise le chemin d'un être comme Dora. Une intelligence raffinée et bonne, avec cette autre qualité que Roger s'était évertué à décrire, le magnétisme qui, jusqu'à présent, s'était trouvé bridé par l'enchevêtrement de la foi et des Écritures.

La nuit était chaude et réceptive.

Les bananiers de ma cour intérieure n'avaient pas gelé cet hiver, et ils poussaient, plus touffus et assoupis que jamais, contre les murs de brique. Les balsamines et les lantaniers flamboyaient dans leurs foisonnants parterres, et la fontaine, celle avec son chérubin, égrenait sa musique cristalline tandis que l'eau jaillissait du cor de l'angelot dans le bassin.

La Nouvelle-Orléans, les senteurs de son Quartier français.

Je montai en courant les marches de l'escalier de service menant à la porte de derrière de mon appartement.

J'entrai et m'avançai lourdement dans le vestibule, dans un état de confusion plus qu'évidente. Je vis une ombre traverser le living-room.

– David !

– Il n'est pas là.

Je m'arrêtai net sur le seuil.

C'était l'Homme Ordinaire.

Il se tenait entre les deux fenêtres de la façade, devant le bureau de Louis, les bras vaguement croisés, et affichait sur son visage la persévérance de son intelligence et un aplomb à toute épreuve.

– Ne vous sauvez pas une fois de plus, dit-il, sans ressentiment aucun. J'irais à votre poursuite. Je vous ai demandé de bien vouloir laisser cette fille en dehors de tout cela. N'est-ce pas ? C'était une simple tentative pour vous amener à couper court.

– Je n'ai jamais cherché à vous fuir ! dis-je, pas franchement sûr de moi, mais déterminé à ce qu'il en soit ainsi à partir de maintenant. Enfin, pas vraiment ! Je ne voulais pas que vous approchiez Dora. Que voulez-vous ?

– D'après vous ?

– Je vous l'ai dit, rétorquai-je, rassemblant toutes mes forces, si c'est pour me prendre que vous êtes ici, je suis prêt à aller en Enfer.

– Vous êtes trempé de sueur et de sang, regardez-vous, vous mourez de peur. Vous savez, il m'est très facile d'attraper quelqu'un comme vous. (Sa voix était posée, parfaitement audible.) Un mortel, à présent ? demanda-t-il. J'aurais pu me contenter d'apparaître une seule fois et dire ce que j'avais à dire. Mais vous, c'est différent, vous avez déjà dépassé trop de stades, trop de choses sont en jeu pour marchander ; c'est la raison pour laquelle vous m'êtes extrêmement précieux.

– Marchander ? Vous voulez dire que je peux me sortir de là ? Nous n'allons pas en Enfer ? Je peux avoir droit à une espèce de jugement ? Trouver un Daniel Webster contemporain qui plaiderait ma cause ? (Ces propos étaient teintés de dérision et d'impatience, et cependant, c'était la question logique à laquelle je souhaitais une réponse logique et immédiate.)

– Lestat, répliqua-t-il avec la patience qui le caractérisait, décroisant ses bras et s'avançant vers moi d'un pas tranquille. Il faut se reporter à David et à sa vision dans le café. Cette petite histoire qu'il vous a racontée. Je *suis* le Diable. Et j'ai besoin de vous. Je ne suis pas ici pour vous emmener de force en Enfer, et, de toute façon, vous n'avez pas la moindre idée de ce qu'est l'Enfer. L'Enfer n'est pas ce que vous imaginez. Je suis là pour vous demander votre aide! Je suis fatigué et j'ai besoin de vous. Et je vais gagner la bataille, puisqu'il est crucial que je ne la perde pas.

J'étais abasourdi.

Il m'observa un long moment puis, délibérément, commença à se transformer; sa silhouette parut s'enfler, s'assombrir, ses ailes se déployèrent une nouvelle fois, pareilles à une spirale de fumée montant vers le plafond, le tumulte des voix s'amplifia rapidement pour devenir assourdissant, et la lumière s'éleva soudain derrière lui. Les pattes de bouc poilues s'approchèrent de moi. Mes pieds n'avaient nulle part où se poser, et mes mains ne touchaient plus rien d'autre que lui tandis que je hurlais. Je vis luire les plumes noires et l'arc de ses ailes se dresser toujours plus haut. Et le vacarme des conversations se mêla alors à une musique qui me parut sublime!

– Non, pas cette fois, non! vociférai-je à son attention. Je cherchai alors à l'empoigner, et mes doigts lui enserrèrent son poignet d'un noir de jais. Je rivai mon regard à son visage énorme, celui de la statue de granit, à présent totalement animé et magnifiquement expressif, tandis que l'épouvantable clameur des psalmodies, des chants et des hurlements ne cessait de croître, couvrant mes paroles. Sa bouche s'ouvrit, ses sourcils broussailleux se froncèrent, menaçants, et ses grands yeux en amande à l'expression innocente se firent immenses et emplis de lumière.

Je gardai ma main gauche fermement agrippée à son bras puissant, certain qu'il essayait de se dégager sans pouvoir y parvenir. Ha ha! Il n'y arrivait pas! Je lui envoyai alors mon poing droit dans la figure. J'en sentis la dureté, une dureté surnaturelle, comme si j'avais frappé l'un de mes semblables. Mais il n'avait pas la forme solide des vampires.

En dépit de sa densité et de son attitude de défense, la silhouette parut vaciller; elle se replia sur elle-même puis se redressa, avant de recommencer à grandir; de toutes les forces qu'il me restait, je lui assenai un ultime coup dans la poitrine, doigts étendus sur son armure noire, cuirasse étincelante et ornementée, dont je distinguai alors les ciselures et les inscriptions gravées dans le métal tellement j'en étais près; comme pour m'épouvanter, il se mit aussitôt à battre des ailes. Puis il fut loin de moi, gigantesque, certes, mais j'avais quand même réussi à le repousser, ce salopard. Quelle belle attaque. Je lançai malgré moi un cri de guerre et me ruai sur lui, sans toutefois pouvoir dire de quelle base et par quelle force j'avais pu me propulser.

Vint ensuite un tourbillon de plumes noires, lisses et brillantes, puis je me vis en train de tomber; mais je n'allais pas me mettre à hurler, non, je ne hurlerai pas. Je tombais.

Je plongeais. Je m'enfonçais dans les abysses que seul le cauchemar peut sonder. Un néant si parfait qu'il en était inconcevable. Et je dégringolais à toute vitesse.

Seule subsistait la lumière. Elle éclipsait tout ce qui était visible et fut soudain si belle que j'en perdis la sensation de mes propres membres, de mes facultés, de mes organes ou de tout ce dont j'étais constitué. Je n'avais plus ni poids ni substance. Seule l'impulsion de ma chute continuait à me terrifier, comme si la pesanteur demeurait pour garantir mon effondrement total. Le tumulte des voix se fit à nouveau entendre.

— Mais elles chantent ! m'écriai-je.

Puis je restai étendu.

Lentement, je sentis le plancher sous moi. Le tapis légèrement rugueux. Une odeur de poussière et de cire, celle de ma maison. Je compris que nous étions toujours dans la même pièce.

Il s'était installé au bureau de Louis et moi j'étais allongé sur le dos, à contempler le plafond, le thorax me faisant cruellement souffrir.

Je me redressai, m'assis en tailleur et le regardai avec défiance. Il paraissait déconcerté.

— C'est parfaitement logique, dit-il.

— Quoi donc ?

— Vous êtes aussi puissant que l'un de nous.

— Non, je ne crois pas, rétorquai-je, furieux. Il ne me pousse pas des ailes ; je ne peux pas émettre de la musique.

— Mais si, vous le pouvez, vous avez déjà fait naître des images pour des mortels. Vous le savez bien. Vous les avez envoûtés. Vous êtes aussi puissant que nous. Vous avez atteint un stade très intéressant de votre développement. Depuis le début, je sais que j'ai raison à votre sujet. J'ai un grand respect pour vous.

— Respect pour quoi ? Mon indépendance ? Écoutez, Satan, ou qui que vous soyez, je vais vous dire une chose.

— Ne prononcez pas ce nom-là, je le déteste.

— Je ne vais sûrement pas me gêner pour l'employer quand je m'adresse à vous.

— Je m'appelle Memnoch, répondit-il calmement, avec un petit geste en guise de prière. Memmoch le Démon. Je tiens à ce que vous vous en souveniez.

— Memnoch le Démon.

— Mais oui. (Il acquiesça.) C'est comme ça que je signe mon nom, quand il m'arrive d'avoir à le faire.

— Eh bien ! laissez-moi vous dire, Votre Altesse Royale des Ténèbres. Il n'est pas question que je vous aide en quoi que ce soit ! Je ne suis pas votre larbin !

— Je crois pouvoir vous faire changer d'avis, reprit-il posément. Vous finirez certainement par comprendre parfaitement les choses de mon point de vue.

Je ressentis une soudaine défaillance, un épuisement total, et du désespoir.

Typique.

Je roulai sur moi-même, face contre terre, et, la tête sur mon bras, je me mis à pleurer comme un enfant. Je mourais de fatigue. J'étais exténué et malheureux, et j'aimais à pleurer. Je ne pouvais rien faire d'autre. Je laissai libre cours à mes larmes. Accablé de chagrin, j'en éprouvais un profond soulagement. Je me moquais éperdument que l'on me voie et que l'on m'entende. Je pleurais tout mon soûl.

Savez-vous ce que je pense à ce propos ? Je crois que certaines personnes doivent apprendre à le faire. Mais une fois que vous avez appris, une fois que vous savez comment pleurer pour de bon, il n'existe rien de mieux. Je suis désolé pour ceux qui ne connaissent pas le truc. C'est comme siffler ou chanter.

Toutefois, j'étais bien trop triste pour que ce déluge de frissons et de larmes au goût de sel et de sang suffise à me réconforter quelque peu, même si j'en ressentais un bien-être momentané.

Je me replongeai des années et des années en arrière, lorsque je m'étais avancé dans Notre-Dame et que ces diaboliques petits vampires, ces serviteurs de Satan, m'avaient tendu un guet-apens ; je repensai à mon être mortel, à Dora, à l'Armand de cette époque, ce garçon immortel qui, sous le cimetière, régnait sur les Élus de Satan, lui qui, devenu un saint ténébreux, envoyait ses buveurs de sang déguenillés tourmenter et assassiner les humains, semant la terreur et la mort comme on propage la peste. Je suffoquais à force de sangloter.

– Ce n'est pas vrai ! dis-je, du moins à ce qu'il me sembla. Il n'y a ni Dieu ni Diable. Ce n'est pas vrai.

Il ne répondit pas. Je me remis sur le dos puis je m'assis. J'essuyai mon visage sur ma manche. Pas de mouchoir. Évidemment, je l'avais donné à Dora. Des effluves de son odeur émanaient de mes vêtements et de ma poitrine contre laquelle elle s'était allongée, douceur de son sang. Dora. Je n'aurais jamais dû la laisser dans un tel désespoir. Seigneur, j'étais tenu de veiller sur la santé d'esprit de Dora ! Merde.

Je le regardai.

Il était toujours dans le fauteuil de Louis, bras posé sur le dossier, et il m'observait.

Je soupirai.

– Vous n'allez pas me laisser seul, n'est-ce pas ?

Il parut surpris. Puis se mit à rire. Son visage arborait une expression de merveilleuse bienveillance, et non plus de neutralité.

– Non, bien sûr, dit-il à voix basse, comme s'il prenait garde à ne plus me déstabiliser. Lestat, cela fait des siècles que j'attendais quelqu'un comme vous. Et des siècles que je *vous* observe. Non, je crains fort de ne pas vous laisser seul. Mais je ne veux pas que vous soyez malheureux. Que puis-je faire pour vous apaiser ? Un petit miracle, un cadeau, tout ce qui vous tente, pour que nous puissions poursuivre ?

– Et comment diable allons-nous poursuivre ?

– Je vais tout vous dire, répondit-il avec un léger haussement d'épaules, ses mains ouvertes, et vous comprendrez alors pourquoi il faut que je gagne.

– Ce qui implique... que je peux refuser de coopérer, n'est-ce pas ?

– Absolument. Personne ne pourra réellement m'aider s'il n'a pas choisi de le faire. Et je suis las. Je suis las de ce travail. J'ai besoin d'aide. Sur ce point, David avait bien entendu lorsqu'il a fait l'expérience de cette épiphanie fortuite.

– L'épiphanie de David était fortuite ? Et cet autre mot ? Quel était-il... J'ai oublié. David n'était pas censé vous voir ni vous entendre parler, Dieu et vous ?

– C'est quasiment impossible à expliquer.

– Ai-je bouleversé l'un de vos plans en prenant David, en faisant de lui l'un des nôtres ?

– Oui et non. Mais le fait est, David a bien entendu cette partie-ci de notre conversation. Ma tâche est lourde et je suis fatigué ! Quant aux autres idées de David à propos de cette vision, eh bien !... (Il hocha la tête.) Effectivement, c'est vous que je veux à présent, et il est absolument capital que vous voyiez tout avant de prendre votre décision.

– Je suis donc mauvais à ce point, c'est ça ? murmurai-je, les lèvres tremblantes. (J'allais me remettre à brailler.) Avec tous les actes que les humains ont accomplis sur cette terre, les horreurs indicibles que les hommes ont commises sur d'autres hommes, les souffrances inimaginables des femmes et des enfants de par le monde aux mains de l'humanité, et moi, je suis si mauvais que ça ! Vous me voulez ! David était trop bon, je suppose. Il n'est pas devenu aussi parfaitement malfaisant que vous l'aviez prévu. Je me trompe ?

– Non, bien sûr que vous n'êtes pas si mauvais que ça, répondit-il sur un ton apaisant. Justement. (Il poussa un petit soupir.)

Je commençai à distinguer plus précisément certains détails de son apparence, non parce qu'ils se faisaient plus nets, comme cela avait été le cas pour l'apparition de Roger, mais parce que je retrouvais progressivement mon calme. Ses cheveux étaient d'un blond foncé, doux et bouclés. Et ses sourcils étaient de la même couleur, pas vraiment noirs, mais très soigneusement dessinés afin de garder une expression qui ne comportât ni vanité ni arrogance. Naturellement, il n'avait pas non plus l'air stupide. Les vêtements étaient banals. D'ailleurs, je ne crois pas qu'il s'agissait de vrais vêtements. Certes, ils étaient matériels, mais le pardessus était trop sobre et dépourvu de boutons, et la chemise trop simple.

141

– Vous savez, reprit-il, vous avez toujours eu une conscience ! Ne comprenez-vous pas que c'est précisément cela que je recherche ? La conscience, la raison, le dessein, l'attachement. Seigneur ! je n'aurais pas pu vous laisser échapper. Et je vais vous dire une chose. C'est comme si vous m'aviez fait venir.

– Jamais.

– Allez, pensez donc à tous les défis que vous avez lancés au Diable.

– C'était de la poésie, ou des vers de mirliton, tout dépend de quel côté l'on se place.

– Pas tant que ça. Et réfléchissez aussi à tout ce que vous avez fait, par exemple en réveillant cette ancienne, Akasha, et en la larguant sur l'humanité, pour ainsi dire. (Il eut un petit rire.) Comme si nous n'avions pas déjà suffisamment de monstres générés par l'évolution. Et puis votre aventure avec le Voleur de corps. Retrouver une forme charnelle, avoir cette occasion, et la rejeter pour redevenir ce que vous étiez auparavant. Vous savez que votre amie Gretchen est une sainte dans la jungle ?

– Oui, je l'ai lu dans les journaux. Je le sais.

Gretchen, ma religieuse, mon amour durant ma brève existence de mortel, n'avait plus jamais prononcé une parole depuis la nuit où, après m'avoir vu, elle était partie se réfugier dans sa chapelle de missionnaire et était tombée à genoux devant le crucifix. Elle restait à prier nuit et jour dans ce village de la jungle, ne s'alimentant presque pas, et, le vendredi, les gens parcouraient des kilomètres de forêts, venant même parfois de Caracas et de Buenos Aires, juste pour la voir saigner des mains et des pieds. Voilà comment Gretchen avait fini.

Et, pour la toute première fois, subitement, une idée me venait à l'esprit : peut-être Gretchen était-elle réellement auprès du Christ !

– Non, je ne le pense pas, dis-je froidement. Gretchen a perdu la raison ; elle est figée dans un état d'hystérie, et c'est par ma faute. Ainsi le monde a-t-il une nouvelle mystique, qui saigne comme Jésus. Mais il y en a eu des milliers d'autres.

– Je n'ai porté aucun jugement sur cet incident, remarqua-t-il. Mais revenons à ce que je disais. Donc, vous avez tout fait, tout, sauf me demander de venir ! Vous avez défié toute forme d'autorité et recherché toutes les expériences possibles. Par deux fois, vous vous êtes enterré vivant, et vous avez également tenté de vous élever jusqu'au soleil afin qu'il vous réduise en cendres. Que vous restait-il à faire, sinon invoquer ma présence ? C'est comme si vous-même aviez dit : " Memnoch, que puis-je faire de plus à présent ? "

– Avez-vous parlé de cela à Dieu ? demandai-je avec indifférence, refusant de me laisser prendre et de montrer à quel point j'étais curieux et excité.

– Oui, bien sûr.

142

J'en restai muet de stupéfaction.

Je n'arrivais pas à réfléchir intelligemment. De vagues arguments théologiques et déconcertants me passaient par la tête, tout comme certaines petites questions troublantes, du style, « Pourquoi Dieu ne le savait-il pas déjà », etc. Mais, manifestement, là n'était pas le problème.

Il fallait que je me concentre, que je sois à l'écoute de mes sensations.

— Vous et Descartes, dit-il. Vous et Kant.

— Évitez de m'amalgamer aux autres. Je suis Lestat le Vampire, le seul et l'unique.

— A qui le dites-vous !

— Combien sommes-nous encore, nous les vampires, dans le monde entier ? Je ne parle pas des autres immortels, monstres, esprits malins ou de ce que vous êtes, vous, par exemple, mais de vampires. Il n'en existe pas une centaine, et aucun d'eux n'est tout à fait comme moi, Lestat.

— Je suis parfaitement d'accord. C'est vous que je veux. Je vous veux comme assistant.

— Cela ne vous vexe pas si je ne vous respecte pas, si je ne crois pas en vous et ne vous redoute toujours pas, même après tout ceci ? Si nous sommes dans mon appartement et que je me moque de vous ? Je ne pense pas que Satan l'accepterait. En tout cas, moi je ne le supporte pas ; vous savez, je me suis comparé à vous. Lucifer, Fils du Matin. J'ai raconté à mes détracteurs et à mes inquisiteurs que j'étais le Diable, ou que si un jour, je tombais par hasard sur Satan en personne, je le mettrais en déroute.

— Memnoch, rectifia-t-il. N'utilisez pas le nom de Satan. S'il vous plaît. Ni d'ailleurs aucun de ceux-là : Lucifer, Belzébuth, Azazel, Sammael, Marduk, Méphistophélès. Mon nom est Memnoch. Vous découvrirez bientôt par vous-même que les autres représentent divers compromis alphabétiques ou bibliques. C'est Memnoch, une fois pour toutes. Plaisant et bien choisi. Memnoch le Démon. Et n'allez pas le chercher dans les livres, vous ne l'y trouveriez pas.

Je ne répondis pas. J'essayais de me représenter la situation. Il pouvait changer de forme, mais il y avait assurément une essence invisible. M'étais-je heurté à la puissance de cette même essence lorsque je l'avais frappé au visage ? Je n'avais senti aucun contour, seulement une force qui me résistait. Et si je l'empoignais, là, sur-le-champ, cette créature à l'apparence humaine, dotée de cette essence invisible, allait-elle me résister avec une force égale à celle de l'ange noir ?

— Oui, dit-il. Imaginez-vous en train d'essayer de convaincre un mortel que tout ceci est vrai. En réalité, ce n'est pas la raison pour laquelle je vous ai choisi. Ce n'est pas tant pour votre facilité à appréhender ces choses-là que mon choix s'est porté sur vous, mais parce que vous seriez parfait pour ce travail.

– Qui consiste à aider le Diable.

– Effectivement, à être mon bras droit, pour ainsi dire, à me remplacer lorsque je suis fatigué. A être mon prince.

– Comment pouvez-vous vous méprendre à ce point ? Les affres de ma propre culpabilité vous amusent ? Vous croyez que j'aime le mal ? Que j'ai des mauvaises pensées lorsque je contemple quelque chose d'aussi beau que le visage de Dora ?

– Non, je ne crois pas que vous aimiez le mal. Pas plus que moi.

– Vous n'aimez pas le mal, répétai-je, pupilles étrécies.

– Je l'exècre. Et si vous ne m'aidez pas, si vous laissez Dieu continuer à faire à Sa manière, je vous dis moi que le mal – qui en réalité n'est rien – pourrait bien anéantir le monde.

– C'est la volonté de Dieu, demandai-je avec lenteur, que le monde soit anéanti ?

– Qui sait, répondit-il froidement. Mais, selon moi, Dieu ne lèverait pas le petit doigt pour arrêter le processus. Je ne le souhaite pas moi-même, d'ailleurs. Mais la voie que j'emprunte est la bonne, tandis que celle de Dieu est tachée de sang, vaine et excessivement dangereuse. Vous le savez, du reste. Il faut que vous m'aidiez. Je vais gagner, je vous l'ai dit. Mais, pour nous tous, ce siècle s'est avéré presque intolérable.

– Ainsi vous me dites que vous n'êtes pas malfaisant...

– Exactement. Vous vous souvenez de la question que vous a posée David ? Il vous a demandé si vous aviez perçu le mal en ma présence, et vous avez bien été obligé de répondre que non.

– Le Diable est un fieffé menteur.

– Et mes ennemis de fameux détracteurs. Ni Dieu ni moi ne racontons de mensonges. Néanmoins, je n'ai jamais pensé que, d'emblée, vous m'accorderiez votre confiance. Je ne suis pas venu pour tenter de vous persuader par des mots. Je vais vous emmener en Enfer et au Paradis, et, si vous le voulez, vous pourrez parler à Dieu aussi longtemps qu'il le permettra, et que vous le désirerez. Pas Dieu le Père, précisément, pas *En Sof*, mais... bon, tout ceci vous paraîtra bientôt plus clair. Seulement, si je ne peux pas compter sur votre détermination à voir la vérité, votre aspiration à faire de votre existence vide de sens et d'ambition une bataille cruciale pour le sort de l'humanité, il ne sert à rien de le faire.

Je gardai le silence. Je ne savais que dire. Nous étions à mille lieues du point de départ de notre entretien.

– Voir le Paradis ? dis-je dans un murmure, m'imprégnant lentement de cette idée. Voir l'Enfer ?

– Oui, bien sûr, répondit-il de ce ton patient.

– Je veux une nuit complète pour y réfléchir.

– Quoi !

– J'ai dit que je voulais une nuit pour y réfléchir.

– Vous ne me croyez pas. Vous voulez un signe.

144

– Non, je commence à vous croire. C'est pourquoi j'ai besoin de méditer. Je dois considérer le problème.

– Je suis là pour répondre à toutes vos questions, pour vous montrer dès maintenant tout ce que vous désirez.

– Alors laissez-moi tranquille pendant deux nuits. Ce soir et demain soir. C'est une requête simple, n'est-ce pas? Laissez-moi tranquille.

Il était manifestement déçu, peut-être même légèrement soupçonneux. Mais j'étais parfaitement sincère. Je n'aurais rien pu dire d'autre que ce que je lui avais dit. Je m'en étais rendu compte au moment même où je formulais ma phrase, tellement la pensée et la parole s'imbriquaient étroitement dans mon cerveau.

– Est-il possible de vous abuser? demandai-je.

– Bien sûr. Je m'en remets à mes dons tels qu'ils sont, tout comme vous vous en remettez aux vôtres. J'ai mes limites. Vous avez les vôtres. On peut vous abuser. Il en est de même pour moi.

– Et Dieu?

– *Ach!* fit-il avec dégoût. Si seulement vous saviez à quel point votre question est hors de propos. Vous n'imaginez pas combien j'ai besoin de vous. Je suis las, dit-il avec une pointe d'émotion. Il... Il est impossible d'abuser Dieu, ça je peux l'affirmer charitablement. Je vous donne cette nuit et celle de demain. Je ne vous dérangerai pas, je ne vous filerai pas, comme vous dites. Mais puis-je vous demander ce que vous avez l'intention de faire?

– Pourquoi? Soit je dispose de deux nuits, soit je n'en dispose pas!

– Vous avez la réputation d'être imprévisible, dit-il.

Il afficha un large sourire. C'était très agréable. Un autre détail de sa personne, très évident, me frappa soudain. Non seulement il était parfaitement proportionné, mais je ne voyais en lui nul défaut; c'était le parangon de l'Homme Ordinaire.

Il ne sembla pas réagir à ce jugement, qu'il ait pu ou non le lire en moi. Il se contentait de m'attendre, plein de courtoisie.

– Dora, dis-je. Je dois retourner voir Dora.

– Pourquoi?

– Je refuse d'en dire davantage.

Une fois encore, il fut surpris de ma réponse.

– Eh bien! n'allez-vous pas vous efforcer de l'aider à surmonter son désarroi concernant son père? Pourquoi ne pas expliquer une chose aussi simple? Je voulais juste vous demander dans quelle mesure vous envisagiez réellement de vous compromettre et de vous dévoiler à cette femme. Je pense au tissu des choses, pour reprendre les propos de David. En clair, que se passera-t-il avec elle, une fois que vous serez venu avec moi?

Je ne répondis pas.

Il soupira.

– Très bien. Cela fait des siècles que je vous attends. Que représentent deux nuits supplémentaires, si tel doit être le cas ? Il ne s'agit que de celle de demain, c'est bien vrai ? Au crépuscule du jour suivant, je viens vous chercher.

– Entendu.

– Je vais vous faire un petit cadeau qui va vous aider à me croire. Il ne m'est pas si facile de déterminer votre niveau d'entendement. Vous êtes bourré de paradoxes et de contradictions. Permettez-moi de vous offrir quelque chose d'insolite.

– D'accord.

– Alors voilà. Appelez cela un signe. Vous allez parler à Dora de l'œil d'Oncle Mickey. Demandez-lui de vous raconter la véritable histoire, que Roger n'a jamais connue.

– On dirait un jeu de société pour spirites.

– Vous trouvez ? Demandez-lui.

– Très bien. La vérité à propos de l'œil d'Oncle Mickey. Maintenant, permettez-moi de vous poser une dernière question. Vous êtes le Diable. Soit. Mais vous n'êtes pas malfaisant ? Pourquoi ?

– Question absolument hors de propos. Et laissez-moi y ajouter un peu de mystère. Il est totalement superflu que je sois mauvais. Vous verrez. Tout ceci est extrêmement frustrant pour moi, car vous avez tant à découvrir.

– Mais vous vous opposez à Dieu ?

– Oui, c'est mon grand adversaire ! Lestat, quand vous verrez ce que j'ai à vous montrer, et entendrez ce que j'ai à dire, quand vous aurez parlé avec Dieu et mieux compris les choses de Son point de vue, et du mien, nous serons alors unis contre Lui. J'en suis certain.

Il se leva de son fauteuil.

– A présent, je m'en vais. Dois-je vous aider à vous remettre debout ?

– Hors de propos et superflu, rétorquai-je d'un ton maussade. Vous allez me manquer. (Je fus alors étonné d'avoir prononcé ces mots.)

– Je sais, murmura-t-il.

– Je dispose de toute la nuit de demain, fis-je. Ne l'oubliez pas.

– Réalisez-vous que si vous venez avec moi maintenant, il n'y a plus ni jour ni nuit ?

– Oh ! c'est fort tentant, répondis-je. Mais c'est bien en cela que les démons excellent. Tenter. J'ai besoin d'y réfléchir, et de consulter les autres pour qu'ils me conseillent.

– Consulter les autres ? (Il parut sincèrement surpris.)

– Je ne pars pas avec le Diable sans en avertir personne, répliquai-je. Vous êtes le Diable ! Merde, pourquoi ferais-je confiance au Diable ! C'est absurde ! Vous jouez selon les règles, celles que quelqu'un a établies. Comme tout le monde. Et moi, je ne connais pas ces règles. Bien. Vous m'avez donné le choix, et mon choix est le suivant. Deux nuits entières, et pas avant. Dans l'intervalle, vous me laissez tranquille. Donnez-moi votre parole.

– Pourquoi ? demanda-t-il poliment, comme s'il avait affaire à un enfant boudeur. Pour que vous n'ayez pas à redouter le bruit de mes pas ?

– Peut-être bien.

– A quoi servirait-il que j'en fasse le serment si vous n'accordez pas foi à tout ce que je vous ai dit d'autre ? (Il hocha la tête comme si je n'étais qu'un humain insensé.)

– Pouvez-vous le jurer ou pas ?

– Vous avez ma parole, répondit-il, la main sur le cœur, ou tout du moins à l'endroit où était censé se trouver son cœur. En toute sincérité, naturellement.

– Merci, je me sens beaucoup mieux.

– David ne vous croira pas, dit-il doucement.

– Je sais.

– A la troisième nuit, dit-il avec un énergique signe de tête, je reviendrai vous chercher ici. Quel que soit l'endroit où vous vous trouverez à ce moment-là.

Et, dans un dernier sourire, aussi radieux que le précédent, il disparut.

Ce n'est pas ce que j'étais enclin à faire, décamper à une vitesse telle qu'aucun humain n'aurait pu suivre.

Il s'était bel et bien volatilisé.

8

Je me relevai en chancelant, époussetai mes vêtements, et notai, sans surprise aucune, que la pièce était aussi nette que lorsque nous y étions entrés. Manifestement, la bataille avait eu lieu dans un autre royaume. Mais lequel?

Oh! si seulement je pouvais trouver David. Il me restait moins de trois heures avant l'aube hivernale, et je partis immédiatement à sa recherche.

Or, dans l'impossibilité de lire ses pensées ou de l'appeler à moi, je ne disposais plus que d'un seul outil télépathique, sonder l'esprit des mortels au hasard, en quête d'une image de David lors de son passage dans un endroit reconnaissable.

Je n'avais pas parcouru trois blocs que je m'aperçus que non seulement je captais une image forte de David, mais qu'elle me parvenait par l'intermédiaire d'un autre vampire.

Je fermai les yeux, et cherchai, de toute mon âme, à établir un contact éloquent. Au bout de quelques secondes, tous deux se manifestèrent, David à travers celui qui se tenait à ses côtés, et je reconnus alors le lieu boisé où ils étaient.

De mon temps, Bayou Road traversait cette zone pour mener jusque dans la campagne; c'était d'ailleurs tout près d'ici que Claudia et Louis, après avoir tenté de m'assassiner, avaient abandonné mes restes dans les eaux du marécage.

C'était aujourd'hui devenu un immense parc vallonné, vraisemblablement peuplé dans la journée de mères et d'enfants, avec un musée où l'on pouvait, à l'occasion, admirer de très beaux tableaux, et qui, au cœur de la nuit, était un bois très touffu.

Certains des plus vieux chênes de La Nouvelle-Orléans en bordaient la lisière, et un ravissant lagon sinueux, d'une longueur apparemment infinie, serpentait sous un pittoresque pont situé en son centre.

C'est là que je les trouvai, deux vampires conversant dans la profondeur des ténèbres, à quelque distance du sentier battu. David, comme je m'y attendais, arborait son élégance coutumière.

Mais la vue de son compagnon me surprit.

C'était Armand.

Il était assis sur un banc en pierre, dans la posture d'un gamin désinvolte, un genou replié, et il leva vers moi son habituel regard innocent; naturellement, il était couvert de poussière et ses cheveux n'étaient qu'une longue toison emmêlée de boucles auburn.

Vêtu d'un ensemble en jean, pantalon moulant et blouson, il devait sûrement passer pour un humain, un vagabond peut-être, bien que son visage fût à présent d'une blancheur de parchemin, et plus lisse encore qu'il ne l'était lors de notre dernière rencontre.

D'une certaine manière, il me faisait penser à une poupée aux yeux en verre couleur rouille – une poupée que l'on aurait découverte dans un grenier. J'eus envie de le polir de mes baisers, de le débarbouiller, et de le rendre encore plus rayonnant qu'il ne l'était déjà.

– C'est ce que tu as toujours désiré, dit-il doucement. (Sa voix me choqua. Je n'y décelai plus la moindre pointe d'accent français ou italien. Son intonation, teintée de mélancolie, était totalement dénuée de mesquinerie.) Lorsque tu m'as trouvé sous les Innocents, tu voulais me baigner, me parfumer et m'habiller de velours avec de grandes manches brodées.

– C'est vrai, et aussi te coiffer, peigner tes magnifiques cheveux roux, fis-je sur un ton fâché. Je te trouvais beau, maudit petit démon, au point de t'embrasser et de t'aimer.

Nous restâmes un moment à nous toiser. Puis, étonnamment, il se leva et vint vers moi juste quand je faisais mine de le prendre dans mes bras. Son mouvement, loin d'être hésitant, était empreint de délicatesse. J'aurais pu reculer. Je n'en fis rien. Nous demeurâmes quelques instants enlacés. La glace étreignant la glace. Le dur étreignant le dur.

– Mon petit chérubin, dis-je.

J'eus alors un geste audacieux, voire quelque peu provocant. Je lui ébouriffai ses boucles.

Quoique physiquement plus petit que moi, il ne sembla pas s'en formaliser.

Il préféra sourire, hocha la tête, et se passa machinalement la main dans les cheveux pour les remettre en ordre. Ses joues s'étaient subitement colorées et sa bouche s'était adoucie; il leva bientôt son poing droit et, histoire de me taquiner, m'envoya un coup violent dans la poitrine.

Il avait tapé vraiment fort. Pour frimer. A présent, c'était mon tour de sourire.

– Je n'ai pas le souvenir de quoi que ce soit de moche entre nous, dis-je.

– Cela te reviendra, rétorqua-t-il. Et à moi aussi. Mais quelle importance que l'on s'en souvienne ?

– En effet, puisque nous sommes encore là l'un et l'autre.

Il éclata de rire, mais tout bas, puis il secoua la tête et jeta un regard à David impliquant que tous deux se connaissaient fort bien, trop bien peut-être. Il me déplaisait qu'ils se fréquentent. David était mon David, et Armand mon Armand.

Je m'assis sur le banc.

– Ainsi, David t'a raconté toute l'histoire, repris-je, levant les yeux vers Armand, puis vers David.

David hocha négativement la tête.

– Pas sans votre permission, petit marquis, répliqua David, légèrement dédaigneux. Je n'aurais jamais pris cette liberté. La seule raison de la présence d'Armand ici, c'est qu'il s'inquiète pour vous.

– Tiens donc ? (Je haussai les sourcils.) Eh bien ?

– Tu sais pertinemment que c'est la vérité, répondit Armand.

Il paraissait très détaché ; à force de parcourir le monde, il avait dû apprendre à adopter ce genre d'attitude, supposai-je. Il n'avait plus autant l'air d'un ornement d'église. Il avait les mains dans ses poches. Un vrai petit dur.

– Tu cherches de nouveau les ennuis, poursuivit-il avec cette même lenteur, sans colère ni rancune. Le monde entier ne te suffit pas, et ne te suffira jamais. Cette fois, je me suis dit que j'allais essayer de te parler avant que la roue tourne.

– N'es-tu pas le plus prévenant des anges gardiens ? demandai-je, sarcastique.

– Mais si, bien sûr, rétorqua-t-il sans même ciller. Alors, qu'est-ce que tu décides, tu me mets au courant ?

– Viens, je préfère m'enfoncer plus avant dans le parc.

Tous deux me suivirent, et nous nous avançâmes à l'allure des mortels dans un bosquet planté des plus vieux chênes, parmi les hautes herbes sauvages, là où même les plus désespérés des sans-abri n'iraient pas chercher le repos.

Nous débroussaillâmes notre propre sentier, parmi les racines noires et volcaniques et la terre gelée de l'hiver. Le vent du lac tout proche était clair et vif, et les effluves de La Nouvelle-Orléans parurent alors très lointains ; nous étions tous trois réunis, et Armand réitéra sa question :

– Veux-tu bien me dire ce que tu fais ? (Il se pencha tout près de moi et me déposa soudain un baiser, d'une manière extrêmement puérile, et quelque peu européenne, aussi.) Tu as un gros problème. Allez. Tout le monde le sait.

Les boutons en acier de son blouson en jean étaient glacés, comme si, en l'espace de quelques instants, il était arrivé d'une contrée où l'hiver était bien plus rude encore.

Nous ne sommes jamais entièrement sûrs de nos pouvoirs respectifs. C'est un jeu entre nous. Je ne lui aurais pas plus demandé comment il était venu là, ni par quel moyen, que je n'aurais pu interroger un mortel sur la façon dont il faisait l'amour à sa femme.

Je le considérai longuement, conscient que David s'était installé dans l'herbe, appuyé sur un coude, et qu'il nous observait l'un et l'autre.

– Le Diable est venu me chercher et m'a prié de le suivre pour me montrer le Ciel et l'Enfer, me décidai-je finalement à expliquer.

Armand ne répondit pas. Il se contenta de froncer légèrement les sourcils.

– C'est ce même Diable, continuai-je, auquel je t'ai dit ne pas croire, alors que toi tu y croyais, voici plusieurs siècles. Tu avais raison, au moins sur ce point. Il existe. Je l'ai rencontré. (Je regardai David). Il me veut comme assistant. Il m'a octroyé cette nuit et celle de demain pour prendre conseil auprès des autres. Il m'emmènera au Paradis, et ensuite en Enfer. Il prétend qu'il n'est pas malfaisant.

David plongeait son regard dans les ténèbres. Armand me dévisageait, silencieux et recueilli.

Je poursuivis mon récit sans rien omettre. A l'attention d'Armand, je racontai de nouveau l'histoire de Roger, puis de son fantôme, et je leur exposai à tous deux les circonstances de ma visite maladroite à Dora, la conversation que nous avions eue, la façon dont je l'avais quittée, puis celle dont le Diable m'avait pourchassé et harcelé, et enfin notre bagarre.

Je n'oubliai rien. Je leur livrai toutes mes pensées, en toute sincérité, laissant Armand en tirer les conclusions qu'il voudrait.

Puis je me rassis.

– Épargnez-moi vos réflexions humiliantes, déclarai-je. Ne me demandez pas pourquoi je me suis sauvé de chez Dora, ni pourquoi je lui ai tout lâché de but en blanc pour son père. Je n'arrive pas à me libérer de la présence de Roger, du sentiment de son amitié pour moi et de son affection pour elle. Et ce Memnoch le Démon, c'est un individu raisonnable, courtois, et tout à fait persuasif. Quant à notre bagarre, je ne sais pas ce qui s'est passé, sauf que je lui ai donné matière à réflexion. Dans deux nuits, il reviendra, et, si ma mémoire est bonne, ce qu'elle est invariablement, il a dit qu'il viendrait me rechercher quel que soit l'endroit où je serai.

– Effectivement, c'est clair, dit Armand à mi-voix.

– Tu ne te réjouis pas de ma détresse, n'est-ce pas ? concédai-je avec un petit signe de défaite.

– Non, bien sûr que non, sauf que, comme toujours, tu n'as pas réellement l'air malheureux, objecta Armand. Tu es au seuil d'une aventure, et cette fois juste un peu plus circonspect que le jour où tu as laissé ce mortel s'enfuir avec ton corps et que tu as pris le sien.

– Non, pas plus circonspect. Terrifié. Je pense que cette créature, Memnoch, est le Diable. Si tu avais eu ces visions, tu le croirais également. Je ne parle pas d'envoûtement. Tu es capable d'envoûter autrui, Armand, tu me l'as prouvé. J'ai lutté contre cette Chose. Elle possède une essence qui peut habiter de vrais corps. Mais elle-même est objective et dépourvue de corps, de cela, je suis certain. Le reste ? Peut-être n'était-ce que des maléfices. Il a insinué qu'il pouvait jeter des sorts, tout comme moi.

– C'est un ange que vous êtes en train de décrire, observa brusquement David, et celui-ci prétend être un ange déchu.

– C'est le Diable en personne, murmura Armand, songeur. Qu'attends-tu de nous, Lestat ? Tu nous demandes conseil ? A ta place, je n'irais pas de mon plein gré avec cet esprit.

– Qu'est-ce qui te fait dire ça ? demanda David avant que je n'aie pu articuler un seul mot.

– Écoute, nous savons qu'il existe des êtres qui ne peuvent quitter le monde des vivants et que nous-mêmes sommes incapables de classifier, de localiser ou de contrôler, expliqua Armand. Nous savons qu'il y a d'autres espèces d'immortels et certains types de mammifères qui ont l'air humain, mais ne le sont pas. Cette créature pourrait être n'importe quoi. Et sa manière de te courtiser... d'abord les visions, puis sa civilité... me paraît excessivement suspecte.

– Cela peut être le cas, intervint David, mais sinon, c'est parfaitement logique. C'est le Diable, il est doué de raison, ainsi que vous l'avez toujours supposé, Lestat – pas un imbécile moral, mais un authentique ange, et il réclame votre collaboration. Il n'a pas envie de continuer à employer la force avec vous. Il l'a utilisée en guise de présentation.

– En tout cas, moi, je ne le croirais pas, dit Armand. Qu'est-ce que cela signifie, il veut que tu l'aides ? Tu te mettrais à exister simultanément sur cette terre et en Enfer ? Non, je le fuirais, ne serait-ce que pour cette imagerie, et pour son vocabulaire. Et pour son nom. Memnoch. Ça sonne mal.

– Tout ça, ce sont des choses que je t'ai plus ou moins déjà dites, admis-je.

– Je n'ai jamais vu de mes propres yeux le Prince des Ténèbres, reprit Armand. J'ai connu des siècles de superstition, et les prodiges accomplis par des êtres démoniaques tels que nous. Tu en as vu un peu plus que moi. Mais tu as raison. Voici ce que tu m'as dit autrefois, et ce que je te dis à mon tour aujourd'hui. Ne va pas croire au Diable, ni que tu es son enfant. Et c'est aussi ce que j'ai dit à Louis, la fois où il est venu me voir en quête d'explications sur Dieu et l'univers. Je ne crois en aucun Diable. Je te le rappelle. Ne lui accorde pas foi. Tourne-lui le dos.

– Quant à Dora, dit tranquillement David, vous avez agi inconsidérément, mais il est possible que cette inconvenance surnaturelle puisse se rattraper.

– Je ne pense pas.

– Pourquoi?

– Permettez-moi de vous poser une question à tous les deux... Est-ce que vous me croyez?

– Je sais que tu dis la vérité, dit Armand, mais, je me répète, je ne crois pas que cette créature soit le Diable en personne ni qu'il t'emmène au Paradis ou en Enfer. Et, très franchement, si jamais c'était vrai... C'est une raison supplémentaire de ne pas y aller.

Je l'observai longuement, luttant contre les ténèbres que j'avais délibérément recherchées, m'efforçant de cerner son véritable état d'esprit par rapport aux événements, et je me rendis compte qu'il était sincère. Il n'y avait en lui nulle jalousie ou vieille rancune à mon encontre; ni préjudice, ni tromperie, rien. Il avait dépassé tout cela, si toutefois ces sentiments l'avaient jadis obsédé. Peut-être m'étais-je fait des idées.

– Sans doute, fit-il, répondant directement à mes pensées. Mais tu as raison quant au fait que je te parle sans détour et du fond du cœur, et, si j'étais toi, je ne ferais pas confiance à cette créature, pas plus que je ne me fierais à son offre de collaboration.

– Un concept médiéval du pacte, dit David.

– Ce qui veut dire? demandai-je. (Je n'avais pas voulu me montrer si grossier.)

– Faire un pacte avec le Diable, répondit David, vous savez bien, passer un accord avec lui. C'est ce qu'Armand vous déconseille de faire. Abstenez-vous de pactiser.

– Précisément, reprit Armand. Qu'il insiste autant sur l'aspect moral de l'issue de votre accord éveille mes plus vifs soupçons. (Son visage juvénile témoignait de son trouble et ses jolis yeux brillèrent fugitivement dans les ténèbres.) Pourquoi es-tu obligé d'accepter?

– J'ignore si c'est bien là le problème, dis-je. (J'étais en pleine confusion.) Mais tu as raison. Je lui ai moi-même dit quelque chose, à propos du fait que tout cela était régi par des règles.

– Je voudrais vous parler de Dora, dit David à voix basse. Vous devez réparer les bêtises que vous avez commises là-bas dans les plus brefs délais, ou du moins nous promettre que vous ne...

– Il est hors de question que je vous promette quoi que ce soit la concernant. Cela m'est impossible.

– Lestat, ne détruisez pas cette jeune mortelle! implora David avec force. Si nous nous trouvons dans un nouveau royaume, si les esprits des morts peuvent intercéder auprès de nous, alors peut-être peuvent-ils également chercher à nous nuire, avez-vous jamais pensé à cela?

David s'était redressé, déconcerté, furieux, s'évertuant à maintenir la courtoisie dans les intonations de sa belle voix britannique.

– Ne touchez pas à cette mortelle. Son père vous en a confié la tutelle, en quelque sorte, ce n'est pas pour que sa santé mentale en soit irrémédiablement ébranlée.

153

– David, arrêtez vos beaux discours. Je sais tout ça. Mais laissez-moi vous le dire tout de suite, je suis seul dans cette histoire. Tout seul. Je suis seul avec ce Memnoch, le Diable ; et tous deux avez été des amis pour moi. Comme une famille. Mais je ne pense pas que quiconque puisse me donner des conseils, excepté Dora.

– Dora !

David était consterné.

– Tu as l'intention de tout lui raconter ? demanda timidement Armand.

– Oui, c'est exactement ce que je vais faire. Dora est la seule à croire au Diable. Seigneur, j'ai besoin d'un croyant, immédiate-ment, j'ai besoin d'un saint, et peut-être même d'un théologien, et c'est vers Dora que je vais me tourner.

– Vous êtes pervers, obstiné, et foncièrement destructeur ! s'exclama David sur le ton de la malédiction. Vous n'en faites qu'à votre tête !

Il était courroucé, je le voyais bien. Toutes les raisons qu'il avait de me mépriser lui enflammaient l'esprit, et je n'avais vraiment rien à répondre pour me justifier.

– Attends, dit doucement Armand. Lestat, c'est de la folie. C'est comme consulter la pythie. Tu voudrais que cette fille se comporte en oracle, qu'elle te dise ce qu'elle-même, une mortelle, pense que tu dois faire ?

– Elle n'est pas une simple mortelle, elle est différente. Elle n'a pas peur de moi. Absolument pas. Elle n'a peur de rien. C'est à croire qu'elle est d'une autre espèce, et pourtant, elle est bel et bien humaine. C'est une sainte, Armand. Comme Jeanne d'Arc devait l'être, lorsqu'elle conduisait son armée. Elle sait quelque chose à propos de Dieu et du Diable que j'ignore.

– C'est de la foi dont vous parlez, dit David, et c'est tout à fait séduisant, exactement comme pour votre amie religieuse, Gretchen, qui a désormais complètement perdu la raison.

– Et l'usage de la parole, ajoutai-je. Elle ne sait plus dire que des prières, du moins à ce que racontent les journaux. Mais avant ma venue, Gretchen ne croyait pas réellement en Dieu, ne l'oubliez pas. La foi et la folie, pour Gretchen, ne font qu'une.

– N'apprenez-vous donc jamais ! s'exclama David.

– Apprendre quoi ? David, je vais voir Dora. C'est la seule per-sonne vers qui je puisse aller. Et, de plus, je ne peux pas laisser les choses en plan comme je l'ai fait. Je dois y retourner, et j'y retourne. Maintenant, Armand, il me faut une promesse, l'évidence. J'ai dis-posé autour de Dora des petits signaux de protection. Aucun de nous ne peut la toucher.

– Cela va sans dire. Je ne ferai aucun mal à ta petite amie. Tu me vexes.

Il paraissait vraiment fâché.

– Je regrette, dis-je. Mais je sais ce qu'est le sang et ce qu'est l'innocence, et combien le mélange des deux peut être délicieux. Je sais à quel point cette fille me tente.

– C'est donc à toi de céder à la tentation, répliqua Armand d'un ton maussade. Je ne choisis plus jamais mes victimes, tu le sais bien. Comme à l'accoutumée, je peux me poster devant une maison, dont sortiront ceux qui voudront être dans mes bras. Bien sûr que je ne lui ferai aucun mal. Tu me gardes vraiment de vieilles rancœurs. Tu t'imagines que je vis dans le passé. Tu n'arrives pas à comprendre que je change à chaque ère nouvelle, comme je me suis toujours efforcé de le faire. Mais que va bien pouvoir te raconter Dora pour t'aider ?

– Je l'ignore. Mais j'irai la voir demain soir. S'il n'était pas si tard, je partirais dès maintenant. Je vais chez elle. David, si quelque chose m'arrive, si je disparais, si je... Tout l'héritage de Dora vous reviendra.

Il acquiesça.

– Vous avez ma parole d'honneur que je veillerai aux intérêts de cette fille, mais vous ne devez pas y aller !

– Lestat, si tu as besoin de moi... dit Armand. Et si cet être essaie de te prendre par la force ?

– Pourquoi te soucies-tu de mon sort ? demandai-je. Après toutes les saletés que je t'ai faites ? Pourquoi ?

– Oh ! ne sois pas stupide, me dit-il avec douceur. Tu m'as persuadé, il y a fort longtemps, que le monde était un Jardin Sauvage. Tu te souviens de la vieille poésie ? Tu disais que les seules vraies lois étaient celles de l'esthétique, les seules sur lesquelles on pouvait compter.

– Oui, je m'en souviens. Je crains que ce ne soit la vérité. Je l'ai toujours craint, même quand j'étais un enfant mortel. Un matin, je me suis réveillé et je ne croyais plus à rien.

– Eh bien ! dans le Jardin Sauvage, tu brilles de tous tes feux, mon ami. Tu vas et tu viens à ton gré en ce lieu. Et, dans mes errances, je reviens toujours vers toi. J'y retourne toujours, pour admirer les couleurs du jardin à l'ombre de ta présence, ou celles que reflètent tes yeux, peut-être, ou bien pour entendre le récit de tes dernières folies ou de tes obsessions délirantes. De plus, nous sommes frères, n'est-ce pas ?

– Pourquoi ne m'as-tu pas aidé l'autre fois, lorsque j'avais tous ces ennuis, après avoir échangé mon corps avec celui d'un être humain ?

– Si je te le dis, tu ne me pardonneras pas.

– Dis toujours.

– Parce que j'ai espéré et prié pour toi, pour que tu restes dans ce corps mortel et que tu sauves ton âme. J'ai pensé que l'on t'avait octroyé le plus beau des cadeaux, que tu étais redevenu un humain, et ton triomphe me serrait le cœur ! Je ne pouvai pas m'immiscer dans tout cela. Je ne pouvais pas.

– Tu es un enfant et un idiot, depuis toujours.

Il haussa les épaules.

– Voilà, on dirait bien qu'une nouvelle chance t'est donnée de faire quelque chose de ton âme. Tu as tout intérêt à te montrer le plus fort et le plus habile possible, Lestat. Je me défie de ce Memnoch, plus encore que de tout adversaire humain auquel tu as été confronté lorsque tu étais prisonnier de la chair. Ce Memnoch me paraît fort éloigné du Paradis. Pourquoi te laisseraient-ils y pénétrer en sa compagnie ?

– Excellente question.

– Lestat, intervint David, n'allez pas voir Dora. Vous souviendrez-vous que, la dernière fois, mon conseil aurait pu vous épargner des souffrances ?

Il y aurait eu beaucoup trop à dire sur la question, car son conseil aurait justement pu empêcher qu'il devienne ce qu'il était à présent sous cette belle apparence, et je ne pouvais, en aucun cas, regretter qu'il fût là et qu'il ait remporté le trophée charnel du Voleur de corps. Cela m'était impossible. Vraiment.

– Je n'arrive pas à croire que le Diable te réclame, dit Armand.

– Pourquoi ? demandai-je.

– Je vous en prie, abstenez-vous d'aller voir Dora, répéta David.

– Il le faut, et c'est déjà presque le matin. Je vous aime tous les deux.

Perplexes, soupçonneux, indécis, ils me dévisageaient.

Je fis l'unique chose que je pouvais faire. Je partis.

9

La nuit suivante, je me levai de ma cachette du grenier et partis directement à la recherche de Dora. Je n'avais plus envie de voir ou d'entendre David et Armand. Je savais que personne ne pouvait m'empêcher d'accomplir ce que j'avais à faire.

Comment j'allais m'y prendre, là était la question. Ils m'avaient, sans le vouloir, confirmé quelque chose. Je n'étais pas complètement fou. Je n'imaginais pas tout ce qui arrivait actuellement autour de moi. Une partie peut-être, mais pas tout.

Quoi qu'il en soit, j'adoptai une ligne de conduite radicale concernant Dora, que ni David ni Armand n'auraient vraisemblablement approuvée.

Connaissant relativement bien ses habitudes et ses allées et venues, je la rejoignis au moment où elle sortait du studio de télévision de Chartres Street, dans le Quartier français. Elle avait passé tout l'après-midi à enregistrer une émission d'une heure, puis ensuite à bavarder avec son auditoire. J'attendais sous le porche d'une boutique voisine qu'elle prenne congé du dernier groupe de ses « sœurs », ou de ses fidèles. C'étaient des jeunes femmes, et non pas des jeunes filles, fermement décidées à changer le monde avec Dora, et il régnait autour d'elles une atmosphère d'insouciance et de non-conformisme.

Elles partirent en toute hâte, Dora prenant la direction opposée, vers la place où était garée sa voiture. Elle portait un manteau de laine noire cintré et des chaussettes de laine très montantes, celles qu'elle préférait pour danser devant son public ; avec son petit bonnet de cheveux noirs, elle paraissait extrêmement émouvante et fragile, et terriblement vulnérable dans ce monde peuplé de mâles.

Je l'attrapai par la taille avant qu'elle ne réalise ce qu'il lui arrivait. Compte tenu de l'incroyable rapidité à laquelle nous nous éle-

157

vions, je savais qu'elle était incapable de voir ou de comprendre quoi que ce fût, aussi lui murmurai-je à l'oreille :

– Vous êtes en sécurité avec moi.

Puis je l'enveloppai totalement de mes bras, afin que ni le vent ni la vitesse à laquelle nous volions ne puissent lui nuire, et je montai aussi haut que je l'osais, l'emmenant avec moi, découverte, délicate et dépendante, écoutant attentivement dans le mugissement du vent le bon fonctionnement de son cœur et de ses poumons.

Je la sentis se détendre contre moi, ou, plus exactement, elle resta simplement confiante. C'était aussi surprenant que tout autre chose la concernant. Elle avait enfoui son visage dans mon pardessus, comme si elle était trop effrayée pour tenter de regarder autour d'elle, mais, en réalité, c'était bien plus pour se protéger du froid. A un moment donné, j'ouvris mon manteau, dont je la recouvris de l'un des pans, et nous poursuivîmes notre voyage.

Le trajet fut plus long que je ne l'avais prévu ; car, à vrai dire, il m'était impossible de transporter un fragile être humain aussi haut dans les airs. Toutefois, c'était loin d'être aussi fastidieux et risqué que ne l'aurait été un avion fumant, nauséabond et hautement explosif.

Moins d'une heure plus tard, je franchissais avec elle les portes vitrées de l'Olympic Tower. Elle se réveilla dans mes bras, comme émergeant d'un profond sommeil. Je réalisai que c'était inévitable. Elle avait perdu connaissance, pour une série de causes physiques et mentales, mais elle était revenue à elle sitôt que ses talons avaient touché le sol. Elle me dévisagea de ses immenses yeux de chouette, puis regarda ensuite au-dehors vers Saint-Patrick, qui, dans sa gloire obstinée, se dressait de l'autre côté de la rue.

– Venez, dis-je, je vais vous montrer les objets de votre père.

Nous nous dirigeâmes vers les ascenseurs.

Elle courait derrière moi, avec empressement – comme les vampires rêvent toujours que les mortels le fassent, ce qui n'est jamais, jamais le cas – comme si tout cela était prodigieux et qu'il n'y avait pas la moindre raison d'avoir peur.

– Je n'ai guère de temps, repris-je. (Nous étions dans l'ascenseur qui se hissait hâtivement vers les étages supérieurs.) Quelque chose me pourchasse et j'ignore ce qu'il veut de moi. Mais il fallait que je vous amène ici. Et je vous reconduirai chez vous.

Je lui expliquai que je ne connaissais pas d'issue par le toit de cet immeuble, les lieux étant nouveaux pour moi ; sinon, c'est par là que nous serions passés. Je lui exposai tout cela, déconcerté d'avoir parcouru un continent en une heure pour me retrouver ensuite dans un ascenseur cliquetant, bringuebalant et luisant, qui semblait à peine moins merveilleux que la faculté vampirique de voler.

Les portes s'ouvrirent sur le bon palier. Je lui mis la clé dans la main et la guidai vers l'appartement.

– Ouvrez, tout ce qu'il contient est à vous.

Elle me considéra longuement, un léger pli barrant son front, puis elle lissa négligemment ses cheveux ébouriffés par le vent, introduisit la clé dans la serrure et entra.

– Les objets de Roger, dit-elle, une fois remise de sa surprise.

Ces icônes et ces reliques, elle les reconnaissait à l'odeur, à l'instar de n'importe quel antiquaire. Elle aperçut alors l'ange de marbre, posé en équilibre dans le couloir, devant la baie vitrée, et je crus qu'elle allait s'évanouir dans mes bras.

Elle tomba à la renverse, comme si elle comptait sur moi pour la rattraper et la soutenir. Je la retins du bout de mes doigts, toujours aussi paniqué à l'idée que je puisse la meurtrir par mégarde.

– Doux Jésus, dit-elle dans un souffle. (Son cœur battait à tout rompre, mais il était solide, juvénile et d'une résistance formidable.) Nous sommes ici, et tout ce que vous m'avez dit est vrai.

D'un bond, elle se libéra de moi avant que je n'aie pu lui répondre, passa rapidement devant l'ange et pénétra dans la plus spacieuse des pièces en façade. Les aiguilles de Saint-Patrick apparaissaient juste au bas de la fenêtre. Et partout, ces encombrants paquets plastifiés, à travers lesquels on distinguait la forme d'un saint ou d'un crucifix. Les livres de Wynken étaient sur la table, naturellement, mais je n'avais, dans l'immédiat, nulle intention de l'ennuyer avec ça.

Elle se tourna vers moi et je la sentis qui m'observait, me jaugeait. Je suis tellement réceptif à ce genre d'examen que je suis convaincu que ma vanité est enracinée dans chacune de mes cellules.

Elle murmura quelques paroles en latin que je ne pus saisir, et aucune traduction automatique ne me vint à l'esprit.

– Qu'avez-vous dit?

– Lucifer, Fils du Matin, chuchota-t-elle, me dévisageant avec une franche admiration. Puis elle s'affala dans un large fauteuil de cuir. C'était l'un des nombreux meubles exaspérants de l'appartement, à l'usage des hommes d'affaires et néanmoins tout à fait confortable. Ses yeux étaient toujours rivés sur moi.

– Non, ce n'est pas moi, répondis-je. Je ne suis que ce que je vous ai dit et rien de plus. Mais c'est celui-là même qui est à mes trousses.

– Le Diable?

– Oui. Maintenant, écoutez, je vais tout vous raconter, et après, il faudra que vous me donniez votre avis. En attendant... (Je me retournai, oui, le fichier était là). Votre héritage, au complet, l'argent que vous ignoriez posséder, propre et taxé, tout est expliqué dans les chemises noires que contiennent ces dossiers. En mourant, votre père a voulu que cet argent vous revienne pour votre Église. Si vous vous en désintéressez, ne soyez pas si sûre que c'est la volonté de Dieu. Souvenez-vous, votre père est mort. Il a purifié l'argent de son propre sang.

Le croyais-je vraiment ? En tout cas, c'était bel et bien ce que Roger avait souhaité que je lui dise.

— Roger m'a demandé de vous dire cela, ajoutai-je, essayant de paraître extrêmement sûr de moi.

— Je vous comprends, répondit-elle. Vous vous préoccupez d'une chose qui, à présent, n'a plus vraiment d'importance. Venez ici, je vous en prie, laissez-moi vous tenir. Vous frissonnez.

— Je frissonne !

— Il fait bon ici, mais vous ne semblez pas sentir la chaleur. Venez.

Je m'agenouillai devant elle et la pris soudain dans mes bras, comme je l'avais fait pour Armand. Je posai ma tête contre la sienne. Elle était toute froide, mais ne le serait jamais autant, même au jour de son enterrement, que je l'étais moi-même, car nul être humain ne pouvait être aussi glacé. J'avais absorbé en moi toute la rigueur de l'hiver, pareil à un marbre poreux, ce que je devais être en réalité, présumai-je.

— Dora, Dora, Dora, chuchotai-je. Il vous aimait tellement, il voulait tant que tout soit parfait pour vous.

Son odeur était forte.

— Lestat, parlez-moi du Diable.

Je m'assis sur le tapis, de façon à pouvoir la regarder. Elle était perchée sur le rebord de son fauteuil, les genoux dénudés, le manteau noir négligemment ouvert d'où dépassait la tache vieil or de son foulard, la figure à la fois pâle et enfiévrée, ce qui lui donnait un air radieux et ensorcelant, comme si elle n'était pas plus humaine que moi.

— Votre propre père avait du mal à décrire votre beauté. Vestale du temple, nymphe de la forêt.

— Mon père vous a dit cela ?

— Oui. Mais le Diable, ah ! oui, le Diable m'a suggéré de vous poser une question. De vous demander la vérité au sujet de l'œil d'Oncle Mickey !

Je venais juste de m'en souvenir. En revanche, j'avais oublié de le raconter à David ou à Armand, mais qu'est-ce que cela aurait bien pu changer ?

Elle fut surprise de ces mots, et très impressionnée. Elle se cala un peu plus dans son siège.

— Le Diable a prononcé ces paroles ?

— Il m'en a fait cadeau, en quelque sorte. Il veut que je l'aide. Il prétend qu'il n'est pas malfaisant. Et que Dieu est son adversaire. Je vais tout vous raconter, mais ces mots-là, il me les a offerts, en supplément, comment dit-on à La Nouvelle-Orléans, en prime ? Pour me convaincre qu'il est bien ce qu'il affirme.

Elle eut un petit geste de confusion et porta la main à sa tempe tout en secouant la tête.

160

– Attendez. La vérité au sujet de l'œil d'Oncle Mickey, vous êtes sûr qu'il a dit cela ? Mon père, lui, n'a rien dit à propos d'Oncle Mickey ?

– Non, et je n'ai jamais capté la moindre image s'y rapportant dans le cœur ou dans l'âme de votre père. Le Diable affirme que Roger ignorait la vérité. Qu'est-ce que cela signifie ?

– Effectivement, mon père ignorait la vérité. Il ne l'a jamais connue. Sa mère ne la lui a jamais dite. C'était son oncle à lui, le frère de ma grand-mère. Et ce sont les gens du côté de ma mère, la famille de Terry donc, qui m'ont raconté la véritable histoire. C'est comme ça, la mère de mon père était riche et possédait une belle demeure sur St Charles Avenue.

– Je connais la maison, je suis au courant de tout. C'est là que Roger avait rencontré Terry.

– Oui, exactement, mais quand elle était jeune, ma grand-mère était pauvre. Sa mère avait été femme de chambre dans le Garden District, comme de nombreuses jeunes filles irlandaises. Et Mickey, l'oncle de Roger, était l'un de ces individus insouciants et faciles à vivre que tout le monde considérait comme un bon à rien.

« Mon père n'a jamais connu la vraie vie que menait Oncle Mickey. La mère de ma mère voulait me prouver que mon père prenait de grands airs, qu'il était un imbécile, et souligner combien ses origines étaient modestes.

– Oui, je vois.

– Mon père adorait Oncle Mickey. Il est mort lorsque mon père était encore enfant. Il avait le palais fendu et un œil de verre, et je me souviens que mon père m'avait montré sa photo et raconté comment Oncle Mickey avait perdu son œil. Il adorait les feux d'artifice, et, un jour qu'il jouait avec des pétards, il y en a eu un qui a explosé dans une boîte de conserve, et boum ! la boîte l'a blessé à l'œil. C'est l'histoire que j'ai toujours crue à propos d'Oncle Mickey. Je ne le connaissais que par sa photo. Ma grand-mère et mon grand-oncle sont morts avant ma naissance.

– D'accord. Et ensuite, la famille de votre mère vous a donné une version différente.

– Le père de ma mère était flic. Il savait tout de la famille de Roger, que son grand-père avait été un ivrogne, tout comme Oncle Mickey, plus ou moins. Quand il était jeune, Oncle Mickey avait également été rabatteur pour un bookmaker. Et, une fois, il a gardé un pari pour lui. En d'autres termes, il a gardé l'argent au lieu de le placer comme il aurait dû, et, malheureusement, le cheval a gagné.

– Je vous suis.

– Oncle Mickey, très jeune et très apeuré, j'imagine, se trouvait au Corona's Bar, dans l'Irish Channel.

– Sur Magazine Street. Ce bar a existé pendant des années et des années. Un siècle, peut-être.

– Oui, et alors les acolytes du bookmaker sont venus et ont entraîné Oncle Mickey au fond du bar. Le père de ma mère a assisté à toute la scène. Il était là, mais il ne pouvait rien faire. Personne ne pouvait intervenir. Personne ne voulait. Ni n'osait. Mais voilà ce que mon grand-père a vu. Les hommes ont frappé Oncle Mickey et l'ont roué de coups de pied. Ce sont eux qui lui ont abîmé le palais, si bien qu'il parlait bizarrement. Et ils lui ont arraché l'œil de son orbite. Ils l'ont envoyé valser sur le plancher. Et à chaque fois que mon grand-père parlait de ça, il disait, « Dora, ils auraient pu sauver cet œil, mais ces types ont marché dessus. Ils l'ont délibérément écrasé, avec leurs chaussures à bouts pointus. »

Elle s'interrompit.

– Et ça, Roger ne l'a jamais su.

– Personne de vivant n'est au courant. Sauf moi, bien sûr. Mon grand-père est décédé. Pour autant que je sache, tous ceux qui étaient présents le sont aussi. Oncle Mickey est mort au début des années cinquante. Roger m'emmenait souvent au cimetière sur sa tombe, il l'avait toujours adoré. Oncle Mickey, avec sa voix caverneuse et son œil de verre. Tout le monde avait de l'affection pour lui, exactement comme Roger le disait. Même dans la famille de ma mère. C'était un amour. Avant de mourir, il travaillait comme veilleur de nuit. Il louait des chambres sur Magazine Street, juste après la boulangerie Baer's. Il est mort à l'hôpital, d'une pneumonie, sans même qu'on sache qu'il était malade. Et Roger a toujours ignoré la vérité à propos de l'œil d'Oncle Mickey. Sinon, nous en aurions parlé, évidemment.

Je restai assis à méditer, ou plus exactement à tenter de me représenter ce qu'elle avait décrit. Elle ne projetait aucune image, elle était hermétique, mais sa voix était empreinte d'une générosité naturelle. Je connaissais le Corona's. Comme tous ceux qui avaient un jour ou l'autre parcouru Magazine Street et ces fameux blocs, au temps des beaux jours du quartier irlandais. Et je connaissais ces gangsters avec leurs chaussures pointues. Qui lui avaient broyé l'œil.

– Ils l'ont piétiné et l'ont écrabouillé, reprit Dora, comme si elle avait lu mes pensées. Mon grand-père disait, " Ils auraient pu le sauver, si seulement ils n'avaient pas marché dessus avec leurs chaussures pointues. "

Un silence s'installa entre nous.

– Cela ne prouve rien, dis-je.

– Cela prouve que votre ami, ou ennemi, connaît des secrets, voilà ce que ça prouve.

– Mais cela ne prouve pas qu'il est le Diable, objectai-je, et pourquoi irait-il choisir une histoire pareille ?

– Peut-être qu'il y était, répondit-elle avec un sourire amer.

Nous eûmes tous les deux un petit rire.

– Vous avez dit que c'était le Diable mais qu'il n'était pas malfaisant, me suggéra-t-elle.

Elle semblait persuasive, confiante, et tout à fait maîtresse d'elle-même.

J'eus le sentiment que j'avais eu parfaitement raison de lui demander conseil. Elle me regardait droit dans les yeux.

– Parlez-moi de ce que ce Diable a fait, dit-elle.

Je lui en fis le récit complet. Je dus lui avouer comment j'avais filé son père, et je n'arrivais pas à me rappeler si je le lui avais déjà dit auparavant. Je lui racontai comment le Diable m'avait suivi de façon identique, sans rien omettre, comme je l'avais fait avec David et Armand, et je m'entendis conclure avec ces mots troublants :

– Et, à son propos, je vais vous dire une chose, *il a un mental sans cesse en éveil dans son cœur et une insatiable personnalité !* Et c'est vrai. Lorsque je l'ai pour la première fois décrit en ces termes, ils me sont venus spontanément à l'esprit, comme surgis de nulle part. J'ignore quelle partie de mon cerveau a fait naître une telle idée. Mais c'est vrai.

– Vous pouvez répéter ? demanda-t-elle.

Je m'exécutai.

Elle retomba dans son silence. Ses prunelles se firent minuscules et elle resta assise, une main sous son menton.

– Lestat, je vais faire une requête saugrenue. Commandez-moi un repas. Ou allez me chercher quelque chose à manger et à boire. Il faut que je réfléchisse à tout cela.

Je bondis sur mes pieds.

– Tout ce que vous voudrez, répondis-je.

– Cela m'est tout à fait égal. De quoi me sustenter. Je n'ai rien mangé depuis hier. Je ne voudrais pas que mon raisonnement soit faussé par le jeûne. Allez me chercher de quoi me nourrir et rapportez ça ici. Et je désire rester seule pour prier, pour méditer et déambuler parmi les objets de Père. Voyons, il n'y a aucune chance que ce démon vous emmène plus tôt que prévu ?

– Je ne sais rien de plus. Je ne crois pas. Bon, je vais vous chercher à manger et à boire.

Je partis immédiatement faire les courses, quittant le bâtiment à la manière d'un mortel, en quête de l'un de ces restaurants bondés de Midtown où lui acheter un repas complet qui pouvait être enveloppé et gardé chaud jusqu'à mon retour. Je choisis également plusieurs bouteilles d'une eau minérale de marque, puisque c'était ce dont les mortels semblaient raffoler en ce moment, et je pris mon temps pour rentrer, le paquet dans mes bras.

Ce n'est que lorsque les portes de l'ascenseur s'ouvrirent sur le palier que je réalisai combien mes actes étaient inhabituels. Moi, avec mes deux cents ans, féroce et orgueilleux par nature, je venais d'aller faire des emplettes pour une mortelle parce qu'elle m'en avait prié sans ambages.

Certes, j'avais des circonstances atténuantes! Je l'avais enlevée et lui avais fait parcourir des centaines de kilomètres! J'avais besoin d'elle. Et puis merde, je l'aimais.

Mais voici ce que j'avais appris de ce simple incident : elle avait bel et bien le pouvoir, que les saints ont souvent, de faire obéir autrui. Sans rechigner, j'étais parti lui chercher à manger. Et allègrement, comme si c'était une action de grâces.

Je lui rapportai le repas et le lui posai sur la table.

L'appartement était à présent envahi des divers arômes qui se mêlaient et émanaient d'elle, y compris celui de ses règles, ce sang particulier et parfumé, soigneusement recueilli entre ses jambes. Les lieux exhalaient son odeur.

J'ignorai ce désir ardent et prévisible de me repaître d'elle.

Elle était accroupie sur son fauteuil, mains jointes, les yeux dans le vague. Je vis les chemises de cuir noir ouvertes qui jonchaient le sol. Elle avait pris connaissance du montant de son héritage, ou en avait déjà une idée assez précise.

Toutefois, ce n'était pas à cela qu'elle s'intéressait, et elle ne parut aucunement surprise de mon retour.

Elle se dirigea alors lentement vers la table, comme si elle ne pouvait s'arracher à sa rêverie. Pendant ce temps, je me mis à fouiller dans les tiroirs de la cuisine pour lui trouver de la vaisselle et des couverts, en sortis des couteaux et des fourchettes relativement inoffensifs et une assiette en porcelaine. Je les disposai devant elle, ainsi que les cartons de nourriture fumante – de la viande, des légumes et une espèce de mixture sucrée, le tout m'étant aussi étranger qu'à l'accoutumée, à croire que je n'avais pas récemment séjourné dans un corps mortel et goûté à la vraie nourriture. Mais je ne tenais vraiment pas à évoquer cette expérience!

– Merci, dit-elle d'un ton absent, sans même me regarder. Vous êtes un amour.

Elle ouvrit une bouteille d'eau et la vida avec avidité.

J'observai sa gorge tandis qu'elle buvait. Je ne m'autorisais aucune pensée la concernant, hormis de la tendresse ; toutefois, son odeur était suffisamment forte pour me chasser de la pièce.

C'est ainsi, je l'avoue. Si vous avez la sensation de ne pas pouvoir contrôler ce désir, alors mieux vaut sortir!

Elle mangeait avec indifférence, presque machinalement, puis elle leva les yeux vers moi.

– Oh! pardonnez-moi, asseyez-vous, je vous en prie. Vous ne mangez pas, n'est-ce pas? Il vous est impossible d'ingurgiter ce genre de nourriture.

– En effet, répondis-je. Mais je peux m'asseoir.

Je m'installai à côté d'elle, évitant du mieux possible de la dévisager et de respirer son parfum. Mon regard se porta loin devant moi, vers le ciel très blanc. Il neigeait sûrement, mais je n'aurais pu l'affirmer. Car je ne voyais rien d'autre que la blancheur. Autrement dit, soit New York avait disparu sans laisser de trace, soit il neigeait au-dehors.

En moins de six minutes et demie, elle avait englouti son repas. Je n'avais jamais vu quelqu'un manger à une telle vitesse. Elle empila le tout et le porta à la cuisine. Il me fallut l'arracher à cette corvée ménagère pour la ramener dans le salon. Ce qui me donna l'occasion de lui prendre les mains, chaudes et délicates, et de me tenir tout près d'elle.

– Quel est votre conseil ?

Elle se rassit et médita, ou s'efforça de rassembler ses idées.

– Je pense que vous n'avez pas grand-chose à perdre en collaborant avec cet être. Il est parfaitement évident qu'il pourrait vous détruire sitôt que l'envie lui en prendrait. De mille manières. Vous avez dormi chez vous, sachant pertinemment que lui, l'Homme Ordinaire, comme vous l'appelez, connaissait votre adresse. Manifestement, sous son apparence matérielle, il ne vous effraie pas. Et, dans son royaume, vous avez pu exercer une force suffisante pour le repousser. Que risquez-vous en coopérant ? Supposez qu'il puisse vous emmener au Ciel ou en Enfer. Cela implique donc que vous pouvez encore refuser de l'aider, n'est-ce pas ? Vous avez encore la possibilité de dire, pour employer son langage subtil, " Je ne conçois pas les choses selon votre point de vue ".

– Oui.

– Je veux dire par là que si vous vous ouvrez à ce qu'il désire vous montrer, cela ne signifie pas pour autant que vous l'avez accepté, lui, vous êtes d'accord ? Au contraire, il se trouve alors dans l'obligation de vous faire voir les choses sous son angle personnel, c'est logique. En outre, le fait est que vous avez enfreint les règles, quelles qu'elles soient.

– Donc, selon vous, il ne peut pas m'amener par ruse en Enfer.

– Vous plaisantez ! Vous croyez que Dieu permettrait que des gens soient amenés en Enfer par la ruse ?

– Je ne suis pas « des gens », Dora. Je suis ce que je suis. Je ne tiens pas à établir un parallèle avec Dieu dans mes épithètes répétitives. Je veux simplement dire que je suis mauvais. Très mauvais. Je le sais. Il en est ainsi depuis que j'ai commencé à boire le sang des humains. Je suis Caïn, le meurtrier de ses frères.

– Alors Dieu peut vous envoyer en Enfer quand bon lui semble. Pourquoi pas ?

Je hochai la tête.

– Si je savais ! Si seulement je savais pourquoi Il ne l'a pas fait. Si seulement ! Mais ce que vous êtes en train d'expliquer, c'est qu'en l'occurrence, le pouvoir en jeu se trouve des deux côtés.

– Évidemment.

– Et que croire en une quelconque duperie relève presque de la superstition.

– Précisément. Si vous allez au Ciel, si vous parlez à Dieu...
Elle s'interrompit.

– Iriez-vous s'il vous demandait de l'aider, s'il vous disait qu'il n'est pas malfaisant, mais qu'il est l'adversaire de Dieu, et qu'il peut vous faire changer d'avis par rapport à tout cela ?

– Je ne sais pas, répondit-elle. Peut-être. Je m'efforcerais de garder mon libre arbitre durant toute l'expérience, mais il se pourrait fort que j'accepte.

– C'est exactement cela. Le libre arbitre. Suis-je en train de perdre l'esprit et la détermination ?

– Vous semblez être en pleine possession de l'un et de l'autre, et vous avez un potentiel immense de force surnaturelle.

– Percevez-vous le mal en moi ?

– Non, vous êtes trop beau pour cela, vous le savez bien.

– Mais il doit y avoir en moi quelque chose de pourri et de pervers que vous devez voir et sentir.

– Vous cherchez le réconfort, et ça, je ne peux vous l'offrir, répondit-elle. Non, je ne ressens rien de ce genre. Je crois à ce que vous m'avez raconté.

– Pourquoi ?

Elle réfléchit longuement. Puis elle se leva et alla se poster devant la baie vitrée.

– J'ai posé une question au surnaturel, répondit-elle, regardant vers le bas, probablement en direction du toit de la cathédrale. (De là où j'étais, je ne le voyais pas.) Je lui ai demandé de me donner une vision.

– Et vous pensez que je pourrais bien être la réponse.

– C'est possible, dit-elle, se tournant de nouveau vers moi. Ce qui ne veut pas dire que tout ceci arrive à cause de Dora et de ce que Dora désire. Après tout, c'est à vous que cela arrive. Mais j'ai effectivement demandé une vision, et une série d'incidents miraculeux m'a été accordée ; oui, je vous crois, aussi sûrement que je crois en l'existence et en la bonté de Dieu.

Elle s'avança vers moi, marchant avec précaution entre les dossiers éparpillés.

– Vous savez, nul ne peut dire pourquoi Dieu permet le mal.

– Certes.

– Ni quand il a surgi parmi les hommes. Mais partout de par le monde, nous sommes des millions – le peuple de la Bible – musulmans, juifs, catholiques, protestants – descendants d'Abraham – qui ne cessons encore et toujours d'être mêlés à des histoires et à des desseins dans lesquels le mal est présent, où il y a un Diable et une sorte d'élément que Dieu tolère, un adversaire, pour reprendre le mot de votre ami.

– Oui. Un adversaire. C'est exactement ce qu'il a dit.

– Je crois en Dieu, ajouta-t-elle.

166

– Et vous dites que je le devrais aussi?

– Qu'auriez-vous à y perdre?

Je ne répondis pas.

Elle déambulait, pensive, le visage encadré de ses boucles sombres, ses longues jambes habillées de noir paraissant très frêles mais néanmoins gracieuses tandis qu'elle arpentait la pièce. Elle avait depuis longtemps ôté son manteau noir, et je réalisai soudain qu'elle portait une simple petite robe de soie noire. De nouveau, je humai l'odeur de son sang, cette fragrance intime et féminine.

Je détournai mon regard.

Elle poursuivit:

– Je sais ce que j'ai à perdre dans ce domaine-là. Si je crois en Dieu, et qu'il n'y a pas de Dieu, alors je peux y laisser ma vie. Je peux finir sur mon lit de mort et m'apercevoir que j'ai gâché la seule expérience véritable de l'univers qu'il m'ait jamais été donné de faire.

– C'est exactement ce que je me disais lorsque j'étais vivant. Je n'allais pas gâcher mon existence à croire à une chose improuvable et impossible. J'avais envie de connaître tout ce qu'il m'était permis de voir, de sentir et de goûter.

– Absolument. Mais, vous comprenez, votre situation est différente. Vous êtes un vampire. Vous êtes, théologiquement parlant, un démon. Vous êtes puissant, à votre manière, et ne pouvez mourir de mort naturelle. Vous avez un avantage.

J'y réfléchis.

– Savez-vous ce qui se passe actuellement dans le monde, poursuivit-elle, aujourd'hui précisément? Nous commençons toujours notre émission avec ce type d'informations: savez-vous combien de personnes sont mortes en Bosnie? En Russie? En Afrique? Combien d'escarmouches ont eu lieu et de meurtres ont été perpétrés?

– Je sais cela.

– Je pense donc qu'il est hautement improbable que cette chose ait le pouvoir de vous attirer par la ruse. Alors suivez-la. Laissez-lui vous montrer ce qu'elle a promis. Et si je me trompe... Si vous vous retrouvez malgré vous en Enfer, c'est que j'aurai commis une effroyable erreur.

– Non, vous n'aurez pas commis d'erreur. Vous aurez vengé la mort de votre père, c'est tout. Mais je suis de votre avis. La duperie est trop mesquine pour qu'il en soit question ici. Je fonctionne à l'instinct. Et je vais vous dire autre chose au sujet de Memnoch, le Démon, qui va peut-être vous surprendre.

– Que vous avez de la sympathie pour lui? Je le sais. Je l'ai compris dès le début.

– Comment est-ce possible? Je n'éprouve pas de sympathie envers moi-même. Je m'aime, bien sûr, je suis lié à moi-même jusqu'à la fin de mes jours. Mais je ne me plais pas.

– La nuit dernière, vous m'avez dit une chose. Que si j'avais besoin de vous, je n'avais qu'à vous appeler de mes pensées, et de mon cœur.

– En effet.

– Faites de même. Si vous partez avec cette créature, et que vous ayez besoin de moi, appelez-moi. Disons les choses ainsi : si vous ne parvenez pas à vous en arracher par votre volonté et que mon intercession soit nécessaire, faites-le moi savoir ! Je vous entendrai. Et j'implorerai le ciel pour vous. Je ne demanderai pas justice, mais miséricorde. Me ferez-vous cette promesse ?

– Bien sûr.

– Qu'allez-vous faire à présent ?

– Passer les heures qui me restent auprès de vous à régler vos affaires. M'assurer, par le biais de mes nombreuses alliances mortelles, que rien ne peut vous nuire en ce qui concerne tous ces biens.

– Mon père y a veillé. Croyez-moi. Il s'en est chargé avec le plus grand soin.

– Vous en êtes sûre ?

– Il l'a fait avec l'intelligence remarquable qui le caractérisait. La somme d'argent qui tombera entre les mains de ses ennemis est plus importante encore que la fortune qu'il m'a laissée. Ils n'auront pas à rechercher qui que ce soit. Sitôt qu'ils s'apercevront de son décès, ils se jetteront sur tout l'actif disponible.

– Vous en êtes certaine.

– Absolument. Ce soir, vous allez mettre vos affaires en ordre. Il est inutile de vous soucier des miennes. Occupez-vous de vous-même, afin d'être prêt à vous embarquer dans cette histoire.

Je l'observai longuement. J'étais toujours assis à la table. Elle s'était adossée à la vitre. Il me vint subitement à l'idée que, à l'exception de son visage laiteux, toute sa personne se dessinait à l'encre noire contre le verre.

– Y a-t-il un Dieu, Dora ? fis-je dans un murmure.

J'avais tant de fois prononcé ces mêmes paroles ! Lorsque j'étais un être charnel dans les bras de Gretchen, je lui avais posé cette question.

– Oui, Lestat, il y a un Dieu. Soyez-en sûr. Peut-être L'avez-vous prié si fort et si longtemps qu'Il s'est décidé à vous prêter attention. Parfois, je me demande s'il n'est pas dans Son caractère de ne pas nous entendre lorsque nous pleurons, et de fermer délibérément Ses oreilles.

– Dois-je vous laisser ici ou vous ramener chez vous ?

– Laissez-moi. Je ne veux plus jamais refaire un voyage pareil. Je passerais le restant de mes jours à tenter de m'en souvenir avec précision sans y parvenir. Je désire rester ici à New York, avec les objets de mon père. En ce qui concerne l'argent, votre mission est accomplie.

– Et vous acceptez les reliques, la fortune.

– Oui, naturellement, je les accepte. Je garderai les précieux livres de Roger le temps qu'il faudra pour les offrir du mieux possible au regard des autres... Son bien-aimé Wynken l'hérétique.

– Puis-je vous être encore utile ? demandai-je.

– Croyez-vous... Croyez-vous que vous aimez Dieu ?

– Absolument pas.

– Pourquoi dites-vous cela ?

– Comment le pourrais-je ? Comment pourrait-on L'aimer ? Et vous-même, que venez-vous de me dire à propos du monde ? Vous ne voyez donc pas qu'aujourd'hui chacun déteste Dieu ? Ce n'est pas que Dieu soit mort au xxe siècle. C'est que tout le monde le déteste ! Du moins, est-ce mon opinion. Peut-être est-ce ce que Memnoch essaie de dire.

Elle était stupéfaite. Elle fronça les sourcils, déçue et impatiente. Elle voulait répliquer. Elle fit de grands gestes, comme pour attraper des fleurs invisibles dans les airs et me montrer comme elles étaient belles.

– Non, je Le déteste, ajoutai-je.

Elle fit le signe de croix et joignit les mains.

– Êtes-vous en train de prier pour moi ?

– Oui. Si je ne devais plus jamais vous revoir après ce soir, si je ne devais plus jamais être confrontée à la moindre preuve que vous existez réellement ou que vous étiez ici avec moi, et que toutes ces choses ont réellement été dites, je serais encore et toujours transformée par vous comme je le suis maintenant. Vous êtes mon miracle. Vous êtes un signe bien plus évident que ceux que des millions de mortels ont pu recevoir. Vous n'êtes pas seulement la preuve du surnaturel, du mystère et du merveilleux, vous êtes *exactement la preuve de ce à quoi je crois !*

– Je vois. (Je souris. Tout était si logique et tellement symétrique. Et vrai. Je souris, sans arrière-pensée, et hochai la tête.) Cela me fait de la peine de vous quitter.

– Allez-vous-en. (Elle serra les poings.) Demandez à Dieu ce qu'Il veut de nous ! s'écria-t-elle avec fureur. Vous avez raison. Nous Le haïssons !

La colère se mit à flamboyer dans son regard, puis retomba ; elle me dévisagea de ses yeux à présent plus grands et plus brillants, parce qu'ils étaient mouillés de ses larmes salées.

– Au revoir, ma chérie, dis-je.

C'était à la fois extraordinaire et douloureux.

Je sortis dans la tempête de neige.

Les portes de l'immense cathédrale Saint-Patrick étaient closes et verrouillées ; je me tenais au pied de ses marches en pierre, les yeux levés vers les hauteurs de l'Olympic Tower, me demandant si Dora pouvait me voir là, transi de froid, laissant les flocons me fouetter la figure, doucement, tristement, avec persistance et beauté.

169

Très bien, Memnoch, fis-je à voix haute. Inutile d'attendre plus longtemps. Vous pouvez venir dès maintenant, si vous le voulez.

Les bruits de pas se firent entendre immédiatement !

On aurait dit qu'ils résonnaient dans les profondeurs monstrueuses de la 5e Avenue, parmi les hideuses tours de Babel, et que j'avais uni ma destinée à celle du tourbillon.

Je me tournai de tous côtés. Il n'y avait pas un mortel à la ronde !

– Memnoch le Démon ! hurlai-je. Je suis prêt !

Je mourais de peur.

– Prouvez-moi que vous avez raison, Memnoch. Vous le devez ! criai-je.

Les pas s'amplifiaient. Oh ! il me jouait l'un de ses plus vilains tours.

– Rappelez-vous, vous devez me montrer toute chose de votre point de vue ! C'est ce que vous m'avez promis !

Quelque chose se préparait, mais je ne savais quoi. L'immense métropole semblait vide et glacée. Ma tombe. Devant la cathédrale, les rafales de neige tournoyaient. Les tours s'estompaient.

J'entendis sa voix tout près de moi, intime et désincarnée.

– D'accord, mon bien-aimé, dit-il. Nous allons commencer maintenant.

10

Nous étions dans le tourbillon et le tourbillon était un tunnel, mais entre nous était tombé un silence dans lequel je pouvais écouter ma propre respiration. Memnoch était si près de moi, avec son bras qui m'enlaçait, que je voyais son profil sombre et sentais sa crinière de cheveux contre ma joue.

Ce n'était plus l'Homme Ordinaire, mais bel et bien l'ange de granit, dont les ailes se déployaient hors de mon champ de vision et nous enveloppaient l'un et l'autre dans les vents contraires.

Tandis que nous nous élevions régulièrement, au mépris de toute notion de pesanteur, deux choses m'apparurent immédiatement. Tout d'abord, nous étions entourés de milliers et de milliers d'âmes. Des âmes, dis-je! Que voyais-je? Des formes dans le tourbillon, certaines, complètement anthropomorphes, d'autres, de simples visages, qui me cernaient de toutes parts, entités spirituelles distinctes ou individus, dont je percevais vaguement les voix – chuchotements, cris et mugissements – qui se mêlaient au vent.

A présent, le bruit ne m'était plus douloureux, à l'inverse des précédentes apparitions, mais j'entendais néanmoins cette foule tandis que nous montions toujours plus haut, tournant comme sur un axe, le tunnel se rétrécissant subitement, de sorte que les âmes semblaient nous toucher, puis s'élargissant pour se rétrécir à nouveau.

Le deuxième fait frappant était que les ténèbres se dissipaient, ou bien qu'elles étaient totalement aspirées du corps de Memnoch. Son profil était lumineux, voire translucide; de même, ses vêtements banals et informes. Et les pattes de bouc de l'obscur démon étaient maintenant les jambes d'un homme à la stature imposante. La présence turbide et fumeuse avait laissé place à une créature cristalline et réflective, mais qui donnait l'impression d'être souple, chaleureuse et vivante.

Des mots me revenaient, des fragments bibliques, des bribes de visions, de prophéties et de poésies ; mais le temps me manquait pour y réfléchir, les analyser ou les sceller dans ma mémoire.

Memnoch me parlait d'une voix qui aurait pu ne pas être audible ; toutefois, je percevais l'élocution familière et dépourvue de tout accent de l'Homme Ordinaire.

— En fait, il est difficile d'aller au Ciel sans y être le moins du monde préparé, et vous allez être abasourdi et bouleversé par ce que vous verrez. Mais si vous ne commencez pas par là, vous y penserez tellement durant notre conversation que je préfère vous conduire à ses portes mêmes. Sachez que les rires que vous entendrez ne sont pas des rires. C'est de l'allégresse. Elle vous parviendra comme des rires, car un son aussi extatique ne peut être physiquement capté que de cette manière-là.

Il n'avait pas sitôt terminé sa phrase que nous nous retrouvâmes dans un jardin, sur un pont enjambant une rivière ! Tout à coup, je fus ébloui d'une lumière si vive que je dus fermer les yeux, croyant que le soleil de notre galaxie, m'ayant trouvé, s'apprêtait à me brûler comme j'aurais dû l'être : un vampire transformé en torche pour ensuite s'éteindre à jamais.

Mais cette lumière sans source était extrêmement pénétrante et absolument inoffensive. J'ouvris les yeux, et je réalisai que nous étions de nouveau parmi des centaines d'autres individus ; sur les rives du fleuve et dans toutes les directions, je voyais des êtres qui se saluaient, s'embrassaient, conversaient, pleuraient ou poussaient des cris. Comme l'instant d'avant, les formes avaient des degrés de netteté divers. Un homme paraissait aussi matériel que si je l'avais bousculé en pleine rue ; un autre individu n'était rien de plus qu'une gigantesque expression du visage ; tandis que d'autres encore semblaient être de tournoyants fragments de matière et de lumière. Certains étaient totalement diaphanes, ou même invisibles, si ce n'est que j'étais conscient de leur présence ! Leur nombre était impossible à déterminer.

L'endroit s'étendait à l'infini. La lumière se reflétait dans les eaux scintillantes du fleuve ; l'herbe était d'un vert si tendre qu'on aurait cru qu'elle poussait, qu'elle naissait, comme sur un tableau ou dans un dessin animé !

Je me cramponnai à Memnoch et me tournai pour le regarder dans sa nouvelle forme lumineuse. Son apparence était maintenant à l'opposé de celle de l'ange si noir, mais son visage avait toujours les mêmes traits marqués de la statue de granit, et ses yeux le même froncement doux et menaçant. Observez les anges et les démons de William Blake, et vous le verrez. Cela dépasse l'innocence.

— A présent, nous allons entrer, dit-il.

Je m'aperçus que je m'accrochais à lui de mes deux mains.

— Vous voulez dire que *ce n'est pas le Paradis* ! m'écriai-je. J'eus la sensation que je lui parlais sur le ton de la conversation, comme si lui et moi étions seuls.

– Non, répondit-il avec un sourire tout en me guidant le long du pont. Lorsque vous y pénétrerez, il vous faudra être fort. Vous devez savoir que vous êtes dans votre corps surnaturel, si exceptionnel soit-il, et vos sens seront confondus ! Vous ne serez pas capable de supporter ce que vous verrez comme vous le pourriez si vous étiez un défunt, un ange ou mon lieutenant, ce que je souhaite que vous deveniez.

L'heure n'était pas à la discussion. Nous avions rapidement franchi le pont ; des portes géantes s'ouvraient devant nous. Je ne parvenais pas à distinguer le sommet des murailles.

Le bruit enfla et nous enveloppa ; cela ressemblait en effet à des rires, une houle de rires en cascades claires et chatoyantes qui se déversaient en canon, comme si tous ceux qui riaient chantaient également des cantiques à pleine voix et en même temps.

Ce que je voyais, toutefois, me stupéfia autant que ce que j'entendais.

C'était l'endroit le plus dense, le plus intense, le plus animé et le plus profondément magnifique qu'il m'ait été donné de contempler. Il faut à notre langage d'innombrables synonymes pour exprimer la beauté ; car les yeux peuvent voir ce que la langue est impuissante à décrire.

Là encore, il y avait une infinité de gens, emplis de lumière et de forme clairement anthropomorphe ; ils avaient des bras, des jambes, des visages rayonnants, des cheveux, des vêtements de toutes sortes, et pourtant leur mise ne semblait pas avoir de réelle importance, et tous allaient et venaient, cheminant seuls ou par petits groupes ou arrivant en nombre, s'étreignant, s'enlaçant, tendant leurs bras et se tenant les mains.

Mon regard se tournait vers la droite, vers la gauche, et partout, dans toutes les directions, j'apercevais cette multitude d'êtres, absorbés par leurs conversations, leurs dialogues ou leurs échanges, certains qui s'embrassaient, d'autres qui dansaient, dans un perpétuel mouvement qui s'amplifiait, diminuait puis s'étendait tour à tour.

En fait, c'était dans la combinaison de ces ordre et désordre apparents que résidait tout le mystère. Ce n'était pas le chaos. Ni la confusion. Ce n'était en rien le tumulte. On aurait dit l'hilarité d'un immense et ultime rassemblement, et, par ultime, je veux dire que cela ressemblait à l'incessante résolution de quelque chose en train de se dérouler, à l'émerveillement d'une révélation continue, à l'entendement partagé et grandissant de tous ceux qui y prenaient part, tandis qu'ils se hâtaient ou flânaient languissamment (ou même, dans certains cas, restaient assis sans rien faire de particulier), au milieu des vallées et des collines, le long des sentiers, à travers des zones boisées et dans des édifices comme surgis les uns des autres, structures inconnues que jamais je n'avais vues sur terre.

Je ne voyais nulle part de bâtiments spécifiquement domestiques tels que maisons ou palais. Au contraire, ceux-ci étaient infiniment plus vastes, inondés d'une lumière aussi vive que celle du jardin, avec des corridors et des escaliers qui se ramifiaient dans une parfaite fluidité. Pourtant, les ornements recouvraient toute chose. Car les surfaces et les textures étaient si variées qu'une seule d'entre elles auraient suffi à me combler jusqu'à la fin de mes jours.

Il m'est impossible d'exprimer les sensations que me procurait mon observation d'ensemble. Il me faut désormais parler par séquence. Je dois donc diversement me mêler à cet environnement brillant et illimité, afin d'y apporter mon éclairage, faillible et personnel.

Il y avait des voûtes, des tours, des vestibules, des galeries, des jardins, des champs immenses, des forêts et des cours d'eau. Un endroit se fondait à l'autre, et à travers eux je déambulais aux côtés de Memnoch, qui me retenait solidement d'une main ferme. Encore et toujours, mon regard était attiré par quelque sculpture divinement belle, par une cascade de fleurs ou un arbre géant dont les branches se dressaient dans un ciel d'un bleu limpide ; il lui suffisait de me faire faire demi-tour, me donnant l'impression d'être maintenu sur une corde raide d'où je risquais fatalement de tomber.

Je riais ; je pleurais ; je faisais les deux à la fois, et mon corps se convulsait d'émotion. Accroché à lui, j'essayais de voir par-dessus son épaule et tout autour de lui, cherchant à me libérer de sa poigne comme le ferait un enfant, me retournant dans une tentative pour river mon regard à celui-ci ou celui-là dont les yeux avaient par hasard croisé les miens ou pour contempler plus longuement les groupes, les parlements et les congrégations qui circulaient.

Nous nous retrouvâmes soudain dans une salle très vaste. « Seigneur, si David voyait ça ! », m'écriai-je. Les livres et les rouleaux de parchemin étaient innombrables, mais il n'y avait pourtant rien de confus ou d'illogique dans la manière dont tous ces documents étaient ouverts, prêts à être étudiés.

– Ne les regardez pas, parce que vous ne vous souviendrez de rien, ordonna Memnoch.

Il me saisit brusquement la main, comme si j'étais un petit bambin. J'avais fait mine de m'emparer d'un manuscrit couvert d'explications absolument stupéfiantes concernant les atomes, les photons et les neutrinos. Mais il avait raison. Le savoir s'était envolé sur-le-champ, et nous étions de retour dans l'immense jardin qui nous entourait de toutes parts, tandis que je perdais l'équilibre et m'affalais contre lui.

Je regardai par terre et vis des fleurs d'une infinie perfection ; des fleurs qui étaient celles que nos fleurs terrestres auraient dû devenir ! Je n'ai pas de mots pour décrire à quel point les pétales, le cœur et les couleurs étaient merveilleusement représentés. Les couleurs elles-mêmes étaient si nettes et si délicatement tracées que je n'étais même plus sûr qu'elles fissent partie de notre spectre.

En réalité, je ne crois pas que notre spectre de couleurs ait une limite ! Il devait exister une autre série de règles. Ou était-ce simplement une expansion, la capacité de distinguer des combinaisons chromatiques chimiquement invisibles sur terre ?

Les vagues de rires, de chants et de conversations prirent une telle intensité que mes autres sens en furent submergés ; j'étais soudain aveuglé par ce bruit ; et pourtant la lumière mettait à nu chaque précieux détail.

– Saphirine, m'exclamai-je, essayant d'identifier le vert bleuté des feuilles alentour qui oscillaient doucement ; Memnoch sourit et hocha la tête en signe d'approbation, m'attrapant une nouvelle fois pour m'empêcher d'atteindre les cieux et de saisir un peu de la magnificence qui s'offrait à mon regard.

– Mais je risque de l'abîmer si j'y touche, n'est-ce pas ?

Il me paraissait soudain impensable que quiconque puisse endommager la moindre chose, depuis les murs de quartz et de cristal, avec leurs aiguilles et leurs clochers qui se dressaient toujours plus haut, jusqu'aux vignes délicates qui s'entrelaçaient aux branches des arbres dégoulinant de fruits et de fleurs superbes.

– Non, j'aurais trop peur de l'abîmer, répétai-je.

J'entendais clairement le son de ma propre voix, bien qu'elle me semblât dominée par celles de tous ceux qui m'entouraient.

– Regardez ! dit Memnoch. Regardez-les donc !

Et il me tourna alors la tête, comme pour m'obliger à ne plus rester blotti contre sa poitrine et à braquer mes yeux sur cette multitude. Et je me rendis compte que j'assistais aux alliances qui se formaient, que des clans se rassemblaient, des familles, des groupes de parents, de vrais amis, des êtres dont la connaissance mutuelle était profonde, des créatures liées par les mêmes manifestations physiques et matérielles ! Et, l'espace d'un moment sublime, d'un bref instant, je constatai que d'un bout à l'autre de cet endroit infini, tous ces êtres étaient unis par une main, par un bras, l'extrémité de leurs doigts ou de leur pied. Que, tout naturellement, le clan se glissait au sein du clan, que la tribu se dispersait pour s'entremêler aux innombrables familles, que les familles se rejoignaient pour former des nations, et que toute cette congrégation était en réalité une configuration palpable, visible et enchevêtrée ! Chacun se heurtait à autrui. Et chacun, dans son individualité, se rapprochait de l'individualité de l'autre !

Les yeux mi-clos, pris de vertige, j'étais sur le point de m'effondrer. Memnoch me retint.

– Regardez encore ! chuchota-t-il tout en me relevant.

Mais je me couvris le visage ; parce que je savais que si j'étais une nouvelle fois le témoin de ces interconnexions, j'allais m'évanouir !

Je périrais enfermé dans la sensation de mon propre isolement! Pourtant, chacun des êtres que je voyais était distinct.

– Ils sont tous unis! m'écriai-je. Mes mains me bouchaient la vue. J'entendais plus intensément la puissance des chants qui montaient et les longues cascades de voix. Et, en dessous de tout cela, me parvenait une séquence de rythmes qui se superposaient dans une telle harmonie que *je* me mis alors à chanter.

Je chantais à l'unisson! Immobile, momentanément libéré de Memnoch, j'ouvris les yeux et entendis ma voix sortir de ma bouche et s'élever comme pour entrer au cœur de l'univers.

Je chantais inlassablement; mais mon chant était empli d'une immense et ardente curiosité, de frustration autant que de solennité. Puis il rentra en moi, réintégrant mon corps, pour que nulle part alentour quiconque ne soit inquiet ou mécontent, que rien n'approche la stase ou l'ennui; pourtant, le mot « frénésie » ne correspondait en rien au mouvement perpétuel de visages et de formes changeants qui s'offrait à mon regard.

Mon chant constituait l'unique note mélancolique en ce Paradis; toutefois sa tristesse s'en trouvait immédiatement transcendée par l'harmonie, se muant en une sorte de psaume ou de cantique, en un hymne de célébration, d'émerveillement et de gratitude.

Je poussai un cri. Je crois avoir hurlé un unique mot: Dieu. Ce n'était pas une prière ni un aveu, ni un appel, mais une exclamation très forte, simplement.

Nous nous tenions devant un portail. Devant moi s'ouvrait une succession de perspectives, et je pris soudain vaguement conscience qu'au-delà de la balustrade toute proche s'étendait le monde en contrebas.

Le monde à toutes les époques, comme je ne l'avais jamais vu, avec la révélation de tous les secrets de son passé. Je n'avais qu'à me précipiter vers le parapet pour plonger mon regard dans l'Éden ou la Mésopotamie antique, ou pour vivre l'époque où les légions romaines défilaient à travers les forêts de ma terre natale. J'allais voir la terrible éruption du Vésuve déverser ses cendres meurtrières sur l'ancienne et vivante cité de Pompéi.

A moi s'offrait la connaissance et la possibilité de comprendre enfin toute chose, la réponse à toutes les questions, l'odeur des temps reculés, le goût de...

Je courus vers la balustrade, qui me semblait s'éloigner un peu plus à chaque instant. Je me dirigeai vers elle de plus en plus vite. Pourtant, la distance était impossible à parcourir, et je me rendis compte, avec une rare acuité, que cette vision de la Terre serait mêlée à la fumée, au feu et à la souffrance, et qu'elle risquait d'anéantir totalement en moi la sensation de joie débordante. Néanmoins, il fallait que je voie. Je n'étais pas mort. Je n'étais ici que de passage.

Memnoch chercha à m'attraper. Mais je courais plus vite que lui.

Tout à coup, une immense lumière s'éleva, source incomparablement plus chaude et plus lumineuse que celle, magnifique, qui baignait déjà tout ce que je voyais. Ce gigantesque halo magnétique ne cessa de grandir jusqu'à ce que le monde en dessous, le vaste paysage obscur de fumée, d'horreur et de douleur, ne blanchisse complètement sous l'effet de cette lumière, sorte d'abstraction de lui-même sur le point d'être calciné.

Memnoch me tira en arrière, passant ses bras autour de moi pour m'empêcher de regarder. Je fis de même. Je m'aperçus qu'il baissait la tête et dissimulait ses yeux derrière moi.

Je l'entendis soupirer; ou bien était-ce un gémissement? Je n'aurais su le dire. Mais, l'espace d'un instant, ce bruit emplit l'univers; tous les cris, les rires et les chants; et ce soupir de Memnoch, qui semblait surgi des entrailles de la terre, avait quelque chose de lugubre.

Je sentis alors ses bras puissants qui se relâchaient et me libéraient.

Je levai les yeux, et, au milieu de ce flot de lumière, je vis de nouveau la balustrade, contre laquelle se tenait une forme isolée.

La silhouette, de haute stature, les mains posées sur le parapet, regardait droit devant elle et vers le bas. Il me sembla que c'était un homme. Il se retourna, posa ses yeux sur moi et tendit les bras pour m'accueillir.

Ses cheveux et ses yeux étaient sombres, son visage basané parfaitement symétrique et dépourvu de toute imperfection, son regard intense; et sa poigne extrêmement ferme.

Je retins mon souffle. Je sentis mon corps, dans toute sa solidité et sa fragilité, tandis que ses doigts m'agrippaient. J'étais au seuil de la mort. J'aurais pu cesser de respirer à ce moment même, ou renoncer à m'accrocher à la vie et périr.

L'être m'attira vers lui, tandis que la lumière qui jaillissait de lui se fondait à celle qui était derrière et tout autour de lui; son visage se fit alors plus lumineux, quoique plus distinct et plus détaillé. Je vis les pores de sa peau mate et dorée, je vis les gerçures de ses lèvres, l'ombre laissée par sa barbe après l'avoir rasée.

Il se mit alors à parler sur un ton suppliant, la voix brisée, mais néanmoins puissante, masculine et jeune aussi, probablement.

– Jamais vous ne seriez mon adversaire, n'est-ce pas? Vous ne le seriez pas, n'est-ce pas? Pas vous, Lestat, non, pas vous!

Mon Dieu.

Au comble de l'angoisse, je fus arraché à Son étreinte, à Lui-même, et à Son milieu.

Nous étions de nouveau pris dans le tourbillon. Je sanglotais et frappais la poitrine de Memnoch. Le Ciel avait disparu!

– Memnoch, lâchez-moi! Dieu, c'était Dieu!

Memnoch me serra plus fort encore, s'évertuant de toutes ses forces à me ramener vers le bas, m'obligeant à me soumettre et à entamer la descente.

Nous tombions verticalement, épouvantable chute, ce qui suscita une telle frayeur en moi que je ne pouvais protester, ni me cramponner à Memnoch, ni faire autre chose que de contempler les courants des âmes qui s'élevaient promptement autour de nous, nous observaient, descendaient ; et l'obscurité revint, tout s'assombrit, nous volions maintenant dans l'air humide, empli d'odeurs familières et naturelles, et nous nous posâmes finalement, doucement et silencieusement.

C'était encore un jardin. Paisible et beau. Mais c'était la Terre. Je le savais. Ma terre ; et rien dans sa complexité, ses parfums ou sa substance n'était décevant. Au contraire, en retombant sur l'herbe, je laissai mes doigts creuser la terre. Elle était douce et crissait sous mes ongles. Je sanglotais. Je palpais la texture de la boue.

Le soleil dardait ses rayons sur chacun de nous. Memnoch, assis, me regardait, ses ailes immenses s'estompant lentement, jusqu'à ce que nous soyons redevenus deux silhouettes apparemment humaines ; l'une, couchée à plat ventre, pleurant comme un enfant, et l'autre, ange gigantesque, qui méditait et attendait, la lumière éclairant lentement sa crinière de cheveux.

– Vous avez entendu ce qu'Il m'a dit ! m'écriai-je. (Je me redressai. Ma voix aurait dû être assourdissante. Pourtant, elle était juste assez forte pour être parfaitement audible.) Il a dit : " Jamais vous ne seriez mon adversaire ! " Vous L'avez entendu ! Il m'a appelé par mon nom.

Memnoch, parfaitement calme, était bien sûr infiniment plus séduisant et enchanteur sous sa forme angélique qu'il ne le serait jamais en tant qu'Homme Ordinaire.

– Naturellement, il vous a appelé par votre nom, répondit-il, les yeux agrandis par son emphase. " Il ne veut pas que vous m'aidiez. Je vous l'ai dit. C'est moi qui gagne. "

– Mais que faisions-nous là-bas ! Comment pouvons-nous entrer au Paradis et être quand même ses adversaires !

– Venez avec moi, Lestat, soyez mon lieutenant, et vous pourrez aller et venir comme bon vous semblera.

Je le dévisageai, muet d'étonnement.

– Vous parlez sérieusement ? Aller et venir là-bas ?

– Oui. A tout moment. Comme je vous l'ai dit. Ne connaissez-vous pas les saintes Écritures ? Je ne revendique pas l'authenticité des fragments qui subsistent, ni même la poésie d'origine, mais vous pouvez bien sûr circuler à votre guise. Vous n'y appartiendrez pas définitivement tant que vous ne vous serez pas racheté. Mais vous pourrez assurément entrer et sortir, une fois que vous serez de mon côté.

J'essayais de m'imprégner de ses propos. De me représenter à nouveau les galeries, les bibliothèques, les interminables rangées de livres, et je réalisai alors que tout cela devenait chimérique ; les détails s'effaçaient. Je ne gardais le souvenir que du dixième de ce que j'avais vu ; peut-être même moins. Ce que j'ai décrit ici, dans ce livre, est ce dont je suis parvenu à me souvenir ici et là. Mais il y a eu tant d'autres choses !

— Comment est-ce possible qu'Il nous laisse entrer au royaume des Cieux !

Je tentais de me concentrer sur la Bible, sur ce que David avait raconté un jour, il y a très longtemps, à propos du Livre de Job, de Satan qui rôdait et de Dieu qui avait dit, presque détaché : « Où étiez-vous ? » Quelque explication du *bene ha elohim* ou du tribunal céleste.

— Nous sommes ses enfants, répondit Memnoch. Voulez-vous savoir comment tout a commencé, connaître la véritable et intégrale histoire de la Création et de la chute de l'homme, ou préférez-vous y retourner et vous jeter dans Ses bras ?

— Qu'y a-t-il de plus là-bas ? demandai-je. Mais je savais. Il y avait l'entendement des propos de Memnoch. Et aussi ce qui était exigé pour y pénétrer. Je ne pouvais pas y aller, juste comme ça, et Memnoch le savait pertinemment. J'avais le choix, certes, et l'alternative était la suivante, suivre Memnoch ou retourner sur terre. Mais l'admission au Ciel n'était pas automatique. Sa remarque était pleine d'ironie. Car il m'était impossible d'y retourner et de me jeter dans Ses bras.

— Vous avez raison, dit-il. Mais en même temps, vous avez aussi complètement tort.

— Je ne veux pas voir l'Enfer ! m'écriai-je.

Je me dressai de toute ma hauteur, révolté. Je regardai alentour. C'était un jardin à l'abandon, c'était mon Jardin Sauvage, avec ses vignes et ses arbres noueux, ses herbes folles, ses orchidées qui s'accrochaient aux branches moussues des arbres, ses oiseaux qui passaient, vifs comme l'éclair, bien au-dessus du feuillage touffu.

— Je ne veux pas voir l'Enfer, répétai-je. Je ne veux pas, je ne veux pas !...

Memnoch se taisait. Il semblait considérer la question. Puis il suggéra :

— Désirez-vous connaître le pourquoi des choses, oui ou non ? J'étais tellement persuadé que vous le voudriez, vous plus que tout autre. Je pensais que vous seriez avide de la moindre information !

— Mais je le suis ! m'exclamai-je. Bien sûr que je veux savoir. Mais je... Je ne crois pas que je puisse.

— Je peux vous en dire tout ce que je sais, dit-il avec douceur, dans un léger haussement de ses puissantes épaules.

Ses cheveux étaient plus soyeux et plus vigoureux que ceux des humains, leur fibre probablement plus épaisse, et sûrement plus incandescente. J'apercevais leurs racines en haut de son front lisse. D'ailleurs, ses cheveux ébouriffés retrouvaient silencieusement un certain ordre, ou peut-être semblait-il moins décoiffé. La chair de son visage paraissait tout aussi douce et d'une grande souplesse, avec son nez long et bien dessiné, sa bouche large et charnue, le ferme contour de sa mâchoire.

Je me rendis compte que ses ailes étaient toujours déployées, bien qu'elles fussent pratiquement invisibles. Je parvenais à distinguer le dessin de leurs plumes, couche après couche, à condition de les regarder en louchant pour essayer d'en faire ressortir les détails avec quelque chose de sombre en arrière-plan, comme l'écorce d'un arbre, par exemple.

– Je n'arrive pas à réfléchir, dis-je. Je vois bien ce que vous pensez de moi, vous vous dites que vous avez choisi un poltron ! Et que vous avez commis une grave erreur. Mais c'est vrai, je n'arrive pas à raisonner. Je... Je L'ai vu. Il a dit : « Vous ne seriez pas mon adversaire ! » Et vous me demandez justement de le devenir ! Vous m'avez emmené auprès de Lui et m'en avez arraché.

– Ainsi que Lui-même m'y avait autorisé ! répliqua Memnoch, les sourcils légèrement haussés.

– C'est la vérité ?

– Bien sûr.

– Alors pourquoi m'a-t-Il supplié ! Pourquoi avait-Il cet air-là !

– Parce qu'il était Dieu incarné, et que, sous Sa forme humaine, Dieu incarné souffre et ressent les choses, aussi vous a-t-Il donné cette part de Lui-même, c'est tout ! La souffrance, ah ! la souffrance !

Il leva les yeux vers le ciel et hocha la tête. Il fronça légèrement les sourcils, l'air pensif. Son visage, sous cette apparence-là, ne pouvait exprimer le courroux ni être déformé par une terrible émotion. Blake avait percé les mystères du Paradis.

– Mais c'était Dieu, répondis-je.

Il acquiesça, la tête légèrement inclinée.

– Eh oui ! fit-il d'un ton las, notre Seigneur Dieu.

Il regarda vers les arbres. Il ne semblait ni fâché, ni impatient, ni même fatigué. Une fois de plus, je me demandai s'il était capable d'exprimer ces sentiments-là. Je m'aperçus qu'il écoutait les bruits de ce doux jardin, que je percevais aussi.

Des odeurs me parvenaient – celles des animaux, des insectes, le parfum entêtant des fleurs tropicales, celles-là mêmes qui, dans une jungle humide, mutantes et baignées par trop de chaleur, peuvent s'abreuver aux entrailles de la terre ou aux cimes feuillues. Soudain, je captai des senteurs humaines !

Il y avait des gens dans cette forêt. Nous nous trouvions dans un lieu bien réel.

– Nous ne sommes pas seuls ici, observai-je.

– Effectivement. (Il m'adressa alors un sourire plein de tendresse.) Vous n'êtes pas un lâche. Vais-je tout vous raconter, ou me contenter de vous laisser partir ? A présent, vous en avez appris davantage que ce que des millions d'autres pourront jamais entrevoir au cours de leur existence. Vous ne savez que faire de cette connaissance, ni comment continuer à vivre et à être ce que vous êtes... Mais vous avez eu votre vision fugitive du Paradis. Vais-je vous laisser repartir ? N'avez-vous pas envie de savoir pourquoi j'ai tellement besoin de vous ?

– Si, je veux le savoir. Mais surtout, plus que toute autre chose, je veux comprendre pourquoi vous et moi pouvons nous tenir ici côte à côte, opposés l'un à l'autre, comment vous pouvez avoir cet apparence et être le Diable, et comment... comment... (Je me mis à rire.) ... Comment je peux ressembler à ce que je suis et être le démon que j'ai été ! Voilà ce que je veux savoir. De ma vie, jamais je n'ai vu les lois de l'esthétique du monde ainsi transgressées. La beauté, le rythme, la symétrie, ce sont les seules lois qui me paraissaient naturelles.

« Et je les ai toujours appelées Jardin Sauvage ! Parce qu'elles me semblaient impitoyables et indifférentes à la souffrance – à la beauté du papillon pris au piège d'une toile d'araignée ! A la bête sauvage étendue dans le veldt, le cœur encore battant tandis que les lions viennent lécher la blessure de sa gorge.

– Oui, je comprends très bien et je respecte votre philosophie, répondit-il. Vos mots sont les miens.

– Mais j'ai vu quelque chose de plus là-haut ! J'ai vu le Ciel. Vu le Jardin dans toute sa perfection qui n'avait plus rien de sauvage. Je l'ai vu !

Et je me remis à pleurer.

– Je sais, je sais, fit-il pour m'apaiser.

– Bon, d'accord.

Je me redressai une nouvelle fois, honteux. Je fouillai dans mes poches, trouvai un mouchoir de lin, le sortis et m'essuyai le visage. Le tissu avait l'odeur de ma maison de La Nouvelle-Orléans, où ma veste et le mouchoir étaient restés rangés jusqu'au crépuscule de ce soir, lorsque je les avais pris dans le placard et que j'étais parti kidnapper Dora dans les rues.

D'ailleurs, était-ce bien cette même nuit ?

Je n'en avais pas la moindre idée.

Je pressai le mouchoir contre ma bouche. Je humai les senteurs de La Nouvelle-Orléans, sa poussière, son humus et sa chaleur.

Je m'essuyai la bouche.

– D'accord ! déclarai-je, haletant. Si vous n'êtes pas complètement dégoûté de moi...

– C'est tout juste ! rétorqua-t-il, aussi courtoisement qu'aurait pu le faire David.

181

– Alors racontez-moi l'histoire de la création du monde. N'omettez aucun détail. Allez-y ! Parlez-moi ! Il..

– Oui... ?

– Il faut que je sache !

Il se mit debout, secoua les brins d'herbe de son ample vêtement, et dit :

– C'est ce que j'attendais. A présent, nous pouvons commencer pour de bon.

11

– Avançons-nous dans la forêt tout en parlant, suggéra-t-il, si cela ne vous dérange pas de marcher.

– Non, pas du tout, répondis-je.

Il brossa encore les quelques brins d'herbe restés sur son vêtement, une fine robe tissée, sobre et neutre, qui aurait pu être portée hier ou il y a un million d'années. Dans l'ensemble, il était légèrement plus grand que moi, et plus grand peut-être que la plupart des humains ; il correspondait en tous points au mythe de l'ange, si ce n'était que ses ailes blanches demeuraient diaphanes, conservant leur forme sous une sorte de manteau d'invisibilité, davantage, semblait-il, pour des raisons de commodité qu'autre chose.

– Nous ne sommes pas dans le cours du Temps, expliqua-t-il. Ne vous préoccupez pas des hommes et des femmes de cette forêt. Ils ne nous voient pas. Personne ne peut nous voir, c'est pourquoi je peux garder ma forme actuelle. Je n'ai pas à recourir au sombre corps de diable qu'Il juge approprié pour mes manœuvres terrestres, ni à celui de l'Homme Ordinaire, que j'ai moi-même choisi afin d'être discret.

– Vous voulez dire que vous n'auriez pas pu m'apparaître sur terre sous votre apparence angélique ?

– Pas sans moult discussions et plaidoyers, et, franchement, je voulais l'éviter. C'est trop assommant. Cela aurait aussitôt fait pencher la balance en ma faveur. Sous cette forme, j'ai par trop l'air foncièrement bon. Mais je ne peux entrer au Ciel sans elle ; Il refuse de voir l'autre, et je ne l'en blâme pas. Et, à dire vrai, sur terre, il m'est plus facile d'aller et venir en tant qu'Homme Ordinaire.

Je me relevai en chancelant et acceptai la main, ferme et chaude, qu'il me tendait. En fait, son corps me semblait aussi solide que l'avait été celui de Roger, tout à la fin de son apparition. Mon corps, lui, était d'une seule pièce, il était entier et il m'appartenait.

Je ne fus pas surpris de découvrir que mes cheveux étaient complètement emmêlés. J'y passai hâtivement un peigne et brossai mes propres vêtements – le costume sombre que j'avais enfilé à La Nouvelle-Orléans, couvert de minuscules grains de poussière et de brins d'herbe du jardin, mais impeccable par ailleurs. Le col de ma chemise était déchiré, comme si je l'avais moi-même arraché en le déboutonnant pour tenter de respirer. Sinon, j'avais mon allure habituelle de dandy, là, dans cette forêt épaisse et verdoyante qui ne ressemblait à rien de ce qu'il m'avait été donné de voir auparavant.

Un examen, même rapide, m'indiqua qu'il ne s'agissait pas d'une forêt tropicale, mais d'un endroit beaucoup moins dense, quoique aussi primitif.

– Ce n'est pas notre époque, dis-je.

– Eh bien ! nous pouvons la parcourir à notre guise, nous ne sommes qu'à quelques millions d'années avant notre siècle, si vous voulez savoir. Mais, je vous le répète, les hommes et les femmes qui s'y promènent ne nous verront pas. Alors ne vous inquiétez pas. Et les animaux ne peuvent pas nous faire de mal. Nous sommes des observateurs, mais nous ne touchons à rien. Venez, je connais ce terrain par cœur, et, si vous me suivez, vous constaterez que nous pouvons nous frayer facilement un chemin dans cette jungle. J'ai beaucoup de choses à vous dire. Le décor qui nous entoure va bientôt changer.

– Et ce corps qui est le vôtre ? Ce n'est pas une illusion ? Il n'y manque rien.

– Les anges sont invisibles, par nature. Plus exactement, nous sommes immatériels en termes de matière terrestre, de matière de l'univers physique, ou quels que soient les mots que vous souhaitez employer dans ce domaine. Mais vous aviez raison dans votre hypothèse de départ quant au fait que nous possédons un corps essentiel ; et nous pouvons puiser en nous-mêmes suffisamment de substance à partir d'une immense variété de sources pour nous créer un corps complet, qui fonctionne véritablement, et que nous pouvons ensuite mettre en pièces et disperser au moment que nous jugeons opportun.

Nous cheminions lentement et aisément à travers les hautes herbes. Mes bottes, bien adaptées à l'hiver new-yorkais, ne rencontraient aucune difficulté sur le sol accidenté.

– Ce que je dis, poursuivit Memnoch, ses immenses yeux en amande baissés sur moi – il devait mesurer environ huit centimètres de plus –, c'est que ce n'est pas un corps emprunté, ni même inventé, à proprement parler. C'est mon corps, dès lors qu'il est entouré et imprégné par la substance. En d'autres termes, c'est le résultat logique de mon essence qui attire à elle tous les divers matériaux dont elle a besoin.

– Vous voulez dire que vous avez cette apparence-là parce que c'est votre apparence.

– Précisément. Le corps de Diable est un châtiment. Celui de l'Homme Ordinaire un subterfuge. Mais voici ma véritable apparence. Partout au Ciel, il y avait des anges comme moi. Votre attention s'est portée principalement sur les âmes des humains. Mais les anges étaient là.

J'essayai de me souvenir. Y avait-il eu des êtres plus grands, des êtres ailés ? Oui, il me semblait bien, pourtant je n'en étais pas sûr. Le tonnerre béatifique résonna soudain à mes oreilles. Je ressentis la joie, la sérénité, et par-dessus tout la satisfaction de ceux qui s'y trouvaient heureux. Mais les anges, non, je n'avais pas remarqué.

– J'adopte ma forme réelle, continua Memnoch, lorsque je me trouve aux cieux, ou en dehors du Temps. Lorsque je suis seul, pour ainsi dire, et que je ne suis pas tenu de rester sur Terre. D'autres anges, Michaël, Gabriel, tous ceux-là peuvent apparaître à leur guise aux hommes sous leur forme glorifiée. Et, là encore, cela serait naturel. La matière attirée à eux par leur force magnétique leur donne ainsi la plus belle de leurs apparences, celle dont Dieu les a dotés. Mais il est rare que cela leur arrive. Ils circulent en tant qu'Hommes et Femmes Ordinaires, simplement parce que c'est plus facile. Accabler continuellement les humains ne sert pas nos desseins – ni ceux de Notre Seigneur, ni les miens.

– Et là est toute la question. Quels sont vos desseins ? Que faites-vous, puisque vous n'êtes pas malfaisant ?

– Permettez-moi de commencer par la Création. Et laissez-moi vous dire tout de suite que j'ignore complètement d'où est venu Dieu, pourquoi ou comment. Personne ne le sait. Les auteurs mystiques, les prophètes de la terre, qu'ils soient hindous, zoroastriens, hébreux ou égyptiens, tous admettent l'impossibilité de comprendre l'origine de Dieu. Pour moi, ce n'est pas vraiment le problème et cela ne l'a jamais été, encore qu'à la fin des Temps, je soupçonne que nous le saurons.

– Vous voulez dire que Dieu ne s'est pas engagé à nous dire d'où Il vient.

– Vous savez quoi ? observa-t-il en souriant. Je ne crois pas qu'Il le sache lui-même. Je pense que c'est en cela que réside toute la finalité de l'univers. Il réfléchit au rythme de l'évolution du monde, Il va trouver. Ce qu'Il a mis en marche, comprenez-vous, est un gigantesque Jardin Sauvage, une expérience colossale, pour voir si son résultat final génère des êtres tels que Lui. Nous sommes créés à Son image, tous autant que nous sommes – Il est anthropomorphe, indiscutablement, mais, je le répète, Il n'est pas matériel.

– Et lorsque la lumière a jailli, lorsque vous vous êtes protégé les yeux, c'était Dieu.

Il acquiesça.

– Dieu, le Père, Dieu, l'Essence, Brahma, l'Aten, le Doux Seigneur, *En Sof,* Yahvé, Dieu !

– Alors comment peut-Il être anthropomorphe ?

– Son essence a une forme, comme pour moi. Nous, Ses premières créations, avons été façonnés à Son image. C'est ce qu'il nous a dit. Il a deux jambes, deux bras, une tête. Il a fait de nous des images invisibles, mais identiques. Puis il a mis l'univers en mouvement pour étudier les transformations de cette forme au travers de la matière, vous saisissez ?

– Pas tout à fait.

– Je pense que Dieu a travaillé à partir du calque de Sa personne. Il a créé un univers physique dont les lois résulteraient de l'évolution des créatures qui Lui ressemblent. Elles allaient être constituées de matière. A l'exception d'une différence capitale. Mais ensuite, il y a eu plein de surprises. Vous connaissez déjà mon opinion. Lorsqu'il était un humain, votre ami David avait mis le doigt dessus. Je pense que le projet de Dieu a terriblement mal tourné.

– Oui, c'est effectivement ce qu'a dit David : que les anges ont pensé que le projet de Dieu relatif à la Création était complètement erroné.

– Oui. Je pense qu'à l'origine, Il l'a fait pour découvrir comment cela aurait été si Lui avait été constitué de matière. Je pense aussi qu'Il était en quête d'un indice pour savoir comment Lui-même était arrivé là où Il est. Et pourquoi Il a cette forme-là, c'est-à-dire la mienne ou la vôtre. En observant l'évolution de l'homme, Il espère comprendre Sa propre évolution, si toutefois un tel phénomène s'est réellement produit. Quant à savoir si tout cela a fonctionné ou non de manière à Le satisfaire, vous seul pouvez en être le juge.

– Attendez une minute, répondis-je. Car s'Il est un esprit fait de lumière, ou de rien du tout, alors qu'est-ce qui, au commencement, Lui a donné l'idée de la matière ?

– Ah ! voilà bien le grand mystère cosmique. Selon moi, c'est Son imagination qui a créé la matière, ou qui l'a prévue, ou ardemment désirée. Voyez-vous, Lestat, si Lui-Même est issu de la matière... alors cela signifie que tout ceci est une expérience pour voir à quel moment la matière pourra de nouveau se transformer pour redevenir Dieu.

« S'Il n'est pas né de la matière, s'Il l'a précédée et que c'est une chose qu'Il a imaginée et à laquelle Il aspirait, eh bien ! à la base, les effets sur Lui sont les mêmes. Il voulait la matière. Sans elle, Il était mécontent. Sinon, Il ne l'aurait pas créée. Ce n'était pas un hasard, je puis vous l'assurer.

« Mais je vous préviens, tous les anges ne sont pas d'accord sur cette interprétation ; certains n'éprouvent pas le besoin d'en donner une, et d'autres avancent des thèses complètement différentes. C'est ma théorie, et, puisque je suis le Diable, et ce, depuis des siècles, puisque je suis l'Adversaire, le Prince des Ténèbres, le Maître du Monde, des Hommes et de l'Enfer, je considère que mon opinion mérite d'être énoncée. Et d'être partagée. C'est donc mon article de foi.

« Le dessein de l'univers est immense, ce qui est un euphémisme, mais le processus de son évolution résulte de Son expérience calculée, et nous, les anges, avons été créés bien avant son commencement.

– Comment était-ce avant les débuts de la matière ?

– Je ne peux pas vous répondre. Je le sais, mais, à proprement parler, je ne m'en souviens pas. La raison en est simple : lorsque la matière a été créée, le temps l'a été également. Tous les anges se sont mis à exister non seulement dans leur perfection céleste auprès de Dieu, mais pour témoigner et être intégrés au temps.

« A présent, nous pouvons nous en échapper, et je peux, dans une certaine mesure, me rappeler l'époque où le piège que sont la matière et le temps n'existaient pas ; mais je ne saurais vraiment plus vous dire à quoi ressemblait cette toute première phase. La matière et le temps ont totalement modifié les choses. Ils n'ont pas seulement fait disparaître l'état de pureté qui les a précédés, ils l'ont relégué au second plan ; ils lui ont fait de l'ombre ; ils l'ont... comment pourrais-je dire...

– Éclipsé...

– Exactement. La matière et le temps ont éclipsé le temps avant le temps.

– Mais vous souvenez-vous d'avoir été heureux ?

– Question intéressante. Oserais-je dire ceci ? s'interrogea-t-il tout en continuant à méditer. Oserais-je dire que je me souviens davantage d'un désir ardent, de l'inachèvement, que d'un bonheur parfait ? Oserais-je dire qu'il y avait moins à comprendre ?

« Vous ne pouvez pas sous-estimer l'effet qu'a produit sur nous la création de l'univers physique. Essayez de réfléchir à ce que signifie le temps, et à quel point vous risqueriez d'être malheureux sans lui. Non, ce n'est pas ça. Je veux dire que sans le temps, vous ne pourriez pas avoir conscience de vous-même, que ce soit en termes d'échec ou d'accomplissement, de progression ou de recul, ou de toute autre chose.

– Je comprends. Un peu comme les gens âgés dont l'intelligence a tellement baissé que leur mémoire est de jour en jour plus défaillante. Végétatifs, les yeux grands ouverts, ils ne sont plus en phase avec leurs semblables parce qu'ils perdent le sens de toute chose... d'eux-mêmes et du reste.

– L'analogie est parfaite. Mais permettez-moi de vous certifier que ces individus, si âgés et meurtris soient-ils, ont encore une âme, qui, à moment donné, cessera d'être dépendante de leurs cerveaux invalides.

– Des âmes! fis-je.

Nous marchions lentement mais régulièrement, et j'essayai de ne pas me laisser distraire par la verdure et les fleurs; mais les fleurs m'ont toujours charmé; et j'en voyais ici d'une taille que notre monde actuel trouverait sûrement peu pratiques et impossibles à entretenir. Il y avait toutefois des espèces d'arbres que je connaissais. C'était le monde tel qu'il avait été jadis.

– Effectivement, vous avez raison sur ce point. Sentez-vous la chaleur tout autour de vous? C'est pour notre planète une ère d'évolution harmonieuse. Lorsque les hommes évoquent l'Éden ou le Paradis, c'est de ce temps-là dont ils se " souviennent ".

– La période glaciaire ne va pas tarder à arriver.

– La seconde période glaciaire, oui. Absolument. Puis l'univers verra son renouveau, et l'Éden reviendra. Tout au long de la période glaciaire, l'homme et la femme vont évoluer. Mais n'oubliez pas que même à ce stade, la vie telle que nous la connaissons existait depuis des millions d'années!

Je m'arrêtai. Le visage entre les mains, j'essayai de réfléchir à tout cela. (Si vous voulez faire de même, vous n'avez qu'à relire les deux dernières pages.)

– Mais Il savait ce qu'était la matière!

– Non, j'en doute, répondit Memnoch. Il a pris cette graine, cet œuf, cette essence et l'a coulée dans un moule qui est devenu matière. Mais j'ignore dans quelle mesure Il avait anticipé ce que cela allait signifier. Vous voyez, c'est notre grand sujet de discorde. Je ne pense pas qu'Il prévoie les conséquences de Ses actes! Ni qu'Il s'en préoccupe! C'est là la cause de notre grande bataille!

– Ainsi, Il aurait créé la matière au fur et à mesure qu'Il découvrait ce que c'était.

– Oui, la matière et l'énergie, qui sont interchangeables, comme vous le savez; Il les a créés, en effet, et j'ai idée que la clé de Son être réside dans le mot " énergie ", que si l'anatomie de l'homme atteint jamais le point où les anges et Dieu peuvent être expliqués de façon satisfaisante en langage humain, l'énergie sera la clé.

– Par conséquent, Il était énergie, observai-je, et, en façonnant l'univers, Il a fait en sorte qu'un peu de cette énergie soit transformée en matière.

– Oui, afin de créer une permutation circulaire indépendante de Lui. Mais bien sûr, au début, personne ne nous en a rien dit. Et Lui non plus. Mais je ne crois pas qu'Il le savait. Et nous encore moins. Toujours est-il que nous étions éblouis par Ses créations. Nous étions littéralement stupéfaits par le contact, le goût, la chaleur, la solidité et la gravitation de la matière dans son combat contre l'énergie. Nous n'en croyions pas nos yeux.

– Et vous avez vu l'univers se développer. Vous avez assisté au Big Bang.

– Utilisez ce terme avec scepticisme. Oui, nous avons vu naître l'univers ; nous avons vu chaque chose se mettre en mouvement. Et nous en avons été subjugués ! C'est pourquoi presque toutes les religions anciennes célèbrent la majesté, la grandeur, la magnificence et le génie du Créateur ; c'est pourquoi aussi les toutes premières antiennes jamais composées chantent les louanges de Dieu. Nous étions impressionnés, comme les humains un peu plus tard allaient l'être aussi, et, dans nos esprits angéliques, Dieu était Tout-Puissant, prodigieux et dépassait tout entendement, avant même que l'homme n'existe.

« Mais je vous rappelle, d'autant plus que nous traversons ce jardin merveilleux, que nous avons été témoins de millions d'explosions et de transformations chimiques, de commotions, dont toutes comportaient des molécules non organiques avant que " la vie ", comme nous l'appelons, ne vienne à naître.

– Les chaînes de montagnes existaient ?

– Oui.

– Et les pluies ?

– C'étaient des torrents et des torrents de pluie.

– Des éruptions volcaniques ?

– Continuellement. Vous ne pouvez pas vous imaginer combien nous étions fascinés. Nous observions l'atmosphère qui s'épaississait et se développait, nous la regardions changer dans sa composition.

« Et puis, et puis est arrivé ce que je nommerai pour vous les " Treize Révélations de l'Évolution Physique ". Et, par révélation, j'entends ce qui a été révélé aux anges au cours du processus, à ceux d'entre nous qui observaient, à nous.

« Je pourrais vous le raconter plus en détail, vous emmener au cœur de chaque espèce basique d'organisme qui s'est jamais développée dans ce monde. Mais vous ne vous en souviendriez pas. Je vais vous parler de ce dont vous allez pouvoir vous souvenir, pour que vous puissiez prendre votre décision tant que vous êtes encore vivant. »

– Suis-je vivant ?

– Évidemment. Votre âme n'a jamais éprouvé la mort physique ; elle n'a jamais quitté la terre, sauf en ma compagnie, par une dispense spéciale pour ce voyage. Vous savez que vous êtes vivant. Vous êtes Lestat de Lioncourt, même si votre corps a subi une mutation due à l'intrusion d'un esprit étranger et alchimique, dont vous avez vous-même relaté l'histoire et les infortunes.

– Pour venir avec vous... Pour décider de vous suivre... Il faut donc que je meure, n'est-ce pas ?

– Bien sûr.

De nouveau, je m'arrêtai net, les mains collées à mes tempes. Je regardais fixement la terre sous mes bottes. Je sentais les nuées d'insectes agglutinées dans les rayons que le soleil dardait sur nous.

189

J'observais le reflet de la splendeur de la forêt verdoyante dans les yeux de Memnoch.

Il leva la main très lentement, comme pour me donner toute latitude de m'éloigner de lui, puis il la posa sur mon épaule. J'aimais ce geste, car il était empreint de respect. Moi-même, j'essayais si souvent de faire ces gestes-là.

— Vous avez le choix, vous vous en souvenez? Vous pourrez redevenir exactement ce que vous êtes en ce moment.

Je ne pouvais répondre. Je sais ce que je pensais. *Immortel, matériel, surnaturel, vampire.* Mais je me gardai de prononcer ces mots-là. Comment pouvait-on se remettre d'une chose pareille? Et, de nouveau, je vis Son visage et entendis Ses paroles. *Jamais vous ne seriez mon adversaire,* n'est-ce pas?

— Vous réagissez très bien à ce que je vous dis, observa-t-il chaleureusement. Je le savais, et pour plusieurs raisons.

— Pourquoi? Expliquez-moi. J'ai besoin que l'on me rassure un peu. Je suis trop bouleversé par les larmes que j'ai versées et par mes balbutiements, quoique, je dois l'avouer, je n'aie guère envie de parler de moi.

— Ce que vous êtes fait partie de ce que nous faisons, dit-il.

Nous étions arrivés devant une énorme toile d'araignée, suspendue au-dessus de notre large chemin par des fils épais et luisants. Respectueusement, il se baissa pour passer en dessous plutôt que de la détruire, rabattant ses ailes autour de lui, et je suivis son exemple.

— Vous êtes curieux, c'est votre plus grande qualité, dit-il. Vous avez envie d'apprendre. C'est ce que votre Marius, l'ancien, vous expliquait, lui qui, ayant survécu des milliers d'années ou presque, vous répondait comme si vous étiez une toute jeune créature vampirique, parce que les questions que vous posiez étaient pleines de sincérité. Vous vouliez apprendre. Et c'est également ce qui m'a séduit en vous.

« En dépit de toute votre arrogance, vous vouliez savoir! Vous n'avez cessé de vous montrer excessivement injurieux à mon égard et à celui de Dieu, mais, de nos jours, tout le monde a tendance à l'être. Cela n'a rien d'exceptionnel, sauf que dans votre cas à vous, il y avait dans votre attitude une curiosité et un émerveillement d'une authenticité formidable. Vous avez vu le Jardin Sauvage, plutôt que de vous contenter d'y jouer un rôle. Ce qui a contribué au fait que je vous choisisse.

— Très bien, fis-je dans un soupir.

C'était logique. Bien sûr que je me souvenais du jour où Marius s'était dévoilé à moi. Je n'avais rien oublié de ses paroles auxquelles Memnoch faisait allusion. Et j'étais conscient, également, que mon immense amour pour David, et pour Dora, tournait autour de traits de caractère très similaires chez l'un et l'autre: une curiosité d'esprit pleine d'intrépidité et encline à assumer les conséquences des réponses.

– Seigneur, ma Dora, est-ce qu'elle va bien ?

– Ah ! c'est ce genre de remarque qui m'étonne toujours, cette facilité avec laquelle vous êtes distrait. Juste au moment où j'ai l'impression que j'ai vraiment réussi à vous surprendre et que vous n'allez plus m'échapper, vous vous dérobez et exigez qu'on vous réponde selon vos propres conditions. Ce n'est pas un outrage à votre appétit de connaissance, mais c'est un moyen de contrôler l'investigation, pour ainsi dire.

– Êtes-vous en train de me dire que je dois, pour l'instant, oublier Dora ?

– Je vais vous dire mieux : vous n'avez aucun souci à vous faire. Vos amis, Armand et David, ont trouvé Dora, et ils veillent discrètement sur elle.

Il sourit pour me rassurer, puis il hocha la tête avec une expression quelque peu dubitative, voire empreinte de réprimande.

– Et, ajouta-t-il, vous devez vous souvenir que votre précieuse Dora a en elle d'incroyables ressources physiques et mentales. Vous avez très certainement accompli ce que Roger vous avait demandé. Depuis des années déjà, sa foi en Dieu a fait d'elle un être à part ; et ce que vous lui avez montré n'a fait que renforcer son engagement dans tout ce à quoi elle croit. Je n'ai plus envie de parler d'elle. Je veux poursuivre ma description de la Création.

– Continuez, s'il vous plaît.

– Bon, alors, où en étions-nous ? Il y avait Dieu ; et nous étions auprès de lui. Nous étions dotés d'une forme anthropomorphe, mais nous ne lui donnions pas ce nom-là parce que nous ne nous étions jamais vus sous une apparence matérielle. Nous avions conscience de nos membres, de nos têtes, nos visages, nos formes, et d'une sorte de mouvement purement céleste, mais qui concourait à l'organisation des différentes parties de nos êtres, avec une grande fluidité. Mais nous ignorions tout de la matière ou de l'apparence matérielle. Puis Dieu a créé l'univers et le temps.

« Nous en avons été étonnés, et fascinés aussi ! Absolument fascinés !

« Dieu nous a dit : " Regardez bien, parce que cela va être beau, cela va surpasser votre imagination et vos espérances, tout comme les Miennes. "

– Dieu a dit cela ?

– Oui, à moi et aux autres anges. Regardez bien. Et si vous vous reportez aux diverses versions des saintes Écritures, vous constaterez que l'un des tout premiers termes utilisés pour nous désigner, nous les anges, est les Veilleurs.

– Oui, dans Hénoch et dans de nombreux textes hébraïques.

– C'est exact. Et si vous vous référez aux autres religions dans le monde, dont les symboles et le langage vous sont moins familiers, vous y découvrirez une cosmologie d'êtres semblables, une race précoce de créatures divines qui ont observé ou précédé l'homme. Tout y est faussé, mais, d'une certaine façon, c'est quand même vrai. Nous avons été les témoins de la Création de Dieu. Comme nous existions déjà, nous n'avons pas pu assister à notre propre création. Mais nous étions présents lorsqu'Il a fait les étoiles !

– Êtes-vous en train de m'expliquer que ces autres religions ont la même valeur que celle dont nous nous préoccupons ? Nous parlons de Dieu et de Notre Seigneur comme si nous étions des catholiques européens.

– Dans d'innombrables textes de par le monde, tout est mensonger. Quelques écrits, à présent perdus pour toujours, contiennent des informations étonnamment précises sur la cosmologie ; d'autres sont connus des hommes ; et d'autres enfin, ont été oubliés mais peuvent être redécouverts un jour ou l'autre.

– Un jour ou l'autre...

– C'est toujours la même histoire. Mais laissez-moi vous exposer mon point de vue, et vous n'aurez aucune difficulté à le concilier avec vos propres références et la symbolique à laquelle vous êtes habitué.

– Mais la valeur des autres religions ! Vous dites que l'être que j'ai vu au Ciel n'était pas le Christ.

– Je n'ai *pas* dit cela. En tout état de cause, j'ai dit qu'il était Dieu incarné. Attendez un peu que nous en soyons là.

Nous étions sortis de la forêt et nous trouvions maintenant à la lisière de ce qui semblait être un veldt. Pour la première fois, j'apercevais les humains dont l'odeur avait attiré mon attention – une bande de nomades à peine vêtus qui s'avançaient au loin et à pas réguliers à travers les hautes herbes. Ils devaient être environ une trentaine, peut-être moins.

– Et la période glaciaire est encore à venir, répétai-je.

Je me tournai en tous sens, dans l'espoir de mémoriser les détails de ces arbres immenses et de m'en imprégner. Or, comme je m'y employais, je réalisai soudain que la forêt avait changé.

– Observez attentivement ces êtres humains, dit-il. Regardez. (Il les désigna du doigt.) Que voyez-vous ?

Pupilles étrécies, j'en appelais à mes pouvoirs vampiriques afin de mieux les discerner.

– Des hommes et des femmes, qui ressemblent fort à ceux d'aujourd'hui. Oui, je dirais qu'il s'agit d'*Homo Sapiens Sapiens*. Ils sont de notre espèce.

– Exactement. Que remarquez-vous à propos de leurs visages ?

– Que leurs expressions sont nettes et semblent tout à fait modernes, en tout cas lisibles par un esprit contemporain. Certains froncent les sourcils ; d'autres bavardent ; un ou deux paraissent plongés dans leurs pensées. L'homme à la chevelure hirsute qui est resté en arrière a l'air malheureux. Et la femme, celle avec une poitrine énorme... Vous êtes sûr qu'elle ne nous voit pas ?

– Non, elle ne peut pas. C'est à peine si elle regarde dans notre direction. Qu'est-ce qui la distingue des hommes ?

– Eh bien ! ses seins, évidemment, et le fait qu'elle soit glabre. Les hommes sont barbus. Bien sûr, ses cheveux sont plus longs, et puis, elle est jolie ; elle a une ossature délicate ; elle est féminine. Elle n'est pas enceinte, à la différence des autres. Elle doit être la plus jeune, ou celle qui n'a pas encore eu d'enfants.

Il acquiesça.

Il me semblait pourtant qu'elle pouvait bel et bien nous voir. Elle plissait les yeux comme je le faisais moi-même. Son visage était allongé, ovale, ce qu'un paléontologue aurait appelé de Cro-Magnon ; il n'y avait en elle rien de simiesque, ni en sa parenté, d'ailleurs. Elle n'était pas blonde cependant, sa peau était cuivrée, un peu comme celle des peuples sémites ou arabes, et comme la Sienne, là-haut dans le Ciel. Ses cheveux noirs se soulevèrent délicieusement dans le vent comme elle se tournait pour repartir.

– Tous ces gens sont nus.

Memnoch eut un petit rire.

Nous retournâmes dans la forêt ; le veldt disparut. Autour de nous, l'air était épais, humide et odoriférant.

Des fougères et des conifères immenses nous dominaient. Je n'avais jamais vu de fougères aussi hautes, avec leurs gigantesques frondes bien plus grandes que les lames des feuilles de bananier ; quant aux conifères, je ne pouvais les comparer qu'aux rudes séquoias des forêts de Californie occidentale, ces arbres qui avaient toujours suscité en moi un sentiment de solitude et de peur.

Il marchait toujours en tête, oublieux de cette foisonnante jungle tropicale à travers laquelle nous cheminions. Des choses nous dépassaient en rampant ; l'on entendait au loin des rugissements étouffés. Le sol était recouvert de plusieurs couches d'une végétation verdoyante, veloutée, plissée, et parfois de rochers qui paraissaient animés !

Un vent plutôt froid se mit soudain à souffler et je jetai un coup d'œil par-dessus mon épaule. Le veldt et les humains s'étaient depuis longtemps évanouis. Les sombres fougères s'élevaient si denses derrière nous qu'il me fallut un moment pour réaliser que la pluie tombait du ciel, bien au-dessus de nos têtes, frappant les feuilles les plus hautes puis retombant sur nous de son petit bruit apaisant.

Aucun humain n'avait jamais vécu dans cette forêt, c'était certain, mais quelle espèce de monstres se trouvait là, risquant de jaillir de l'ombre à tout instant ?

– Bien, dit Memnoch en écartant sans difficulté de son bras droit l'épaisse frondaison tandis que nous continuions à marcher. Venons-en à ma description, ou plutôt à ce que j'ai organisé au sein des Treize Révélations de l'Évolution, au fur et à mesure que les anges les percevaient et en discutaient avec Dieu. Comprenez bien, alors même que nous allons parler uniquement de ce monde-ci – les planètes, les étoiles, les autres galaxies – que cela n'a rien à voir avec ce qui nous préoccupe.

– Vous voulez dire que nous constituons les seuls êtres vivants dans tout cet univers ?

– Je veux dire que je ne connais rien d'autre que mon univers, mon Ciel et mon Dieu.

– Je vois.

– Comme je vous l'ai dit, nous avons été les témoins de processus géologiques complexes ; nous avons vu surgir les montagnes, naître les mers, et se déplacer les continents. Nos antiennes de louanges et d'émerveillement étaient infinies. Vous ne pouvez imaginer ce que sont les chants du Ciel ; vous en avez entendu la musique dans un Paradis peuplé d'âmes humaines. A l'époque, nous n'étions que les chœurs célestes, et chaque évolution nouvelle nous inspirait ses psaumes et ses cantiques. Le son était autre. Pas mieux, non, mais différent.

« Pendant ce temps, nous étions très occupés, descendant dans l'atmosphère terrestre, oublieux de sa composition, et nous perdant dans la contemplation de détails divers. Les infimes particularités de la vie exigeaient de nous une observation minutieuse qui n'existait pas au royaume des cieux.

– Vous voulez dire que tout y était vaste et évident ?

– Absolument, et complètement illuminé, aussi. L'amour de Dieu n'était en aucun cas accru, approfondi ou compliqué par de quelconques vétilles.

Nous étions parvenus à une cascade, au débit faible mais impétueux, qui dégringolait jusqu'à une fontaine bouillonnante. Je restai là quelques instants, le visage et les mains rafraîchis par ses embruns. Memnoch semblait y trouver un égal plaisir.

Je m'aperçus que ses pieds étaient nus. Il avait trempé l'un des deux dans l'eau, qu'il regardait tournoyer autour de ses orteils. Ses ongles, très soignés, étaient pareils à de l'ivoire.

Tandis qu'il fixait les eaux écumantes et tumultueuses, ses ailes devinrent visibles et s'élevèrent soudain tout droit vers d'immenses pics au-dessus de lui ; je vis alors les gouttelettes qui scintillaient sur ses plumes. Il se produisit une sorte d'agitation ; les ailes se replièrent, semblables à celles d'un oiseau, puis se rabattirent derrière lui avant de disparaître.

– Imaginez à présent, reprit-il, les légions d'anges, toute cette multitude, de tous les rangs – car il existe une hiérarchie – descendant sur cette terre et tombant amoureux de phénomènes aussi simples que l'eau qui bouillonne sous nos yeux ou les couleurs changeantes du soleil lorsque ses rayons percent les gaz qui entourent la planète.

– Était-ce plus intéressant que le Paradis ?

– Oui. Il faut bien l'admettre. Bien sûr, en rentrant, on se sent pleinement satisfait d'être au Ciel, surtout si Dieu est content ; mais les aspirations, la curiosité innée reviennent, les pensées semblent se former dans nos esprits. C'est de cette façon que nous avons pris conscience de notre cerveau ; mais revenons-en aux Treize Révélations.

« La Première Révélation fut la transformation des molécules non organiques en molécules organiques... du rocher à la minuscule molécule vivante, pour ainsi dire. Oubliez cette forêt. Elle n'existait pas à l'époque. Mais regardez cette mare. C'était dans une cuvette semblable, coincée entre les montagnes, chaude, pleine d'activité et de gaz provenant des fournaises de la terre, que ces phénomènes ont débuté, et que les premières molécules organiques sont apparues.

« Une clameur s'éleva jusques aux cieux. « Seigneur, regardez ce que la matière a fait. » Et le Tout-Puissant approuva de son habituel sourire radieux. « Attendez et observez », a-t-il ajouté, et, comme nous obéissions, vint alors la Deuxième Révélation : les molécules commencèrent à s'organiser en trois éléments de la matière : les cellules, les enzymes et les gènes. Naturellement, la forme unicellulaire n'était pas sitôt apparue que les formes multicellulaires naquirent à leur tour ; et ce que nous avions pressenti avec l'arrivée des premières molécules organiques était à présent parfaitement évident ; une étincelle de vie animait ces choses-là ; elles étaient encore peu développées, mais il nous semblait que nous pouvions voir cette étincelle de vie et reconnaître en elle la preuve, si infime fût-elle, de l'essence de la vie que nous possédions nous-mêmes en abondance !

« En somme, l'univers était l'objet d'un bouleversement d'un genre nouveau ; et nous observions ces êtres microscopiques et multicellulaires qui flottaient dans l'eau, se rassemblaient pour constituer les plus primitives des algues ou fongus, nous voyions ces petites choses vivantes et vertes prendre possession du sol lui-même ! Le limon, resté accroché durant des millions d'années à ses bords, sortait à présent de l'eau. Et de ces machins rampants et verdâtres jaillissaient les fougères et les conifères que vous voyez tout autour de vous, qui ne cessaient de s'élever que lorsqu'ils avaient atteint une dimension gigantesque.

« Mais les anges aussi sont grands. Nous pouvions marcher sous ces arbres, dans un monde couvert de verdure. Alors, une fois de plus, si vous le voulez bien, écoutez avec votre imagination les antiennes de louanges qui s'élevaient vers le ciel ; écoutez la joie de Dieu, percevant tout ceci à travers Son propre intellect, à travers les chœurs, les récits et les prières de Ses anges !

« Les anges commencèrent à se disperser partout sur la Terre ; quelques endroits les charmèrent ; certains préféraient les montagnes; d'autres, les vallées profondes, ou les mers, ou les sombres forêts verdoyantes et ombragées.

– Ils devinrent donc pareils aux esprits aquatiques, dis-je, ou aux esprits sylvestres – tous ces esprits que les hommes se mettront par la suite à vénérer.

– Précisément. Mais vous brûlez les étapes ! Ma réaction à ces deux premières Révélations fut identique à celle de mes nombreuses légions ; sitôt que nous sentions une étincelle de vie émanant de ces organismes végétaux multicellulaires, nous commencions aussi à percevoir la mort de cette étincelle, dès qu'un organisme en dévorait un autre, ou bien l'envahissait pour se nourrir de lui ; et ce que nous voyions alors était la multiplicité et la destruction.

« Ce qui n'avait été jusque-là que de simples mutations – échange d'énergie et de matière – prenait à présent une nouvelle dimension. Nous vîmes alors s'annoncer la Troisième Révélation. Seulement, nous ne nous en sommes réellement rendu compte que lorsque les premiers organismes animaux se sont distingués des végétaux.

« Tandis que nous observions leur mouvement précis et déterminé, avec leur apparente grande variété de possibilités, nous comprîmes que l'étincelle de vie dont ils faisaient preuve était *effectivement tout à fait semblable* à la vie à l'intérieur de nous-mêmes. Et qu'arrivait-il à ces créatures ? A ces animaux microscopiques et à ces plantes ?

« Ils mouraient, voilà ce qui arrivait. Ils étaient nés, ils vivaient et mouraient, puis commençaient à pourrir. Et telle fut la Troisième Révélation de l'Évolution : la mort et la putréfaction.

Le visage de Memnoch devint plus sombre que je ne l'avais jamais vu. Il en conservait l'innocence, et l'émerveillement aussi, mais il était voilé par quelque chose de terrible, qui semblait être un mélange de peur et de déception ; peut-être n'était-ce que l'étonnement naïf de celui qui aboutit à une conclusion atroce.

– La Troisième Révélation fut la mort et la putréfaction, répétai-je. Et vous en avez éprouvé de la répulsion.

– Non, pas de la répulsion ! J'ai simplement supposé que cela devait être une erreur ! Je suis remonté jusqu'aux Cieux. " Écoutez, ai-je dit à Dieu, ces petites choses microscopiques cessent de vivre, l'étincelle s'éteint – phénomène impossible chez Vous ou chez nous, et ce qui reste de leur matière se met alors à pourrir. " Je n'étais pas le seul ange à m'être envolé vers la face de Dieu pour y pousser ce grand cri.

« Mais je pense que la peur et le soupçon dénaturaient mes antiennes d'émerveillement. La peur était née dans mon cœur. Je l'ignorais, mais elle s'était installée en moi avec la perception de la mort et de la putréfaction ; et, dans mon esprit, ce sentiment-là avait quelque chose de répressif.

Il me regarda.

– Souvenez-vous, poursuivit-il, nous sommes des anges. Jusqu'alors, la notion de punition nous était étrangère ; nos pensées n'avaient jamais connu la souffrance ! Vous saisissez ? Et je souffrais ; et la peur en était une des minuscules composantes.

– Et qu'a dit Dieu ?

– Que croyez-vous qu'Il ait dit ?

– Que tout cela faisait partie du plan.

– Absolument. " Observez. Observez, et vous verrez que rien d'essentiellement nouveau ne se passe ; il se produit toujours le même échange d'énergie et de matière. "

– Et l'étincelle ? m'écriai-je.

– " Vous êtes des créatures vivantes, a dit Dieu. Le fait de percevoir un tel phénomène est le mérite de votre intelligence brillante. Maintenant, regardez. Ce n'est pas terminé. "

– Mais la souffrance, la notion de punition...

– Toutes ces questions ont été résolues au cours d'une Grande Discussion. Une discussion avec Dieu implique non seulement des paroles cohérentes, mais aussi un immense amour pour Lui, la lumière que vous avez vue, qui nous entoure et se répand en chacun de nous. Alors Dieu nous a rassurés, et peut-être était-ce ce qu'il fallait au soupçon de douleur en moi – me tranquilliser quant au fait qu'il n'y avait rien à craindre.

– Je vois.

– J'en arrive maintenant à la Quatrième Révélation, mais n'oubliez pas que l'ordre de ces révélations est arbitraire. Comme je vous l'ai dit, il m'est impossible de tout vous raconter dans ses moindres détails. La Quatrième Révélation, que j'appelle Révélation de la couleur, a commencé avec les plantes à fleurs. La création des fleurs ; l'introduction d'un moyen beaucoup plus extravagant et visiblement plus beau d'unir les organismes. Comprenez bien que l'union a toujours existé. Même pour les animaux unicellulaires, il y a toujours eu accouplement.

« Mais les fleurs ! Elles amenaient une profusion de couleurs que l'on n'avait encore jamais vue dans la nature, si ce n'était dans l'arc-en-ciel ! Ces couleurs que nous avions connues au Ciel, et que nous considérions comme purement célestes, voilà que nous constations qu'elles n'appartenaient pas seulement au Ciel, puisqu'elles pouvaient se développer, pour des causes naturelles, dans cet immense laboratoire qu'on appelait la Terre.

« A l'époque, des couleurs spectaculaires se révélaient également sur des créatures aquatiques, des poissons en mers chaudes. Mais les fleurs m'impressionnaient tout particulièrement par leur exquise beauté, et, lorsqu'il devint évident que leurs espèces seraient innombrables, que les dessins des pétales allaient être infinis, nos chants de louanges s'élevèrent à nouveau si fort vers le Ciel que tous ceux qui avaient précédé paraissaient moins profonds, en tout cas pas aussi ardents.

« Bien sûr, cette musique s'était déjà teintée d'une nuance plus sombre... Oserais-je le dire... L'hésitation ou l'ombre qu'avait suscitée en nous la révélation de la mort et de la putréfaction. A présent, avec les fleurs, cet élément obscur s'amplifiait dans nos hymnes et nos exclamations de gratitude et d'émerveillement, car, lorsque les fleurs se fanaient, lorsqu'elles perdaient leurs pétales qui tombaient sur le sol, c'était vraiment terrible.

« L'étincelle de vie avait jailli de ces fleurs avec une force inouïe, comme elle avait jailli des arbres et des plantes qui poussaient partout à profusion ; ainsi les chants prirent-ils une note de tristesse.

« Mais nous étions plus que jamais fascinés par la Terre. En fait, je dirais qu'à ce moment-là, l'atmosphère céleste s'était totalement modifiée. Tous, Dieu, les anges de tous les rangs, avaient maintenant les yeux braqués sur la Terre. Il n'était plus possible d'être au Ciel, uniquement à louer Dieu comme auparavant. Le chant se devait d'évoquer la matière, le processus et la beauté. Et, bien sûr, les anges qui composaient les cantiques les plus complexes incluaient ces éléments – la mort, la putréfaction et la beauté – dans des antiennes plus cohérentes que celles dont j'étais l'auteur.

« J'étais troublé. Je n'arrivais pas à trouver le repos dans mon âme, je crois. Quelque chose en moi était déjà devenu insatiable...

– Ces mots, j'ai employé ces mots lorsque j'ai parlé de vous à David, la première fois que vous m'avez suivi, l'interrompis-je.

– Ils me viennent d'un vieux poème que l'on m'avait récité ; il est écrit en hébreu et l'on n'en trouve que très rarement la traduction de par le monde. Ce sont les paroles de la Sibylle lorsqu'elle décrit les Veilleurs... nous, les anges, que Dieu avait envoyés comme témoins. Elle avait raison. J'aimais sa poésie, c'est pourquoi je m'en souviens. Je l'ai choisie pour me définir. Dieu seul sait pourquoi les autres anges sont plus satisfaits que moi.

Memnoch s'était considérablement rembruni. Je me demandais si la musique céleste que j'avais moi-même entendue comportait cette nuance de tristesse dont il me parlait, ou bien si sa joie à l'état pur lui avait été rendue.

– Non, c'est la musique des âmes humaines et celle des anges que vous y entendez aujourd'hui. Les sons en sont tout autres. Mais permettez-moi de poursuivre rapidement les Révélations, car je sais qu'il n'est pas aisé de les appréhender, si ce n'est dans leur ensemble.

« La Cinquième Révélation fut celle de l'encéphalisation. Depuis déjà quelque temps, les animaux aquatiques s'étaient différenciés des plantes, et, à présent, ces créatures gélatineuses commençaient à former des systèmes nerveux et des squelettes ; avec ce phénomène vint alors le processus d'encéphalisation. Les créatures se mirent à développer des têtes !

« Et il ne nous échappa pas, ne serait-ce qu'un instant divin, que nous, les anges, avions une tête ! Le processus de réflexion de ces organismes en pleine évolution était concentré à l'intérieur de la tête. Tout comme pour nous, c'était évident ! Il était inutile de nous l'expliquer. Notre intelligence angélique savait comment nous étions organisés. Nos yeux en étaient le truchement. Nous avions des yeux, qui étaient partie intégrante de nos cerveaux, et c'est la vue qui guidait nos mouvements, nos réponses et notre quête de la connaissance plus encore que tout autre sens.

« L'agitation régnait au Ciel. " Seigneur, dis-je, que se passe-t-il ? Ces créatures engendrent des formes... des membres... des têtes. " Et les antiennes s'élevèrent à nouveau, mais, cette fois, elles étaient mêlées de confusion autant que d'extase, de la crainte divine que de tels phénomènes puissent se produire, et que de la matière puissent surgir des choses pourvues de têtes.

« Et bien avant que les reptiles ne sortent des eaux et ne se mettent à ramper sur la terre, bien avant cela, vint la Sixième Révélation, celle qui me frappa d'horreur. Ces créatures, avec leurs têtes et leurs membres, si bizarres ou variées dans leurs structures fussent-elles, ces choses-là avaient un faciès ! Un faciès comme le nôtre. Je veux dire que le plus primitif des anthropoïdes avait deux yeux, un nez, et une bouche. Qui formaient un visage, semblable au mien ! D'abord la tête, maintenant le visage, l'expression de l'intelligence à l'intérieur du cerveau !

« J'étais consterné ! J'invoquais les pires arguments. " Est-ce cela que vous souhaitez ? Où tout cela s'arrêtera-t-il ? Que sont donc ces créatures ? L'étincelle de vie émanant d'elles devient de plus en plus puissante, flamboie plus vivement encore et se défend jusqu'à la dernière seconde ! Est-ce que vous vous en rendez compte ! " Certains de mes congénères étaient horrifiés.

« Ils m'ont dit, " Memnoch, tu pousses Dieu à bout ! Manifestement, il existe une parenté entre nous, magnifiques comme nous le sommes, nous les fils de Dieu, habitants du *bene ha elohim*, et ces créatures. La tête, la face, oui, c'est évident. Mais comment oses-tu défier le plan de Dieu ? "

« Rien ne parvenait à me réconforter. J'étais par trop envahi par le doute, tout comme ceux qui étaient de mon avis. Déconcertés, nous sommes redescendus sur Terre, décidés à nous y promener. Je pouvais maintenant me mesurer en taille à l'échelle des choses que je viens d'évoquer, je pouvais m'étendre sous les berceaux de verdure, écouter pousser les plantes et y méditer, laissant leurs couleurs emplir mon regard.

« Pourtant, la perspective du désastre me hantait toujours. Puis un fait exceptionnel se produisit. Dieu vint me voir.

« Dans ce cas-là, Dieu ne quitte pas le Ciel. Il se contente de se prolonger, pour ainsi dire ; Sa lumière s'est abaissée jusqu'à moi et m'a emmené, lové en elle et contre Lui, puis Il a commencé à me parler.

« Bien sûr, j'en ai été immédiatement rasséréné. Durant de longues périodes, je m'étais refusé toute béatitude céleste, et j'étais à présent satisfait de sentir cette félicité qui m'enveloppait dans la sérénité et l'amour parfait. Tous mes arguments et mes doutes me quittèrent. La douleur cessa. La sensation de punition suscitée par la mort et la putréfaction s'apaisa.

« Dieu parla. Je m'étais fondu en Lui et je n'avais évidemment plus la notion de mon propre corps ; nous avions été tant de fois si proches dans le passé, et plus encore lorsque j'avais été créé et que j'étais sorti de Lui. Néanmoins, c'était là un don profond et miséricordieux.

« " Tu es plus clairvoyant que les autres anges, dit-il. Tu raisonnes en termes d'avenir, un concept qu'ils commencent tout juste à apprendre. Ils sont semblables à des miroirs qui réfléchissent la splendeur de chaque étape ; tandis que toi, tu te montres soupçonneux. Tu ne me fais pas confiance. "

« Ces paroles m'emplirent de chagrin. " Tu ne me fais pas confiance. " Mes craintes, je ne les considérais pas comme de la défiance. Et je n'avais pas sitôt réalisé cela que cette prise de conscience suffit à Dieu, qu'il me rappela au Ciel et m'expliqua que désormais, je devais observer plus souvent les choses sous cet angle avantageux et ne pas m'enfoncer autant sous la frondaison du monde.

Tandis qu'il m'exposait tous ces faits, je ne pouvais détacher mon regard de Memnoch. Nous nous tenions immobiles sur la rive du fleuve. Et, quoiqu'il m'ait parlé de bien-être, il n'en semblait pas pour autant réconforté. Juste impatient de poursuivre son récit.

– Je suis effectivement retourné au Ciel mais, comme je vous l'ai dit, toute sa composition avait changé. Le Paradis était focalisé sur la Terre. Qui faisait l'objet des conversations célestes. Et je n'en fus jamais autant conscient que cette fois-là. Je suis allé voir Dieu, je me suis agenouillé en adoration, et je me suis épanché, livrant mes doutes, et, par-dessus tout, lui exprimant ma gratitude qu'Il soit venu à moi comme Il l'avait fait. Je lui ai demandé si j'étais de nouveau libre de redescendre dans l'univers.

« Il me fournit alors l'une de Ses sublimes réponses diplomatiques, qui signifiait : " Je ne te l'interdis pas. Tu es un Veilleur et ton devoir est de veiller sur les hommes. " Aussi suis-je descendu...

– Une minute, dis-je. Je voudrais vous poser une question.

– D'accord, répondit-il patiemment. Mais venez, poursuivons notre voyage. Vous pouvez poser les pieds sur les rochers pour traverser le fleuve.

Je le suivis donc avec une relative facilité, et, au bout de quelques minutes, nous avions laissé derrière nous les bruits de l'eau pour nous retrouver dans une forêt plus dense encore, et, me sembla-t-il, peuplée de créatures vivantes, encore que je n'aurais su dire lesquelles.

– Ma question, insistai-je, était la suivante. Le Paradis était-il ennuyeux comparé à la Terre?

– Oh, pas du tout, c'est simplement que la Terre était le point de mire. On ne pouvait pas être au Ciel et ne plus y penser, dans la mesure où chacun avait le regard braqué sur elle et chantait ses louanges. C'est tout. Non, le Paradis était aussi enchanteur et serein que jamais; en fait, la note de tristesse qui s'y était glissée, la constatation solennelle de l'existence de la putréfaction et de la mort avaient ajouté à l'infinie variation des choses sur lesquelles on pouvait disserter ou que l'on pouvait y glorifier.

– Je vois. Grâce à ces révélations, le Ciel s'épanouissait.

– Toujours! Et rappelez-vous la musique, n'allez jamais, jamais penser que c'est un cliché sur la religion. Elle ne cessait d'atteindre de nouveaux sommets dans sa célébration des prodiges. Il allait s'écouler des millénaires avant que les instruments ne parviennent à un niveau qui les rende à même de faire ne serait-ce qu'une pâle imitation des sons produits par la musique des anges – celle de leurs voix, se mêlant aux battements de leurs ailes et à l'interaction des vents qui s'élevaient de la Terre.

Je hochai la tête.

– Qu'y a-t-il? demanda-t-il. Que voulez-vous dire?

– Je n'arrive pas à l'exprimer par les mots! Simplement que nous échouons encore et toujours dans notre compréhension du Ciel parce que l'on ne nous apprend pas qu'il est focalisé sur la Terre. Car, toute ma vie, je n'ai cessé d'entendre le contraire, le dénigrement de la matière, et que c'était une prison pour l'âme.

– Eh bien! vous l'avez vu de vos propres yeux, dit-il. Mais laissez-moi continuer :

« La Septième Révélation se produisit lorsque les animaux sortirent de l'eau. Lorsqu'ils pénétrèrent dans les forêts qui, à l'époque, recouvraient la terre, et qu'ils y trouvèrent des moyens de subsistance. Les reptiles étaient nés. Ils devinrent des énormes lézards, des monstres, d'une dimension telle que même la force des anges ne pouvait les arrêter. Et ces créatures, pourvues d'une tête et d'une face, se servaient non seulement de leurs pattes – qui étaient semblables à nos jambes – pour ramper, mais aussi pour marcher, et certaines avançaient même sur deux pattes au lieu de quatre, tenant contre leur poitrine deux autres minuscules petites pattes pareilles à nos bras.

« J'observais ces événements comme on regarde grandir un incendie. Des toutes petites flammes diffusant de la chaleur, je voyais à présent une conflagration!

« Des insectes de toutes formes se développaient. Certains s'élevaient dans les airs, dans un envol très différent et affreux comparé au nôtre. Le monde grouilla bientôt de toutes ces nouvelles espèces vivantes, mobiles et affamées, car ces créatures se nourrissaient les unes des autres, ainsi qu'il en avait toujours été, si ce n'était que maintenant, avec les animaux, le festin et la mise à mort étaient bien plus évidents et n'avaient plus lieu au cours de petites échauffourées, mais dans de gigantesques batailles entre lézards qui se déchiraient à belles dents ou grands oiseaux reptiliens qui se laissaient tomber en planant sur de plus petits rampants qu'eux, pour les emporter dans leurs nids.

« Leur façon de se reproduire commença à changer. Ces choses naissaient dans des œufs. Puis, un peu plus tard, du frai se mit à sortir vivant de la mère.

« J'ai étudié ces phénomènes pendant des millions d'années, entretenant Dieu à leur sujet, d'un air plus ou moins distrait, chantant lorsque j'étais submergé par la beauté et montant jusques aux Cieux, pour finalement m'apercevoir que, comme avant, j'ennuyais tout le monde avec mes questions. Cela suscita de grands débats. Fallait-il ne rien remettre en question ? Regardez comme l'étincelle de vie flamboie au moment où meurt le lézard géant ! Et j'étais ramené encore et toujours dans le giron de Dieu, juste quand je pensais que mon émoi ne me laisserait pas en paix.

« " Observe le système plus attentivement. Tu as pris le parti de n'en voir que des éléments ", me disait-Il. Comme Il le faisait depuis le début, Il souligna que les déchets n'existaient pas dans l'univers, que la pourriture se transformait en nourriture pour les autres, que les moyens d'échanges étaient maintenant tuer et dévorer, digérer et excréter.

« " Lorsque je suis auprès de Vous, Lui répondis-je, je perçois la beauté de tout cela. Mais quand je descends là-bas, quand je me roule dans les hautes herbes, je vois les choses différemment. "

« " Tu es mon ange et mon Veilleur. Surmonte cette contradiction. "

« Je retournai sur Terre. Vint alors la Huitième Révélation de l'Évolution : l'apparition d'oiseaux à sang chaud *avec des ailes garnies de plumes* !

Je souris. En partie à cause de l'expression de son visage, empreinte d'intelligence et de patience, mais aussi de l'emphase avec laquelle il avait décrit les ailes.

– Des ailes garnies de plumes ! répéta-t-il. D'abord, nous voyons nos visages sur les têtes des insectes, des lézards et des monstres ! Et ensuite, arrive une créature à sang chaud, incroyablement plus fragile, palpitant d'une vie précaire, et elle a des ailes de plumes ! Elle vole comme nous volons. Elle s'élève, déploie ses ailes, et plane dans les airs.

« Mais, pour une fois, je n'étais pas le seul au Ciel à crier ma réprobation. Des milliers d'anges s'étonnaient de découvrir que de petits êtres faits de matière puissent posséder des ailes si semblables aux nôtres. Des plumes, les mêmes que celles qui recouvraient les nôtres, les rendaient douces et les faisaient se déplacer dans le vent... A présent, tout cela avait son corollaire dans le monde matériel !

« Un orage de chants, d'exclamations et de récriminations grondait au Ciel. Des anges s'envolaient après les oiseaux, les encerclant, puis les suivaient en les imitant ou les pourchassaient jusqu'à leurs nids ; ils regardaient les oisillons éclore de leurs œufs et atteindre leur taille définitive.

« Or, nous connaissions déjà toute la question de la naissance, de la croissance et de la maturité chez d'autres créatures, mais aucune encore qui ne nous ressemblât.

– Dieu se taisait ?

– Non. Mais cette fois, Il nous a tous réunis et nous a demandé pourquoi, maintenant que nous n'étions plus imperméables à l'atrocité et à l'orgueil, nous n'avions pas su tirer d'enseignement suffisant. L'orgueil, disait-il, était ce dont nous souffrions ; nous étions outrés que des petites choses aussi chétives, avec une tête aussi minuscule et une physionomie aussi limitée, puissent être dotées d'ailes garnies de plumes. Il nous donna une sévère leçon accompagnée d'un avertissement : " Une fois de plus, je vous l'affirme, ce processus va se poursuivre et vous allez assister à des choses qui vont vous surprendre ; vous êtes mes anges et vous m'appartenez, et vous devez croire en moi ! "

« La Neuvième Révélation de l'Évolution fut douloureuse pour tous les anges. Pour certains, elle fut emplie d'horreur, pour d'autres, de crainte ; en fait, c'était comme si la Neuvième Révélation reflétait à notre attention les émotions mêmes qu'elle suscitait dans nos cœurs. Ce fut la venue sur Terre des mammifères, dont les terribles cris de douleur s'élevaient plus haut encore vers le Ciel que tous les autres cris de souffrance et de mort qu'aucun autre animal n'ait jamais poussé ! La promesse de l'effroi que nous avions vue dans la mort et la putréfaction était maintenant hideusement tenue.

« La musique qui s'élevait de la Terre en fut transformée ; tout ce que nous pouvions faire, dans notre crainte et notre douleur, était de chanter plus fort encore notre grande stupeur ; alors les cantiques se firent plus tristes, et plus complexes aussi. Le visage de Dieu, Sa lumière, ne se troublèrent en rien.

« Enfin vint la Dixième Révélation de l'Évolution. Les singes se tenaient debout ! Dieu lui-même n'était-Il pas ridiculisé ? Elle était là, cette créature qui se tenait debout, pourvue de deux jambes et deux bras, à l'image de laquelle nous avions été créés, mais cette fois dans sa version bestiale et velue. Il lui manquait nos ailes, grâce à Dieu ; de fait, les petites bêtes ailées en restaient très éloignées dans leur développement. Mais ces primates déambulaient de leur pas pesant sur la terre, leur massue à la main, féroces, sauvages, déchirant à belles dents la chair de leurs ennemis, assommant, mordant, frappant à mort tout ce qui leur résistait – l'image de Dieu et des fiers fils de Dieu, ses anges – matériels, poilus, et portant des outils !

« Abasourdis, nous examinâmes leurs mains. Avaient-elles des pouces ? Presque. Abasourdis, nous cernâmes leurs rassemblements. La parole, éloquente et audible expression de la pensée, sortait-elle de leurs bouches ? Presque ! Quel pouvait être le projet de Dieu ? Pourquoi avait-Il fait cela ? Est-ce que cela n'allait pas susciter Sa colère ?

« Mais Dieu répandait Sa lumière, éternelle et permanente, comme si le hurlement du primate agonisant ne pouvait L'atteindre, comme si le singe, mis en pièces par des assaillants plus grands que lui, n'avait aucun témoin de l'embrasement de la grande étincelle qui crépitait juste avant qu'il ne meure.

« " Non, non, c'est inconcevable, c'est inimaginable ", ai-je dit. Je me suis envolé une nouvelle fois vers la face du Ciel, et Dieu a dit, très simplement, et sans chercher à me réconforter : " Memnoch, si je ne suis pas ridiculisé par cet être, si c'est moi qui l'ai créé, comment peux-tu toi, en être ridiculisé ? Sois satisfait, Memnoch, savoure l'étonnement de ton contentement, et ne me dérange plus ! Les antiennes qui s'élèvent tout autour de toi me décrivent par le détail tout ce que ma Création a accompli. Tu viens à moi avec des questions qui sont des *accusations*, Memnoch ! Cela suffit ! "

« J'étais mortifié. Le mot " accusations " me terrifia et me fit longuement réfléchir. Savez-vous qu'en hébreu, Satan signifie " l'Accusateur " ?

– Oui.

– Laissez-moi continuer. C'était à mes yeux un concept tout à fait nouveau, et pourtant, je me rendais compte que, depuis le début, je n'avais cessé de lancer des accusations à Dieu. Je tenais absolument à ce que ce processus ne puisse être ce qu'Il avait voulu ou eu l'intention de faire.

« Cette fois, Il me réprimandait, purement et simplement, me demandant de réfléchir plus avant. Et Il me permit de connaître, dans une vaste perspective, l'immensité et la diversité des développements auxquels j'avais assisté. En somme, Il me laissa entrevoir ses intentions.

« Comme je le disais, j'étais mortifié. " Puis-je me joindre à Vous, Seigneur ? ", ai-je demandé. Et Il a répondu : " Mais bien sûr. " Nous étions réconciliés et, tout en sommeillant dans la lumière divine, je restais toutefois vigilant, sur mes gardes, pareil à un animal qui, toujours sur le qui-vive, guette son ennemi tapi. *Mais qu'est-il en train de se passer en bas ?* m'interrogeai-je, plein d'appréhension.

« Voici qu'ils étaient là ! Sont-ce là les mots que je devrais employer, ou parlerai-je comme Job, l'auteur de la Genèse, en disant " Regardez ! " de la façon la plus impérative qui soit. Ceux qui étaient debout et velus avaient commencé à se livrer à un étrange rituel. Les velus à deux jambes avaient adopté toutes sortes de comportements fort complexes. Permettez-moi de passer directement à l'essentiel : les velus à deux jambes s'étaient mis à enterrer leurs morts.

Pupilles étrécies, je regardai Memnoch, perplexe. Il était tellement absorbé dans son récit que, pour la première fois, il paraissait véritablement malheureux, quoique son visage conservât toute sa beauté. On ne pouvait dire que sa tristesse le défigurait. Rien ne pouvait le défigurer.

– Était-ce donc cela la Onzième Révélation de l'Évolution ? demandai-je. Qu'ils dussent enterrer leurs morts ?

Il m'observa longuement, et je perçus sa frustration de ne pas parvenir à me faire comprendre tout ce qu'il aurait voulu que je sache.

– Qu'est-ce que cela signifiait ? insistai-je, impatient. Qu'est-ce que cela signifiait, ils enterraient leurs morts ?

– Beaucoup de choses, chuchota-t-il en agitant énergiquement son doigt. Ce rituel d'inhumation allait de pair avec un sens de la famille que nous avions rarement, voire jamais, constaté chez d'autres espèces : la prise en charge des faibles par les forts, l'aide et l'alimentation des infirmes par toute la communauté, et enfin, l'enterrement avec des fleurs. *Des fleurs*, Lestat ! Le corps, qu'ils déposaient délicatement sur le sol, était ensuite recouvert de fleurs, d'une extrémité à l'autre, de sorte que la Onzième Révélation de l'Évolution fut que l'homme moderne avait commencé à exister. Hirsute, courbé, doté d'une pilosité simiesque, mais avec un faciès plus que jamais proche du nôtre, l'homme moderne déambulait sur la terre ! Et l'homme moderne était capable de tendresse, comme seuls les anges l'avaient été jusqu'ici dans l'univers, les anges et Dieu qui les avait créés, et l'homme moderne comblait ses proches de cette affection, et, comme nous, il aimait les fleurs et *pleurait* ses défunts, avec des fleurs, justement, avant de les ensevelir.

Je demeurai un long moment silencieux, songeur, à méditer essentiellement sur le point de départ de Memnoch – le fait que lui, Dieu et les anges représentaient l'idéal vers lequel cette forme humaine évoluait sous leurs yeux mêmes. Je n'avais pas considéré la question sous cet angle-là. Son image me revint alors, lâchant la balustrade, et la voix qui me demandait, avec une telle conviction : *Jamais vous ne seriez mon adversaire, n'est-ce pas ?*

Memnoch m'observait. Je détournai les yeux. J'éprouvais déjà pour lui une indéfectible loyauté, conséquence du récit qu'il me faisait et des émotions qu'il suscitait, mais j'étais troublé par les paroles de Dieu incarné.

– Et vous avez tout lieu de l'être, dit Memnoch. Car la question que vous devez vous poser est la suivante : Vous connaissant, Lestat, comme Il doit sûrement vous connaître, pourquoi ne vous considère-t-Il pas déjà comme Son adversaire ? Vous ne devinez pas ?

Stupéfait.

Muet.

Il attendait que je reprenne mes esprits, mais, par instants, il me semblait que ce moment n'arriverait jamais. Attiré par lui comme je l'étais, totalement envoûté, j'éprouvais le désir purement mortel de fuir quelque chose qui m'accablait, et qui menaçait les fondements de ma raison.

– Lorsque j'étais auprès de Dieu, poursuivit Memnoch, je voyais par les yeux de Dieu – , je voyais les humains avec leurs familles ; je les voyais réunis pour assister et prendre part aux naissances ; je les regardais recouvrir les sépultures de pierres tombales. Je voyais comme Dieu voit, comme si c'était Pour Toujours et dans Toutes les Directions, et la complexité de tout aspect de la création, chaque molécule d'humidité, chaque son ou syllabe qui sortait de la bouche des oiseaux ou des hommes, tout semblait n'être rien de plus que le produit de l'absolue grandeur de Dieu. Les plus beaux des cantiques me venaient alors du cœur.

« Et Dieu me répéta : " Memnoch, reste au Ciel, tout près de moi. Désormais, regarde de loin. "

« " Le faut-il, Seigneur ? demandai-je. J'ai tellement envie de les observer, d'ici et de là-bas. Je voudrais, de mes mains invisibles, sentir leur peau qui se fait de plus en plus douce. "

« " Tu es mon ange, Memnoch. Alors vas-y et regarde, et souviens-toi que tout ce que tu vois est le fruit de ma création et de ma volonté. "

« Je jetai un regard en bas avant de quitter le Ciel, (je parle maintenant par métaphore, nous le savons l'un et l'autre), je regardai en bas et aperçus la Création qui grouillait d'anges Veilleurs ; je les voyais partout, totalement sous le charme de tout ce que j'ai décrit, des forêts aux vallées en passant par les mers.

« Mais il semblait que quelque chose avait modifié l'atmosphère de la Terre ; appelez cela un nouvel élément ; un faible tourbillon de minuscules particules ? Non, cela suppose un phénomène plus important que ce que c'était en réalité. Mais c'était là.

« Je suis descendu sur Terre, et les anges m'ont immédiatement confirmé qu'eux aussi avaient perçu ce changement dans l'atmosphère, bien qu'il ne dépendît pas de l'air, comme c'était le cas de toute chose vivante.

« " Comment est-ce possible ? " demandai-je.

« " Écoute, répondit l'ange Michaël. Contente-toi d'écouter. Tu peux l'entendre. "

« " Et Raphaël ajouta : " C'est une chose invisible, mais vivante ! Et qu'y a-t-il d'invisible sous le Ciel, en dehors de nous ? "

« Des centaines d'autres anges s'étaient réunis pour en discuter, pour parler de leur propre expérience relative à ce nouvel élément impalpable qui nous entourait de toutes parts, ignorant notre présence mais émettant toutefois une sorte de vibration, ou, plus exactement, un son quasiment inaudible que nous nous efforcions désespérément de capter.

« " C'est ta faute ! ", me dit alors l'un des anges, dont je préfère taire le nom. " Tu as déçu Dieu avec toutes tes accusations et ton emportement, et Il a créé d'autres êtres que nous, invisibles et dotés de nos pouvoirs ! Memnoch, il faut que tu ailles Le voir pour découvrir s'Il a l'intention de se débarrasser de nous et de laisser régner cette nouvelle chose invisible. "

« " Comment cela pourrait-il se faire ? " demanda Michaël. De tous les anges, Michaël est l'un des plus pondérés et des plus raisonnables. C'est ce que dit la légende ; de même que l'angélologie, le folklore et tout le bataclan. C'est la vérité. Il est raisonnable. Il a alors fait remarquer aux anges qui se désolaient qu'il était inconcevable que ces choses microscopiques et invisibles que nous percevions possèdent un pouvoir égal au nôtre. Elles qui parvenaient tout juste à se faire connaître de nous, alors que nous étions des anges, de qui personne sur terre ne pouvait se cacher !

« " Nous devons trouver de quoi il s'agit, dis-je. Cela appartient à la Terre, cela en fait partie. Ce n'est pas céleste. C'est là, cela habite près des forêts et des montagnes. "

« Tous furent d'accord. Aucune composition ne nous était secrète. Vous pouviez mettre des millions d'années à déterminer de quoi étaient faites les cynobactéries ou l'azote, mais nous, nous le savions ! Or ça, nous n'y comprenions rien. Ou plutôt, nous ne parvenions pas à admettre ce qu'il en était réellement. »

– Oui, bien sûr.

– Nous écoutions ; nous tendions nos bras. Nous nous rendions compte que c'était sans corps et invisible, certes, mais ces éléments avaient en eux une continuité, une entité, voire une multitude d'individualités. Et ils pleuraient, et, très progressivement, ce son se faisait entendre au sein de notre propre royaume d'invisibilité, et par nos oreilles d'esprits.

Il s'interrompit à nouveau.

– Vous saisissez la distinction que je fais ? demanda-t-il.

– C'étaient des individus immatériels.

– Et tandis que nous méditions, que nous ouvrions nos bras, que nous chantions et tentions de les réconforter, tout en nous glissant subrepticement au travers de la matière terrestre, quelque chose de capital se révéla à nous, bouleversant nos explorations. La Douzième Révélation de l'Évolution était là, sous nos yeux ! Elle nous éblouit, pareille à la lumière céleste ; elle nous détourna des cris de l'invisible ! Elle ébranla notre raison. Elle transforma nos cantiques en rires et en pleurs.

« La Douzième Révélation de l'Évolution, ce fut que la femelle de l'homme avait commencé à se distinguer nettement du mâle, à un point qu'aucun anthropoïde ne pouvait lui être comparée ! La femelle se faisait jolie et séduisante ; les poils qui recouvraient son visage étaient tombés, et ses membres étaient gracieux ; son comportement transcendait les nécessités de la survie ; elle devenait belle, comme le sont les fleurs ou les ailes des oiseaux ! De l'accouplement de primates velus était née une femme à la peau douce et au visage radieux. Et, bien que nous fussions dépourvus de seins et qu'elle n'eût pas d'ailes, elle NOUS ressemblait ! ! !

Nous nous tenions face à face dans le silence.

Pas une seconde, la portée de ses propos ne m'échappa.

Pas une seconde, je n'eus à m'efforcer de comprendre. Je savais. Je contemplais son beau visage large et ses cheveux flottant au vent, ses membres déliés et sa tendre expression, et je sus qu'il avait raison. Il n'était nul besoin d'avoir étudié l'évolution pour se rendre compte qu'un tel moment avait dû advenir avec le raffinement des espèces ; or lui, plus que tout autre créature, était l'incarnation de la féminité. Il était comme les anges de marbre, comme les statues de Michel-Ange ; son physique arborait l'absolue délicatesse et l'harmonie de la femme.

Il était troublé. J'avais l'impression qu'il allait se tordre les mains. Il me regarda fixement, comme si ses yeux essayaient de me sonder, de me transpercer.

– Et, pour en finir, reprit-il, la Treizième Révélation de l'Évolution se fit connaître. Les mâles s'accouplèrent avec les plus jolies des femelles, les plus agiles, celles dont la peau était la plus lisse et la voix la plus douce. Et de ces unions naquirent des garçons aussi beaux que les filles. Vinrent alors des humains dotés de teints différents : des roux, des blonds, autant que des bruns, des bouclés châtains ou d'autres aux cheveux d'une blancheur surprenante ; leurs yeux étaient d'une infinie variété de couleurs – gris, bruns, verts ou bleus. Disparu l'homme au front saillant et bombé, au visage poilu et à la démarche simiesque, pour laisser place à celui dont la beauté angélique égalait celle de sa compagne.

Je demeurai muet.

Il se détourna, mais ce n'était pas pour m'être désagréable. Il semblait éprouver le besoin de marquer une pause, de reprendre quelques forces. Je me pris alors à observer l'arc que formait ses ailes immenses qui se rejoignaient presque, et dont les extrémités inférieures arrivaient quasiment à ras du sol, chacune de leurs plumes encore légèrement iridescente. Puis il revint poser ses yeux sur moi, le visage bouleversant de grâce.

– Ils se tenaient là, l'homme et la femme, tels qu'Il les avait créés, et, à cette exception près, Lestat, que l'un était mâle et l'autre femelle, ils avaient été faits à l'image de Dieu et de Ses anges ! Tel en était l'aboutissement ! L'aboutissement ! Dieu scindé en deux ! Les anges scindés en deux !

« J'ignore combien de temps les anges m'ont retenu, mais finalement, ils furent obligés de me lâcher pour me laisser monter au Ciel, enflammé par mes pensées, mes doutes et mes hypothèses. Je connaissais le courroux. Les cris de souffrance des mammifères me l'avaient appris. Les hurlements et les rugissements des guerres entre primates me l'avaient appris aussi. La putréfaction et la mort m'avaient appris la peur. Et toute la création de Dieu m'avait enseigné ce qu'il m'était nécessaire pour me précipiter vers Lui et Lui dire : " Est-ce cela que vous vouliez ! Votre propre image divisée en homme et en femme ! L'étincelle de la vie qui s'embrase désormais avec violence lorsque l'un ou l'autre meurt ! Cette chose grotesque ; ce dédoublement impossible ; ce monstre ! Était-ce là votre projet ? "

« J'étais indigné. C'était pour moi un désastre ! J'étais en fureur. Je gesticulais, j'en appelais à Dieu de me faire entendre raison, de me pardonner, je voulais qu'Il me sauve par Ses paroles sages et rassurantes, mais rien ne vint. Rien. Aucune lumière. Pas un mot. Pas de châtiment. Ni de jugement.

« Je réalisai que j'étais au Ciel, entouré par des anges. Tous m'observaient, dans l'expectative.

« Rien ne vint du Tout-Puissant, si ce n'est la plus sereine des lumières. Je pleurais. " Regardez, voici des larmes pareilles aux leurs ", dis-je aux autres, quoique, bien sûr, mes larmes fussent immatérielles. Et, tandis qu'ils me regardaient, je m'aperçus que je n'étais pas seul à pleurer.

« Qui était-ce ? Je me tournai de tous côtés : j'aperçus les chœurs de tous les anges, les Veilleurs, les Chérubins, les Séraphins, les Ophanins, tous. Leurs visages étaient mystérieux et extasiés, et pourtant, j'entendais des pleurs !

« " D'où viennent ces pleurs ! " m'écriai-je.

« C'est alors que je compris. Et eux comprirent aussi. Nous nous regroupâmes, ailes repliées, têtes penchées, et nous écoutâmes ; montant de la terre, nous entendîmes les voix de ces esprits invisibles, de ces individualités invisibles ; c'étaient eux – les immatériels – qui pleuraient ! Et leurs plaintes s'élevaient jusques aux Cieux, tandis que brillait la lumière de Dieu, éternelle, sans que rien ne changeât pour nous.

« " A présent, viens et témoigne, dit Raphaël. Viens voir comme nous avons été menés. "

« " Oui, il faut que je voie ce que c'est ", répondis-je. Je descendis alors dans l'atmosphère terrestre, accompagné de tous les autres, entraînant dans un tourbillon ces petites choses plaintives et gémissantes que nous ne pouvions même pas voir !

« Bientôt, notre attention fut attirée par des cris humains ! Des cris humains qui se mêlaient à ceux de l'invisible !

« Ensemble, nous nous approchâmes, multitude en rangs serrés, entourant, à leur insu, un petit camp composé d'êtres humains beaux et glabres.

« Au milieu d'eux gisait un jeune homme agonisant, tordu de douleur sur le lit d'herbes et de fleurs qu'ils lui avaient fait. C'était la morsure mortelle de quelque insecte qui lui avait provoqué cette fièvre, partie intégrante du cycle, comme Dieu nous aurait répondu si nous Lui avions posé la question.

« Mais les plaintes des invisibles planaient sur cette victime mourante. Et les lamentations des humains s'élevaient plus terribles que je ne pouvais le supporter.

« Mes larmes se remirent à couler.

« " Calme-toi et écoute ", m'intima le patient Michaël.

« Il nous incita à porter nos regards par-delà le minuscule camp et le corps fourbu et fébrile du jeune homme, pour tenter de percevoir dans la brise les voix des esprits qui s'étaient rassemblés pour pleurer.

« Et de nos yeux, nous vîmes pour la première fois ces esprits ! Nous les vîmes se regrouper puis se disperser, errant, affluant puis retombant, chacun conservant la forme vague de l'essence d'un être humain. Faibles, hébétés, perdus, peu sûrs d'eux-mêmes, ils planaient dans l'atmosphère, ouvrant à présent leurs bras au moribond qui gisait sur la civière. Et celui-ci passa de vie à trépas.

Le silence. La paix.

Memnoch me regarda comme si c'était à moi qu'il incombait de conclure.

– Et un esprit s'éleva du mourant, dis-je. L'étincelle de vie flamboya mais ne s'éteignit pas, elle devint esprit impalpable, comme tous les autres. L'esprit de l'homme monta sous une forme humaine et s'en alla rejoindre ceux qui étaient venus pour l'emmener.

– Oui !

Il poussa un profond soupir et étendit ses bras. Puis, comme s'il voulait pousser un rugissement, il prit une grande inspiration. Et regarda vers le ciel à travers les arbres gigantesques.

J'étais pétrifié.

Tout autour de nous, la forêt frémissait dans sa densité. Je le sentais qui frissonnait, je percevais le cri qui grondait en lui, risquant d'éclater dans un bruit terrible. Mais ce cri resta étouffé, et Memnoch baissa la tête.

La forêt avait de nouveau changé. C'était à présent notre forêt. C'étaient les chênes et les arbres sombres de notre époque ; et les fleurs, et la mousse que je connaissais, les oiseaux et les minuscules rongeurs qui surgissaient dans l'obscurité.

J'attendis.

– L'air était empli de ces esprits, reprit-il. Et pour les avoir aperçus une seule fois, pour avoir décelé leurs contours indistincts et leurs voix incessantes, plus jamais nous ne pourrions les ignorer, car, semblables à une couronne, ils entouraient la terre ! Les esprits des défunts, Lestat ! Les esprits des humains morts.

– Des âmes, Memnoch ?

– Des âmes.

– Les âmes avaient évolué de la matière ?

– Oui. A son image. Ames, essences, individualités invisibles, âmes !

Là encore, je gardai le silence.

Il se reprit.

– Venez avec moi, dit-il.

Il s'essuya le visage du revers de la main. Et, comme il faisait mine de saisir la mienne, je sentis son aile, pour la première fois avec netteté, effleurer toute la longueur de mon corps, suscitant en moi un frisson proche de l'effroi, sans en être réellement.

– Les âmes étaient sorties de ces êtres humains, dit-il. Vivantes et intactes, elles rôdaient autour des corps matériels des hommes de la tribu dont elles étaient issues.

« Elles ne nous voyaient pas, ni nous ni le Ciel. Qui pouvaient-elles voir, si ce n'est ceux qui les avaient enterrées, ceux qui les avaient aimées durant leur vie, leur progéniture, et ceux qui avaient saupoudré leur dépouille d'ocre rouge avant de les allonger délicatement, le visage tourné vers l'est, dans des sépultures garnies des ornements qui leur avaient appartenu.

– Et ces humains qui croyaient en elles, dis-je, ceux qui vénéraient les ancêtres, est-ce qu'ils discernaient leur présence ? Est-ce qu'ils la percevaient ? Se doutaient-ils que leurs aïeux étaient toujours là, sous la forme d'esprits ?

– Oui.

J'étais trop absorbé pour ajouter quoi que ce fût.

Il me semblait que j'étais submergé par l'odeur de la forêt et par ses couleurs sombres, variations infiniment riches de brun, de fauve et de rouge foncé qui nous entouraient. Je scrutai le ciel, dont les teintes grises et lugubres qui le striaient n'enlevaient rien à sa splendeur.

Cependant, je demeurais obnubilé par le tourbillon et par les âmes tournoyant autour de nous, comme si l'air, de la terre jusques aux cieux, était empli de ces âmes humaines qui erraient inlassablement. Où va-t-on dans de pareilles ténèbres ? Que cherche-t-on ? Que peut-on savoir ?

Est-ce que Memnoch riait ? Le bruit en était sinistre et diffus, discret et douloureux. Peut-être chantait-il tout bas, comme si la mélodie procédait naturellement de ses pensées. Elle émanait de sa réflexion tout comme les fleurs exhalent leur parfum ; le cantique, expression des anges.

– Memnoch, dis-je. (J'étais conscient qu'il souffrait, mais je n'y

211

tenais plus.) Dieu le savait-Il ? Dieu savait-Il que les hommes et les femmes, dans leur évolution, avaient acquis une essence spirituelle ? Savait-Il, Memnoch, pour leurs âmes ?

Il ne répondit pas.

De nouveau, j'entendis ce son très vague, sa chanson. Lui aussi contemplait le ciel, et chantait à présent de façon plus audible ; c'était un cantique triste et plein d'humilité, me sembla-t-il, étranger à la structure et aux mesures de notre propre musique, mais néanmoins plein d'éloquence et de tristesse.

Il observa le déplacement des nuages au-dessus de nous, aussi lourds et blancs que tous les autres nuages qu'il m'avait été donné de contempler.

La beauté de cette forêt rivalisait-elle avec ce que j'avais vu au Ciel ? Impossible d'y répondre. Mais ce dont j'étais absolument certain, c'est que, par comparaison, le Ciel ne ternissait pour autant en rien cette magnificence ! Et c'était là tout le prodige. Ce Jardin Sauvage, ce possible Éden, cet endroit séculaire tenait du miracle en lui-même et de par les limites qui lui étaient propres. Soudain, il me devenait pénible de poser les yeux sur lui, de voir les petites feuilles voltiger, et d'en tomber amoureux, sans trouver de réponse à ma question. Rien, durant toute ma vie, ne m'avait jamais semblé aussi essentiel.

– Dieu savait-Il pour les âmes, Memnoch ! Le savait-Il ?

Il se tourna vers moi.

– Comment aurait-Il pu l'ignorer, Lestat ! Comment aurait-Il pu l'ignorer ? Et, selon vous, qui donc s'est envolé jusques au sommet du Ciel pour le Lui dire ? Et s'est-Il une seule fois montré étonné, pris au dépourvu, grandi ou diminué, illuminé ou assombri par toute chose que j'aie jamais porté à Son attention éternelle et omnisciente ?

Il soupira de nouveau, semblant sur le point d'éclater d'une façon démesurée, ce qui aurait eu pour effet de minimiser toute la violence de ses réactions passées. Mais il retrouva bientôt son calme et demeura songeur.

Nous marchions. La forêt subissait de nouveaux changements, les arbres géants cédant la place à des espaces aux branches plus élancées, avec, çà et là, des parcelles de hautes herbes qui s'agitaient au vent.

La brise était chargée d'humidité. Elle faisait onduler sa chevelure blonde, si lourde fût-elle, puis la plaquait sur le côté de son visage. Elle rafraîchissait ma tête et mes mains, mais pas mon cœur.

Nous plongeâmes notre regard dans un espace immense, une vallée déserte et profonde. J'apercevais au loin des montagnes, des pentes verdoyantes, un bois rocailleux et broussailleux, avec, par intermittence, des étendues de blé ou de quelque autre céréale qui poussait à l'état sauvage. Les bois grimpaient jusque sur le flanc des collines et des montagnes, s'enracinant profondément dans la roche ; et, tandis que nous nous rapprochions de la vallée, je distinguais le scintillement et le reflet fugitif d'une rivière ou d'une mer.

Nous émergeâmes de la forêt la plus ancienne. C'était une terre fertile et merveilleuse. Une profusion de fleurs jaunes et bleues chatoyaient au gré des rafales de couleurs changeantes. Les arbres, oliviers ou arbres fruitiers, avaient les branches basses et tordues de ceux dont on avait cueilli la nourriture depuis de nombreuses générations. Tous étaient baignés de soleil.

Nous cheminions à travers les hautes herbes – des épis de blé, sans doute – en direction du bord de mer, dont l'eau clapotait doucement lorsque la marée était immobile, puis, lorsqu'elle était descendante, se faisait claire et miroitante, mettant à nu ses extraordinaires rangées de galets et de pierres.

Cette mer s'étalait à l'infini, à gauche comme à droite, mais je distinguais le lointain rivage et les collines rocailleuses qui s'enfonçaient dans ses profondeurs, aussi vivantes, semblait-il, que les racines des branches gourmandes des arbres verts.

Je me retournai. Le paysage derrière nous était à présent identique. Des collines rocheuses, parfois aussi hautes que des montagnes, et, s'étendant sur des dizaines de kilomètres, des taillis plantés d'arbres fruitiers et des cavernes à l'ouverture béante.

Memnoch se taisait.

Accablé et triste, il regardait fixement la mer et l'horizon éloigné où les montagnes semblaient se refermer sur les eaux, contraintes de laisser la marée refluer et disparaître de notre vue.

– Où sommes-nous ? demandai-je tout doucement.

Il tarda à répondre.

– Les Révélations de l'Évolution, dit-il finalement, sont, pour l'instant, terminées. Je vous ai raconté ce que j'avais vu – un petit aperçu de ce que vous connaîtrez après votre mort.

« Reste à présent le cœur de mon histoire, que j'aimerais vous narrer ici-même. Ici, dans ce lieu magnifique, bien que les rivières aient depuis longtemps disparu de cet univers, tout comme les hommes et les femmes qui le parcouraient à l'époque. Quant à votre interrogation, " Où sommes-nous ", voici ma réponse : c'est ici qu'Il a fini par me jeter lorsqu'Il m'a renvoyé du Ciel. Là où je suis tombé.

12

– Dieu dit : « Attends ! » Ainsi me retrouvai-je arrêté aux portes du Ciel, moi et mes compagnons, les anges qui, le plus souvent, allaient et venaient comme je le faisais moi-même ; Michaël, Gabriel et Uriel étaient là aussi, bien qu'ils ne fussent pas au nombre de mes compagnons.

« " Memnoch, mon accusateur ", dit Dieu, et ces paroles furent prononcées avec une douceur caractéristique et un immense rayonnement lumineux. " Avant que tu n'entres au Ciel, et que tu n'entames ta diatribe, retourne sur Terre et observe attentivement et respectueusement – je parle ici de l'humanité – tout ce que tu as vu, de sorte que lorsque tu reviendras à moi, tu te seras donné toutes les chances de comprendre et de témoigner de tout ce que j'ai accompli. J'affirme aujourd'hui que l'humanité fait partie de la nature, et qu'elle est soumise aux lois de la nature que tu as vu progressivement se dévoiler. Personne, mieux que toi, n'est à même d'appréhender cela, excepté moi.

" Mais vas-y une fois encore, et constate par toi-même. Alors, et alors seulement, je convoquerai tous les anges, de tous les rangs et de tous les talents, et j'écouterai ce que tu as à dire. Emmène ceux qui sont en quête des mêmes réponses que toi et laisse auprès de moi ceux qui ne se sont jamais soucié, n'ont jamais prêté attention ni pensé à quoi que ce soit d'autre que de vivre dans Ma lumière. "

Memnoch s'interrompit.

Nous cheminions lentement sur le rivage de la mer étroite et arrivâmes dans un endroit où de gros galets constituaient un site naturel où s'asseoir et se reposer. Je n'éprouvais pas de réelle lassitude au sens physique, mais changer de position semblait aiguiser mes craintes, ma concentration et mon impatience d'entendre ce qu'il avait à me raconter. Assis à ma gauche, il se tourna légèrement vers moi, et ses ailes s'estompèrent une nouvelle fois. Mais, auparavant, elles s'étaient élevées puis déployées, celle de gauche bien au-dessus de ma tête, et j'avais été stupéfait de leur envergure. Puis elles avaient disparu. Car il n'y avait tout simplement pas de place pour elles lorsque Memnoch était assis, en tout cas lorsqu'elles étaient repliées.

Il poursuivit :

– A ces mots, il y eut un grand émoi au Ciel pour savoir qui désirait m'accompagner et étudier la Création et qui préférait rester. Comprenez bien que, comme je vous l'ai dit, les anges connaissaient la Terre entière, et nombre d'entre eux y avaient déjà passé plusieurs années, tombant amoureux de criques et de vallées, et même des déserts qui avaient commencé à apparaître. Mais le message que Dieu m'avait délivré était particulier – Va, et apprends tout ce que tu pourras sur l'humanité – et le problème était de déterminer qui manifestait autant d'intérêt ou de passion que moi envers les mystères de la race humaine.

– Un instant, l'interrompis-je. Si vous voulez bien me pardonner. Combien d'anges y a-t-il ? Vous avez cité Dieu quand il a dit " de tous les rangs " et " de tous les talents ".

– Vous connaissez sûrement une partie de la vérité par la littérature et les légendes. Dieu nous a créés en premier – nous, les archanges – Memnoch, Michaël, Gabriel, Uriel, et bien d'autres dont les noms n'ont jamais été découverts, volontairement ou par inadvertance, aussi je préfère ne pas en parler. Le nombre total d'anges ? Cinquante. Et, comme je le disais, nous avons été créés les premiers ; quant à savoir qui est arrivé précisément avant quel autre, c'est devenu au Ciel un sujet de controverse hystérique, dont je me suis désintéressé depuis déjà fort longtemps. En outre, je suis convaincu que, de toute façon, je suis le premier. Mais c'est sans importance.

« Nous sommes ceux qui communiquons de la manière la plus directe avec Dieu, et aussi avec la Terre. C'est pourquoi nous avons été qualifiés d'anges gardiens, aussi bien que d'archanges, et il arrive parfois que dans les écrits religieux, on nous octroie un rang inférieur. Mais nous ne sommes pas de rang inférieur. Nous possédons la plus forte des personnalités, doublée d'une considérable souplesse, entre Dieu et l'homme.

– Je vois. Et Raziel ? Et Metatron ? Et Remiel ?

Il sourit.

– Je savais que ces noms vous seraient familiers. Tous ont leur place parmi les archanges, mais il m'est impossible de vous expliquer cela pour l'instant. Vous le saurez quand vous serez mort. Et, de plus, c'est presque trop complexe à appréhender pour un esprit humain, même un esprit vampirique comme le vôtre.

– Très bien, répondis-je. Mais les noms que vous citez se réfèrent à des entités véritables. Sariel est une entité.

– En effet.

– Zagzagel.

– Oui, aussi. Mais laissez-moi continuer. Procédons par ordre. Comme je vous l'ai dit, nous sommes les messagers de Dieu, les plus puissants des anges, et, comme vous le pouvez le constater, je suis rapidement devenu l'Accusateur de Dieu !

– Et Satan signifie accusateur, ajoutai-je. Et tous ces noms épouvantables que vous détestez sont, d'une manière ou d'une autre, liés à cette idée. Accusateur.

– Exactement. Et les auteurs des Écritures saintes, ne connaissant que des bribes de la vérité, ont cru que c'était l'homme que j'accusais, et non pas Dieu ; mais il y a des raisons à cela, comme vous ne tarderez pas à le comprendre. On pourrait dire que je suis devenu le Grand Accusateur de chacun. (Il paraissait légèrement exaspéré, toutefois il reprit bientôt, d'un ton calme et mesuré :) Mais mon nom est Memnoch, me rappela-t-il, et il n'existe pas, et n'a jamais existé, d'ange plus puissant ou plus intelligent que moi.

– Je vois, répondis-je, par pure politesse.

Et aussi parce qu'en fait je ne remettais absolument pas cette affirmation en cause. Pourquoi en aurais-je douté ?

– Les Neuf Chœurs ? demandai-je.

– Tous présents. Les neuf chœurs, bien sûr, qui composent le *bene ha elohim*. Si bien décrits par les érudits hébreux et chrétiens, grâce aux époques de révélation et de désastre, peut-être, encore qu'il soit difficile de déterminer la nature de chaque événement. La première triade est constituée des trois chœurs, les Séraphins, les Chérubins et les Trônes, ou Ophanins, comme je préfère les appeler. Et cette première triade est généralement entièrement dévouée à la gloire de Dieu. Ils Lui sont asservis, s'accommodent parfaitement de la lumière qui pourrait en aveugler ou éblouir d'autres, et, du reste, ne s'éloignent jamais vraiment de cette lumière.

« Parfois, lorsque je suis en colère et que je fais de grands discours au Ciel tout entier, je les accuse... si vous voulez bien me pardonner l'expression... d'être retenus à Dieu comme par un aimant et de ne pas avoir de libre arbitre ou de personnalité comme nous en possédons. Ils en sont pourtant dotés, incontestablement, même les Ophanins, dont les propos sont généralement les moins articulés et les moins éloquents, et tout ange de cette première triade peut être envoyé par Dieu pour accomplir ceci ou cela ; ils sont descendus sur Terre, et certains des Séraphins sont apparus de façon fort spectaculaire à des hommes et à des femmes. Il faut dire qu'ils vouent à Dieu une adoration sans bornes, ce qui est tout à leur honneur, ressentant sans aucune réserve l'extase de Sa présence ; comme Il les satisfait totalement, ils ne Lui posent aucune question et sont plus dociles, ou plus sincèrement pénétrés de Lui, tout dépend sous quel angle on se place.

« La deuxième triade comporte trois chœurs, que les hommes ont baptisés Dominations, Vertus et Puissances. Mais, à dire vrai, la différence entre ces anges et ceux de la première triade est infime. La deuxième triade est légèrement plus éloignée de la lumière de Dieu et ne peut s'en rapprocher davantage, compte tenu de ses dons, peut-être aussi n'était-elle pas aussi intelligente dès lors qu'il s'agit de logique ou d'interrogations. Qui sait ? La deuxième est très certainement plus docile, également ; toutefois, ces derniers font davantage d'allées et venues de la Terre au Ciel que les Séraphins, qui sont pourtant si dévoués, magnétisés, et parfois arrogants. Vous comprenez bien comme tout cela peut amener à des discussions.

– Oui, je vois.

– Ces deux triades chantent continuellement lorsqu'elles sont au Ciel, et aussi, la plupart du temps, lorsqu'elles sont sur Terre ; leurs cantiques s'élèvent spontanément et inlassablement vers le Paradis, ils ne surgissent pas avec la jubilation volontaire de mes chants ou de ceux qui me ressemblent. Pas plus qu'elles ne gardent le silence pendant de longues périodes comme ceux de mon espèce – les Archanges – peuvent être enclins à le faire.

« Lorsque vous serez mort, vous serez à même d'entendre les hymnes de toutes ces triades. Mais les écouter maintenant risquerait de vous anéantir. Je vous ai laissé percevoir un peu du tumulte céleste, mais, pour vous, justement, cela ne peut rien être d'autre qu'un vacarme – le son des cantiques mêlé à celui des rires, et les jaillissements apparemment erratiques de bruits magnifiques.

J'acquiesçai. Cela avait été en effet à la fois douloureux et sublime.

– La triade la plus basse est censée inclure les Principautés, les Archanges et les Anges, continua-t-il, mais c'est fallacieux, comme je le disais. Parce que nous, les Archanges, sommes en fait les plus puissants et les plus importants, nous avons la personnalité la plus forte, et sommes les plus interrogatifs et les plus concernés.

« C'est pourquoi les autres anges considèrent qu'il y a en nous un défaut. Il ne vient pas à l'idée du Séraphin moyen d'invoquer la miséricorde pour l'humanité.

« Vous avez à présent une vision globale de l'ordre des choses. Les anges sont innombrables. Certains sont plus mobiles que d'autres, certains sont plus proches de Dieu, pour s'en éloigner ensuite lorsque la majesté est trop grande ; ils choisissent alors de se retirer et de chanter un cantique plus doux. C'est incessant.

« Mais l'important, c'est de savoir que les anges gardiens de la Terre, les Veilleurs, ceux qui se sont absorbés dans la Création, étaient issus de tous ces rangs ! Même des Séraphins sont sortis des gardiens, qui ont passé des millions d'années sur Terre et sont ensuite retournés chez eux. Aller et venir est fort banal. La tendance que je décris là est innée, mais pas immuable.

« Les anges ne sont pas parfaits. Vous pouvez d'ores et déjà vous en rendre compte. Ce sont des êtres fabriqués. Ils ne savent pas tout ce que Dieu sait, c'est une évidence pour vous et pour tout le monde. Mais ils en savent beaucoup ; ils ont la possibilité d'avoir accès à toute la connaissance possible *si toutefois ils le désirent* ; et c'est en cela que les anges diffèrent, comprenez-vous. Certains souhaitent tout apprendre dans le temps, et d'autres ne se préoccupent que de Dieu et de Son reflet dans celles des âmes qui Lui sont le plus dévouées.

– Je comprends, en effet. Ce que vous dites, c'est que chacun a raison là-dessus, mais que, d'une certaine façon, chacun a tort aussi.

– Plus raison que tort. Les anges sont des individus, c'est ça la clé. Nous, les déchus, nous ne sommes pas une espèce unique, si ce n'est que le fait d'être les plus intelligents, les plus brillants, et les plus aptes à comprendre, pourrait faire de nous une espèce à part, ce que je ne crois pas.

– Continuez.

Il se mit à rire.

– Vous pensez que je vais m'arrêter maintenant ?

– Je l'ignore, répondis-je. Et moi, je me place où dans tout cela ? Je ne parle pas de moi, Lestat de Lioncourt, mais de ce que je suis... le vampire que je suis.

– Vous êtes un phénomène surnaturel, lié au monde des vivants, tout comme un fantôme. Nous allons bientôt y venir. Lorsque Dieu nous a envoyés sur la Terre pour veiller, et pour étudier tout particulièrement l'humanité, nous étions aussi curieux des morts que des vivants – de cette couronne d'âmes que nous pouvions voir et entendre, rassemblées tout autour de l'univers, et que nous avons immédiatement appelée Schéol parce qu'il nous semblait que le royaume de ces âmes en pleurs était celui de la tristesse à l'état pur. " Schéol " veut dire tristesse.

– Et l'esprit qui a créé les vampires...

– Une minute. C'est très simple. Cependant, permettez-moi de vous exposer les faits *comme je les ai perçus*. Sinon, comment pourrez-vous comprendre ma position ? Ce que je vous demande – d'être mon lieutenant – est si personnel et si absolu que vous ne pourrez pas en saisir tout le sens si vous ne m'écoutez pas.

– Continuez s'il vous plaît.

– Entendu. Plusieurs anges se rassemblèrent et décidèrent de m'accompagner, de se rapprocher le plus près possible de la matière afin de mettre tout notre savoir en commun, de mieux comprendre, ainsi que Dieu nous avait demandé de le faire. Michaël est venu avec moi. Une troupe d'autres archanges aussi. Quelques Séraphins étaient présents. Et quelques Ophanins. Et certains des ordres les plus bas, les moins intelligents de tous, mais qui n'en sont pas moins des anges, très épris de la Création et curieux de découvrir pourquoi j'étais autant en colère contre Dieu.

« Je ne saurais vous dire combien nous étions. Sitôt que nous atteignîmes la Terre, nous sommes partis chacun de notre côté pour avoir notre propre appréhension des choses ; toutefois, nous nous réunissions souvent et tombions immédiatement d'accord sur ce que nous avions vu.

« Nous étions unis par un intérêt commun dans le fait que Dieu prétendait que l'humanité faisait partie de la Nature. Nous ne parvenions tout simplement pas à comprendre comment cela pouvait être vrai. Nous allâmes donc en exploration.

« Très vite, j'appris que les hommes et les femmes vivaient maintenant en vastes groupes, à la grande différence des autres primates, qu'ils se construisaient des abris, qu'ils peignaient leurs corps de diverses couleurs, que les femmes étaient souvent séparées des hommes, et qu'ils croyaient à quelque chose d'invisible. Mais quoi ? Étaient-ce aux âmes des ancêtres, aux chers disparus restés prisonniers de l'atmosphère terrestre, désincarnés et confus ?

« En effet, il s'agissait des âmes de leurs aïeux, mais les humains vénéraient également d'autres entités. Ils imaginaient un Dieu qui avait créé les bêtes sauvages et auquel ils offraient des sacrifices sur des autels, considérant que le Tout-Puissant était un être doté de limites très précises, que l'on satisfaisait ou mécontentait aisément.

« Or, je peux affirmer que tout ceci fut une grande surprise pour moi. J'en avais perçu les signes précurseurs. Après tout, je vous ai fait parcourir des millions d'années au cours de mes Révélations. Mais le jour où je me suis approché de ces autels, lorsque j'ai entendu les prières spécialement destinées au Dieu des bêtes sauvages, lorsque j'ai pu remarquer avec quel soin et quelle réflexion ils se livraient à ces sacrifices – la mise à mort d'un bélier ou d'un cerf –, je fus très frappé de constater que non seulement ces humains en étaient arrivés à ressembler à des anges, mais qu'ils avaient deviné la vérité.

« Ils l'avaient découverte instinctivement ! Il y avait un Dieu. Ils le savaient. Ils ignoraient comment Il était, mais ils savaient. Et cette intuition semblait jaillir de la même essence que leurs esprits qui survivaient. Je m'explique.

« La conscience de soi, et celle de sa propre mort, avaient créé chez l'homme le sens de son individualité, et cette invidualité craignait la mort, et l'anéantissement ! Elle la percevait, savait ce que c'était, et la voyait venir ! Et priait Dieu qu'Il ne laisse pas une telle chose sans signification.

« Et c'était grâce à cette même ténacité – la ténacité de cette individualité – que l'âme humaine restait vivante après qu'elle eut quitté le corps, imitant la forme de ce même corps, se soudant à lui, pour ainsi dire, s'accrochant à la vie, se perpétuant en se façonnant au seul monde qu'elle connaisse.

Je gardais le silence. J'étais captivé par son histoire, et ne désirais

219

qu'une seule chose, qu'il poursuive. Mais, bien évidemment, je pensais à Roger. Je pensais très fort à lui dans la mesure où Roger avait été le seul fantôme que j'avais jamais rencontré. Et ce que Memnoch venait de décrire était la version parfaitement organisée et tout à fait préméditée de Roger.

— Oh oui ! précisément, dit Memnoch, ce qui est probablement la raison pour laquelle il est venu à vous, quoique, sur le moment, j'en aie éprouvé une extrême contrariété.

— Vous ne vouliez pas que Roger vienne à moi ?

— J'ai observé. J'ai écouté. J'étais stupéfait, tout comme vous, mais d'autres fantômes m'avaient déjà surpris avant lui. Ce n'était pas si extraordinaire en soi, mais, en aucun cas, cela n'a été un phénomène orchestré par mes soins, si c'est ce que vous insinuez.

— Pourtant, cela semble tellement coïncider avec votre arrivée ! On croirait que les deux faits sont liés !

— Vraiment ? Quel est le lien ? Cherchez-le en vous-même. Ne pensez-vous pas que les défunts aient déjà tenté de parler par le passé ? Ne pensez-vous pas que les fantômes de vos victimes soient jamais venus mugir à vos oreilles ? Il est vrai que ceux-ci ont dû trépasser dans un état de béatitude et de confusion totales, ignorant que vous étiez l'instrument de leur mort. Mais il n'en va pas toujours ainsi. Peut-être est-ce vous qui avez changé ! Et, nous le savons vous et moi, vous aimiez ce mortel, Roger, vous l'admiriez, vous compreniez sa vanité et son amour de l'objet sacré, mystérieux et précieux, puisque vous-même possédez ces traits de caractère.

— Effectivement, tout cela est vrai, indubitablement, répondis-je. Mais je persiste à croire que vous étiez pour quelque chose dans sa venue.

Il était scandalisé. Il m'observa un long moment, comme s'il était sur le point de se mettre en colère, puis il éclata de rire.

— Pourquoi ? demanda-t-il. Pourquoi me serais-je donné la peine d'une telle apparition ? Vous savez ce que j'attends de vous ! Vous en connaissez les implications ! Vous n'êtes pas étranger à la révélation mystique ou théologique. Vous en étiez déjà conscient, de votre vivant, en France, lorsque, petit garçon, vous aviez réalisé que vous pouviez mourir sans avoir compris la signification de l'univers, et que vous vous étiez précipité chez le curé du village pour demander au pauvre homme, " Vous croyez en Dieu ? "

— Oui, mais les deux événements se sont précisément produits simultanément. Et lorsque vous affirmez qu'ils sont sans rapport, je... je n'arrive pas à le croire, objectai-je.

— Vous êtes la créature la plus butée que je connaisse ! Vraiment ! (Son exaspération, si elle s'était quelque peu adoucie et teintée de patience, n'en était pas moins évidente.) Lestat, ne voyez-vous pas que ce qui vous a attiré vers la complexité de Roger et de sa fille, Dora, s'apparente exactement à ce qui m'a poussé à venir à vous ? Vous en étiez arrivé à un point où vous tendiez vers le surnaturel. Vous imploriez le Ciel qu'il vous anéantisse ! Et le fait de prendre David a probablement constitué votre première étape véritable vers un péril moral absolu ! Vous pouviez vous pardonner d'avoir créé l'enfant vampire Claudia, parce que vous étiez jeune et stupide.

« Mais prendre David, contre sa volonté ! Vous emparer de son âme pour la rendre vampirique ? Ça, c'était le crime suprême ! Un crime qui invoque Dieu, qui invoque Son amour. David, auquel nous avons un jour accordé une vision fugitive de nous, tellement nous éprouvions de l'intérêt pour lui, quelle que fût la voie qu'il risquait de suivre.

– Ah bon ! donc l'apparition à David était délibérée.

– C'est ce que je viens de dire, me semble-t-il.

– Mais Roger et Dora, ils ont simplement croisé mon chemin.

– Certes. Et, naturellement, vous avez choisi la plus brillante et la plus séduisante des victimes ! Vous avez choisi un homme qui excellait autant dans tout ce qu'il faisait – ses meurtres, son racket, ses vols – que vous-même excellez à être ce que vous êtes. C'était une étape plus audacieuse. Votre soif augmente. Elle devient plus dangereuse pour vous et ceux qui vous entourent. Vous ne prenez plus les déchus, les démunis et les coupe-jarret. Ce qui vous intéressait chez Roger, c'était aussi la puissance et la gloire, non ?

– Je suis tiraillé, chuchotai-je.

– Pourquoi ?

– Parce que j'éprouve de l'amour pour vous, et que c'est un sentiment auquel j'accorde toujours de l'importance, comme nous le savons l'un et l'autre. Je suis attiré par vous. Je veux connaître la suite de votre récit ! Et pourtant, je pense que vous me mentez au sujet de Roger. Et de Dora, Selon moi, tout est lié. Et lorsque je pense à Dieu incarné...

Je m'interrompis, incapable de poursuivre.

J'étais envahi par les sensations célestes, du moins par tout ce que je pouvais encore me rappeler, ou ressentir : accablé d'un chagrin que mes larmes n'auraient jamais suffi à exprimer, j'en avais le souffle coupé.

J'avais dû fermer les yeux. Car lorsque je les rouvris, je m'aperçus que Memnoch tenait mes deux mains dans les siennes. Elles étaient très chaudes, très puissantes et incroyablement douces. Comme les miennes devaient lui sembler froides. Ses mains à lui étaient plus grandes, dépourvues de toute imperfection. Les miennes étaient... étrangement blanches, fines, luisantes. Mes ongles scintillaient, comme à l'accoutumée, pareils à de la glace au soleil.

Il s'écarta, et ce fut atroce. Mes mains demeurèrent figées, jointes et totalement solitaires.

Il se tenait à plusieurs mètres de moi, le dos tourné, contemplant l'étroite bande de mer. Ses ailes, apparentes et immenses, semblaient remuer avec difficulté, comme si une tension interne l'obligeait à faire fonctionner l'appareil musculaire invisible auquel elles étaient rattachées. Il me parut parfait, irrésistible, et désespéré.

– Peut-être que Dieu a raison ! dit-il de sa voix basse aux accents pleins de fureur, les yeux toujours rivés à la mer.

– Raison à propos de quoi ?

Je me mis debout.

Il refusait toujours de me regarder.

– Memnoch, repris-je, continuez, s'il vous plaît. Par moments, j'ai l'impression que je pourrais m'effondrer sous le poids des choses que j'apprends. Mais continuez. Je vous en prie, continuez.

– C'est votre manière de vous excuser, n'est-ce pas ? demanda-t-il avec douceur.

Il se tourna vers moi. Les ailes disparurent. Il se dirigea lentement vers moi, me dépassa, et revint s'asseoir à ma droite. Sa robe était bordée de petites particules de terre poussiéreuse. J'enregistrai ce détail presque machinalement. Et un minuscule morceau de feuille, de feuille verte, était resté accroché dans ses longs cheveux emmêlés.

– Non, pas vraiment, répondis-je. Ce n'étaient pas des excuses. En général, je dis exactement ce que je pense.

J'étudiai son visage – le profil sculpté, l'absence totale de poils sur une peau qui semblait magnifiquement humaine. Indescriptible. Lorsque vous admirez une statue dans une église de la Renaissance, que vous constatez qu'elle vous domine de toute sa hauteur et qu'elle est parfaite, cela ne vous effarouche pas, puisque c'est de la pierre. Mais là, c'était vivant.

Il se retourna, comme s'il venait seulement de remarquer que je l'observais. Il riva son regard au mien. Puis il se pencha en avant, les yeux limpides et striés d'une myriade de couleurs, et je sentis ses lèvres, douces, lisses et chastement humides, effleurer ma joue. Je sentis la vie qui embrasait mon être figé dans sa froidure. Je sentis une flamme ardente qui consumait chaque parcelle de mon corps, comme seul le sang pouvait le faire, le sang vivant. J'en eus un coup au cœur. J'aurais pu poser mon doigt sur ma poitrine, à l'endroit même de cette douleur.

– Mais vous, que sentez-vous ? demandai-je, refusant de me laisser envahir.

– Je perçois le sang de centaines d'êtres humains, répondit-il dans un murmure. Je perçois une âme qui en a connu un millier d'autres.

– Connu ? Ou détruit, purement et simplement ?

– Allez-vous me repousser uniquement de par votre propre haine de vous-même ? Ou vais-je poursuivre mon histoire ?

– S'il vous plaît, continuez. Je vous en prie.

– L'homme avait inventé ou découvert Dieu. (A présent, sa voix avait retrouvé tout son calme, et cette intonation polie, presque humble dans sa pédagogie.) Certaines tribus vénéraient parfois plus d'une divinité, censée avoir créé telle ou telle partie du monde. Oui, les humains savaient que les âmes des défunts survivaient ; et ils cherchaient à atteindre ces âmes en leur faisant des offrandes, qu'ils déposaient sur leurs tombes. Ils invoquaient les esprits des morts. Ils imploraient leur aide pour la chasse, pour la naissance d'un enfant, ou pour toute autre chose.

« Et tandis que nous, les anges, scrutions le Schéol du regard tout en le traversant, invisibles, notre essence ne troublant en rien ce royaume uniquement constitué d'esprits... d'âmes et rien que des âmes... nous réalisâmes que ces esprits s'affermissaient dans leur survivance grâce aux attentions que leur témoignaient les habitants de la Terre, à l'amour que leur prodiguaient les humains, et par les pensées que ceux-ci leur accordaient. C'était un processus.

« Et, à l'instar des anges, ces âmes étaient des individus dotés de divers degrés d'intelligence, d'intérêt ou de curiosité. Ils étaient les hôtes de toutes les émotions humaines, encore que pour nombre d'entre elles, fort heureusement, toute émotion fût sur le déclin.

« Certaines âmes, par exemple, se sachant défuntes, cherchaient à répondre aux prières de leurs enfants et tentaient activement de leur donner des recommandations, faisant appel à toute la force qu'elles étaient à même de rassembler pour s'adresser à eux d'une voix spirituelle. Elles luttaient pour leur apparaître. Parfois, l'espace de quelques instants fugitifs, elles y parvenaient, attirant à elles quelques particules tourbillonnantes de matière, par la seule puissance de leur essence invisible. Parfois aussi, elles se rendaient visibles dans des rêves, lorsque l'âme de l'humain endormi s'ouvrait à d'autres âmes. Elles parlaient à leur progéniture de l'amertume et des ténèbres de la mort, et leur disaient qu'ils devaient se montrer courageux et forts durant leur vie. Elles leur donnaient des conseils.

« Et, pour certains tout du moins, ces esprits semblaient savoir que la foi et les attentions de leurs fils et filles les renforçaient. Ils sollicitaient des offrandes et des prières, et leur rappelaient leurs devoirs. Ces âmes étaient, dans une certaine mesure, les moins confuses, excepté pour une chose. Elles pensaient avoir vu tout ce qu'il y avait à voir.

– Aucune notion du Ciel ?

– Non, et, de plus, nulle lumière et nulle musique ne pénétraient le Schéol. De là, on ne voyait que l'obscurité et les étoiles, et la population de la Terre.

– Intolérable.

– Non, pas si vous considérez que vous êtes un dieu pour vos enfants et que vous pouvez encore puiser de l'énergie à la seule vue des libations qu'ils répandent sur votre tombe. Pas si vous vous réjouissez que certains prêtent l'oreille à vos conseils et que vous vous fâchez quand d'autres s'y refusent, et pas si vous pouvez communiquer occasionnellement, parfois avec des résultats spectaculaires.

– Oui, bien sûr, je comprends. Car c'étaient des dieux aux yeux de leurs enfants.

– Des dieux ancestraux d'un certain type. Rien à voir avec le Créateur. Comme je le disais, les humains avaient des idées précises sur l'une et l'autre de ces questions.

« Je fus peu à peu très absorbé par toute la question du Schéol. Je le parcourus en tous sens. Certaines de ces âmes ignoraient qu'elles étaient mortes. Elles savaient juste qu'elles étaient perdues, aveugles et misérables, et elles ne cessaient de pleurer, comme des nourrissons. Elles étaient si faibles que je ne crois même pas qu'elles sentaient la présence des autres âmes.

« D'autres, en revanche, s'illusionnaient totalement. Elles se croyaient encore vivantes ! Elles pourchassaient leur famille, essayant vainement d'obliger le fils ou la fille oublieux à écouter, alors que ceux-ci ne pouvaient évidemment pas les voir ou les entendre ; et elles, les âmes qui se croyaient encore en vie, n'avaient pas l'idée de réunir de la matière pour se rendre visibles ou apparaître en rêve aux vivants, parce qu'elles ignoraient qu'elles étaient défuntes.

– Oui.

– Certaines âmes comprirent qu'elles étaient des fantômes le jour où elles sont arrivées chez les mortels. D'autres pensaient qu'elles étaient vivantes et que le monde entier s'était ligué contre elles. D'autres encore se contentaient de dériver çà et là, voyant et entendant les bruits des vivants, mais de loin, dans une sorte d'état de stupeur ou dans un rêve. Et certaines mouraient.

« Il arrivait qu'elles s'éteignent sous mes yeux. Et je réalisai bientôt qu'un grand nombre d'entre elles périssaient. L'âme agonisante vivait une semaine, parfois un mois, en termes de durée humaine, après qu'elle se fut séparée du corps, conservant sa forme, avant de commencer à s'évanouir. L'essence se dispersait progressivement, comme le faisait celle d'un animal au moment de sa mort. Envolée dans les airs, retournant sans doute à l'énergie et à l'essence divines.

– C'est ce qui se produisait vraiment ? demandai-je sur un ton plein de désespoir. Leur énergie retournait vers le Créateur ; la lueur d'une bougie retournait aux flammes éternelles ?

– Je ne sais pas. Je n'ai rien vu de cela, de ces petites flammes voguant vers le Ciel, entraînées là-haut par un embrasement à la fois tendre et puissant. Non, je n'ai rien vu de tel.

« Depuis le Schéol, la Lumière de Dieu n'était pas visible. Et, pour le Schéol, la consolation divine n'existait pas. C'étaient pourtant des êtres spirituels, créés à notre image et à Son image, et à laquelle ils se raccrochaient, aspirant à la vie après la mort. Là était toute leur angoisse. Leur ardent désir d'une vie après la mort.

– Et s'il ne se passait rien au moment du décès, l'âme s'éteignait-elle alors tout simplement ? demandai-je.

– Non, absolument pas. Leur aspiration semblait innée. Cette aspiration devait mourir par elle-même, avant que l'âme ne se délite. Certes, au Schéol, les âmes passaient par une multitude d'expériences, et celles qui avaient acquis le plus de vigueur se percevaient en tant que dieux, ou en tant qu'humains ayant franchi le royaume du Créateur ; et ces âmes gagnaient en puissance au point de régner sur les autres, de les fortifier parfois et de les empêcher de se dissiper.

Il marqua un temps, comme s'il ne savait comment poursuivre. Puis il reprit :

– Certaines âmes avaient une appréhension différente des choses. Elles savaient qu'elles n'étaient pas des dieux, mais des humains défunts. Elles étaient conscientes qu'elles n'avaient pas le droit de changer la destinée de ceux qui leur adressaient des prières ; et n'ignoraient pas que les libations étaient essentiellement symboliques. Ces âmes connaissaient la signification du concept de symbole. Elles savaient. Elles se savaient mortes et égarées. Elles se seraient réincarnées si elles avaient pu. Car c'était là, dans la chair, que résidaient toute la lumière, la chaleur et le bien-être qu'elles avaient jamais connus et pouvaient encore voir. D'ailleurs, il arrivait que, justement, elles y parviennent !

« J'en fus le témoin de diverses façons. Je vis ces âmes descendre délibérément pour prendre possession d'un mortel hébété, s'emparer de ses membres et de son cerveau et vivre à l'intérieur de lui jusqu'à ce que l'homme ait repris suffisamment de force pour rejeter cette âme. Vous connaissez ces choses-là. Tout le monde connaît ces phénomènes de possession. Vous avez vous-même possédé un corps qui n'était pas le vôtre, et votre corps s'est retrouvé habité par une autre âme.

– En effet.

– Mais c'étaient les balbutiements d'une telle invention. Et observer ces âmes dotées d'intelligence qui en apprenaient les règles, les voir acquérir chaque fois plus de puissance, était un spectacle digne d'attention.

« Et ce qui ne manquait pas de m'effrayer, étant l'Accusateur que j'étais, horrifié par la Nature, comme Dieu l'appelle, c'est que j'étais bien obligé d'admettre que ces âmes avaient une influence sur les vivants, hommes et femmes ! A l'époque, certains humains étaient déjà devenus des oracles. Ils fumaient, ou buvaient une sorte de potion qui rendait leurs esprits passifs, de façon qu'une âme défunte puisse parler par leur voix !

« Et parce que ces esprits puissants – puisque je me dois maintenant de les nommer esprits – parce que ces esprits puissants ne savaient rien d'autre que ce que l'univers et le Schéol avaient pu leur enseigner, ils risquaient d'inciter les humains à commettre de terribles erreurs. Je les ai vus exhorter les hommes à se battre ; je les ai vus ordonner des exécutions. Je les ai vus exiger des sacrifices humains.

– Vous avez assisté à la Création de la religion par l'homme, dis-je.

– Oui, si tant est que l'homme puisse créer quoi que ce soit. N'oublions pas Qui est notre Créateur à tous.

– Les autres anges, comment réagissaient-ils face à ces révélations ?

– Nous nous réunissions, échangions nos histoires, ébahis, puis repartions pour nos explorations ; nous étions plus que jamais engagés dans ce qui se passait sur Terre. Mais, essentiellement, les opinions des anges différaient. Certains, les Séraphins principalement, considéraient que l'ensemble du processus était absolument merveilleux ; que Dieu méritait un millier d'antiennes pour glorifier sa Création qui aboutissait à un homme capable de se muer en une divinité invisible, et qui pouvait ensuite mettre en œuvre une plus grande énergie à survivre ou à guerroyer.

« Puis il y avait ceux qui pensaient : " C'est une erreur, une abomination ! Ces âmes humaines se prennent pour des dieux ! C'est ignoble et cela doit cesser sur-le-champ ! "

« Mais il y eut aussi ma réaction passionnée : " C'est vraiment effroyable, et cela va conduire à des désastres qui ne pourront aller qu'en empirant ! C'est le commencement d'une ère totalement nouvelle pour la vie humaine, désincarnée, mais néanmoins intentionnelle et ignorante, qui acquiert de la force de seconde en seconde, et emplit l'atmosphère terrestre de puissantes entités perturbatrices aussi ignares que les humains autour desquels elles tourbillonnaient. "

– Je suis sûr que d'autres anges partageaient votre point de vue.

– En effet, certains se montraient tout aussi véhéments, mais, comme disait Michaël : " Crois en Dieu, Memnoch, Qui a fait cela. Dieu connaît l'ordre divin des choses. "

« C'est avec Michaël que j'avais les conversations les plus approfondies. D'ailleurs, Raphaël, Gabriel et Uriel, qui ne faisaient pas partie de cette mission, n'étaient pas descendus. La raison en est fort simple : ces quatre-là ne partent presque jamais ensemble. C'est pour eux une loi, une coutume, une... une vocation, que deux d'entre eux restent toujours au Ciel, à la disposition de Dieu ; et les quatre ne s'en vont jamais ensemble. Dans ce cas précis, Michaël fut le seul à souhaiter m'accompagner.

– Cet Archange Michaël existe-t-il toujours ?

– Évidemment qu'il existe ! Vous ferez sa connaissance. Vous

226

pourriez le rencontrer dès à présent, si vous en avez envie, mais non, il ne viendrait pas. Il ne viendrait pas. Il est du côté de Dieu. Mais vous le connaîtrez si vous vous joignez à moi. En fait, vous pourriez être étonné de constater combien Michaël peut se montrer bien disposé à l'égard de mes efforts. Car mes préoccupations ne sont sûrement pas irréconciliables avec le Ciel, ou sinon, je ne serais pas autorisé à faire ce que je fais.

Il me décocha un regard pénétrant.

– Actuellement, tous ceux du *bene ha elohim* que je vous ai décrits sont vivants. Ils sont immortels. Comment pouvez-vous penser qu'il puisse en être autrement ? Certes, selon moi, certaines des âmes qui vivaient au Schéol à l'époque n'existent plus aujourd'hui, mais peut-être sont-elles encore là, sous une autre forme que Dieu connaît.

– Je comprends. Ma question était stupide, admis-je. Mais tandis que vous observiez tout ceci, et que vous en étiez empli de crainte, comment rattachiez-vous ces phénomènes aux assertions de Dieu à propos de la nature ? Et au fait que vous deviez voir que l'humanité lui appartenait ?

– Je n'y parvenais pas, excepté par le pouvoir du perpétuel échange d'énergie et de matière. Les âmes étaient énergie ; pourtant, elles conservaient une connaissance de la matière. Mais, au-delà de ce raisonnement, il m'était impossible de concilier les deux. Michaël, lui, avait un point de vue différent. Nous étions sur un escalier, n'est-ce pas ? Les molécules les plus basses de matière inorganiques constituaient les marches inférieures. Ces âmes désincarnées occupaient la marche au-dessus de l'homme, mais en dessous des anges. Aux yeux de Michaël, tout ceci ne faisait qu'une longue procession, mais, encore une fois, Michaël ne doutait pas que Dieu accomplissait tout cela délibérément et que telle était sa volonté.

« Mais moi, je n'arrivais pas à y croire ! Parce que la *souffrance* des âmes m'horrifiait. Michaël en était choqué, également. Il se bouchait les oreilles. Et la *mort* des âmes m'horrifiait. Si les âmes pouvaient vivre, alors pourquoi ne pas le leur faire savoir ! Étaient-elles à jamais condamnées à exister dans ces ténèbres ? Qu'y avait-il d'autre dans la nature d'aussi immuable ? Étaient-elles devenues des astéroïdes sensibles décrivant à jamais une orbite autour de la planète, pareils à des lunes hurlant, criant et pleurant ?

« Je demandai à Michaël : " Que va-t-il se passer ? Les tribus prient des âmes différentes, qui sont devenues leurs dieux. Certaines sont plus fortes que d'autres. Regarde les guerres partout, regarde les batailles. "

« " Voyons Memnoch, répondit-il, les primates l'ont fait avant même d'avoir une âme. Tout dans la nature mange, et est mangé. C'est ce que Dieu essaie de t'expliquer depuis que tu as commencé à hurler tes protestations suscitées par les cris de souffrance éma-

227

nant de la Terre. Ces âmes-dieux-esprits sont l'expression des humains, ils font partie de l'humanité, sont issus des humains et sont entretenus par eux, et même si ces esprits gagnent en puissance au point de manipuler subtilement les gens, ils n'en sont pas moins nés de la matière et appartiennent à la Nature, comme Dieu l'a dit. "

« " Ainsi donc la nature est-elle une gigantesque et indicible horreur, rétorquai-je. Il ne suffit pas que le requin avale tout entier le bébé dauphin et que le papillon soit broyé entre les crocs du loup qui le déchiquète, oublieux de sa splendeur. Cela ne suffit pas. La nature doit aller plus loin, et arracher à la matière ces esprits tourmentés. La nature est très proche du Paradis, mais elle en est également si loin que seul le Schéol fera la réputation de ce lieu. "

« Ces propos scandalisèrent Michaël. On ne parle pas de la sorte à l'Archange Michaël. Cela ne passe pas. Aussi se détourna-t-il immédiatement de moi, mais sans colère et sans redouter lâchement que la foudre de Dieu ne me rate d'un millimètre et ne fracasse son aile gauche. Il s'écarta donc sans un mot, comme pour dire, Memnoch, tu es impatient et déraisonnable. Puis il revint vers moi et me dit avec miséricorde : " Memnoch, tu n'approfondis pas assez les choses. Ces âmes n'en sont qu'au commencement de leur évolution. Qui sait quelle force elles peuvent encore acquérir ? L'homme est entré dans l'invisible. Qu'adviendra-t-il s'il est destiné à devenir comme nous ? "

« " Mais comment cela se peut-il, Michaël, demandai-je. Comment ces âmes peuvent-elles savoir ce que sont les anges et ce qu'est le Ciel ? Crois-tu que si nous nous rendions visibles et si nous leur expliquions qu'elles... " Je m'étais alors interrompu. Même moi, je savais que c'était inconcevable. Je n'aurais pas osé. Pas une seule fois durant des millions d'années, je n'aurais osé.

« Or, cette pensée ne nous était sitôt pas venue à l'esprit que nous la ressassions déjà et que les autres anges nous rejoignaient à leur tour, disant : " Écoutez, les vivants savent que nous sommes ici. "

« " Comment est-ce possible ? " m'étonnai-je. Quelle que fût la peine que j'éprouvais pour l'humanité, je ne trouvais pas que les hommes et les femmes étaient très malins. Ces anges répondirent alors :

« " Certains ont perçu notre présence. Ils l'ont sentie, comme ils sentent la présence d'une âme défunte. C'est avec cette même partie de leur cerveau qu'ils perçoivent d'autres phénomènes invisibles ; je vous dis que nous avons été repérés et que ces gens vont maintenant se mettre à nous imaginer. Vous verrez. "

« " Cela ne peut être le souhait de Dieu, dit Michaël. Je propose que nous retournions au Ciel sans tarder. "

« La majorité des anges fut aussitôt d'accord avec lui, approuvant de cette façon qui leur était propre, sans un son. Je me tenais à l'écart, observant cette multitude.

« " Eh bien ? dis-je. Dieu m'a confié une mission. Je ne pourrai pas revenir tant que je n'aurai pas compris, insistai-je. Or, je ne comprends toujours pas.

« Il s'ensuivit alors une grande discussion. Finalement, Michaël m'embrassa comme les anges s'embrassent toujours, tendrement, sur les lèvres et les joues, puis il remonta au Paradis, suivi de toute la cohorte.

« Et je restai là, seul sur la Terre. Je n'adressai pas la moindre prière à Dieu ; je ne prêtai aucune attention aux hommes ; je regardai en moi-même et me demandai ce que j'allais faire. Je ne tenais pas à être considéré comme un ange. Je ne désirais pas davantage être vénéré comme l'étaient ces âmes survivantes. Pas plus que je ne souhaitais irriter Dieu ; mais il me fallait m'acquitter de Son commandement. Je me devais de comprendre. A présent, j'étais invisible. Mais si je parvenais à faire ce que faisaient ces âmes ingénieuses, à rassembler la matière autour de moi pour me constituer un corps en réunissant suffisamment de minuscules particules dans tout l'univers ? Du reste, qui savait, mieux que moi, de quoi l'homme était composé, moi qui l'avais vu évoluer depuis ses tout premiers stades, qui, mieux que moi, connaissait la composition des tissus, des cellules, des os, des fibres et de la matière grise du cerveau ? Excepté Dieu ?

« C'est donc ce que je fis. Je concentrai toute ma volonté et toutes mes forces pour me fabriquer une enveloppe de chair humaine, sans qu'il n'y manquât rien, et je choisis – sans même y réfléchir – d'être mâle. Ceci nécessite-t-il une explication ?

– Non, pas vraiment, répondis-je. Je suppose que vous aviez été le témoin de suffisamment de viols, d'accouchements et de luttes impuissantes pour faire le choix le plus judicieux. Du moins, c'est mon cas.

– Effectivement. Mais parfois je me demande. Je me demande si les choses auraient été complètement différentes si j'avais choisi d'être femme. J'aurais pu. Les femmes nous ressemblent davantage, vraiment. Pourtant, si nous sommes l'un et l'autre, nous sommes sûrement plus homme que femme, mais pas à parts égales.

– Si j'en juge par ce que vous m'avez montré de vous-même, je suis plutôt d'accord.

– Voilà. Je me dotai donc d'une enveloppe charnelle. Cela prit un peu plus de temps que prévu. Je devais évoquer consciemment la moindre parcelle de savoir de ma mémoire angélique ; je devais me construire un corps, puis y introduire mon essence, exactement comme l'essence de la vie s'y serait naturellement trouvée ; et il me fallait m'y abandonner, c'est-à-dire pénétrer à l'intérieur de ce corps, y entrer vraiment, le remplir jusqu'à ses extrémités et ne pas céder à la panique. Ensuite, il me faudrait voir par ses yeux.

Je hochai lentement la tête, ébauchant un sourire. Ayant renoncé à mon corps de vampire pour celui d'un humain, je pouvais sans peine imaginer une petite partie de ce que Memnoch avait expérimenté. Je n'allais pas me vanter d'avoir compris.

– Le processus ne fut pas douloureux, reprit-il. Mais il demanda de la soumission. Et, sans raison véritable, peut-être simplement parce que c'est la Nature, pour reprendre le mot favori de Dieu, je gainai mon être, mon essence propre, d'une forme charnelle. Seules mes ailes furent complètement exclues du projet ; aussi me retrouvai-je avec la taille d'un ange, et, lorsque je m'avançai vers les eaux claires d'une mare toute proche pour m'y regarder, je vis pour la première fois Memnoch sous une apparence matérielle. Je me vis exactement tel que j'étais, avec mes cheveux blonds, mes yeux, ma peau ; tout ce dont Dieu m'avait doté sous une forme invisible avait maintenant pris chair.

« Immédiatement, je réalisai que c'était trop ! J'étais trop grand, trop massif ; j'étincelais de mon essence intérieure ! Cela ne pouvait pas fonctionner. Si bien que j'entrepris sur-le-champ de remodeler tout mon corps aux dimensions humaines, jusqu'à ce que je parvienne à la taille d'un homme.

« Vous saurez comment accomplir tout ceci une fois que vous serez avec moi, si toutefois vous choisissez de venir, de mourir et d'être mon lieutenant. Mais laissez-moi vous dire dès à présent que ce n'est ni impossible, ni simple. Cela n'a rien à voir avec le fait de presser les touches du clavier d'un ordinateur complexe, en restant assis à regarder la machine effectuer une à une les manipulations demandées. D'un autre côté, ce n'est pas encombrant ni excessivement prenant. Cela nécessite simplement un savoir, une patience et une volonté angéliques.

« Un homme se tenait donc maintenant tout près de la mare, nu, le cheveu blond et l'œil clair, ressemblant fort à nombre de ceux qui vivaient dans la région, quoique peut-être plus proche de la perfection, et pourvu d'organes sexuels de taille raisonnable, mais pas démesurée.

« Et tandis que mon essence pénétrait ces organes, les testicules et le pénis, pour être précis, j'éprouvais une sensation qui m'avait été totalement étrangère lorsque j'étais un ange. Totalement étrangère. C'était un mélange de plusieurs conceptions. Je connaissais la masculinité ; je connaissais maintenant par expérience une certaine vulnérabilité humaine, et non plus seulement en l'observant ou en la percevant chez autrui ; et je fus très surpris de constater comme je me sentais puissant.

« Je m'étais attendu à trembler d'humilité sous cette forme ! A frissonner d'indignité à la seule pensée de la petitesse de mon être, de mon immobilité et d'une kyrielle d'autres choses – de celles que vous avez ressenties lorsque vous avez troqué votre corps de vampire contre celui d'un homme.

– Je m'en souviens parfaitement.

– Mais il n'en fut rien. Je n'avais jamais été matériel. Je n'avais jamais, jamais pensé à le devenir. Pas une seule fois, pas une seule, il ne m'était même venu à l'idée de me demander à quoi je pourrais ressembler dans un miroir terrestre. Je connaissais mon image d'après sa réflexion dans les yeux des autres anges. Je connaissais les parties de mon corps pour les avoir vues de mes yeux angéliques.

« Mais désormais, j'étais un homme. Je sentais mon cerveau à l'intérieur de mon crâne. J'en percevais le mécanisme humide, compliqué et quasi chaotique ; ses couches et ses couches de tissus, qui renfermaient les premiers stades de l'évolution, couplées avec une profusion de cellules du cortex dans une organisation qui paraissait complètement illogique et néanmoins tout à fait naturelle, dès lors que vous saviez ce que moi, un ange, je savais.

– Quoi, par exemple ? demandai-je, le plus courtoisement possible.

– Que les émotions situées dans le lobe limbique de mon cerveau pouvaient s'emparer de moi sans s'être d'abord manifestées à ma conscience, ce qui ne peut se produire chez un ange. Nos émotions ne peuvent échapper à notre pensée. Il nous est impossible d'éprouver une terreur irrationnelle. Du moins, je ne crois pas. Et je ne le pensais sûrement pas à l'époque, lorsque j'étais sur terre, dans la peau d'un homme.

– Auriez-vous pu être blessé, voire tué, sous cette forme ? demandai-je.

– Non, je vais y venir, justement. Comme je me trouvais dans une région sauvage et boisée, dans cette vallée qui est la Palestine, je ne sais si vous la connaissez, et, du reste, elle ne s'appelait pas encore comme ça, comme j'étais là, donc, conscient que ce corps pouvait être dévoré par des bêtes féroces, je me créai, à partir de mon essence angélique, un bouclier extrêmement efficace. Il réagissait électriquement. C'est-à-dire que lorsqu'un animal s'approchait de moi, ce qui arriva quasiment immédiatement, il était repoussé par ce bouclier.

« Et, ainsi protégé, je décidai de me diriger vers les installations des hommes alentour et de les observer, sachant pertinemment que personne ne pouvait me faire de mal ou m'attaquer. Je ne tenais pas à avoir l'air d'un phénomène miraculeux. Au contraire, j'allais donner l'impression d'esquiver les coups si j'en recevais et m'efforcer d'agir de manière à passer totalement inaperçu.

« J'attendis la tombée du jour et gagnai le campement le plus proche, le plus vaste et le plus puissant de tous, au point qu'il exigeait à présent un tribut des campements avoisinants. Il était immense, circulaire et entouré de murailles, avec des petites huttes dans lesquelles vivaient hommes et femmes. Un feu brûlait dans chacune d'elles. Il y avait également une place centrale où tout le monde se réunissait, et des portes que l'on verrouillait la nuit venue.

« Je me glissai à l'intérieur, et, accroupi près d'une hutte, je passai des heures à surveiller les faits et gestes de ses habitants au crépuscule et durant la soirée. Je me faufilai de place en place. Je scrutai à travers l'encadrement des petites portes. Et je vis une foule de choses.

« Le lendemain, je me postai dans la forêt. Je suivis la piste d'une troupe de chasseurs, m'évertuant à ne pas me faire remarquer, sans pour autant les perdre de vue. Sitôt que quelqu'un m'apercevait, je m'enfuyais en courant, ce qui semblait être l'attitude la plus appropriée et la plus logique. Personne ne partit à mes trousses.

« Durant trois jours et trois nuits, je restai à épier la vie prospère de ces humains, ce qui me permit de découvrir leurs limites, les besoins et les maux de leur corps; j'en vins aussi bientôt à comprendre leur désir physique, car, soudain, je le sentis qui s'enflammait à l'intérieur de moi.

« Voici comment c'est arrivé. C'était le crépuscule. Au troisième jour. J'avais fini par tirer un grand nombre de conclusions expliquant pourquoi ces gens-là ne faisaient pas partie de la Nature. J'avais tout un tas d'arguments à exposer à Dieu. J'étais sur le point de partir.

« Mais il était une chose qui avait toujours fasciné les anges, et que je n'avais pas encore expérimentée par moi-même : l'union sexuelle. Or, lorsque l'on est un ange invisible, on peut s'approcher tout près de ces couples, regarder dans leurs yeux mi-clos, entendre leurs cris, effleurer les seins enfiévrés des femmes et entendre leur cœur palpiter.

« Je l'avais fait d'innombrables fois. Et, à présent, je réalisais que vivre – pour de vrai – cette union passionnée pouvait, dans mon cas, s'avérer crucial. Je connaissais la soif, je connaissais la faim, la douleur et la lassitude, je savais comment ce peuple vivait, ce qu'il ressentait et pensait, et ce que ces êtres se racontaient entre eux. Mais je n'avais pas la moindre idée de ce qu'il se passait pendant les rapports sexuels.

« Au crépuscule de ce troisième jour, comme je me tenais sur ce rivage, ici même, loin, très loin du campement que je regardais sur ma droite, à des kilomètres, vint alors vers moi, comme surgie de nulle part, une femme très belle, une Fille de l'Homme.

« J'avais vu des centaines de belles femmes ! Comme je vous l'ai dit, lorsque mes yeux s'étaient pour la première fois posés sur la beauté féminine... avant que la peau des hommes ne devienne si lisse et si douce... cela avait été pour moi l'un des chocs de l'Évolution Physique. Durant ces trois jours, j'avais observé à distance de nombreuses femmes superbes. Mais, de par mon subterfuge, je n'avais pas osé m'en approcher trop près. J'étais un être de chair et j'essayais de passer inaperçu.

« Mais, comprenez bien, cela faisait trois jours que j'avais ce

232

corps. Et les organes de ce corps, parfaitement constitués, réagirent immédiatement à la vue de celle qui s'avançait hardiment le long du bord de mer, cette fille rebelle, sans la garde d'un homme ou d'autres femmes, jeune, belle, téméraire, dotée de longs cheveux, et qui paraissait vaguement fâchée.

« Elle était habillée d'une simple peau de bête qui lui arrivait aux genoux, la taille sanglée par une ceinture de cuir mâché, et elle était pieds nus. Ses cheveux étaient longs et noirs, et ses yeux bleus, ce qui constituait une combinaison fort séduisante. Son visage, très juvénile, exprimait la colère et la rébellion ; cette fille semblait en proie à la douleur, à l'imprudence et au désir de se faire du mal.

« Elle me vit.

« Elle s'immobilisa, consciente de sa vulnérabilité. Et moi, ne m'étant jamais soucié de me vêtir, j'étais là, nu, à la regarder. Et mon organe se mit à la convoiter, immédiatement et violemment ; j'entrevis alors la promesse de ce que cette union pouvait être. Ce fut la première manifestation du véritable désir. Durant ces trois jours, j'avais vécu en pensant comme un ange. A présent, le corps parlait et je l'écoutais avec des oreilles angéliques.

« Au lieu de chercher à s'enfuir, elle s'avança de quelques pas ; et, dans la hardiesse de son cœur, elle prit la décision, selon j'ignore quelle expérience, de m'ouvrir les bras si je la voulais. Avec le plus délicat et le plus gracieux des déhanchements qu'elle accompagna d'un geste de sa main droite, soulevant sa chevelure puis la laissant retomber, elle me le fit savoir.

« J'allai vers elle. Elle me prit la main et me fit gravir ces rochers, là-bas où se trouve la caverne que vous apercevez, juste à votre gauche, en haut de la pente. C'est là qu'elle m'emmena, et le temps que nous atteignions l'entrée, je constatais qu'elle brûlait de désir pour moi tout comme je m'enflammais pour elle.

« Cette fille n'était pas vierge. Quelle que fût son histoire, elle n'ignorait rien de la passion. Elle savait ce que c'était, elle la recherchait, et le mouvement de ses hanches en venant à ma rencontre avait été délibéré. Et, lorsqu'elle m'embrassa et fourra sa langue dans ma bouche, ce fut en connaissance de cause.

« Je succombai. Je la retins un bref instant, juste pour la regarder, dans sa mystérieuse beauté matérielle, être de chair et de putréfaction qui, néanmoins, pouvait rivaliser avec n'importe quel ange, puis je lui rendis ses baisers, brutalement, ce qui la fit rire tandis qu'elle pressait ses seins contre moi.

« Au bout de quelques secondes, nous tombâmes tous deux sur le sol moussu de la caverne, comme j'avais mille fois vu des mortels le faire. Et lorsque je sentis mon organe s'introduire en elle, lorsque je sentis la passion, je sus alors ce qu'aucun ange ne pouvait savoir ! Cela n'avait rien à voir avec la raison, l'observation ou la compassion, ni avec le fait d'écouter, d'apprendre ou d'essayer de comprendre. J'étais dans sa chair, consumé par le désir, tout comme elle, et les tendres muscles de son petit vagin duveteux m'enserraient comme si elle voulait me dévorer tandis que je m'enfonçais en elle, encore et toujours ; puis, à l'apogée de son plaisir, le sang lui monta au visage, son regard chavira et les pulsations de son cœur se calmèrent.

« Je parvins au même stade. Je sentis ma semence jaillir de mon corps dans le sien. Je la sentis qui emplissait la cavité étroite et chaude. Mon corps continua d'onduler au même rythme, puis la sensation, cette sensation indicible et totalement nouvelle, reflua lentement pour disparaître tout à fait.

« Allongé à ses côtés, épuisé, le bras passé autour d'elle, ma bouche chercha sa joue pour l'embrasser ; puis, à toute vitesse et dans sa propre langue, je lui soufflai ces mots : " Je t'aime, je t'aime, je t'aime, belle et douce créature, je t'aime ! "

« Elle y répondit par une sorte d'abandon et un sourire respectueux, puis, se blottissant contre moi, elle parut sur le point de pleurer. Son insouciance l'avait conduite à la tendresse ! Son âme souffrait au-dedans d'elle, je le percevais à travers la paume de ses mains !

« Toutefois, il régnait en moi le tumulte de la connaissance ! J'avais ressenti l'orgasme ! J'avais connu les sensations physiques les plus abouties, celles que les humains éprouvent lorsqu'ils s'accouplent ! Je fixais le plafond, incapable de bouger ou de parler.

« Puis, peu à peu, je me rendis compte que quelque chose l'avait alarmée. Elle s'accrocha à moi, puis se mit à genoux, et s'en fut en courant.

« Je me redressai. La lumière était descendue du Ciel ! Elle venait du Ciel, c'était la lumière de Dieu et elle me cherchait ! Je me relevai en toute hâte et me précipitai dehors.

« " Je suis là, Seigneur ! m'écriai-je. Seigneur, je suis empli de joie ! Mon Dieu, qu'ai-je ressenti, ô Seigneur ! " Et, comme je laissai échapper une antienne grandiose, mes particules matérielles commencèrent à se dissoudre autour de moi, comme si la puissance de ma voix angélique m'en dépouillait ; je repris alors ma taille véritable, étendis mes ailes et me mis à chanter pour remercier le Ciel de ce que j'avais vécu entre les bras de cette femme.

« La voix de Dieu me parvint, calme mais emplie de courroux.

« " Memnoch ! dit-Il. Tu es un Ange ! Et que fait donc un Ange, un Fils de Dieu, avec une Fille de l'Homme ! "

« Avant que j'aie pu répondre, la lumière s'était retirée, me laissant dans le tourbillon dont mes ailes étaient prisonnières. La femme mortelle était toujours là, sur le rivage, mais, ayant vu et entendu quelque chose d'inexplicable, elle s'enfuit, terrifiée.

« Elle se mit à courir et je fus quant à moi transporté jusqu'aux portes du Ciel ; alors, pour la première fois, ces portes m'apparurent dans toute leur hauteur et leur volume, comme elles vous sont apparues, et elles me claquèrent au nez. La lumière me frappa et je me vis redescendre, contre mon gré, plongeant verticalement, comme vous, lorsque vous étiez dans mes bras, seulement j'étais seul, tout seul ; une fois de plus, j'avais été renvoyé contre la terre humide, invisible mais meurtri, brisé et en larmes.

« " Toi, mon Veilleur, qu'as-tu donc fait ? " fit la voix de Dieu que j'entendis, basse et assurée, à mon oreille.

« Je me mis à pleurer, irrépressiblement. " Seigneur, mon Dieu, c'est un terrible malentendu. Laissez-moi... laissez-moi vous exposer mon cas... "

« " Reste donc avec les mortels que tu aimes tant ! répliqua-t-Il. Laisse-les subvenir à tes besoins, car je ne t'écouterai pas tant que ma colère ne sera pas apaisée. Étreins cette chair pour laquelle tu te consumes, et dont tu es souillé. Tu ne reviendras pas te présenter à moi tant que je ne t'aurai pas envoyé chercher, car telle est ma volonté. "

« Le vent s'éleva à nouveau, tourbillonnant, et, comme je me retournais, je constatai que j'avais perdu mes ailes et repris ma taille et mon apparence humaines.

« J'étais dans le corps que je m'étais créé, généreusement reconstitué pour moi par le Tout-Puissant, jusque dans ses moindres cellules, et je gisais sur le sol, endolori et affaibli, triste et gémissant.

« Je ne m'étais jusqu'ici jamais entendu pleurer avec ma voix d'homme. Mais je le faisais tout bas. Je n'étais pas empli de défi ou de désespoir. Car j'étais bien trop convaincu que j'étais encore un ange. Et bien trop sûr de l'amour que Dieu me portait. Je savais qu'Il était furieux contre moi, certes, mais Il l'avait déjà été souvent, si souvent.

« J'étais en proie à la douleur de la séparation d'avec Lui ! Je ne pouvais pas monter au Ciel au gré de mon désir ! Je ne pouvais pas quitter ce corps. Et, comme je me relevais en levant mes bras, je réalisai que je tentais de le faire de tout mon être, et que je n'y parvenais pas ; alors, la tristesse m'envahit, si intense, si présente et si absolue que je ne pus que baisser la tête.

« La nuit était tombée. Le firmament, parsemé d'une multitude d'étoiles, me parut si loin qu'il me sembla que je n'avais jamais connu le Paradis. Je fermai les yeux et je perçus alors les plaintes des âmes du Schéol. Je les entendis se presser autour de moi, me demandant qui j'étais, quelle était cette scène à laquelle elles avaient assisté, et quand j'avais été jeté sur Terre. Jusqu'ici, j'avais pu aller et venir inaperçu, ma métamorphose avait été silencieuse et secrète, mais, comme Dieu m'avait renvoyé ici-bas, j'avais fait une chute spectaculaire sous ma forme angélique pour me retrouver aussitôt sous une apparence humaine.

« Tout le Schéol bruissait de curiosité et d'excitation.

« " Seigneur, que dois-je leur raconter ? Aidez-moi ! " priai-je.

« Me parvint alors le parfum de la femme non loin de moi. Je me retournai et la vis qui rampait prudemment dans ma direction. Lorsqu'elle regarda mon visage, qu'elle vit mes larmes et mon désespoir, elle s'avança hardiment, colla ses seins chauds contre mon torse et prit ma tête entre ses mains tremblantes.

13

« Elle me ramena au campement. Elle me conduisit à l'intérieur des portes. Des hommes et des femmes se levèrent des feux autour desquels ils se tenaient et les enfants coururent vers moi. Je me savais doté d'une beauté angélique, et leurs regards admiratifs ne me surprirent pas. En revanche, je me demandais bien, au nom du Ciel, ce qu'ils avaient l'intention de faire.

« On me fit asseoir et on m'apporta à boire et à manger. C'était ce dont j'avais besoin. Pendant trois jours, je n'avais rien bu d'autre que de l'eau, et je ne m'étais nourri que de quelques baies cueillies çà et là dans les bois.

« Assis en tailleur parmi eux, je mangeais la viande cuite qu'ils m'avaient servie et elle, ma femme, ma Fille de l'Homme, s'était blottie contre moi, comme pour défier quiconque de nous provoquer. Puis elle commença à parler.

« Elle se mit debout, leva très haut les bras, et leur raconta d'une voix forte ce qu'elle avait vu. Son vocabulaire était simple. Mais elle avait bien assez de mots pour décrire comment elle m'avait rencontré sur le rivage, moi qui étais nu, et comment elle s'était donnée à moi dans la pureté et la vénération, sachant que je ne pouvais être une créature terrestre.

« Ma semence n'était pas sitôt entrée en elle qu'une magnifique lumière venue d'en haut avait inondé la caverne. Elle s'était enfuie, terrorisée, mais moi je m'étais avancé dans cette lumière, sans la redouter, car je la connaissais, et, devant ses yeux, je m'étais transformé au point qu'elle avait pu voir à travers moi, tout en continuant à me voir. Et j'étais devenu immense, avec de gigantesques ailes blanches garnies de plumes ! Cette vision – celle d'une créature à travers laquelle elle voyait comme si c'était de l'eau – avait été très fugitive. Puis j'avais disparu. Je m'étais évanoui aussi sûrement que j'étais maintenant assis là. Elle avait erré, frissonnante, à ma

237

recherche, invoquant les ancêtres, le Créateur, les démons du désert, toutes les puissances protectrices, lorsque soudain elle m'avait revu – transparent, pour résumer ses mots simples, mais visible, dégringolant, ailé et gigantesque, m'écrasant contre le sol dans une chute qui aurait tué un homme, ce que, du reste, j'étais devenu – un homme, tout à fait réel, ainsi que chacun pouvait le constater, assis dans la poussière.

« " Seigneur, priais-je. Que dois-je faire ? Ce que cette femme a raconté est la vérité ! Mais je ne suis pas un dieu. Vous êtes Dieu. Que puis-je faire ? "

« Nulle réponse ne vint du Ciel, ni à mes oreilles, ni à mon cœur, ni à mon cerveau, encombrant et compliqué.

« Quant à mon auditoire, composé de trente-cinq personnes environ, sans compter tous les enfants, il resta muet. Chacun méditait. Nul ne s'empressait d'admettre les faits ; toutefois personne n'allait se ruer sur moi et les récuser. Quelque chose dans mon attitude et ma posture les maintenait à distance.

« Pas de surprise. Je n'allais assurément pas me faire tout petit, me mettre à trembler ou montrer que je souffrais. Je n'avais pas appris à exprimer la douleur angélique à travers la chair. J'étais là, tout simplement, conscient que, selon leurs critères, j'étais jeune, avenant, et plein de mystère ; et ils n'étaient pas assez courageux pour chercher à me nuire, comme ils le faisaient si souvent aux autres, en me poignardant, en m'empalant ou en me brûlant, ainsi que je les avais vus faire trop de fois à leurs ennemis ou à ceux des leurs qu'ils méprisaient.

« Soudain, le groupe laissa échapper de grands murmures. Un très vieil homme se leva. Son langage était encore plus fruste que celui de la jeune fille. Je dirais qu'il possédait peut-être la moitié de son vocabulaire usuel. Mais cela lui suffisait pour s'exprimer, et il me demanda très simplement : " Qu'avez-vous à répondre à cela ? "

« Les autres réagirent comme si ces paroles étaient l'expression même du génie. Peut-être était-ce le cas. A ce moment, la femme se serra plus encore contre moi. Elle s'installa à mes côtés et, d'un regard implorant, elle m'étreignit.

« Je me rendis alors compte d'une chose – que son sort était lié au mien. Tous ces gens, sa famille, l'effrayaient quelque peu. Alors qu'elle n'avait pas peur de moi. Intéressant. C'est là tout le pouvoir de la tendresse et de l'amour, et de l'émerveillement, aussi, pensai-je. Et dire que Dieu affirmait que ces gens appartenaient à la Nature !

« Je baissai la tête, mais pas pour longtemps. Je finis par me relever, la prenant avec moi, elle, ma compagne, puisqu'il en était ainsi, et j'utilisai tous les mots que je connaissais dans sa langue, mots déjà assimilés par leurs enfants et que les adultes ignoraient encore, pour leur répondre :

« " Je ne vous veux aucun mal. Je viens du Ciel. Je suis ici pour apprendre des choses de vous et pour vous aimer. Et, au nom de Dieu, je ne vous souhaite que du bien! " »

« Une immense clameur se fit entendre, une clameur de joie; les gens tapaient dans leurs mains et se mettaient debout, et les petits enfants sautaient en tous sens. Ils semblèrent d'accord à l'unanimité pour que Lilia, la femme avec qui j'étais, réintègre à présent le groupe. Car elle en avait été chassée lorsqu'elle m'avait rencontré. Mais il ne faisait guère de doute que maintenant, celui-ci la soutenait. Et elle était revenue avec un dieu, une divinité, un être céleste... auquel ils s'adressaient avec de nombreuses syllabes et combinaisons de syllabes. »

« " Non! déclarai-je. Je ne suis pas un dieu. Je n'ai pas créé le monde. Et je vénère, tout comme vous, le Dieu qui l'a fait. " »

« Cela, aussi, fut accepté avec allégresse. Pourtant, cette frénésie commençait à m'inquiéter. Je ressentais douloureusement les limites de mon corps, alors que tous les autres dansaient, criaient, hurlaient et lançaient des coups de pied dans le feu de camp, et que cette ravissante Lilia continuait de s'agripper à moi. »

« " A présent, il faut que je dorme! " dis-je brusquement. Ce qui n'était ni plus ni moins que la stricte vérité. J'avais à peine dormi plus d'une heure de suite depuis trois jours que j'étais un être de chair, et j'étais rompu jusqu'aux os, meurtri et banni du Ciel. Je voulais me réfugier près de cette femme, et enfouir mon chagrin entre ses bras. »

« Chacun donna son approbation. On nous prépara une hutte. Tous couraient çà et là pour nous trouver les plus belles peaux, les meilleures fourrures et les cuirs mâchés les plus lisses, et nous fûmes introduits sans un mot dans ce lieu. Je me renversai contre la fourrure près de moi, une peau de chèvre des montagnes, au poil long et doux. »

« " Seigneur, que voulez-vous que je fasse? " demandai-je à voix haute. Aucune réponse ne vint. Il n'y avait plus dans la hutte que le silence et l'obscurité, et les bras qu'une Fille des Hommes avait passés autour de moi, voluptueuse, aimante, emplie de tendresse et de passion, ce mystère, cet alliage, ce pur miracle de la vie, lorsque la tendresse et le désir déferlent et ne font plus qu'un. »

Memnoch s'interrompit. Il parut soudain épuisé. Il se leva et se dirigea une fois de plus vers le rivage. Il se tenait sur le sable fin et les galets. J'aperçus les contours de ses ailes qui étincelèrent l'espace d'un instant, sans doute de la manière exacte dont la femme les avaient vues; il me tournait le dos, les épaules voûtées et le visage apparemment dans ses mains, et, ainsi, il ne me semblait plus aussi imposant.

– Memnoch, que s'est-il passé! dis-je alors. Dieu ne vous a sûrement pas laissé là! Qu'avez-vous fait? Que s'est-il passé le lendemain matin, lorsque vous vous êtes réveillé?

Il soupira et se retourna enfin. Il remonta lentement jusqu'à la grosse pierre, puis il se rassit.

– Le matin venu, je l'avais connue une demi-douzaine de fois et je gisais à demi mort, ce qui, en soi, était une leçon supplémentaire. Mais je n'avais toujours pas la moindre idée de ce que j'allais pouvoir faire. Pendant qu'elle dormait, j'avais prié Dieu, prié Michaël et les autres anges. J'avais prié inlassablement, demandant ce que je devais faire.

« Pouvez-vous deviner qui m'a répondu ? me demanda-t-il.

– Les âmes du Schéol, répondis-je.

– *Oui*, précisément ! Ce sont elles qui ont répondu. Comment le savez-vous ? Ce sont ces esprits – les plus puissants du Schéol – qui ont entendu mes prières au Créateur, entendu l'élan vital et l'essence de mes plaintes, de mes excuses et de mes supliques de miséricorde, de pardon et de compréhension – ils ont tout écouté, tout absorbé, tout bu, comme ils le faisaient des aspirations spirituelles de leurs enfants humains vivants. Et lorsque le soleil s'est levé, lorsque tous les hommes du groupe ont commencé à se réunir, je ne savais qu'une seule chose :

« Quoi qu'il puisse m'arriver, quelle que fût la volonté de Dieu, les âmes du Schéol ne seraient plus jamais les mêmes ! Elles en avaient trop appris par la voix de cet Ange déchu dans la matière, qui avait inconsidérément imploré Dieu et le Ciel.

« Bien sûr, la portée de ce phénomène m'échappa. Je n'étais pas resté assis là à me perdre en conjectures. Les plus puissantes des âmes avaient eu droit à un premier aperçu du Paradis. Elles connaissaient maintenant l'existence d'une lumière qui faisait pleurer et supplier un ange en proie au désespoir, parce que celui-ci craignait de ne plus jamais revoir cette lumière. Non, je n'y réfléchissais pas.

« Dieu m'avait abandonné ici. Voilà ce que je pensais. Dieu m'avais abandonné. Je sortis dans la foule. Le campement grouillait de monde. En fait, des hommes et des femmes arrivaient de tous les campements avoisinants pour me voir.

« Aussi nous fallut-il quitter son enceinte pour aller à l'extérieur, dans l'un des champs. Regardez sur votre droite, là où le terrain est en pente. Vous voyez le champ tout en bas, avec la mer...

– Oui.

– C'est là que le rassemblement eut lieu. Et je compris bientôt que tous attendaient quelque chose de moi, que je parle, que je fasse des miracles, qu'il me pousse des ailes. Ils attendaient quelque chose, mais quoi, je n'aurais su le dire. Quant à Lilia, elle était comme toujours agrippée à moi, attirante et belle, et emplie d'un vague émerveillement.

« Ensemble nous gravîmes ce rocher, celui que vous apercevez là-bas, les grosses pierres que les glaciers ont laissées des millions d'années auparavant. Là. Nous l'escaladâmes, puis elle s'assit et moi, je me plaçai devant ces gens, levant les yeux vers le Ciel et ouvrant les bras.

« De tout mon cœur, j'implorai Dieu de me pardonner, de me reprendre, de clore en beauté cette intrusion avec ma miséricordieuse disparition, autrement dit, de me rendre ma forme angélique, mon invisibilité, et de m'envoler dans les airs. Je le voulais, je me le représentais, j'essayais de toutes les manières possibles de retrouver mon état initial. Pas de chance.

« Dans les cieux au-dessus de nos têtes, je voyais ce que les hommes voyaient : le bleu du firmament, les nuages blancs qui voguaient vers l'est, et la lune pâle de ce début de matinée. Le soleil me brûlait les épaules et le haut du crâne. C'est alors qu'une pensée effroyable me vint : j'allais probablement mourir dans ce corps ! J'avais été dépossédé de mon immortalité ! Dieu m'avait rendu mortel et s'était détourné de moi.

« J'y réfléchis longuement. Je le soupçonnais depuis le début, mais maintenant, j'en étais convaincu. Et la fureur monta en moi. Je regardai tous ces hommes et toutes ces femmes. Je repensai aux paroles que Dieu m'avait dites, d'aller avec ceux que j'avais choisis, avec la chair que j'avais préférée au Ciel. Et je pris une décision.

« Si c'était ainsi que je devais finir, si, à l'instar de tous les humains, je devais mourir dans ce corps-là, s'il me restait encore quelques jours, quelques semaines ou même quelques années – quelles que fussent mes chances de survivre parmi les périls de l'existence – il me fallait les mettre à profit pour réaliser les plus belles choses que je connaissais. Je devais offrir à Dieu ce que j'avais de mieux. Je me devais donc de périr comme un ange, si tel était mon destin !

« " Je vous aime, Seigneur ", fis-je à haute voix. Puis je commençai à me creuser la tête pour trouver les actes les plus nobles que je pourrais accomplir.

« Ce qui me vint immédiatement à l'esprit était logique, voire évident. J'allais apprendre à ces gens tout ce que je savais ! Je n'allais pas me contenter de les entretenir du Paradis, de Dieu et des anges, à quoi cela leur aurait-il servi ? J'allais leur en parler quand même, bien sûr, et leur dire qu'il fallait qu'ils aspirent à une mort sereine et la paix du Schéol, car c'était à leur portée.

« Mais c'était bien le minimum que je puisse faire. Car ce n'était rien ! Mais, bien plus, j'allais leur enseigner tout ce que moi, je pouvais percevoir dans *leur univers*, et que eux ignoraient encore.

« Je commençai sur-le-champ. Je les conduisis dans les montagnes et les emmenai dans les grottes pour leur désigner les gisements de minerai. Je leur expliquai que lorsque ce métal était brûlant, il se liquéfiait et jaillissait de la terre en bouillonnant, et qu'en le chauffant une nouvelle fois, ils pourraient le ramollir pour en façonner des objets.

« De retour sur le rivage, je ramassai un peu de la terre meuble et m'en servis pour modeler des petits personnages, afin qu'ils constatent à quel point c'était facile ! Puis, avec un bâton, je traçai un cercle sur le sable, et je me mis à leur parler des symboles. Comment nous pouvions faire un symbole pour Lilia, qui ressemblerait à la fleur dont elle portait le nom et qu'ils appelaient le lis. Et un autre symbole pour moi... un homme avec des ailes. Je faisais des petits dessins partout, leur montrant comme il était simple de relier une image à un concept ou à une chose concrète.

« Le soir venu, j'avais réuni toutes les femmes autour de moi pour leur indiquer différentes façons de nouer leurs lanières de cuir mâché, ce auquel elles n'avaient jamais pensé, et de les tresser de manière plus élaborée pour en faire de grandes pièces d'un seul tenant. Rien que de très logique. Tout simplement ce que moi, ange, j'avais pu déduire de ma connaissance du monde.

« Or, ces gens connaissaient déjà les cycles de la Lune, mais pas le calendrier solaire. Je les initiai à toutes ces notions. Combien il y avait de jours dans une année, en fonction de la révolution des planètes autour du Soleil ; je leur appris comment inscrire toutes ces données à l'aide de symboles. Et bientôt, nous partîmes ramasser de l'argile au bord de l'eau pour en faire des plats, sur lesquels je dessinai alors, avec des petits bâtons, des étoiles, le ciel et les anges. Ces plats et ces tablettes étaient mis à sécher au soleil.

« Pendant des jours et des nuits, je restai avec mon peuple. Le savoir que je leur transmettais inlassablement ne cessait de s'accroître. Sitôt qu'un groupe se fatiguait et ne pouvait plus assimiler mes leçons, je me tournais vers un autre, observant attentivement ce qu'ils faisaient et m'efforçant d'améliorer leurs méthodes.

« Je ne doutais pas qu'ils allaient découvrir beaucoup de choses par eux-mêmes. Ils trouveraient bientôt comment tisser, ce qui leur permettrait de fabriquer de meilleurs vêtements. Tout allait pour le mieux. Je leur montrai les pigments que j'extrayais de la terre, semblables à l'ocre rouge qu'ils utilisaient déjà, et qui leur donneraient des couleurs différentes. Je leur communiquai chacune des idées qui me venait à l'esprit, chaque progrès que j'envisageais, développant considérablement leur vocabulaire dans le processus et leur enseignant également l'écriture. Je leur appris aussi une musique d'un genre totalement nouveau, puisque c'étaient des chansons. Et les femmes venaient à moi, de plus en plus nombreuses – et Lilia se tenait alors à l'écart – ces femmes qui, chacune, pouvaient être honorées de la semence de l'ange, elles, " les avenantes Filles des Hommes ".

Il s'interrompit à nouveau. A cette évocation, son cœur semblait brisé. Son regard, lointain, reflétait le bleu pâle de la mer.

Je me mis à parler, très doucement, avec prudence, prêt à me taire au moindre signe. De mémoire, je citai le livre d'Hénoch :

– " Et Azazel... leur fit connaître les métaux, et l'art de les travailler, et les bracelets et les ornements, et l'utilisation de l'antimoine, et la manière de se farder les paupières, et toutes sortes de pierres précieuses et de teintures colorées. "

Il se tourna et me dévisagea. Il semblait presque incapable de parler. Puis, d'une voix douce, presque aussi douce que la mienne, il enchaîna sur les lignes suivantes du livre d'Hénoch :

– " Il en advint alors une grande impiété, et ils se livrèrent à la fornication et se dévoyèrent... "

Il marqua une nouvelle pause, puis reprit :

– " Et, comme les hommes périssaient, ils hurlaient, et leur hurlement monta jusques aux cieux. "

Il se tut, tandis qu'un sourire amer s'ébauchait lentement sur ses lèvres.

– Et quelle est la fin de l'histoire, Lestat, qu'y a-t-il entre les lignes que vous avez citées et celles que moi, j'ai citées ! Des mensonges ! Je leur ai enseigné la civilisation. Je leur ai transmis le savoir du Ciel et des anges ! *C'est tout ce que je leur ai appris.* Il n'y avait sur terre, ni effusions de sang, ni anarchie, ni géants monstrueux. Ce sont des mensonges, rien que des mensonges, des bribes et des bribes noyées sous les mensonges !

J'acquiesçai, sans hésitation, et même avec une certaine conviction, me représentant parfaitement ces choses-là, les concevant également du point de vue des Hébreux qui, par la suite, avaient cru si fermement à la purification et à la loi, qu'ils avaient fini par les considérer comme impures et mauvaises... Eux qui avaient inlassablement parlé de ces Veilleurs, de ces professeurs, de ces anges qui étaient tombés amoureux des Filles des Hommes.

– Ce n'était en rien de la magie, reprit calmement Memnoch. Il n'y avait là nul ensorcellement. Je ne leur ai pas appris à fabriquer des épées ! Je ne leur ai pas appris la guerre. Et puisqu'un autre peuple de la terre détenait un certain savoir, ce que je n'ignorais pas, je le leur ai transmis. Car dans la vallée d'une autre rivière, des hommes savaient comment récolter le blé avec une faux ! Car, au Ciel, il y avait des Ophanins, des anges qui étaient ronds, des anges qui étaient des roues, et si cette forme était reproduite dans la matière, si un simple morceau de bois reliait deux pièces rondes, on pouvait alors fabriquer un objet qui pourrait rouler sur ces mêmes roues !

Il soupira.

– Je ne dormais plus, je devenais fou. Et comme la connaissance se déversait de moi, et qu'eux s'épuisaient à force d'apprendre, luttant sous son fardeau, je partis dans les cavernes, et j'en couvris les parois de mes symboles. J'y gravai des représentations du Ciel, de la Terre et des anges. J'y gravai la Lumière de Dieu. Je travaillais, infatigable, jusqu'à ce que chaque muscle de mon corps de mortel me fasse souffrir.

243

« Ensuite, incapable de supporter leur compagnie plus longtemps, rassasié des belles femmes, et restant avec Lilia pour le bien-être qu'elle m'apportait, je m'en fus dans la forêt, arguant que j'avais besoin de parler en silence à mon Dieu ; c'est là que je m'effondrai.

« Je gisais dans le calme absolu, réconforté par la présence muette de Lilia, et je réfléchissais à tout ce qui s'était passé. Je repensais aux arguments que j'avais voulu invoquer devant Dieu, et comment ce que j'avais appris depuis n'avait fait que corroborer ce que j'avais eu l'intention de dire ! Rien de ce que j'avais constaté chez les hommes n'aurait pu m'inciter à penser différemment. Que j'aie offensé Dieu, que je L'aie perdu pour toujours, et que le Schéol soit mon unique perspective d'éternité, tout cela, je le savais, était la réalité qui obsédait mon cœur et mon âme. Néanmoins, je ne pouvais pas changer d'avis !

« Les arguments que j'avais eu l'intention d'exposer au Tout-Puissant étaient que ces gens étaient au-dessus de la Nature et demandaient davantage de Lui, et que tout ce dont j'avais été le témoin avait contribué à me conforter dans cette conviction. Car les hommes s'attachaient à percer les mystères célestes. Car ils souffraient, et, pour cela, cherchaient la justification de cette souffrance ! Si seulement il y avait un Créateur, et que ce Créateur ait ses raisons... Oh ! quel supplice ! Et, au cœur de tout cela, étincelait le secret du désir charnel.

« Durant l'orgasme, lorsque ma semence avait jailli dans le corps de la femme, j'avais éprouvé une extase semblable à la joie céleste, et j'avais intensément partagé cette sensation avec le corps allongé sous le mien. L'espace d'une fraction de seconde, ou même moins que cela, j'avais compris, oui compris, que les hommes ne faisaient pas partie de la Nature, non, ils étaient supérieurs, ils appartenaient à Dieu, et à nous-mêmes.

« Lorsqu'ils vinrent à moi, porteurs de leurs rares et confuses croyances – n'y avait-il pas des monstres invisibles un peu partout ? je leur répondis par la négative. Seuls Dieu et le tribunal céleste régnaient sur les destinées de tous, et aussi les âmes de leurs semblables au Schéol.

« Lorsqu'ils me demandèrent si les méchants, ceux qui n'obéissaient pas à leurs lois, étaient jetés, après leur mort, dans les flammes éternelles – une idée très répandue chez eux, comme chez d'autres peuples – j'en fus horrifié, et je leur expliquai que Dieu ne permettrait jamais pareille chose. Une âme à peine naissante, condamnée au châtiment du feu éternel ? Une atrocité, leur répondis-je. Une fois de plus, je leur expliquai qu'ils devaient glorifier les âmes des défunts pour alléger leur propre douleur et celle de ces âmes, et que lorsque la mort viendrait, loin de la redouter, ils devaient au contraire pénétrer dans les ténèbres et garder leurs yeux fixés sur la lumière éclatante de la vie sur Terre.

« Je leur racontai toutes ces choses pour la simple raison que je ne savais pas quoi leur dire.

« C'était un blasphème. J'avais blasphémé, ô combien. Et maintenant, quelle sort m'était réservé ? J'allais vieillir et mourir, professeur vénéré, et avant que ce moment ne vienne – à moins que la peste ou une bête sauvage ne m'emporte prématurément – j'allais graver dans la pierre et dans l'argile tout ce qu'il était en mon pouvoir. Puis c'est au Schéol que j'irais, et là, je rassemblerais les âmes autour de moi, et leur dirais : " Implorez, implorez le Ciel ! " Je leur apprendrais à regarder là-haut. Je leur dirais que c'est là qu'est la Lumière !

Il prit une inspiration, comme si chaque mot qu'il prononçait était pour lui une douloureuse brûlure.

A voix basse, je lui citai une nouvelle fois le Livre d'Hénoch : " Et maintenant, voyez comme les âmes des défunts pleurent et adressent leurs suppliques aux portes du Ciel. "

– Effectivement, vous connaissez vos Écritures comme un bon démon, remarqua-t-il avec amertume ; mais son visage semblait en proie à une tristesse et une compassion telles, et cette raillerie avait été proférée avec tant d'émotion qu'elle en avait perdu tout son mordant. Et qui pouvait savoir ce qu'il allait advenir ? reprit-il. Qui ? Oui, oui, j'allais rendre le Schéol plus fort, jusqu'à ce que ses cris viennent cogner aux portes du Paradis et finissent par les abattre. Si vous avez une âme et que cette âme peut se raffermir, alors vous pouvez être l'égal des anges ! C'était le seul espoir qui subsistait en moi, régner parmi les oubliés de Dieu.

– Mais Dieu n'a pas permis qu'il en soit ainsi, n'est-ce pas ? Il ne vous a pas laissé mourir dans ce corps.

– Non. Pas plus qu'il n'a envoyé le Déluge pour y noyer tout mon enseignement. Ce qui resta, ce qui perdura dans le mythe et les Saintes Écritures, fut que j'avais séjourné là, que ces choses avaient été enseignées, mais qu'il était à la portée d'un homme de l'avoir fait ; c'était du domaine de la logique, non de la magie, et même les mystères du Ciel étaient de ceux que les âmes auraient vraisemblablement pu percer par elles-mêmes. Tôt ou tard, les âmes auraient vu.

– Mais comment en êtes-vous sorti ? Qu'est-il arrivé à Lilia ?

– Lilia ? Ah ! Lilia. Épouse d'un dieu, elle est morte vénérée. Lilia. (Son visage s'illumina et il se mit à rire.) Lilia, répéta-t-il, elle soudain si proche dans son souvenir après l'avoir si longtemps écartée de son histoire. Ma Lilia. Bannie, elle avait uni son destin à celui d'un dieu.

– A ce moment-là, Dieu vous a repris ? Il a mis un terme à vos actes ?

Nous nous considérâmes longuement.

– Ce n'est pas aussi simple. Un jour, au bout de trois mois peut-

245

être, je me réveillai et découvris que Michaël et Raphaël étaient venus me chercher. Ils me dirent très distinctement : " A présent, Dieu te réclame. "

« Et moi, Memnoch, l'incorrigible, celui qui ne peut se racheter, j'ai répondu : " Ah ! bon ? Alors pourquoi ne vient-il pas Lui-même me chercher pour m'emmener loin d'ici et faire ce qu'Il désire ? " »

« Alors Michaël, qui semblait très malheureux pour moi, me dit : " Memnoch, pour l'amour de Dieu, retourne de ton plein gré à ta véritable apparence. Sens ton corps qui grandis ; laisse tes ailes te porter jusqu'aux Cieux. Il ne veut de toi que si toi, tu le souhaites ! Voyons Memnoch, réfléchis avant de... " »

« " Non il est inutile de me mettre en garde, mon bien-aimé, répondis-je à Michaël. Je viens, les yeux pleins de larmes, je viens. Puis je m'agenouillai et embrassai Lilia endormie. Elle me regarda. " C'est un adieu, ma compagne, mon professeur ", lui ai-je alors dit. Je l'embrassai, puis, me détournant, je devins l'ange, visible pour elle, laissant la matière dessiner mes contours de sorte qu'elle, en appui sur ses coudes et en pleurs, puisse avoir de moi cette ultime vision et la garder dans son cœur pour les jours où elle en aurait besoin.

« Puis, invisible, je rejoignis Michaël et Raphaël et rentrai à la Maison.

« Au tout début, j'eus peine à y croire ; au moment où je traversais le Schéol, les âmes hurlèrent leur douleur et je tendis les bras vers elles pour les consoler. " Je ne vous oublierai pas ! je le jure. Je transmettrai vos prières au Ciel. " Or, comme je poursuivais mon ascension, la lumière descendit à ma rencontre et m'enveloppa, et le chaleureux amour de Dieu – qu'il fût prélude au jugement, au châtiment ou au pardon, je ne savais – m'entoura et me soutint. Les célestes cris d'allégresse se firent assourdissants, même à mes oreilles.

« Tous les anges du *bene ha elohim* étaient réunis. La lumière de Dieu palpitait en son centre.

« " Vais-je être puni ? " Mais je n'étais que gratitude d'avoir revu cette lumière une fois encore, même si ce n'était que provisoire.

« Or, cette lumière me faisait mal. Je dus m'en protéger de mes mains. Et, comme c'est toujours le cas lorsque le Ciel entier est présent, les Séraphins et les Chérubins se placèrent tout autour de Dieu, de sorte que la lumière se déversait en rayons derrière eux, rendant ainsi son intensité plus supportable.

« La voix de Dieu se fit entendre de sa pleine puissance.

« " J'ai deux mots à te dire, mon vaillant, mon arrogant, dit-Il. J'ai pour toi un concept sur lequel ton angélique sagesse va pouvoir se pencher. C'est celui de la Géhenne, de l'Enfer. (Ce nom prit alors pour moi toute son implication.) Le feu et le tourment éternels, poursuivit Dieu, le contraire du Paradis. Réponds-moi,

Memnoch, du fond de ton cœur. Cela serait-il pour toi le châtiment qui convient – l'opposé même de la gloire à laquelle tu avais renoncé au profit des Filles des Hommes ? Serait-ce la sentence appropriée – la souffrance perpétuelle, ou du moins jusqu'à la fin des temps ? »

14

– Il me fallut moins d'une seconde pour répondre, reprit Memnoch. (Il haussa légèrement les sourcils et me regarda.) " Non, Seigneur, dis-je, Vous ne feriez cela à personne. Nous sommes toutes Vos créatures. C'est une atrocité, trop horrible, délibérément inventée. Non, Seigneur. Lorsque les hommes et les femmes de la Terre m'ont raconté qu'ils avaient rêvé de pareils tourments pour les méchants qui leur avaient fait du mal ou du chagrin, je leur ai certifié qu'un tel endroit n'existait pas et n'existerait jamais. "

« D'un bout à l'autre du Ciel, des rires retentirent. Tous les anges rigolaient, tous, et, bien sûr, ces rires étaient mélodieux, emplis de ravissement et d'émerveillement, comme toujours ; néanmoins, c'étaient bien des rires, et non des chants.

« Un seul être ne riait pas. Memnoch. Moi. Moi qui leur avais parlé avec le plus grand sérieux, j'étais stupéfait d'avoir déclenché cette hilarité.

« Or, il s'était produit le plus étrange des phénomènes. Dieu, aussi, avait trouvé cela comique, et Il riait doucement avec eux, à l'unisson, donnant le rythme, et c'est seulement lorsque le Sien commença peu à peu à s'éteindre que les autres firent de même.

« " Ainsi, c'est ce que tu leur as dit, Memnoch. Que jamais il n'y aurait un Enfer de l'éternel châtiment des méchants ; jamais ; qu'un tel endroit jamais n'existerait. "

« " Oui, Seigneur, c'est ce que j'ai dit. Je n'arrivais pas à concevoir pourquoi ils avaient imaginé pareil lieu. Si ce n'est qu'il leur arrive parfois d'être très en colère contre leurs ennemis... "

« Les rires fusèrent à nouveau, mais Dieu les fit taire.

« " Memnoch, as-tu bien laissé sur terre toutes tes cellules mortelles ? Tu es en possession de toutes tes facultés angéliques ? Tu n'es pas en train de te conduire en nigaud simplement par habitude ? "

« Je répondis à voix forte pour couvrir les rires continus. " Non, Seigneur. J'ai rêvé de ce moment. Resté séparé de Vous fut atroce. Ce que j'ai fait, c'était par amour, n'est-ce pas ? Vous le savez sûrement mieux que moi. "

« " Je crains que oui, répondit-Il. C'est de l'amour, en effet, indubitablement. "

« " Seigneur, j'ai rêvé que Vous me laisseriez venir à Vous pour Vous expliquer toute l'histoire, et Vous exposer tous les arguments que je m'étais promis d'invoquer depuis la première fois où, rencontrant une Fille des Hommes, je suis allé vers elle. Y consentirez-Vous ? "

« Silence.

« Je ne percevais nul son émanant de la divine présence, mais je réalisai soudain que certains, parmi le *bene ha elohim*, s'étaient rapprochés de moi. Au début, je crus m'être trompé, ils s'étaient simplement déplacés, déployant leurs ailes à la lumière ; pourtant, je ne tardai pas à me rendre compte que, tout près de moi, se tenait à présent une petite légion, un groupe d'anges, ceux qui, aux confins de la multitude, étaient maintenant poussés dans ma direction.

« Je connaissais bien sûr ces anges, certains plus intimement que d'autres, de par nos débats et nos discussions, et ils arrivaient de tous les rangs. En plein désarroi, mon regard se porta sur eux, puis revint vers Dieu.

« " Memnoch, s'exclama le Seigneur. Ceux qui sont derrière toi, tes cohortes, demandent également que ton souhait soit exaucé, et que tu puisses plaider ta cause dans l'espoir que tu le feras également en leur nom. "

« " Je ne comprends pas, Seigneur. " Mais, aussitôt, dans un éclair, je sus. Je voyais maintenant la tristesse sur leurs visages, et la façon dont ils se collaient à moi, comme si j'étais leur protecteur. En une seconde, je réalisai ce qui s'était passé, que, parcourant la Terre d'un bout à l'autre, ces anges avaient fait la même chose que moi.

« " Pas avec autant de panache ni autant d'invention, précisa le Seigneur. Mais, eux aussi, ont vu chaleur et mystère dans l'accouplement des hommes et des femmes ; et, eux aussi, trouvant que les Filles des Hommes étaient belles, les ont prises pour femmes. "

« Un immense brouhaha s'éleva. Certains riaient encore, pleins d'allégresse, comme si tout cela était un divertissement brillant et nouveau, d'autres paraissaient ébahis. Les Veilleurs qui s'accrochaient à moi, et qui semblaient très peu nombreux en comparaison du *bene ha elohim,* m'adressaient quant à eux des regards désespérés, voire accusateurs. Un murmure se fit entendre parmi eux.

« " Memnoch, nous t'avons vu le faire. "

« Est-ce que Dieu riait ? Je n'aurais su le dire. La lumière déversait ses immenses rayons sur les têtes, les épaules et les silhouettes ombrées des Séraphins et des Chérubins, et l'amour semblait éternel et constant, ainsi qu'il l'avait toujours été.

« " Dans les tribus de par le monde, mes fils du Ciel sont descendus pour connaître la chair, tout comme toi, Memnoch, quoique, et comme je l'ai déjà dit, avec une aptitude et un désir bien moindres de troubler l'atmosphère compacte de la Nature et de bouleverser aussi délibérément mon projet divin. "

« " Seigneur, mon Dieu, pardonnez-moi ", chuchotai-je.

« Et un même chœur, étouffé et respectueux, se fit entendre parmi ceux qui se tenaient auprès de moi.

« " Mais dites-moi, vous qui êtes là, derrière Memnoch, qu'avez-vous à dire pour votre défense et pour justifier vos actes et vos découvertes ; comment plaideriez-vous votre cause au tribunal céleste ? "

« Le silence fut leur unique réponse. Ces anges étaient accablés devant le Seigneur, n'implorant qu'une chose, le pardon, avec un tel abandon qu'il leur était inutile de recourir à la parole. Et moi, j'étais là, seul.

« " Ah ! Seigneur, dis-je, il semble que je sois tout seul. "

« " Ne l'as-tu pas toujours été ? Toi, mon fils du Ciel, mon ange qui se défie de son Seigneur. "

« " Oh non ! Seigneur, je crois en Vous ! répliquai-je aussitôt, soudain furieux. C'est la vérité ! Mais je ne comprends pas ces choses, et je ne peux apaiser mon esprit et mon tempérament, cela m'est impossible. Non, pas impossible, mais il me... il me paraît malhonnête de me taire. Il serait plus loyal de Vous exposer mes arguments. Ce serait le plus noble de mes actes, et le plus noble que je puisse faire est de satisfaire Dieu. "

« Une grande discorde régnait dans toute l'assemblée – excepté parmi les Veilleurs, qui, n'osant pas se hisser sur leurs pieds invisibles, se tenaient là, ailes repliées au-dessus d'eux, pareils à des oiseaux apeurés dans leur nid. On entendait des murmures, des petites chansons, des mélodies et des rires, et des questions, graves ou anodines, tandis que de nombreux visages étaient tournés vers moi, les yeux emplis de curiosité ou striés de colère, ce qui leur donnait l'air menaçant.

« " J'écoute ta plaidoirie, dit le Seigneur. Mais avant de commencer, rappelle-toi, dans ton intérêt et celui de tous ceux ici présents, que je sais tout. Je connais l'humanité comme tu ne la connaîtras jamais. J'ai vu ses autels ensanglantés, ses danses de pluie, ses sacrifices encore fumants, et j'ai entendu les cris des blessés, des affligés, de ceux que l'on anéantit lentement. Je vois la Nature dans l'humanité comme je la vois dans la sauvagerie des mers ou des forêts. Ne me fais pas perdre mon temps, Memnoch. Ou, pour être plus explicite encore et bien me faire comprendre, ne gaspille pas le temps que je t'accorde. "

« Ainsi, le moment était venu. Je m'y préparai sereinement. Jamais de ma vie, je n'avais ressenti avec autant d'acuité l'impor-

250

tance ou la signification d'un événement. C'était ce que vous appelleriez sans doute de l'excitation, ou de l'enthousiasme. J'avais mon public. Et je n'aurais su douter de moi ! Mais cette légion derrière moi, qui restait étendue et se taisait, commençait déjà à m'énerver ! Et, dans ma fureur, je me rendis compte que tant qu'ils seraient couchés, me laissant seul devant Dieu et son tribunal, je ne prononcerais pas un seul mot. Je demeurai là, bras croisés.

« Dieu se mit à rire, d'un petit rire qui montait lentement, puis le Ciel tout entier succomba bientôt à cette hilarité. Et Dieu dit aux anges déchus, les Veilleurs, " Relevez-vous, mes fils, sinon nous serons encore là à la fin des temps. "

« " Moquez-vous, Seigneur, je le mérite, dis-je. Mais je vous remercie. "

« Dans un grand frottement d'ailes et de robes, je les entendis derrière moi qui se mettaient debout, au moins aussi grands et aussi droits que les courageux humains sur la Terre à nos pieds.

« " Seigneur, mes arguments sont simples, dis-je, et vous ne les ignorez sûrement pas. Je vais vous les exposer aussi clairement et aussi méticuleusement que possible.

« " Jusqu'à un certain stade de son évolution, le primate d'en bas appartenait à la Nature et restait assujetti à toutes ses lois. A mesure que son cerveau grossissait, il devint de plus en plus rusé, et ses combats avec les autres animaux se firent plus féroces et sanglants que jamais, ainsi que le Ciel a pu le constater. Tout cela est la pure vérité. Et, avec cette intelligence, augmentèrent aussi les moyens dont l'humanité disposait pour infliger la souffrance.

« " Mais rien de tout ce dont j'ai été le témoin au cours des guerres, des exécutions ou des pillages de campements entiers ou de villages, ne peut surpasser la violence du royaume des insectes, de celui des reptiles ou des mammifères inférieurs, qui se livraient à des luttes aveugles et insensées pour survivre et perpétuer leur espèce. "

« Je m'interrompis, par politesse mais aussi pour ménager mes effets. Le Seigneur garda le silence. Je poursuivis.

« " Il arriva toutefois un moment où ces primates, qui, entre-temps, s'étaient mis à ressembler si fortement à Votre image, telle que nous la percevons en nous-mêmes, divergèrent du reste de la Nature de manière assez marquée. Et, lorsque la logique de la vie et de la mort leur apparut, cela ne se limita pas pour eux à la prise de conscience d'eux-mêmes. Ce fut loin d'être aussi simple que cela. Au contraire, de la conscience de soi naquit la capacité d'aimer, ce qui était nouveau, et tout à fait contre nature.

« " C'est alors que l'humanité se divisa en familles, en clans et en tribus, unis par la connaissance intime des individualités de chacun, plus que par la simple appartenance à une espèce, et soudés les uns aux autres, à travers la souffrance et le bonheur, par les liens de l'amour.

« " Seigneur, la famille humaine se situe au-delà de la Nature. Si vous deviez descendre et... "

« " Memnoch, prends garde ! " chuchota Dieu.

« " Oui, Seigneur ", répondis-je, hochant la tête et m'étreignant les mains derrière mon dos pour éviter de faire de grands gestes. " Ce que j'aurais dû dire, c'est que lorsque je suis descendu pour observer la famille, ici, là et partout dans l'univers que Vous avez créé, et auquel Vous avez accordé une évolution sublime, j'ai vu la famille comme une fleur nouvelle et inouïe, Seigneur, épanouissement d'émotion et d'intelligence qui, dans sa délicatesse, fut arrachée des tiges de la Nature auxquelles elle s'était nourrie, pour se retrouver à la merci du vent. L'amour, Seigneur, je l'ai vu, j'ai senti l'amour que les hommes et les femmes se portaient, à eux et à leurs enfants, j'ai perçu leur aptitude à se sacrifier pour autrui, à pleurer leurs morts et à rechercher les âmes de ceux-ci dans l'au-delà, et à concevoir, Seigneur, un autre monde dans lequel ils pourraient être de nouveau réconciliés avec ces âmes.

« " C'était grâce à cet amour et à la famille, grâce à cette floraison, rare et sans précédent – si créative, Seigneur, qu'elle semblait justement à l'image de Vos créations – que les âmes de ces êtres restaient vivantes après la mort ! Quel autre élément de la Nature peut accomplir pareille chose, Seigneur ? Tout ce que la Terre a pris lui est rendu. En toute chose, Votre Sagesse est manifeste ; et tous ceux qui souffrent et périssent sous Votre voûte céleste sont miséricordieusement baignés par l'ignorance brutale du plan dont l'implication ultime est leur propre mort.

« " Et dans leurs cœurs, riches de cette affection mutuelle, compagne et compagnon, famille et famille, ils ont imaginé le Ciel, Seigneur. Ils se sont représenté ce temps, celui de la réunion des âmes, lorsque leurs parents leur seraient rendus et que tous chanteraient dans la béatitude ! Ils ont imaginé l'éternité parce que leur amour l'exige, Seigneur. Ils ont conçu ces idées comme ils conçoivent leurs enfants ! Voilà ce dont moi, le Veilleur, j'ai été le témoin. "

« Le silence, encore. Le Ciel tout entier était à ce point muet que les seuls bruits audibles nous parvenaient du monde à nos pieds, le souffle du vent, la houle lointaine des mers, et les cris, les cris assourdis des âmes sur la Terre et au Schéol.

« " Seigneur, ils aspirent au Paradis. Et, comme ils imaginent l'éternité, ou l'immortalité, je ne sais laquelle, ils souffrent de l'injustice, de la séparation, de la maladie et de la mort, comme aucun animal ne pourrait l'endurer. Et leurs âmes sont nobles. Au Schéol, ils tendent, au nom de l'amour, à dépasser l'amour et le souci de soi-même. L'amour ne cesse d'aller et venir éternellement entre la Terre et le Schéol. Seigneur, ils ont créé un gradin inférieur pour le tribunal invisible ! Seigneur, ils cherchent à apaiser Votre courroux, car ils savent que Vous êtes là ! Et, Seigneur, ils veulent tout savoir sur Vous. Et sur eux-mêmes. Ils savent, et veulent savoir plus encore. "

« Je n'ignorais pas que c'était là le cœur de ma plaidoirie. Mais, une fois encore, Dieu s'abstint de me répondre ou de m'interrompre.

« " Il m'était impossible de considérer l'être humain comme inférieur à Votre sublime accomplissement, lui qui, conscient de lui-même, pouvait concevoir le temps avec un cerveau déjà suffisamment élaboré pour apprendre et qui évoluait si vite que nous, les Veilleurs, avions peine à suivre ses progrès. Mais la souffrance, le tourment, la curiosité – c'était une lamentation apparemment destinée aux oreilles des anges, et à celles de Dieu, si je puis me permettre.

« " La cause que je suis venu plaider, Seigneur, est la suivante : ne pourrait-on accorder à ces âmes, qu'elles soient terrestres ou au Schéol, une partie de notre lumière ? Ne pourrait-on pas leur donner la lumière, comme on donne de l'eau aux animaux lorsqu'ils ont soif ? Et ces âmes, une fois admises dans la confiance divine, ne mériteraient-elles pas d'occuper peut-être une petite place dans ce royaume qui ne finit jamais ? "

« Le silence semblait tenir du rêve et de l'éternité, comme le temps avant le temps.

« " Peut-on essayer, Seigneur ? Car sinon, que va-t-il advenir de ces âmes survivantes et invisibles, elles dont la force grandissante les condamnera à s'embarrasser plus encore de cette chair, de sorte qu'au lieu d'aboutir aux révélations sur la vraie nature des choses, il naîtra en elles des idées corrompues fondées sur des preuves fragmentaires et une peur instinctive. "

« Cette fois, je renonçai à marquer une pause de pure politesse et poursuivis sur ma lancée.

« " Seigneur, lorsque je me suis incarné, et que suis allé avec cette femme, c'est parce qu'elle était belle, en effet, qu'elle nous ressemblait et offrait un genre de plaisir charnel qui nous est inconnu. Il est vrai, Seigneur, que ce plaisir est infiniment petit comparé à Votre magnificence, mais, Seigneur, au moment où je me suis allongé contre elle, et elle contre moi, et qu'ensemble, nous avons connu ce plaisir-là, cette petite flamme s'est mise à ronronner avec un son semblable à celui des cantiques du Très-Haut !

« " Nos cœurs ont cessé de battre au même instant, Seigneur. Nous avons connu l'éternité dans notre chair, l'homme en moi a su que la femme l'avait connue. Nous avons découvert quelque chose qui s'élève au-dessus de toutes les espérances terrestres, quelque chose de purement divin. "

« Je me tus. Qu'aurais-je pu ajouter ? Enjoliver ma plaidoirie avec des exemples, à l'usage de Celui qui savait tout ? Je me croisai les bras et baissai les yeux, respectueusement, méditant et écoutant les âmes du Schéol, dont les cris lointains, l'espace d'un instant, me troublèrent, me détournèrent de la présence céleste, m'appelant, me remémorant ma promesse et attendant mon retour.

« " Seigneur Dieu, pardonnez-moi. J'ai été pris au piège de Vos merveilles. Et je suis fautif si là n'était pas Votre projet. "

« Une fois de plus, le silence était menaçant, doux, et empli du néant. Un néant que les habitants de la Terre ne peuvent concevoir. Je tenais bon, car je n'aurais rien pu faire d'autre que ce que j'avais fait, et je sentais au fond de moi que chaque mot que j'avais prononcé était sincère et libéré de toute peur. Il m'apparut très clairement que si le Seigneur me chassait du Ciel, ou quoi qu'Il fît d'autre, je le mériterais amplement. J'étais Son ange, Sa créature, et à Ses ordres. Et celui qu'Il pouvait anéantir s'Il le désirait. J'entendis de nouveau dans ma mémoire les cris du Schéol, et je me demandai, ainsi qu'un humain le ferait, s'Il allait m'y envoyer bientôt ou s'Il me réservait un sort bien plus terrifiant, car la Nature recelait d'innombrables exemples de destructions et de catastrophes atroces ; je savais que Dieu, si telle était Sa volonté, pouvait m'infliger bien des souffrances, puisque j'étais un ange.

« " Je crois en Vous, Seigneur, m'exclamai-je, pensant à haute voix. Car sinon, je serais tombé de tout mon long, comme les autres Veilleurs. Je ne veux pas dire par là qu'ils ne croient pas en Vous. Mais simplement, je pense que Vous attendez de moi que je comprenne la bonté, car Votre essence est bonté, et que Vous ne souffrirez pas que ces âmes pleurent dans les ténèbres et dans l'ignorance. Vous ne souffrirez pas que l'ingénieuse humanité se perpétue sans lui laisser entrevoir le divin. "

« Pour la première fois, Il me répondit, d'un ton doux et dégagé : " Memnoch, tu as fait davantage que de le lui laisser entrevoir. "

« " Oui, Seigneur, c'est ainsi. Mais Seigneur, les âmes des morts lui ont apporté une grande inspiration, et un encouragement, aussi, et ces âmes n'appartiennent pas à la Nature, comme nous l'avons vu, et elles acquièrent de la vigueur de jour en jour. S'il existe une sorte d'énergie, Seigneur, naturelle et complexe, qui dépasse mon entendement, me voilà alors totalement pris au dépourvu. Car il semble qu'elles soient faites de ce que nous sommes faits, Seigneur, de l'invisible, et chacune est particulière, avec sa propre volonté. "

« Nouveau silence. Puis le Seigneur parla :

« " Très bien. J'ai entendu ta plaidoirie. J'ai maintenant une question à te poser. Pour tout ce que tu as donné à l'humanité, Memnoch, que t'a-t-elle précisément offert en échange ? "

« La question me fit tressaillir.

« " Et ne me parle plus de l'amour, Memnoch, ajouta-t-il. Ni de leur aptitude à s'aimer les uns les autres. Le Ciel est parfaitement informé sur la question et il en convient tout à fait. Mais que t'ont-ils donné, Memnoch ? Qu'as-tu obtenu en retour pour les risques que tu as pris en pénétrant dans leur royaume ? "

« " La confirmation, Seigneur, répondis-je vivement, atteignant la plus profonde des vérités sans la déformer aucunement. Ils ont reconnu un ange sitôt qu'ils en ont vu un. Exactement comme je m'y attendais. "

« " Ah ! "

« Un énorme éclat de rire partit du trône céleste, balayant le Ciel entier, une fois de plus, si fort qu'il dut, j'en suis certain, parvenir jusqu'aux oreilles faibles et douloureuses du Schéol. Le Ciel entier était secoué de rires et de chants.

« Au début, je n'osai dire ou faire quoi que ce fût, puis soudain, avec colère, ou, dirais-je plutôt, avec obstination, je levai la main. " Mais je suis parfaitement sérieux, Seigneur ! Pour eux, je n'étais pas un être imaginaire ! Seigneur, aviez-Vous planté une graine à cette fin lorsque Vous avez créé l'univers, pour que ces êtres élèvent leurs voix jusqu'à Vous ? Me le direz-Vous ? Puis-je le savoir, d'une manière ou d'une autre ? "

« Les anges, par petits groupes, s'étaient calmés, leur hilarité ayant fini par décroître, mais elle fut aussitôt remplacée par un doux hommage à Dieu et à Sa constance, en remerciement de la patience qu'Il me témoignait.

« Je m'abstins de me joindre à leur cantique. Je contemplai les immenses rayons de lumière infinie qui émanaient de Dieu, et mon propre entêtement, ma colère et ma curiosité s'atténuèrent quelque peu, sans pour autant me plonger un seul instant dans le désespoir.

« " Je crois en Vous, Seigneur. Vous savez ce que Vous faites. Il le faut. Car sinon nous sommes... perdus. "

« Je m'interrompis, abasourdi par ce que je venais de dire. Mes propos outrepassaient de loin tous les défis que j'avais jusqu'ici lancés à Dieu, et toute suggestion que je Lui avais jamais faite. Horrifié, je levai les yeux vers la lumière, tout en me disant : Et s'Il ne sait pas ce qu'Il fait, et ne l'a jamais su !

« Je portai les mains à mon visage pour empêcher mes lèvres de proférer des paroles inconsidérées, et, de ce fait, ordonner à mon cerveau de faire taire ces pensées téméraires et blasphématoires. Je connaissais Dieu ! Dieu était présent. Et je me tenais devant Lui. Comment osais-je concevoir pareille idée, alors qu'il m'avait dit, " Tu ne crois pas en moi ", ce qui était très exactement son opinion.

« Il me sembla alors que la lumière divine prenait infiniment plus d'éclat ; elle s'étendait ; les silhouettes des Séraphins et des Chérubins rapetissèrent et devinrent presque transparentes ; je fus empli de lumière, et tous les autres anges en furent également envahis, jusque la moindre de leurs cellules, et c'est en totale communion que tous nous ressentîmes l'amour absolu que Dieu nous témoignait, au point que jamais nous ne pourrions en attendre ou en imaginer davantage.

« C'est alors que le Seigneur parla, avec des mots complètement différents, car ils le disputaient à la splendeur de cet Amour qui subjuguait toute pensée. Néanmoins, je les entendis et ils pénétrèrent mon cœur.

« Et chacun les perçut également.

« " Memnoch, va au Schéol, dit-Il, et trouve là au moins dix âmes, parmi ces millions d'autres, qui méritent de nous rejoindre au Ciel. Raconte-leur ce que tu voudras pendant que tu les observeras ; mais trouves-en dix que tu jugeras dignes de vivre auprès de nous. Puis tu me ramèneras ces âmes, et nous pourrons ensuite reprendre notre conversation. "

« J'étais extatique. " Seigneur, j'en suis capable, je le sais ! " m'écriai-je.

« Les visages de Michaël, de Raphaël et d'Uriel, que la lumière divine avaient presque totalement éclipsés, réapparurent soudain, à présent qu'elle baissait et retrouvait des limites plus supportables. Michaël paraissait effrayé pour moi et Raphaël pleurait. Uriel, quant à lui, semblait se contenter d'observer, impassible, ne s'émouvant ni pour moi, ni pour les âmes, ni pour personne. C'était la physionomie qu'avaient les anges avant que le temps ne commence.

« " Je peux partir maintenant ? demandai-je. Et quand dois-je revenir ? "

« " Quand tu voudras, répondit le Seigneur, et quand tu le pourras. "

« J'avais compris. Si je ne trouvais pas ces dix âmes, je ne revenais pas.

« J'acquiesçai à cette logique délicieuse. Je la comprenais. Je l'acceptais.

« " Tandis que nous parlions, des années se sont écoulées sur la Terre, Memnoch. Ton campement, et ceux que les autres ont visités, sont maintenant devenus des villes ; le monde s'affole sous la lumière céleste. Que puis-je te dire, mon bien-aimé, si ce n'est qu'il te faut à présent gagner le Schéol pour revenir, sitôt que tu le pourras, avec ces dix âmes. "

« J'étais sur le point de parler, de demander : " Qu'en est-il des Veilleurs, cette petite légion derrière moi composée d'anges doux et humbles qui ont connu la chair ", lorsque le Seigneur répondit :

« " Ils attendront ton retour dans un endroit approprié du Ciel. Ils resteront dans l'ignorance de ma décision et de leur sort jusqu'à ce que tu m'aies ramené ces âmes, Memnoch, ces âmes que je devrai trouver dignes de séjourner dans ma céleste demeure. "

« " Je comprends, Seigneur, et je pars avec Votre permission. "

« Et, sans rien demander d'autre, sans aborder la moindre question quant aux restrictions ou aux limitations, moi, Memnoch, archange et Accusateur de Dieu, quittai immédiatement le Ciel pour descendre dans les brumes, immenses et immatérielles, du Schéol.

15

— Mais, Memnoch, l'interrompis-je. Il ne vous avait pas donné de critères ! Comment alliez-vous pouvoir évaluer ces âmes ? Comment pouviez-vous savoir ?

Memnoch sourit.

— Oui, Lestat, c'est précisément cela, et, croyez-moi, je m'en rendais compte. Je n'avais pas sitôt pénétré dans le Schéol que la question des critères d'entrée au Ciel devint l'objet de toute ma concentration et mon obsession désespérée. C'est exactement Sa manière de procéder, non ?

— Moi, j'aurais demandé, dis-je.

— Non, non. Je n'en avais nullement l'intention. Je suis parti et me suis mis au travail ! Comme je le disais, c'était Sa méthode, et je savais que mon unique espoir était de remonter avec un critère de mon choix que je lui exposerais, comprenez-vous ?

— Oui, je crois.

— Oui, vous comprenez. Bon. Représentez-vous ceci. La population du monde s'élevait maintenant à des millions, des cités s'étaient dressées, mais, encore peu nombreuses, elles étaient principalement situées dans cette même vallée où j'étais descendu, là où j'avais laissé mon témoignage sur les parois des cavernes. L'humanité avait sillonné la planète du nord au sud, allant le plus loin possible ; des villages, des villes et des forts existaient à divers stades de leur évolution. La terre qui abritait ces cités s'appelait Mésopotamie, je crois, ou peut-être Sumer, ou bien elle se nommera Ur par la suite. Vos érudits en découvrent davantage de jour en jour.

« L'imagination délirante des hommes relative à l'immortalité et à la réunion avec les morts avait partout donné naissance à la religion. Dans la vallée du Nil, une civilisation d'une surprenante stabilité s'était développée, tandis que la guerre n'avait cessé de faire rage dans un pays que l'on nomme Terre sainte.

« J'arrive donc au Schéol, que je n'avais jusqu'ici observé que de l'extérieur ; c'est devenu immense, avec encore quelques-unes des premières âmes qui furent aux prises avec une vie sans fin, et des millions d'autres dont les croyances et les aspirations à l'éternité les ont amenées en ce lieu avec une grande férocité. De folles espérances ont jeté d'innombrables âmes dans la confusion. D'autres ont acquis une telle puissance qu'elles exercent une sorte de domination sur leurs semblables. Certaines ont trouvé le moyen de pouvoir descendre sur Terre, échappant à la force d'attraction d'autres âmes invisibles, et, pour pouvoir vagabonder encore du côté des humains, elles n'hésitent pas à posséder, à influencer ou à aimer, selon le cas.

« Le monde est peuplé d'esprits ! Et certains, n'ayant plus le souvenir d'avoir été humains, sont devenus ce que les hommes et les femmes appelleront à jamais des démons, rôdant en quête de proies, avides de s'emparer d'autrui, de saccager ou de semer la discorde, au gré des différents stades de leur évolution.

– Et l'un de ceux-ci, intervins-je, s'introduisit dans la mère et le père vampiriques de notre espèce.

– Oui, précisément. Amel est à l'origine de cette mutation. Mais ce ne fut pas la seule. Il y a d'autres monstres sur terre, qui existent entre le visible et l'invisible. La grande impulsion de l'univers fut et a toujours été le sort de ses millions d'habitants.

– Les mutations n'ont jamais influé sur le cours de l'histoire.

– Eh bien ! oui et non. Une âme en furie hurlant par la bouche d'un prophète de chair et de sang est-elle une influence, lorsque les paroles de ce même prophète sont enregistrées dans cinq langues différentes et vendues de nos jours sur les rayonnages des grands magasins de New York ? Disons que le processus auquel j'avais assisté et que j'avais décrit à Dieu s'est perpétué. Certaines âmes sont mortes ; d'autres ont acquis plus de vigueur ; d'autres encore ont réussi à revenir dans un corps nouveau, quoique, à l'époque, j'eusse été bien en peine de dire par quel moyen.

– Le savez-vous aujourd'hui ?

– La réincarnation n'a rien d'un phénomène banal. N'y pensez pas. Et les âmes en question n'ont presque rien à y gagner. Vous imaginez sans peine les situations qui la rendent possible. Quant à savoir si cela suppose toujours l'extinction d'une âme naissante lorsqu'elle se produit – autrement dit, si elle implique toujours une substitution avec le nouveau corps – cela dépend des individus. On ne peut pas ignorer ceux qui persistent à se réincarner. Mais cela, comme l'évolution des vampires et autres immortels peuplant le monde des vivants, ne concerne qu'un petit royaume. Je le répète, nous parlons maintenant de la destinée de l'humanité dans son ensemble. De l'ensemble du monde humain.

– Oui, je comprends parfaitement, peut-être mieux que vous ne le pensez.

– Très bien. Sans le moindre critère, je pénètre donc dans le Schéol et j'y trouve une réplique de la Terre, géante et tentaculaire ! Les âmes ont imaginé et projeté dans leur existence invisible un enchevêtrement d'édifices, de créatures et de monstres. C'est la débauche de l'imaginaiton libérée du guide céleste et, comme je m'y attendais, une immense majorité d'entre elles ignorent encore qu'elles sont défuntes.

« Je me jette donc au beau milieu de tout cela, essayant de me rendre aussi invisible que possible, de me concevoir sans aucune enveloppe perceptible ; mais c'est difficile. Car c'est le royaume de l'invisible ; tout y est invisible. Et je commence à errer de par les routes lugubres plongées dans la pénombre, parmi les difformes, les malformés et les informes, les gémissants et les agonisants, et moi, j'ai toujours mon apparence angélique.

« Cependant, ces âmes confuses ne me prêtent guère attention ! C'est comme si nombre d'entre elles ne parvenaient pas à voir distinctement. Or vous savez que ce phénomène a été décrit par des chamans, par des saints, par ceux qui ont vu la mort de très près, l'ont traversée pour ensuite ressusciter et continuer à vivre.

– En effet.

– Ce que les âmes humaines en ont vu n'est qu'un fragment. Moi j'en ai vu la totalité. Je l'ai parcouru en tous sens, allant où bon me semblait, sans peur et indifférent au temps, ou plutôt hors du temps, encore qu'il continuât à s'écouler, bien sûr.

– Un asile de fous peuplé d'âmes.

– C'est à peu près cela, mais à l'intérieur de ce gigantesque asile de fous se trouvaient de très nombreuses demeures, pour reprendre les paroles des Écritures. Dans leur désespoir, des âmes emplies de foi s'étaient rassemblées et cherchaient à renforcer leurs croyances mutuelles, et, par là même, leurs peurs aussi. Mais la lumière de la Terre était trop faible pour réchauffer qui que ce fût. Et la lumière céleste n'y pénétrait pas.

« Ainsi, vous avez raison, c'était un asile de fous, en quelque sorte, la vallée de l'ombre de la mort, l'épouvantable fleuve de monstres que les âmes redoutent de traverser pour atteindre le Paradis. Et que bien sûr, nul n'avait encore jamais franchi en cet endroit.

« La première chose que je fis fut d'écouter : j'écoutais le chant de toute âme qui venait à moi, et donc, me parlait dans ma langue ; je captais toute déclaration, question ou supposition cohérente qui parvenait à mes oreilles. Que savaient ces âmes ? Qu'était-il advenu d'elles ?

« Et je découvris bientôt que ce lieu abominable et ténébreux comportait des gradins, nés du désir des âmes de trouver leurs semblables. L'endroit s'était recouvert de strates, sinistres et assez mal ajustées, et un ordre avait été institué à partir du degré de conscience, d'acceptation, de confusion ou de courroux de chacune des âmes.

« Au plus près de la Terre gisaient les plus damnés d'entre tous, ceux qui ne cessaient de lutter pour manger, boire ou prendre possession d'autrui, ceux qui ne pouvaient accepter ce qu'il leur arrivait ou ne le comprenaient pas.

« Juste au-dessus d'eux se trouvait une couche d'âmes qui passaient leur temps à se battre entre elles, à crier, vociférer, pousser, se démener pour nuire et dominer, envahir ou s'échapper dans une confusion désespérée. Ces âmes ne se sont même jamais aperçues de ma présence. Mais vos humains, là encore, en ont témoigné, au fil des siècles, dans de nombreux, très nombreux manuscrits. Rien de ce que je raconte n'est assurément une surprise.

« Et, très loin de ces combats, au plus proche de la quiétude céleste – encore qu'en l'occurrence, je ne parle pas réellement de directions au sens propre – séjournaient ceux qui avaient compris qu'ils se trouvaient hors des limites de la nature, dans un ailleurs. Et ces âmes, dont certaines étaient là depuis le commencement, étaient devenues patientes dans leurs attitudes, patientes dans leur observation de la Terre, et patientes avec ceux qui les entouraient, s'efforçant de les aider dans l'amour à accepter leur mort.

– Vous avez trouvé les âmes capables d'amour.

– Oh ! toutes en étaient capables, répondit Memnoch. Toutes. Il n'existe aucune âme qui ne puisse rien aimer. Tous et toutes aiment quelque chose, même si cette chose ne subsiste qu'en tant que souvenir ou en tant qu'idéal. Mais c'est vrai, j'ai trouvé ceux qui, emplis de paix et de sérénité, exprimaient leur flot d'affection pour leur prochain ou pour les vivants en dessous. J'en découvris quelques-uns dont le regard était tout entier absorbé par la Terre, et qui n'aspiraient qu'à répondre aux prières qui s'élevaient des sans-espoir, des indigents et des malades.

« Et pendant ce temps, la Terre, comme vous le savez, avait vu des guerres innombrables et des civilisations entières décimées par une catastrophe volcanique. La diversité et les occasions de souffrir ne cessaient d'augmenter de jour en jour. Ce n'était pas seulement proportionnel au savoir, ou à l'évolution culturelle. C'était devenu un processus qui dépassait l'entendement d'un ange. Lorsque j'observais la Terre, je n'essayais même plus de comprendre ce qui dominait les passions des habitants d'une jungle lorsqu'ils s'opposaient à ceux d'une autre, ni pourquoi un peuple passait des générations à empiler des pierres les unes par-dessus les autres. Je savais tout ou presque, mais je n'étais plus en mission terrestre.

« Les morts étaient devenus mon royaume.

« Je m'approchai de ces âmes qui regardaient en bas avec miséricorde et compassion, et qui s'efforçaient, par la pensée, d'influencer les autres dans le sens du bien. Dix, vingt, trente, j'en vis des milliers. Des milliers, je vous dis, pour lesquelles tout espoir de renaissance ou de récompense était perdu. Des âmes qui recelaient une totale résignation ; car c'était la mort ; car c'était l'éternité ; des âmes éprises des êtres de chair et de sang qu'elles apercevaient, tout comme nous, les anges, nous nous en étions épris, et nous en éprenions encore.

« Je m'assis parmi ces âmes et me mis à leur parler, ici et là, sitôt que je pouvais attirer leur attention. Il fut bientôt évident qu'elles étaient indifférentes à mon apparence, considérant que je l'avais choisie comme elles avaient choisi la leur, puisque certaines ressemblaient à des hommes ou à des femmes, alors que d'autres ne s'en souciaient pas. Je suppose donc qu'elles m'avaient pris pour un nouveau au Schéol, dans la mesure où je me sentais obligé de faire pareils déploiements de bras, de jambes et d'ailes. Mais, à condition de les aborder avec une grande courtoisie, elles se laissaient distraire de la Terre, et je commençai alors à les questionner, sans oublier que je devais quêter la vérité sans jamais les brusquer.

« J'ai dû m'adresser à des millions d'entre elles. Pour leur parler, j'ai parcouru le Schéol de fond en comble. Chaque fois, le plus difficile était de les arracher à la contemplation du monde humain, à leur fantasme d'existence perdue ou à leur méditation éthérée, toute concentration leur étant devenue à ce point étrangère et nécessitant un tel effort de leur part qu'elle ne pouvait être requise.

« Les plus sages et les plus aimantes des âmes ne voulaient pas être importunées par mes questions. Et ce n'est que très progressivement qu'elles réalisaient que je n'étais pas un simple mortel mais un être d'une autre substance, et que mes propos faisaient parfois allusion à un lieu au-delà de la Terre. C'est là qu'était le dilemme, comprenez-vous. Elles étaient depuis si longtemps au Schéol qu'elles avaient cessé de spéculer sur les causes de la Vie ou de la Création ; elles ne maudissaient plus un Dieu qu'elles ne connaissaient pas, et avaient renoncé à chercher un Dieu qui se dérobait à elles. Aussi, lorsque j'ai commencé à les interroger, ont-elles cru que j'étais tout en bas, auprès des derniers arrivants, à rêver de châtiments et de récompenses qui jamais ne viendraient.

« Ces âmes pleines de sagesse se penchaient sur leur existence passée dans une longue et sereine rêverie, et, comme je l'ai dit, elles s'efforçaient de répondre aux prières d'en dessous. Elles veillaient sur leur descendance, sur les membres de leur clan, et sur leur propre peuple ; elles veillaient aussi sur ceux qui attiraient leur attention par des manifestations de dévotion spectaculaires et accomplies ; elles observaient avec tristesse les souffrances des humains et, désireuses de les aider, les soutenaient par la pensée lorsqu'elles en avaient la possibilité.

« Plus aucune, ou presque, de ces âmes si fortes et si patientes ne cherchait à se réincarner. Toutefois, certaines d'entre elles l'avaient fait auparavant. Descendues pour renaître, elles avaient dès lors fini par s'apercevoir qu'elles ne pouvaient conserver leur mémoire d'une vie charnelle à une autre, ce qui, de ce fait, rendait vaine toute réincarnation ! Mieux valait traîner ici, dans l'éternité qui leur était connue, et contempler la beauté de la Création, qui les éblouissait, tout comme elle nous avait éblouis.

« Or, c'était au travers de ces questions, de ces conversations interminables et recueillies en compagnie des défunts, que mes critères évoluaient.

« Tout d'abord, pour être digne du Ciel – pour avoir l'ombre d'une chance avec Dieu, pourrais-je dire – l'âme se devait d'appréhender la vie et la mort dans son sens le plus simple. Je trouvai de nombreuses âmes dont c'était le cas. Ensuite, cette compréhension devait impliquer une appréciation de la beauté de l'œuvre de Dieu, l'harmonie de la Création de Son point de vue, une vision de la Nature enveloppée dans des cycles, interminables et imbriqués, de survie, de reproduction, d'évolution et de croissance.

« Nombreuses étaient celles qui en étaient venues à comprendre tout cela. Vraiment. Mais nombreuses aussi étaient celles à trouver que la vie était belle et la mort triste, sans fin et terrible, et qui auraient préféré ne jamais naître si on leur en avait donné le choix !

« Je ne savais comment réagir face à cette conviction, mais elle était très répandue. Pourquoi nous a-t-Il créées, quel qu'Il soit, si nous sommes à jamais condamnées à rester ici, hors de ce monde auquel nous n'appartiendrons plus jamais, à moins que nous ne souhaitions y replonger pour y souffrir à nouveau tous ces tourments, en échange de quelques moments de gloire, que nous n'apprécierons pas davantage la prochaine fois que la précédente, puisqu'il nous est impossible d'emporter avec nous notre expérience à chacune de nos renaissances !

« De fait, c'était à partir de là que beaucoup d'âmes avaient cessé d'évoluer ou de changer. Elles se sentaient très préoccupées et miséricordieuses à l'égard des vivants, mais elles connaissaient le chagrin et n'étaient plus en mesure d'imaginer la joie. Elles s'acheminaient vers la paix ; et la paix semblait certes le plus bel état qu'elles pouvaient atteindre. Cette sérénité, troublée par leurs tentatives de réponses aux prières, était particulièrement difficile, encore qu'elle me semblât à moi, un ange, pleine d'attrait. Et je demeurai longtemps, très longtemps, en compagnie de ces âmes.

« Or, si seulement je pouvais leur expliquer, m'étais-je dit, si je pouvais commencer à les instruire, peut-être pourrais-je leur redonner espoir et les préparer pour le Ciel. Toutefois, dans leur situation, elles n'y étaient pas prêtes, et je n'étais même pas sûr qu'elles accorderaient foi à ce que je leur raconterais. Et qu'en serait-il si justement elles me croyaient, si elles se montraient soudain très impatientes de monter au Ciel, et que Dieu ne les laisse pas entrer ?

« Non, je devais être prudent. Je ne pouvais pas proclamer mon savoir du haut des rochers, ainsi que je l'avais fait durant mon bref passage sur Terre. Si je devais m'immiscer dans la progression de l'un de ces défunts, il fallait que ce fût avec la plus grande chance de le voir m'accompagner jusqu'au Trône de Dieu.

« Comprendre la vie et la mort ? Ce n'était pas suffisant. Accepter la mort ? Ce n'était pas suffisant. Se montrer indifférent envers la vie et la mort, ce n'était pas assez bien. Dérive et confusion silencieuses. Non. Ce genre d'âmes avait perdu son tempérament. Elles étaient aussi éloignées d'un ange que l'était la pluie qui tombait sur la Terre.

« J'arrivai enfin dans une zone plus petite que les autres, et peuplée de quelques âmes seulement. Souvenez-vous, je suis le Diable. J'ai passé beaucoup de temps au Ciel et en Enfer. Aussi, quand je dis quelques, c'est pour vous en faciliter la représentation mentale. Pour être plus précis, disons quelques milliers ou plus. Mais il s'agit d'un grand nombre. N'en doutez pas.

– Je vous suis.

– Et ces âmes me stupéfièrent par leur rayonnement, leur sérénité, et le degré de connaissance qu'elles avaient atteint et su conserver. Presque toutes avaient une apparence humaine complète. En fait, elles avaient reconstitué leur forme originelle, voire leur forme idéale dans l'invisible. Elles ressemblaient à des anges ! Ces hommes, ces femmes et ces enfants invisibles portaient les vêtements qu'ils avaient affectionnés durant leur vie. Certains venaient d'arriver, tout juste défunts et déjà enclins à la méditation, prêts à affronter le mystérieux. D'autres avaient tout appris au Schéol durant des siècles d'observation et de crainte de perdre leur individualité, même s'ils avaient été les témoins d'atrocités. Mais tous étaient intensément visibles ! Et anthropomorphes, bien qu'ils fussent diaphanes, bien sûr, comme le sont tous les esprits ; certains étaient plus pâles que d'autres ; mais tous pouvaient être vus par autrui et par eux-mêmes.

« Je me mêlai à eux, m'attendant à être rabroué, et je réalisai aussitôt que ces âmes me voyaient d'un œil différent que les autres. D'ailleurs, elles voyaient tout différemment. Elles étaient davantage en harmonie avec les subtilités de l'invisible parce qu'elles en avaient accepté toutes les conditions. Si je souhaitais être ce que j'étais, qu'il en soit ainsi, pensaient-elles. Elles considéraient avec le plus grand sérieux la façon dont je réussissais à être cette créature immense et ailée, avec mes longs cheveux et mes robes flottantes. Peu après mon arrivée, je perçus le bonheur autour de moi. Je me sentis accepté. Je sentis également une absence totale de résistance et une curiosité hardie. Elles savaient que je n'étais pas une âme humaine. Parce qu'elles étaient parvenues à un stade où elles pouvaient s'en rendre compte. Elles faisaient preuve d'une grande perspicacité à l'égard de ceux qu'elles observaient. Et elles avaient une vision très large du monde d'en bas.

« L'une de ces âmes avait l'apparence d'une femme, mais ce n'était pas ma Lilia ; du reste, je ne l'ai plus jamais revue sous quelque forme que ce soit. Cette femme donc avait dû mourir prématurément, après avoir eu de nombreux enfants, dont certains étaient là auprès d'elle, et d'autres toujours en vie. Il émanait d'elle une telle quiétude qu'elle en devenait presque éclatante. Car son évolution avait atteint un tel degré de perfection sur l'échelle invisible qu'elle commençait à générer une lumière proche de Celle de Dieu !

« " Qu'est-ce qui vous rend si différente ? lui demandai-je. Pourquoi vous tous, qui êtes ici regroupés, paraissez tellement différents ? "

« Avec une acuité qui m'étonna, cette femme me demanda qui j'étais. Les âmes défuntes ne posent généralement pas cette question. Elles se replongent aussitôt dans leurs vaines préoccupations et obsessions. Et elle ajouta : " Qui êtes-vous et qu'êtes-vous ? Je n'ai encore jamais vu ici quiconque comme vous. Seulement lorsque j'étais vivante. "

« " Je ne tiens pas à vous le dire pour l'instant. Mais je désire apprendre certaines choses de vous. Allez-vous m'expliquer pourquoi vous semblez heureuse ? Car vous l'êtes, n'est-ce pas ? "

« " Oui, répondit-elle, je suis auprès de ceux que j'aime, et je regarde en bas, je vois tout. "

« " Ainsi, plus aucune interrogation ne vous assaille ? insistai-je. Vous n'aspirez pas à savoir pourquoi vous êtes née et pourquoi vous avez souffert, ce qu'il vous est arrivé lors de votre mort ni pourquoi vous êtes là ? "

« A ma grande stupéfaction, elle se mit à rire. Chose que je n'avais jamais entendue au Schéol. C'était un petit rire apaisant, joyeux et doux, pareil à celui des anges. Je crois m'être tout naturellement mis à chanter tout doucement en guise de réponse ; c'est alors que son âme s'épanouit comme une fleur, de la même façon que les êtres charnels s'épanouissaient lorsqu'ils avaient appris à s'aimer ! Elle se fit chaleureuse envers moi et s'ouvrit.

« " Vous êtes beau ", chuchota-t-elle respectueusement.

« " Mais pourquoi, pourquoi tous les autres ici présents sont-ils si malheureux, et pourquoi vous, si peu nombreux, êtes-vous emplis de joie et de sérénité ? Oui, je sais, j'ai regardé le monde d'en bas. Et vous êtes auprès de ceux que vous aimez. Mais il en est ainsi pour tous les autres. "

« " Nous n'éprouvons plus de ressentiment envers Dieu, répondit-elle. Nous ne Le haïssons pas. "

« " Et les autres oui ? "

« " Ce n'est pas qu'ils Le haïssent, dit-elle d'une voix douce, me parlant avec précaution, comme si elle craignait de me meurtrir.

C'est plutôt qu'ils ne peuvent lui pardonner tout cela... le monde, ce qui est arrivé, et ce Schéol dans lequel nous languissons. Mais nous, nous le pouvons. Nous Lui avons pardonné. Et tous ceux d'entre nous, pour diverses raisons, y sommes parvenus. Nous reconnaissons que nos vies ont été de prodigieuses expériences, malgré les peines et les souffrances, et nous chérissons à présent la joie et les moments d'harmonie que nous y avons connus, et nous Lui avons pardonné de ne jamais rien nous avoir expliqué, de n'avoir rien justifié, de ne pas avoir puni les méchants et récompensé les bons. Nous Lui pardonnons. Nous n'en sommes pas sûrs, mais nous soupçonnons que, peut-être, Il connaît un grand secret et sait comment toute cette douleur pourrait s'apaiser et être encore bénéfique. Et s'Il ne veut rien en dire, eh bien ! il est Dieu. Mais quoi qu'il en soit, nous Lui pardonnons et nous L'aimons, conscients que jamais peut-être Il ne se souciera de nous, pas plus qu'Il ne se soucie des galets qui jonchent la plage en bas. "

« J'étais sans voix. Assis, immobile, je laissai ces âmes se rassembler autour de moi de leur plein gré. Puis l'une d'entre elles, très juvénile, celle d'un enfant, me dit :

« " Au début, il nous semblait épouvantable que Dieu nous ait mis au monde pour qu'ensuite nous soyons assassinées comme nous l'avons été – car vous voyez, nous trois ici sommes mortes durant une guerre – mais nous Lui avons pardonné, parce que nous savons que s'Il a pu créer des choses aussi belles que la vie et la mort, c'est qu'Il doit comprendre. "

« " Vous voyez, me dit une autre, cela revient à cela. Nous serions prêtes à tout endurer à nouveau, si nous le devions. Et nous nous efforcerions d'être meilleures et plus aimantes envers notre prochain. Mais cela valait la peine. "

« " Oui, reprit une troisième. Il m'a fallu ma vie entière sur Terre pour pardonner le monde à Dieu, mais j'y suis parvenue avant de mourir, et suis venue séjourner ici avec les autres. Et, si vous regardez attentivement, vous verrez que nous avons fait de ce lieu une sorte de jardin. C'est très difficile pour nous. Nous ne travaillons qu'avec notre esprit, notre volonté, notre mémoire et notre imagination, mais nous créons un endroit qui puisse nous rappeler ce qui était bon. Et nous Lui pardonnons et nous L'aimons pour nous avoir donné au moins cela. "

« " Oui, fit une autre encore, simplement pour nous avoir donné quelque chose. Nous sommes reconnaissantes et emplies d'amour pour Lui. Car sûrement là-bas, dans les ténèbres, se trouve un immense néant, et nous avons vu trop de gens en bas obsédés par le néant et la misère, eux qui n'ont jamais connu les joies que nous avons éprouvées ou que nous éprouvons maintenant. "

« " Ce n'est pas facile, intervint une autre âme. La lutte fut très âpre. Mais il était bon de faire l'amour, et agréable de boire, et il

265

était beau de danser et de chanter, et courir ivre sous la pluie était joyeux ; mais au-delà de tout cela se trouve un chaos, une absence, et je suis reconnaissante que mes yeux se soient ouverts sur le monde d'en bas, que je puisse en conserver le souvenir et le regarder d'ici.

« Je restai longtemps absorbé dans mes pensées, totalement silencieux, tandis qu'elles continuaient à me parler, moi qui les attirais, comme si la lumière en moi, si toutefois elle était visible, les aimantait. En fait, plus je répondais à leurs questions, plus elles se livraient et semblaient comprendre le sens de leurs propres réponses, leurs propos se faisant ainsi plus denses et plus approfondis.

« Je m'aperçus bientôt que ces gens étaient issus de peuples et de milieux différents. Et, bien que nombre d'entre eux fussent étroitement unis par leurs liens familiaux, il n'en allait pas ainsi pour tous. En fait, nombreux étaient ceux qui avaient totalement perdu de vue leurs parents défunts dans d'autres royaumes du Schéol. D'autres encore n'avaient même jamais posé les yeux sur eux. Tandis que certains avaient été accueillis au moment de leur mort par leurs disparus ! Et ces habitants de la Terre, avec toutes leurs croyances, étaient ici réunis, en ces lieux où la lumière commençait à briller.

« " Mais lorsque vous viviez sur terre, aviez-vous un point commun ? finis-je par leur demander. Ils ne purent répondre. Ils n'en savaient rien, vraiment. Ils n'avaient pas cherché à se renseigner sur l'existence des autres et, comme je leur posais des questions rapides, au hasard, il fut bientôt évident qu'ils n'en avaient aucun ! Certaines personnes avaient été très riches, d'autres pauvres, certains avaient inexplicablement souffert, d'autres avaient connu une vie dorée, prospère et oisive, au cours de laquelle ils en étaient venus à aimer la Création avant même de mourir. Mais je me rendais progressivement compte que, si je le désirais, je pouvais commencer à comptabiliser ces réponses et, en quelque sorte, à les évaluer. En d'autres termes, et chacune à leur manière, ces âmes avaient appris à pardonner à Dieu. Pourtant, selon toute logique, ces manières ne se valaient pas, l'une se révélant plus appropriée que l'autre, et infiniment plus efficace. Sans doute. Je ne pouvais en avoir la certitude. Et, dans l'immédiat, je n'aurais su l'affirmer.

« J'entourai ces âmes de mes bras. Je les attirai à moi. " Je veux que vous m'accompagniez pour un voyage ", leur expliquai-je. A présent, j'avais discuté avec chacune d'elles, et j'étais absolument sûr de mon choix. " Je voudrais que vous veniez au Ciel et que vous vous présentiez à Dieu. Toutefois, il se peut que cela soit très bref, et vous risquez de ne L'apercevoir qu'un seul instant ; il se peut même qu'Il refuse totalement de Se laisser voir. Peut-être aussi risquez-vous de vous retrouver de nouveau ici, sans rien avoir appris, mais sans avoir souffert non plus. A la vérité, je ne peux rien vous promettre ! Personne ne connaît Dieu. "

266

« " Nous le savons ", répondirent-ils.

« " Mais je vous invite à vous présenter à Dieu et à Lui dire ce que vous m'avez dit à moi. Et maintenant, je vais répondre à votre question : je suis son Archange Memnoch, de la race même des autres anges dont vous avez entendu parler lorsque vous étiez vivants ! Viendrez-vous ? "

« Plusieurs en furent surpris et se montrèrent hésitants. Mais la majorité déclara d'une seule voix où se mêlèrent toutes les réponses : " Nous viendrons. Avoir la moindre chance d'apercevoir Dieu, ne serait-ce qu'une fois, est plus précieux que tout. Ou alors, c'est que j'ai oublié la douce odeur de l'olivier et le contact de l'herbe fraîche sous mon corps lorsque je m'allongeais. C'est que je n'ai jamais goûté au vin ni fait l'amour avec celles que j'aimais. Nous viendrons. "

« Plusieurs refusèrent. Il nous fallut un certain temps pour le réaliser, mais quelques-uns s'étaient totalement retirés. Ils me voyaient à présent pour ce que j'étais, un ange, et ils découvraient tout ce qui leur avait été caché ; ils venaient subitement de perdre leur sérénité et leur capacité de pardonner. Ils me dévisageaient, horrifiés, furieux, ou les deux à la fois. Les autres âmes se hâtaient de changer d'avis, mais c'était trop tard. Non, elles ne voulaient pas voir ce Dieu qui avait abandonné Sa Création, la laissant à des autels pour divinités de seconde zone de par la planète, ni prier en vain pour son intervention ou pour le Jugement dernier ! Non, non, non !

« " Venez, dis-je aux autres, essayons d'entrer au Ciel. Essayons de toutes nos forces ! Combien sommes-nous ! Un millier de fois dix ? Un million ? Quelle importance ? Dieu a dit dix, mais pas dix seulement. Dieu voulait dire au moins dix. Allez, venez ! "

16

– En un rien de temps, j'aurai ma réponse, pensai-je. Soit Il nous laisse entrer, soit Il nous chasse de toute Sa puissance, ainsi qu'Il m'avait une fois renvoyé sur la Terre. Il pourrait même nous dissoudre, tous autant que nous sommes, car Il peut assurément juger de mon succès ou de mon échec avant même que je n'aie atteint les portes du Ciel. Qu'avait-Il dit dans Son infinie sagesse ? Il avait dit : " Reviens dès que tu le *pourras.* "

« J'attirai toutes ces âmes à moi, les entraînant avec autant de fermeté que lorsque je vous ai emmené là-haut, et nous nous élevâmes hors du Schéol, dans la lumière incandescente des cieux qui se déversait sur les murs et les portes. Et, une fois de plus, ces portes, que je n'avais jamais vues lors de mes premiers éons, s'ouvrirent toutes grandes. Nous nous retrouvâmes, un Archange et quelques millions d'âmes, au beau milieu du Ciel, encerclés par une assemblée d'anges ébahis, hilares, alarmés ou sidérés, criant pour attirer l'attention de tous jusqu'à ce qu'enfin le silence se fît.

« Bon, me dis-je, jusqu'ici tout va bien. Nous y sommes. Et les âmes des humains ! Les âmes des humains pouvaient voir les anges et elles en étaient transportées de joie. Oh ! je ne peux me remémorer ce moment sans avoir envie de danser. Ou envie de chanter. Les âmes exultaient, et, lorsque les anges entonnèrent leurs cantiques de questions et d'exclamations, qui, bien vite, tournèrent à la cacophonie, les âmes humaines se mirent à leur tour à chanter !

« Or, le Ciel ne serait plus jamais pareil. Je le savais. Je le compris immédiatement. Car voici ce qui s'est produit. Ces âmes avaient apporté avec elles les pouvoirs de projection qu'elles avaient acquis au Schéol, qui leur permettaient de recréer autour d'elles, et à partir de l'invisible, l'environnement auquel elles aspiraient, et auquel elles pouvaient consacrer leur volonté.

« La géographie du Ciel s'en trouva dramatiquement, instantanément et incommensurablement transformée. Il s'y dressa les tours, les châteaux et les demeures que vous avez vus lorsque je vous y ai conduit, les palais en dôme et les bibliothèques, les jardins, avec, de tous côtés, les projections de fleurs, belles à couper le souffle, toutes ces choses auxquelles les anges ne pensaient jamais... Rien ne manquait. Des arbres poussaient dans la plénitude de leur épanouissement, la pluie tombait en ondées chuchotantes et odoriférantes. Le ciel se réchauffait et partout des couleurs chatoyaient et se nuançaient. Ces âmes se revêtirent de l'invisible texture des Cieux – qu'elle fût faite d'énergie, d'essence, de la Lumière ou du pouvoir créatif de Dieu – et, en un éclair, elles nous entourèrent de leurs prodigieuses constructions, symboles de leur curiosité, de leur conception de la beauté et de leurs désirs !

« Elles apportèrent au Ciel leur savoir terrestre, recréant irrésistiblement leur univers dans la forme qu'elles chérissaient le plus !

« L'émoi dépassa tout ce dont j'avais jamais été le témoin depuis la Création du monde.

« Et personne n'en fut plus étonné que l'Archange Michaël, qui me regardait fixement comme pour dire : " Memnoch, tu les as amenées au Ciel ! "

« Mais avant qu'il n'ait pu articuler ces mots, et tandis que les âmes, toujours réunies, commençaient seulement à réaliser qu'elles pouvaient se mouvoir, toucher les anges et palper les choses qu'elles voyaient, la lumière de Dieu Lui-même – *En Sof* – s'éleva et s'étendit derrière les silhouettes des Séraphins et des Chérubins, pour retomber, pleine de prévenance et de délicatesse, sur ces âmes humaines, emplissant chacune d'elles et les libérant de leurs secrets, comme pour les anges.

« Les âmes humaines poussèrent des cris de joie. Les anges entonnèrent des antiennes. Je me mis à chanter, bras étendus, " Seigneur, Seigneur, voici vos âmes, dignes du Ciel, Seigneur, regardez votre Création, regardez les âmes de ceux que vous avez élaborés, depuis les plus microscopiques des cellules jusqu'aux êtres de chair et de sang, puis jusqu'au Schéol et vers votre Trône enfin. Seigneur, nous sommes là ! Seigneur, c'est fait, c'est fait. C'est arrivé ! Je suis revenu et vous me l'avez permis. "

« Et, comme j'en avais déjà dit bien assez, je tombai à genoux.

« Les cantiques avaient atteint une frénésie, un son qu'aucun humain n'aurait pu supporter. Des antiennes se firent entendre de partout. Les âmes devenaient plus denses, plus visibles, au point de nous apparaître aussi distinctement que nous leur apparaissions à elles ou à ceux d'entre nous. Certaines s'étaient donné la main et bondissaient comme de petits enfants. D'autres pleuraient et hurlaient, la face baignée de larmes.

« Puis la lumière enfla. Nous sûmes que Dieu allait parler. Tous ensemble, nous nous tûmes. Nous étions le *bene ha elohim*. Et Dieu dit :

« " Mes enfants. Mes bien-aimés enfants. Memnoch est là avec ses millions, et ils sont dignes du Ciel. "

« Et la voix de Dieu s'éteignit, la lumière se fit plus violente et plus chaude, et le Ciel entier ne fut plus qu'acceptation et amour.

« Empli de lassitude, je m'étendis sur le sol céleste, les yeux levés vers le vaste firmament, contemplant le magnifique bleu du ciel et le scintillement éternel des étoiles. J'entendais les âmes des hommes qui couraient en tous sens ; j'entendais les hymnes et les incantations de bienvenue des anges, je percevais chaque son. Puis, à l'instar des mortels, je fermai les yeux.

« Dieu dormait-il jamais ? Je l'ignore. Les yeux clos, je demeurais immobile dans Sa lumière. Après ces années passées au Schéol, j'étais de nouveau en sécurité, empli de chaleur.

« Je finis par m'apercevoir que quelques Séraphins s'étaient approchés, trois ou quatre, je ne sais, et ils se tenaient au-dessus de moi et me regardaient, le visage presque intolérablement rayonnant tant ils réfléchissaient la lumière.

« " Memnoch, Dieu veut te parler seul à seul ", dirent-ils.

« " Oui, tout de suite ! " répondis-je, bondissant sur mes pieds.

« Et, loin de la multitude qui exultait, je me retrouvai plongé dans le silence, sans mes compagnons, un bras me protégeant les yeux, que je gardais baissés, aussi proche que possible de la présence du Seigneur.

17

« " Découvre ton visage et regarde-moi, dit le Seigneur.

« Conscient que cela pouvait signifier mon anéantissement total, et que tout n'avait pu être que déraison et malentendu, j'obéis aussitôt.

« Le rayonnement était à présent uniforme, radieux mais tolérable, et, diffusée en son centre, j'aperçus distinctement une figure comme la mienne. Je n'aurais pu dire qu'il s'agissait d'un visage humain. Une figure, une personne, une physionomie – c'est ce que je voyais – et cette figure suprême me regardait droit dans les yeux.

« C'était si beau que je ne pouvais concevoir de faire le moindre mouvement ni même de m'en détourner. Elle se mit alors à briller, m'obligeant à cligner des paupières et à lutter pour ne pas me cacher les yeux, plutôt que de mettre à jamais ma vision en péril.

« La lumière se fit ensuite plus voilée ; elle se contracta ; elle devint supportable et dévorante, mais pas aveuglante. Et je me tenais là, tremblant, me félicitant de ne pas avoir tenté de me masquer la vue.

« " Memnoch, dit Dieu. Tu as réussi. Les âmes que tu as ramenées du Schéol sont dignes du Ciel ; tu as contribué à accroître la joie et la félicité célestes ; tu as réussi. "

« Je proférai un remerciement qui était en réalité une antienne d'adoration, répétant l'évidence, que Dieu était le créateur de ces âmes et que, dans Sa miséricorde, Il les avait laissées venir à Lui.

« " Cela te remplit de bonheur, n'est-ce pas ? " demanda-t-Il.

« " Seulement si cela vous rend heureux, Seigneur ", répondis-je, ce qui tenait quelque peu du mensonge.

« " Va retrouver les autres anges, Memnoch. Tu es pardonné pour être devenu un être de chair et de sang sans ma permission, et pardonné pour avoir couché avec les filles des hommes. Tu es soutenu dans tes espoirs concernant les âmes du Schéol. A présent, laisse-moi et fais ce que bon te semble, mais ne te mêle plus de la nature, ou de l'humanité, puisque tu insistes sur le fait qu'elle n'appartient pas à la nature, ce en quoi tu te trompes. "

« " Seigneur... ", hasardai-je timidement.

« " Oui ? "

« " Seigneur, ces âmes que j'ai ramenées, elles représentent à peine un centième des âmes du Schéol ; elles sont probablement moins d'un centième de celles qui se sont désintégrées ou évanouies depuis le commencement du monde. Seigneur, le Schéol est empli de confusion et de méprise. Celles-ci n'en sont que les élues. "

« " Suis-je censé être surpris de cette information ? Comment pourrais-je l'ignorer ? "

« " Seigneur, vous me laisserez sûrement retourner au Schéol pour tenter de faire progresser ces âmes qui n'ont pas atteint le niveau du Ciel. Vous me laisserez sûrement tenter de les purifier de ce qui les rend indignes de la béatitude céleste. "

« " Pourquoi ? "

« " Seigneur, pour un million de sauvées, des millions d'autres sont perdues pour vous. "

« " Tu te doutes que j'en suis parfaitement conscient, n'est-ce pas ? "

« " Seigneur, ayez pitié d'eux ! Ayez pitié des humains sur Terre qui, à travers une multitude de rites, cherchent à s'élever vers vous, à vous connaître, et à vous satisfaire. "

« " Pourquoi ? "

« Je ne répondis pas. J'étais abasourdi. Je réfléchissais. Puis je demandai :

" Seigneur, ne vous souciez-vous donc pas de toutes ces âmes qui dérivent en plein désarroi ? Qui souffrent dans les ténèbres ? "

« " Pourquoi le devrai-je ? "

« De nouveau, je pris mon temps. Ma réponse était capitale. Toutefois, dans l'intervalle, il poursuivit :

« " Memnoch, peux-tu me compter toutes les étoiles ? Connais-tu leurs noms, leurs orbites, leurs destins dans la nature ? Peux-tu me donner une estimation approximative, Memnoch, du nombre de grains de sable dans la mer ? "

« " Non, Seigneur, je ne le peux pas. "

« " Tout au long de ma Création, il y eut des créatures dont la progéniture se comptait par millions, et dont seule une infime partie a survécu – poissons et tortues dans les mers, insectes ailés dans les airs. Une centaine, un million même d'une unique espèce peut naître en l'espace d'une journée, dont seule une poignée survivra et se reproduira. Ne le sais-tu pas ? "

« " Si, Seigneur, je le sais. Je le sais depuis des siècles. Je l'ai su en voyant l'évolution des animaux. Je l'ai compris. "

« " Aussi, en quoi m'importe-t-il que seule une poignée d'âmes arrive aux portes du Ciel ? Peut-être te renverrai-je au Schéol, en temps voulu. Je te le dirai. "

« " Seigneur, l'humanité est sensible, et elle souffre !

« " Devons-nous une fois de plus argumenter sur la nature ? L'humanité est ma création, Memnoch, et son évolution, que tu le saches ou non, obéit à mes Lois.

« " Mais, Seigneur, toute chose sous le soleil est amenée à mourir, alors que ces âmes peuvent, potentiellement, vivre éternellement ! *Elles sont en dehors du cycle !* Elles sont constituées d'une volonté et d'un savoir invisibles. Seigneur, les Lois les destinaient sans aucun doute à venir au Ciel, comment pourrait-il en être autrement ? Je vous demande, Seigneur, je vous demande de me répondre, parce que, si grand soit mon amour pour vous, je ne comprends pas. "

« " Memnoch, l'invisibilité et la détermination sont incarnées par mes anges, et ils obéissent à mes Lois. "

« " Oui, Seigneur, mais ils ne meurent pas. Et vous nous parlez, vous vous révélez à nous, vous nous aimez et nous faites découvrir les choses. "

« " Ne crois-tu pas qu'aux yeux de l'humanité la beauté de la Création est la preuve de ma lumière ? Ne crois-tu pas que ces âmes, que tu as toi-même conduites ici, ont acquis la perception de la splendeur de tout ce qui a été accompli ? "

« " Beaucoup d'autres pourraient venir, Seigneur, en les aidant un tant soit peu. Car elles encore sont si peu nombreuses ici. Seigneur, les animaux inférieurs, se représentent-ils ce qu'ils ne peuvent avoir ? Non, car lorsque le lion pense à la chair de la gazelle, il l'obtient, n'est-ce pas ? Les âmes des hommes imaginent le Tout-Puissant, et aspirent à Le rencontrer. "

« " Tu me l'as déjà démontré, répliqua-t-il. Tu l'as démontré au Ciel entier. "

« " Mais celles-là ne sont qu'une poignée ! Seigneur, si vous n'étiez qu'un être charnel, si vous étiez descendu comme je l'ai fait... "

« " Attention, Memnoch. "

« " Non, Seigneur, pardonnez-moi, mais je ne peux nier avoir fourni mes plus gros efforts, et ces efforts me disent, selon toute logique, que si vous étiez allé sur Terre et si vous étiez devenu humain comme je l'ai fait, vous comprendriez mieux ces Créatures que vous croyez connaître mais que vous ne connaissez pas ! "

« Pas de réponse.

« " Seigneur, votre lumière ne pénètre pas le corps des hommes. Elle le confond avec la chair animale, et ce depuis toujours ! Seigneur, il se peut que vous sachiez tout, mais pas jusqu'aux minuscules petits détails ! C'est impossible car sinon, vous ne laisseriez pas ces âmes du Schéol dépérir dans l'angoisse. Et vous ne permettriez pas que, sur Terre, des hommes et des femmes souffrent sans raison. Je ne le crois pas ! Je ne crois pas que vous feriez une chose pareille. Je ne le crois pas ! "

« " Memnoch, je n'aime pas avoir à me répéter. "

« Je ne répondis pas.

« " J'ai été gentil avec toi ", dit-Il.

« " Oui, c'est vrai, mais vous avez tort, et sur ce plan-là aussi vous vous trompez, car vous pourriez entendre les antiennes à votre gloire s'élever encore et toujours, pour l'éternité. Seigneur, ces âmes pourraient venir à vous et chanter ces louanges. "

« " Je n'ai nul besoin de ces antiennes, Memnoch. "

« " Alors pourquoi chantons-nous ? "

« " De tous mes anges, tu es le seul à m'accuser ! A se défier de moi. Comment, ces âmes que tu as amenées du Schéol ont foi en moi, et pas toi ? C'était le critère de ton choix ! Qu'elles croient en la sagesse de Dieu. "

« Il était impossible de me réduire au silence.

« " Lorsque j'étais incarné, Seigneur, j'ai compris une chose qui n'a fait que corroborer ce que je soupçonnais déjà, et confirme ce que j'ai vu depuis. Que puis-je faire, Seigneur, vous raconter des mensonges ? Dire des mots avec ma langue qui ne seraient que faussetés éhontées ? Seigneur, dans l'humanité que vous avez créée, il existe une chose dont vous-même ne saisissez pas la portée. Il ne peut y avoir d'autre explication, et, s'il y en a une, alors c'est que la nature et les Lois n'ont plus lieu d'exister.

« " Hors de ma vue, Memnoch ! Retourne sur Terre, va-t-en, et ne te mêle plus de rien, tu m'entends ? "

« " Faites-en l'expérience, Seigneur. Comme moi, devenez humain. Vous pouvez tout faire, vous envelopper de chair... "

« " Silence, Memnoch. "

« " Ou si vous n'osez pas, s'il est indigne du Créateur de comprendre chaque élément de sa Création, alors faites taire toutes les antiennes des anges et des hommes ! Faites-les taire, puisque vous prétendez ne pas en avoir besoin, et réfléchissez ensuite à ce que signifie pour vous votre Création ! "

« " Je te bannis, Memnoch ! " déclara-t-il.

« Un instant plus tard, le Ciel entier avait réapparu autour de moi, le *bene ha elohim* et, avec lui, les millions d'âmes sauvées. Et, sous le regard horrifié de Michaël et de Raphaël qui se tenaient devant moi, je fus entraîné de force hors des portes, puis précipité dans le tourbillon.

« " Vous êtes sans pitié envers vos Créations, Seigneur ! hurlai-je aussi fort que possible pour couvrir le tumulte des chants de détresse. Ces hommes et ces femmes créés à votre image ont raison de vous mépriser, car les neuf dixièmes d'entre eux auraient préféré ne jamais naître ! "

Memnoch s'interrompit.

Il fronça légèrement les sourcils, ce qui donna une symétrie parfaite à sa physionomie, puis il baissa la tête comme pour écouter quelque chose. Il se tourna lentement vers moi.

Je soutins son regard.

— Vous auriez réagi exactement de la même façon, n'est-ce pas? demanda-t-il.

— Seigneur, vraiment je ne sais pas, répondis-je.

Le paysage se modifiait. Nous nous dévisagions, et le monde autour de nous s'emplissait de sons nouveaux. Je m'aperçus que des humains se trouvaient à proximité, des hommes avec leurs troupeaux de chèvres et de moutons; au loin, je distinguais les murs d'enceinte d'une cité, et, en haut d'une colline, un autre village. Nous étions donc à présent dans un monde peuplé, ancien, mais pas très éloigné du nôtre.

Je savais que ces gens ne pouvaient nous voir ni nous entendre. Il était inutile de me le préciser.

Memnoch gardait les yeux fixés sur moi, comme pour me demander quelque chose, mais j'ignorais quoi. Le soleil nous accablait. Mes mains étaient moites de sueur et de sang, tout comme mon front que j'essuyai, contemplant ensuite le sang sur ma paume. Sa peau était luisante, mais rien de plus. Il ne m'avait toujours pas quitté du regard.

— Que s'est-il passé? demandai-je. Pourquoi ne me le dites-vous pas! Que s'est-il passé? Pourquoi ne continuez-vous pas?

— Vous savez pertinemment ce qui est arrivé. Regardez donc vos vêtements. C'est une robe, une tenue mieux adaptée au désert. Je veux que vous alliez là-bas, de l'autre côté de ces montagnes... avec moi.

Il se leva, et je lui emboîtai le pas. Nous étions en Terre sainte, à n'en pas douter. Nous dépassâmes des douzaines et des douzaines de petits groupes de gens, pêcheurs à proximité d'une petite ville du bord de mer et bergers gardant chèvres et moutons ou menant leurs petits troupeaux vers des villages proches ou des enclos.

Cela me paraissait très familier. Étrangement familier même, au-delà d'une impression de déjà vu ou du sentiment d'avoir vécu ici auparavant. Comme si ce paysage appartenait à ma mémoire. Et chaque détail me rappelait des souvenirs, tel cet homme nu aux jambes torses, braillant des propos sans suite, qui passa devant nous sans nous voir, appuyé sur un bâton qui lui servait de canne.

Sous l'épaisse couche de grès qui recouvrait tout, j'étais environné par des formes, des styles et des comportements que je connaissais à fond – d'après les Écritures, les gravures, les images pieuses et les films. Dans la splendeur de son dépouillement et la chaleur torride qui y régnait, cet endroit était pour moi un lieu saint aussi bien qu'un terrain connu.

Des gens se tenaient devant les cavernes dans lesquelles ils vivaient, là-haut dans les montagnes. Ici et là, de petits groupes assis à l'ombre d'un taillis somnolaient ou bavardaient. Une lointaine vibration provenait des cités entourées de remparts. L'air était chargé de sable, ce sable qui me rentrait dans les narines et se collait à mes lèvres et à mes cheveux.

Memnoch était sans ailes. Sa robe était salie, comme la mienne. Elles étaient en lin, je crois, longues et sobres ; le tissu était léger et perméable à l'air. Notre peau, notre silhouette étaient inchangées.

Le ciel était d'un bleu limpide, et le soleil dardait sur moi ses rayons comme sur n'importe quel humain. La transpiration me semblait tour à tour agréable puis insupportable. Il me vint alors la pensée fugitive qu'en d'autres circonstances, je me serais émerveillé de ce soleil, ce prodige dont étaient privés les Enfants de la Nuit. Toutefois, durant tout ce temps, cette idée ne m'avait même pas effleuré, car, ayant vu la lumière de Dieu, celle du soleil avait dès lors cessé de m'éblouir.

Nous commençâmes à gravir les collines rocailleuses, grimpant le long de sentiers escarpés et traversant des étendues de pierre et d'arbustes déchiquetés, lorsque enfin apparut, face à nous et à nos pieds, une immense zone de sable sec, brûlant et ondulant lentement au gré du vent pénible.

Memnoch s'arrêta au seuil même de ce désert, pour ainsi dire, là où nous allions quitter la terre ferme, aussi cahoteuse et malaisée fût-elle, pour affronter la tyrannie du sable.

Je le rattrapai, ayant trébuché à quelques mètres derrière lui. Il passa son bras gauche autour de moi, et ses doigts, solides et larges, s'écartèrent sur mon épaule. J'en fus heureux, car j'éprouvais une prévisible appréhension ; en fait, une terreur commençait à sourdre en moi, une prémonition aussi terrible que les précédentes.

– Après qu'Il m'eut banni, dit Memnoch, j'ai erré.

Son regard parcourait les sables et ce qui semblait être au loin des falaises arides et calcinées, aussi hostiles que le désert lui-même.

– J'ai vagabondé, ainsi que vous l'avez souvent fait, Lestat. Sans ailes, et le cœur brisé, j'ai déambulé de par le monde, à travers villes et pays, sur tous les continents et dans les régions les plus incultes. Un jour ou l'autre, je vous raconterai tout cela, si vous le désirez. Pour l'instant, c'est sans importance.

« L'important, en revanche, c'est que n'osant pas me rendre visible ni me faire connaître à l'humanité, je préférais me cacher parmi eux, invisible, m'abstenant de revêtir ma forme humaine de peur d'irriter Dieu une fois de plus. Je n'osais pas davantage me mêler à la difficile existence des hommes sous un quelconque déguisement, par crainte de Dieu, redoutant aussi le mal que j'aurais pu leur apporter. Et, pour ces mêmes raisons... je ne suis pas retourné au Schéol. Je ne voulais, en aucune façon, accroître leurs souffrances. Dieu seul pouvait libérer ces âmes. Quel espoir pouvais-je leur donner ?

« Toutefois, je voyais le Schéol dans son immensité, je partageais la douleur de ses âmes, et m'interrogeais sur les raisons du désordre perpétuel, complexe et changeant, que les mortels créaient en abandonnant, successivement, une foi, une secte ou un credo pour cette misérable part de ténèbres.

« Un jour, il me vint l'orgueilleuse pensée que, si je m'introduisais au Schéol, je pourrais y instruire les âmes de manière si approfondie qu'elles pourraient ensuite le transformer par elles-mêmes, le recréer sous une forme générée par l'espoir plutôt que la détresse, et qu'un jour peut-être il finirait par devenir un jardin. Car les élus, le million que j'avais emmené au Ciel, avaient su opérer ce changement dans les lieux qui étaient les leurs. Oui, mais si j'échouais dans mon entreprise, ne faisant qu'ajouter au chaos ? Je n'osais pas, par crainte de Dieu, mais aussi de par ma propre incapacité à réaliser un tel rêve.

« J'ai formulé de nombreuses théories durant mes errances, mais je n'ai jamais changé d'avis sur aucune des choses auxquelles je croyais, que je ressentais et que j'avais évoquées avec Dieu. En fait, je Le priais souvent, bien qu'Il restât silencieux, Lui disant combien je persistais dans ma conviction qu'Il avait abandonné la plus merveilleuse de Ses créations. Parfois aussi, par lassitude, je me contentais de chanter Ses louanges. Ou je me taisais. Je regardais, j'écoutais... j'observais...

« Memnoch, le Veilleur, l'Ange Déchu.

« J'ignorais encore à quel point mon plaidoyer auprès du Tout-Puissant n'en était qu'à ses débuts. A un moment donné, je m'en retournai vers les vallées où je m'étais rendu tout d'abord, et où les hommes avaient construit les premières villes.

« Cette terre était pour moi celle du commencement, car, bien que les populations aient donné naissance à de nombreuses nations, c'était là que j'avais couché avec les Filles des Hommes. Là aussi que j'avais appris une chose dans ma chair que Dieu Lui-même ne connaissait pas.

« Or, arrivé sur ces lieux, j'entrai dans Jérusalem, qui, à ce propos, ne se trouve qu'à une douzaine de kilomètres à l'ouest de l'endroit où nous sommes actuellement.

« L'époque me fut aussitôt familière, celle où le pays était sous domination romaine, celle où les Hébreux avaient subi une longue et terrible captivité, celle enfin où ces tribus qui, les premières, s'étaient installées ici – et qui croyaient en un Dieu unique – vivaient sous le joug des polythéistes qui ne prenaient guère leurs légendes au sérieux.

« Quant aux tribus de monothéistes, elles étaient elles-mêmes scindées en plusieurs branches, certains Hébreux étant de stricts

Pharisiens, d'autres des Saducéens, et d'autres encore ayant tenté de constituer des communautés dans les cavernes que l'on aperçoit là-haut dans ces montagnes.

« S'il est une caractérisque qui, à mon sens, faisait la particularité de cette époque, c'était la puissance de l'Empire romain, qui s'étendait bien plus loin que tout empire occidental qu'il m'ait été donné de connaître, et qui restait dans l'ignorance du grand Empire de Chine, comme s'il n'avait pas fait partie du même monde.

« Toutefois, et j'en étais conscient, quelque chose m'attirait vers ces lieux. Je percevais là-bas une présence, bien qu'elle ne fût pas aussi impérieuse qu'une convocation. C'était comme si quelqu'un me criait de venir, sans pourtant utiliser la pleine puissance de sa voix. Il me fallait errer à sa recherche. Peut-être cette chose m'avait-elle suivi puis séduit, comme je l'ai fait pour vous. Je ne sais pas.

« Aussi suis-je arrivé ici, déambulant dans Jérusalem, écoutant ce que les langues des hommes avaient à dire.

« Ils parlaient des prophètes et des saints hommes du désert, ils discutaient au sujet de la loi, de la purification et de la volonté de Dieu. Ils parlaient des livres saints et des traditions sacrées. Et aussi des hommes qui allaient être " baptisés " dans l'eau afin de trouver leur " salut " aux yeux de Dieu.

« Ils évoquèrent aussi un homme, récemment parti dans le désert, après son baptême. Au moment où ce dernier était entré dans le fleuve du Jourdain pour qu'on lui verse de l'eau sur le corps, les cieux s'étaient ouverts au-dessus de lui, et la lumière de Dieu était apparue.

« Bien sûr, ce genre d'histoire circulait un peu partout de par le monde. Elle n'avait rien d'exceptionnel, si ce n'est qu'elle me captivait. Et que c'était mon pays. Je me trouvais donc comme dirigé, quittant Jérusalem par l'est pour gagner le désert, l'acuité de mes sens angéliques m'indiquant que j'étais proche d'une présence mystérieuse qui participait du sacré, ce dont un ange pouvait se rendre compte de ses yeux, à la différence des hommes. Et si ma raison rejetait cette idée, je n'en continuai pas moins à cheminer sur cette terre aride, inlassablement, dans la chaleur du jour, sans ailes et invisible.

Memnoch m'entraîna à sa suite et nous avançâmes dans le sable qui, moins profond que je ne l'imaginais, était néanmoins brûlant et caillouteux. Nous franchîmes des gorges et gravîmes des pentes pour parvenir finalement dans une espèce de petite clairière où des rochers avaient été rassemblés, comme si des gens avaient coutume de venir ici de temps à autre. Cet endroit était aussi naturel que celui que nous avions choisi pour y rester si longtemps.

Un point de repère dans le désert, en quelque sorte, un monument dédié à quelque chose, peut-être.

J'attendis, sur des charbons ardents, que Memnoch poursuive son récit. Mon malaise allait en grandissant. Arrivé devant ces quelques rochers, il ralentit le pas.

– Je m'approchai de plus en plus près de ces jalons que vous distinguez là-bas, et, de ma vue angélique, aussi perçante que la vôtre, j'épiai de très loin un homme, seul. Or mes yeux me disaient que non seulement ce n'était pas un humain, mais que cet être était empli du feu divin.

« Incrédule, je continuai à marcher, encore et toujours, incapable de m'arrêter, jusqu'à cet endroit où nous nous tenons à présent ; là, je braquai mon regard sur la forme assise sur ce rocher face à moi, qui elle aussi me contemplait.

« C'était Dieu ! A n'en pas douter. Il avait une enveloppe charnelle, la peau tannée par le soleil, les cheveux noirs, et les prunelles sombres des peuples du désert, mais c'était Dieu ! Mon Dieu !

« Et il était assis là, dans ce corps d'homme, me regardant de ses yeux humains, et de ses yeux divins, et je voyais la lumière qui l'envahissait totalement, cette lumière qu'Il gardait en Lui et que Sa chair dissimulait au monde extérieur, comme si c'était la plus résistante des membranes entre le Ciel et la Terre.

« Mais, plus terrible que cette révélation, Il me dévisageait, Il me connaissait et Il m'attendait, et moi, je n'étais plus qu'amour pour Lui.

« Nous chantâmes longtemps, très longtemps, des cantiques d'amour. Est-ce là celui dédié à toute la Création ?

« Je considérai avec effroi Son corps de mortel, Sa peau brûlée par le soleil, la soif et la faim qui Le tenaillaient par cette chaleur torride et la souffrance que je lisais dans Son regard, malgré la présence du Dieu Tout-Puissant en Lui, et j'en fus submergé d'amour.

« " Voilà, Memnoch, dit-Il dans la langue des hommes et avec une voix humaine. Je suis venu. "

« Je me prosternai devant Lui. Instinctivement. Je restai allongé, là, la main tendue pour effleurer l'extrémité de la lanière de Sa sandale. Je poussai un soupir et, soulagé de ma solitude, attiré vers Dieu et satisfait de l'être, je me mis à trembler et à pleurer avec délices, juste pour être près de Lui et pour Le voir, m'émerveillant de ce que cela devait impliquer.

« " Relève-toi et viens t'asseoir près de moi, dit-Il. Je suis maintenant un homme et je suis Dieu, mais j'ai peur. " Sa voix, humaine et néanmoins emplie de la sagesse divine, m'émouvait indiciblement. Il s'exprimait dans la langue et avec l'accent de Jérusalem.

« " Oh ! Seigneur, que puis-je faire pour apaiser votre douleur ? demandai-je, car il était manifeste qu'il souffrait. (Je me levai.) Qu'avez-vous fait et pourquoi ? "

« " J'ai fait exactement ce que tu m'as incité à faire, Memnoch, répondit-Il avec le plus chaleureux et le plus engageant des sourires.

Je me suis incarné. Seulement, j'ai fait mieux que toi. Je suis né d'une femme mortelle, que j'ai moi-même fécondée de ma semence, et, durant trente ans, j'ai vécu ici, sur cette Terre, enfant puis adulte, traversant de longues périodes de doute – non, allant même jusqu'à oublier et cesser de croire que j'étais réellement Dieu ! "

« " Je vous vois, je vous reconnais. Vous êtes le Seigneur mon Dieu ", dis-je. Son visage et le fait de Le découvrir sous le masque de peau qui recouvrait les os de son crâne me bouleversaient. Je retrouvai avec un frémissement cette même sensation que lorsque je L'avais entr'aperçu dans la lumière, et je distinguais à présent une semblable expression sur cette figure humaine. Je m'agenouillai. « Vous êtes mon Dieu », fis-je.

« " A présent, je le sais, Memnoch, mais tu comprends que si je me suis autorisé à me plonger dans la chair, au point de l'oublier, c'est pour savoir ce que signifie, comme tu disais, être humain, pour savoir ce que sont les souffrances des humains, ce qu'ils redoutent, ce à quoi ils aspirent, et ce qu'ils sont capables d'apprendre ici-bas ou là-haut. J'ai fait comme tu m'as dit, et j'y ai réussi mieux que tu ne réussiras jamais, Memnoch, je l'ai fait comme Dieu se devait de le faire, jusqu'à la dernière extrémité ! »

« " Seigneur, il m'est intolérable de vous voir souffrir, dis-je à la hâte, incapable de détacher mes yeux de Sa personne et rêvant pour Lui d'eau et de nourriture. Laissez-moi essuyer votre sueur. Laissez-moi aller vous chercher de l'eau. Laissez-moi vous l'apporter, avec la célérité d'un ange. Laissez-moi vous réconforter, vous laver et vous vêtir d'atours dignes de Dieu sur Terre. »

« " Non. Durant tous ces jours où je me croyais fou, où je pouvais à peine me souvenir que j'étais Dieu, lorsque je savais que j'avais délibérément renoncé à mon omniscience pour souffrir et connaître les limites, tu aurais sans doute pu me convaincre que c'était là le chemin à suivre. Peut-être aurais-je bien volontiers accepté ton offre. Oui, faire de moi un roi. Que ce soit là ma façon de me révéler à eux. Mais plus maintenant. Je sais qui Je suis et ce que Je suis, et je sais ce qu'il va arriver. Et tu as raison, Memnoch, il existe des âmes au Schéol prêtes pour le Ciel et je vais moi-même les y emmener. J'ai appris ce que tu m'avais donné envie d'apprendre. "

« " Seigneur, vous êtes affamé. Vous avez atrocement soif. Transformez donc ces pierres en pain par votre pouvoir, afin de vous alimenter. Ou permettez-moi d'aller vous chercher de quoi manger. "

« " Vas-tu m'écouter pour une fois ! répliqua-t-il en souriant. Cesse de parler de boire et de manger. Qui est humain ici ? Moi ! Adversaire impossible, démon raisonneur que tu es ! Tu vas te taire et m'écouter. Je suis incarné. Au moins, aie pitié et laisse-moi dire ce que j'ai à dire. "

« Il se mit à rire de moi, le visage empreint d'indulgence et de sympathie.

« " Allez, prends forme humaine à ton tour, rejoins-moi, reprit-Il. Sois mon frère et viens t'asseoir à mes côtés, Fils de Dieu et Fils de Dieu, et bavardons ensemble. "

« Je m'exécutai immédiatement, me créant, sans même y réfléchir, un corps qui égalait celui que vous voyez aujourd'hui, chose qui m'était aussi naturelle que penser, je me dotai d'une robe identique, puis me retrouvai assis près de Lui sur ce rocher. J'étais plus grand que Lui, ayant omis de réduire les proportions de mes membres, ce que je rectifiai sans tarder, jusqu'à ce que nous soyons à peu près de la même taille. Je restais cependant pleinement angélique, ne souffrant ni de la faim, ni de la soif, ni de la fatigue. "

« " Depuis combien de temps êtes-vous dans ce désert ? demandai-je. A Jérusalem, les habitants disent presque quarante jours. "

« Il acquiesça. " C'est à peu près cela. Et, à présent, il est temps pour moi de commencer mon ministère, qui durera trois ans. Je prodiguerai les grands enseignements nécessaires à l'admission au Ciel : conscience de la Création et compréhension de son évolution ; appréciation de sa beauté et des lois qui rendent possible l'acceptation de la souffrance, de l'injustice apparente et de toutes les formes de douleur. Je promettrai la gloire à ceux qui pourront atteindre cet entendement, à ceux qui pourront assujettir leurs âmes à la compréhension de Dieu et à ce qu'Il a accompli. Voilà ce que je donnerai aux hommes et aux femmes, ce qui est précisément, je crois, ce que tu voulais de moi. "

« Je n'osais pas Lui répondre.

« " Aimer, Memnoch, j'ai appris à les aimer comme tu me l'avais suggéré. Comme les humains, j'ai appris à aimer et à chérir, j'ai couché avec des femmes et j'ai connu cette extase, cette étincelle d'exultation que tu as évoquée avec tant d'éloquence lorsque je n'arrivais pas à concevoir que l'on puisse désirer pareille chose. Je parlerai d'amour plus que de tout autre sujet. Je tiendrai des propos qu'hommes et femmes pourront déformer ou mal interpréter. Mais l'amour, tel sera mon message. Tu m'as persuadé et je me suis moi-même persuadé, que c'était cela qui rendait l'humain supérieur à l'animal, quoique l'animal soit ce qu'est l'humanité. "

« " Est-ce à dire que vous envisagez de leur dicter une conduite spécifique quant à la façon d'aimer ? Et à la façon de mettre fin aux guerres et de s'unir dans une sorte d'adoration de... "

« " Non. Ce serait une intervention absurde qui annihilerait le grand projet que j'ai mis en route. Cela jugulerait la dynamique de l'évolution de l'univers. Memnoch, pour moi, les humains continuent d'appartenir à la nature, et, comme je l'ai dit, seuls les humains sont meilleurs que les animaux. C'est une question de degrés. Certes, ils hurlent lorsqu'ils souffrent, mais, dans un sens, ils se comportent exactement comme les animaux inférieurs, en ce que la douleur les améliore et les aide à progresser. Ils ont l'esprit suffi-

281

samment vif pour en comprendre la valeur, tandis que les animaux ne font qu'apprendre à l'éviter instinctivement. De fait, l'homme peut devenir meilleur au cours d'une vie de souffrance. Néanmoins, il fait partie de la nature. Le monde évoluera, comme il l'a toujours fait, plein de surprises. Certaines seront effroyables, d'autres étonnantes, et d'autres encore seront belles. Mais une chose est sûre, le monde continuera à se perpétuer et la Création à se développer. "

« " Oui, Seigneur, mais la souffrance est pourtant une mauvaise chose. "

« " Que t'ai-je appris, Memnoch, lorsque tu es pour la première fois venu à moi en disant que la putréfaction et la mort étaient injustes ? Ne saisis-tu pas ce que la douleur humaine a de magnifique ? "

« " Non. Je n'y vois que l'anéantissement de l'espoir, de l'amour et de la famille ; la fin du repos de l'esprit. Au-delà de la longanimité, je vois la douleur. Je vois l'homme plier l'échine, et tomber dans l'amertume et la haine. "

« " Tu n'as pas approfondi suffisamment, Memnoch. Tu n'es qu'un ange. Tu refuses de comprendre la nature, et c'est ainsi depuis le début. J'apporterai ma lumière dans la nature, à travers ma chair et pendant trois années. J'enseignerai tout ce qu'il m'est possible de connaître et d'exprimer de plus sage dans ce corps et ce cerveau humains. Puis je mourrai. "

« " Mourir ? Pourquoi cela ? Je veux dire, qu'entendez-vous par là, mourir ? Votre âme quittera... "

« Je m'interrompis, hésitant.

« Il sourit.

« " Vous avez une âme, n'est-ce pas, Seigneur ? A l'intérieur de ce fils des hommes, vous êtes mon Dieu, et la lumière emplit chacune de vos cellules, mais votre âme... Votre âme n'est pas humaine ! "

« " Memnoch, ces distinctions n'importent guère. Je suis Dieu incarné. Comment pourrais-je avoir l'âme d'un humain ? Ce qui compte, c'est que je resterai dans ce corps tandis qu'il sera supplicié et tué ; et ma mort sera la preuve de mon amour pour ceux que j'ai créés et auxquels j'ai permis de tant souffrir. Je partagerai et je connaîtrai leur douleur. "

« " Seigneur, s'il vous plaît, pardonnez-moi, mais il me semble que quelque chose ne va pas dans cette idée. "

« Une fois de plus, il parut amusé. Ses yeux noirs s'emplirent d'un rire sympathique et silencieux.

« " Ne va pas ? Qu'est-ce qui ne va pas, Memnoch, que je prenne la forme du dieu agonisant de la forêt, celui que femmes et hommes ont imaginé, dont ils ont rêvé et chanté les louanges depuis des temps immémoriaux, un dieu agonisant qui symbolise le cycle même de la nature, où tout ce qui naît doit mourir ?

« " Je périrai donc, et je ressusciterai d'entre les morts, comme cette divinité a ressuscité, selon le mythe, propre à tous les peuples de la terre, de l'éternel retour du printemps après l'hiver. Je serai le dieu anéanti et le dieu qui s'élève, à ceci près que cela aura lieu à Jérusalem même, et non pas au cours de cérémonies, non pas avec des substituts humains. Le fils de Dieu en personne exaucera le mythe. J'ai choisi de sanctifier ces légendes par ma mort véritable.

« " Je sortirai de ma tombe. Ma résurrection confirmera l'éternel retour du printemps après l'hiver. Elle confirmera que, dans la nature, chaque élément de l'évolution a sa place.

« " Or, Memnoch, ce sera grâce à ma mort que je resterai dans les mémoires. Ma mort. Elle va être atroce. Ce ne sera pas pour ma résurrection qu'ils se souviendront de moi, tu peux en être certain, car c'est un événement auquel beaucoup n'assisteront pas ou qu'ils refuseront tout simplement de croire. Mais ma mort, ma mort fera jaillir la confirmation de la mythologie, soulignée par toutes les légendes qui l'auront précédée, et ma mort sera le sacrifice *choisi* par Dieu pour connaître sa propre Création. Exactement comme tu me l'as suggéré. "

« " Non, non, Seigneur, attendez, il y a quelque chose qui cloche dans tout cela. "

« " Tu as la désagréable habitude de t'oublier, et d'oublier à qui tu t'adresses, aussi, dit-Il avec douceur. Et, sans cesser d'être troublé par ce mélange d'humain et de divin, je Le regardais, succombant à Sa beauté et confondu par Sa divinité, obsédé encore et toujours par mon intime conviction que tout ceci était une erreur. "

« " Memnoch, je viens de te dire que le monde ne connaissait que Moi, dit-il. Ne me parle pas comme si je pouvais me tromper. Ne gâche pas ces moments avec le Fils de Dieu ! Ne peux-tu apprendre des choses de moi lorsque je suis incarné, comme tu as su le faire des humains ? N'ai-je rien à t'enseigner, mon Archange bien-aimé ? Pourquoi es-tu assis ici à me questionner ? Quelle peut bien être la signification de ton expression, ' quelque chose ne va pas ' ? "

« " Je ne sais pas, Seigneur, je ne sais vraiment pas que vous répondre. Je n'arrive pas à trouver mes mots. Je sais simplement que cela ne marchera pas. Et d'abord, qui vous infligera ce supplice et cette mort ? "

« " Le peuple de Jérusalem. Je réussirai à offenser tout le monde, les Hébreux attachés à leurs traditions, les insensibles Romains, tous seront choqués de l'aveuglant message d'amour et de ce que cet amour exige des humains. Je manifesterai du mépris envers la conduite des autres, envers leurs rites et leurs lois. Et c'est ainsi que je tomberai dans les rouages de leur justice.

« " Je serai condamné pour trahison, pour avoir évoqué ma divinité et raconté que j'étais le Fils de Dieu, Dieu incarné... et c'est pour ce même message que je serai torturé avec un tel raffinement qu'il demeurera à jamais gravé dans le souvenir des hommes : il en sera de même pour ma mort par crucifixion. "

« " Par crucifixion ? Seigneur, avez-vous vu des hommes périr de la sorte ? Vous rendez-vous compte de leurs souffrances ? Ils sont cloués sur du bois, ils y sont accrochés, s'affaiblissant, incapables de supporter leur propre poids sur leurs pieds cloués, pour finir étouffés dans le sang et la douleur ? "

« " Bien sûr que j'en ai vu. C'est une méthode d'exécution courante. C'est ignoble et c'est très humain. "

« " Oh non ! non ! m'écriai-je. C'est impossible. Vous ne pouvez envisager de pousser aussi loin vos préceptes, dans le but d'aboutir à un échec et à une exécution aussi spectaculaires, à une telle cruauté et à la mort elle-même ! "

« " Ce n'est pas un échec, Memnoch, dit-Il. Memnoch, je serai le martyr de ma doctrine ! Les offrandes du sang de l'agneau innocent au Seigneur existent depuis les débuts de l'humanité ! Ils rendent instinctivement à Dieu ce qui leur est le plus cher en témoignage de leur amour. Qui, mieux que toi, peut le savoir, toi qui as espionné leurs autels et écouté leurs prières, insistant pour que je les écoute à mon tour ! Pour eux, sacrifices et amour sont étroitement liés. "

« " Seigneur, c'est par peur qu'ils se livrent à ces sacrifices ! Cela n'a rien à voir avec l'amour de Dieu, ne croyez-vous pas ? Tous les sacrifices ? Les enfants immolés à Baal, et une centaine d'autres rituels abominables perpétrés de par le monde. Tous sont dictés par la peur ! Pourquoi l'amour exigerait-il le sacrifice ? "

« Je serrais mes poings contre ma bouche. Je ne pouvais poursuivre mon raisonnement. J'étais horrifié. Je ne parvenais plus à démêler le fil de mon effroi de sa suffocante armure. Je repris, exprimant mes pensées à haute voix :

« " Tout cela est une erreur, Seigneur. Que Dieu, sous sa forme humaine, soit avili de la sorte, c'est déjà indicible en soi ; mais que les hommes soient autorisés à le faire à Dieu... Et sauront-ils ce qu'ils commettent, sauront-ils que vous êtes Dieu ? Je veux dire, ils ne peuvent... Seigneur, il faudra que cela soit accompli dans la confusion et la méprise. Ce sera le chaos, Seigneur ! Les ténèbres !

« " Naturellement, répliqua-t-Il. Quel être sain d'esprit irait crucifier le Fils de Dieu ? "

« " Alors quelle en est la signification ? "

« " Cela signifie, Memnoch, que je me suis soumis aux humains, pour l'amour de ceux que j'ai créés. Je suis incarné, Memnoch. Et ce, depuis trente ans. Voudrais-tu bien t'expliquer ? "

« " Périr ainsi, Seigneur, c'est mal. C'est une odieuse mise à mort, Seigneur, un exemple vraiment effroyable à donner à la race humaine ! Et vous dites vous-même que c'est grâce à elle qu'ils se souviendront de vous ? Davantage que pour votre résurrection, pour la lumière divine jaillissant hors de votre corps d'homme et effaçant cette souffrance ? "

« " La lumière ne jaillira pas de ce corps, objecta-t-Il. Ce corps périra. Je connaîtrai le trépas. J'entrerai au Schéol, et là, durant trois jours, je resterai auprès des défunts, puis je retournerai dans ce corps et ressusciterai d'entre les morts. Oui, certes, c'est ma mort qu'ils se rappelleront, car comment puis-je ressusciter si je ne meurs pas ? "

« " Abstenez-vous de l'un et de l'autre, plaidai-je. Vraiment, je vous en supplie. Ne vous infligez pas ce sacrifice. Ne vous jetez pas dans leurs rituels sanguinaires les plus absurdes. Seigneur, vous êtes-vous jamais approché assez près de leurs autels sacrificiels pour en respirer l'odeur fétide ? Oui, c'est vrai, souvent je vous ai demandé d'écouter leurs prières, mais jamais je n'ai voulu que vous alliez, de votre grandeur, vous y plonger pour sentir la puanteur du sang et de la charogne de cet animal, ni voir la terreur muette dans ses yeux tandis qu'on lui tranche la gorge ! Avez-vous vu les bébés que l'on jetait au féroce dieu Baal ? "

« " Memnoch, c'est ainsi que l'homme a lui-même évolué. Partout dans le monde, les mythes disent les mêmes choses. "

« " Oui, c'est d'ailleurs la raison pour laquelle vous n'êtes jamais intervenu pour arrêter le processus, vous avez laissé faire, vous avez laissé cette humanité évoluer. Aussi les hommes se penchent-ils avec épouvante sur leurs ancêtres animaux, qu'ils ont vus s'éteindre, et cherchent-ils à apaiser un dieu qui les a abandonnés à tout cela. Seigneur, ils sont en quête de signification, mais ils n'en trouvent aucune. Aucune. "

« Il me regarda comme si j'étais fou, complètement fou. Il me dévisagea en silence.

« " Tu me déçois, dit-Il doucement et gentiment. Tu m'as blessé, Memnoch, tu as blessé mon cœur d'homme. "

« Il tendit les bras et posa ses mains calleuses contre mon visage, ces mains qui avaient travaillé en ce bas monde, et peiné comme jamais je ne l'avais fait durant ma brève visite.

« Je fermai les yeux. Silencieux. Mais une idée m'était venue ! Une révélation, une intuition, la compréhension soudaine de ce qui était erroné. Toutefois, pouvais-je l'exprimer par des mots ? Pouvais-je parler ?

« Je rouvris les yeux, sans chercher à m'écarter de lui, sentant les callosités de ses doigts, considérant son visage décharné. Comme il était affamé, comme il avait souffert dans ce désert, et quel labeur il avait fourni durant ces trente années ! Oh ! non, rien n'allait dans tout cela !

« " Quoi, mon Archange, qu'est-ce qui ne va pas ! " me demanda-t-Il avec une infinie patience et une consternation profondément humaine.

« " Seigneur, ils ont choisi ces rituels empreints de souffrance parce que, sur Terre, la souffrance est inévitable. Il faut triompher de la nature ! Pourquoi chacun devrait-il endurer ce que les humains endurent ? Seigneur, leurs âmes arrivent au Schéol déformées, tordues de douleur et noires comme de la cendre, de par le désarroi, la misère et la violence dont elles ont été les témoins. La souffrance est le fléau de ce monde, c'est la putréfaction et la mort. C'est terrible. Seigneur. Vous ne pouvez pas penser que souffrir à ce point pourrait être bénéfique pour quiconque. Cette souffrance, cette indicible aptitude à saigner, à connaître la douleur et l'anéantissement, doit être vaincue ici-bas pour pouvoir atteindre Dieu ! "

« Il ne répondit pas. Il abaissa ses mains.

« " Mon ange, dit-il, j'éprouve encore plus de tendresse pour toi maintenant que j'ai un cœur de mortel. Comme tu es ingénu ! Comme tu peux être étranger à l'immensité de la Création matérielle ! "

« " Mais c'est moi qui vous ai exhorté à descendre ! Comment puis-je être étranger ? Je suis le Veilleur ! Je vois ce que les autres anges n'osent pas regarder de peur d'en pleurer et de vous mettre en colère. "

« " Memnoch, tu ne connais rien à l'être humain. Le concept en est trop complexe pour toi. A ton avis, comment les âmes du Schéol ontelles su atteindre la perfection ? N'est-ce pas grâce à la souffrance ? Certes, sans doute y entrent-elles déformées et calcinées, lorsqu'elles n'ont pas réussi à surmonter leurs afflictions sur la Terre, et certaines peuvent sombrer dans le désespoir et disparaître. Mais au Schéol, après des siècles de souffrance et d'attente, d'autres sont lavées et purifiées. "

« " Memnoch, la vie et la mort font partie du cycle, et la souffrance en est le dérivé. Et la capacité de l'homme à le comprendre ne l'en dispense pas pour autant ! Memnoch, le fait que les âmes illuminées que tu as amenées du Schéol l'aient su et aient appris à en accepter la beauté les a rendues dignes de franchir les portes du Ciel ! "

« " Non, Seigneur, ce n'est pas vrai ! Vous vous trompez. Complètement. Oh ! je comprends ce qui s'est passé. "

« " Vraiment ? Qu'es-tu en train d'essayer de me dire ? Que moi, Dieu, le Seigneur, après trente ans passés dans ce corps d'homme, je n'ai pas saisi la vérité ? "

« " Mais c'est justement cela ! Vous avez toujours su que vous étiez Dieu, depuis le début. Vous avez évoqué certaines périodes où vous aviez l'impression de devenir fou et d'autres où vous aviez presque oublié, mais ces moments étaient brefs ! Trop brefs ! Et maintenant que vous tramez votre propre mort, vous savez qui vous êtes et vous ne l'oublierez pas, n'est-ce pas ? "

« " C'est exact. Je dois être le Fils de Dieu incarné pour remplir mon ministère et accomplir mes miracles, bien sûr. C'est là toute la question. "

« " Alors, Seigneur, c'est que vous ignorez ce qu'être humain veut dire ! "

« " Memnoch, comment oses-tu prétendre que, toi, tu le sais. "

« " Lorsque vous m'avez laissé dans ce corps charnel, après m'avoir banni et envoyé soigner et aimer les Filles des Hommes, dans les tout premiers siècles de cette même contrée, je n'avais aucune garantie que vous me reprendriez au Ciel. Seigneur, vous n'êtes pas loyal dans cette expérience. Vous avez toujours su que vous alliez y retourner et redevenir Dieu ! "

« " Et qui, mieux que moi, peut comprendre ce que ressent cette chair ! " objecta-t-il.

« " Quiconque n'a pas l'absolue certitude qu'Il est l'Immortel Créateur de l'Univers, répondis-je. N'importe quel humain, aujourd'hui cloué sur une croix sur le Golgotha, à l'extérieur de Jérusalem, le saurait mieux que vous ! "

« Il me dévisagea, les yeux écarquillés. Mais Il ne releva pas. Son silence me déconcertait. Et, une fois de plus, je fus ébloui par la force de Son expression et l'aura divine qui émanait de l'homme, incitant l'ange que j'étais à se taire et à tomber à Ses pieds. Pourtant, je m'y refusais absolument !

« " Seigneur, lorsque je suis entré au Schéol, je ne savais pas si j'allais ou non pouvoir revenir au Ciel, n'est-ce pas ? Je ne revendique pas votre compréhension en toute chose. Nous ne serions pas ici à discuter si c'était le cas. Mais, voyez-vous, jamais vous ne m'avez promis que je pourrais retourner au Ciel. Aussi, écoutant la souffrance et les ténèbres, ai-je su en tirer leurs enseignements, car j'ai pris le risque de ne jamais peut-être pouvoir en triompher. Vous comprenez ? "

« Il pesa longuement mes propos puis hocha tristement la tête.

« " Memnoch, c'est toi qui n'as pas réussi à comprendre. L'humanité est-elle jamais aussi proche de Dieu que lorsque les hommes souffrent pour leur prochain, lorsqu'ils meurent pour qu'un autre puisse vivre, lorsqu'ils courent à une mort certaine pour protéger ceux qu'ils laissent derrière eux ou pour préserver ces vérités de la vie qu'ils ont apprises de la Création ? "

« " Mais le monde n'a pas besoin de tout cela, Seigneur ! Non, non et non. Il n'a nul besoin du sang, de la souffrance, de la guerre. Ce n'est pas grâce à cela que les humains ont su aimer ! Les animaux commettaient déjà toutes ces horreurs. C'est de la chaleur et de l'affection mutuelle dont les hommes furent instruits, de l'affection pour un enfant, de l'amour entre les bras d'un compagnon, de la capacité de saisir la douleur d'autrui et du désir de protéger cet autre, de s'élever contre la barbarie dans la formation d'une famille, d'un clan ou d'une tribu, symbole de paix et de sécurité pour tous ! "

« Un long silence s'ensuivit. Puis, très tendrement, Il se mit à rire.

– Memnoch, mon ange. Tout ce que tu sais de la vie, c'est au lit que tu l'as appris. "

« Je ne répliquai pas tout de suite. Évidemment, sa remarque était chargée de mépris et d'ironie. Enfin, je répondis :

287

« " C'est vrai, Seigneur. Mais la souffrance est si terrible pour les humains et l'injustice si cruelle pour leur équilibre mental, qu'elles pourraient bien ruiner ces leçons apprises au lit, si magnifiques soient-elles ! "

« " Pourtant, quand l'amour est atteint à travers la souffrance, Memnoch, il possède une force qui ne pourra jamais être acquise à travers l'innocence. "

« " Pourquoi dites-vous cela ? Je ne peux pas le croire ! Vous n'avez pas compris ! Seigneur, écoutez-moi. Il me reste une chance de vous démontrer le bien-fondé de mes propos. Une chance. "

« " Si tu envisages un seul instant de t'immiscer dans mon ministère et mon sacrifice, si tu espères pouvoir endiguer le flot des forces considérables qui s'acheminent déjà vers cet événement, alors tu n'es plus un ange, mais un démon ! rétorqua-t-Il. "

« " Je ne demande rien de tel, répondis-je. Allez jusqu'au bout. Prodiguez-leur vos soins, offensez-les ; soyez arrêté, jugé et exécuté sur la croix, oui, faites tout cela. Mais faites-le comme un homme ! "

« " C'est mon intention. "

« " Non, car vous garderez toujours à l'esprit que vous êtes Dieu. Oubliez qui vous êtes, dis-je ! Enfouissez votre divinité dans votre chair, ainsi qu'il vous est arrivé de le faire par intermittence. Enfouissez-la, Seigneur, restez simplement avec votre foi dans le Ciel, comme si elle vous était venue par une Révélation, immense et indéniable.

« " Mais ensevelissez dans ce désert l'absolue certitude que vous êtes Dieu. Ensuite, vous souffrirez comme souffrent les hommes. Et vous saurez ce qu'est réellement la douleur. Alors l'agonie sera dépouillée de toute glorification ! Et vous verrez ce que les hommes voient lorsque la chair est arrachée, déchiquetée, lorsque le sang coule, et qu'il s'agit du vôtre. C'est immonde ! "

« " Memnoch, chaque jour des hommes meurent sur le Golgotha. L'important, c'est que le Fils de Dieu périsse en connaissance de cause dans le corps d'un humain. "

« " Oh ! non, non ! m'écriai-je. C'est un désastre. "

« Il parut soudain si triste que j'eus l'impression qu'il allait pleurer pour moi. Ses lèvres étaient desséchées et craquelées par le désert. Ses mains étaient à ce point décharnées que j'en distinguais les veines. Il n'était même plus un personnage grandiose, rien qu'un homme ordinaire, usé par des années de labeur.

« " Regardez-vous, repris-je, vous êtes affamé, assoiffé, endolori, las, égaré dans les ténèbres de l'existence, ces authentiques fléaux de la nature, à rêver de gloire pour le jour où vous serez sorti de ce corps ! Quelle sorte de leçon cette souffrance-là peut-elle être ? Et qui portera la culpabilité de votre mise à mort ? Qu'adviendra-t-il de tous ces simples mortels qui vont ont renié ? Non, Seigneur, je vous en prie, écoutez-moi. Si vous ne renoncez pas à votre divinité, alors ne le faites pas. Modifiez votre dessein.

« " Ne mourez pas. Et surtout, ne soyez pas exécuté ! Ne soyez pas pendu à un arbre, comme le dieu de la forêt de la mythologie grecque. Venez avec moi à Jérusalem ; là, vous connaîtrez les femmes et le vin, vous chanterez et danserez, vous verrez naître les bébés et éprouverez toute l'allégresse que peut contenir et exprimer le cœur de l'homme !

« " Seigneur, il est des moments où les plus cruels des hommes peuvent tenir dans leurs bras des nourrissons, leurs propres enfants, et le bonheur et le contentement qu'ils en ressentent sont à ce point sublimes que nulle atrocité sur Terre ne pourra jamais anéantir la sérénité de ces instants ! C'est là la capacité humaine d'aimer et de comprendre ! Lorsque l'on peut atteindre l'harmonie en dépit de tout. Et les hommes et les femmes y parviennent, Seigneur. Ils y parviennent. Venez, dansez avec votre peuple. Chantez avec eux. Festoyez en leur compagnie. Enlacez les hommes et les femmes et connaissez-les dans leur chair ! "

« " J'ai pitié de toi, Memnoch, dit-Il. J'ai pitié de toi comme des mortels qui vont me tuer, et de ceux qui, inévitablement, vont se méprendre sur mes Lois. Mais je rêve de ceux qui seront touchés par ma souffrance au plus profond d'eux-mêmes, qui ne l'oublieront jamais et sauront que j'ai aimé les mortels au point de me laisser mourir parmi eux avant d'ouvrir les portes du Schéol. J'ai pitié de toi. Et, étant ce que tu es, ta culpabilité deviendra trop terrible à porter. "

« " Ma culpabilité ? Quelle culpabilité ? "

« " Tu es la cause de tout ceci, Memnoch. C'est toi qui as dit que je devais prendre chair. C'est toi qui m'as poussé à le faire, qui m'as mis au défi, et, aujourd'hui, tu omets de voir le prodige de mon sacrifice. Et lorsque tu le verras, lorsque tu verras des âmes que la souffrance aura rendues parfaites monter au Ciel, que penseras-tu alors de tes misérables petites découvertes faites entre les bras des Filles des Hommes ? Que penseras-tu ? Tu ne vois pas ? Je rachèterai la souffrance, Memnoch ! Je lui offrirai son potentiel le plus beau et le plus achevé au sein du cycle ! Je la mènerai à l'aboutissement de sa fertilité. Je lui permettrai de chanter son magnifique cantique ! "

« " Non, non et non ! (Je m'étais levé et commençais à l'invectiver.) Seigneur, faites ce que je vous demande. Allez jusqu'au bout, oui, puisque vous le devez, transformez ce meurtre en miracle, faites-le, puisque telle est votre volonté, mais ensevelissez la certitude de votre divinité de sorte que vous mouriez réellement, Seigneur. Réellement. Ainsi, lorsqu'ils enfonceront les clous dans vos mains et vos pieds, vous saurez ce qu'un homme ressent et rien d'autre, et, lorsque vous entrerez dans l'obscurité du Schéol, votre âme sera humaine ! S'il vous plaît, Seigneur, s'il vous plaît, je vous en supplie. Pour l'humanité entière, je vous en supplie. Il m'est impossible de connaître l'avenir, mais je n'en ai jamais eu aussi peur qu'aujourd'hui. "

Memnoch s'interrompit.

Nous étions seuls dans les sables, Memnoch, ébranlé, regardant au loin et moi, à ses côtés.

– Il ne l'a pas fait, n'est-ce pas ? demandai-je. Memnoch, Dieu est mort en se sachant Dieu. Il est mort et a ressuscité sans l'oublier un seul instant. Le monde ne cesse d'argumenter sur la question, d'en débattre et de s'en émerveiller, mais Il savait. Lorsqu'ils ont planté les clous, Il savait qu'Il était Dieu.

– Oui, répondit Memnoch. C'était un homme, mais cet homme ne s'est jamais trouvé dépossédé du pouvoir divin.

Soudain, quelque chose attira mon attention.

Memnoch semblait trop bouleversé pour ajouter quoi que ce fût.

Le paysage se modifiait. Je regardai en direction du cercle de pierres, et j'aperçus une silhouette assise là-bas, celle d'un homme à la peau sombre et aux yeux noirs, émacié et couvert du sable du désert, qui nous dévisageait. Et, bien que chacune des fibres de sa chair fût parfaitement humaine, Il était Dieu, de toute évidence.

J'étais pétrifié.

Et totalement désorienté. J'ignorais si je devais avancer ou reculer, et ce qui se trouvait à ma droite ou à ma gauche.

J'étais pétrifié, certes, mais pas effrayé, et cet homme, cet homme au regard sombre, nous considérait simplement, ses traits empreints de la plus grande compassion et de cette acceptation sans réserve à notre égard que j'avais vues en Lui lorsqu'il s'était tourné et m'avait pris par les bras, lorsque j'étais au Ciel.

Le Fils de Dieu.

– Viens ici, Lestat, m'appela-t-il tout doucement d'une voix humaine, par-delà le vent du désert. Viens plus près.

Je me tournai vers Memnoch. Lui aussi le regardait à présent, et il eut un sourire amer.

– Lestat, il est toujours préférable, quelle que soit la façon dont Il agit, de faire exactement ce qu'Il dit.

Blasphème. Tremblant, je pivotai.

Sans hésitation, je partis rejoindre cette silhouette, conscient de chacun de mes pas traînants dans le sable brûlant, tandis que cette forme sombre et maigre se faisait plus distincte et que m'apparaissait un homme fatigué et souffrant. Je tombai à genoux devant Lui et levai les yeux.

– Dieu vivant, murmurai-je.

– Je veux que tu entres dans Jérusalem, dit-Il.

Il tendit le bras pour lisser mes cheveux en arrière, et cette main était telle que Memnoch l'avait décrite, sèche, calleuse, aussi tannée par le soleil que l'était son front. Mais la voix, qui oscillait entre le naturel et le sublime, possédait un timbre plus qu'angélique. C'était celle qui m'avait parlé au Ciel, mais ramenée à une tonalité propre aux sons humains.

J'étais incapable de répondre. Ni de réagir. D'ailleurs, je savais que je ne ferais rien tant qu'on ne me l'ordonnerait pas. Memnoch se tenait à l'écart et observait, bras croisés. Agenouillé, les yeux rivés à ceux de Dieu incarné, j'étais devant Lui, complètement seul.

— Va à Jérusalem, dit-Il. Cela ne te prendra guère de temps, quelques instants peut-être, mais entre dans Jérusalem avec Memnoch, pour le jour de ma mort, afin que tu aies la brève vision de ma Passion, que tu me voies couronné d'épines et portant ma croix. Fais cela pour moi avant de décider qui de Memnoch ou du Seigneur Dieu tu serviras.

Chaque parcelle de mon être savait que je ne pourrais assister à cette scène. Je n'aurais pu le supporter ! J'en étais incapable. J'étais paralysé. Désobéissance, blasphème, là n'était pas la question. La pensée m'en était intolérable. Je fixai Son visage brûlé par le soleil, Son regard doux et aimant, le sable collé à Sa joue. Ses cheveux noirs, broussailleux et desséchés, étaient balayés par le vent.

Non ! Je peux pas faire une chose pareille ! Je ne peux le supporter !

— Mais si, tu le peux, dit-Il d'un ton rassurant. Lestat, mon brave et si généreux porteur de mort. Veux-tu vraiment retourner sur Terre sans cet aperçu que je t'offre ? Vas-tu réellement laisser passer l'occasion que tu as de m'apercevoir couronné d'épines ? Quand as-tu jamais renoncé à relever un défi ? Pense à ce que je te propose maintenant. Non, tu ne te déroberais pas, même si Memnoch t'exhortait à le faire.

Il avait raison. Pourtant, je savais que je ne pourrais le supporter. J'étais incapable d'aller à Jérusalem pour voir le Christ porter Sa croix. Je ne pouvais pas. Je n'en avais pas la force, je... Je gardais le silence. Le flot de pensées qui m'envahissait me condamnait à la confusion totale et à l'impuissance prolongée.

— Puis-je assister à cela ? dis-je enfin, et je fermai les yeux.

Puis je les rouvris et je Le regardai, Lui et Memnoch, qui, entre-temps, s'était approché et me dévisageait à présent avec une expression de froideur, aussi froide que son visage pouvait l'être, et qui, en réalité, n'était pas tant de la froideur que de la sérénité.

— Memnoch, dit Dieu incarné. Emmène-le, montre-lui le chemin, laisse-le avoir cette vision. Sois son guide, ensuite tu pourras poursuivre ton examen et ton appel.

Il me regarda, et sourit. Comme Il semblait frêle, en dépit de toute sa magnificence. Un homme, aux yeux ridés par la brûlure du soleil et aux dents gâtées. Un homme.

— Souviens-toi, Lestat, me dit Dieu. Ce n'est que le monde. Et ce monde, tu le connais. Le Schéol attend. Tu as vu la Terre et le Ciel, mais tu n'as pas vu l'Enfer.

18

Nous étions dans la ville, cité de pierre et d'argile aux teintes brun sombre et jaune passé. Trois ans s'étaient écoulés. Il le fallait bien. Nous nous trouvions parmi une immense foule de gens vêtus de robes et de voiles en guenilles ; je sentais l'odeur suffocante de la sueur et des haleines fétides, la puanteur des déchets humains et du crottin des chameaux et, bien que personne ne nous prêtât attention, je percevais la fébrilité autour de nous, tandis que des hommes crasseux me bousculaient ou me frôlaient. Ici, dans l'enceinte des murs de la ville, à l'intérieur de ces étroites ruelles, l'air chargé de sable était salé, comme l'était celui du désert.

Les habitants se tenaient aux portes arrondies de leurs petites maisons ou scrutaient aux fenêtres. La suie se mêlait aux sables éternels. Des femmes, le voile ramené autour de leur visage, se collaient les unes aux autres pour nous dépasser en se frayant un chemin. Un peu plus loin, j'entendais des cris et des hurlements. Soudain, cerné de toutes parts par cette multitude qui se pressait autour de nous, je me rendis compte que je ne pouvais plus bouger. Je cherchai désespérément Memnoch des yeux.

Il était juste à côté de moi, observant tranquillement la scène, car ni lui ni moi ne brillions d'un éclat surnaturel au milieu de ces humains mornes et sales, créatures ordinaires de ces temps anciens et cruels.

— Je ne veux pas y aller ! dis-je, les pieds fermement ancrés au sol, entraîné par la foule à laquelle je tentais de résister. J'en suis incapable ! Je ne peux pas y assister, Memnoch, non, on ne peut exiger cela de moi. Non... Je refuse d'aller plus loin. Memnoch, laissez-moi partir !

— Du calme, dit-il sévèrement. Nous sommes presque arrivés à l'endroit où Il va passer.

M'entourant de son bras gauche, il me protégea de son étreinte et fendit la foule devant nous, sans effort sembla-t-il, jusqu'à ce que nous émergions au premier rang de ceux qui attendaient sur une voie plus large le passage de la procession. Les hurlements étaient assourdissants. Des soldats romains arrivèrent à notre hauteur, les vêtements maculés de grès, le visage las, voire contrarié et lugubre. De l'autre côté de la procession, une belle femme, la chevelure couverte d'un long voile blanc, leva les bras au ciel et se mit à crier.

Elle regardait le Fils de Dieu. Il venait d'apparaître. Je vis d'abord la grande barre de traverse du crucifix posée sur Ses épaules, puis Ses mains, attachées à cette poutre, pendant au bout des cordes qui les enserraient et dont le sang dégoulinait déjà. Sa tête était inclinée ; Ses cheveux, emmêlés et sales, étaient surmontés de la couronne noire hérissée d'épines ; des spectateurs se pressaient contre les murs qui L'entouraient, certains L'accablant de sarcasmes, d'autres se taisant.

Il n'avait guère d'espace pour se mouvoir avec Son fardeau, Sa robe était déchirée, Ses genoux meurtris et ensanglantés, néanmoins, Il marchait. La puanteur de l'urine émanant des murailles voisines était insupportable.

Il s'avançait péniblement vers nous, le visage caché, puis il trébucha et son genou heurta les pavés de la chaussée. J'aperçus derrière Lui les porteurs de l'immense pieu de la croix qui allait être planté dans la terre.

Les soldats qui l'accompagnaient Le relevèrent immédiatement et stabilisèrent la barre sur ses épaules. A présent qu'Il se tenait à moins d'un mètre de nous, je pouvais voir Son visage. Il nous regardait l'un et l'autre. Brûlé par le soleil, les joues creuses, la bouche ouverte et frémissante, les yeux noirs écarquillés fixés sur nous, Il regardait, sans expression, sans appel. Le sang ruisselait des pointes noires enfoncées dans son front ; il coulait en minuscules filets sur Ses paupières et le long de Ses joues. Son torse, nu sous les haillons de la robe qu'il portait, était couvert des zébrures, rouges et à vif, laissées par le fouet !

– Mon Dieu !

J'avais de nouveau perdu toute volonté ; Memnoch me soutenait tandis que nous Le contemplions. Et la foule continuait de hurler et de jurer, de crier et de pousser ; de petits enfants jetaient des coups d'œil furtifs ; des femmes pleuraient. D'autres riaient ; spectacle d'une multitude, malfaisante et puante, sous le soleil implacable qui dardait ses rayons sur les murs souillés d'urine !

Il se rapprochait ! Est-ce qu'Il nous reconnaissait ? Il frissonna, au supplice, tandis que le sang dégoulinait jusqu'à ses lèvres tremblantes. Il eut un hoquet, comme s'Il allait s'étrangler, et je remarquai que l'étoffe qui Lui couvrait les épaules, sous le bois grossier de la poutre, était imprégnée du sang de la flagellation. Il n'aurait pu endurer tout cela une seconde de plus, et, pourtant, ils Le poussaient en avant. Il fut alors face à nous, les yeux baissés, la figure ensanglantée et baignée de sueur, puis, lentement, Il se tourna et me regarda.

Je pleurais, irrépressiblement. De quoi étais-je le témoin ? D'une barbarie indicible, partout et de tout temps, mais les légendes et les prières de mon enfance s'animaient avec une vigueur grotesque. Je sentais l'odeur du sang. Le vampire en moi sentait cette odeur. J'entendis mes sanglots, et je tendis les bras.

– Mon Dieu !

Le silence se fit dans le monde entier. Certes, les gens hurlaient et poussaient, mais pas dans le royaume où nous étions. Il était là, nous fixant, Memnoch et moi, hors du temps et retenant ce moment, dans toute sa plénitude et sa douleur, et nous dévisagea tour à tour.

– Lestat, dit-Il, d'une voix si faible et si déchirante que je l'entendais à peine. Tu veux y goûter, n'est-ce pas ?

– Seigneur, que dites-vous là ? m'écriai-je, et mes mots se noyaient dans tant de larmes que je ne parvenais plus à les retenir.

– Le sang. Goûte-le. Goûte le sang du Christ.

Et un atroce sourire de résignation le gagna, presque une grimace ; Son corps se convulsait sous l'énorme poutre, Son sang frais coulait goutte à goutte, comme si, à chacune de Ses inspirations, les épines Lui rentraient plus profondément dans la chair tandis que les marques des zébrures sur Sa poitrine d'où le sang suintait commençaient à enfler.

– Non, mon Dieu ! hurlai-je. Je tendis les mains vers Lui et sentis, attachés à l'énorme solive, ses bras frêles, douloureux et maigres sous les manches déchirées, et le sang étincela face à moi.

– Le sang de Dieu, Lestat, murmura-t-Il. Pense à tout le sang humain qui a jailli entre tes lèvres. Le mien n'en est-il pas digne ? As-tu peur ?

Sanglotant, je Lui entourai le cou de mes deux mains, mes articulations contre la barre transversale, et je Lui embrassai la gorge ; puis ma bouche s'ouvrit, sans que je le veuille ou que je m'en défende, et mes dents transpercèrent Sa chair. Je L'entendis gémir, longue plainte dont l'écho sembla monter et emplir le monde, et le sang inonda ma bouche.

La croix, les clous plantés dans Ses poignets, pas dans Ses mains, Son corps contracté et tordu comme s'Il agonisait, Il allait s'échapper, et Sa tête qui alla cogner contre le bois, de sorte que les épines pénétrèrent Son cuir chevelu, et puis les clous enfoncés dans Ses pieds, et Ses yeux qui roulaient en tout sens, le martèlement, encore et toujours, et puis la lumière, l'immense lumière qui s'élevait, comme elle s'était élevée par-delà la balustrade du Ciel, se répandant sur le monde, éclipsant même ce flot de sang, chaud, solide et voluptueux qui m'envahissait. La Lumière, la lumière en elle-même et l'être qui l'habitait. *A Son Image!* Puis elle déclina, prompte et silencieuse, laissant derrière elle une sorte de long tunnel ou de chemin, et je compris alors que ce chemin reliait la Terre à la Lumière.

Douleur! La lumière disparaissait. La séparation était indicible! Un coup d'une force incroyable frappa mon corps entier.

Je fus rejeté dans la foule. Le sable me piquait les yeux. Des clameurs se firent entendre tout autour de moi. Le sang était encore sur ma langue. Il jaillissait de mes lèvres. Le temps pressait dans une chaleur suffocante. Et Il nous faisait face. Il nous regardait, les larmes coulant de Ses yeux sur Sa peau déjà maculée de sang.

– Mon Dieu, mon Dieu, mon Dieu! m'écriai-je, avalant les dernières gouttes; je sanglotais.

La femme de l'autre côté se montra. Soudain, sa voix couvrit le brouhaha et les jurons, l'affreuse cacophonie des humains rustres et insensibles qui, partout, se battaient pour mieux voir.

– Mon Dieu! hurla-t-elle, et sa voix retentit, pareille au son d'une trompette.

Elle lui barra le chemin. Elle se plaça devant Lui, ôta le fin voile blanc de ses cheveux et l'appliqua de ses deux mains sur Son visage.

– Seigneur, Dieu, je suis Véronique, s'écria-t-elle. Souviens-Toi de Véronique. Pendant douze années j'ai souffert d'hémorragies, et lorsque j'ai touché le bord de Ton vêtement, j'ai été guérie.

– Impure, obscène! disaient les hurlements.

– Transgression des lois, blasphème!

– Fils de Dieu, Tu oses!

– Immonde, immonde, immonde!

Les cris devenaient frénétiques. Les gens cherchaient à l'attraper, non sans avoir de la répugnance à la toucher. Des cailloux et des pierres pleuvaient sur elle. Les soldats étaient indécis, déroutés et agressifs.

Mais Dieu incarné, les épaules voûtées sous la poutre, n'avait d'yeux que pour elle. Il dit alors:

– Oui, Véronique, doucement, ton voile, ma bien-aimée, ton voile.

Et sur Sa figure, elle appliqua le linge, fin et virginal, pour en sécher le sang et la sueur, pour apaiser et soulager. Son profil apparut fugitivement sous sa blancheur, puis, au moment elle faisait mine de l'essuyer délicatement, les soldats la tirèrent en arrière et elle resta là, levant le voile bien haut afin que tous le voient dans ses mains.

Sa face était dessus!

– Memnoch, regardez! m'exclamai-je. Regardez le voile de Véronique!

Le visage s'était calqué, sans la moindre imperfection, fixé sur le tissu avec un rendu qu'aucun peintre n'aurait pu atteindre, comme si le voile avait pris l'empreinte parfaite de la physionomie du

Christ, tel un appareil photo moderne, mais avec encore plus de vérité, comme si une fine couche de Sa chair avait constitué celle de l'image, et que le sang était du vrai sang, que les yeux avaient projeté leur double sur le tissu, et les lèvres laissé leur marque incarnat.

Ceux qui étaient à proximité constatèrent la similitude. Des gens nous bousculaient pour voir. Des cris s'élevèrent.

La main du Christ, sanglée par la corde qui l'attachait à la poutre, se dégagea en glissant pour attraper son voile. Véronique tomba à genoux en pleurant, le visage dans ses mains. Les soldats, abasourdis, ahuris, repoussaient la foule du coude, grognant après ceux qui insistaient.

Le Christ se tourna et me tendit le voile.

– Prends-le, garde-le ! Cache-le, emporte-le avec toi ! chuchota-t-Il.

Je saisis le tissu, terrifié à l'idée que je risquais de l'abîmer ou le salir. Des mains tentèrent de s'en emparer. Je le gardai serré contre ma poitrine.

– Il a le voile ! hurla quelqu'un.

Je fus tiré en arrière.

– Attrapez le voile !

Un bras chercha à me l'arracher.

Ceux qui se ruaient sur nous furent soudain bloqués par ceux qui arrivaient de derrière pour assister au spectacle, nous écartant sans ménagement de leur chemin. Nous fûmes littéralement repoussés par la foule, trébuchant sur les corps sales et déguenillés, à travers le tumulte, les cris et les jurons.

La procession avait disparu ; les cris de « le voile » étaient désespérément lointains.

Je le pliai, méticuleusement, je fis demi-tour et me mis à courir.

J'ignorais où était Memnoch ; et je ne savais pas où j'allais. Je dévalai l'étroite ruelle, puis en parcourus une autre et une autre encore, croisant des flots de gens, indifférents à moi, en route pour la crucifixion ou suivant simplement péniblement leur chemin habituel.

J'avais la poitrine en feu à force de courir, les pieds meurtris et écorchés ; je goûtai alors une nouvelle fois Son sang et la lumière m'apparut dans un éclair aveuglant. La vue brouillée, j'étreignis le linge. Puis je le fourrai à l'intérieur de ma robe et l'y maintins bien serré. Personne ne me le prendrait. Personne.

Un gémissement atroce sortit de mes lèvres. Je levai les yeux. Le ciel changeait ; l'azur du firmament au-dessus de Jérusalem, l'air chargé de sable changeaient ; le tourbillon m'avait miséricordieusement enveloppé, le sang du Christ se répandait dans mon thorax et mon cœur, l'entourant, la lumière emplissait mes yeux et je pressais de mes mains le voile replié.

Le tourbillon m'entraînait dans la paix et le silence. De toute ma volonté, je me forçai à regarder en bas et à plonger la main dans ma robe, qui n'était plus ma robe, mais mon pardessus et ma chemise, le costume que je portais dans les neiges de New York, et sous mon gilet, tout près de ma chemise, je sentis le voile plié! J'avais l'impression que le vent allait déchirer mes vêtements et arracher les cheveux de mon crâne! Mais j'agrippai fermement le tissu qui reposait à l'abri contre mon cœur.

De la fumée montait de la Terre. Et, de nouveau, des cris et des hurlements. Étaient-ils plus atroces que ceux qui avaient cerné le Christ sur le chemin du Calvaire?

Dans un choc terrible, je heurtai un mur et le sol. Des chevaux, dont les sabots manquèrent ma tête de peu, passèrent en faisant jaillir des étincelles du pavé. Une femme gisait devant moi, ensanglantée et agonisante, la nuque visiblement rompue, le sang giclant de son nez et de ses oreilles. Des gens fuyaient de toutes parts. Et toujours, l'odeur des excréments mêlée à celle du sang.

C'était une ville en guerre, où les soldats pillaient et tiraient les innocents hors de leurs maisons, où les cris retentissaient, comme issus d'espaces infinis, tandis que les flammes venaient me lécher au point de brûler mes cheveux.

– Le voile, le voile! dis-je. Et je le palpai, à l'abri, coincé entre ma chemise et mon gilet. Le pied d'un soldat surgit alors et m'envoya un coup violent à la joue. Je partis rouler sur la chaussée.

Je levai les yeux. Je n'étais pas dans une rue. C'était une immense église à dôme, pourvue de galeries d'arches et de colonnes romanes. Autour de moi, contre l'éclat doré des mosaïques, on massacrait des hommes et des femmes. Des chevaux les piétinaient. Le corps d'un enfant vint frapper le mur au-dessus de moi, son crâne s'écrasa et les membres minuscules retombèrent à mes pieds, pareils à des débris. Des cavaliers écharpaient les fuyards avec des sabres qui leur tailladaient les épaules et les bras. Une explosion de flammes illumina la scène, comme en plein jour. Les gens s'échappaient par le portail. Mais les soldats les poursuivaient. Le sol était baigné de sang. Le monde entier aussi.

Autour et très haut sur les murs, les mosaïques dorées flamboyaient de leurs visages qui semblaient à présent pétrifiés par l'horreur du carnage auquel ils assistaient. Des saints, partout, encore et encore. Les flammes s'élevaient en dansant. Des piles de livres brûlaient! Des icônes étaient mises en miettes et les statues gisaient en tas, consumées et noircies, leur dorure étincelant sous le feu qui les dévorait.

– Où sommes-nous? hurlai-je.

La voix de Memnoch se fit entendre juste à côté de moi. Parfaitement maître de lui, il était adossé au mur de pierre.

– Hagia Sophia, l'église Sainte-Sophie, mon ami, répondit-il. Ce n'est rien, vraiment. Seulement la quatrième croisade.

Je tendis vers lui ma main gauche, peu disposé à lâcher le voile que je tenais de l'autre.

– Ce que vous voyez là, ce sont les chrétiens de Rome en train de massacrer les chrétiens de Grèce. C'est tout. L'Égypte et la Terre sainte sont pour l'instant oubliés. Les Vénitiens ont disposé de trois jours pour mettre la ville à sac. Par décision politique. Bien sûr, ils étaient tous venus pour reprendre la Terre sainte, où vous et moi avons récemment séjourné, mais, la bataille n'étant pas prévue, les autorités ont lâché les troupes sur la ville. Un chrétien qui massacre un autre chrétien. Romain contre Grec. Désirez-vous que l'on fasse un tour dehors ? Souhaitez-vous en voir davantage ? Des livres par millions sont désormais perdus pour toujours. Des manuscrits en grec, en syrien, en éthiopien et en latin. Les ouvrages de Dieu et ceux des hommes. Voulez-vous vous promener parmi les couvents où les nonnes sont tirées hors de leurs cellules et violées par leurs coreligionnaires ? Constantinople est saccagée. Ce n'est rien, croyez-moi, absolument rien.

Je gisais à terre, en pleurs, essayant de fermer les yeux pour ne plus voir, défaillant au bruit retentissant des sabots des chevaux si dangereusement proches, suffoqué par l'odeur âcre du sang du bébé étendu contre ma jambe, lourd et flasque, pareil à un poisson hors de l'eau. Je hurlais, sans pouvoir m'arrêter. Près de moi se trouvait le corps d'un homme dont la tête avait été à demi tranchée, et dont le sang formait une flaque sur le sol en pierre. Une autre silhouette trébucha sur lui, genou fléchi, la main ensanglantée cherchant à agripper quelque chose qui lui offrirait un point d'appui et ne trouvant que le petit corps rose et nu de l'enfant qu'il écarta. Sa petite tête était à présent presque fracassée.

– Le voile, murmurai-je.

– Ah oui ! le précieux voile, répondit-il. Aimeriez-vous un changement de décor ? On peut aller ailleurs. Nous pouvons nous rendre à Madrid et nous offrir un autodafé. Vous savez ce que c'est, lorsqu'ils torturent et brûlent vifs les juifs qui refusent de se convertir à Jésus ? Peut-être devrions-nous retourner en France, histoire de voir les cathares massacrés dans le Languedoc ? On a dû vous raconter ces légendes lorsque vous étiez enfant. Tous les hérétiques ont été exterminés, vous savez, tous, sans exception. Mission réussie pour les pères dominicains, qui s'attaqueront ensuite aux sorcières, naturellement. Le choix est vaste. Et si nous allions en Allemagne, pour assister au martyre des anabaptistes ? Ou en Angleterre, pour regarder la reine Marie brûler ceux qui s'étaient retournés contre le pape, durant le règne de son père, Henri. Je vais vous conter une scène extraordinaire que j'ai souvent revisitée. Strasbourg, 1349. Deux mille juifs, rendus responsables de la Peste noire, y seront brûlés, en février de cette année-là. De tels événements vont se produire dans toute l'Europe...

– Je connais l'Histoire, dis-je, essayant de reprendre ma respiration. Je la connais!

– Certes, mais en être le témoin est un peu différent, non? Comme je le disais, c'est de la petite bière. Cela ne servira qu'à diviser définitivement les catholiques grecs et romains.

« Or, comme Constantinople décline, les musulmans, nouveau peuple de la Bible, vont alors vaincre les défenses affaiblies et pénétrer en Europe. Voulez-vous assister à l'une de ces batailles? Toutefois, si vous préférez, on peut passer directement au XXe siècle. On peut faire un saut en Bosnie ou en Herzégovine, où musulmans et chrétiens se battent en ce moment même. Ces pays, Bosnie et Herzégovine, sont actuellement des noms sur les lèvres des gens dans les rues de New York.

« Et, puisque nous en sommes à évoquer les peuples de la Bible – musulmans, juifs, chrétiens –, pourquoi ne pas se rendre dans le sud de l'Irak afin d'écouter le cri des Kurdes affamés, dont les marais ont été asséchés et les hommes sont exterminés? Si vous voulez, on peut simplement se concentrer sur le pillage des lieux saints – mosquées, cathédrales, églises. Nous pouvons utiliser cette méthode pour nous transporter directement jusqu'à notre époque.

« Notez que, dans mes descriptions, j'ai laissé de côté ceux qui ne croyaient ni en Dieu ni au Christ. Nous ne parlons que des peuples de la Bible, la Bible qui commence avec le Dieu unique et ne cesse de changer et de s'étoffer.

« Or, aujourd'hui et ce soir, des documents inestimables sont en train de partir en fumée. Ce sont les développements de la Création; c'est l'Évolution. C'est assurément la souffrance sanctifiée pour quelqu'un, puisque ceux que vous voyez ici vénèrent le même Dieu.

Je gardai le silence.

Par bonheur, il s'interrompit, mais pas la bataille. Il y eut une explosion. Les flammes montèrent si haut que je pus distinguer les saints jusques au dôme. La basilique entière s'illumina et m'apparut dans toute sa splendeur – son ovale immense, ses rangées de colonnes à perte de vue, les gigantesques demi-voûtes qui supportaient le dôme. La lumière s'obscurcit, puis une nouvelle explosion se fit entendre, tandis que les hurlements redoublaient.

Je fermai les yeux, étendu, immobile, ignorant les coups de pied et les gens qui me couraient sur le corps, me broyant le dos au passage. J'avais le voile, et j'étais allongé là, sans bouger.

– L'Enfer peut-il être pire que cela? demandai-je.

Mais j'avais parlé avec une petite voix, et je n'étais pas sûr qu'il m'ait entendu par-dessus le chaos.

– A la vérité, je ne sais pas, répondit-il avec cet habituel ton d'intimité, comme si ce lien particulier qui nous unissait l'un à l'autre suffisait à transmettre nos messages sans effort.

– Est-ce le Schéol ? Les âmes peuvent-elles s'en échapper ?
Il ne répondit pas.

– Croyez-vous que j'aurais engagé cette bataille avec Dieu si les âmes n'avaient pu en sortir ? répliqua-t-il enfin, comme si l'idée même d'un enfer éternel l'offusquait.

– Sortez-moi d'ici, je vous en prie, murmurai-je.

Ma joue reposait sur le sol en pierre. La puanteur du crottin des chevaux se mêlait à celle de l'urine et du sang. Mais les cris étaient bien pires encore. Les cris et l'incessant vacarme du métal.

– Memnoch, sortez-moi d'ici ! Dites-moi quelle est la cause de cette bataille entre vous et Lui ! Expliquez-m'en les règles !

Je réussis à m'asseoir, ramenant mes jambes sous moi, et m'essuyai les yeux de la main gauche, la droite étreignant toujours le voile. La fumée me faisait suffoquer. Les yeux me brûlaient.

– Que vouliez-vous dire en disant que vous aviez besoin de moi, et que vous gagniez la bataille ? Quelle *est* cette bataille entre vous et Lui ! Qu'attendez-vous de moi ? En quoi êtes-vous Son adversaire ? Au nom du Ciel, que suis-je censé faire ?

Il me regarda. Il était assis, décontracté, un genou levé, les bras croisés, le visage soudain très distinct à la lueur des flammes, puis pâle l'instant d'après. Il était sale des pieds à la tête, et semblait sans énergie et curieusement gauche dans ses mouvements. Son expression n'était ni amère ni sarcastique, pensive seulement, fixe et patiente, comme les visages des mosaïques étaient figés, témoins inanimés de ces mêmes événements.

– Ainsi nous sautons tant de guerres ? Nous laissons derrière nous tous ces massacres ? Il est vrai que nous avons déjà survolé un grand nombre de supplices, dit-il. Et puis, vous ne manquez pas d'imagination, Lestat.

– Laissez-moi tranquille, Memnoch. Répondez à mes questions. Je ne suis pas un ange, juste un monstre. S'il vous plaît, partons.

– D'accord. Allons-y. En fait, vous avez été courageux, exactement comme je pensais que vous le seriez. Vos larmes sont abondantes, et elles viennent du cœur.

Je ne répondis pas. J'émis un long soupir. Je n'avais toujours pas lâché le voile. Je portais la main gauche contre mon oreille. Comment pouvais-je remuer ? Attendais-je qu'il nous emmène dans le tourbillon ? Mes membres étaient-ils encore en état de m'obéir ?

– Nous y allons, Lestat, répéta-t-il.

J'entendis le vent se lever. C'était le tourbillon, et les murs s'étaient déjà évanouis loin derrière nous. J'appuyai ma main contre le voile. Et sa voix me chuchota alors :

– A présent, reposez-vous.

Les âmes tournoyaient autour de nous dans les ténèbres. Je sentis ma tête posée sur son épaule, et le vent qui m'ébouriffait. Je fermai les yeux et je vis le Fils de Dieu pénétrer dans un lieu immense, obscur et morne. Les rayons de lumière émanaient de sa silhouette, petite et distincte, pour se déverser dans toutes les directions, illuminant des centaines de formes qui se débattaient, qu'elles fussent humaines, âmes ou fantômes.

– Le Schéol, parvins-je à articuler péniblement.

Mais nous étions dans le tourbillon, et ce n'était rien de plus qu'une image devant le noir de mes yeux clos. La lumière se fit de nouveau éclatante, et tous ses rayons fusionnèrent alors en un gigantesque flamboiement, comme si je me trouvais en présence de cette même lumière ; des chants s'élevèrent, de plus en plus fort, couvrant les gémissements des âmes alentour, jusqu'à ce que le mélange des plaintes et des cantiques devienne la nature de la vision et la nature du tourbillon. Et ils ne firent alors plus qu'un.

19

J'étais étendu immobile quelque part, en plein air, sur le sol rocailleux. J'avais le voile. Je sentais la petite bosse qu'il formait, sans oser passer ma main pour le sortir ou l'examiner.

J'aperçus Memnoch à quelques mètres, dans toute la gloire de sa silhouette, ses ailes, hautes et dressées, rabattues derrière lui ; je vis aussi Dieu incarné, ressuscité, Ses chevilles et Ses poignets encore rougis de leurs blessures ; mais on L'avait baigné et lavé, et Son corps était de proportion identique à celui de Memnoch, plus grand que celui d'un humain. Sa robe était blanche et neuve et Ses cheveux noirs, encore teintés du rouge vif du sang séché, parfaitement peignés. On aurait dit que davantage de lumière filtrait des cellules de Son épiderme qu'avant Sa crucifixion, et Il dégageait un rayonnement puissant, rendant celui de Memnoch comparativement plus terne. Toutefois, l'un et l'autre ne cherchaient pas à rivaliser, et procédaient fondamentalement du même type de lumière.

Je gisais là, le regard dirigé vers eux et les écoutant discuter. Et c'est seulement du coin de l'œil – avant même que leurs voix ne me parviennent distinctement – que je constatai que c'était là un champ de bataille jonché de cadavres. L'époque n'était plus celle de la quatrième croisade. Il était inutile de me le préciser. C'était une épopée antérieure, et les corps étaient vêtus de l'armure et des vêtements que j'aurais éventuellement pu rattacher, si on me l'avait demandé, au IIIe siècle, quoique je n'en fusse pas certain. C'étaient des temps reculés, très reculés.

Les morts puaient. L'air était empli d'insectes qui s'en rassasiaient, de vautours qui, de leur vol bas et disgracieux, s'étaient approchés pour déchiqueter la chair hideuse et boursouflée des soldats ; au loin, je percevais l'obscène dispute, faite de grognements et d'aboiements, des loups qui se battaient.

– Oui, je vois ! déclara Memnoch, avec colère. (Il s'exprimait dans une langue qui n'était ni l'anglais ni le français, mais que je comprenais parfaitement.) La porte du Ciel est ouverte à ceux qui meurent dans l'entendement et l'acceptation de l'harmonie de la Création et de la bonté de Dieu ! Mais les autres ? Qu'en est-il des millions d'autres ?

– Une fois de plus, je te demande pourquoi je devrais me soucier des autres ! De ceux qui meurent sans l'entendement, l'acceptation et la connaissance de Dieu. Hein ? Que sont-ils pour moi ? répliqua le Fils de Dieu.

– Les enfants que vous avez créés, voilà ce qu'ils sont ! Dotés d'une aptitude pour le Ciel, à condition qu'ils parviennent à en trouver le chemin ! Et le nombre des damnés excède par milliards les rares à détenir la sagesse, l'expérience, l'intuition et le don. Et vous le savez ! Comment pouvez-vous en laisser autant s'évanouir dans les ombres du Schéol, ou se désintégrer, voire rester soudés à la terre au point de devenir des esprits malfaisants ? N'étiez-vous pas venu pour les sauver ?

– Je suis venu sauver ceux qui le voulaient ! Je te répète que c'est un cycle, c'est la Nature, et pour chaque âme qui arrive sans encombre dans la Lumière céleste, des milliers d'autres doivent échouer. Quelle valeur représente donc le fait de comprendre, d'accepter, de savoir, de voir la beauté ? Que veux-tu me faire faire ?

– Aider les âmes perdues ! Aidez-les. Ne les abandonnez pas au tourbillon, ne les abandonnez pas au Schéol, à lutter pendant des millénaires pour essayer d'appréhender ce qu'ils peuvent encore voir sur la Terre ! Vous n'avez fait qu'empirer les choses, voilà ce que vous avez fait !

– Comment oses-tu !

– Vous les avez aggravées ! Regardez ce champ de bataille ! Dire que Votre croix est apparue dans le ciel avant que les combats ne commencent, et qu'à présent, elle est devenue l'emblème de l'Empire ! Depuis la mort des témoins qui vous ont vu ressusciter, seule une poignée de défunts sont entrés dans la lumière, et une multitude d'entre eux se sont égarés entre discussions, combats, incompréhension et dépérissement dans les ténèbres !

– Ma lumière est pour ceux qui désirent la recevoir.

– Cela ne suffit pas !

Dieu incarné frappa violemment Memnoch au visage. Memnoch recula à pas chancelants, ailes déployées, comme si, par réflexe, il avait pu s'envoler. Mais elles retrouvèrent aussitôt leur place, seules quelques délicates plumes blanches tourbillonnant dans les airs, et Memnoch porta sa main vers la marque cuisante laissée par celle de Dieu sur sa joue. Je la voyais distinctement, rouge sang, semblable aux blessures des chevilles et des poignets du Christ.

– Très bien, dit Dieu incarné. Puisque tu te préoccupes davantage de ces âmes perdues que de ton Dieu, que ta destinée soit donc de les réunir ! Que le Schéol soit ton royaume ! Rassemble-les là-bas par millions et enseigne-leur comment aller vers la lumière. Mais je dis qu'aucune ne sera dissoute ou désintégrée par ton pouvoir pour les ramener à la vie ; aucune ne sera égarée, et toutes seront sous ta responsabilité, tes élèves, tes disciples, tes serviteurs.

« Et ce, jusqu'au jour où le Schéol sera vide ! Jusqu'au jour où toutes les âmes iront directement aux portes du Ciel. En attendant, tu es mon adversaire, tu es mon Diable, tu es condamné à passer au moins un tiers de ton existence sur la Terre que tu aimes tant, et au moins un autre tiers au Schéol ou en Enfer, à toi de choisir le nom que tu donnes à ton royaume. Et ce sera par ma grâce que, de temps à autre, tu pourras venir au Ciel, en prenant garde de conserver ta forme angélique pour ces moments-là !

« Sur Terre, ils te considéreront comme le démon ! Tu seras l'Antéchrist – le Dieu de la danse, de l'ivresse, de la fête et de la chair, et de toutes ces choses que *tu* aimes assez pour *me* provoquer. Qu'ils te voient donc ainsi, car tes ailes auront la couleur de la suie et de la cendre, et tes jambes seront celles d'un bouc, comme si tu étais Pan en personne ! Ou simplement comme un homme, oui, je t'accorde cette miséricorde, pour que tu puisses être un homme parmi eux, puisque tu penses qu'être humain est une entreprise tellement méritoire. Mais un ange au milieu d'eux, non ! Jamais !

« Tu n'utiliseras pas ta forme angélique pour semer le trouble ou les abuser, pour les éblouir ou les humilier. Toi et tes Veilleurs l'avez suffisamment fait. Mais, lorsque tu franchiras mes portes, prends bien soin d'être convenablement vêtu pour te présenter à moi et que tes ailes soient d'une blancheur de neige, de même que ta robe. N'oublie pas d'être toi-même en mon royaume !

– J'en suis capable, répondit Memnoch. Je peux être leur professeur ; et leur guide aussi. Si vous me laissez diriger l'Enfer comme je l'entends, je pourrai les rendre dignes du Ciel. Je pourrai abolir tout ce que votre cycle naturel leur aura fait sur Terre.

– Alors c'est parfait ; je suis curieux de te voir à l'œuvre ! répondit le Fils de Dieu. Envoie-moi davantage d'âmes, grâce à ta purgation. Continue. Accroîs ma gloire. Agrandis le *bene ha elohim*. Le Ciel est infini et encourage tes efforts.

« Mais tu ne reviendras définitivement que lorsque ta tâche sera achevée, lorsque la voie de la Terre au Ciel concernera tous les défunts, ou lorsque le monde lui-même sera détruit – quand l'évolution aura abouti au point où le Schéol sera vide. Mais écoute-moi bien, Memnoch, ce jour-là risque de ne jamais venir ! Je n'ai promis aucune fin à l'évolution de l'univers ! Tu as donc un long bail devant toi parmi les damnés !

– Et sur la Terre ? Quels sont mes pouvoirs ? Démon aux pieds fourchus ou homme, que puis-je y faire ?

– Ton devoir ! Mettre les hommes en garde. Les mettre en garde afin qu'ils viennent à moi et non au Schéol.

– Et puis-je le faire à ma manière ? En leur expliquant à quel point vous êtes un Dieu sans merci, que tuer en votre nom est affreux, et que la souffrance pervertit, altère et damne ses victimes bien plus qu'elle ne les rachète ? Je peux leur dire la vérité ? Que s'ils venaient à vous, ils auraient à se livrer au culte de votre personne, à vos guerres saintes et à votre sublime martyre ? A chercher à comprendre ce qu'est pour eux le mystère de la chair, ou l'extase de l'amour ? Vous m'y autorisez ? Vous me donnez la permission de leur dire la vérité ?

– Dis-leur ce que tu veux ! Et chaque fois que tu les détourneras de mes églises, de mes révélations, aussi mal interprétées et dénaturées fussent-elles, chaque fois que tu les en écarteras, tu t'exposeras à faire entrer un élève de plus dans ton école infernale, une âme supplémentaire qu'il te faudra éduquer. Ton Enfer sera plein à craquer !

– Pas à cause de mes actes, Seigneur, répliqua Memnoch. Il sera bondé, certes, mais ce sera grâce à vous !

– Tu oses !

– Qu'il en soit ainsi, Seigneur, puisque vous affirmez que jamais l'univers ne s'arrêtera. Seulement, maintenant j'en fais partie, et l'Enfer en fait partie. Me permettrez-vous d'emmener ces anges qui partagent mon opinion, et qui travailleront pour moi et endureront avec moi les mêmes ténèbres ?

– Non ! Je ne t'accorderai pas un seul esprit angélique ! Recrute donc tes assistants chez les âmes qui errent parmi les vivants. Fais de celles-ci tes démons ! Les Veilleurs qui t'ont suivi sont repentants. Je ne te donnerai personne. Tu es un ange. Débrouille-toi !

– Entendu, je me débrouillerai seul. Entravez-moi à ma forme initiale si vous le désirez, je triompherai quand même. Je ferai passer plus d'âmes du Schéol au Ciel que vous n'en amènerez directement par votre porte. Je conduirai plus d'âmes réformées chantant les louanges du Paradis que vous ne réussirez jamais à en réunir dans votre étroit tunnel. C'est moi qui remplirai le Ciel et magnifierai votre gloire. Vous verrez.

Ils se turent. Memnoch était furieux, et Dieu incarné l'était aussi, du moins à ce qu'il semblait, leurs deux silhouettes se faisant face, de tailles égales, si ce n'est que les ailes de Memnoch se déployaient derrière lui en un simulacre de pouvoir, et qu'il émanait de Dieu incarné la plus puissante, la plus bouleversante et la plus belle des lumières.

Soudain, Dieu incarné sourit.

– D'une manière ou d'une autre, je triomphe, n'est-ce pas ? demanda Dieu.

– Je vous maudis ! rétorqua Memnoch.

– Non, tu ne me maudis pas, dit Dieu avec douceur et tristesse.

Il effleura la joue de Memnoch, et l'empreinte de sa main courroucée s'effaça aussitôt de la peau angélique. Dieu incarné se pencha et embrassa Memnoch sur la bouche.

– Je t'aime, mon courageux adversaire, dit-il. Il est bon que je t'aie créé, autant que tout autre chose que j'ai faite. Ramène-moi des âmes. Tu n'es qu'un élément du cycle, un élément de la Nature, aussi prodigieux que la foudre, que l'éruption d'un volcan gigantesque ou que l'étoile qui explose subitement, dans des galaxies à des milliers de kilomètres, si bien que des milliers d'années s'écoulent avant que les habitants de la Terre ne voient sa lumière.

– Vous êtes un Dieu sans miséricorde, dit Memnoch, refusant de céder d'un pouce. Je leur apprendrai à pardonner ce que vous êtes – auguste, infiniment créatif, et imparfait.

Dieu incarné se mit à rire tout doucement et embrassa une nouvelle fois Memnoch sur le front.

– Je suis un Dieu sage et un Dieu patient, répondit-il. Je suis Celui qui t'a fait.

Les images disparurent. Elles ne s'estompèrent même pas. Elles s'évanouirent, purement et simplement.

Je gisais sur le champ de bataille, seul.

Une couche de gaz pestilentiels planait au-dessus de moi, empuantissant chacune des inspirations que je prenais.

Car des cadavres s'étendaient à perte de vue.

Un bruit me fit sursauter. La silhoutte efflanquée d'un loup haletant se rapprochait, fonçant sur moi, tête baissée. Je me raidis. Je vis ses pupilles étroites lorsqu'il avança son museau avec arrogance. Je sentis son haleine chaude et fétide. Je tournai la tête. Je l'entendis alors renifler mon oreille et mes cheveux. Il poussa un long grognement. Je me contentai de fermer les yeux et, la main droite dans mon pardessus, je palpai le voile.

Ses dents effleurèrent mon cou. Aussitôt, je me retournai, me relevai et le projetai violemment en arrière, l'envoyant rouler dans un glapissement. Puis il détala, courant sur les corps des morts.

Je respirai profondément. Le ciel au-dessus de moi était celui du jour sur la Terre. Je contemplai les nuages blancs, ces simples nuages blancs qui surmontaient l'horizon lointain et pâle, et j'écoutai le bourdonnement des insectes – mouches et moustiques voletant et tourbillonnant çà et là au-dessus des cadavres – et les grands vautours, laids et voûtés, qui sautillaient parmi leur festin.

De loin me parvenait le son des pleurs humains.

Mais le firmament restait magnifiquement limpide. Les nuages se déplaçaient très vite, rendant ainsi toute sa splendeur au soleil, dont la chaleur descendit sur mes mains et mon visage, et sur les corps putréfiés qui m'entouraient.

Je crois que j'avais dû perdre conscience. Je le désirais. J'avais envie de retomber sur le sol, de rouler et de rester étendu, face contre terre, puis de glisser ma main dans mon manteau pour m'assurer que le voile était toujours là.

20

Le jardin de l'antichambre. Lieu paisible et radieux avant les portes célestes. Endroit d'où les âmes reviennent parfois, lorsque la mort les y amène et qu'il leur est alors expliqué que ce n'est pas le moment, et qu'elles peuvent retourner chez elles.

Au loin, sous le firmament azuré, j'apercevais les nouveaux morts accueillant les anciens. Rassemblement après rassemblement. Je voyais les embrassades, entendais les exclamations. A l'angle de mon champ de vision, je distinguais aussi les murs du Ciel, d'une hauteur vertigineuse, et les portes du Paradis. Cette fois, je voyais les anges, plus immatériels que le reste, un chœur après l'autre, qui parcouraient les cieux, flottant et se mêlant à volonté aux petits groupes de mortels qui traversaient le pont. Oscillant entre visibilité et invisibilité, les anges allaient et venaient, observaient, puis remontaient pour ensuite aller se perdre dans le bleu infini du ciel.

Les bruits célestes qui me parvenaient à travers les murs étaient diffus et douloureusement attirants. En fermant les yeux, j'en discernais presque les couleurs saphirines ! Tous les cantiques entonnaient le même refrain : « Venez, venez ici, entrez, soyez avec nous. Le Chaos n'est plus. Voici le Ciel. »

Toutefois, dans la petite vallée où je me trouvais, j'étais loin de cela. J'étais assis parmi des fleurs des champs, de minuscules fleurs blanches et jaunes, sur la rive herbeuse du fleuve que traversent les âmes pour arriver au Ciel. A mes yeux, néanmoins, ce n'était guère plus qu'une rivière impétueuse et magnifique. Ou plutôt, elle me chantait une chanson dont les paroles disaient – après la fumée et la guerre, après la suie et le sang, la puanteur et la souffrance – que tous les fleuves étaient aussi beaux que celui-ci.

L'eau chantait à plusieurs voix, glissant sur les rochers, dévalant de petits ravins et s'élançant sur de petits monticules, au risque de trébucher en un torrent de fugues et de canons. Et les herbes se penchaient pour mieux voir.

J'étais adossé contre un tronc d'arbre, semblable à ce qu'un pêcher serait s'il était perpétuellement en fleur et à jamais fécond de ses fruits et si ses branches ne pendaient pas dans leur soumission, mais avec cette richesse, cette fragance, cette offrande, cette fusion de deux cycles dans une abondance éternelle. Au-dessus, parmi les pétales qui s'agitaient au vent, dont le foisonnement semblait inépuisable et aucunement inquiétante, j'observais le vol fugitif d'oiseaux minuscules. Et, plus loin encore, des anges et des anges, à perte de vue, comme s'ils étaient constitués d'air, esprits lumineux et scintillants si ténus qu'ils s'évanouissaient dans le ciel en un sillage éclatant.

Un Paradis de fresques et de mosaïques. Aucune forme d'art ne peut restituer cela. Demandez à ceux qui sont venus et repartis. Ceux dont les cœurs ont cessé de battre sur une table d'opération, si bien que leurs âmes se sont envolées vers ce jardin, pour être ensuite ramenées dans un corps articulé. Rien ne peut le restituer.

Tout doucement, couche par couche, l'air doux et frais détachait la suie et la crasse incrustées dans mon pardessus et ma chemise.

Soudain, comme si je revenais à la vie au sortir d'un cauchemar, je fourrai la main à l'intérieur de ma chemise et en tirai le voile. Je le dépliai et le soulevai par les coins.

Le visage me parut incandescent; les yeux sombres me contemplaient, le sang y était d'un rouge aussi vif qu'auparavant, la couleur de la peau d'un rendu parfait, et le relief presque holographique, quoique sa physionomie se modifiât très légèrement au gré de la brise qui faisait onduler le tissu. L'empreinte, toujours aussi nette, n'avait subi nul accroc; rien n'y manquait.

J'en eus le souffle coupé, et mon cœur se mit à battre à tout rompre. Une bouffée de chaleur me monta au visage.

Les yeux marron avaient gardé la fixité de cet instant-là, grands ouverts sur le tissu finement tissé. Je serrai le voile contre moi, puis je le repliai, comme pris de panique, et, cette fois, je le replaçai contre ma peau, à l'intérieur de ma chemise, que j'eus ensuite toutes les peines à reboutonner correctement. Elle était en parfait état. En revanche, mon pardessus, bien qu'intact, était dégoûtant; ses boutons avaient disparu, y compris ceux, purement décoratifs, qui ornaient le bas des manches. Je regardai mes chaussures; elles étaient fichues et partaient en lambeaux. Comme elles me semblaient insolites, avec leur cuir de luxe, si différentes de ce que j'avais vu dernièrement!

J'avais des pétales dans les cheveux. Comme je les ôtai, ils tombèrent en une pluie rose et blanche sur mon pantalon et mes chaussures.

– Memnoch! fis-je tout à coup.

Je regardai autour de moi. Où était-il ? Étais-je ici tout seul ? Loin, très loin sur le pont, s'avançait la procession des âmes bienheureuses. Les portes étaient-elles en train de s'ouvrir et de se refermer, ou n'était-ce qu'une illusion ?

J'aperçus, sur ma gauche, une silhouette sous un taillis d'oliviers que d'abord je ne reconnus pas ; c'était Memnoch en Homme Ordinaire. Il me regardait, très calme, lugubre et menaçant. Puis cette vision se mit à enfler et à grandir, à faire pousser ses immenses ailes noires et ses jambes torses aux pieds fourchus, et la figure angélique devint luisante, comme taillée dans du granit noir. Memnoch, mon Memnoch, tel que je l'avais connu, à nouveau sous les traits du Démon.

Je n'offris aucune résistance. Je ne cherchai pas à me cacher le visage. J'examinai en détail son torse revêtu d'une robe, la façon dont l'étoffe retombait sur ses hideuses pattes velues. Ses sabots fourchus s'enfonçaient dans la terre, mais ses bras et ses mains, magnifiques, étaient restés les mêmes. Sa superbe crinière était à présent noir de jais. Et, dans le Jardin, il était le seul à être sans couleur, opaque, apparemment solide ; du moins était-ce ainsi que je le voyais.

– Le raisonnement est simple, dit-il. Avez-vous une quelconque difficulté à le comprendre ?

Ses ailes noires se rabattirent le long de son corps, leurs extrémités inférieures incurvées près de ses pieds, afin qu'elles ne puissent pas racler la terre.

Il se dirigea vers moi, effroyable animal au buste et à la tête terriblement parfaits, créature entravée, forcée d'incarner une conception humaine du mal.

– Vous avez tout à fait raison, dit-il, et lentement, presque douloureusement, il s'assit, tandis que ses ailes s'estompaient une fois de plus, faute de place.

Il resta là, le regard braqué sur moi, divinité démoniaque, les cheveux emmêlés mais le visage aussi serein qu'à l'accoutumée, ni plus sévère, ni plus doux, ni plus sage ou plus cruel, parce qu'il était gravé dans la noirceur et non plus dans l'image chatoyante de la chair.

Il se mit à parler :

– En fait, voici ce qu'Il a fait. Il n'a cessé de me répéter : " Memnoch, tout ce qu'il y a dans l'univers est utile... tout a une fonction..., comprends-tu ? " Et Il est descendu, Il a souffert, Il est mort et a ressuscité pour consacrer la douleur des hommes, pour donner une signification au terme de la vie ; et cette fin fut illumination et supériorité de l'âme.

« Mais le mythe de la souffrance et du Dieu agonisant – qu'il s'agisse de Tammuz le Sumérien ou de Dionysos le Grec, ou de tout autre divinité de par le monde, dont la mort et le démembrement précédèrent la création – c'était une idée humaine! Une idée conçue par l'homme, incapable d'imaginer une Création à partir du néant et qui n'impliquerait pas la notion de sacrifice. Le Dieu agonisant qui donne naissance à l'homme était une idée toute neuve dans les esprits de ces êtres trop primitifs pour imaginer quoi que ce fût d'absolu et de parfait. Aussi s'est-il Lui-même greffé – je parle de Dieu incarné – sur les mythes humains qui s'efforçaient d'expliquer les choses comme si elles avaient une signification, alors que, peut-être, elles n'en avaient pas.

– Oui.

– Où était Son sacrifice en créant le monde? poursuivit Memnoch. Il n'était pas Tiamat assassiné par Marduk. Il n'est pas Osiris dépecé! A quoi a-t-il renoncé, Lui, le Tout-Puissant, pour créer l'univers de la matière? Je ne me souviens pas qu'on L'ait jamais dépossédé de quoi que ce fût. Qu'elle soit issue de Lui, c'est la vérité, mais je ne me rappelle pas qu'Il ait jamais été amoindri, diminué ou mutilé par cet acte de Création. Après celle des planètes et des étoiles, il était le même Dieu! Il en était même sorti grandi, du moins aux yeux de Ses anges, qui célébrèrent les aspects nouveaux et variés de Son œuvre. Sa nature même de Créateur se développa et s'amplifia, tandis que l'Évolution suivait Sa voie.

« Or, lorsqu'Il se présenta en tant que Dieu incarné, Il s'inspira des mythes que les hommes avaient fabriqués, pour tenter de sanctifier toute souffrance et d'expliquer que l'histoire, loin d'être faite d'horreurs, avait un sens. Il s'engouffra dans la religion que les hommes avaient eux-mêmes inventée, apporta Sa grâce divine à ces images et sanctifia, par Sa mort, la souffrance, alors même qu'elle n'avait *pas* été sanctifiée lors de Sa Création, vous comprenez?

– Sa Création était dépourvue de sang et de sacrifice, dis-je. (Si le son de ma voix était monotone, mon esprit n'avait jamais été aussi vif.) C'est ce que vous êtes en train de dire. Mais il persiste à considérer que la souffrance est sacro-sainte, ou qu'elle peut l'être. Rien ne se perd. Toute chose a son utilité.

– En effet. Mais, selon moi, Il a pris l'effroyable imperfection de Son cosmos – douleur humaine, détresse, capacité d'endurer les injustices les plus terribles – et lui a trouvé une place, mettant à profit les pires superstitions des hommes.

– Mais lorsque les gens meurent... Que se passe-t-il? Ses adorateurs trouvent-ils alors le tunnel, la lumière et ceux qui sont aimés?

– Dans les lieux où ils ont vécu dans la paix et la prospérité, généralement, oui. Ils montent directement au Ciel, sans haine et sans ressentiment. Il en va de même pour certains, qui ne croient ni en Lui ni en Son enseignement.

– Parce qu'ils sont trop illuminés.

– En effet. Ce qui Le satisfait pleinement et agrandit Son Ciel, qui se trouve ainsi embelli et enrichi par ces nouvelles âmes venues des quatre coins du monde.

– Mais l'Enfer aussi est peuplé d'âmes.

– Les dimensions de l'Enfer excèdent tellement celles du Paradis que c'en est presque risible. Sur quel endroit de la planète n'a-t-Il pas régné sans qu'il y ait eu abnégation, injustice, persécutions, tortures et guerres ! Chaque jour, le nombre de mes élèves, emplis d'amertume et de confusion, ne cesse de croître. Certaines époques ont vu tant de privations et d'atrocités que rares furent les âmes à s'élever vers Lui dans la sérénité.

– Et Il s'en moque.

– Précisément, oui. Il affirme que la souffrance des êtres sensibles est comme la putréfaction : elle fertilise la croissance de leurs âmes ! Lorsque, du haut de Sa sublime grandeur, Il observe un massacre, Il y voit de la magnificence. Il considère que les hommes et les femmes ne s'aiment jamais autant que lorsqu'ils perdent ceux qui leur sont proches, lorsqu'ils se sacrifient pour leur prochain au nom de quelque notion abstraite de Sa personne, ou lorsque l'armée conquérante arrive pour ravager les foyers, disperser les troupeaux et attraper les corps des petits enfants à la pointe de leurs lances.

« Sa justification ? C'est dans la Nature. C'est ce qu'Il a créé. Et si des âmes meurtries et aigries doivent d'abord tomber entre mes mains et subir ma tutelle, elles n'en deviendront que meilleures !

– Et votre tâche ne cesse de s'alourdir.

– Oui et non. Je suis en train de gagner. Mais je dois l'emporter selon Ses conditions à Lui. L'Enfer est un lieu de souffrance. Examinons-le de près. Regardons-le. Voici ce qu'Il a fait :

« Lorqu'il a ouvert toutes grandes les portes du Schéol, lorsqu'Il est descendu dans ses ténèbres, tel le dieu Tammuz dans l'enfer sumérien, les âmes se sont précipitées autour de Lui, elles ont assisté à Sa rédemption et vu les blessures de Ses mains et de Ses pieds, et qu'Il ait dû mourir pour eux a eu pour effet de focaliser leur confusion ; elles l'ont bien sûr suivi en masse jusques aux portes du Ciel – car ce qu'elles avaient enduré semblait soudain avoir un sens.

« Mais cela avait-il vraiment un sens ? L'immersion de Sa divine personne dans le cycle de la Nature suffit-elle à lui donner une signification sacrée ?

« Et qu'en est-il des âmes qui se flétrissent dans l'amertume, qui, écrasées sous la botte des guerriers, jamais plus ne s'épanouissent, qu'en est-il des âmes altérées et perverties par l'ignominie de l'injustice, qui entrent dans l'éternité en blasphémant, qu'en est-il d'un monde moderne qui est fâché contre Dieu, au point de maudire Jésus-Christ et Dieu Lui-même, comme le fit Luther, comme le fit Dora, comme vous l'avez fait, comme tous l'ont fait.

« Vos contemporains de cette fin de xxe siècle n'ont jamais cessé de croire en Lui. C'est qu'ils Le haïssent ; ils Lui en veulent ; ils sont furieux après Lui. Ils se sentent... ils se sentent...

– Supérieurs à Lui, répondis-je avec calme, parfaitement conscient qu'il employait à présent les termes mêmes que j'avais utilisés avec Dora. Nous haïssons Dieu. Nous Le haïssons.

– Oui, dit-il. Vous vous sentez supérieur à Lui.

– Et vous *vous* sentez supérieur.

– C'est vrai. En Enfer, il m'est impossible de leur montrer Ses blessures. D'ailleurs, ce n'est pas cela qui les ferait changer d'idée, ces victimes, ces suppliciés, dont la souffrance et l'affliction dépassent Son entendement. Je peux simplement leur raconter que ce sont les frères dominicains qui, en Son nom, les ont brûlés vifs, les ayant pris pour des sorciers. Ou que le jour où leurs familles, leurs clans et leurs villages ont été anéantis par les soldats espagnols, c'était aussi bien, puisque Ses pieds et Ses mains ensanglantés figuraient sur l'étendard que portaient les hommes en route vers le Nouveau Monde. Vous croyez que cela peut aider quiconque à sortir de l'Enfer de découvrir qu'Il a laissé faire ? Et permis à d'autres âmes de s'élever sans une once de souffrance ?

« Si je devais commencer leur éducation avec cette image – le Christ est mort pour vous – combien de temps prendrait, selon vous, l'éducation d'une âme en Enfer ?

– Vous ne m'avez pas expliqué ce qu'était l'Enfer ni quelle était votre méthode d'enseignement.

– Je le dirige à ma façon, ça, je puis vous l'assurer. J'ai placé mon trône au-dessus du Sien – comme disent les poètes et les auteurs des Écritures – car je sais que, pour parvenir au Ciel, la souffrance n'a jamais été nécessaire, que l'entendement et la réceptivité de Dieu n'ont jamais requis ni jeûne, ni flagellation, ni crucifixion, ni mort. Je sais que l'âme humaine a transcendé la Nature, et que la seule perception de la beauté lui a permis d'en arriver là ! Job était déjà Job avant de souffrir ! Tout comme après ! Quel enseignement Job a-t-il tiré de son malheur qu'il ne sût déjà ?

– Alors quelle est la doctrine que vous avez choisie en Enfer ?

– Je ne commence pas en leur expliquant que, pour Lui, l'œil humain témoigne de la perfection de la Création quand il regarde avec horreur un corps mutilé, tout comme il peut témoigner de cette perfection en contemplant sereinement un jardin.

« Mais Il s'obstine dans Son idée. Votre Jardin Sauvage, Lestat, *est* sa version de la perfection. Tout est issu de la même semence, et moi, Memnoch, le Démon, je n'ai pas su m'en apercevoir. J'ai la candeur d'un ange.

– Comment faites-vous pour Le combattre en Enfer tout en réussissant à offrir le Ciel aux damnés ? Comment ?

– Que croyez-vous que soit l'Enfer ? demanda-t-il. A présent, vous devez en avoir une petite idée.

– Tout d'abord, c'est ce que nous appelons le purgatoire. Chacun peut prétendre à la rédemption. C'est ce que j'ai compris durant votre discussion sur le champ de bataille. Alors que doivent donc subir les âmes de l'Enfer pour être rendues aptes à aller au Ciel ?

– Qu'en pensez-vous ?

– Je ne sais. J'ai peur. Nous sommes sur le point de nous y rendre, n'est-ce pas ?

– Effectivement, mais j'aimerais savoir à quoi vous vous attendez.

– Je l'ignore. Mais je sais que les créatures qui ont volé la vie des autres – comme je l'ai moi-même fait – devraient expier leurs actes.

– Expier ou payer pour ?

– Quelle différence ?

– Bon, supposez que vous ayez l'occasion de pardonner à Magnus, le vampire qui est la cause de votre état. Supposez qu'il soit devant vous et vous dise : " Lestat, pardonne-moi de t'avoir arraché à la vie mortelle et à la Nature, et de t'avoir fait boire du sang pour vivre. Fais de moi ce que tu voudras afin que tu puisses m'absoudre. " Que feriez-vous ?

– Votre exemple est mal choisi. Je ne crois pas lui en avoir jamais tenu rigueur. Je ne pense pas qu'il savait ce qu'il faisait. Il m'indiffère. C'était un fou, un monstre de l'ancien monde. C'est sur une impulsion pervertie et impersonnelle qu'il m'a lancé sur la voie du Diable. Je ne pense même jamais à lui. Il ne m'intéresse pas. S'il lui faut requérir le pardon d'autrui, qu'il s'adresse aux mortels qu'il a tués au cours de son existence.

« Il y avait dans sa tour un donjon empli de cadavres de mortels – de jeunes hommes qui me ressemblaient, qu'il avait amenés là pour les mettre à l'épreuve, apparemment, et qu'il avait ensuite assassinés au lieu de les initier. Je m'en souviens encore. Mais ce n'est qu'une forme de massacre – des corps de jeunes gens entassés, tous blonds aux yeux bleus. Des êtres juvéniles dépossédés de leur potentiel et de leur existence même. La miséricorde devrait venir de ceux dont il a dérobé la vie de quelque manière que ce fût – il lui faudrait alors obtenir l'absolution de chacun d'eux.

Je recommençais à trembler. Ma colère m'était si familière. J'étais si souvent entré en fureur lorsque certains m'avaient reproché mes assauts flamboyants sur des hommes et des femmes. Et sur des enfants. Des enfants sans défense.

– Et vous ? me demanda-t-il. A votre avis, que faudrait-il pour que vous entriez au Ciel ?

– Eh bien ! travailler pour vous devrait y suffire, manifestement, répondis-je sur le ton du défi. Du moins est-ce l'impression que j'ai, compte tenu de ce que vous m'avez dit. Mais vous ne m'avez pas expliqué précisément ce que vous faisiez ! Vous m'avez raconté l'histoire de la Création et de la Passion, selon votre version et la Sienne, vous avez décrit comment vous vous étiez opposé à Lui sur la Terre, et j'imagine sans peine les ramifications de ce conflit –

puisque nous sommes tous deux des sensuels, et que nous croyons en la sagesse de la chair.

– Nous sommes d'accord.

– Mais vous n'êtes toujours pas arrivé à une explication complète de ce qu'était votre action en Enfer. Et comment pouvez-vous être vainqueur ? Les envoyez-vous avec diligence dans Ses bras ?

– Avec diligence et une énergique acceptation. Mais, pour l'instant, mon propos n'est pas de vous parler de mon offre, ni du conflit terrestre qui m'oppose à Lui. Voici ce que je vous demande : étant donné ce que vous avez vu... *Que pensez-vous que l'Enfer doit être ?*

– J'ai peur de répondre. Car c'est ce à quoi j'appartiens.

– En réalité, vous n'avez jamais aussi peur que vous voulez bien le dire. Allez. Faites-moi un exposé. Que pensez-vous que l'Enfer doit être, que doit endurer une âme pour être digne du Paradis ? Est-il suffisant de dire « Je crois en Dieu », ou « Jésus, je crois en Votre Souffrance ? ». Suffit-il d'affirmer « Je regrette tous mes péchés parce qu'ils vous ont offensé, Seigneur » ou « Je regrette, parce que, quand j'étais sur terre, je ne croyais pas vraiment en vous et maintenant je sais que vous existez, et bang, boum, un coup d'œil à cet endroit infernal, et je suis prêt ! Je ne recommencerai plus, et s'il vous plaît, permettez-moi d'aller rapidement au Ciel ».

Je ne répondis pas.

– Chacun doit-il aller au Ciel ? reprit-il. Le Ciel est-il pour tous ?

– Non, ça c'est impossible, répondis-je. Pas pour des créatures comme moi, pas pour des créatures qui en ont torturé et tué d'autres, pas pour des gens qui, au travers de leurs actes, ont reproduit des châtiments aussi terribles que la maladie, le feu ou un tremblement de terre ; en d'autres termes, il n'est pas pour ceux dont les turpitudes ont fait souffrir leur prochain autant, voire davantage, que les catastrophes naturelles. Il ne serait pas juste qu'ils aillent au Ciel, aussi longtemps qu'ils ne sauront pas, qu'ils n'auront pas compris ou commencé à appréhender ce qu'ils ont fait ! Le Ciel aurait tôt fait de devenir l'Enfer si chaque âme cruelle, égoïste et corrompue y était admise. Je ne veux pas rencontrer au Ciel tous les monstres impénitents de cette terre ! Si c'est aussi simple, alors c'est que la souffrance du monde est sacrément près de...

– Sacrément près de quoi ?

– D'être irrémissible, dis-je dans un murmure.

– Qu'est-ce qui *serait* rémissible – du point de vue d'une âme qui a péri dans la douleur et la confusion ? Une âme qui aurait compris que Dieu s'en moquait ?

– Je ne sais pas, répondis-je. Lorsque vous avez décrit les élus du Schéol, le premier million d'âmes auquel vous avez fait franchir les portes célestes, vous n'avez pas parlé de monstres réformés, mais de gens qui avaient pardonné à Dieu un monde injuste, n'est-ce pas ?

– Oui, c'est vrai. C'est ce que j'ai découvert. Oui, c'est bien de cela dont j'étais convaincu en les emmenant jusqu'aux portes du Ciel.

– Or, selon vos propos, il ne fait aucun doute que ces hommes avaient été victimes de l'injustice de Dieu. Mais vous ne vous occupez jamais des âmes des coupables ? Ceux de mes semblables, les pécheurs, ceux qui ont commis des vilenies ?

– Ne pensez-vous pas qu'ils aient leur histoire ?

– Certains ont sans doute des excuses, inhérentes à leur stupidité, leur naïveté et leur crainte de l'autorité. Je ne sais pas. Beaucoup, beaucoup d'êtres malfaisants doivent être comme moi. Ils savent à quel point ils sont mauvais. Mais cela leur est bien égal. Ils agissent ainsi parce que... parce qu'ils aiment ça. J'aime créer des vampires. J'aime boire le sang. J'aime prendre la vie d'autrui. Il en a toujours été ainsi.

– Est-ce réellement la raison pour laquelle vous buvez le sang ? Simplement parce que vous aimez ça ? Ou n'est-ce pas plutôt parce que vous êtes constitué d'une mécanique surnaturelle parfaite que vous êtes assoiffé de sang, et que seul le sang vous convient – vous qui avez été arraché à la vie et transformé en un étincelant Enfant de la Nuit par un monde injuste qui ne se souciait pas plus de vous et de votre destin que de tout autre bambin mourant de faim cette nuit-là dans Paris ?

– Je ne cherche pas à justifier ce que je fais ou ce que je suis. Si vous croyez que c'est le cas, et si c'est pour cette raison que vous voulez que je dirige l'Enfer avec vous, ou que j'accuse Dieu... alors vous vous êtes trompé de personne. Je mérite de payer pour ce que j'ai volé aux gens. Où sont ces âmes, celles que j'ai mises à mort ? Étaient-elles prêtes pour le Ciel ? Sont-elles allées en Enfer ? Se sont-elles défaites de leur identité et sont-elles encore dans le tour-billon, entre l'Enfer et le Paradis ? Des âmes sont prises à l'inté-rieur, je le sais, je les ai vues, il leur reste encore à trouver l'un ou l'autre.

– Oui, c'est exact.

– Peut-être ai-je envoyé des âmes dans le tourbillon. Je suis l'avi-dité et la cruauté mêmes. J'ai dévoré les mortels que j'ai tués comme autant de nourriture et de boisson. Je ne peux m'en justifier.

– Croyez-vous que je tienne à ce que vous vous justifiiez ? demanda Memnoch. Quelle violence ai-je moi-même justifiée jusqu'ici ? Qu'est-ce qui vous fait penser que je vous aimerais si vous vous mettiez à défendre vos actes ? Ai-je jamais pris la défense de quiconque ayant fait souffrir autrui ?

– Non, jamais.

– Eh bien, alors ?

– Qu'est-ce que l'Enfer, et comment pouvez-vous le mener ? Vous ne souhaitez pas que les hommes souffrent. Vous ne semblez même pas le désirer pour moi. Vous ne pouvez pas désigner Dieu et

315

dire que tout ce qu'Il fait est bien et significatif ! Vous ne pouvez pas. Vous êtes Son adversaire. Alors qu'est-ce que l'Enfer ?

– Que pensez-vous qu'il soit ? répéta-t-il à son tour. Comment, d'un point de vue moral, vous y prendriez-vous... avant de me rejeter sur-le-champ ! Avant de me fuir. A quel genre d'Enfer pourriez-vous croire et – si vous étiez à ma place – comment le créeriez-vous ?

– Ce serait un lieu où les gens prendraient conscience de ce qu'ils ont fait à autrui ; où ils seraient confrontés aux moindres détails de leurs actes, de sorte que *jamais, jamais plus* ils ne pourraient recommencer ; un lieu où les âmes seraient réformées, littéralement, en leur montrant toutes les vilenies qu'elles ont commises, comment elles auraient pu l'éviter, et ce qu'elles auraient dû faire. Une fois qu'ils auront *compris*, comme vous l'avez dit des Élus du Schéol, une fois qu'ils pourront non seulement *pardonner* à Dieu pour cette gigantesque pagaille, mais aussi à eux-mêmes pour leurs propres échecs, leurs propres réactions de colère, leur propre malveillance et leur mesquinerie, une fois qu'ils aimeront leur prochain, sans retenue et dans la clémence absolue, alors ces hommes seront dignes du Ciel. *L'Enfer devra être le lieu où ils voient les conséquences de leurs actes, mais avec la conscience totale et miséricordieuse de l'extrême modicité de leur propre connaissance.*

– Précisément. Savoir ce qui a nui à autrui, réaliser que vous ne saviez pas, que personne ne vous avait appris, même si vous en aviez néanmoins le pouvoir ! Et pardonner cela, pardonner à vos victimes, pardonner à Dieu et à vous-même.

– Oui. Ce serait cela. C'est ce qui mettrait un terme à ma colère, à mon indignation. Je ne pourrais plus menacer de mon poing si seulement je pouvais pardonner à Dieu, aux autres et à moi-même.

Il ne répondit pas. Il était assis bras croisés, les yeux écarquillés, ses sourcils doux et sombres à peine effleurés par l'humidité de l'air.

– C'est bien ainsi, n'est-ce pas ? demandai-je d'un ton craintif. C'est... c'est un endroit où vous apprenez à comprendre ce que vous avez fait à autrui... Où vous en venez à vous rendre compte de la souffrance que vous avez infligée aux autres !

– En effet, et c'est terrible. Je l'ai créé et je le dirige afin de guérir les âmes du juste et de l'injuste, de ceux qui ont subi et de ceux qui ont été cruels. Et l'unique leçon en est que l'Enfer est Amour.

J'étais épouvanté, autant que lorsque nous étions entrés dans Jérusalem.

– Il aime mes âmes lorsqu'elles viennent à Lui, dit Memnoch. Et Il voit en chacune d'elles une justification de Sa méthode !

J'eus un sourire amer.

– A Ses yeux, la guerre est magnifique, la maladie est comme la couleur pourpre et le sacrifice de soi est pour Lui l'exaltation de Sa gloire personnelle ! Comme s'il y était pour quelque chose ! Il essaie

316

de m'accabler de chiffres. Au nom de la croix, plus d'injustices ont été perpétrées sur cette terre que pour toute autre cause, emblème, philosophie ou credo.

« Et je vide l'Enfer à une telle rapidité, une âme après l'autre, en disant sans détour ce que les hommes endurent, ce qu'ils savent et ce qu'ils peuvent faire, que mes âmes arrivent en masse pour franchir Ses portes.

« Et qui, selon vous, entre en Enfer avec le sentiment d'être le plus dupé ? Qui est le plus frileux et le plus impitoyable ? L'enfant qui a péri dans la chambre à gaz d'un camp d'extermination ? Ou le guerrier, du sang jusqu'aux coudes, à qui l'on a raconté que, s'il massacrait les ennemis de la nation, il trouverait sa place au Walhalla, au Paradis ou au Ciel ?

Je ne répondis pas. Silencieux, je l'écoutais, je l'observais.

Il se pencha en avant, forçant mon attention plus délibérément encore, et, ce faisant, il commença à se transformer, devant moi, passant du Démon aux pattes de bouc, du Diable aux sabots fourchus à l'ange Memnoch, avec sa robe ample et sobre et ses yeux clairs et brillants braqués sur moi sous le froncement doré de ses sourcils.

– L'Enfer est le lieu où je remets en ordre les choses qu'Il a mal faites, reprit-il. C'est là que je restaure un état d'esprit qui aurait dû exister, si la souffrance ne l'avait pas réduit à néant ! Là aussi que j'enseigne aux hommes et aux femmes qu'ils peuvent être meilleurs qu'Il ne l'est.

« Mais l'Enfer, c'est mon châtiment ; c'est pour m'être disputé avec Lui que je dois aller là-bas et aider les âmes à accomplir leur cycle tel qu'Il le conçoit, et qu'il me faut vivre en leur compagnie ! Car si je ne les aide pas, si je ne les éduque pas, elles risquent d'y rester pour l'éternité !

« Mais l'Enfer n'est pas mon champ de bataille.

« C'est la Terre, mon champ de bataille. Lestat, c'est ici que je Le combats, pas en Enfer. Je parcours le monde pour tenter de détruire chaque édifice qu'Il a érigé à la gloire de l'abnégation et de la douleur, de l'agression, de la cruauté et de l'anéantissement. Je conduis hommes et femmes de temples en églises pour danser, chanter, boire et s'étreindre dans la licence et l'amour. Je fais tout mon possible pour dénoncer la tromperie au cœur de Ses religions ! Je m'efforce de ruiner les mensonges dont Il a permis la propagation à mesure que l'univers se développait.

« Il est le seul à pouvoir jouir impunément de la souffrance ! Parce qu'Il est Dieu, qu'Il ignore ce qu'elle signifie et qu'Il l'a toujours ignoré. Il a créé des êtres plus consciencieux et plus aimants que Lui-même. Et la victoire finale sur le mal de la Terre ne viendra que lorsqu'Il sera détrôné, une fois pour toutes, démystifié, ignoré, renié, mis à l'écart, et qu'hommes et femmes chercheront le bien, le juste, l'éthique et l'amour de leur prochain.

– Mais c'est ce vers quoi ils tendent, Memnoch ! C'est la vérité ! répondis-je. C'est ce qu'ils voulaient dire en expliquant qu'ils le haïssaient. C'est ce que Dora sous-entendait en disant, les poings serrés : "Demandez-lui pourquoi Il permet tout cela ! "

– Je sais. Maintenant, acceptez-vous ou non de m'aider à Le combattre, Lui et sa croix ?

« Irez-vous avec moi de la Terre au Ciel, et dans cet Enfer putride de la douloureuse reconnaissance, immonde de par l'obsession de Sa souffrance ? Toutefois, si vous me servez, ce ne sera pas dans un lieu ou dans l'autre, ni dans le troisième. Mais dans les trois. Et, comme moi, il se pourrait que vous en veniez bien vite à trouver que le Ciel, dans son baratin, est aussi insupportable que l'Enfer. La béatitude du lieu vous rendra impatient de guérir le mal qu'Il a fait, vous rechercherez l'Enfer pour travailler sur ces âmes tourmentées et confuses, pour les aider à se hisser hors du bourbier et à entrer dans la Lumière. Pourtant, lorsque vous serez dans cette Lumière, vous ne pourrez pas les oublier ! Voilà ce que signifie me servir.

Il marqua un temps, puis demanda :

– Avez-vous le courage de voir cela ?

– Oui, je le veux.

– Je vous préviens, c'est l'Enfer.

– Je commence seulement à imaginer...

– Il n'existera pas éternellement. Le jour viendra où Ses adorateurs feront eux-mêmes voler le monde en éclats, ou bien ce jour sera celui où tous les défunts seront illuminés, ils se soumettront à Lui et iront directement dans Ses bras.

« Un monde parfait, ou un monde détruit, l'un ou l'autre – un jour viendra la fin de l'Enfer. Et alors je retournerai au Ciel, satisfait de pouvoir y rester, pour la première fois de mon existence, depuis le commencement des temps.

– S'il vous plaît, emmenez-moi avec vous en Enfer. Je veux y aller maintenant.

Il tendit le bras pour me lisser les cheveux, et posa ses deux mains sur mon visage. Elles étaient chaudes et caressantes. Une sensation de sérénité m'envahit.

– Si souvent dans le passé, dit-il, j'ai été sur le point d'avoir votre âme ! Je l'ai presque vue jaillir de votre corps, et ensuite la chair vigoureuse et surnaturelle, le cerveau surnaturel aussi, et le courage du héros ont maintenu d'une seule pièce le monstre, tandis que l'âme, échappant à mon emprise, vacillait et étincelait en vous. Et, à présent, je prends le risque de vous y plonger avant l'heure, lorsque vous avez encore le choix d'y aller et d'en repartir, dans l'espoir que vous pourrez endurer ce que vous verrez et entendrez, puis que vous reviendrez pour être à mes côtés et m'assister.

– Y a-t-il jamais eu un moment où mon âme aurait pu s'élever jusques au Ciel, au-delà de votre présence, au-delà du tourbillon ?

– Qu'en pensez-vous ?

– Je me souviens... une fois, lorsque j'étais vivant...

– Oui ?

– Il y a eu un moment merveilleux, pendant que je buvais et discutais avec mon grand ami, Nicolas ; nous étions à l'auberge, dans mon village en France. Vint cet instant magique, alors que tout semblait tolérable et beau, loin des horreurs passées ou futures. Juste un moment, un moment d'ivresse. Je l'ai décrit dans mon livre ; j'ai essayé de l'évoquer à nouveau. Durant ces quelques secondes, j'aurais pu tout pardonner, tout donner, alors que je n'existais peut-être même pas : lorsque ce que je voyais me dépassait, était extérieur à moi. Je ne sais pas. Peut-être que si la mort était venue à cet instant précis...

– Mais c'est la peur qui est venue, car vous avez réalisé que même si vous mouriez, peut-être n'alliez-vous pas tout comprendre, peut-être n'y avait-il rien...

– ... C'est vrai. Et maintenant, ce que je redoute est pire encore. Car il y a quelque chose, assurément, qui sans doute est pire que tout le reste.

– Vous avez raison de le croire. Il n'est nul besoin de supplices et de tortures pour que les humains aspirent à l'oubli. Il suffit de moins que cela. Et souhaiter de n'être jamais né.

– Ce concept ne m'est pas inconnu. Je redoute d'éprouver une nouvelle fois ce sentiment.

– Il est sage de le craindre, mais vous n'avez jamais été aussi prêt pour ce que j'ai à vous révéler.

21

Le vent balayait le terrain rocailleux, la grande force centrifuge dissolvant et relâchant ces âmes qui tentaient péniblement de s'en libérer enfin, tandis qu'elles revêtaient des formes humaines distinctes et martelaient aux portes de l'Enfer, ou erraient le long de ses murailles d'une hauteur infinie, parmi les petites flammes vacillantes à l'intérieur, cherchant à s'atteindre et s'implorant les unes les autres.

Toutes les voix se perdaient dans le souffle du vent. Des âmes sous forme humaine se battaient, d'autres déambulaient, comme si elles étaient en quête d'un petit objet qu'elles auraient perdu, puis levaient leurs bras, laissant le tourbillon s'emparer à nouveau d'elles.

La silhouette d'une femme, pâle et frêle, s'avança pour rejoindre un groupe d'âmes de bébés en larmes, dont certains étaient même encore trop petits pour se tenir debout et marcher. Les esprits enfantins rôdaient, pleurant misérablement.

Nous nous approchâmes des portes, situées à proximité des étroites voûtes brisées qui s'élevaient, aussi noires et délicates que de l'onyx travaillé par des artisans du Moyen Age. L'air était empli de petits cris plaintifs. Partout, des mains immatérielles cherchaient à s'agripper à nous ; des chuchotements nous parvenaient de toutes parts, semblables au bourdonnement des moustiques et des mouches sur le champ de bataille. Des fantômes me tiraient les cheveux et le pardessus.

Aidez-nous, laissez-nous entrer, soyez damnés, soyez maudits, reprenez-moi, libérez-moi, je vous maudis à jamais, damnés que vous êtes, aidez-moi, aidez... vociférations grandissantes pleines d'opprobre.

Je luttai désespérément pour me frayer un passage du regard. De tendres visages dérivaient devant moi, des bouches laissaient échapper des râles brûlants et lugubres contre ma peau.

Les portes n'étaient pas matérielles, mais un simple passage.

Et au-delà, se tenaient les Serviteurs Défunts, plus solides sem-blait-il, en tout cas plus distincts et plus colorés, quoique diaphanes, qui faisaient signe aux âmes égarées, les appelant par leur nom, hur-lant pour couvrir le vent violent qu'il leur fallait trouver leur chemin à l'intérieur, et qu'ici n'était pas la Perdition.

Il y avait des torches en hauteur; des lampes brûlaient au sommet des murs. Le ciel était strié d'éclairs et de l'abondante et mystique pluie d'étincelles que crachaient des canons anciens et modernes. L'air était empli des odeurs de poudre et de sang. Encore et tou-jours, des lueurs flamboyaient, comme dans une représentation de magie destinée à charmer la cour impériale de Chine du temps jadis, puis l'obscurité revenait, fine et sans substance, glacée.

– Entrez, chantaient les Serviteurs Défunts, fantômes bien for-més et bien proportionnés, aussi déterminés que l'avait été Roger, vêtus des costumes de toutes les époques et de tous les pays, hommes et femmes, enfants, vieillards, dont les corps, s'ils n'étaient pas opaques, ne paraissaient pas affaiblis pour autant, et qui pas-saient devant nous pour gagner la vallée au-dessus, pour tenter de porter secours à ceux qui se battaient, qui juraient, qui s'effon-draient. Les Serviteurs Défunts venus d'Inde dans leurs saris de soie, ceux d'Égypte dans leurs robes de coton, ceux encore de royaumes depuis longtemps disparus, parés de leurs magnifiques habits d'apparat et des bijoux dont ils avaient hérités; des vête-ments du monde entier, confections garnies de plumes que l'on qua-lifie de barbares, robes sombres des prêtres, créations en prove-nance des quatre coins de la terre, des plus grossières aux plus raffinées.

Je m'accrochais à Memnoch. Était-ce beau, ou était-ce hideux, cette foule composée de tous les peuples et de tous les temps? Les gens nus, les Noirs, les Blancs, les Asiatiques, êtres de toutes races, bras tendus, qui s'avançaient, confiants, parmi les âmes égarées et hébétées!

Le sol lui-même me blessait les pieds; c'était une sorte de cail-lasse noircie jonchée de coquillages. Pourquoi cela? Pourquoi?

Dans toutes les directions, des côtes montaient et descendaient en pente douce, pour ensuite venir buter sur des rochers qui se dres-saient un peu plus loin ou s'ouvraient sur des gouffres emplis de ténèbres enfumées, si profonds qu'on aurait dit l'abysse lui-même.

A la lumière, des portes apparaissaient par intermittence, vacil-lantes; des escaliers en colimaçon montaient et descendaient abrup-tement le long des murs, immenses et nus, à perte de vue, vers des vallons que je parvenais à peine à distinguer ou vers des rivières bouillonnantes, aux eaux dorées, fumantes et rouges de sang.

– Memnoch, aidez-moi! murmurai-je.

N'osant pas lâcher le voile, je ne pouvais me boucher les deux oreilles. Les hurlements me vrillaient l'âme, pareils à des haches qui l'auraient mise en pièces.

– Memnoch, c'est insupportable !

– Nous allons tous vous aider, s'écrièrent les Serviteurs Fantômes, dont un groupe s'était refermé autour de moi pour m'étreindre et m'embrasser, leurs yeux agrandis par la sollicitude. Lestat est arrivé. Lestat est là. Memnoch l'a ramené. Entrez en Enfer.

Des voix s'élevèrent, puis se turent, couvertes par d'autres, comme si une multitude d'entre elles récitaient le rosaire en commençant chacune à un endroit différent, avant de se fondre en un seul cantique.

– Nous vous aimons.

– N'ayez pas peur. Nous avons besoin de vous.

– Restez avec nous.

– Abrégez notre temps.

Je sentais leur contact doux et apaisant en dépit de la lumière blafarde qui me terrifiait ; des explosions enflammaient le ciel et la fumée me piquait les narines.

– Memnoch !

Je m'agrippais à sa main noire tandis qu'il me traînait à sa suite. L'air lointain, il promenait un regard sévère sur son royaume.

Et là, à nos pieds, à l'endroit où la montagne offrait une crevasse, s'étendaient les plaines à l'infini, peuplées de morts qui erraient ou discutaient, d'autres, égarés et en pleurs, de ceux qui cherchaient ou qui étaient apeurés, de ceux encore que les Serviteurs Fantômes avaient rassemblés et réconfortés, de ceux qui couraient droit devant eux comme s'ils avaient pu s'enfuir, pour se retrouver trébuchant parmi cette multitude d'esprits, tournant désespérément en rond.

D'où provenait cette lumière infernale, cette illumination magnifique et impitoyable ? Ces pluies d'étincelles, ces explosions subites d'escarbilles brûlantes, de flammes, de comètes surgissant en cercle au-dessus des sommets ?

Des hurlements s'élevaient, se répercutant contre les rochers. Des âmes gémissaient et chantaient. Les Serviteurs Défunts se précipitaient pour secourir ceux qui étaient tombés, pour précéder ceux qui arrivaient enfin à cet escalier-ci ou là, à cette porte, à cette caverne ou ce sentier.

– Je Le maudis, je Le maudis, je Le maudis ! se renvoyaient en écho montagnes et vallées.

– Aucune justice, pas après ce qui a été fait !

– Vous ne pouvez pas me dire...

– ... quelqu'un doit agir...

– Venez, je tiens votre main, dit Memnoch, et il s'avança, avec cette même expression d'austérité, pour me mener rapidement au bas d'un escalier très raide, sinueux et étroit, dont les marches contournaient le rocher.

– Je ne peux pas supporter cela! m'écriai-je.

Mais on me fit taire. Une fois de plus, je plongeai la main dans mon pardessus pour y sentir le contact du voile, puis je touchai le mur rongé et croulant. Étaient-ce des entailles dans la roche? Ces endroits étaient-ils ceux que d'autres mains avaient tenté d'agripper ou d'escalader? Les cris et les gémissements me rendaient fou. Nous atteignîmes encore une autre vallée.

Ou était-ce un monde aussi vaste et complexe dans ses règles que le Ciel? Car ici comme là-bas, des myriades de palais, de tours et d'arches se dressaient, dans des teintes brun foncé, terre brûlée, ocre, doré bruni, sinon noirci; là encore, je trouvai des pièces peuplées d'esprits de tous âges et de tous pays, occupés à se disputer, à converser, à se battre, voire à chanter, certains s'étreignant comme des amis qui se seraient découverts dans l'affliction, des soldats vêtus de l'uniforme des guerres de jadis ou d'aujourd'hui, des femmes dans le drapé noir et informe de la Terre sainte, des âmes du monde moderne habillées en prêt-à-porter et maintenant couvertes de suie et de poussière, de sorte que tout ce qui étincelait était terni par les flammes, comme si aucune couleur ne pouvait conserver son éclat dans sa gloire funeste. Ils pleuraient et se tapotaient mutuellement les joues, et d'autres hochaient la tête tandis que, poings serrés, ils hurlaient leur colère.

Des moines déguenillés, vêtus de l'épaisse bure marron, des nonnes à l'impeccable guimpe blanche et empesée, des princes en chemise de velours à manches bouffantes, des hommes complètement nus qui marchaient comme s'ils n'avaient jamais connu le vêtement, des robes en guingan et dentelle ancienne, en soie chatoyante ou en épais tissu synthétique, des soldats en manteau vert kaki ou en armure de bronze luisant, des tuniques de paysan en étoffe grossière, ou des costumes élégamment coupés à la mode actuelle; des cheveux de toutes les teintes, que le vent emmêlait; des visages de toutes les couleurs; les vieillards s'agenouillaient, les mains jointes, avec leurs crânes chauves et roses et leurs attendrissantes nuques ridées, et ceux qui avaient souffert de la faim dans leur vie courbaient leur corps frêle et blême pour boire à même la rivière, comme le feraient les chiens, tandis que d'autres, adossés contre les rochers et les arbres noueux, les yeux mi-clos, chantaient, rêvaient et priaient.

De seconde en seconde, mes yeux s'habituaient à l'obscurité. Davantage de détails m'apparaissaient, une plus grande compréhension venait éclairer chaque centimètre carré de ce que je voyais! Car autour de chaque âme véritable, la douzaine de silhouettes qui dansaient, chantaient ou se lamentaient, n'étaient rien de plus que des images que projetait cette même âme vers cette autre pour communier.

L'horrible représentation d'une femme dévorée par les flammes n'était rien qu'une chimère pour les âmes hurlantes qui se précipitaient dans le feu pour tenter de l'arracher au bûcher, de piétiner les flammes qui embrasaient sa chevelure et de la délivrer de son indicible agonie ! C'était la Place des Sorcières. Toutes étaient en train d'y brûler ! Sauvez-les ! Oh ! Seigneur, sa chevelure flambe !

Les soldats approvisionnant le canon et se bouchant à présent les oreilles tandis que le coup partait n'étaient qu'une illusion pour ces authentiques légions qui pleuraient, agenouillées, et la silhouette d'un géant maniant une hache n'était qu'un spectre pour ceux qui, ébahis et stupéfaits, se reconnaissaient en lui.

– Je ne peux pas... Je ne peux pas regarder !

D'atroces images de crime et de torture m'apparaissaient avec une telle acuité que j'en avais le visage en feu. Des fantômes jetaient des pots de poix bouillante, des soldats s'effondraient à genoux, les yeux écarquillés, tandis que le prince déchu d'un royaume persan, le regard sombre empli du reflet des flammes, hurlait et bondissait dans les airs, bras tendus.

Les lamentations, les murmures se teintèrent alors de l'urgence de la protestation, de la question et de la découverte. Tout autour, s'élevaient des voix particulières, à condition d'avoir le courage d'y prêter l'oreille et d'en relever les thèmes aussi fins que le fil d'acier d'un chant funèbre et ardent.

– Oui, oui, et j'ai pensé, et j'ai compris...

– ... mes chéris, mes petits...

– ... dans tes bras, parce que jamais, jamais tu n'as...

– ... et moi, durant tout ce temps, j'ai cru et toi tu...

– Je t'aime, je t'aime, je t'aime, oui, et toujours... et non, tu ne savais pas. Tu ne savais pas, tu ne savais pas...

– ... et toujours la pensée que c'était ce que j'aurais dû faire, mais je savais, je sentais que...

– ... le courage de se détourner et de dire que ce n'était pas...

– Nous ne savions pas ! Nous ne savions pas.

Et finalement, tout se fondait en ce cri incessant.

Nous ne savions pas !

Devant moi, se dressa le mur d'une mosquée, peuplée de ceux qui hurlaient et se couvraient la tête tandis que le plâtre les ensevelissait, et que le grondement de l'artillerie se faisait assourdissant. Des fantômes, tous des fantômes.

Nous ne savions pas, nous ne savions pas, gémissaient les voix des âmes. Les morts reconnaissants, agenouillés, se rassemblèrent, le visage ruisselant de larmes...

– Oui, nous comprenons, vous comprenez.

– Et cette année-là, rentrer simplement chez moi et être auprès de...

– Oui...

324

Comme je tombai en avant, mon pied buta contre un rocher, et je fus projeté parmi une nuée de soldats qui, à quatre pattes, pleuraient en s'accrochant les uns aux autres et aux spectres des vaincus, ceux que l'on avait massacrés, affamés, tous se balançant et sanglotant d'une seule et même voix.

Puis une série d'explosions se produisit, chacune plus violente que la précédente, comme seul le monde moderne pouvait en générer. Le ciel était aussi clair qu'en plein jour, si tant est que le jour puisse être sans couleur et impitoyable, avant de se dissoudre dans l'obscurité vacillante.

L'obscurité visible.

– Aidez-moi, aidez-moi à sortir de là, m'écriai-je, mais personne ne semblait entendre ou prêter attention à mes hurlements. Cherchant Memnoch du regard, je ne vis que deux portes d'ascenseur s'ouvrir subitement en coulissant, et devant moi surgit une immense salle moderne emplie de lustres raffinés, de portes capitonnées et de tapis à perte de vue. Le clinquant vulgaire de notre monde industriel. Roger arriva vers moi en courant.

Roger, dans ses plus beaux atours, veste de soie pourpre et pantalon moulant, cheveux parfumés et ongles manucurés.

– Lestat, cria-t-il. Terry est là, ils sont là. Lestat.

Il s'accrocha à mon manteau, rivant ses yeux aux miens, ceux-là mêmes du fantôme et de l'être humain, son haleine contre mon visage, et la pièce se dissipait dans la fumée, et l'esprit indistinct de Terry, avec ses cheveux blonds oxygénés, se jetait à son cou, ahurie, sans que ses lèvres roses n'articulent le moindre mot, et l'aile de Memnoch s'abaissait pour m'écarter d'eux, le sol se crevassait.

– Je voulais lui dire pour le voile... insistai-je. Je tentai de me dégager. Memnoch me maintenait.

– Par ici!

Les cieux s'ouvrirent à nouveau sur un déluge d'étincelles et les nuages éclatèrent dans un bruit de fracas; la foudre tomba sur nos têtes et une pluie glaciale et diluvienne s'abattit.

– Oh! Seigneur, Seigneur, Oh! Seigneur! fis-je. Ce ne peut pas être votre école! Mon Dieu, c'est impossible!

– Regardez, *regardez*!

Il me désigna la silhouette de Roger, à quatre pattes, tournant en rond comme un chien parmi ceux qu'il avait assassinés, des hommes qui l'imploraient, bras tendus, des femmes qui arrachaient leur robe pour lui montrer leurs blessures, le brouhaha des voix s'amplifiant dangereusement, comme si le tumulte de l'Enfer allait soudain exploser, et Terry – en personne – toujours accrochée à son cou. Roger gisait à terre, la chemise ouverte et déchirée, les pieds nus dans le tapage grandissant. Des coups de feu retentirent dans l'obscurité. Des rafales d'armes automatiques qui, dans leur fureur sans bornes, crachaient leurs balles, innombrables et fatales. Les lumières d'une maison scintillèrent par intermittence parmi les vignes et les arbres monstrueux. Roger se tourna vers moi, essaya de se relever, puis, comme sa jambe se dérobait sous lui, il retomba, le visage baigné de larmes.

– ... et chaque acte, dans son entité, Lestat, mais je ne le savais pas... Je ne le savais pas...

Blême et suppliant, il se dressa face à moi pour disparaître aussitôt dans la multitude des autres.

Je les voyais partout. Les autres.

Et les scénarios défilaient, s'entrecroisaient, les couleurs gris cendré retrouvaient leur éclat ou se fondaient dans la brume ténébreuse. Ici et là, les âmes purifiées émergeaient des champs de l'Enfer, effroyables, tumultueux et déchaînés. J'entendis alors le roulement des tambours et les hurlements déchirants et stridents de quelque intolérable supplice. Une foule d'hommes, vêtus d'une robe blanche informe, se bousculèrent dans les bûches qui flambaient, appelant de leurs bras les âmes qui se flétrissaient, mugissaient et criaient dans le remords et la récognition.

– Mon Dieu, mon Dieu, nous sommes tous deux pardonnés !

Qu'était ce tourbillon subit du vent immonde et fétide ?

Des âmes s'élevèrent, bras tendus, tandis que leurs vêtements les quittaient ou s'estompaient dans les indiscernables robes des Sauvés, et que s'ouvrait le Tunnel.

Je vis la lumière, je vis les myriades d'esprits qui s'échappaient du Tunnel vers le flamboiement céleste, ce Tunnel à l'arrondi parfait qui s'élargissait au fur et à mesure qu'ils s'envolaient, et, l'espace d'un moment béni, d'un fugitif et divin instant, les cantiques célestes résonnèrent le long du Tunnel, comme si ses courbes n'étaient pas constituées du vent mais de quelque chose de matériel qui pouvait renvoyer l'écho de ces hymnes éthérées, dont le rythme élaboré et la bouleversante beauté transperçaient l'atroce souffrance de ces lieux.

– Je ne savais pas, je ne savais pas ! disaient les voix.

Le Tunnel se referma.

Je m'avançai en trébuchant, sans savoir où aller. Ici, des soldats torturaient de leurs lances une jeune femme, tandis que d'autres pleuraient et cherchaient à s'interposer entre cette dernière qui se tordait et ses bourreaux. Là, des bébés couraient sur leurs jambes potelées, leurs petites mains tendues vers des bras de pères, de mères ou de meurtriers en pleurs.

Et, cloué au sol, le corps recouvert d'une armure, la barbe longue et rousse, la bouche ouverte en un rugissement, un homme maudissait Dieu, le Diable et toute la destinée. *Je refuse, je refuse, je refuse.*

– Et qui se tient derrière ces portes, dit une femme, Serviteur Fantôme, sa magnifique chevelure luisante la nimbant d'une blancheur vaporeuse, sa main douce posée sur mon visage. Regardez là... (Les doubles portes sur le point de s'ouvrir, les murs garnis de livres.) Vos morts, mon bien-aimé, tous ceux que vous avez tués!

Je contemplai le soldat allongé sur le dos, qui grondait dans sa barbe rousse :

– Jamais, jamais, je n'admettrai que c'était juste, jamais, jamais...

– Ce ne sont pas mes morts! m'écriai-je.

Je fis volte-face et m'enfuis en courant. Je perdis l'équilibre et m'affalai une nouvelle fois sur les corps qui jonchaient le sol. Un peu plus loin, les ruines d'une cité se consumaient dans les flammes; des murs s'écroulaient de toutes parts, le canon tonna encore et, une fois de plus, un gaz délétère emplit l'atmosphère; les gens s'effondrèrent, toussant et suffoquant, et le chœur des JE NE SAVAIS PAS se fondit alors en un moment d'ordre qui était pire que tout!

– AIDEZ-MOI! hurlais-je inlassablement.

Je n'avais jamais connu un tel soulagement dans le fait de crier, un tel abandon et une telle plénitude dans la lâcheté, et je vociférais vers le Ciel, là, dans cet endroit abandonné de Dieu où les cris étaient l'essence même de l'atmosphère, là où personne n'entendait, personne hormis les souriants Serviteurs Défunts.

– Apprends, mon chéri.

– Apprends.

Des chuchotements semblables à des baisers. Un spectre, un Indien, la tête enturbannée et le visage sombre.

– Apprends, mon petit. Regarde là-haut, admire les bourgeons, admire le firmament...

Un Serviteur Fantôme dansait en cercles, sa robe blanche traversant les nuages et les giclées de suie et de crasse, ses pieds s'enfonçant dans la caillasse sans pourtant cesser de tourner avec assurance.

– Arrêtez de vous moquer de moi, il n'y a pas de jardin ici! m'exclamai-je.

J'étais à genoux. Mes vêtements étaient déchirés, mais le voile était toujours sous ma chemise. Je l'*avais*!

– Prenez mes mains...

– Non, lâchez-moi!

Je glissai la main à l'intérieur de mon manteau pour protéger le voile. Titubant vers moi, une silhouette indistincte s'approcha, main tendue :

– Toi, maudis sois-tu, être immonde que tu es, toi dans les rues de Paris, pareil à Lucifer en personne auréolé de lumière dorée, toi! Vois ce que tu m'as fait!

La taverne se matérialisa, le garçon tomba à la renverse sous l'impact de mon poing mortel, les barriques dégringolèrent et j'entendis les grognements des hommes ivres et négligés qui m'entouraient.

– Non, arrêtez ça, beuglai-je. Éloignez-le de moi. Je ne me souviens pas de lui. Je ne l'ai pas tué. Je ne m'en souviens pas, je vous assure, je ne peux pas...

– Claudia, où es-tu? Où *es-tu*, toi envers qui j'ai été si injuste! Claudia! Nicolas, aide-moi!

Mais étaient-ils là, perdus dans ce torrent, ou disparus, disparus depuis longtemps dans ce Tunnel menant à la gloire éclatante des Cieux, vers les cantiques sacrés qui tissaient le silence de leurs arpèges et de leurs mélodies? Prières au loin, prières ici, prières au-delà.

Mes propres cris avaient perdu toute dignité, et pourtant, comme ils paraissaient provocants à mes oreilles.

– Aidez-moi, quelqu'un! Aidez-moi!

– Faut-il que vous mouriez avant de me servir? demanda Memnoch.

Il se dressa devant moi, ange de granit aux ailes déployées.

– Oh oui! éclipsez donc toutes les horreurs de l'Enfer, s'il vous plaît, même sous cette forme, plus monstrueuse entre toutes!

– Vous hurlez en Enfer comme vous chantiez au Ciel. Voici mon royaume, voici notre travail. Rappelez-vous la Lumière!

Je retombai sur mon épaule, me meurtrissant le bras gauche, mais refusant toujours de libérer ma main droite agrippée au voile. J'aperçus tout à coup le bleu du firmament et les fleurs du pêcher que le vent balayait loin des feuilles verdoyantes, alors même que le fruit succulent demeurait accroché aux branches de l'arbre.

La fumée me piquait les yeux. Une femme agenouillée me dit:

– Je sais à présent que nulle autre que moi ne peut me pardonner, mais comment ai-je pu lui faire toutes ces choses, elle si petite, comment ai-je pu...

– Je croyais que c'était tout le reste, murmura une jeune fille qui m'avait attrapé par le cou, et dont le nez touchait le mien tandis qu'elle parlait, mais tu connais cette gentillesse, lui tenir simplement la main et il...

– Pardonnez! dit Memnoch, et il s'éloigna, écartant doucement les âmes sur son passage.

Mais la foule se bousculait; de pâles silhouettes passaient précipitamment devant moi, comme attirées par la perspective d'une rémission ou par quelque source d'inquiétude que je ne pouvais voir.

– Pardonnez! murmura Memnoch.

Il empoigna le moine ensanglanté, avec sa robe de bure en lambeaux et ses pieds couverts d'ampoules et des brûlures délibérément infligées.

– Le pouvoir est dans votre cœur! dit Memnoch. Soyez meilleur que Lui, meilleur que Lui, donnez-Lui l'exemple.

– Même Lui... je L'aime... chuchotèrent les lèvres de l'âme avant de se dissoudre. Oui, Il n'a pas pu nous destiner à souffrir autant... Il n'a pas pu.

– A-t-elle réussi le test ? demandai-je. Cette âme est-elle à la hauteur de ces lieux infernaux, après ce qu'elle vient de dire ? Était-ce suffisant ? L'ignorance de Dieu, était-ce suffisant ? Sinon, est-elle un peu plus loin, dans quelque autre endroit, à ramper parmi les immondices ? Ou bien le Tunnel l'a-t-elle emmenée vers les Cieux ? Memnoch ! Aidez-moi.

Je me mis à chercher partout le moine aux pieds brûlés. Je le cherchai, inlassablement.

Une explosion éventra les tours de la cité, qui s'écroulèrent. Était-ce le tintement d'une cloche ? L'immense mosquée s'était effondrée. Un homme, une arme à la main, tirait sur les fuyards. Des femmes voilées tombaient à terre en hurlant.

La cloche sonnait à toute volée, de plus en plus fort.

– Grands dieux, Memnoch, un tintement de cloche, écoutez, il y en a plus d'une.

– Ce sont les cloches de l'Enfer, Lestat, et elles ne tintent pas pour n'importe qui ! Elles sonnent pour nous, Lestat !

Il m'agrippa par le col comme pour me soulever de terre.

– Rappelez-vous vos propres paroles, Lestat, les cloches de l'Enfer, vous entendez l'appel des cloches de l'Enfer !

– Non, lâchez-moi. Je ne savais pas ce que je disais. C'était de la poésie. C'était de la bêtise. Lâchez-moi. Je ne peux pas supporter cela !

Autour d'une table éclairée par une lampe, une douzaine de personnes discutaient, penchées sur une carte. Certaines s'étreignaient tout en désignant divers endroits marqués de couleurs ternes. Une tête était tournée. Un homme ? Un visage.

– Vous !

– Laissez-moi partir.

Je fus alors projeté contre le mur d'une bibliothèque ; les livres, dont le dos luisait à la lumière, chutèrent lourdement sur mes épaules. Seigneur, mes membres n'en pouvaient plus. Mon poing traversa le scintillant globe terrestre, monté sur son demi-cercle de bois. Un enfant, accroupi, m'observait de ses orbites vides.

Apercevant l'encadrement de la porte, je m'élançai.

– Non, laissez-moi partir. Je ne peux pas. Je m'y refuse. Je m'y refuse.

– Vous refusez ?

Memnoch m'attrapa par le bras droit, l'air sombre et menaçant, ailes fléchies et dressées occultant la lumière tandis qu'elles se refermaient pour m'envelopper, comme si je lui appartenais.

– N'allez-vous pas m'aider à vider ces lieux, à envoyer ces âmes au Ciel ?

– Cela m'est impossible ! hurlai-je. Je ne le ferai pas !

Et la fureur monta en moi. Je la sentis qui balayait toute ma peur, mes tremblements et mes doutes. Je la sentis qui courait dans mes veines, pareille à du métal en fusion. La vieille colère, la détermination de Lestat.

Je ne participerai pas à cela, ni pour vous, ni pour Lui, ni pour eux, ni pour personne!

Je reculai en chancelant, et lui lançai un regard furibond.

– Non. Pas pour un Dieu aussi aveugle que Lui, et pas pour quiconque exigeant ce que vous exigez de moi. Vous êtes fous, tous les deux! Je ne vous aiderai pas. Jamais. Je refuse.

– Vous me feriez cela à moi, vous m'abandonneriez? cria-t-il, accablé, le visage tordu de douleur, les larmes miroitant sur ses joues noires et luisantes. Vous me laisseriez comme ça, sans lever le petit doigt pour m'aider, après tout ce que vous avez fait, Caïn, assassin de vos frères, assassin des innocents, vous ne pouvez pas m'aider...?

– Arrêtez ça, arrêtez! Non. C'est insupportable. Je ne peux y contribuer! Je ne peux pas créer cela! Ni l'endurer! *Il m'est impossible d'enseigner dans cette école!*

J'étais enroué et la gorge me brûlait, et, bien que le tumulte semblât avaler mes paroles, il m'entendait quand même.

– Non, non, pas cette structure, pas ces règles, pas ce dessein, jamais, jamais, jamais!

– Lâche! dit-il dans un rugissement, me regardant de ses immenses yeux en amande, les flammes scintillant sur son front et sur ses joues dures et noires. Votre âme est entre mes mains, et je vous offre le salut pour un prix que ceux qui souffrent ici depuis des millénaires supplieraient d'obtenir!

– Pas moi. Je ne prendrai pas part à cette souffrance, non, ni maintenant, ni jamais... Allez à Lui, changez les règles, donnez-leur du sens, améliorez-les, mais ça, non, cela dépasse l'endurance humaine, c'est injuste, injuste, injuste, c'est démesuré.

– C'est l'Enfer, imbécile que vous êtes! Qu'attendiez-vous? De servir le Seigneur des Enfers sans la moindre douleur?

– Je ne leur ferai pas cela! beuglai-je. Au diable toute cette histoire! (Je serrais les dents. Je bouillais et je tempêtais.) Je ne m'y associerai pas! Vous ne comprenez pas? Je ne peux pas accepter une chose pareille! Je ne peux m'y engager. Je ne peux m'y soumettre. Je pars maintenant, vous m'avez donné le choix, je rentre chez moi! Relâchez-moi!

Je tournai les talons.

Il m'attrapa de nouveau par le bras et, cette fois, ma rage ne connut plus de limite. Je le repoussai violemment contre les âmes qui se décomposèrent et chutèrent. Les Serviteurs Défunts, qui s'étaient approchés pour assister à la scène, commencèrent à pousser des cris, leurs visages pâles et ovales empreints d'inquiétude et de désespoir.

– Partez maintenant, rugit Memnoch, toujours étendu immobile sur le sol où je l'avais projeté. Et, Dieu m'est témoin, au jour de votre mort, c'est à genoux que vous reviendrez, pour être mon élève, mon disciple, car jamais plus je ne vous proposerai d'être mon prince, mon assistant !

Je me raidis et, par-dessus mon épaule, je le regardai, à terre, le coude enfoncé dans le duvet doux et noir de son aile tandis qu'il se relevait sur ses pieds fourchus pour revenir vers moi de cette monstrueuse et claudicante démarche.

– Vous m'entendez !

– Je ne peux pas vous servir ! (Je vociférai du plus profond de mes poumons.) Je ne peux pas !

Puis je m'en fus, pour la dernière fois, sachant que je ne me retournerais pas, et n'ayant qu'une seule idée en tête, fuir ! Je me mis à courir, de plus en plus vite, dérapant sur la caillasse et la berge glissante, traversant d'un pas lourd les petits ruisseaux et dépassant les groupes de Serviteurs Défunts ébahis et les âmes gémissantes.

– Où est l'escalier ? Où sont les portes ? Vous ne pouvez pas m'empêcher d'y accéder. Vous n'en avez pas le droit. La mort ne m'a pas encore pris !

Je hurlais, sans jamais regarder derrière moi ni cesser de courir.

– Dora ! David, aidez-moi !

Alors, la voix de Memnoch se fit entendre à mon oreille.

– Lestat, ne faites pas cela, ne partez pas. Ne retournez pas sur Terre. Lestat, ne le faites pas, c'est une folie, ne comprenez-vous pas, je vous en prie, pour l'amour de Dieu, si vous avez un peu d'amour pour Lui et pour eux, aidez-moi !

– NON !

Je fis volte-face et le repoussai avec violence. Je le vis tomber à la renverse sur les marches abruptes, image de la stupéfaction, entouré de ses ailes immenses qui s'agitaient, gauches et grotesques. Je pivotai et lui tournai le dos. Devant moi, tout en haut, j'apercevais la lumière et la porte ouverte.

Je m'y précipitai.

– Arrêtez-le ! cria Memnoch. Ne le laissez pas sortir. Ne le laissez pas partir avec le voile.

– Il a le voile de Véronique ! s'exclama l'un des Serviteurs Défunts, se ruant sur moi dans l'obscurité.

Je faillis glisser, mais je continuai à courir, marche après marche, bondissant, les jambes douloureuses. Les Serviteurs Défunts me cernaient de près.

– Arrêtez-le !

– Ne le laissez pas partir !

– Arrêtez-le !

– Prenez-lui le voile, ordonna Memnoch, à l'intérieur de sa chemise, le voile, il ne doit pas l'emporter avec lui !

D'un geste de ma main gauche, j'envoyai le Serviteur Défunt se fracasser, mou et informe, contre le rocher. Là-bas, tout là-haut, apparaissait la porte. Je distinguai la lumière. Et je savais que cette lumière était celle de la Terre, éclatante et naturelle.

Les mains de Memnoch se refermèrent sur mes épaules, m'obligeant à faire demi-tour.

– Non, lâchez-moi ! grognai-je. Que Dieu me pardonne. Et vous aussi, mais vous me laissez partir, moi et le voile ! dis-je dans un rugissement.

Je levai mon bras gauche pour esquiver son atteinte, puis je le repoussai à nouveau. Mais il fondit sur moi, comme si, cette fois, ses ailes lui venaient en aide, et il me plaqua contre les marches. Je sentis ses doigts s'enfoncer dans mon œil gauche ! Je les sentis qui forçaient ma paupière à s'ouvrir, puis ils l'écrasèrent à l'intérieur de ma tête, provoquant une explosion de douleur. La masse gélatineuse glissa alors le long de ma joue et entre mes doigts tremblants.

Memnoch eut un hoquet de stupéfaction.

– Oh non ! gémit-il, la main sur sa bouche, regardant avec effroi cette chose même que je contemplais également.

Mon œil, mon œil bleu et rond, palpitant et luisant sur la marche. Et tous les Serviteurs Défunts avaient le regard braqué dessus.

– Piétinez-le, broyez-le, cria l'un d'eux, se ruant en avant.

– Oui, broyez-le, écrasez-le, bousillez-le, hurla un autre, fonçant dessus.

– Non, ne faites pas ça, surtout pas ! Arrêtez, tous autant que vous êtes ! fit Memnoch dans un gémissement. Pas dans mon royaume, jamais !

– Piétinez l'œil !

C'était le moment, c'était ma chance.

Je m'élançai vers la porte, mes pieds touchant à peine les marches. Je sentis mes épaules et ma tête s'engouffrer dans la lumière, le silence et la neige.

Et j'étais libre.

J'étais sur la Terre. Mes pieds heurtèrent le sol gelé, la neige fondue et glissante.

Je courais, borgne et ensanglanté, le voile à l'intérieur de ma chemise, je courais parmi les congères, dans la tempête qui faisait rage, et mes cris se répercutaient le long des immeubles qui m'étaient familiers, les gratte-ciel, sombres et opiniâtres, de cette ville que je connaissais. J'étais de retour, j'étais sur Terre.

Le soleil venait juste de se coucher derrière le voile gris foncé de la tourmente, dont les flocons immaculés engloutissaient l'obscurité du crépuscule hivernal.

– Dora, Dora, Dora !

Je courais à perdre haleine.

Des mortels aux silhouettes imprécises s'avançaient lourdement dans la bourrasque. Des humains aux formes indistinctes pressaient le pas sur des petits chemins verglacés, des voitures roulaient à faible allure dans le blizzard, tandis que leurs phares balayaient la blancheur grandissante. Les congères étaient à présent si épaisses que je trébuchais et rampais sur mes genoux; mais je continuais.

Les voûtes et les aiguilles de Saint-Patrick s'élevèrent devant moi. Saint-Patrick.

Et, au-delà, apparemment invincible, se dressait le mur de l'Olympic Tower, avec ses vitres comme de la pierre polie, qui semblait, de sa prodigieuse hauteur et pareil à la tour de Babel, chercher à atteindre directement les cieux.

Je m'arrêtai, le cœur sur le point d'éclater.

– Dora! Dora!

Puis ce furent les portes du grand hall, les lumières étourdissantes, les parquets luisants, et partout, la foule des mortels, ces mortels bien réels qui se retournaient pour voir ce qui se déplaçait à une vitesse telle qu'on le distinguait à peine. Musique douce et lumières tamisées, plénitude de la chaleur artificielle!

Je trouvai l'escalier et le parcourus en volant, semblable à une escarbille aspirée par une cheminée, puis, défonçant la porte en bois de l'appartement, j'entrai dans la pièce en titubant.

Dora.

Je la vis, je la respirai, je sentis de nouveau le sang qui s'écoulait entre ses jambes, j'aperçus son tendre petit visage, blême et bouleversé, et, l'entourant de chaque côté, lutins tout droit sortis des contes pour enfants et des légendes de l'Enfer, Armand et David, vampires, monstres, qui tous deux me considéraient avec cette même stupéfaction.

Je cherchai vainement à ouvrir l'œil gauche que je n'avais plus, puis je tournai la tête en tous sens pour tenter de les englober tous les trois dans le champ de vision d'un seul œil, le droit, que j'avais encore. J'éprouvais une douleur, brève et intense, semblable à la piqûre de dizaines d'aiguilles dans les tissus éviscérés de mon orbite gauche.

Oh! l'expression horrifiée d'Armand! Il se tenait là, dans ses atours d'antan, avec son épais manteau de velours, ses dentelles modernes, ses bottes vernies. Et ses traits, qui n'avaient jamais cessé de ressembler à ceux des anges de Botticelli, étaient déformés par le chagrin tandis qu'il me regardait.

David, lui, n'était que pitié et compassion. Deux êtres figés en un seul, l'Anglais d'âge mûr, doté du corps juvénile et svelte dans lequel il s'était retrouvé enfermé, emmitouflé dans de douillets vêtements de tweed et de cachemire.

Des monstres habillés en humains, mais terrestres, mais réels!

Et ma Dora, lumineuse silhouette d'adolescente, mon ardente et gracile Dora, avec ses immenses yeux noirs.

333

– Chéri, chéri, s'écria-t-elle, je suis là!

Elle passa ses petits bras chauds et doux autour de mes épaules endolories, indifférente à la neige qui tombait de mes cheveux et de mon manteau. Je m'agenouillai et enfouis mon visage sous sa jupe, tout près du sang de son entrejambe, le sang de sa matrice, le sang de la Terre, le sang que donnait le corps de Dora, puis je retombai en arrière, étendu sur le sol.

Je ne pouvais ni parler ni remuer. Ses lèvres effleurèrent les miennes.

– A présent, vous êtes en sécurité, Lestat, dit-elle.

Ou bien était-ce la voix de David?

– Vous êtes auprès de nous, dit-elle.

Ou n'était-ce pas Armand?

– Nous sommes là.

– Regardez, regardez ses pieds. Il n'a plus qu'une seule chaussure.

– ... et son manteau est déchiré... les boutons sont tous partis.

– Chéri, chéri.

Elle m'embrassait.

Je la fis rouler doucement, prenant garde de ne pas l'écraser de mon poids, je soulevai sa jupe et posai mon visage contre ses cuisses chaudes et nues. L'odeur du sang submergea mon cerveau.

– Pardonnez-moi, pardonnez-moi, murmurai-je, et ma langue traversa le fin coton de son slip, rabattit le tissu qui recouvrait le duvet de son pubis, écartant la compresse d'ouate souillée qu'elle portait. Puis je me mis à laper le sang à l'intérieur de ses lèvres roses, sorti de la bouche de ses entrailles, ce sang qui, s'il n'était pas pur, lui appartenait, le sang de son corps juvénile et vigoureux, ce sang qui inondait les cellules brûlantes de la chair de son vagin, ce sang qui n'occasionnait nulle douleur, n'exigeait nul sacrifice, seulement la tendre indulgence qu'elle témoignait envers l'acte inqualifiable que je commettais, alors que ma langue s'enfonçait profondément en elle, aspirant le sang à venir, doucement, tout doucement, léchant le sang sur le délicat duvet de son pubis, suçant chacune des minuscules goutelettes.

Impure, impure, avaient-ils hurlé sur la route qui menait au Golgotha, lorsque Véronique avait dit : « Seigneur, lorsque j'ai touché le bord de Ton vêtement, j'ai été guérie de mon hémorragie. » *Impure, impure.*

– Impur, merci mon Dieu, impur, murmurai-je, tandis que je continuais à lécher cet endroit intime et souillé, goût et odeur du sang, de son sang si suave, là où il coulait librement, et naturellement, sans que nulle plaie n'ait jamais besoin d'être faite, me faisant don, dans sa clémence, de l'accès à son sang.

Les flocons battaient contre les vitres. Je l'entendais, je la sentais, l'éblouissante neige blanche du terrible blizzard de cet hiver newyorkais si rigoureux, qui gelait toute chose sous son manteau.

– Mon chéri, mon ange, chuchota-t-elle.

Je gisais contre elle, haletant. A présent, le sang avait pénétré tout mon corps. J'avais aspiré de ses entrailles jusqu'à la moindre goutte. J'avais même léché ce qu'avait recueilli la compresse placée contre sa peau.

Elle se redressa, me cachant pudiquement de ses bras croisés, penchée en avant comme pour me protéger de leurs regards – ceux de David, d'Armand – sans jamais m'avoir repoussé, sans avoir jamais crié, ni opposé le moindre refus. A présent, je pleurais, et elle me tenait la tête.

– Vous êtes en sécurité, répéta-t-elle. Ils ont dit que nous étions en sécurité. Ils ont tous prononcé ce mot-là, comme s'il avait un pouvoir magique. En sécurité, en sécurité, en sécurité.

– Oh non ! m'écriai-je. Je pleurais. Non, aucun de nous ne l'est. Et nous ne le serons plus jamais, jamais, jamais...

22

Je n'accepterais pas qu'ils me touchent. Ou plutôt, je n'enlèverais rien pour l'instant, pas même ma chaussure en lambeaux, rien. Gardez vos peignes, vos serviettes, votre bien-être. Je m'accrochais au secret tapi à l'intérieur de mon pardessus.

Un linceul, voilà ce que j'avais réclamé, quelque chose de lourd dans lequel m'envelopper. Ils me trouvèrent une couverture, douce et en laine, peu importait.

Les lieux étaient presque vides.

Ils avaient progressivement transporté les trésors de Roger vers le sud, m'avaient-ils dit. Des agents mortels avaient été chargés de cette tâche, et la plupart des statues et des icônes étaient parties vers l'orphelinat de La Nouvelle-Orléans pour y être entreposées dans la chapelle dénuée d'ornements que j'avais vue, où seul subsistait un Christ en croix. Un présage !

La besogne n'était pas tout à fait terminée. Il restait encore quelques objets précieux, une ou deux malles, des cartons de papiers. Et des dossiers.

J'avais disparu l'espace de trois jours. La nouvelle de la mort de Roger faisait la une de toute la presse. Toutefois, ils avaient refusé de me dire comment elle avait été découverte. Les luttes de pouvoir dans le monde obscur des cartels de la drogue battaient déjà leur plein. Les reporters avaient cessé d'appeler la chaîne de télévision au sujet de Dora. Nul ne connaissait cet endroit. Nul ne savait qu'elle était là.

Peu de gens connaissaient l'existence du grand orphelinat qu'elle prévoyait de regagner, là où toutes les reliques de Roger avaient été envoyées.

Le réseau câblé avait annulé son émission. La fille du gangster ne prêchait plus. Elle n'avait ni revu ni parlé à ses disciples. Par les colonnes des journaux et les flashes d'informations télévisées, elle avait appris que le scandale l'avait auréolée d'un vague mystère. Mais, dans l'ensemble, cette médiocre petite télévangéliste ignorante des activités de son père n'intéressait personne.

En compagnie d'Armand et de David, elle avait de toute façon perdu tout contact avec son univers passé, résidant ici à New York, alors que le pire hiver de ces cinquante dernières années s'était abattu sur la ville noyée sous la neige, vivant parmi les reliques, attentive à leur tendre réconfort, à leurs surprenantes légendes, ne sachant quelle décision prendre, continuant de croire en Dieu...

Voilà pour les dernières nouvelles.

Je leur pris la couverture des mains et traversai l'appartement, une chaussure en moins.

J'allai dans la petite chambre. Je m'enveloppai dans la couverture. La fenêtre avait été masquée. Le soleil n'entrerait pas dans la pièce.

– Ne vous approchez pas de moi, dis-je. J'ai besoin de dormir du sommeil d'un mortel. J'ai besoin de dormir toute la nuit puis la journée de demain, et ensuite je vous raconterai tout. Ne me touchez pas, ne vous approchez pas de moi.

– Puis-je dormir dans vos bras? demanda Dora, petit être de sang, vibrante et blême, qui se tenait sur le seuil, ses anges vampiriques derrière elle.

La pièce était obscure. Elle ne contenait plus qu'un coffre empli de quelques reliques. Mais les statues étaient encore dans le vestibule.

– Non. Une fois que le soleil se sera levé, mon corps fera ce qu'il doit pour se protéger de toute intrusion d'un mortel. Vous ne pouvez venir avec moi dans ce sommeil. C'est impossible.

– Alors, laissez-moi m'allonger maintenant auprès de vous.

Les deux autres regardaient fixement, par-dessus son épaule, les paupières gauches de mon orbite vide qui palpitaient douloureusement l'une contre l'autre. J'avais dû saigner. Mais notre sang est vite étanché. L'œil avait été arraché à sa racine. De quoi était-elle constituée? Je sentais encore sur mes lèvres le goût suave et exquis du sang de ses entrailles.

– Laissez-moi dormir, dis-je.

Je fermai la porte à clé et m'étendis sur le sol, en chien de fusil, à l'abri dans la chaleur des plis de l'épaisse couverture, humant l'odeur des aiguilles de pin, de la terre collée à mes vêtements, de la fumée, des particules d'excréments séchés, et celle du sang, bien sûr, du sang humain, du sang des champs de bataille, du sang de Sainte-Sophie où le bébé mort était tombé sur moi, et les relents du crottin des chevaux et de la caillasse de l'Enfer.

Emmitouflé dans cette couverture, cerné par tous ces effluves, je posai ma main sur le voile étalé à même la peau de ma poitrine.

– N'approchez pas de moi! chuchotai-je une fois encore à destination des oreilles des immortels à l'extérieur de la pièce, totalement bouleversés et confondus.

Puis je m'endormis.

Doux repos. Douces ténèbres.

Si la mort pouvait être ainsi. Si l'on pouvait dormir de ce sommeil pour l'éternité.

23

Je restai inconscient pendant vingt-quatre heures, ne m'éveillant que le soir suivant, sitôt que le soleil s'était éteint dans le ciel hivernal. Je trouvai, déposé à mon attention sur le coffre en bois, un étalage de vêtements m'appartenant, de même qu'une paire de chaussures.

J'essayai de deviner qui avait effectué cette sélection parmi tout ce que David avait fait précédemment rapporter ici de mon hôtel tout proche. Selon toute logique, cela ne pouvait être que lui. Et je souris, repensant au nombre de fois dans nos vies où David et moi nous étions empêtrés jusqu'au cou dans l'aventure vestimentaire.

Car vous comprenez, si un vampire néglige ces détails que constitue une garde-robe, l'histoire n'a plus de sens. Les plus mythiques et les plus grandioses des personnages – à condition qu'ils soient de chair et de sang – doivent, eux aussi, se soucier des lanières de leurs sandales.

Je réalisai brutalement que j'étais revenu du royaume où les habits changeaient de forme par la seule volonté de ceux qui les portaient. Que j'étais couvert de poussière et n'avais toujours qu'une unique chaussure aux pieds.

Je me mis debout, parfaitement alerte, ôtai le voile avec grand soin, sans le déplier ni même y jeter un coup d'œil, bien qu'il me semblât pouvoir discerner la sombre image à travers le tissu. Je me dévêtis avec précaution et empilai mes affaires sur la couverture, de sorte que pas la moindre aiguille de pin ne risquât de s'égarer. Puis j'allai dans la salle de bains voisine – traditionnelle pièce carrelée et embuée – et m'y baignai, pareil à un homme que l'on baptiserait dans les eaux du Jourdain. David y avait disposé pour moi tous les joujoux requis, peignes, brosses et ciseaux. Il n'y a guère que de ces objets dont les vampires aient réellement besoin.

Durant tout ce temps, j'avais laissé ouverte la porte de la salle de bains. Si quelqu'un s'était avisé de pénétrer dans la chambre, j'aurais ainsi pu bondir hors de mon sauna pour ordonner à la personne de sortir.

J'en émergeai enfin, mouillé et propre, je me peignai, me séchai soigneusement, et m'habillai de frais de pied en cap, caleçon et maillot de corps en soie, chaussettes noires, pantalon de flanelle, gilet et blazer croisé bleu.

Puis je me baissai pour ramasser le voile. Je le tins entre mes mains, sans toutefois oser le déplier.

Pourtant, je distinguai, à l'envers du tissu, les contours noircis. Cette fois, j'en avais la certitude. Je replaçai le voile à l'intérieur de ma chemise et boutonnai mon gilet.

Je me mis devant la glace. On aurait dit un cinglé en costume de chez Brooks Brothers, démon aux folles boucles blondes, le col ouvert, en train de se regarder dans le miroir de son œil unique.

Cet œil, bon dieu, cet œil!

Mes doigts allèrent examiner l'orbite vide, et les paupières légèrement ridées qui tentaient de se refermer dessus. Que faire, mais que faire! Si seulement j'avais eu un bandeau noir, pour faire plus chic. Mais je n'en avais pas.

Borgne, j'étais défiguré. Je me rendis compte que je tremblais de tout mon corps. David m'avait laissé un large foulard en soie violette, de ceux que je portais en guise de cravate; je le fis passer plusieurs fois autour de mon col que je relevai, à la manière de ces cols durs d'antan que l'on pouvait voir par exemple sur les portraits de Beethoven.

Je rentrai les extrémités du foulard à l'intérieur de mon gilet. Dans la glace, mon œil prit les reflets violacés du tissu. Je me forçai à contempler la sombre cavité de mon côté gauche, plutôt que de me contenter de compenser son absence.

J'enfilai mes chaussures, puis considérai le piteux état de mes vêtements; je recueillis quelques particules de poussière et de feuilles séchées et posai le tout soigneusement sur la couverture, de façon à en perdre le moins possible. Je me dirigeai ensuite vers le vestibule.

L'appartement était chaud et douillet; il y flottait l'odeur d'un encens bon marché, mais pas entêtant, qui me faisait penser aux églises de jadis, lorsque l'enfant de chœur balançait l'encensoir d'argent au bout de sa chaînette.

En entrant dans le salon, je les vis tous trois très distinctement, alignés dans cette pièce brillamment éclairée dont les baies vitrées, sous cette lumière uniforme, étaient pareilles à un miroir au-delà duquel s'amoncelaient les flocons de cette nuit new-yorkaise. J'avais envie de voir la neige. Je passai devant eux et allai coller mon œil à la vitre. Le toit de Saint-Patrick était à présent entièrement recouvert de neige fraîche, tandis que ses hautes aiguilles oscillaient tant et plus, quoique le plus infime de leurs ornements fût décoré d'une pellicule immaculée. La rue était devenue une impraticable vallée de blancheur. Avaient-ils cessé de déneiger les chaussées ?

En dessous, les habitants de New York allaient et venaient. Étaient-ils les seuls êtres vivants ? Je gardai mon œil droit braqué sur eux. Je ne voyais apparemment rien d'autre que les humains. Soudain pris de panique, je scrutai le toit de la cathédrale, m'attendant à découvrir qu'une gargouille sculptée dans la pierre s'était animée et me dévisageait.

Je n'avais néanmoins le sentiment d'aucune présence hormis la leur dans cette pièce, eux que j'aimais, et qui s'étaient armés de patience le temps que je me décide à rompre mon silence mélodramatique et complaisant.

Je me retournai. Armand, une fois de plus, s'était paré de ses atours de velours et de dentelles brodées, dans le style très « néo-romantique » que l'on trouvait dans tous les magasins de la grande crevasse à nos pieds. Ses longs cheveux auburn pendaient détachés, comme des siècles plus tôt à Paris, lorsque, vampire et serviteur de Satan, il mettait un point d'honneur à ne pas couper une seule de ses boucles. Sauf qu'aujourd'hui, ils étaient propres et luisants, brillant d'un éclat mordoré à la lumière, contre le rouge carmin de son manteau. Et il était là à me considérer de son regard triste et éternellement juvénile, avec ses joues lisses d'adolescent et sa bouche angélique. Il était assis devant la table, réservé, empli d'amour et de curiosité, voire d'une sorte de vague humilité qui semblait dire :

Oublions toutes nos querelles. Je suis ici pour toi.

– Oui, répondis-je à haute voix. Je te remercie.

David était assis là, jeune et robuste Anglo-Indien aux cheveux bruns, succulent et savoureux à contempler, comme il l'était depuis la nuit où j'avais fait de lui l'un des nôtres. Il portait son tweed anglais, avec des coudes en cuir, un gilet aussi cintré que le mien, et une écharpe de cachemire pour se protéger du froid auquel, en dépit de toute sa vigueur, il n'était sans doute pas encore vraiment habitué.

C'est étrange comme nous avons froid. On peut faire en sorte de l'ignorer. Et puis, tout à coup, on se retrouve transi.

Ma radieuse Dora était assise à côté, en face d'Armand, et David entre eux deux, face à moi. Restait donc le fauteuil, dos à la vitre et au ciel, si je désirais m'y installer. Je l'examinai. C'était un meuble très sobre, laqué noir, de style oriental, vaguement chinois, essentiellement fonctionnel, et manifestement onéreux.

Dora se leva, et ses jambes parurent se déplier sous elle. Elle était vêtue d'une longue robe de soie bordeaux, toute simple, la chaleur artificielle semblant apparemment suffire à lui apporter du bien-être. Ses bras étaient nus et blancs. Son visage reflétait l'inquiétude, et son petit casque de cheveux noirs et brillants coupés à la Jeanne d'Arc lui arrivait au milieu des joues, coiffure à la mode actuelle autant que dans les années vingt. Ses grands yeux de chouette étaient emplis d'amour.

– Que s'est-il passé, Lestat ? demanda-t-elle. Oh ! je vous en prie, racontez-nous.

– Où est l'autre œil ? interrogea Armand. Ce qui était exactement le genre de question qu'il pouvait poser. Il n'avait pas bougé. En revanche, David, l'Anglais, s'était levé, uniquement parce que Dora venait de le faire, mais Armand, lui, n'avait pas quitté son siège, et les yeux levés sur moi, il me demanda sans ambages :

– Qu'est-il arrivé à ton œil ? Est-ce que tu l'as toujours ?

Je regardai Dora.

– Ils auraient pu sauver cet œil, répondis-je, citant son récit à propos de l'Oncle Mickey et des gangsters, « si seulement ces truands n'avaient pas marché dessus » !

– Que dites-vous ? fit-elle.

– J'ignore s'ils ont marché sur mon œil, dis-je, agacé par le trémolo de ma voix, et par son intonation dramatique. Ce n'étaient pas des gangsters, mais des fantômes, et je me suis enfui, y laissant mon œil. C'était ma seule chance. Je l'ai laissé sur la marche. Peut-être l'ont-ils broyé, ou écrabouillé comme une grosse tache de graisse, je ne sais pas. Oncle Mickey a-t-il été enterré avec son œil de verre ?

– Oui, je crois, répondit Dora, ahurie. On ne me l'a jamais précisé.

Je sentais les deux autres qui la scrutaient, et Armand qui me scrutait aussi, captant des images de l'Oncle Mickey, roué de coups de pied au Corona's Bar sur Magazine Street, et du gangster aplatissant de sa chaussure pointue l'œil d'Oncle Mickey.

Dora eut un hoquet de surprise.

– Que vous est-il donc arrivé ?

– Vous avez déménagé les objets de Roger ? demandai-je. La quasi-totalité ?

– Oui, ils sont dans la chapelle, à Sainte-Elizabeth, en sûreté, répondit Dora. A Sainte-Elizabeth. C'était donc le nom de l'orphelinat, du temps où il fonctionnait. Elle ne l'avait jusqu'ici jamais prononcé. « Personne n'aura l'idée d'aller les chercher là-bas. La presse ne se soucie plus du tout de moi. Ses ennemis tournent autour de ses contacts professionnels comme autant de vautours ; ils se jettent sur ses comptes bancaires, sur son capital disponible en traites et ses dépôts en coffres-forts, assassinant pour telle clé ou tel numéro. Et pour ce qui est de ses intimes, ils sont parvenus à la conclusion que sa fille était insignifiante, négligeable, et ruinée. Sans intérêt. »

– Dieu merci, en l'occurrence, fis-je. Leur avez-vous dit qu'il était mort ? Est-ce que toute cette histoire va bientôt se terminer, et quel rôle avez-vous à y jouer ?

– Ils ont trouvé sa tête, déclara calmement Armand.

Il s'expliqua d'une voix sourde. Des chiens, qui avaient dégagé sa tête d'un tas d'immondices, se battaient pour elle sous un pont. Un vieil homme, en train de se réchauffer près d'un feu, avait observé la scène pendant une heure avant de réaliser progressivement que c'était une tête humaine que les chiens rongeaient et se disputaient. Il l'avait rapportée à la police, qui, grâce aux tests génétiques des cheveux et de la peau, a découvert qu'il s'agissait de Roger. L'empreinte des dents n'avait été d'aucune utilité. La dentition de Roger était parfaite. Le reste, ce fut à Dora de l'identifier.

– Il voulait sans doute qu'on la retrouve, fis-je.

– Qu'est-ce qui vous fait dire cela ? demanda David. Où étiez-vous ?

– J'ai vu votre mère, dis-je à Dora. J'ai vu ses cheveux blonds oxygénés et ses yeux bleus. Ils ne tarderont pas à aller au Paradis.

– Mais que dites-vous là, mon chéri ? demanda-t-elle. Mon ange ? Que me racontez-vous là ?

– Asseyez-vous, tous. Je vais vous raconter toute l'histoire. Écoutez-moi attentivement sans m'interrompre. Non, je ne veux pas m'asseoir, pas en tournant le dos au ciel, au tourbillon, à la neige et à l'église. Non, je préfère marcher de long en large, écoutez ce que j'ai à vous dire.

« N'oubliez pas. Chaque chose que je vais évoquer m'est arrivée réellement ! Peut-être ai-je été mystifié. Peut-être ai-je été abusé. Mais voici ce que j'ai vu de mes propres yeux, et entendu de mes oreilles !

Je leur fis le récit complet, depuis le tout début, reprenant certains des faits que chacun individuellement connaissait déjà, mais que tous réunis n'avaient jamais entendus – depuis ma première vision de Roger, fugitive et fatale, mon amour pour son sourire étincelant et ses yeux troubles, noirs et brillants – jusqu'au moment où, hier soir, je m'étais élancé contre la porte de l'appartement.

Je n'omis rien. Pas une seule des paroles prononcées par Memnoch ou Dieu incarné. Pas un détail de ce que j'avais vu au Ciel, en Enfer et sur Terre. Je leur parlai de l'odeur et des couleurs de Jérusalem. Je racontai, inlassablement...

Mon histoire dévora la nuit. Elle engloutissait les heures tandis que je déambulais, frénétique, désireux de restituer ces passages avec une fidélité rigoureuse, les stades de l'Évolution qui avaient choqué les anges, les immenses bibliothèques du Ciel, le pêcher qui portait à la fois des fleurs et des fruits, Dieu, et le soldat couché sur le dos en Enfer, qui refusait de se soumettre. Je leur fis la description détaillée de l'intérieur de Sainte-Sophie. Je leur parlai des hommes sur le champ de bataille. Je leur dépeignis longuement l'Enfer. Et le Ciel aussi. Je leur répétai mes derniers propos, que je ne pouvais pas aider Memnoch, ni enseigner dans cette école !

Ils me dévisageaient, absolument muets.

— Vous avez le voile ? demanda Dora, la lèvre tremblante. Vous l'avez toujours ?

Je la trouvais tellement attendrissante, là, tête inclinée, semblant prête à me pardonner immédiatement si je lui disais : « Non, je l'ai perdu dans la rue, je l'ai donné à un mendiant ! »

— Le voile ne prouve rien, objectai-je. Quoi qu'il y ait dessus, cela ne prouve rien ! Quiconque capable de créer semblable illusion peut fabriquer un voile ! Ce n'est la preuve ni de la vérité, ni du mensonge, ni de la mystification, ni de la sorcellerie ou de la théophanie.

— Lorsque vous étiez en Enfer, demanda-t-elle avec infiniment de douceur et de gentillesse, son visage blême luisant à la clarté de la lampe, avez-vous dit à Roger que vous aviez le voile ?

— Non, Memnoch m'en a empêché. Et je ne l'ai vu qu'une minute, vous comprenez, une seconde c'était cela, la seconde d'après autre chose. Mais il va monter au Ciel, je le sais, il va y aller parce qu'il est intelligent et qu'il a compris, et Terry l'accompagnera ! Ils seront dans les bras de Dieu, à moins que Dieu ne soit un minable petit magicien et que tout ceci n'ait été que tromperie, mais une tromperie pour quoi, dans quel but ?

— Tu ne crois pas à ce que Memnoch t'a demandé ? intervint Armand.

Ce n'est qu'à ce moment que je réalisai combien il était ébranlé, et à quel point c'était un enfant lorsqu'il avait été fait vampire, si jeune et plein d'une grâce terrestre. Il avait tellement envie que cela fût vrai !

— Oh si ! Je l'ai cru, *mais tout cela n'a pu être qu'un mensonge*, comprends-tu ?

— Tu n'avais pas le sentiment que c'était vrai, qu'il avait vraiment besoin de toi ? demanda Armand.

— Quoi ? demandai-je. En sommes-nous encore là, à argumenter si oui ou non lorsque nous servons Satan, nous servons Dieu ? Comme du temps où Louis et toi discutiez de cela au théâtre des Vampires, si nous sommes les enfants de Satan, sommes-nous aussi les enfants de Dieu ?

— Eh oui ! fit Armand. Est-ce que tu l'as cru ?

— Oui. Non. Je ne sais pas. Je ne sais pas ! hurlai-je soudain. Je hais Dieu autant que jamais. Je les déteste l'un et l'autre, maudits soient-ils !

— Et le Christ ? demanda Dora, les yeux pleins de larmes. Était-il malheureux pour nous ?

— Oui, à Sa façon. Oui. Peut-être. Sans doute. Qui sait ? Mais il n'a pas enduré sa Passion en tant que simple humain, comme Memnoch l'avait supplié de le faire, Il a porté Sa croix en tant que Dieu incarné. Je vous affirme que leurs règles ne sont pas les nôtres ! Nous en avons conçu de meilleures ! Nous sommes aux mains de choses insensées !

Elle fondit en larmes, amères et silencieuses.

– Pourquoi ne saurons-nous jamais, jamais ? demanda-t-elle dans un sanglot.

– Je l'ignore ! Je sais qu'ils étaient là, qu'ils me sont apparus, qu'ils m'ont permis de les voir. Pourtant, je ne sais toujours pas !

David fronçait les sourcils, un peu comme Memnoch le faisait, plongé dans ses pensées. Puis il demanda :

– Mais si tout cela se résume à une succession d'images et d'artifices, de choses arrachées à votre cœur et à votre esprit, dans quel but était-ce donc ? Si vous offrir de devenir son lieutenant ou son prince était une proposition déloyale, alors quel pouvait bien en être le motif ?

– Qu'en pensez-vous ? demandai-je. Ils ont mon œil ! Je vous certifie que pas un mot de tout cela n'est un mensonge. Ils ont mon œil, merde ! Et si jamais toute cette histoire n'est pas réelle, absolument réelle dans le moindre de ses détails, alors je ne sais vraiment pas à quoi elle rime !

– Nous savons que tu y crois, intervint Armand. Oui, et sans réserve. Tu en as été le témoin. Et j'y crois aussi. Durant ma longue errance dans la vallée de la mort, j'ai toujours cru que c'était la vérité !

– Cesse de raconter n'importe quoi ! dis-je amèrement.

Mais je lisais l'enthousiasme sur le visage d'Armand ; je voyais l'extase et le chagrin dans son regard. Et son corps qui se galvanisait dans la foi et la conversion.

– Les vêtements, dans l'autre pièce, suggéra David d'un ton calme et réfléchi. Vous les avez tous rassemblés, ils pourront nous servir de preuves scientifiques.

– Cessez de raisonner en érudit. Ces êtres-là jouent un jeu qu'eux seuls peuvent comprendre. Rien ne leur est plus facile que de faire en sorte que des aiguilles de pin et de la poussière restent collés à mes affaires. Oui, j'ai sauvé ces reliques, oui, j'ai tout sauvé sauf mon putain d'œil, que j'ai laissé sur les marches de l'Enfer pour pouvoir en sortir. Moi aussi, je veux analyser les preuves sur mes vêtements. Moi aussi je veux savoir quelle était cette forêt où j'ai marché et où je les ai écoutés !

– Ils vous ont laissé partir, dit David.

– Si vous aviez vu son visage quand il a aperçu cet œil sur l'escalier !

– Quelle expression avait-il ? demanda Dora.

– L'horreur, l'horreur que pareille chose soit arrivée. Vous comprenez, lorsqu'il a essayé de m'attraper, je crois que ses deux doigts, comme ça, se sont enfoncés dans mon orbite, involontairement. Il cherchait simplement à m'empoigner par les cheveux. Mais lorsque ses doigts ont pénétré la cavité, il a tenté, épouvanté, de les retirer, et c'est alors que l'œil est venu avec, glissant le long de ma joue. Il était horrifié !

– Tu l'aimes, dit Armand d'une voix étouffée.

– Je l'aime. Oui, je pense qu'il a en tout point raison. Mais je ne crois en rien !

– Pourquoi n'as-tu pas accepté ? demanda Armand. Pourquoi ne lui as-tu pas donné ton âme ?

Oh ! comme il était naïf, si sincère, si vieux et si puéril, avec un cœur surnaturel si solide qu'il lui avait fallu des siècles pour qu'il puisse battre calmement en compagnie de mortels.

Armand, petit démon !

– Pourquoi n'as-tu pas accepté ! implora-t-il.

– Ils vous ont laissé vous enfuir, et c'était à dessein, reprit David. Comme pour la vision que j'avais eue dans le café.

– Effectivement, et ils avaient un objectif. Mais ai-je déjoué leurs intentions ? (Je le regardai, en quête d'une réponse, lui, le sage, le plus âgé en termes d'années humaines.) David, ai-je bouleversé leurs plans en prenant votre vie ? Ai-je, d'une manière ou d'une autre, contrecarré leurs projets ? Oh ! si seulement je pouvais me souvenir de leurs voix, au début. La vengeance. Quelqu'un a dit que ce n'était pas par pure vengeance. Mais ces fragments, je n'arrive plus à m'en souvenir. Que s'est-il passé ! Vont-ils revenir me chercher ?

Je me remis à pleurer. Stupide. Et je recommençai à leur décrire Memnoch, sous toutes ses apparences, même celle de l'Homme Ordinaire, si exceptionnel dans ses proportions, les pas qui me hantaient, les ailes, la fumée, la gloire céleste, les cantiques des anges...

– Couleur saphir..., murmurai-je. Ces surfaces, tout ce que les prophètes ont vu, tous les détails dont ils ont émaillé leurs écrits avec des mots tels que topaze, béryl, feu, or, glace et neige, tout y était... et Il a dit : "Bois mon sang !" Et je l'ai fait !

Ils s'approchèrent de moi. Je leur avais fait peur. J'avais parlé trop fort, j'étais trop dément, trop possédé. Ils faisaient cercle autour de moi, ils me maintenaient, et ses bras à elle étaient blancs et fougueux, les plus chauds, les plus doux d'entre tous ; David, lui, pressait ses sourcils sombres contre mon visage.

– Si tu me laissais... dit Armand, glissant ses doigts à l'intérieur de mon col, si tu me laissais boire, alors je saurais...

– Non, tu sauras juste que j'ai foi en ce que j'ai vu, c'est tout ! rétorquai-je.

– Non, objecta-t-il en hochant la tête. Si j'y goûte, je connaîtrai le sang du Christ.

Je fis un signe de dénégation.

– Éloigne-toi de moi. Je ne sais même pas à quoi le voile va ressembler. Peut-être simplement à un linge dont je me serai servi dans mon sommeil pour éponger ma sueur tandis que je rêvais ? Reculez !

Ils s'exécutèrent. Ils formaient une sorte de triangle. Adossé au mur intérieur, je pouvais apercevoir la neige sur ma gauche, encore qu'il me fallût tourner la tête dans cette direction pour y parvenir. Je les dévisageai. De ma main droite, j'allai fouiller à l'intérieur de mon gilet pour y prendre l'épais bourrelet. Je sentis alors quelque chose, une chose étrange et minuscule que je n'aurais su leur expliquer, ni même formuler pour moi-même : j'en perçus le tissage, cette armure textile des temps antiques !

Je sortis le voile, et, sans même le regarder, je le levai, comme si j'étais Véronique le montrant à la foule.

Un silence s'abattit dans la pièce. Une immobilité absolue.

Je vis alors Armand qui s'agenouillait. Et Dora poussa un cri, long et strident.

— Doux Seigneur ! fit David.

Tremblant, j'abaissai le voile que je tenais toujours déployé de mes deux mains, et le tournai de façon à en voir la réflexion sur la vitre obscure derrière laquelle tombaient les flocons, comme si c'était la Gorgone et qu'elle allait me tuer.

Son Visage ! Son Visage flamboyait sur le voile. Je baissai les yeux. Dieu incarné me fixait, dans ses détails les plus intimes, embrasant le linge, et non pas peint ou imprimé, cousu ou dessiné, mais flamboyant au cœur de ses fibres mêmes, Sa Face, la Face de Dieu, là, ruisselante du sang dégouttant de Sa couronne d'épines.

— Oui, dis-je dans un murmure. Oui, oui. (Je tombai à genoux.) Oh ! oui, c'est lui, tellement lui, c'est si parfait.

Je sentis qu'elle me prenait le voile. Si l'un des deux autres s'en était avisé, je le lui aurais arraché. Mais à elle, à sa petite main, j'en confiai la garde, tandis qu'à présent elle le tenait bien haut, tournant sur elle-même de sorte que tous nous pouvions voir Ses yeux sombres qui luisaient sur le tissu.

— C'est Dieu, hurla-t-elle. C'est le voile de Véronique ! (Son cri se fit triomphant, puis empli d'allégresse.) Père, vous l'avez fait ! Vous m'avez donné le voile !

Et elle se mit à rire, à l'instar de celui qui aurait eu plus de visions qu'il n'en pouvait supporter, dansant encore et toujours, tenant le voile à bout de bras sans jamais cesser de psalmodier.

Armand était totalement bouleversé, brisé, à genoux, des larmes de sang coulant le long de ses joues, laissant d'affreuses traînées sur sa chair blême.

Humilié et confondu, David se contentait de regarder. Attentivement, il examina le voile qui se déplaçait dans les airs, toujours tendu entre les mains de Dora. Puis, tout aussi attentivement, il m'observa. Enfin, il considéra la silhouette d'Armand, effondré et sanglotant, enfant perdu paré de ses délicats habits de velours et de dentelles maintenant souillés de larmes.

— Lestat, cria Dora dans un flot de pleurs, vous m'avez ramené la Face de mon Dieu ! A nous tous vous l'avez ramenée. Ne comprenez-vous pas ? Memnoch a perdu ! Memnoch est vaincu ! Dieu a gagné ! Dieu a utilisé Memnoch à ses propres fins, Il l'a conduit dans le labyrinthe des propres desseins de Memnoch. Dieu a triomphé !

– Non, Dora, non ! Vous ne pouvez pas croire pareille chose, hurlai-je à mon tour. Et si rien n'était vrai ? Si tout cela n'était qu'une vaste supercherie. Dora !

Elle passa devant moi à la vitesse de l'éclair, s'élança dans le couloir et franchit la porte. Tous trois étions abasourdis. Nous entendîmes l'ascenseur qui descendait. Elle avait le voile !

– David, que va-t-elle faire ? David, aidez-moi.

– Qui peut nous aider à présent ? demanda David, sans conviction ni amertume, seulement avec cette pondération, cette infinie pondération. Armand, reprends-toi. Tu ne peux te laisser aller de la sorte, dit-il. Sa voix s'était teintée de chagrin.

Mais Armand était totalement égaré.

– Pourquoi ? demanda-t-il. Agenouillé là, il avait l'air d'un enfant. " Pourquoi ? "

C'est à cela qu'il avait dû ressembler, des siècles auparavant, lorsque Marius était venu le libérer de ses geôliers vénitiens, jeune garçon gardé là pour assouvir la convoitise d'autrui et emmené de force dans le palais des Non-Morts.

– Pourquoi ne pourrais-je y croire ? Oh ! Seigneur, j'y crois. C'est la Face du Christ !

Il se remit péniblement debout, chancelant, puis il partit lentement, obstinément, pas à pas, à sa recherche.

Le temps que nous arrivions dans la rue, elle se tenait devant l'entrée de la cathédrale, en train de hurler.

– Ouvrez les portes ! Ouvrez l'église. J'ai le voile.

De son pied droit, elle envoya un grand coup dans les portes de bronze. Des mortels se rassemblaient autour d'elles, parlant à voix basse.

– Le voile, le voile !

Comme elle s'était arrêtée pour se tourner vers eux et le leur montrer une fois de plus, ils braquèrent alors leurs yeux sur lui. Puis tous se mirent à tambouriner contre la porte.

Le ciel s'éclaircissait avec le soleil levant, loin, très loin dans le cœur de l'hiver, accomplissant son inéluctable route pour nous inonder de sa lumière blanche et fatale si nous ne nous mettions pas en quête d'un abri.

– Ouvrez les portes ! s'écria-t-elle.

Des humains arrivaient de toutes parts, haletant, tombant à genoux sitôt qu'ils apercevaient le voile.

– Partez, dit Armand, allez vous mettre à l'abri, avant qu'il ne soit trop tard. David, emmène-le, allez-vous-en.

– Et toi, que vas-tu faire ? demandai-je.

– Je rendrai témoignage. Je vais rester ici, les bras tendus, et, lorsque le soleil se lèvera, ma mort sera la confirmation du miracle.

Les lourdes portes s'ouvraient enfin. Les silhouettes sombrement vêtues reculèrent d'étonnement. Le premier rai de lumière argenté illumina le voile, puis ce fut au tour de la clarté jaune des ampoules, des lueurs des cierges et d'un courant d'air chaud d'inonder les lieux.

– La Face du Christ! s'écria-t-elle.

Le curé tomba à genoux. Le vieil homme en noir, prêtre ou simple moine, demeura bouche bée, les yeux fixés dessus.

– Seigneur, Seigneur, dit-il, faisant le signe de croix, que dans ma vie, Dieu... C'est le voile de Véronique!

Des gens passaient devant nous en courant, trébuchant et jouant des coudes pour la suivre à l'intérieur de la cathédrale. J'entendais leurs pas résonner dans la nef immense.

– Le temps presse, me glissa David à l'oreille.

Il m'avait soulevé du sol, avec autant de force que Memnoch, sauf qu'il n'y avait pas de tourbillon, seulement l'aube hivernale qui commençait à poindre, et la neige qui tombait, et les clameurs et les hurlements qui s'amplifiaient tandis qu'une marée humaine se dirigeait vers l'église; là-haut dans les flèches, les cloches se mirent à sonner.

– Lestat, dépêchez-vous, venez avec moi.

Nous nous élançâmes tous les deux, déjà aveuglés par le jour naissant, et j'entendis derrière moi retentir la voix d'Armand qui s'adressait à la foule.

– Soyez témoins, ce pécheur meurt pour Lui!

L'odeur du feu s'accompagna d'une violente explosion! Je vis son flamboiement contre les parois vitrées des tours tandis que nous nous enfuyions. Des cris me parvinrent aussi.

– Armand! m'exclamai-je.

David m'entraîna à sa suite le long de marches métalliques, dont la résonance produisait un bruit carillonnant semblable à celui des cloches qui sonnaient à toute volée dans la cathédrale au-dessus de nos têtes.

Pris de vertige, je me soumis à lui, et lui fis don de ma volonté. Accablé de chagrin, je gémissais, « Armand, Armand ».

Dans l'obscurité, je finis par discerner la silhouette de David. Nous étions dans un lieu humide et glacial, une cave sous une autre cave, dans les profondeurs abyssales d'un immeuble désaffecté et battu par les vents. Il était en train de creuser la terre.

– Aidez-moi, hurla-t-il, je m'engourdis, la lumière arrive, le jour se lève, ils vont nous trouver.

– Non, ils ne nous trouveront pas.

Je creusai une fosse à grands coups de pied et l'emmenai avec moi dans les abîmes, replaçant les mottes de terre douce après notre passage. Les rumeurs de la ville au-dessus de nous n'auraient pu percer ces ténèbres. Ni même les cloches de l'église.

Le Tunnel s'était-il ouvert pour Armand? Son âme s'était-elle élevée? Ou bien était-il à errer devant les portes de l'Enfer?

– Armand, murmurai-je.

Et, comme je fermais les yeux, je vis le visage bouleversé de Memnoch : *Lestat, aidez-moi!*

Dans un ultime effort, je voulus m'assurer que le voile était toujours là. Mais non, le voile avait disparu. Je l'avais donné à Dora. Dora avait le voile et elle l'avait emporté dans l'église.

Jamais vous ne seriez mon adversaire!

24

Nous étions tous deux installés sur un petit muret, sur la 5ᵉ Avenue, à la lisière de Central Park. Trois nuits s'étaient écoulées. Durant lesquelles nous avions observé.

Car aussi loin que portait notre regard vers Uptown, nous apercevions la file, sur cinq ou six rangs, d'hommes, de femmes et d'enfants, chantant et battant la semelle pour se réchauffer, tandis que des religieuses et des prêtres allaient et venaient en toute hâte pour offrir du thé et du chocolat chaud à ceux qui grelottaient. Des feux brûlaient dans de grands fûts métalliques placés à intervalles réguliers. A perte de vue.

Et, Downtown, les gens ne cessaient d'affluer, s'avançant le long des étalages scintillants de Bergdorf Goodman et Henri Bendel, les fourreurs, les bijoutiers, les librairies de Midtown, pour se frayer enfin un chemin à l'intérieur de la cathédrale.

David se tenait bras et chevilles croisés, à peine adossé contre le mur. Quant à moi, j'étais assis dans la posture d'un gamin, genou plié, visage ravagé et borgne tourné vers le ciel, menton posé sur mon poing, coude appuyé sur le genou, et je me contentais de les écouter.

Loin devant, on entendait des cris et des hurlements. Quelqu'un d'autre venait sans aucun doute de mettre en contact une serviette propre avec le voile, et, une fois de plus, l'image s'y était calquée ! Et ainsi cela se reproduirait-il demain soir, et peut-être aussi après-demain soir, et nul ne savait combien de fois encore, car à partir de l'icône il s'en créait une autre, exacte réplique, de sorte que la face flamboyait d'un linge à l'autre, semblable à une flamme passant de mèche en mèche.

– Venez, dit David. Il commence à faire froid ici. Venez, on va marcher.

Et nous marchâmes.

351

– A quoi bon ? demandai-je. On va remonter par là-bas, pour assister au même phénomène que la nuit dernière, et celle d'avant ? Et je vais me battre afin d'arriver jusqu'à elle, sachant que toute démonstration de force ou de pouvoir surnaturel ne ferait que confirmer le miracle ! Elle ne m'écoutera plus jamais. Vous le savez bien. Et qui d'autre se tient actuellement sur les marches, qui va s'immoler à l'aube pour attester le prodige ?

– Mael est là.

– Ah oui ! le druide, jadis prêtre, toujours prêtre. C'est donc ce matin qu'il s'embrasera comme Lucifer.

La veille, cela avait été un vagabond déguenillé et buveur de sang, venu de Dieu sait où, inconnu des nôtres, qui s'était transformé en torche surnaturelle face aux rangées de caméras vidéo et de photographes de presse. Les journaux était emplis des images de cette flambée. Et du voile, aussi.

– Attendez, dis-je.

Nous étions arrivés à Central Park South. Toute la foule réunie chantait à l'unisson cette hymne, ancienne et militante :

Seigneur Dieu, nous louons ton nom !
Notre Seigneur à tous, nous nous prosternons devant toi !

Je les contemplai, hébété. L'élancement dans mon orbite gauche avait empiré, mais c'était ainsi, à chaque heure qui passait j'en ressentais un peu plus l'intensité.

– Vous êtes fous, tous autant que vous êtes ! vociférai-je. Le christianisme est la pire de toutes les saletés de religions ! Je peux en témoigner !

– A présent tais-toi, et fais ce que je te dis, ordonna David, me tirant derrière lui.

Nous nous évanouîmes parmi la foule changeante qui déambulait sur les trottoirs gelés avant que quiconque n'ait eu le temps de se retourner sur nous. Depuis le début, il me refrénait de la sorte. Il en avait assez. Je ne pouvais l'en blâmer.

Une fois, des policiers m'avaient mis le grappin dessus.

Ils s'étaient emparés de moi et avaient fait mine de m'entraîner hors de la cathédrale comme j'essayais de parler à Dora ; ensuite, après m'avoir fait sortir, lentement, ils avaient tous reculé. Ils avaient senti que je n'étais pas humain, de cette façon dont les mortels s'en aperçoivent. Ils s'en étaient rendu compte, avaient marmonné quelque chose à propos du voile et du miracle, et je n'avais rien pu faire.

La police était partout. De tous côtés, elle montait la garde pour aider, pour distribuer du thé chaud, pour mettre leurs mains pâles et tremblantes au-dessus des flammes qui s'échappaient des fûts.

Personne ne nous prêtait attention. Pourquoi l'aurait-on fait ?

Nous n'étions que deux individus mornes, noyés dans la multitude, notre peau luisante passant inaperçue dans cette blancheur aveuglante et neigeuse, parmi des pèlerins extatiques qui erraient de vallée en vallée de cantiques.

Les vitrines des librairies regorgaient de bibles et d'ouvrages de christologie. Il y avait une immense pyramide de livres à la couverture bleu lavande intitulés *Véronique et son linge*, par Ewa Kuryluk, et une autre pile de *Visages saints, lieux secrets*, par Ian Wilson.

Des gens vendaient des opuscules dans la rue, ou même, en faisaient cadeau. J'entendais les accents des quatre coins du pays – du Texas, de Floride, de Georgie et de Californie.

Des bibles, des bibles et encore des bibles, que l'on vendait ou que l'on donnait.

Un groupe de religieuses distribuaient des images pieuses de sainte Véronique. Mais les articles les plus prisés étaient les clichés en couleurs du voile lui-même, pris par des photographes dans l'église puis tirés à des milliers d'exemplaires.

– Stupéfiante grâce, stupéfiante grâce... chantaient certains à l'unisson, alignés tous en rangs et se balançant d'avant en arrière.

– *Gloria in excelsis Deo!* s'écria un homme à la longue barbe, bras étendus.

Comme nous nous rapprochions de l'église, nous apercevions partout des petits rassemblements de gens engagés dans des séminaires. Au centre de l'un d'eux, un jeune homme parlait, sincère et volubile.

– Au xive siècle, Véronique fut officiellement reconnue comme une sainte, et l'on crut que le voile avait été perdu lors de la quatrième croisade, lorsque les Vénitiens donnèrent l'assaut à Sainte-Sophie. (Il s'interrompit pour repousser ses lunettes sur son nez.) Le Vatican va évidemment prendre son temps pour statuer sur tout cela, comme toujours, mais soixante-treize icônes ont d'ores et déjà été reproduites à partir de l'original, et ce, sous les yeux d'innombrables témoins qui sont prêts à l'attester devant le Saint-Siège.

A un autre endroit, se tenaient plusieurs hommes vêtus de noir, des prêtres sans doute, je n'aurais su dire, autour desquels s'étaient formés des cercles d'auditeurs, que les flocons de neige faisaient loucher.

– Je ne dis pas que les jésuites ne peuvent pas venir, expliquait l'un d'eux. J'ai simplement dit qu'ils n'entreront pas ici et n'en prendront pas possession. Dora a demandé à ce que les franciscains soient les gardiens du voile, au cas où celui-ci devrait quitter la cathédrale.

Derrière nous, deux femmes s'accordaient à dire que des tests avaient déjà été effectués, et que la datation du linge ne souffrait pas de controverse.

– Nulle part dans le monde on ne fait encore pousser cette

variété de lin ; il serait impossible de trouver un échantillon d'un tel tissu, qui est, dans sa nouveauté et sa pureté, un miracle.

– ... toutes les sécrétions, partout sur l'image, émanent d'un corps humain. Ils n'ont pas eu besoin d'abîmer le voile pour le découvrir ! C'est... C'est...

– ... l'action de l'enzyme. Mais vous n'ignorez pas comme ces choses-là peuvent être dénaturées.

– Non, pas le *New York Times*. Le *New York Times* ne va pas aller raconter que trois archéologues ont déclaré qu'il était authentique.

– Non pas authentique, mon amie, mais qui dépasse simplement les explications scientifiques actuelles.

– Dieu et le Diable sont des imbéciles ! dis-je.

Plusieurs femmes se retournèrent pour me dévisager.

– Acceptez Jésus comme votre sauveur, mon fils, dit l'une d'elles. Allez regarder le voile de vos propres yeux. Il est mort pour nos péchés.

David me tira en arrière. Personne ne se souciait de nous. Les petites écoles continuaient de se former de tous côtés, comme les attroupements de philosophes, de témoins, et de ceux qui attendaient que les envoûtés descendent en titubant les marches de l'église, la figure ruisselante de larmes.

– Je l'ai vue, je l'ai vue, c'était la Face du Christ.

Et, adossée à la voûte, collée à elle, pareille à l'ombre d'une araignée géante, la silhouette du vampire Mael, quasiment invisible à leurs yeux, sans doute, attendant les lueurs de l'aube pour s'avancer, les bras en croix.

Une fois de plus, il nous décocha l'un de ses regards sournois.

– Vous aussi ! dit-il tout bas, faisant secrètement parvenir sa voix surnaturelle à nos oreilles. Venez, affrontez le soleil, les bras ouverts ! Lestat, Dieu t'a choisi pour messager.

– Partons, fit David. Nous en avons vu suffisamment pour cette nuit et de nombreuses autres à venir.

– Pour aller où ? demandai-je. Et cessez donc de me tirer par le bras. David ? Vous m'avez entendu ?

– D'accord, je vous lâche, répliqua-t-il poliment, baissant la voix comme pour m'inciter à faire de même.

Il neigeait tout doucement à présent. Le feu crépitait dans le fût de métal noir près de nous.

– Les livres, que sont-ils devenus ?

Dieu du ciel, comment avais-je pu les oublier !

– Quels livres ?

Et il m'écarta du chemin des passants, me plaquant contre une vitrine derrière laquelle se tenait un petit groupe de gens qui profitaient de la chaleur du magasin, les yeux tournés vers la cathédrale.

– Les livres de Wynken de Wilde. Les douze livres de Roger ! Que sont-ils devenus ?

354

– Ils sont là, répondit-il. Là-haut dans la tour. Elle vous les a laissés. Lestat, je vous l'ai expliqué. Et la nuit dernière, elle vous en a parlé.

– En présence de tout ce monde, il était impossible de dire la vérité.

– Elle vous a expliqué que maintenant, les reliques vous appartenaient.

– Il faut qu'on aille les chercher ! m'écriai-je.

Oh ! quel idiot j'étais d'avoir oublié ces magnifiques ouvrages.

– Calmez-vous Lestat, tenez-vous tranquille. Arrêtez de vous faire remarquer. L'appartement est intact, je vous l'ai dit. Elle n'en a soufflé mot à personne. Elle nous l'abandonne. Elle ne leur dira pas que nous étions là. Elle me l'a promis. Elle a fait mettre à votre nom l'acte notarié concernant l'orphelinat, comprenez-vous ? Elle a rompu toutes ses attaches avec sa vie passée. Son ancienne religion est morte, abolie. Gardienne du voile, c'est pour elle une renaissance.

– Mais nous ne savons pas ! fis-je dans un rugissement. Nous ne saurons jamais. Comment peut-elle l'accepter, alors que nous ne savons pas et ne pouvons pas savoir ! (Il me poussa contre le mur.) Je veux retourner là-bas chercher les livres, ajoutai-je.

– Bien sûr, c'est ce que nous allons faire si vous y tenez.

Je me sentais si las.

Sur les trottoirs, les gens chantaient : *Et Il s'avance à mes côtés, Il me parle, et me permet de L'appeler par Son nom.*

Rien n'avait changé dans l'appartement.

Autant que je pouvais en juger, elle n'y était plus revenue. Ni aucun de nous, d'ailleurs.

David était venu s'en assurer, et il avait dit vrai. Tout était en l'état.

Si ce n'est que dans la petite pièce exiguë où j'avais dormi, il ne restait plus que le coffre. Mes vêtements et la couverture sur laquelle ils étaient posés, couverts de la poussière et des aiguilles de pin qui provenaient du sol d'une forêt des temps anciens, tout avait disparu.

– Vous les avez emportés ?

– Non, répondit-il. Je présume que c'est elle. Ce sont les reliques en lambeaux du messager angélique. Autant que je sache, elles sont entre les mains des officiels du Vatican.

Je me mis à rire.

– Et ils vont analyser l'étoffe, ainsi que les particules de matière organique du sol de la forêt.

– Les habits du messager de Dieu, c'était déjà dans les journaux, dit-il. Lestat, vous devez reprendre vos esprits. Vous ne pouvez pas continuer comme ça à errer à l'aveuglette dans le monde mortel. Vous êtes dangereux pour vous-même, et pour les autres. Et pour tout ce qui nous entoure. Vous devez maîtriser vos pouvoirs.

– Dangereux? Après cela, après tout ce que j'ai fait, après avoir accompli un miracle, comme ça, et infusé un sang nouveau à cette même religion que Memnoch abominait. Oh! Seigneur!

– Chut! Taisez-vous, m'intima-t-il. Le coffre, là. Les livres sont dedans.

Ah! ainsi les livres s'étaient trouvés dans cette petite chambre où j'avais dormi. C'était une consolation, une telle consolation. Je m'assis, jambes croisées, me balançant d'avant en arrière, donnant libre cours à mes larmes. C'est si bizarre de pleurer d'un seul œil! Seigneur, des larmes sortaient-elles de mon œil gauche? Non, cela m'étonnerait. Je suppose qu'il avait également arraché le canal lacrymal, non, qu'en pensez-vous?

David était dans le vestibule. Son profil, qui se découpait contre la baie vitrée du fond, paraissait glacial et serein.

Je soulevai le couvercle du coffre. C'était un meuble chinois, en bois sculpté et gravé de nombreuses figurines. Les douze livres étaient là, chacun d'eux méticuleusement enveloppé par nos soins, et tous emballés à l'aide d'un rembourrage qui les protégeait de l'humidité. Je n'avais pas besoin de les défaire pour le savoir.

– A présent, je veux que l'on s'en aille, dit David. Si vous recommencez à pousser des cris, ou à essayer d'aller raconter aux gens que...

– Oh! je sais comme vous devez être fatigué, mon ami, répondis-je. Je suis navré. Terriblement navré.

D'émeute en émeute, il n'avait cessé de m'entraîner et de m'arracher à la vue des mortels.

Je repensai à ces policiers. Je n'avais même pas cherché à leur résister. Je repensai aussi à la façon dont ils avaient reculé, l'un après l'autre, comme si, confrontés à quelque chose de si intrinsèquement malsain, leurs molécules leur avaient dicté de le faire. Fichez-moi la paix!

Elle avait parlé d'un messager de Dieu. Elle en était absolument convaincue.

– Nous devons nous en aller, maintenant, répéta-t-il. Ça y est. Les autres arrivent. Je ne veux pas les voir. Et vous? Vous avez envie de répondre aux questions de Santino, de Pandora ou de Jesse, ou de quiconque risque de se pointer? Que pouvons-nous faire de plus? Je veux partir immédiatement.

– Vous pensez que j'ai été sa dupe, n'est-ce pas? demandai-je, levant les yeux sur lui.

– Dupe de qui? De Dieu ou du Diable?

– Justement. Je n'en sais rien. Dites-moi ce que vous en pensez.

– Je veux partir, répondit-il, parce que si je ne m'en vais pas maintenant, j'irai les rejoindre demain matin sur le parvis de l'église – Mael, et celui qui sera là. Et les autres arrivent. Je les reconnais. Je les vois.

– Non, vous ne pouvez pas faire ça ! Et si tout cela n'était qu'un mensonge, du début à la fin ! Et si Memnoch n'était pas le Diable, et si Dieu n'était pas Dieu, et que toute cette histoire n'ait été qu'une effroyable mystification, ourdie à notre attention par des monstres qui ne valent pas mieux que nous ! Vous ne devez pas envisager une seule seconde de les rejoindre sur les marches de l'église ! La Terre est notre seul bien ! Cramponnez-vous à elle ! Vous ne savez pas. Vous ne connaissez pas le tourbillon et l'Enfer. Vous ne pouvez pas savoir. Lui seul en connaît les règles. Lui seul est censé dire la vérité ! Alors que Memnoch n'a cessé de Le décrire comme un fou, un imbécile moral.

Il se tourna lentement, la lumière jouant avec les ombres de son visage. Puis, tout doucement, il demanda :

–. Son sang, Lestat, se pourrait-il qu'il soit véritablement en vous ?

– Ne vous mettez surtout pas à vous en persuader ! m'exclamai-je. Pas vous ! Non. Ne croyez pas cela. Je refuse d'entrer dans ce jeu-là. Je refuse de me ranger d'un côté ou de l'autre ! J'ai rapporté le voile pour vous prouver, à vous et à Dora, que je disais vrai, c'est tout, et voilà, cela a déclenché toute cette folie !

Je perdis connaissance.

Je vis fugitivement la lumière céleste, du moins me sembla-t-il. Je Le vis à la balustrade. Je sentis cette féroce puanteur qui s'était si souvent élevée de la terre, surgie des champs de bataille, et des profondeurs de l'Enfer.

David s'agenouilla près de moi et m'attrapa par les bras.

– Regardez-moi, ne vous évanouissez pas, ne me laissez pas ! Je veux que nous quittions cet endroit, nous allons partir. Vous m'entendez ? Nous allons rentrer à la maison. Et ensuite, vous me relaterez de nouveau toute l'histoire, vous me la dicterez, mot pour mot.

– Pour quoi faire ?

– Parce que, au travers des mots, nous trouverons la vérité, et que dans les détails et la trame nous découvrirons qui a fait quoi et pour qui. Si vous avez été l'instrument de Dieu, ou celui de Memnoch ! Si Memnoch a menti tout du long ! Si Dieu...

– Ah ! cela vous donne la migraine, n'est-ce pas ? Je ne veux pas que vous écriviez mon histoire. Car il n'y en aura alors qu'une seule version, une seule, alors qu'il en circule déjà tellement d'autres, à propos de ce qu'elle leur a raconté au sujet de ses visiteurs nocturnes, de ses démons bienveillants qui lui ont apporté le voile. En plus, ils m'ont pris mes vêtements ! Et si jamais il était resté des cellules de mon épiderme sur ces vêtements ?

– Allez, ramassez les livres, là, tenez, je vous aide, voilà, il y a trois grands sacs mais deux nous suffiront, mettez ce paquet-là dans le vôtre, et je vais porter l'autre.

J'obéis à ses ordres. Nous répartîmes les livres dans deux sacs. A présent, nous pouvions partir.

– Pourquoi les avoir laissés ici, alors que vous avez renvoyé tous les autres objets ?

– Elle voulait qu'ils soient en votre possession. Je vous l'ai dit. Elle m'a chargé de veiller à ce qu'ils vous soient remis. Et elle vous a fait don de tout le reste. Elle a rompu toutes ses attaches. Ce mouvement attire les fondamentalistes et les fanatiques, les chrétiens du monde entier, ceux de l'Est et de l'Ouest.

– Il faut que j'essaie de l'approcher à nouveau.

– Non. Impossible. Venez. Là. J'ai un pardessus très chaud, vous allez le mettre.

– Allez-vous passer votre vie à vous occuper de moi ? demandai-je.

– Peut-être.

– Pourquoi ne vais-je pas immédiatement la retrouver dans l'église et mettre le feu au voile ! Je pourrais le faire. Je pourrais, par la puissance de mon esprit, désintégrer le voile.

– Eh bien qu'attendez-vous ?

Je frissonnai.

– Je... Je...

– Faites-le donc. Vous n'avez même pas besoin d'entrer dans l'église. Vos pouvoirs vous précèdent. Vous parviendriez à le brûler, oui, sans doute. Toutefois, il serait intéressant qu'il ne brûle pas, non ? Mais supposons qu'il s'enflamme, supposons qu'il devienne tout noir et s'embrase comme un bout de bois dans l'âtre sitôt que vous l'allumez grâce à votre don télékinétique. Et après ?

Je fondis en larmes. Il m'était impossible de faire une chose pareille. Totalement impossible. Je ne savais plus où j'en étais ! Vraiment plus. Et si j'avais été le jouet de Dieu, était-ce alors la volonté de Dieu pour chacun d'entre nous ?

– Lestat ! (Il me décocha un regard furieux, ou plutôt, devrais-je dire, il me fixa de son expression pleine d'autorité.) Je vous le répète, écoutez-moi bien. Ne vous approchez plus jamais d'eux ! Abstenez-vous d'accomplir le moindre miracle à leur attention. Vous ne pouvez rien faire de plus. Laissez-la donc raconter à sa manière son histoire d'ange messager. De toute façon, il est déjà entré dans la légende.

– Je veux m'adresser encore une fois aux reporters !

– Non !

– Cette fois-ci, je leur parlerai calmement, c'est promis, je ne ferai peur à personne, je le jure, David...

– En temps voulu, Lestat, si vous le désirez toujours... en temps voulu... (Il se pencha et me lissa les cheveux.) Maintenant, venez avec moi. Nous partons.

25

L'orphelinat était glacial. Ses épais murs de brique, dépourvus de toute isolation, retenaient le froid, rendant les lieux plus froids encore que l'hiver au-dehors. J'en avais gardé le souvenir de la première fois, me semblait-il. Pourquoi me l'avait-elle offert ? Pourquoi ? Elle m'en avait fait don, de même que toutes les reliques. Qu'est-ce que cela signifiait ? Simplement qu'elle était partie, pareille à une comète jaillie dans le ciel.

Y avait-il encore dans le monde un seul pays où les chaînes d'informations télévisées n'avaient pas diffusé son visage, sa voix, son voile, son histoire ?

Néanmoins, nous étions chez nous, à La Nouvelle-Orléans, dans notre ville, notre petite contrée à nous ; ici, il ne neigeait pas, et nous respirions l'odeur suave des oliviers tandis que, dans le jardin à l'abandon du vieux couvent, les magnolias se défaisaient de leurs pétales roses. Regardez-les, ces pétales roses qui jonchent le sol.

Il régnait ici une telle quiétude. Nul ne connaissait cet endroit. Ainsi la Bête pouvait-elle à présent avoir son palais pour se souvenir de la Belle et passer son existence à se demander si Memnoch pleurait en Enfer, ou bien si l'un et l'autre – les Fils de Dieu – rigolaient au Ciel !

J'entrai dans la chapelle.

Je m'étais attendu à y trouver des tentures et des piles de cartons et de caisses.

C'était, bien au contraire, un authentique sanctuaire. Là, dans l'obscurité, tout avait été mis à sa bonne place, déballé et épousseté. J'aperçus les statues de saint Antoine, de sainte Lucie avec ses yeux sur un plateau, de l'Enfant Jésus de Prague dans ses atours espagnols, et les icônes que l'on avait accrochées aux murs, entre les fenêtres, regardez, tout était en ordre.

– Mais qui a fait cela ?

David était parti. Où? Il allait revenir. C'était sans importance. J'avais les douze livres. Il me fallait un endroit chaud où m'asseoir, les marches de l'autel, peut-être, et un peu de lumière, aussi. Avec cet unique œil, j'avais besoin d'un tout petit peu plus que le clair de lune qui filtrait à travers les hauts vitraux.

Une silhouette se tenait dans le vestibule. Inodore. Vampire. Mon novice. Forcément. Jeune. Louis. Inévitable.

– Est-ce toi qui as fait tout cela? demandai-je. Toi qui as si joliment disposé tous les objets dans l'église?

– Il me semblait que c'était la meilleure chose à faire, répondit-il.

Il s'avança vers moi. Je le distinguais nettement, bien que je dusse tourner la tête pour braquer mon unique œil sur lui et renoncer à essayer d'ouvrir le gauche que je n'avais plus.

Grand, pâle, légèrement altéré. Cheveux noirs coupés court. Regard vert empreint d'une grande douceur. Démarche gracieuse de celui qui n'aime pas à faire du bruit ou des histoires, et répugne à être remarqué. Vêtements noirs et sobres, semblables à ceux que portaient les juifs new-yorkais qui s'étaient rassemblés à l'extérieur de la cathédrale pour assister au spectacle, et semblables aussi à ceux des Amish venus par le train, simples et modestes, comme l'expression de son visage.

– Viens à la maison avec moi, dit-il de sa voix si humaine, pleine de bienveillance. Il est temps de rentrer et de réfléchir. Tu ne préférerais pas être chez nous, dans le Quartier français, parmi tout ce qui nous appartient?

Si une chose au monde pouvait réellement me réconforter, c'était cela – avec juste la charmante inclinaison de son visage étroit, et la façon dont il me regardait, semblant vouloir me protéger avec une sérénité discrète de ce qu'il avait redouté pour moi, et pour lui, et sans doute pour nous tous.

Mon vieil ami de toujours, ce gentleman, mon élève tendre et appliqué, tout autant imprégné des méthodes du savoir-vivre victorien que de mon propre enseignement pour faire de lui un monstre. Et si Memnoch s'était adressé à lui? Pourquoi Memnoch ne l'avait-il pas choisi!

– Qu'ai-je fait? demandai-je. Était-ce la volonté de Dieu?

– Je l'ignore, répondit-il. (Il posa sa main douce sur la mienne. Sa voix lente agissait comme un baume pour mes nerfs.) Rentre à la maison. Pendant des heures, j'ai écouté, à la radio et à la télévision, l'histoire de l'ange de la nuit qui avait rapporté le voile. Ses habits en haillons ont été remis à des prêtres et à des scientifiques. Dora, elle, impose les mains. Le voile a accompli des guérisons. Et les gens affluent à New York des quatre coins du monde. Je suis heureux que tu sois de retour. Je voudrais que tu restes ici.

– Ai-je servi Dieu? Est-ce possible? Un Dieu que je continue à haïr?

– Je n'ai pas entendu ton récit. Le referas-tu pour moi ? (Telle était sa requête, franche et directe, dépourvue d'émotion.) Ou est-ce trop douloureux de tout recommencer ?

– Laisse David l'écrire. De mémoire. (Je me tapotai la tempe.) Nous avons une si bonne mémoire. Je crois que certains d'entre nous peuvent se rappeler des faits qui, en réalité, ne se sont jamais produits.

Je regardai autour de moi.

– Où sommes-nous ? Oh ! mon Dieu, j'avais oublié. Nous sommes dans la chapelle. Il y a l'ange qui tient une vasque, et ce crucifix, qui était déjà là avant.

Comme il paraissait raide et sans vie, si différent du voile étincelant.

– Est-ce qu'ils montrent le voile, le soir au journal télévisé ?

– Encore et toujours.

Il sourit. Sans la moindre raillerie. Avec amour, simplement

– Qu'as-tu pensé, Louis, lorsque tu as vu le voile ?

– Que c'était le Christ auquel je croyais jadis. Que c'était le Fils de Dieu que je connaissais lorsque j'étais gosse et que c'était un terrain marécageux. (Sa voix était emplie de patience.) Rentrons chez nous. Partons. Il y a... des choses dans ces lieux.

– Vraiment ?

– Des esprits ? Des fantômes ? (Il ne semblait pas effrayé.) Ils sont petits, mais je les sens, et pourtant, Lestat, je n'ai pas tes pouvoirs, tu le sais. (Un sourire se dessina de nouveau sur ses lèvres.) Alors, tu dois aussi t'en rendre compte. Tu ne les sens pas ?

Je fermai les yeux. Ou, plutôt, mon œil. Je perçus un bruit étrange, semblable à une ribambelle d'enfants marchant en rang.

– Je crois qu'ils chantent les tables de multiplication.

– Et qu'est-ce donc ? demanda Louis. (Il me pressa le bras, penché tout près de moi.) Lestat, qu'est-ce que les tables de multiplication ?

– Oh ! tu sais bien, la manière dont, à l'époque, on leur apprenait à compter ; ils devaient chanter cela dans les salles de classe, deux fois deux quatre, deux fois trois six, deux fois quatre huit... C'est bien ça, non ?... Ils le chantent.

Je m'interrompis. Il y avait quelqu'un, dans le vestibule, juste à l'extérieur de la chapelle, entre les portes d'entrée et celles de l'oratoire, dans les ombres mêmes où je m'étais caché de Dora.

C'était l'un de nos semblables. Indubitablement. Et il était vieux, très vieux. J'en sentais la puissance. Celui qui se tenait là était si ancien que seuls Memnoch ou Dieu incarné auraient compris, ou... Louis, peut-être, Louis, pourvu qu'il accordât foi à ses souvenirs, à ses visions fugitives, à ses expériences, brèves et bouleversantes, auprès des plus anciens...

Pourtant, il n'avait pas peur. Il m'observait, en alerte, mais essentiellement impavide.

– Bon, je ne vais pas rester là dans la crainte! dis-je.

Et je m'avançai vers lui. J'avais jeté les deux grands sacs de livres sur mon épaule droite, serrant le tissu dans ma main gauche. Ce qui laissait libre ma main droite. Et mon œil droit. Il me restait au moins cela. Qui était ce visiteur?

– C'est David qui est là, fit Louis d'un ton apaisant, comme pour dire : Tu vois? Tu n'as pas à t'inquiéter.

– Non, à côté de lui. Regarde, scrute les ténèbres. Tu ne vois pas la silhouette d'une femme, si blanche, si dure, qu'elle pourrait être aussi bien une statue en ces lieux?

« Maharet! m'exclamai-je.

– Je suis là, Lestat, répondit-elle.

Je me mis à rire.

– N'était-ce pas là la réponse d'Isaïe, lorsque le Seigneur l'a appelé : " Je suis là, Seigneur? "

– En effet, répondit-elle. Sa voix, à peine audible, avait été clarifiée et purifiée par le temps, toute épaisseur charnelle depuis longtemps disparue.

Je m'approchai plus près, quittant la chapelle pour pénétrer dans le petit vestibule. David se tenait à ses côtés, tel celui qu'elle aurait sacré commandant en second, prêt à se plier à sa volonté, elle la plus âgée, enfin, presque la plus âgée, notre Ève à tous, notre mère à tous, ou du moins la seule qu'il restât, et, à présent que j'observais, l'abominable vérité me revenait en mémoire, à propos de ses yeux, puisqu'on les lui avait crevés lorsqu'elle était humaine, et que ceux par lesquels elle regardait maintenant étaient toujours des yeux empruntés, et humains.

Ils saignaient à l'intérieur de son crâne, ces yeux humains, arrachés à quelqu'un, mort ou vivant, je ne savais, et placés à l'intérieur de ses orbites, revigorés par son sang vampirique aussi longtemps qu'ils le pouvaient. Mais comme ils semblaient las dans son beau visage! Qu'avait dit Jesse un jour? Qu'elle était faite d'albâtre. Et l'albâtre est une pierre qui laisse filtrer la lumière.

– Je ne prendrai pas un œil humain, dis-je à mi-voix.

Elle ne répondit pas. Elle n'était pas venue pour juger, pour conseiller. D'ailleurs, pourquoi était-elle venue? Que voulait-elle?

– Toi aussi, tu désires entendre l'histoire?

– Ton ami anglais m'a courtoisement expliqué que cela s'était passé comme tu l'as décrit. Et que les cantiques que l'on entend à la télévision disent vrai; que tu es l'ange de la nuit, que tu as rapporté le voile à la fille, qu'il était présent, et qu'il a écouté ton récit.

– Je ne suis pas un ange! Je n'ai jamais eu l'intention de lui donner le voile! Je l'ai pris en guise de preuve. J'ai pris le voile parce que...

Ma voix s'était brisée.

– Parce que quoi? insista-t-elle.

– Parce que le Christ me l'a donné ! murmurai-je. Il a dit :
" Prends-le ", et je l'ai pris.

Je me mis à pleurer. Et elle attendit. Patiente, solennelle. Louis attendit. David attendit.

Je finis par m'arrêter.

– Notez chaque mot, David, puisque vous allez l'écrire, chaque mot ambigu, vous m'entendez ? Car je ne le ferai pas moi-même. Non, je ne le ferai pas. Ou peut-être... si j'ai l'impression que vous n'avez pas tout saisi, je le consignerai moi-même, d'une seule traite, d'un bout à l'autre. Que veux-tu ? Pourquoi es-tu venue ? Non, je ne l'écrirai pas. Pourquoi es-tu ici, Maharet, pourquoi t'es-tu montrée à moi ? Pourquoi t'es-tu déplacée jusqu'au nouveau château de la Bête, dans quel but ? Réponds-moi.

Elle garda le silence. Ses longs cheveux pâles et roux lui descendaient jusqu'à la taille. Elle portait une tenue très sobre qui aurait pu passer inaperçue dans de nombreux pays, composée d'un long manteau ample, ceinturé autour de sa taille minuscule, et d'une jupe qui lui arrivait au ras des bottines. Les yeux humains à l'intérieur de son crâne dégageaient une forte odeur de sang. Et, flamboyants comme ils l'étaient, ces yeux morts, insoutenables, m'épouvantaient.

– Je ne prendrai pas un œil humain ! m'écriai-je. Mais je l'avais déjà dit. M'étais-je montré arrogant ou insolent ? Elle était si puissante.

« Je ne prendrai pas de *vie* humaine, précisai-je. Car c'était là ce que j'avais voulu dire. « Jamais, jamais, aussi longtemps que je vivrai, que je dépérirai, assoiffé, et que je souffrirai, jamais je ne prendrai de vie humaine, ni ne lèverai la main sur autrui, qu'il soit humain ou l'un des nôtres, peu importe, je ne... je suis... je... jusqu'à mes dernières forces, je ne... »

– Je vais te garder ici, dit-elle. Comme prisonnier. Pour quelque temps. Jusqu'à ce que tu te sois calmé.

– Tu es folle. Il est hors de question que tu me gardes où que ce soit.

– J'ai des chaînes qui t'attendent. David, Louis... vous allez m'aider.

– Comment ? Vous deux, vous osez ? Des chaînes, on parle de chaînes ? Qui suis-je donc, Azazel précipité dans la fosse ? Voilà qui ferait bien rigoler Memnoch, s'il ne m'avait tourné le dos pour toujours !

Mais aucun d'eux n'avait fait le moindre mouvement. Ils se tenaient immobiles ; et son inépuisable réserve de puissance était masquée par sa silhouette gracile et pâle. Et ils souffraient. Je sentais leur souffrance.

– J'ai ceci pour toi, dit-elle. (Elle tendit le bras.) Lorsque tu l'auras lu, tu te mettras à hurler et à pleurer, et nous te garderons ici, à l'abri et au calme, jusqu'à ce que tu aies cessé. C'est tout. Sous ma protection. Dans ces lieux. Tu seras mon prisonnier.

– Quoi? Qu'est-ce que c'est?

C'était un morceau de parchemin chiffonné.

– Mais qu'est-ce donc que ce truc! Qui te l'a donné?

Je ne voulais pas le toucher.

De sa force absolument irrésistible, elle me prit la main gauche, me forçant à laisser tomber les sacs de livres, et plaça au creux de ma paume le petit rouleau de parchemin froissé.

– On me l'a remis à ton attention, expliqua-t-elle.

– Qui?

– La personne dont tu découvriras l'écriture à l'intérieur. Lis-le.

– Merde, qu'est-ce que c'est! jurai-je.

Et de ma main droite, j'ouvris le vélin en le déchirant.

Mon œil. Il brillait là, contre les mots écrits. Ce petit paquet contenait mon œil, enveloppé dans une lettre. Mon œil bleu, entier et vivant.

Le souffle coupé, je le saisis et me l'enfonçai dans l'orbite enflammée et douloureuse; je sentis alors ses membranes pénétrer mon cerveau, s'entremêlant à lui. Dans un jaillissement, le monde m'apparut dans son intégralité.

Elle m'observait.

– Vais-je hurler? m'écriai-je. Et pourquoi hurlerais-je? Que croyez-vous que je voie? Rien d'autre que ce que je voyais avant! (Je regardai de droite à gauche l'effroyable pan de ténèbres à présent disparu, le monde reconstitué, les vitraux, le trio qui me dévisageait.) Oh! merci mon Dieu! fis-je dans un murmure. Mais quelle en était la signification? Prière de remerciements, ou simple exclamation?

– Lis ce qui est écrit sur le vélin, ordonna-t-elle.

Une main archaïque, qu'était-ce donc? Une illusion! Des mots dans un langage qui n'en était pas un, et néanmoins clairement énoncés de sorte qu'il m'était possible de les déchiffrer dans la complexité de leur graphisme, fait de sang, d'encre et de suie:

A mon Prince,
Avec mes remerciements pour une tâche
Parfaitement accomplie
Et toute mon affection.
Memnoch le Démon

– Mensonges, mensonges et mensonges que tout ça! beuglai-je. (J'entendis le cliquetis des chaînes.) De quel métal pensez-vous pouvoir m'attacher, et m'anéantir! Allez au diable! Mensonges! Tu ne l'as pas vu. Il n'a pas pu te donner cela!

David, Louis, et sa force à elle, sa force inconcevable, depuis des

364

temps immémoriaux, avant que les premières tablettes n'aient été gravées à Jéricho – cette force m'entourait, m'enserrait. C'était elle, bien plus qu'eux ; j'étais son enfant, je me débattais et je la maudissais.

Mes hurlements se répercutaient contre les murs, tandis qu'ils me traînaient dans l'obscurité jusqu'à la pièce qu'ils m'avaient choisie, sorte de donjon pourvu de fenêtres maçonnées où la lumière n'entrait pas. J'eus beau me démener, ils me ligotèrent avec les chaînes.

– Ce sont des mensonges, un tissu de mensonges ! Je n'en crois rien ! Si j'ai été mystifié, c'est par Dieu ! (Je vociférais, je m'égosillais tant et plus.) C'est Lui l'auteur de tout cela. Tout est pure invention, à moins que Lui ne l'ait fait, Lui, Dieu incarné. Pas Memnoch. Non, jamais. Mensonges !

Finalement, je me retrouvai allongé là, impuissant. Cela m'était égal. J'éprouvais un certain soulagement à être enchaîné, dans l'incapacité de cogner les murs, empêché de réduire mes doigts en bouillie ou de me fracasser la tête contre les briques, voire pire encore...

– Ce n'est qu'un fatras d'illusions ! Voilà ce que j'ai vu ! Une gigantesque mise en scène de mensonges !

– Tout n'est pas que mensonges, dit-elle. Pas tout. C'est là le dilemme de la vieillesse.

Je me tus. Je sentais mon œil gauche qui s'enfonçait et se raffermissait dans mon crâne. J'avais au moins cela. Mon œil. Et je me pris à repenser à son visage, à son expression épouvantée lorsqu'il avait vu mon œil, et aussi à l'histoire de celui d'Oncle Mickey. Je ne comprenais plus rien. Je m'étais remis à hurler.

Je crus entendre dans un brouillard la douce voix de Louis, qui protestait, plaidait, argumentait. J'entendis des verrous que l'on tirait, des clous que l'on plantait dans le bois. Et Louis qui suppliait.

– Pour quelque temps, quelque temps seulement... dit-elle. Il est trop puissant pour que l'on puisse faire autrement. C'est ça, ou se débarrasser de lui.

– Non ! s'écria Louis.

David s'indigna, non, elle ne pouvait pas.

– Je ne le ferai pas, répondit-elle calmement. Mais il restera ici tant que je n'aurai pas décidé qu'il peut partir.

Et ils s'en furent.

– Chantez, chuchotai-je, m'adressant aux fantômes des enfants. Chantez...

Mais le couvent était vide. Tous les petits fantômes s'étaient enfuis. Le couvent m'appartenait. Serviteur de Memnoch ; prince de Memnoch. J'étais seul dans ma prison.

26

Deux nuits, trois nuits. Dehors, dans la cité du monde moderne, les voitures circulaient le long de la grande avenue. Des couples passaient, chuchotant dans les ombres crépusculaires. Un chien grogna.

Quatre nuits, cinq nuits ?

David s'asseyait près de moi et me lisait le manuscrit de mon histoire, mot à mot, restituant fidèlement mes propos, ainsi qu'il se les rappelait, s'arrêtant sans cesse pour me demander si c'était exact, si c'était bien les termes que j'avais utilisés, si l'image était correcte. Et c'est elle qui répondait.

Du coin où elle se tenait, elle disait : « Oui, c'est bien ce dont il a été le témoin, c'est ce qu'il vous a expliqué. C'est ce que je vois dans son esprit. Ce sont ses paroles. C'est ce qu'il a ressenti. »

Enfin, au bout d'une semaine probablement, elle vint se pencher au-dessus de moi pour me demander si j'étais altéré de sang.

– Je n'en boirai plus jamais, répondis-je. Je me dessécherai, je deviendrai aussi dur qu'un morceau de calcaire. Et on me jettera dans un four à chaux.

Louis vint une nuit, avec l'aisance tranquille d'un aumônier de prison, étranger aux règles, sans toutefois les menacer en aucune manière.

Lentement, il s'assit à mes côtés, jambes croisées, et regarda au loin, comme s'il était malséant de me dévisager, moi, le prisonnier, sanglé dans mes chaînes et dans ma rage.

Il posa ses doigts sur mon épaule. Ses cheveux avaient un aspect relativement correct – autrement dit, ils étaient attachés, peignés et pas trop poussiéreux. Ses vêtements étaient propres et neufs, aussi, comme si, peut-être, il s'était habillé en mon honneur.

Cela me fit sourire. Effectivement, de temps à autre, il lui arrivait de se mettre en frais pour moi, et, constatant que les boutons de sa chemise étaient anciens, faits d'or et de perles, j'eus confirmation que c'était le cas et l'acceptai de la façon dont un malade accepte un linge frais sur son front.

Ses doigts exercèrent une pression légèrement plus forte, et cela aussi me plut. Mais je ne pris absolument pas la peine de le lui exprimer.

— J'ai lu les livres de Wynken, dit-il. Tu sais, je les ai récupérés. Je suis retourné les chercher. Ils étaient restés dans la chapelle.

Il me lança un regard empreint de respect.

— Je t'en remercie, dis-je. Je les avais laissés tomber dans l'obscurité. Ils m'ont échappé lorsque j'ai voulu prendre mon œil, ou bien est-ce elle qui m'a pris la main ? Toujours est-il que j'ai laissé tomber les sacs de livres. Il m'est impossible de remuer avec ces chaînes. Je ne peux pas bouger.

— Je les ai rapportés chez nous, rue Royale. Ils sont là-bas, comme autant de joyaux destinés à notre contemplation.

— Bien. As-tu observé les minuscules illustrations, les as-tu examinées de près ? demandai-je. Moi, je ne les ai encore pas vraiment regardées. J'ai simplement... Tout est arrivé si vite, c'est tout juste si j'ai ouvert ces ouvrages. Mais si tu avais pu voir son fantôme dans le bar, et entendre la manière dont il les décrivait...

— Ils sont splendides. Ils sont magnifiques. Tu vas les adorer. Grâce à eux, tu as devant toi des années de plaisir et de lumière. Je viens tout juste de commencer à les regarder et à les lire. Avec une loupe. Mais toi, tu n'en auras pas besoin. Tes yeux sont plus perçants que les miens.

— Peut-être pouvons-nous les lire... tous les deux... ensemble.

— Oui... tous les douze, répondit-il.

Il me parla tout doucement de mille et une images miraculeuses, de miniatures d'humains, d'animaux et de fleurs, et du lion qui gisait contre l'agneau.

Je fermai les yeux. J'étais reconnaissant. J'étais satisfait. Il savait que je n'avais plus envie de parler.

— Je serai là-bas, à notre appartement, dit-il, je t'y attends. Ils ne peuvent plus te garder trop longtemps ici.

Longtemps, qu'est-ce que cela voulait dire ?

Il me semblait que dehors, l'air se réchauffait.

David était sans doute passé.

Il m'arrivait parfois de fermer mes yeux et mes oreilles, refusant d'écouter le moindre son me concernant directement. J'entendais le chant des cigales lorsque le soleil couchant rougeoyait dans le ciel, et que les autres vampires dormaient encore. J'entendais les oiseaux qui se posaient sur les grosses branches des chênes de Napoleon Avenue. Et les enfants, aussi !

Car les enfants étaient revenus. Ils chantaient. Et parfois, un ou deux se mettaient à parler dans un murmure rapide, comme s'ils échangeaient des confidences sous une tente constituée d'un drap. Il y avait aussi des pas dans l'escalier.

Et puis aussi, au-delà des murs, me parvenait la rumeur amplifiée de la nuit électrique.

Un soir, j'ouvris les yeux et mes chaînes avaient disparu.

J'étais seul, et la porte était ouverte.

Mes vêtements étaient en lambeaux, mais cela m'était égal. Je me relevai en gémissant, tout endolori, et, pour la première fois en quinze jours peut-être, je portai la main à mon œil et le sentis bien en place, bien que, naturellement, j'eusse vu tout du long à travers lui. J'avais depuis longtemps cessé d'y penser.

Je quittai l'orphelinat en traversant la vieille cour. Il me sembla avoir la vision fugitive d'un portique de balançoires en fer, de ceux que l'on fabriquait jadis pour les enfants sur les aires de jeux. Je vis les montants triangulaires à chaque extrémité, la barre de traverse, les nacelles, et les enfants qui se balançaient, les petites filles cheveux au vent que j'entendais rire. Ahuri, je levai les yeux vers les vitraux de la chapelle.

Les enfants avaient disparu. La cour était déserte. C'était mon palais à présent. Elle avait rompu toutes ses attaches. Elle était retournée à sa victoire, à son immense triomphe.

Je marchai longtemps sur St Charles Avenue.

Je m'avançai sous ces chênes qui m'étaient familiers, sur de vieux pavés et le long de rubans de brique, dépassant des maisons, neuves ou anciennes, pour arriver sur Jackson Avenue et son curieux mélange de cabarets et d'enseignes au néon, d'immeubles condamnés, de bâtiments en ruine et de boutiques de souvenirs, gâchis tapageur qui s'étendait jusqu'à Downtown.

Je m'arrêtai devant un magasin vide qui avait jadis été un concessionnaire d'automobiles de luxe. Pendant cinquante ans, ici-même, ils avaient vendu ces voitures hors de prix, et ce n'était plus aujourd'hui qu'un vaste local, immense et profond, pourvu de parois en verre dans lesquelles je distinguais mon reflet. J'avais retrouvé mes deux yeux et ma vision surnaturelle, absolument parfaite.

Et je me vis.

A présent, je veux que vous me voyiez aussi. Je veux que vous me regardiez, tandis que je me présente, et que j'atteste la véracité de ce récit et de chaque mot qu'il contient, du fond de mon cœur.

Je suis Lestat le vampire. Voilà ce que j'ai vu. Voilà ce que j'ai entendu. Voilà ce que je sais ! C'est *tout* ce que je sais.

Croyez-moi, croyez à mes paroles, à ce que j'ai raconté et à ce qui a été écrit.

368

Je suis là, toujours là, héros de mes propres rêves, aussi permettez-moi de conserver ma place dans les vôtres.

Je suis Lestat le vampire.

A présent, laissez-moi passer de la fiction à la légende.

28 février 1994, 9 h 43
*Adieu, mon amour**

* En français dans le texte.

imprimerie gagné ltée

IMPRIMÉ AU CANADA